KB249294

한국 근대소설의 형성과 전

The Formation of Korean Modern Novel and Chôn

저자 김찬기(金瓚起)

1965년 충남 당진 출생
고려대학교 국어국문학과 및 동 대학원 졸업
문학박사, 소설가
현재 고려대 강사
주요논문으로 「근대계몽기 전(傳)에 관한 연구」, 「근대계몽기 '역사 위인전' 연구」 등이 있으며, 창작집으로 「달마시안을 한 번 보러와 봐」 등이 있음.

한국 근대소설의 형성과 전(傳)

1판 1쇄 발행 2004년 5월 15일
1판 2쇄 발행 2006년 10월 20일

지은이 / 김찬기
펴낸이 / 박성모
펴낸곳 / 소명출판
출판고문 / 김호영
등록 / 제13-522호
주소 / 137-878 서울시 서초구 서초동 1621-18 (란빌딩 1층)
대표전화 / (02) 585-7840
팩시밀리 / (02) 585-7848
somyong@korea.com / www.somyong.com

ⓒ 2004, 김찬기

값 16,000원

ISBN 89-5626-078-8 93810

한국 근대소설의 형성과 전

The Formation of Korean Modern Novel and Chôn

김찬기

소명출판

‘형성’이나 ‘기원’ 같은 말을 두려워했다. 형성과 기원, 출현 같은 말들이 붙잡고 있는 그 알쏭달쏭한 ‘웅숭깊음’이 늘 주눅들게 하기 때문이었다. 지금도 그렇다. 그 기원의 한 쪽을 밟았다고 생각하는 이 순간, 더 멀고 아득한 낭하의 끄트머리로 다시 떨어지는 느낌이다.

그럼에도 끝내 다른 이름을 붙일 수 없었다.

내 안에는 ‘소심함’과 ‘건방짐’이 나란히 방을 내고 있는 것이다. 틈만 나면, 그 둘은 내 삶의 중요한 지점마다 누가 먼저라 할 것 없이 방문을 열고 나와 내 안의 그 불가측성의 ‘무차별곡선’을 수시로 자극하곤 했다. 근대계몽기 전(傳)에 주목했던 것도 다 이런 사정과 무관하지 않았다. 단재가? 백암이? 정말, ‘소설’ 문법에 익숙한 사람들이었을까? 아니, ‘소설’을 인정이나 했을까? 그렇다면 「수군제일위인(水軍第一偉人) 이순신(李舜臣)」이 ‘소설’로 기획된 걸까, 「천개소문전(泉蓋蘇文傳)」이나 「동국거걸(東國巨傑) 최도통(崔都統)」도 마찬가지겠지. 박사 과정에 입학할 무렵에 ‘문득' 떠오른 생각이었던 걸로 기억된다. 그리고 그 해 봄, 지도 선생님이신 송하춘 선생님께서, "자네가 50년대 소설을 공부한다고? 한 50년쯤 더 내려가 보지……." 그렇게 말씀하시던 모습이 지금도 선하다. 50년대에서 뭔가 승부를 보겠다고 전의를 불태우는 내 모습이 얼마나 우스꽝스러우셨으면 그렇게 말씀하셨을까. 지금, 생각해도 얼굴이 붉어진다. 문제는, 내가 선생님의 그 말씀을 곧이곧대로 믿고, 50년대를 공부하겠다는 애당초 생각을 확 바꿔서 민족문화추진회를 기웃거리며 한문에 선불걸고 있었다는 것이었다. 말 그대로 우스꽝스럽게 된 것이다. 그렇게 몇 년간의 빈들거림을, 난 '단단한' 확신이라고 앙다짐하고 있었다. 아무튼, 전(傳)은 그 과정에서 만난 양식이었다.

바로 그 전(傳), 특히 근대계몽기 전(傳)은 어떤 모습이었는가. 한 마디로 이 시기 전(傳)은 을사늑약이 없었다면, 초라하게 삶을 마감해야 할 형편이었다. 그렇다면 이미 '지나가고 있었던' 것으로서의 전(傳)이 매우 헌걸차게 다시 '호명되고' 있었던 이유는 무엇이었을까? 말할 것도 없이 그것은 '근대 담론'과 '계몽 담론'을 회임할 수 있는 전(傳)의 능력 때문이었다. 실제로도 이 시기 전(傳)은 '근대 담론'과 '계몽 담론'이란 두 아이를 '수태하고', 혹은 '수태하려 하고' 있었다. 이 시기 전(傳)은 소설보다 더 직접적으로 전대의 유가 이데올로기를 '추인'하고 있었고, 동시에 소설보다 더 노골적으로 전대의 이데올로기를 '촉범'하고 있었다. 근대계몽기 전(傳)은, 이렇게 '추인'과 '촉범'의 두 부면을 함께 가지고 있는 '국민' 형성의 '배양 기계'였던 셈이다.

근대계몽기 전(傳)과 만났던 몇 년간 내 현실의 삶은 그야말로 '우물쭈물'로 딱 요약할 수 있을 것 같다. 전(傳)이 '내 전(前)의 (웃음의)삶'을 그렇게 심하게 통어하고 있었던 것이다. 전(傳)의 건조한 내면에 내가 길들여졌던 셈이었다. 선물이라면 선물이었던바, 그만큼 나는 전(傳)을 통해서라도 '개념주의에 대한 컴플렉스'에서 벗어나길 원했던 것이다. 전(傳)의 그 '딱딱하고 건조한' 내면과 만나는 동안 참 많은 갈등이 있었다.

‘개념주의에 대한 거부감’, 곧 ‘자료주의에 대한 집착’ 역시 또 다른 차원의 ‘개념주의’는 아닌지, 아니 ‘개념사’를 통한 문학 공부가 도대체 뭐가 문제란 말인가. 오히려 스스로 허술한 논리와 이미 몸에 익은 그 ‘건방짐’을 앙상한 ‘자료’로 가리려 한 것은 아닌지, 갈등하지 않을 수 없었다. 더 깊이 반성해볼 일이다.

논문에서 나는 끝내 ‘역사’는 괄호 속에 넣을 수밖에 없었다. 그 무엇보다도 1910년대 이후 ‘근대역사소설’을 내가 알 수 없었기 때문이었다. 근대계몽기 역시 사실과 허구, 전(傳)과 소설, 역사와 문학이 서로 만나 서사 지형을 형성하고 있었던 것은 분명했지만, 전(傳)과 관련한 이후 지형학은 현재로서는 알 길이 없었다. 그래서 우선 근대계몽기 전(傳)을 하나는 ‘사실(事實)’로 묶고, 그 나머지 하나는 ‘허구(虛構)’로 묶어서 제명하기로 했다.

이 시기 전(傳)을 이렇게 분립시켜 이해할 수밖에 없었던 이유는, 두 유형의 전(傳)의 양식적 특성과 그 미적 특질이 원체 다른 데에 있었다. ‘사실’ 지향의 전(傳)이 ‘무(武)’성을 체현한 역사적 인물을 입전함으로써 적어도 신소설에서 보여주고 있는 ‘어정쩡한 주체’와는 달리 매우 ‘단호한 주체’를 형상해내 근대계몽기에 대한 ‘담론(정치) 표준’을 기술하고 있었다면, ‘허구’ 지향의 전(傳)은 이른바 시대와 불화하는 ‘새로운 내면의 빛’을 가진 ‘인물’을 입전하여 새로운 ‘담론(예술)’ 표준을 기술하고 있었다. 근대계몽기 ‘사실’ 지향의 전(傳)이, 여전히 ‘문’이 정치와 결합된 전대 사회의 ‘이문치국(以文治國)’의 통치 이데올로기를 그대로 ‘추인하는’ 양식이었다면, ‘허구’ 지향의 전(傳)은 그것에 부단히 저항해오면서 당대 ‘오늘 우리’의 이데올로기를 ‘탐색하려는’ 양식이었다. 근대계몽기 전(傳)이 주목되는 지점도 바로 여기이다. 근대계몽기 전(傳)이야말로 바로 두 담론 표준과 이데올로기를 다 함께 구현한 매우 특별한 문예 양식이었다.

그럼에도 불구하고 그동안의 문학사는, 전대(前代)에는 문집의 형태로 유학자 집단 내에서만 회람되던 전(傳)이 신문·잡지라는 공공영역 안으로 수용되어 이 시기 또 다른 서사 양식이었던 '신소설'과 대타적 위상을 확보하고 있었던 이유를 설명하지 않고 있었다. 이에 필자는, 이 책에서 근대계몽기 전(傳)이 '중세주의와 근대주의'라는 대극의 이데올로기 사이에서 '신소설'과 대타적 위상 관계를 이루면서 자신의 존재적 질량을 확보하는 방식을 설명하려 하였다. 그렇지 않고서는 1920년 이후, 한국 근대역사소설의 전사로 역할하면서 '신소설'과 대타적 위상을 확보하고 있었던 근대계몽기의 대표적인 서사 양식인 전(傳)의 근대적 위상이 규명되지 않을 것이기 때문이었다.

소설과 전(傳)을 '만나고 있었던' 그 몇 년 동안의 현실은, 더 '깊고 끈적끈적해져' 있었다. 눈을 들어 다시 보니, 내 요량으로는 그랬다. 몹시 송구스러웠다. 그 현실의 '끈적임'을 내 주변의 분들이 막아주고 계셨던 것이다. 놀랍게 남호와 남형이가 나를 보호하고 있었다. 그분들에게 머리 숙여 감사한다. 그리고, 공부의 길과 인간의 길을 함께 알려주시는 송하춘 선생님과 학부 시절부터 가르침을 주신 모교의 선생님들께도, 엉성한 논문 매만져주신 윤충의·임명진·장효현 선생님께 감사의 인사를 올리고 싶다. 김영민 선생님의 따뜻한 가르침 또한 잊지 못한다. 선생님께서는 엉성한 것인 줄 아시면서도, 사랑의 마음으로 연세근대한국학총서로까지 만들어 주셨다.

한국문학과 책에 대한 애정이 남다른 박성모 선생님과 이른 아침에만 뵙던 소명출판의 여러 선생님들이 없었다면 이 책 역시 영원히 괄호였을 것이다. 감사 드린다.

이제 전(傳)의 다른 리트머스를 찾아봐야겠다.

2004년 봄
김 찬 기

한국 근대소설의 형성과 전(傳)

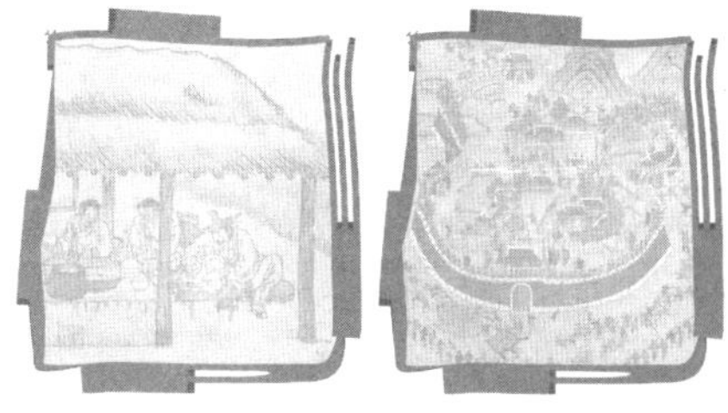

1 부

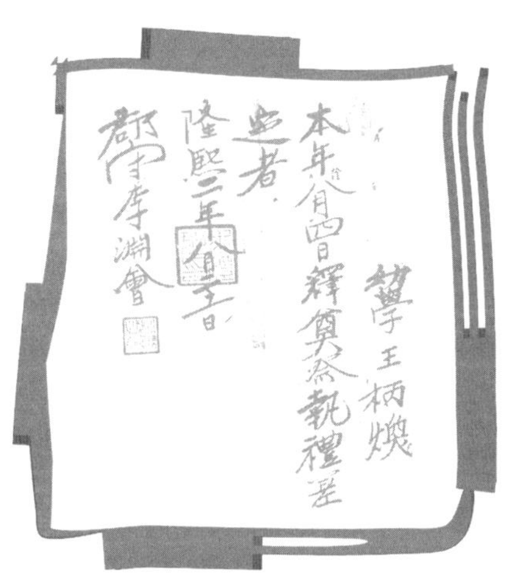

제1장

서론

1. 문제 제기 및 연구사 검토

근대계몽기 애국 계몽 기획의 주체들은 '동(東)'은 '낡은 것으로서의 구(舊)'이고, '서(西)'는 '새로운 것으로서의 신(新)'이라는 기본항이 그대로 하나의 이데올로기로 확정되는 것을 몹시 경계했었다. 애국 계몽 기획의 주체들에게 여전히 "'동'은 '새로운 것'의 대립항인 '낡은 것'이 아니라 '새로운 것'과 싸워 새로운 생성을 낳는 동인으로서의 '짝'인 '오래된 것'"[1]이었다. 적어도 애국 계몽 기획의 주체의 '동(東)'과 '서(西)'에 대한 지향이 이러한 지점에 서 있는 것이었다면, 전통적 문예 양식으로서의 전(傳)은, 그러니까 "폐기할 때만 기다리고 있는 '낡은 것'이 아니라 새로운

---

[1] 이보경, 『문(文)과 노벨(novel)의 결혼』, 문학과지성사, 2002, 88면.

것과 비교할 수 있는 '오래된 것'으로" 이해될 수 있는 문예 양식인 셈이었다. 이런 점에서 보면 적어도 유학자 계층의 이데올로기를 추인하는 서사 양식으로서의 전(傳), 특히 유학자 계층 사이에서만 문집의 형태로 회람되던 전(傳)이 근대계몽기에 들어와서 신문·잡지와 같은 공공 매체의 영역 안으로 들어와 애국 계몽 담론의 한 자장을 형성하고 있었던 것만은 분명하다. 문예 양식의 신생이 과거의 문예 양식의 전변(轉變)에 기초하여 이루어지는 것이라면, 이 지점에서 "전(傳)의 변전(變轉)"2)이 "근대적 역사소설의 원류(源流)를 이루고 있다"3)는 점을 상정해볼 수도 있다. 또한

---

2) 근대계몽기 전(傳)의 전변(轉變)의 결과로 창신된 서사체를 '전계(傳系) 소설'로 규정할 수도 있을 것이다. 이렇게 되면 전계 소설은 이 시기의 신소설과 대타적 규정이 가능한 서사 양식으로 상정되어, 이른바 근대 문학 형성의 내인, 곧 전대 문학 계승론의 타당성을 뒷받침할 수 있는 한 근거로 제출될 수도 있겠다. 이러한 전계(傳系)소설은 이미 박희병(「『靑邱野談』 연구」, 서울대 석사논문, 1981; 「17세기 동아시아의 전란과 민중의 삶－김영철전의 분석」, 『한국근대문학사의 쟁점』, 창작과비평사, 1990; 「朝鮮後期 '傳'의 小說的 性向 硏究」, 서울대 박사논문, 1991)에 의해서 일관되게 규정된 개념이다. 주지하다시피 양식은 항상 그 역사적 운동 과정을 통하여 창신(創新)된다. 양식의 이러한 본질적 특성이 불과 20~30여 년 사이에 두드러지게 나타난 시기가 근대계몽기인바, 이 시기 문학의 성격을 고찰하는 데에 있어 양식의 운동 과정, 곧 장르 운동의 과정을 고찰하는 것은 매우 중요한 작업이다. 요컨대, 근대계몽기의 서사 양식은 전대 서사 양식(판소리계 국문소설, 한문 장·단편소설, 야담, 전)의 운동 과정을 통해서 형성될 수밖에 없는 것이었다. 전대 서사 양식이 근대계몽기의 문학 공간에서 어떻게 혼융과 분화의 과정을 통하여 이후의 문학과 접맥되었는가를 밝히는 작업은 난망한 일이지만, 적어도 지금까지의 근대계몽기의 연구 성과는 '신소설', 혹은 최근의 '단편서사물(논설적 서사)'을 매개항으로 하여 계승과 단절(이식)의 논리에 기반해 있었다. 어차피 이러한 틀이 근대계몽기를 이해하는 기본적인 틀인바, 전대 서사 양식의 창신으로서의 전계(傳系) 서사물을 다시 제출할 수 있다면 근대 문학 형성에 있어서의 내발론의 중심은 그만큼 더 두터워질 것이다. 본고에서는 전(傳)의 전변(轉變)의 결과로 창신된 '전계 서사물'과 '전(傳)'을 동일한 양식적 특성과 미적 특질을 내장하고 있는 것으로 간주한다. 그럼에도 '전계 서사물'이라 하지 않고 굳이 전대 서사 양식 명칭인 전(傳)이라고 명명한 것은 근대계몽기의 전(傳)에서도 원체 전대의 전(傳)과 친연성을 보이는 전(傳) 작품(본고에서는 이러한 유형의 작품을 제2장에서 '사실지향적 전(傳)'으로 유형화해서 그 양식적 특징을 고찰할 것이다)이 여전히 산생되고 있음(이러한 관점에서도 본고에서는 전을 소설, 곧 완연한 서사 양식으로는 보지 않고 서사적 교술 문학의 장르 영역으로 규정하고자 한다)으로 전대의 장르명 그대로 '전(傳)'으로 명명하였다.
3) 姜玲珠, 「韓國近代歷史小說硏究」, 서울대 박사논문, 1986, 34면.

하나 더 생각해볼 문제는, 이 시기의 서사 양식이 보여주고 있는 혼융과 분화의 과정, 곧 양식 창신의 도상에서 전(傳)과 함께 중요한 지점에 서 있는 서사 양식의 하나가 바로 야담(野談)이고, 또 그것의 장르 운동이 가장 문제가 되는 시기도 바로 근대계몽기라는 사실이다. 물론, 이 시기의 근대 문학의 형성에 대한 좀더 포괄적인 전망을 확보하기 위해서는 '전(傳)과 야담(野談)' 이외의 다른 서사(種), 예컨대 '몽유록, 전기(傳奇), 우화' 등의 인접 장르(種)와의 관련성을 고찰하는 것이 매우 중요한 것이기는 하지만, 아무래도 이 시기는 전(傳)과 야담(野談)의 근대적 전환의 문제가 가장 핵심적으로 부각된 시기이다. 특히, 근대계몽기의 '단형의 이야기군(群)'은 기본적으로 '조선 후기 시정 주변에서 떠돌던 다채로운 삶에 관한 이러저러한 이야기를 한문으로 기록한 짧은 형식의 작품', 곧 '한문단편(漢文短篇)=야담(野談)'의 정신과 표현법을 취하고 있다.[4]

---

4) 한문단편이라는 명명(命名)을 처음 제기한 이우성·임형택의 논리에 의하면, '패사 소품(稗史小品)'을 알기 쉽게 바꾸어 놓은 용어인바, '패사소품(稗史小品)'이 대체로 문인(文人) 학사(學士)들의 문예적(文藝的) 취미(趣味)에 의하여 애독(愛讀) 내지 모작(模作) 되었던 것임에 대하여, 이 '한문단편(漢文短篇)'은 주로 거리의 전기수(傳奇叟)나 사랑방 이야기꾼들에 의하여 전수(傳授)된, 서민층(庶民層)의 화제(話題)를 그대로 옮겨놓은 것이다(李佑成·林熒澤, 『李朝漢文短篇集』上, 일조각, 1973, 3면). 물론, 이 '한문단편(漢文短篇)'이란 개념은 '한문으로 된 그리 길지 않은 산문들을 통틀어서 지칭하는 것이 아니고 우리나라에서 주로 19세기 전후에 지어지고 읽혀졌던 한문 단편문학'을 지칭하는 개념으로 규정하였다(林熒澤, 「漢文短篇 形成過程에서의 講談師」, 『창작과비평』 49호, 1978, 105~106면). 임형택의 이러한 논리 전개에서 우리가 주의해야 할 사실은 "漢文短篇=野談(정확히 표현해 漢文短篇⊂野談)의 표식(表式)은 성립되지만, 野談= 漢文短篇(野談⊂漢文短篇)의 등식은 성립되지 않는다"(朴熙秉, 「야담과 한문단편 장르규정의 몇 가지 문제에 대하여」, 『韓國漢文學硏究』 8집, 韓國漢文學會, 1985, 322면) 는 점이다. 한 마디로 야담(野談)은 "事實, 혹은 歷史記錄인 正史나 野史, 雜錄類와는 다른 성격을 드러내게 되었고, 흥미 중심의 이야기에 치우쳤던 滑稽傳이나 假傳, 傳奇 ―그리고 後代의 소설― 등과도 구별되는 양식성"(이경우, 『한국야담의 문학성 연구』, 국학자료원, 1997, 217면)을 드러내는바, 야담(野談)을 "一律的으로 단일한 어떤 하위장르로 설정하려는 일체의 시도는 무리한 것"(朴熙秉, 「야담과 한문단편 장르규정의 몇 가지 문제에 대하여」, 『韓國漢文學硏究』 8집, 韓國漢文學會, 1985, 323면)이다. 결국, 야담은 "보고 들은 바를 기록한 것[野談者 隨其見聞而記錄也]이라는 『계서야담』 서문이 간명하게 보여주듯, 조선후기 시정 주변에서 떠돌던 다채로운 삶에 관한 이러저러한 이야기를 한문으로 기록한 짧은 형식의 작품"(정출헌, 『고전소설사의 구도와 시각』,

요컨대, 근대계몽기라는 역사적 시공성 안에서는 야담(野談)과 함께 조
선 후기의 인정물태의 생명력을 양식적으로 보여주고 있으며, 또 야담
(野談)이나 소설(신소설)과의 대타적 규정이 가능한 '전(傳)'에 주목할 필요
가 있다. 그것은 무엇보다도 "서구와 우리의 문학사 전개가 어차피 일치
하지 않고, 또 서구의 그것이 세계문학사의 표준이 아닌 한, 우리는 우
리대로의 단편 소설 장르를 설정하여 그것의 歷史的 恣態轉換(이를테면
중세문학으로서의 전개, 중세문학에서 근대문학으로의 이행, 근대문학으로의 전환)을
추구해 나가는 것이 우리의 소설사를 연속적으로, 또 발전적으로 살피
는데 더 도움이 된다"5)는 문학사적 관점에 기반한다면 적어도 현재 제
기되고 있는 쟁점(예컨대, 근대소설의 양식적 연원은 무엇인가)을 새롭게 인식
하는 데에 좋은 시사가 될 수도 있겠다.6) 특히 전(傳) 가운데 양적으로는

소명출판, 1999, 222면)의 양식으로 이해할 수 있다. 이와 같은 야담, 곧 '한문단편(漢文
短篇)'의 개념은 매우 중요한 의미가 있다고 여겨진다. 왜냐하면, 근대계몽기의 신문·
잡지에 발표된 일군의 '단형의 이야기群'의 연원과 전사(前史)를 고찰하는 데에 새로운
지평을 제시하고 있기 때문이다. 이 점은 근대계몽기의 '단형의 이야기群'이, 기본적으
로 '조선후기 시정 주변에서 떠돌던 다채로운 삶에 관한 이러저러한 이야기를 한문으로
기록한 짧은 형식의 작품', 곧 '한문단편(漢文短篇)＝야담(野談)'의 정신과 표현법을 취
하고 있다는 점을 보면 더욱 분명해진다. 더욱이 "야담은 1910~1920년대에 있어서 야
담은 외관상으로 볼 때 소멸하는 꼴이 아니라 도리어 성황이었다"(林熒澤, 「야담의 근
대적 변모」, 『韓國漢文學研究』 19집, 韓國漢文學會, 1996, 54면)는 진술을 보면, 야담
은 1910년대 이후로도 독자적인 갈래의 위상을 유지하는가 하면, 또 한편으로는 근대적
인 단편소설과 착종된 상태로 마지막 장르운동을 한 것임은 분명하다. 야담은 근대적
단편소설의 위상이 확고해지는 시점에도 여전히 그것과 장르 운동을 하며 자기전개와
자기분해의 과정을 겪고 있었다. 그 과정의 결과가 완전한 장르적 소멸로 연결된 것인
지, 아니면 다른 장르와의 착종과 변개의 과정을 통하여 근대소설사의 지반 속으로 스
며들어간 것인지 현재로서는 분명하지 않지만, 야담(野談)은 1930년대까지도 여전히 근
대소설사의 한 편폭을 형성하고 있었다. 尹白南(1888~1954)이 창간한 『月刊野談』
(1934~39)이나 金東仁(1900~51)이 창간한 『野談』(1935) 등의 야담(野談) 전문지가 간행
된 것이 이를 잘 증거한다. 이에 대한 자세한 논의는, 林熒澤, 「야담의 근대적 변모」,
『韓國漢文學研究』 19집, 韓國漢文學會, 1996, 54면; 정부교, 「근대 야담의 전통 계승
양상과 의미」, 『야담문학연구의 현단계』 3(정명기 편), 보고사, 2001; 차혜영, 「1930년대
『월간야담』과 『야담』의 자리」, 『상허학보』 8집, 상허학회, 2002를 참조할 것.
5) 朴熙秉, 「야담과 한문단편 장르규정의 몇 가지 문제에 대하여」, 『韓國漢文學研究』 8
집, 韓國漢文學會, 1985, 324면.

많지 않지만 소설과 장르 경쟁을 통하여 자기 위상을 확보하고 있었던 '허구지향적 전(傳)'에 우선 주목할 필요가 있겠다. 사정이 이러함에도 불구하고 그동안 근대계몽기 전(傳)에 대한 연구는 미진한 편이다.[7] 그 나마 1990년대 중반 이후, 전통적 서사 양식의 역사적 장르 규정과 근대 적 담론, 곧 근대적 '문(文)' 개념의 재조직론을 중심으로 한 근대계몽기 문학 연구가 수행되기 시작하면서 전(傳)의 문학사적 위상을 검토하는 연구들이 제출되기 시작했다.

먼저 김영민은 기존의 이식론(단절론)이나 내재적 발전론 등의 인식틀 이 지니고 있는 입론의 문제점을 다음과 같은 두 개의 계통수 수립을 통 하여 극복해내고 있다. 그 하나가 '서사적 논설 → 논설적 서사 → 신소설'

---

6) 이런 점에서 '서사적 논설'의 양식적 연원을 조선 후기 야담의 전통에서 찾고, 그것을 작품과 결부시켜 근대소설의 양식적 발전사를 규명하고 있는 김영민의 최근 연구 성과 는 매우 소중한 것이라 하겠다. 이 논문에 의하면, 근대계몽기 신문 논설에 주로 실린 '짧은 이야기', 그 중에서도 이른바 '서사적 논설'은 조선 후기 다양한 형태의 야담 가운 데서도 특히 중심 서사의 제시와 그에 대한 작가 해설이라는 구성 형식을 갖추고 있는 작품들인데, 바로 이 '서사적 논설'이 야담의 형태를 취하고 있다는 것이다. 이런 점에 서 '서사적 논설'은 중심 서사의 제시와 작가 해설의 결합이라는 조선 후기 야담의 형식 을 활용하면서, 야담보다 더욱 직접적으로 교훈성과 계몽성을 강조한 문학 양식이라는 것이 또한 김영민의 주장이다. 한편 야담으로부터 전승된 근대계몽기 '서사적 논설'은 이후 '서사적 기사'나 '비실명 단형소설' 등으로 이어지는데, 1900년대 중반 무렵부터 활성화된 단형소설 작품들 가운데는, 편집자주나 해설이 완전히 사라져 버리고 중심 서 사만이 존재하는 작품들이 나타난다. 이들 중에서 일부가 연재 발표되면서 점차 길이가 길어지고, 비록 실명(實名)은 아니지만 작가 이름이 쓰여진 작품 즉 기명(記名)의 비실 명(非實名) 작품들이 등장하기 시작한다. 결국 조선 후기 야담에서 발원한 '서사적 논 설'의 글쓰기 방식은 '서사적 기사'나 근대계몽기 단형 소설들로 이어지고, 이들은 다시 '역사·전기소설'이나 '신소설' 등장의 토대가 된다. 이런 관점에서 보면, 조선 후기 야 담의 문학적 성과는 조선조의 마무리와 함께 단절되고 사라진 것이 아니라, 근대계몽기 라는 새로운 시기에 맞는 새로운 내용과 형식으로 전이되고 계승된 것이라는 김영민의 주장은 이 시기의 서사체의 양식적 연원을 이해하는 데에 있어 매우 중요한 시각을 제 공하고 있다는 점에서 그 의의가 자못 크다 하겠다(김영민, 「한국 근대소설 발생 과정 연구」, 『국어국문학』 127호, 국어국문학회, 2000, 313~334면 참조).

7) 근대계몽기 전(傳)에 대한 집중적인 연구는 아니지만, 근대계몽기 서사 양식에 대한 포괄적인 연구를 수행한 심재숙(「근대계몽기 신작 고소설의 현실대응양상 연구」, 고려 대 박사논문, 2000)과 조상우(「愛國啓蒙期 漢文散文의 硏究」, 다운샘, 2002)의 최근 연 구 성과는 이러한 점에서 매우 소중한 것이라 하겠다.

로 이어지는 근대소설 성립의 역사적 계통수라면, 다른 하나는 '전류 문
학과 군담계 소설 → 인물 기사와 인물고 → 역사·전기 소설'로 이어지
는 역사적 계통수가 그 다른 하나다. 김영민은 이와 같은 양식사의 선조
적 발전론에 근거하여 한국 근대소설이 형성되는 구체적 지반과 양식사
의 특질을 동시에 탐색함으로써 근대계몽기 서사 형성의 기원이 된 전대
서사 양식과 그것과 구별되는 근대계몽기 서사 양식의 변이상, 그리고
근대계몽기 문학의 단절론(이식론)과 내재적 발전론의 인식틀에서 흔히
드러나는 '부실한' 담론주의 연구의 한계를 극복해내었다. 김영민의 연
구적 성과를 이어 받은 정선태의 최근 연구 또한 주목할 만하다.8) 정선
태는 근대계몽기 민족지의 논설란에 게재된 '서사적' 성격의 '글(문학적
텍스트)'의 특징을 양식사적 맥락에 근거해 규명해내고 있다. 이에 비해
근대계몽기 서사 양식의 형성과 전개 과정을 전대 서사 양식과의 '교집
양상과 차이'에 주목하여 규명해내고 있는 한기형의 논의는 총론에서는
김영민과 크게 다르지 않지만, '단편서사물(김영민의 용어로는 '서사적 논설 /
논설적 서사')'과 신소설 사이의 선조적 발전론을 인정하지 않는다는 점에
서는 그 차이가 있다.9) 요컨대, 한기형에 의하면 단편서사물, 그리고 신
소설의 창작 담당층이 견지하고 있는 사유 지반과 미적 특질이 상이할
뿐만 아니라, 양식의 선택 원리 또한 변별되기 때문에 동일의 선형 계보
안에 놓기 어렵다는 것이다. 이와 같은 논리에 기반하여 근대계몽기 단
편서사물의 네 가지 유형, 즉 '시사토론체 단편' / '우의체 단편' / '기사체
단편' / '풍자 단편' 등을 유형화해낸다. 다만 '강담사'라는 이야기 전달자
의 역할에만 전일하여 "한문단편은 엄격히 말해 관찰의 형식이지 내면의
형식은 아니다"10)는 식으로 '한문 단편'의 양식적 특징을 규명한 한계도
있다 하겠다. 한문 단편은 조선 후기 이후, 어떤 식으로든 '새로운 내면'

---

8) 정선태, 『개화기 신문 논설의 서사 수용 양상』, 소명출판, 1999.
9) 한기형, 『한국 근대소설사의 시각』, 소명출판, 1999, 19면.
10) 한기형, 위의 책, 305면.

을 '찾아내려는' 양식적 운동을 부단히 시도하고 있었던 양식이었다. 그럼에도 불구하고 김영민과 한기형의 연구 성과는 이후 후속 연구의 실질 근거를 마련하고 있다는 점에서 높이 평가할 만하다.

김영민이나 한기형과는 다른 지점에서 근대계몽기 문학의 독자적 성격을 '(문학)담론'의 미세한 변이상에 주목하여 이 시기 문학의 전반적 특질을 규명해내는 연구가 수행되었다. 고미숙·김동식·권보드래 등에 의해서 수행된 이와 같은 연구 성과들은 전통적 '문(文)' 개념과 근대적 '문(文)' 개념이 해체되고 조직되는 지점의 변이상을 고찰함으로써, '근대와 탈근대', '이식과 융회'의 이분법적 도식을 극복했다는 평가를 받는다. 고미숙은 '이식론(단절론)'이나 '내재적 발전론'의 성과를 흡수하면서 동시에 '그 관념적 틀'을 깨는 일련의 연구 작업들을 통해 '몰주체적 서구지향'과 '소박한 전통주의'의 한계를 극복 지양하는 하나의 '틀'로 근대계몽기 문학의 '다층적 불연속성'을 강조하는 한편, 고식적 양식주의와 근대주의, 곧 문학중심주의를 거부함으로써 '근대를 기원에서 다시 뒤집기' 할 수 있는 전복적 동력을 찾고자 한다. 다만, 이와 같은 '다층적 불연속성'의 인식틀, 곧 '다면적 분절화'틀은 다름 아닌, 특정시기(근대계몽기)의 (특수한)변이의 지점들만을 규명하는 데 '그치고 마는(실효한)' 인식틀로만 귀결될 소지가 있다. 그리하여 언구가 겨냥하고 있는 근대계몽기 문학 전체가 가지고 있는 "단절과 계승의 다채로운 스펙트럼을 읽어내는 것"11)에서 오히려 비껴날 수 있는 결과를 초래할 수도 있겠다. 고미숙의 연구가 실질적 힘을 가지려면 무엇보다도 더 광범위한 서사 '자료'에 기반했을 때, 근대계몽기에 대한 이러한 입론이 하나의 유효한 일반 인식틀로 상승할 수 있을 것이다.12)

---

11) 고미숙, 『비평기계』, 소명출판, 2000, 32면.
12) 고미숙의 입론이 더 힘을 얻으려면, 현재의 '자료(시조−계몽 가사)'의 틀에서 벗어나, 이 시기 문학 담론의 수원지가 될 수 있는 서사체 자료('단형서사물−서사적 논설 / 논설적 서사 / 서사적 기사'뿐만 아니라 야담과 전, 그리고 신소설)에로의 확장을 통한 보론이 요청된다.

김동식과 권보드래의 최근 연구 성과 역시 고미숙의 이와 같은 문제
의식에 기반한 것으로 볼 수 있겠다. 권보드래는 근대계몽기의 '문(文)'
개념의 재구성 과정과 '소설'이라는 장르가 새로운 가치를 '찾아나가면
서' 어떻게 소설이 "사실과 별도의 논리를 가진 것"13)이 되었는가에 주
목하여 근대적 장르로서의 소설이 정착되는 과정을 밝혀내고 있다. 다
만, 근대계몽기의 역사·전기물에 대한 평가, 곧 "1900년대에 '소설'의
모범으로 추천되었던 글쓰기는 전대(前代)의 '소설'과도 다르고 오늘날
말하는 '소설'과도 판이한 특색을 보여주었다"는 식의 평가에 값하는 구
체적 실증 분석이 수행되지 않았다는 아쉬움이 있다. 이와 같은 점은 김
동식의 경우에서도 동일하게 드러난다. 김동식은, 근대적 문학 개념을
계몽주의 이후에 역사적으로 기능 분화의 과정을 거쳐서 '구조화된 자
기발생적 체계(autopoiesis system)'라는 관점에서 문학 개념의 형성 과정을
파악하고 있다. 김동식은, 근대계몽기 '문(문학)' 개념을 "성리학적 도 개
념의 붕괴·한문학을 중심으로 형성된 미학체계의 유효성 상실·공공성
의 역사적 변화 등을 거치면서 형성된 것"으로 인식하여 어쨌거나 '문
(문학)'을 하나의 '제도'의 영역, 이른바 정치 제도의 영역 안에서 근대계
몽기 '문(문학)' 개념의 형성과정을 밝혀내고 있다.14) 그러나 이러한 '담
론' 중심의 '문(문학)' 개념 형성과정 논의는 자칫 추상화된 연역 전제,
곧 근대계몽기 '문(문학)' 개념이란 "의사소통양식 일반" 또는 "공적인 성
격을 띠는 의사소통매체 일반"이란 식의 문예 일반의 전제를 반복 부가
하는 논의를 유도해낼 수도 있겠다.15) 문제는, 이와 같은 주장이 '미적
근대성', 혹은 '자율적 문학관'의 기원이 1910년대 중·초반이라는 결론
을 '추인하기' 위해 상정된 전제로 기능할 때이다. 그렇게 되면, 근대계
몽기에 족출한 서사체(단형서사물—서사적 논설 / 논설적 서사 / 서사적 기사 / 인물

---

13) 권보드래, 『한국근대소설의 기원』, 소명출판, 2000, 263면.
14) 金東植, 「한국의 근대적 문학 개념 형성과정 연구」, 서울대 박사논문, 1999.
15) 金東植, 위의 논문, 60면.

기사 / 인물고 / 야담, 전, 신소설)와 더 나아가 전대 문학의 의의 자체가 부인
될 소지가 있다. 또한, 문학사의 계승과 지양이 단일 양식(신소설)에 의해
서만 견인되는 것처럼 인식될 터인바, 결국 이 시기에도 여전히 그 문학
사적 위상이 빛나고 있었던 전(傳)의 문제를 간과하게 될 것이다. 이 시
기 전(傳)은 스스로 근대적 변이의 과정을 통하여 1920년대 근대역사소
설의 원류적 기반이 되었던 것만은 분명하다.16) 즉, 근대계몽기 양식재
편 도상에서 '논설적 서사 → 신소설 → 근대소설'의 한 지점이 있었다면,
'사실지향적 전(傳) / 허구지향적 전(傳) → 근대역사소설'의 지점도 분명히
존재했던 것이다. 이 두 선형을 다같이 포섭하지 않고는 근대계몽기 소
설사의 온당한 지형도는 그려질 수 없는 것이다. 본고에서는 바로 이러
한 점에 문제의식을 두고 그동안 문학사에서 '역사 · 전기류 문학' 혹은
'역사 · 전기 소설'로 지칭되어온 서사체를 전(傳)의 위상 안에서 그것의
양식적 전변(轉變)과 미적 특질을 아울러 밝힘으로써 근대소설사에서 신
소설과 대타적 축을 형성하고 있는 전(傳)의 근대문학사적 위상을 고찰
하고자 한다.

2. 연구 범위와 연구 방법론

이 논문은 1894년에서 1910년에 이르는 시기에 신문 · 잡지17)에 발표

---

16) 1920년대 이후 역사 소설의 원류가 전(傳)이었다는 사실은 이미 강영주(「韓國近代歷
    史小說研究」, 서울대 박사논문, 1986)와 김영민(『韓國近代小說史』, 솔, 1997)에 의해서
    이미 제기된 바 있다. 그러나, 진술만 있고 구체적인 작품에 대한 실증적 분석은 수행
    되지 않았다. 본고가 입각하고 있는 지점이 바로 여기이다. 본고에서는 그동안 역사 ·
    전기(류) 소설(문학)이라는 용어로 두루뭉실하게 범칭되어 온 '근대계몽기 역사 · 전기
    (류)' 문학을 '전(傳)'의 위상 안에서 구체적으로 분석하고자 한다.

된 전(傳)을 대상으로 하여 그것의 양식적 전변(轉變)과 미적 특질을 연구함으로써, 근대계몽기 전(傳)의 성격을 밝히는 데 목적을 두고 있다. 그동안 학계에서는 이 시기를 '개화기'18) · '개항기'19) · '애국계몽기'20) · '근대전환기'21) · '근대계몽기'22) · 그리고 가장 최근에 제출된 고종 / 순종기23) 등의 용어로 이 시기를 지칭했다. 이 시기를 지칭하는 용어 그 자체가 이미 이 시기의 문제적인 성격을 그대로 잘 드러내 주는 것이라 하겠다. 본고에서는 '근대계몽기'라는 용어를 사용함으로써 이 시기에 형성된 근대 담론과 계몽 담론, 그리고 무엇보다도 장르 운동과 착종 현상이 폭발적으로 일어났던 서사 장르종(種)의 다층적 스펙트럼을 포착할 수 있도록 했다. 물론, 애국계몽기란 용어를 사용하여 1905년에서 1910년에 이르는 시기만의 특징적 현상에 주목할 수도 있겠지만, 적어도 전(傳) 장르 자체 내에서도 이 시기는 물론이거니와 그 전후한 시기에도 '근대적 변이'의 모습을 보여주고 있는 작품들이 산생되고 있다는 점에서 '애국계몽기'란 용어의 한계는 분명해지는 것이다. 그러므로 1905년 이전

---

17) 학회령 공포 이전(1895~1908)에 이미 70여 개의 각종 민간 학회, 교육회, 시민 단체의 동지회, 학생회 등이 결성되어 학술 잡지를 통해 애국 계몽 활동을 펼친다. 물론 모든 단체가 학술 잡지를 간행한 것은 아니었다. 김근수『韓國雜誌槪觀 및 號別目次集』, 永信아카데미 韓國學研究所, 1973)와 하동호(『近代書誌攷 合集』, 탑, 1986)의 저술에 근거해 보면 대략 50여 종 이상의 학술 잡지가 간행된 것으로 보인다. 본고에서 다루고 있는 전(傳) 작품들은 당시의 학술 잡지와 신문『독립신문』·『민일신문』·『뎨국신문』·『황성신문』·『대한매일신보』와 기타 신문 소재 작품들도 분석 대상이 된다.
18) 조연현,「개화기문학 형성과정고」,『한국신문학고』, 문화당, 1966.
19) 김용직,「개항기의 서구적 충격과 신문화의 수용」,『한국근대문학의 사적 이해』, 삼영사, 1977.
20) 최원식,「제국주의와 토착자본」,『한국근대소설사론』, 창작사, 1986.
21) 설성경 · 김교봉,『근대전환기소설연구』, 국학자료원, 1991.
22) 임형택,「20세기 초 신 · 구학의 교체와 실학-근대계몽기에 대한 학술사적 인식」,『민족문학사연구』9호, 1996.
23) 김인환,「한국문학과 기술 이데올로기」,『기억의 계단』, 민음사, 2001. 고종과 순종의 시대를 대원군시대(1864~1973)와 일본 · 청국의 침략시대(1876~1894)와 일본 · 러시아 침략시대(1894~1904)와 보호국시대(1905~1910)로 나눌 수 있다는 견해를 제시한 바 있다.

에는 '근대성'에 부합하는 작품이 거의 창작되지 않았다거나, 아니면 이 이후의 작품에서 드러나는 '애국 계몽'의 논리가 작품을 규율하는 '전일적 요소'임을 전제한 것에서부터 도출한 '애국계몽기'란 용어는 이 시기의 전(傳) 작품들이 보여주고 있는 '다층성' 자체를 포섭해내지 못하는 용어라 하겠다. 최근에는 특히 시기 설정(1905~1910)이 지니는 문제점들을 보완하여 1894년에서 1910년까지를 하나의 단위로 설정하여 '애국계몽기'로 규정한 연구 성과도 제출된 바 있다.24) 물론, 애국계몽기란 용어를 처음으로 제출한 최원식도 최근에 1894년에서 1905년에 이르는 시기를 "계몽주의의 맹아기"25)로 설정하여 자신의 기존 견해를 수정한 바 있다. 문제는 이와 같이 시기를 1894년으로 소급시켜 잡아도 '애국계몽기'란 용어가 이 시기 전(傳) 작품들에게서 드러나고 있는 '담론'의 다층적 성격을 전체적으로 포섭해낼 수는 없다. 이러한 의미에서 '근대계몽기'란 용어는 전(傳) 작품에서 드러나고 있는 '근대 담론'과 '계몽 담론'의 다면적 스펙트럼을 동시에 아우를 수 있는 '유효한 틀이 될 수 있을 것'으로 생각된다.26)

이와 같은 시각에 근거하여 근대계몽기 문예 양식에 주목할 때, 우선 문제가 되는 것은 각종 신문·잡지의 논설란과 문예란에서 소개되고 있는 '허구적 성격의 이야기군(群)'을 어떤 장르종에 분속시키고, 또 그 각각의 종차(種差)가 갖는 역사성의 문제를 어떻게 인식하느냐의 문제이다. 더욱 어려운 점은 하나의 역사적 장르종(種)에 속해 있던 작품들이 서로 다른 역사적 장르종(種)에 귀속될 수도 있고, 거꾸로 서로 다른 역사적 장르종(種)에 속해 있던 작품들이 단일한 역사적 장르종(種)에 귀속될 수도 있다는 것이다. 심지어 어떤 역사적 장르종(種)은 그 상대적으

---

24) 장효현, 「애국계몽기 고전장편소설의 역사현실대응」, 『한국서사문학사의 연구』 V(사재동 편), 중앙문화사, 1995.
25) 최원식, 「1910년대 친일 문학과 근대성」, 『민족문학사연구』 14호, 1999, 177면.
26) 임형택, 앞의 논문, 5~6면.

로 독자적인 종차(種差)의 인정이 취소되고 다른 역사적 장르종(種)에 귀속될 수도 있고, 또 기존의 역사적 장르종(種)에 속해 있던 일군(一群)의 작품들이 그 상대적으로 독자적인 종차(種差)를 인정받아 새로운 역사적 장르종(種)으로 독립할 수도 있는 것이다. 사실 유형 분류에서 가장 어려운 점이 바로 이 장르 귀속의 문제이다.27) 특히, 근대계몽기에는 장르종(種)간의 연속·혼용 등의 장르 운동 현상이 그 어느 시기보다 활발했던 전환기였다. 즉, 근대계몽기 문학은 전통적인 한문학의 갈래 양식인 '전(傳)·야담(野談)·설(說)'의 서로 얽힘 과정을 통해서 지형도가 형성되고 있었다. 때문에 이 세 서사체의 양식적 특성과 장르종(種)간의 상호 얽힘 현상을 해명하지 않고는 이 시기 문학의 성격을 온당하게 규명해낼 수 없는 것이다.28) 근대계몽기 소설의 형성 과정에 주목하는 기

---

27) 尹在敏, 「韓國 漢文小說의 類型論」, 高麗大 民族文化硏究院 國際學術會議 발표문, 2001.10.29~30.

28) 이 중에서도 특히 근대계몽기 '설(說)' 장르에 대한 연구가 요청된다. 대표적인 입언류(立言類)인 '설(說)'에서는 내용상 존재하는 '사실(事實)의 기록'이 중요한 것이 아니라, 자기가 드러내고자 하는 뜻을 효과적으로 전달하는 것이 중요하기 때문에 '설득의 어법'이 매우 중요하다. 통상은 직설적 어법보다는 '우회적 어법·설득적 어법'을 사용한다. 그리고 이 '우회적 방법'이라는 것이 '가상적인 상황의 설정', '주객(主客)의 문답식 토론' 등임은 작품을 통해서도 쉽게 확인된다(이강엽, 「'說'의 장르성향과 소설적 변개 가능성」, 『국어국문학』 112, 국어국문학회, 141면). 이러한 관점에 근거해 보면 근대계몽기의 '허구적 성격의 이야기群(단형 서사체)' 중에서 통상 '토론체', '문답체' 등으로 분류되는 작품들 중에는 상당수 '설(說)' 갈래와 교집되는 부분이 있다고 보아야 할 것이다. 한 마디로 '설(說)'은 "논(論)과 큰 차이는 없지만, 좀더 자세하고 여유있게 표현하기 때문에 유연한 느낌이 들게 마련이다. 評議를 하여도 直說的 표현이 아니라, 寓意的 표현을 한다"(이종찬, 『漢文學槪論』, 二友, 1989, 235면)는 점에서 그 장르적 특성이 드러난다 하겠다. 또한, 설(說)의 기원은 "모두 寓言에 속한다. 예부터 시대를 슬퍼하고 속세를 미워하는 선비가 直言으로 하려하지 않고 다른 사물에 의탁하여 그 뜻을 부쳤다. 나중 사람들이 덧보태서 소설이 되었다"(薛鳳昌, 『文體論』, 臺灣商務印書館, 1968, 50~52면)는 진술에서 알 수 있는 바와 같이 설(說) 장르는 그 자체로 얼마든지 '소설'로의 변개 가능성을 지니고 있는 장르였다. 결국, 논(論)이나 설(說)의 요체는 '우회적으로 설득하여 자신의 논리를 세우는 데 있다'고 할 수 있다(이강엽, 「'說'의 장르성향과 소설적 變改 가능성」, 『국어국문학』 112, 141면). 설(說) 장르의 이와 같은 성격에 근거해 볼 때, 근대계몽기 '단형서사체'와 전통적인 '설(說)' 장르와의 장르 혼용과 그 인접성의 문제를 규명해내는 것도 매우 중요한 한 과제라 할 것이다. 차후의

존의 연구 성과가 소홀히 하고 있는 점도 바로 이 점이다. 물론, 전술한 바대로 그 어떤 장르 귀속도 접근 방식과 분류 기준의 여하에 의해 새롭게 장르 귀속될 여지가 있다. 또한, 한문학의 '문(文)' 범주의 서사체들은 개별작품별 또는 갈래별로 그 내면적 특성이 원체 다양하기 때문에 어떠한 장르 귀속도 그 자체로서의 완결성을 기대하기는 어렵다. 그럼에도 불구하고 이 시기 문학의 성격을 규명하는 데에 있어서 장르적 탐색이 수행되지 않는다면, 이 시기 서사체의 성격은 온당하게 밝혀질 수 없다. 부단한 장르 귀속 연구 성과가 축적이 될 때, 이 시기 서사체의 각각의 개별적 특성이 드러날 수 있게 되는 것이다. 이러한 시각에 근거하여 근대계몽기 텍스트의 실상에 다가갈 때, 놓쳐서는 안 되는 문제가 바로 "우리의 소설사가 이룩한 역사적 성취에 대한 정당한 이해가 뒷받침되어야 하는데, 최근의 논의는 이러한 전제적 이해의 기반이 부실해, 결과적으로 '서사적 논설'의 위상을 제대로 파악하지 못했다"29) 는 점이다. 본고의 기본적인 문제의식은 이 지점에서부터 출발한다. 무엇보다도 근대계몽기 문학은 전대 양식과의 상호 관련성의 문제가 해명되지 않고서는 그 실상이 드러날 수 없기 때문이다. 근대계몽기는 어쨌거나 부단한 장르 운동을 통해서 '새로운 가치'를 '찾아내려는' 탐색이 이루어지는 시기였다. 그러나 그것은 전통적인 양식의 전면적인 부정을 통해 이루어졌다기보다는, 전통적 양식을 바탕으로 새로운 문제의식을 담기에 적합한 형식으로 혁신하는 방향에서 이루어졌다.30) 물론, 전대의 문학(중세 문학) 공간 안에서 '소설', 이른바 비규범적인 양식이라 할 수 있는 '소설(小說)'은 규범적 양식인 '시(詩) / 사(辭) / 부(賦)'와는 달리 '문학'으로서의 독자성을 존중받지 못하고 있었다. '소설' 부정론

연구 과제로 남겨 두고자 한다.

29) 설성경·김현양, 「19세기말~20세기초 『帝國新聞』의 '론설' 연구―'서사적 논설'의 존재양상과 그 위상에 대하여」, 『淵民學志』 8집, 淵民學會, 2000, 226면.

30) 沈載淑, 「근대계몽기 신작 고소설의 현실대응양상 연구」, 고려대 박사논문, 2000, 6면.

이 심지어 근대계몽기에 이르기까지 끊임없이 제기되고 있었음이 이를
잘 증거한다. 이에 반해, 본고의 고찰 대상인 전(傳)이야말로 유학자들의
이데올로기를 표출하는 거의 유일한 서사적 문예 장르였다는 점에서
'소설'과는 다른 지점에서 그 위상을 확보할 수 있었다. 이런 점에서 근
대계몽기의 전(傳)도 유학자 집단의 운명과 그 존재의 운명을 함께 할
수밖에 없었던바, 유학자들이 추구하던 가치 지향이 새롭게 갱신되는
지점에서 전(傳) 역시 갱신될 수밖에 없었을 것이다. 물론, 근대계몽기에
들어와서도 '전(傳)'의 형식적 완강성은 여전하지만,31) 전대(前代)에 비해

---

31) '전(傳)'의 형식에 대한 기존 논의는 다음과 같이 3가지로 나누어 볼 수 있다.
　　① 김용덕 : 趣意部(自序)―行績部(本贊)―평결부(論贊)
　　　김균태 : 도입부―전개부―종결부
　　　김태준 : 도입부―전개부―논찬부
　　② 김광순 : 도입부―전개부―논평부
　　　안병설 : 서두부―행적부―평결부
　　　조수학 : 서두―본문―(결말)
　　③ 주명희 : 가계·출생담―행적―沒―妻子孫錄―평결
　　　조종업 : 선계―주인공의 행적(생몰)―특수 업적―妻子孫錄―저작동기―총평
　　①은 취의부(도입부)에서 저작동기와 입전의도가 밝혀진다고 보았다. ②는 도입부에
서 가계와 출생사항이 기술된다고 보았으며, 안병설·권오성·조태영 등 많은 학자가
이에 동조하고 있다. ③은 '전(傳)'이 순서와 내용 설정에 있어서 융통성이 있음을 고려,
공통요소를 관습적 순서에 의해서 배열하였다. 그러나 ①은 독립적 한 작품을 대상으
로 하지 않고 集傳된 전체를 가지고 도입부를 설정하고 있고, 도입부를 설정하지 않은
작품이 대다수라는 데 문제가 있다. ②는 가계와 출생사항 못지않게 사망·사후평가·
처자손록에 대하여 자세하게 기술하고 있다는 점에 문제가 있다. 그리고 ③은 '전(傳)'
에서 기술되는 내용을 몇 개의 소항목으로 열거하였을 뿐이어서 하나의 형식으로 인정
하기는 곤란하다고 생각된다. 이에 필자는 전개부를 제외한 모든 부분은 작자의 판단
에 따라 취사선택이 자유로우므로, '전(傳)'의 최대형식으로 "도입부―서두부―전개부
―결말부―논찬부"의 5단 구성을 제시하고자 한다. 이들 각 단계에 포함시킬 수 있는
사항은 다음과 같다.
　　① 도입부 : 창작동기, 입전의도, 내용소개
　　② 서두부 : 출생, 성명, 先系, 官閥 등 人定記述
　　③ 전개부 : 출세, 성공, 업적, 頌德, 일화 등 행적사항
　　④ 결말부 : 죽음, 처자손록, 사후평가
　　⑤ 논찬부 : 寄襃貶 외 11가지 내용(李東根, 『朝鮮後期 實存人物의 「私傳」研究』, 서
　　　　울대 박사논문, 1989, 8면 참조)

부분적 변이(도입부의 간략화와 배경화 / 대화(토론)의 능동적 활용 / 논찬부의
전개부화와 인용시, 자작시 삽입)를 보여주고 있는 작품들이 산생된
다.32) 이 지점이 바로 전대(前代)의 전(傳)과 근대계몽기 전(傳)과의 형식
적 변별이 드러나는 곳이다. 중요한 점은 이와 같은 형식적 변이를 보
여주고 있는 작품들의 상당수가 허구성과 흥미성의 요소를 강화시키고
있다는 점이다. 이는 엄밀하게 말하면 조선 후기부터 박지원·이옥·김
려의 전(傳) 작품에서 약여하게 드러나고 있다.33) 이들의 전(傳) 작품은
양적인 측면에서는 조선 후기 전(傳)에서 압도적 지위를 점한 것은 아니
나, 이들 작품이 보여주고 있는 전(傳)의 새로운 면목은 매우 중요한 위
치를 차지하는 것이다. 또한, 본고에서 고찰하고자 하는 근대계몽기의
전(傳) 작품 중에서도 높은 수준의 문예적 성취를 보여주고 있는 작품들
이 조선 후기의 이들 작품이 도달한 문예적 성취와 무관하지 않다는 점
에서도 이들 작품의 전사적(傳史的) 의의는 자명해진다.

전(傳)은 "거사직서(據事直書)의 원칙 위에서 특정한 인간의 삶"을 포폄
(褒貶)하거나 권징(勸懲)하는 양식이므로 "그것은 기본적으로 허구의 양식

---

32) 물론, 근대계몽기 전(傳)의 이와 같은 변이상이 전적으로 이 시기만의 특징이라고 할
    수는 없다. 이미 조선시대 '전(傳)' 작품 중에는 연암의 경우처럼 형식과 내용 모두에서
    파격적인 실험성을 보이고 있는 작품들이 산생되기 시작했다. 이에 대해 임형택은 장
    르 의식에 기반한 결과라기보다는 "『사기』「열전」에 비견할 만한 문장" 시도의 결과로
    해석하였다(이우성·임형택, 『이조한문단편집』 하, 일조각, 1978, 245면).
33) 위의 세 작가는 조선 후기를 대표하는 전(傳) 작가들이다. 이들의 작품은 전통적인 전
    들이 보여주고 있는 매너리즘을 극복하고 높은 수준의 문학적 성취를 이루어내고 있다.
    이들의 전(傳) 작품에 대한 상론은 다음의 연구적 업적을 제시하는 것으로 대신한다. 김
    균태, 「朝鮮後期 人物傳의 野談趣向性 研究」, 『韓國漢文學研究』 12집, 韓國漢文學學
    會, 1989; 김명호, 「신선전에 대하여」, 『한국판소리고전문학연구』, 아세아문화사, 1983;
    김명호, 「연암문학과 사기」, 『우전신호열선생고희기념논총』, 창작과비평사, 1983; 김명
    호, 「열하일기 연구」, 서울대 박사논문, 1989; 김용덕, 「文集所載傳의 일고찰」, 『한국학
    논집』 8집, 한양대 한국학연구소, 1985; 김혜숙, 「傳·書事(記事)·野談의 대비적 고찰
    」, 『한국판소리고전문학연구』, 아세아문화사, 1983; 박희병, 「朝鮮後期 '傳'의 小說的
    性向 연구」, 서울대 박사논문, 1991; 이동근, 「朝鮮後期 實存人物의 '私傳' 研究」, 서울
    대 박사논문, 1989; 주명희, 「傳의 연구 방법」, 『한국문학사의 쟁점』, 집문당, 1986.

과 대립된다."34) 허구의 양식과 대립되는 양식으로서의 전(傳)이 허구적 요소를 수용하고 있다는 사실은 우선 전(傳)의 장르적 성격의 문제와 같은 매우 논쟁적인 쟁점을 야기시킨다. 전(傳)은 원칙적으로 자료에 기반하는 양식이다. 입전의 원천이 문헌자료이든 혹은 구전에 근거한 자료이든 서술의 기본 원칙은 '자료'에 근거하는 것이다. 그러나 이러한 원칙이 조선 후기에 들어오면, "대화를 상상적으로 창조하거나 실제보다 확장시켰고, 별다른 근거도 없이 자의적으로 입전인물의 생각이나 독백을 서술했으며, 일어났을지도 모른다는 단순한 개연성만 갖고서 자세한 행동들"35)을 서술한다. 즉, 전통적인 전(傳) 양식에서는 수용될 수 없는 '허구적 상상력'이 적극적으로 발현되고 있는 것이다. 이렇게 '허구적 상상력'이 적극적으로 발현된 작품일수록 전(傳)과 소설의 장르적 교섭은 더욱 긴밀해진다. 조선 후기에 들어 '전(傳)을 빙자한 소설'이 창작되기 시작했다는 근거는 바로 이와 같은 허구적 상상력의 개입과 밀접한 관련이 있는 것이다. 또한 조선 후기에 들어와 입전된 일부의 전(傳) 가운데는 '기괴적(奇怪的) 요소'가 두드러지는 작품들이 나타나기 시작한다.36) '포폄(褒貶)과 권징(勸懲)'으로 집약될 수 있는 전통적 의미의 입전 의식이 조선 후기 일부 전(傳)에서는 상대적으로 약화되면서 '기괴(奇怪)

---

34) 朴熙秉, 「한국문학에 있어 '傳'과 '소설'의 관계양상」, 『韓國漢文學硏究』 12집, 韓國漢文學學會, 1989, 33면.

35) 朴熙秉, 「朝鮮後期 '傳'의 小說的 性向 연구」, 서울대 박사논문, 1991, 59면.

36) 조선 후기 전(傳)의 변모는 '흥미추구'라는 면에서도 확인된다. 전시대에는 전(傳)이 흥미를 위해 창작되는 일은 흔치 않았다. 대개 신성한 종교적 이유에서가 아니면, 근엄한 도덕적 동기에서, 혹은 인간적 연민에서 창작되었다. 이처럼 입전의 동기는 대체로 숭고하고 도덕적이며 근엄했다. 그러나 17세기 이후 사정은 달라지기 시작한다. 즉, 앞에 든 이유들 외에 '흥미추구'라는 측면이 입전의 주요한 동기로 새로 첨가된다. 이제, 전(傳)들 가운데에는 노골적으로 그 교훈적 성격을 부차적인 것으로 격하시키고, 개인의 독특한 경험담에서 맛볼 수 있는 흥미를 강조하거나 놀랍고 재미있는 소재에 관심을 돌리는 것들이 나타났다. 또 설사 표면적으로는 여전히 도덕적 교훈을 내세우고 있다 할지라도, 그 본질에 있어서 사건의 기이함과 인물의 특이한 체험에 강한 호기심과 흥미성을 느껴 입전된 작품들이 대거출현했다(朴熙秉, 「朝鮮後期 '傳'의 小說的 性向 연구」, 서울대 박사논문, 1991, 65~81면).

의 탐색’으로 드러나기 시작한다는 것이다. 물론, 이러한 ‘기괴(奇怪)의 탐색’은 우선 그것의 서술 양상에서부터 분명하게 드러나기 시작한다. 심지어 “행록을 기초 자료로 삼았다는 「金庾信傳」의 서두에서 김유신이 20개월 만에 태어났다는 출생담과 17세 때 석굴암에서 하늘과 교통하며 비법을 전수받았다”37) 식으로 정통 역사서인 『삼국사기(三國史記)』 「열전(列傳)」에서조차 기괴적 요소가 개입된다. 이러한 작품들에서는 입전된 인물이 ‘서얼, 점장이, 숯장수아내, 촌민(村民), 촌한(村漢), 호인(豪人), 거간꾼, 인분수거꾼, 역관, 신선’ 등 이른바 하층 여항인이 대부분을 차지한다. 이 지점에서 추론 가능한 가설은, 현달한 인물을 입전하는 경우와는 달리 하층 여항인을 입전하는 경우에는 필연적으로 작자 자신의 창작의 여지가 넓어질 수밖에 없다는 점이다. 기본적으로 입전 인물에 대한 사실자료(事實資料)가 부족할 수밖에 없기 때문이다. 그러므로 작가는 불명확한 문견(聞見)이나 제보(提報), 구연(口演) 등에 기반하여 입전할 수밖에 없는 것이다. 행장(行狀) 등의 전기적(傳記的) 자료(資料)가 명백하게 존재하는 경우에는 창작 주체는 그 자료에 의해서 제한을 받게 되지만, 문견(聞見)과 제보(提報) 등에 의해서 입전되는 경우에는 창작 주체의 허구적 상상력과 수식(修飾)의 정도도 그만큼 넘칠 수밖에 없는 것이다. 조선 후기 일부 전(傳) 작품에서 드러나기 시작한 이러한 성향은 근대계몽기의 전(傳)에서도 유사하게 나타나는 현상의 하나이다. 필자는 근대계몽기 신문·잡지에 산생된 수많은 전(傳) 작품에 대한 이해의 시각이 바로 조선 후기 전(傳)에 닿아 있어야 한다고 생각한다. 무엇보다도 이 시기의 전(傳) 작품의 성격이 조선 후기의 전(傳) 작품의 성격과 크게 다르지 않다는 것이다. 특히, 문제가 되는 조선 후기 일련의 ‘전(傳)’들도 결국은 전통적인 의미의 ‘전(傳)’으로 인식해야 한다는 최근의 연구 성과들을 통해 “전(傳) 중에서 흥미롭고 문예성이 뛰어난 작품들만을 소설로

---

37) 김용덕, 「傳記小說의 통시적 고찰」, 『古小說史의 諸問題』, 집문당, 1993, 288면.

처리해 온 그간의 연구 태도에 내재한 고식성과 자의성"[38]의 문제점을 새로운 차원에서 해결할 수 있는 실마리를 제공했다는 점에서도 의미 있는 작업들이었다. 그러나 여전히 남는 문제는 '전(傳)'과 '소설'의 상호 얽힘의 문제를 해결할 수 없다는 데에 있다. '전(傳)'을 '전(傳)'으로 이해 한다고 해서 소설과의 복잡한 상호 관련성의 문제가 전적으로 해결되는 것은 아니다. '전(傳)'의 고유한 양식적 특성을 강조하는 논리가 오히려 '전(傳)'만이 가지고 있는 몇 가지의 특성을 근거로 해서 '전(傳)'은 '소설' 이나 '야담'과는 다르다는 식의 '즉각적인 일반화의 오류'를 범할 수도 있기 때문이다. 인접 서사 장르와 전(傳)의 차별성과 인접성을 그대로 인 정한 상태에서 '전(傳)'의 양식사적 특질과 문학적 특질을 동시에 규명하 는 것이 현재로서는 가장 최선의 논리일 수 있다. 근대계몽기 전(傳)의 특질을 연구하는 데에 있어서도 이렇게 '전(傳)'의 장르 문제가 중요한 쟁점으로 떠오를 수밖에 없는 이유는 이 시기에 들어와서도 '전(傳)'은 여전히 소설과의 장르 경쟁을 통해서 그 위상을 확보하고 있었기 때문 이었다. 본고에서는 바로 전(傳)의 이와 같은 자기 갱신 과정을 통하여 형성된 '완형체', 이른바 소설에로의 운동 현상이 분명한 전(傳)을 '허구 지향적 전(傳)'으로 유형화하고, 애국 계몽 담론을 전(傳)의 형식에 담아 내는 정통적인 '거사직서(據事直書)'의 전(傳)을 '사실지향적 전(傳)'으로 유형화해서 전(傳)의 양식적 전변(轉變)과 그것의 미적 특질을 규명하고 자 한다.

　그러자면 우선 근대계몽기 신문·잡지를 통해서 산생된 전(傳)에 대한 대강의 서지 작업이라도 선행되어야 한다.[39] 그러나 본고에서 이와 같

---

38) 朴熙秉, 「한국문학에 있어 '傳'과 '소설'의 관계양상」, 『韓國漢文學研究』 12집, 韓國
　　漢文學學會, 1989, 32면.

39) 이 시기의 신문·잡지에 발표된 전(傳)은 다음과 같다. 서지는 추후에도 계속 보완하
　　고자 한다. 여기에서는 필자가 현재까지 찾아낸 목록이다.
　　　「亞里斯多得里傳」, 『漢城旬報』, 1884.6.14; 「拿破崙傳」, 『漢城新報』, 1895.11.7~1896.
　　1.26; 「汽機士瓦特傳」, 『大朝鮮獨立協會會報』 8~9호, 1897.3.15~3.31; 「金翁傳」, 『時

事叢報』, 1899.2.2~5; 「와승돈전」, 『독립신문』, 1898.2.22; 「모긔쟝군의 ᄉ적」, 『독립신문』, 1899.8.11; 「杞憂生小傳」, 『皇城新聞』, 1899.9.28; 「득뇌사전」, 『帝國新聞』, 1899.10.25; 「비스막씨의 힝적」, 『독립신문』, 1899.10.31; 「常平傳」, 『皇城新聞』, 1900.1.17; 「을지문덕」, 『그리스도신문』, 1901.8.22; 「원텬셕」, 『그리스도신문』, 1901.8.29; 「길지」, 『그리스도신문』, 1901.9.5; 「觸邪先生列傳」, 『皇城新聞』, 1900.12.1; 「목동애전」, 『漢城新報』, 1903.10; 「明珠傳」, 『皇城新聞』, 1904.4.9; 「의터리국아마치전」, 『大韓每日申報』, 1905.12.4~12.21; 「독波蘭義士高壽斯古傳」, 『大韓每日申報』, 1905.12.29~30; 「淵齊송先生傳」, 『大韓每日申報』, 1906.2.3; 『神斷公案』 제4회와 제7회, 『皇城新聞』, 1906.5.19~12.31; 「讀意國名臣嘉富耳傳」, 『大韓每日申報』, 1906.5.27; 「八義同傳」, 『大韓每日申報』, 1906.6.3; 「비스마룩구 淸話」, 『朝陽報』, 1906.7; 朴容喜, 「클럼버스傳」, 『太極學報』 3~4호, 1906.10~11; 「匈牙利 愛國者 噶蘇士傳」, 『朝陽報』, 1906.11; 朴容喜, 「比斯麥傳」, 『太極學報』 5~10호, 1906.12~1907.5; 「讀意大利建國三傑傳」, 『皇城新聞』, 1906.12.18~28; 玩市生, 「仲士麥傳」, 『洛東親睦會學報』, 1907; 黃潤德 역, 「比斯麥傳」, 普成館, 1907; 朴殷植, 「乙支文德傳」, 『西友』 2호, 1907.1; 朴殷植, 「梁萬春傳」, 『西友』 3호, 1907.2; 張志淵, 「閔忠正公傳」, 『大韓自强會月報』 8호, 1907.2; 朴殷植, 「金庾信傳」, 『西友』 4~8호, 1907.3~7; 「許生傳」, 『帝國新聞』, 1907.3.20~4.19; 朴容喜, 「該撤傳」, 『太極學報』 11~14호, 1907.6~10; 「鄭在洪君略傳」, 『皇城新聞』, 1907.7.4; 「溫達傳」, 『西友』 9호, 1907.8; 「라란부인젼」, 『大韓每日申報社』, 1907.8; 「張保皐와 鄭年」, 『西友』 10호, 1907.9; 「姜邯贊」, 『西友』 11호, 1907.10; 「談叢」, 『漢陽報』 1호, 1907.9; 장지연, 「익국부인전」, 廣學書鋪, 1907.10.3; 「金富軾」, 『西友』 12~13호, 1907.11~12; 朴容喜, 「크롬웰傳」, 『太極學報』 15~23호, 1907.11~1908.7; 「李舜臣」, 『西友』 14호, 1908.1; 申采浩 역, 「伊太利建國三傑傳」, 廣學書鋪, 1908; 「庾黔弼」, 『西友』 15호, 1908.2; 「金堅益傳」, 『西友』 15호, 1908.2; 「西隣富翁傳」, 『皇城新聞』, 1908.2.7; 崔生, 「華盛頓傳」, 『大韓留學生會會報』 1호, 1907.3; 「滄海力士黎君傳」, 『西友』 16호, 1908.3; 「滄海力士黎君傳」, 『西友』 16호, 1908.3; 「夢見滄海力士」, 『皇城新聞』, 1908.3.29; 李海朝, 「華盛頓傳」, 匯東書館, 1908.4; 「遯庵鮮于浹先生傳」, 『西友』 17호, 1908.5; 趙種觀 역, 「彼得大帝傳」, 『共修學報』, 1908.5; 鄭錫鎔, 「哥崙布傳」, 『大韓學會月報』 1~2호, 1908.2~3; 「金將軍德齡小傳」, 『大韓學會月報』 4~5호, 1908.5~6; 「鄭評事文孚小史」, 『大韓學會月報』 5호, 1908.6; 玩市生, 「彼得大帝傳」, 『大韓學會月報』 4~6호, 1908.5~7; 附 惟政, 「休靜大師傳」, 『西北學會月報』 1호, 1908.6; 「李之蘭傳」, 『西北學會月報』 2호, 1908.7; 「鄭鳳壽傳」, 『西北學會月報』 3호, 1908.8; 「朴大德傳」, 『西北學會月報』 4호, 1908.9; 「韓禹臣傳」, 『西北學會月報』 5호, 1908.10; 「鐵椎子傳」, 『皇城新聞』, 1908.10.8; 「執庵黃順承傳」, 『西北學會月報』 6호, 1908.11; 「페터大帝傳」, 『少年』 1~4호, 1908.11~1909.2; 公六, 「나폴레온大帝傳」, 『少年』 2~6호, 1908.12~1909.4; 「金方慶傳」, 『西北學會月報』 7~8호, 1908.12; 「金陵羅彦述傳」, 『西北學會月報』 9호, 1909.2; 「金景瑞將軍傳」, 『西北學會月報』 10호, 1909.3; 「崔孝一傳」, 『西北學會月報』 11호, 1909.4; 「丁卯義士略」, 『西北學會月報』 12호, 1909.5; 「林仲樑傳」, 『西北學會月報』 13호, 1909.6; 「金時習傳」, 『西北學會月報』 14호, 1909.7; 「李膺擧傳」, 『西北學會月報』 15호, 1909.8; 「金良彦傳」, 『西北學會月報』 16호, 1909.10; 「乙支文德」, 『湖南學會月報』 1호, 1908.6; 「梁萬春」, 『湖南學會月報』 1호, 1908.6; 「金庾信」, 『湖南學會月報』 2호, 1908.7; 「姜邯

은 작품을 모두 분석의 대상으로 삼으려 하지는 않는다. 본고에서는 다음과 같은 기준에 근거하여 20편의 작품을 선택하여 그것을 분석 대상으로 삼고자 한다. 우선, 이 시기의 신문·잡지에 2회 이상 발표됨과 동시에 근대계몽기 전(傳) 양식의 변전 모습을 잘 보여주고 있는 작품들을 일차적으로 분석 대상으로 삼았다. 물론, 신문·잡지에 2회 이상은 실렸지만 전(傳)으로서의 양식적 특징을 찾아볼 수 없는 '명인 언행'의 서술 수준에 그친 작품들(대다수가 이에 해당은 되지만)은 분석 대상에서 제외하

贊」, 『湖南學會月報』 2호, 1908.7; 「庾黔弼」, 『湖南學會月報』 2호, 1908.7; 「徐熙」, 『湖南學會月報』 2호, 1908.7; 「成忠」, 『湖南學會月報』 3호, 1908.8; 「金陽」, 『湖南學會月報』 3호, 1908.8; 「李齊賢」, 『湖南學會月報』 4호, 1908.10; 「徐弼」, 『湖南學會月報』 4호, 1908.10; 「崔沆」, 『湖南學會月報』 4호, 1908.10; 「崔冲」, 『湖南學會月報』 4호, 1908.10; 「金富軾」, 『湖南學會月報』 4호, 1908.10; 「文克謙」, 『湖南學會月報』 4호, 1908.10; 「趙冲」, 『湖南學會月報』 5호, 1908.10; 「金就礪」, 『湖南學會月報』 5호, 1908.10; 「朴犀」, 『湖南學會月報』 5호, 1908.10; 「崔椿命」, 『湖南學會月報』 5호, 1908.10; 「金慶孫」, 『湖南學會月報』 5호, 1908.10; 「金允候」, 『湖南學會月報』 5호, 1908.10; 「元沖甲」, 『湖南學會月報』 5호, 1908.10; 「安祐」, 『湖南學會月報』 5호, 1908.10; 「李芳實」, 『湖南學會月報』 5호, 1908.10; 「崔瑩」, 『湖南學會月報』 6호, 1908.11; 「鄭襲明」, 『湖南學會月報』 6호, 1908.11; 「禹倬」, 『湖南學會月報』 6호, 1908.11; 「李存吾」, 『湖南學會月報』 6호, 1908.11; 「申崇謙」, 『湖南學會月報』 6호, 1908.11; 「河拱辰」, 『湖南學會月報』 6호, 1908.11; 「庾應圭」, 『湖南學會月報』 6호, 1908.11; 「庾碩」, 『湖南學會月報』 6호, 1908.11; 「徐稜」, 『湖南學會月報』 6호, 1908.11; 「黃守」, 『湖南學會月報』 6호, 1908.11; 「鄭承雨」, 『湖南學會月報』 6호, 1908.11; 「李資玄」, 『湖南學會月報』 6호, 1908.11; 「郭興」, 『湖南學會月報』 6호, 1908.11; 「李穡」, 『湖南學會月報』 7호, 1908.12; 「吉再」, 『湖南學會月報』 7호, 1908.12; 「孟思誠」, 『湖南學會月報』 8호, 1909.1; 「黃喜」, 『湖南學會月報』 8호, 1909.1; 「許稠」, 『湖南學會月報』 9호, 1909.3; 金演昶 譯述, 「彼得大帝傳」, 廣學書鋪, 1908; 錦頰山人, 「水軍第一偉人 李舜臣」, 『大韓每日申報』, 1908.5.2~8.18; 申采浩, 「乙支文德」, 廣學書鋪, 1908.5.30; 금협산인, 「리순신젼」, 『大韓每日申報』, 1908.6.11~10.24; 김윤창, 「乙支文德」, 廣學書鋪, 1908.7; 禹基善, 「姜邯賛傳」, 玄公廉 발행, 1908.7.15; 「閔忠正公小傳」, 『少年』 3호, 1909.1; 「閣龍」, 『大韓興學報』 1호, 1909.3; 一笑生, 「페수다롯지傳」, 『大韓興學報』 3호, 1909.5; 岳裔, 「마졔란傳」, 『大韓興學報』 4~5호, 1909.6~7; 研究生 역, 「具倫衛乙의 外交史畧」, 『大韓興學報』 5호, 1909.7; 金淇驩, 「日淸戰爭의 原因에 關ᄒ 韓日淸外交史」, 『大韓興學報』 8호, 1909.12; 「夢見滄海力士」, 『皇城新聞』, 1908.3.29; 「金庾信」, 『湖南學會月報』 2호, 1908.7; 「姜邯賛」, 『湖南學會月報』 2호, 1908.7; 「崔瑩」, 『湖南學會月報』 6호, 1908.11; 「吉再」, 『湖南學會月報』 7호, 1908.12; 錦頰山人, 「東國巨傑 崔都統」, 『大韓每日申報』, 1909.12.5~1910.5.27; 「金容達小傳」, 『大韓民報』, 1910.3.13~3.18.

였다. 반대로 매체에 단 1회만 발표된 작품이라도 『황성신문(皇城新聞)』
에 수록된 『신단공안(神斷公案)』의 제4화(「金鳳本傳」)와 제7화(「魚福孫傳」)
와 같은 작품들은 전(傳)의 근대적 변이상을 보여주고 있는 '허구지향적
전(傳)'의 대표적인 작품이므로 분석 대상이 된다. 본고에서는 이와 같은
기준에 근거하여 20편의 작품을 선별하고, 그것을 대상으로 하여 근대계
몽기 전(傳) 양식의 전변과 그 미적 특질을 규명하고자 한다.[40]

　이와 같은 논문의 목적에 따라 1장에서는 기존 연구의 의의와 문제적
쟁점들을 검토하고 연구 대상 범위와 연구 방법론을 제시할 것이다. 본
고의 2장에서는 근대계몽기 전(傳)이 '기실(紀實)'과 '허구의 기록'을 아우
르며 어떻게 애국 계몽 담론과 탈중세의 가치를 '찾아내는가'에 주목할
것이다. 이에 본고에서는 근대계몽기 전(傳)의 유형을 '인물 창출 방식',
'가치 구현 방식', '구성 방식'에 따라 기실(紀實)의 성격이 강한 '사실지
향적(事實指向的) 전(傳)'과 허구적 상상력을 양식적으로 수용하고 있는
'허구지향적(虛構指向的) 전(傳)'으로 분립시켜 고찰하고자 한다. 그리고
이와 같은 유형 분류를 통해서 근대계몽기 '사실지향적 전(傳)' 양식이,
'외면－(유가적)이념'을 체현하고 있는 인물을 입전하여 이미 공인된 '규
범적 이념'을 다시 한번 '추인하는' 유형이라는 점이 확인될 것이다. 이
에 반해 '허구지향적 전(傳)'에서는 허구적 상상력이 석극적으로 수용되
면서 입전 인물의 '내면－인물의 불안과 고독, 혹은 악의 심리적 근저'

---

40) 「을지문덕」, 『그리스도신문』, 1901.8.22; 「길지」, 『그리스도신문』, 1901.9.5; 『神斷公
案』 제4화 「金鳳本傳」과 제7화 「魚福孫傳」, 『皇城新聞』, 1906.5.19~12.31; 朴殷植,
「乙支文德傳」, 『西友』 2호, 1907.1; 張志淵, 「閔忠正公傳」, 『大韓自强會月報』 8호,
1907.2; 朴殷植, 「金庾信傳」, 『西友』 4~8호, 1907.3~7; 「姜邯贊」, 『西友』 11호, 1907.
10; 「李舜臣」, 『西友』 14호, 1908.1; 「滄海力士黎君傳」, 『西友』 16호, 1908.3; 「夢見滄
海力士」, 『皇城新聞』, 1908.3.29; 「乙支文德」, 『湖南學會月報』 1호, 1908.6; 「姜邯贊」,
『湖南學會月報』 2호, 1908.7; 「金庾信」, 『湖南學會月報』 2호, 1908.7; 「崔瑩」, 『湖南學
會月報』 6호, 1908.11; 「吉再」, 『湖南學會月報』 7호, 1908.12; 錦頰山人, 「水軍第一偉
人 李舜臣」, 『大韓每日申報』, 1908.5.2~8.18; 申采浩, 「乙支文德」, 廣學書鋪, 1908.5.
30; 禹基善, 「姜邯贊傳」, 玄公廉 발행, 1908.7.15; 「閔忠正公小傳」, 『少年』 3호, 1909.1;
錦頰山人, 「東國巨傑 崔都統」, 『大韓每日申報』, 1909.12.5~1910.5.27.

등등이 창출되고, 이러한 내면 창출의 도상에서 새로운 가치들이 '탐색되고' 있다는 것이 규명될 것이다.

3장 1절에서는 '이문치국(以文治國)'의 지배방식이 유효한 통치 이데올로기로 기능하는 시기에서의 문(文)이 과연 어떤 식으로 '민족적 정체성, 혹은 집단의 정체성'과 상호 관련성을 지니고 있는가에 주목할 것이다. 이에 본고에서는 근대계몽기 '사실지향적 전(傳)' 작품들을 통해서 바로 이와 같은 점들을 확인하고자 한다. 또한 3장 2절에서는 '양극단의 타자(영웅, 혹은 자각한 유학자 / 무자각한 유학자, 혹은 民)'가 어떻게 국한문체의 전(傳)을 통하여 하나의 집체로 묶일 수 있는가의 문제가 규명될 것이다. 이러한 과정을 통하여 결국, '국한문체'를 수용한 '사실지향적 전(傳)'의 본질적 성격(계몽 담론)이 드러나게 될 것이다. 또한, 이 장에서는 그동안 통상적으로 불려온 근대계몽기의 '역사·전기류 소설(문학)'이란 용어는 근대계몽기 이후에나 가능한 개념이란 사실을 규명하게 될 것이다. 아울러, '역사', 혹은 '역사적인 것'이 끊임없이 '문예', 이른바 '허구'와 내왕할 수밖에 없는 이유에 관해 고찰하고, 문예 양식이 또한, 시공성을 초월하여 부단히 '숭무적(崇武的) 영웅과 천사'를 '미적 숭고'의 형상으로 표출해내는 이유에 대해서도 고찰하게 될 것이다.

4장 1절에서는 근대계몽기의 '허구지향적 전(傳)'은, 중세적 이데올로기 표출 양식으로서의 정통적 전(傳)에 부단히 저항해오면서 스스로의 역사성을 획득한 문예적 양식이란 점을 확인하게 될 것이며, 동시에 이와 같은 전(傳) 양식의 '내면'이란, 그 자체로 '국한문체'에 의해서 '만들어진' 내면이란 점도 규명하게 될 것이다. 또한, 이러한 인식에 기반하여 아울러 근대계몽기 허구지향적 전(傳)의 주인공(주체)을 형성시키는 성장 엔진이 '불안과 초조의 내면'이란 사실도 확인할 수 있게 될 것이다. 또한, 이 장에서는 이러저러한 삶의 양태들이 부딪치고 얽히어 있는 인정물태의 공간 창출이 원천적으로는 불가능한 양식일 수 있는 전(傳)이 어떻게 '패덕(悖德)'을 수용하면서, 인정물태의 공간을 창출하고 있는가에 대해서도 규명할 것이다. 4장 2절에서는 모순의 중세 체제와 화해하지 않으려는 자를 통해서 드러나고 있는 '미적 특질'이 과연 무엇인가가 고찰될 것이다. 또한, 이 장에서는 제도화(신분제)를 통하여 주어진 질서와 가치를 공식적(public)으로 '추인하려는 주체'와 각성한 한 개인의 개별적 '가리스마(주어신 실서와 가치를 변형하거나, 아니면 새로운 가치를 찾아내려는 카리스마)적 주체'가 충돌하며 생성해낸 의미에 대해서도 주목할 것이다. 아울러 근대계몽기 '허구지향적 전(傳)'이 보여주고 있는 진실, 곧 신분제 자체가 가지고 온 구조적 모순과 그 모순이 야기한 '긴장'을 처리해낼 수 있는 제도의 신생이 근대계몽기라는 역사적 시공성 안에서 가능한 것인가에 대해서도 고찰하고자 한다.

근대계몽기 전(傳) 양식의 전변(轉變)과 그 유형적 특성

1. 전(傳)의 근대적 자기 갱신

신채호가 근대계몽기의 시대적 상황을 절절하게 묘사한 바[1]대로 이 시기의 우리 민족은 제국주의의 침탈에 의해서, 그야말로 '천지에 집 없는 가여운 신세[天地無家憐我輩]'로 전락한 상황이었다. 이러한 상황에서 존재의 근거를 '백두(白頭)'에서 찾는 것 자체가 세계를 지각하는 새로운 방식이 될 수 있는지는 좀더 검토해야 할 문제이지만, 적어도 일군의 애국 계몽의 기획자들에게 '백두'의 정신은 어쨌든 하나의 생성적 공리가 될 수는 있었던 듯하다. '백두'의 정신이 새로운 공리가 될 수 있다는 이

---

1) "殘燈如對讀書秋 此夜羈人共此樓 天地無家憐我輩 光陰依舊向東流 終期滄海爲平地 只信高山有白頭 倒盡長瓶不成醉 隔窓風雪正颼颼."(申采浩, 「舊曆歲除逢友述懷」, 『丹齋申采浩全集』下, 을유문화사, 1972, 465면)

와 같은 생각은 말할 것도 없이 기존의 공리를 그대로 연역한 결과만을 맹목적으로 준신하는 태도와는 다른 것이었다. 1900년대의 애국 계몽의 기획자들에게 중요한 것은 '어떻게 하면 과거로 되돌아가기의 오류에 빠지지 않으면서 미래(애국 계몽 담론)를 펼칠 수 있을까'의 문제였다. 곧 과거의 공리를 비판적으로 수용하면서, 동시에 그것을 새로운 체계(공리) 속으로 포섭하느냐의 문제인 것이다. 한 마디로 1900년대의 계몽기획자들의 사상은 '개신, 즉 다시(re-)의 사상'인데, 이 도저한 '다시 시작하기(recommencement)'의 방식에 근거하여 1900년대 애국 계몽의 기획은 그 자태를 드러내고 있었다. 어떠한 공리도 절대적일 수 없다는 가치론, 곧 '근대적 세계주의와 전통적 유가 이데올로기'를 다함께 '상대화'하는 이 도저한 사유 방식이 1900년대 애국 계몽 운동의 주체들에게 수용되고 있었음은 『신단공안(神斷公案)』의 연작 일곱 편을 고찰해 보면 잘 알 수 있다.2) 특히, 제4화(「金鳳本傳」)의 주인공 '인홍'이나 제7화(「魚福孫傳」)의 주인공 '어복손'을 통해서 구현하려고 했던 인물과 그 인물을 통해서 구현한 가치(주제)는 이러한 애국 계몽 운동의 주체들의 사유, 곧 '다시(re-)'

---

2) 주지하다시피 『神斷公案』(1906.5.19~12.31)은 중국의 공안 소설인 『용도공안』과 『초각박안경기』의 번안 연작소설이다. 이 중에서 제1화, 제2화, 제3화는 『용도공안』을 번안한 작품이고, 제5화는 『초각박안경기』를 번안한 작품이다. 또한, 제6화는 『棠陰比事』와 『欽欽新書』의 이야기와 『臨官政要』의 이야기와 모티프가 같다는 점에서 이들 작품의 번안이라는 주장(이헌홍, 「조선조송사소설연구」, 부산대 박사논문, 1987; 손병국, 「한국고전소설에 미친 명대화본소설의 영향」, 동국대 박사논문, 1989; 증천부, 「한국소설의 명대화본소설 수용 연구」, 부산대 박사논문, 1995)과 예전부터 전해오던 구비 설화의 이야기를 토대로한 창작 소설(심재숙, 「근대계몽기 신작 고소설의 현실대응양상 연구」, 고려대 박사논문, 2000)이라는 주장 등이 있다. 본고에서는 이 다섯 작품은 일단 분석의 대상에서 제외하기로 한다. 우선 제6화를 제외한 나머지 네 작품(1화, 2화, 3화, 5화)은 중국 공안 소설을 거의 그대로 번안한 작품이어서 문학적 가치가 높지도 않을 뿐만 아니라, 전(傳)의 근대적 변용과도 거리가 먼 작품이므로 고찰에서 제외하기로 한다. 또한, 제6화 역시 논란의 여지는 있지만, 이 작품 역시 앞의 작품들과 대동 소이한 성격을 그대로 지니고 있다는 점에서 본고의 고찰에서 제외하기로 한다. 다만, 제4화(『김봉본전』)와 제7화(『어복손전』) 등은 예부터 전해오던 이야기(설화)를 전(傳)의 형식에 담아 새롭게 창작한 작품이라는 점에서 본고의 고찰 대상이 된다.

와 '재생'의 사유 방식을 극명하게 드러내고 있다는 점에서 매우 의미 있는 작품이다. 곧 1900년대 애국 계몽 기획의 주체들이 끊임없이 과거의 문예적 양식(대표적으로 전과 야담)을 갱신하려 했던 이유도 바로 여기에 있었던 것이다. 바로 이 갱신의 몸부림을 통하여, 곧 '인홍'과 '어복손'으로 대표되는 '자각의 개인(내면)', 혹은 '내면(개인)의 발견'에 의해서 근대계몽기의 시대 정신이 견인되고 있었다. 근대계몽기 전(傳) 양식은 바로 이 지점에서 서구 이식론을 정면으로 반박하는 '내발적 근대성론'의 근거로 제출될 수 있겠다. 특히, 근대계몽기 허구지향 의식을 보이고 있는 전(傳)은, 곧 「김봉본전(金鳳本傳)」의 '인홍'과 「어복손전(魚福孫傳)」의 '어복손'이란 "부서진 희망을 우리에게 전달하는" 입전 인물의 절망적 내면을 보여줌으로써 가장 절실하게 "우리를 변화시킬 수 있는 감응력"을 확보해내고 있다.[3] 전(傳) 양식을 '문이재도(文以載道)'와 관련시켜 이해할 수 있는 지점도 여기이다. 한 마디로 '절망의 내면'이 사회적 실천(애국 계몽의 담론)의 문제와 다시 결부되어야 한다는 것, 바꿔 말하면 절망의 내면은 "궁극적으로 집단으로 나아가기 위한 전단계로서만 가치를 갖게 된다"는 의미이다."[4] 이것은 '내면'이란 개인성을 '집단'이란 전체성에 귀속시키는 사유인바, 이것은 '집단성'을 규율하는 '체(體)', 곧 '도(道)'의 흔들림을 상징적으로 드러내고 있는 것으로 볼 수도 있겠다. 이런 맥락에 근거해 보면 이른바, '동도서기(東道西器)'란 이렇게 '체(體)'의 흔들림을 전제했을 때만이 가능해지는 개념적 틀일 수 있다. '본질적인 것은 동(東)'으로 하고 '드러나는 것은 서(西)'로 한다는 개념틀 자체가 이미 '서기(西器)'의 '동도화(東道化)'라는 절체절명의 시대 현실을 극명하게 표징하는 것이기도 하다. 이것은 한발짝만 더 나아가면 '체(體)' 곧 '도

---

3) Yu-kung Kao, "Lyric Vision in Chinese Narrative Tradition : A Reading of Hung-Lou Meng and Ju-Lin Wai-Shih", *Chinese Narrative*, ed. Andrew H. Plaks, New Jersey : Princeton University Press, 1977, p.243.

4) 정진배, 『중국 현대 문학과 현대성 이데올로기』, 문학과지성사, 2001, 159면.

(道)'에 대한 근본적인 인식의 전환이 전제되지 않은 '기(器)'의 기계적 차용이란 아무 의미 없는 '개신'만 구호화될 뿐이라는 주장으로 이어질 수 있는바, 동도서기(東道西器)의 '불안한 결합', 혹은 '기형적 만남'은 늘 극단적인 '서화(西化)'이거나 '동화(東化)'에로의 변화 가능성을 자체 내에 운명적으로 지니고 있는 개념틀인 셈이다. 그렇다면, 이러한 개념틀을 가지고 근대계몽기의 문제적 쟁점들(예컨대, 애국 계몽 담론의 주체와 성격의 문제 등)을 검토하려면 우선은 '도(道)'와 '문(文)'의 실질 개념에 대한 검토가 필요할 것이다.5) 과연 전대와는 완전히 다른 지점에서 '도(道)'와 '문(文)'의 실질 개념이 구축되고 있는가. 이 지점에서 두 가지 주장이 가능할 듯하다. 하나가 "1900년대의 문 개념은 소설에 대한 비판적인 견해를 보인다는 점에서 전통적인 문학관의 연속선 상에 놓여진 것처럼 보이지만, 사실은 도 개념의 유효성 상실·정치적인 공공성의 역사적 변화·전통적인 미학적 가치체계의 정당성 상실·허문과 장식적 수사에 대한 배제—메커니즘의 구축이라는 역사적 지점들을 거쳐서 형성된 것"6)이라는 것이 그 하나이고, 다른 하나는 "한국 근대 서사 문학 양식은 서구나 일본을 통해 그 씨앗이 뿌려진 것이 아니다. 그것은 과거로부터 내려오는 우리 고유의 전통적 교육을 받았던 애국 지사들이 시대의 변화에 적절히 대응하며 만들어낸 문학 양식이다. 그들이 만들어낸 새로운 양

---

5) 도(道)의 실질 개념은 근대계몽기에 이르러서도 대체로 '경술(經術)의 범주'에서 크게 벗어나지 않았다. 그러나 이미 조선 후기부터 변화한 시대적 상황을 인식하고 그것에 유효한 새로운 해석과 실천에 알맞는 도(道)와 문장(文章)을 갖추어야 한다는 인식이 자리잡기 시작한다. 예컨대 남공철(1760~1840)은 "오늘에 살면서 문을 배우려고 하면, 마땅히 오늘날에 쓰일 것을 구하여야[居乎今之世學文當求用於今之世]" 한다며 "오늘날의 도를 실현하려면 반드시 오늘의 말로써 지금의 사물을 갖추어야[今之道行今之言以備當時之物事而已]" 한다며 도(道)의 실질은 오늘을 중시하고 옛것의 테두리에서 벗어날 때 실현될 수 있게 된다는 주장을 펼친다. 이와 같은 도(道)의 실질 개념이 근대계몽기의 신채호와 같은 전(傳) 작가들에게 계승되어 "열강으로부터 주권을 확립하는 절대적인 명제를 제시하는 것"으로 규정되기에 이른다(윤충의, 『한국 근대소설론 연구』, 고려대 민족문화연구소, 1994, 40면).
6) 김동식, 「한국의 근대적 문학 개념 형성과정 연구」, 서울대 박사논문, 1999, 59면.

식의 발전사가 곧 한국 근대소설 발전사가 되는 것이다"7)는 주장이 다른 하나이다. 이 두 주장은 흔히 '이식론'과 '내재론'으로 간명하게 규정된바, 어떤 식으로든 '제 꼬리 물고 쳇바퀴 돌기'일 듯한 이 난망의 과제는 사실 한 지점의 단층성만 강조하는 장르 인식의 소산이 아닌가 한다. 특히, 전자는 문학 개념 속에 내재한 '일반화된 의사소통양식'이란 단층성만을 과도하게 강조한 주장일 수 있겠다. 이와 같은 주장들이 문제가되는 지점들은 우선은 '양식적 특성에 대한 고려'가 전제되지 않았다는점도 문제이거니와 주장 자체가 지니고 있는 내적 불투명성 또한 문제이다. 예컨대, 근대계몽기 문(文)에서의 '허문과 장식적 수사에 대한 배제－메커니즘'과 전통적인 문(文) 개념에서의 '허문에 대한 배제－메커니즘'과의 차이를 구체적 작품을 통해서 논증해낼 수 있는가의 문제이다. 적어도 본고의 고찰 대상인 전(傳) 양식 하나만을 대상으로 하여 보면, 이와 같은 전자의 논리는 설득력이 없는 주장일 수도 있겠다. 유학자들의 서사 욕망을 실현하는 공인된 서사 양식 가운데 하나인 전(傳) 양식조차도 근대계몽기에 들어와 '허문'을 수용하는 전(傳)과 '허문과 대척되는기실(紀實)'의 전(傳)이 존재할 정도로 양식 전변이 극심한 시기가 근대계몽기임을 전제한다면 작품을 통하여 논증한 것이 아닌 전자와 같은 주장은 선뜻 받아들이기 어려운 주장이다. 특히, 문집의 형태로 유학자 집단 내에서만 회람되던 전(傳)이 신문·잡지라는 공공영역 안으로 수용된이유를 설득력 있게 제시하지 못한다면 '이식론'의 주장은 적어도 그 타당성을 근대계몽기라는 시공성 안에서는 증명할 수 없게 될 것이다. 이지점에서 전(傳)은 '중세주의와 (근대적)세계주의'라는 대극의 이데올로기사이에서 어떻게 하면 '신소설'과 대타적 위상 관계를 이루면서 동시에자신의 위상을 확보할 수 있는가, 하는 문제적 쟁점과 맞닥뜨리게 된다. 신채호와 같은 근대계몽기의 전(傳) 작가들이 전(傳)이란 텍스트의 근대

---

7) 김영민, 『한국근대소설사』, 솔, 1997, 78면.

적 전환을 끊임없이 모색한 이유도 바로 여기에 있었다. 전(傳)은 어떤 식으로든 자신의 위상을 '계몽 담론'의 시공성 안에서 확보할 필요가 있었다. 요컨대, 근대계몽기 전(傳)의 기본 논지는 '기실(紀實)'과 '허구기록'을 모두 아우르며 '탈중세주의를 통한 (근대적)세계주의에로의 지향'이라는 개념으로 집약될 수 있는바, 이와 같은 맥락에 근거해 본다면 적어도 근대계몽기의 전(傳)은 당대의 '오늘 우리'의 이데올로기를 대변하는 서사 양식이었다. 실제로 근대계몽기는 '사적 자아를 억제하고 공적 자아'를 구현시킬 문예 양식이 절실했던 시기였다. 영웅이나 도덕적 이상주의를 체현하고 있는 인물을 통해서 애국 계몽 담론을 유출시켜야 했다. 모든 자아는 '공동선'을 구현하고 있는 '집체, 혹은 타인'과의 관계 속에서만 결정되어야만 했다. 국가(민족)라는 공동의 집체 구현을 위해 '희생하는' 개인이야말로 가장 모범적인 '공적 자아'인바, 이와 같은 자아를 통해서 '오늘 우리'를 묶어내는 것이 근대계몽기를 표징하는 '시대 정신'이라면 전(傳) 양식만큼 효과적인 서사 양식도 없었다. 계몽 담론이란 역사적 시공성 안에서 '기실(紀實)의 전(傳)'이 산생될 수밖에 없었던 이유, 그것은 바로 '오늘 우리'의 시대 정신을 '기실의 전(傳)'이 다른 그 어떤 유형의 전(허구지향의 전)보다 직접적으로 구현해내고 있었기 때문이었다. 그러나 이와 같은 전(傳)의 '노출'성이 곧 바로 '탈중세'의 세계관을 선취한 것이거나 여전히 열근성의 현실에서 벗어나지 못하고 있는 전(傳)이란 텍스트 밖의 세계에 대한 구체성을 형상해낸 것은 아니었다. 텍스트 내의 가상적 주체(영웅) 불러내기의 방식(이데올로기의 직접 노출) 그 자체에 의해 '(근대적)세계주의'의 가능성이 선취되는 것이 아니라, 오히려 '허구지향의 전(傳)'에서 입전된 '광인적 자아'나 '악한'에서 차라리 '탈중세'의 이데올로기가 선취되고 있었다는 점이다. 이런 관점에서 보면, 근대계몽기 전(傳)이야말로 "충, 효, 열 등의 규범적 이념을 내재화하고 고취하는"8) 중세 장르의 일반적 특성과 교집하는 동시에 유가 이념 (충, 효, 열)의 전통적 패러다임으로부터의 상당 부분 일탈한 '광인'과 같

은 '고독한 자아' 형상을 한 인물을 입전하여 '탈중세'의 이념을 선취하
는 (근대적)장르적 특성을 보여주기도 한다.

2. 근대계몽기 전(傳) 양식의 유형과 그 특성

1) 유형화의 전제적 지반

전(傳)은 '충, 효, 열' 등을 '특별히(근대계몽기의 다른 서사 양식에 비해서)'
강조하는 규범 의식을 지닌 문(文)인바, 이것으로 다른 양식과 전(傳)과의
차이를 드러내는 근거로 삼을 수도 있겠다. 전(傳)은 '인멸에 저항하는 장
르'로서의 특성도 더불어 가지고 있다. 전(傳) 작품 중에서 종종 '垂於後
(뒤에 전한다)', '傳於世(세상에 전한다)', '傳於天下後世(천하후세에 전한다)',
'傳名(이름을 전한다)' 등의 표현이 발견되는바, 이런 표현들은 전(傳)이 인
물의 선행을 표창함으로써 당대와 후세에 그 이름을 길이 전하려는 장르
임을 알게 해준다. 전(傳)은 망각으로부터 인물을 구해내 그의 이름이 역
사 속에 불후(不朽)하도록 만들어 주는 것이다.[9] 곧, 전(傳)은 어진 사람의
"뜻과 업적이 길이 전해지기를 바라는"[10] 마음에 기반한 양식, 곧 "인멸
에 저항하고자 하는 본능"[11]을 가장 직접적으로 노출하는 양식이다.[12]

---

8) 朴熙秉, 「朝鮮後期 '傳'의 小說的 性向 硏究」, 서울대 박사논문, 1991, 17면.
9) 朴熙秉, 위의 논문, 14~15면.
10) "志業永有以傳之也."(유몽인, 『村隱集』「劉希慶傳」)
11) Harold Nicolson, *The Development of English Biography*, London : The Hogarth Press, 1947, p.17.
12) 이 점에서 보면 서양의 전기나 유교문화권의 전(傳)이 별 차이가 없다. Harold Nicolson
　　이 서양 전기의 기원을 '인간의 자기 보존적인 본능(the instinct of self-preservation)'이나
　　'인멸에 저항하고자 하는 본능(the instinct to defy annihilation)'에서 찾고 있음을 보면 잘
　　알 수 있다. Harold Nicolson, Ibid., p.17; 朴熙秉, 위의 논문, 서울대 박사논문, 1991, 315면.

요컨대, 전(傳)은 어떤 식으로든 자체 내에 '역사'의 성격을 내함하고 있는 양식이다. 전(傳)이 "인멸에 저항하면서 인물의 덕과 선행을 역사 속에 길이 전하고자 함"은 물론이거니와 "전(傳)이 환기하는 미적 정서가 대개 엄숙하거나 비장하거나 숭고한 것"도 다 전(傳)이 지니고 있는 '역사'의 성격과 무관하지 않다.13) 이렇게 본다면 전(傳)이란 텍스트는 '역사라는 기실(紀實)'의 컨텍스트에서 신뢰를 받을 수 있을 때, 전(傳)은 "신뢰와 확신의 양식"14)으로 그 위상을 확보할 수 있게 된다. 사실, 이와 같은 관점은 역으로 역사란 "수많은 전기의 총합"15)이라는 극단론과 만날 수 있는 지점이 존재하기도 한다. 근대계몽기 구국 영웅들을 입전했던 '기실(紀實)의 전(傳)'들이 궁극적으로 기반한 사유의 지반이 이와 크게 다르지 않은 것을 보면 잘 알 수 있거니와, 이러한 '기실의 전(傳)'을 창작한 작가들은 '역사와 전(傳)'을 크게 달리 인식하지 않았다. 그렇다면 역사와 전은 상호지급보증의 은밀한 내적 관계를 전제한 것인바, 말할 것도 없이 이러한 인식에 기반하여 탄생한 인물(영웅, 혹은 유가적 규범을 체현한 인물)에 의해 '(실제의)사회적 실천'이 자연스럽게 근대계몽기라는 역사적 시공성 속으로 주사되는 것이다. 바로 이 '사회적 실천'의 문제가 다음과 같은 인용문에서 드러나고 있는 '천도가 옳은가 그른가[天道是耶非耶]'의 간명한 진술 속에 농축되어 있다.

> 그의 삶은 불우했던 듯하다. 그는 효성과 우애, 학공(學功)을 지녔지만, 끝내 아무런 보답을 받지 못하고 뜻을 펴보지 못한 채 죽었다. 그는 혹 사마천의 이른바 '천도(天道)가 옳은가 그른가?'라는 의문에 해당되는 사람이었던가. 대저 세상의 탐욕스럽고 부귀한 자로서 끝내 수복(壽福)을 누리는 자들은 또한 어째서인가? 하지만 이것으로써 저것을 바꾸지 않으리니, 후인(後人) 중에 이를 분변하는 자 반드시 있으리라.16)

---

13) 朴熙秉, 위의 논문, 15면.

14) André Maurois, *Aspects of Biography*, London : Cambridge University Press, 1929, p.182.

15) John A. Garraty, *The Nature of Biography*, New York : Alfred. A. Knopf, 1957, p.5.

근대계몽기라는 역사적 시공성 안에서의 '도(道)와 문(文, 혹은 傳)'의 실질 개념을 규정하는 역사철학적 기저의 한켠에서는 여전히 조선시대와 공통되는 문제 의식의 일단이 존재했다. 그것은 이른바 '천도(天道)'의 실현이란 개념으로 언표화될 수 있겠다. 바로 이 '천도'의 실현이란 위의 인용문에서도 잘 드러나는 것처럼 "현세에 자기 삶의 정당한 보답을 받지 못한 사람들을 동정하면서 그들을 역사 속에 길이 전함으로써 그 삶을 보상받게"17) 하는 사마천의 「백이열전」의 정신의 실현일 터인바, 그것은 요컨대 '연민'과 '보답'이라는 내적 기저(역사철학적 기저)로 간명하게 규정될 수 있을 것이다. 이와 같은 역사철학적 기저는 특히 '사실(事實), 곧 기실(紀實)의 전(傳)'과 같은 전통적인 전(傳)에서 더욱 분명하다.18) 그러나 문제는 '연민'과 '보답'의 역사철학적 기저와는 층차가 다른 전(傳)이 근대계몽기의 전(傳) 텍스트 안에 존재하고 있다는 것이다. '사실(기실)

---

16) "其生之也 似不偶然 而以其孝友之行 學問之功 卒不蒙其報施 遽齋志以歿 徜馬遷 所謂天道是耶非耶者耶 抑世之貪饕富貴 終亨福壽者 亦何人哉 然亦不以此而易彼 後人必有能辨之者."(朴長遠,『久堂集』「張季遇傳」; 朴熙秉,「朝鮮後期 '傳'의 小說的 性向 研究」, 서울대 박사논문, 1991, 18~19면 재인용)

17) 朴熙秉, 위의 논문, 20면.

18) 예컨대, 「乙支文德」에서 "보잘것없는 횡설수설로 우리나라 4000년의 신성한 역사를 더럽히고 위대한 영웅을 묻어버렸기 때문에 혹 용맹스런 인물이 있다고 하여도 단지 시골 어린이들의 이야기 속에 겨우 전할 뿐이며, 혹 놀라운 공업(功業)이 있어도 나무꾼의 노래가락 한 토막으로만 겨우 전할 뿐, 전해 내려오는 사적(史蹟)은 날로 사라져 그 이름마저 찾아볼 수 없게 된 대장부가 그 얼마인가[可笑의 筆事와 支離無關의 等 說로 我韓四千載神聖歷史를 汚衊ᄒ고 偉大英雄은 埋沒에 一任ᄒ 故로 或龍爭虎躍의 人物로도 村兒俚談에 一句만 僅傳ᄒ며 或神驚鬼號의 功業으로도 樵竪巷謠에 一曲만 偶播ᄒ고 傳來史蹟은 落落無多ᄒ니 然則又其外姓名ᄭ지 遺漏된 大男兒가 幾何인지 不知ᄒ올지라]"(申采浩,「乙支文德」, 廣學書舖, 1908.5, 3면) 등에서 잘 드러난다. 물론, 다음과 같은 사례, 곧 「水軍第一偉人 李舜臣」에서 "오호, 장하도다, 누가 이 충무공의 죽음을 곡하는가? 오직 노래 부르고 춤추는 것이 가하도다[嗚呼壯哉라 誰가 李忠武의 死를 哭ᄒᄂ가오즉 謳歌蹈舞홈이 可ᄒ니라]"(錦頰山人,「水軍第一偉人 李舜臣」,『大韓每日申報』, 1908.6.23)라는 진술을 근거로 하여 '연민'과 '보답'을 넘어서는 다른 층차의 입언을 세워 볼 수도 있겠다. 그러나 이러한 부분은 어디까지나 작품의 '미적 숭고'를 형상해 내기 위한 '담론'적 표현이지 이 작품의 역사철학적 기저를 결정짓는 요소는 아니다.

지향의 전(傳)'과는 그 양식과 미적 기반 자체가 다른 전(傳), 이른바 '허구지향성이 농후한 전(傳)'이 바로 그것이다. 이 두 유형은 사실 전(傳)이라는 동일한 패러다임 안에서는 그 작품의 '구성 방식과 미적 기반'이 내왕될 수 없는 지점들이 존재한다. 그렇다면 어떤 기준에 근거하여 '자기 분열과 전환'의 도상에 있는 근대계몽기의 전(傳)을 유형화할 것인가가 문제이다. 근대계몽기 전(傳) 역시 "시대의 요구에 따라 전변되어 온 역사적 산물"[19]이란 점을 감안한다면 전대 전(傳)에 대한 유형 분류의 틀과 기준을 기계적으로 따를 수 없는 지점이 존재한다.[20] 특정 시대마다 그 시대를 규율하는 문제적 '담론'의 구조가 존재하기 마련이다. 근대계몽기 전(傳)의 두 가지 언술 형태를 "의론(議論)과 서사(敍事)"[21]라 할 때, 의론과 서사의 경중에 따라 전(傳)의 유형을 분류할 수도 있겠다. 문제는, 근대계몽기의 전(傳) 중에는 '의론적 전(傳)'이라 명명할 만한 작품이 많지 않다는 사실이다. 또한, 입전 인물을 표창하는 데에 기여하는 몇몇의 일화를 분립시켜 그 인물의 가치를 구현해내는 '삽화적 유형'과 시간적 계기성에 따라 긴밀하게 삽화를 결속시켜 인물에 대한 포폄 의

---

19) 閔丙秀, 「兩班傳」, 『玩巖金鎭世先生回甲紀念論文集 : 韓國古典作品論』, 집문당, 1990, 200면.

20) 박희병은 전(傳)을 일사인(一私人)의 행적을 포폄 의식과 연민의 염(念)으로써 서술하여 역사에 길이 전하고자 하는 교술 산문으로서, 예화(例話)를 통해 입전 인물을 일방적으로 부각시키면서 그 가치를 확인하고 표창하는 데에 주안을 두는 장르로 규정하고, 이에 근거하여 조선 후기의 전(傳)을 다음의 두 가지 기준에 의하여 유형화한다. 그 하나는 '입전 인물'에 의거하는 것이고, 다른 하나는 '서술 형식'을 기준으로 하는 것이다. 입전 인물을 기준으로 할 경우, 충열전·효자전·열녀전·일사전·신선전·예인전·유협전 등등으로 유형화해 볼 수 있을 것이다. 이는 곧 입전 인물의 인간형에 따른 유형 분류에 해당한다. 이 경우, 인간형의 특성이 대체로 유형의 성격과 전개를 결정짓는다는 특징을 보인다. 이와 달리, 서술 형식을 기준으로 전의 유형 분류를 꾀할 때에는 세 가지 유형이 추출될 수 있다. 의론적 유형, 삽화적 유형, 유기적 유형이 그것이다. 박희병은 이중에서 전과 소설이 얽히는 양상과 문제를 규명하기 위해서는 서술 형식에 따라 유형을 분류하는 쪽이 논의를 펼치는 데 유리하다는 것에 착안하여 조선 후기 전과 소설의 상호관련성의 문제를 이론과 실제 양측면에서 해명해 낸다(朴熙秉, 앞의 논문, 22~23면).

21) 朴熙秉, 위의 논문, 23면.

식을 드러내고 있는 '유기적 유형'을 상정할 수 있겠다. 이러한 유형 역시 근대계몽기 전(傳)의 실상을 밝히는 데에는 일정의 한계가 있다. 우선, '유기적 유형'이라 명명할 만한 작품이 거의 없다는 점이다. 전(傳)의 소설적 경사 현상이 농후했던 조선 후기의 전(傳)이 주로 '유기적 유형'이었다는 점을 생각한다면 매우 이례적인 현상이다. 조선 후기의 전(傳)이 "단지 교훈성만을 지니지 않고 흥미의 요소를 점차 강화시켜 나갈 수 있었던 데에는 이 유형이 기여한 바가 자못 크다"22)는 점이 이러한 특이 현상의 발생론적 이유를 가늠하는 하나의 실마리가 될 수는 있겠다. 그만큼 근대계몽기의 역사적 시공성 안에서의 전(傳)이란 텍스트는 문예적 '흥미성'을 수용해낼 수 있는 '방'을 마련할 여유가 없었다. 근대계몽기란 역사적 시공성 안에서 가장 중요한 문제는 역시 계몽성(교훈성)을 드러낼 수 있는 '창'을 마련하는 것이었다. 이 지점에서 본고에서는 근대계몽기 전(傳)의 유형을 '인물의 창출 방식 / 가치 구현의 방식 / 구성적 유형'에 따라 '사실지향적(事實指向的) 전(傳)'과 허구적 상상력을 양식적으로 수용하고 있는 '허구지향적(虛構指向的) 전(傳)'으로 분립시켜 고찰하고자 한다.23) 말할 것도 없이 유형화란, 문예 양식이 지니는 그 역사적 전변 가능성을 전제하는 것이기는 하지만, 그것은 원칙론에 불과할 뿐이다. 대개의 유형화는 결과적으로는 각각의 문예 양식이 지향하는 중심 가치를 위해서 원환화(圓環化)된 요소들의 몇몇 공통성에만 주목할 따름이다. 그 어떤 유형화도 편면화의 한계에서 벗어날 수는 없다. 본고 역시 마찬가지이다. 근대계몽기 전(傳)의 유형을 '사실지향적 유형'과 '허구지향적 유형'으로의 대타적 분립이 야기시킬 한계는 분명할 수 있겠다. 무엇보다도, 전(傳)이란 양식 자체가 '허구적 서사물'이라기보다는 원래 발생론적으로 '사실의 문학'이란 점에서 그 타당성을 의심받을 수 있

---

22) 朴熙秉, 「朝鮮後期 '傳'의 小說的 性向 硏究」, 서울대 박사논문, 1991, 28면.
23) 본고의 이와 같은 관점은 박희병(「朝鮮後期 '傳'의 小說的 性向 硏究」)의 연구 성과에 따른 것이다.

는바, 그럼에도 불구하고 이 두 가지 명칭을 써서 정식화하려는 이유는 원체 두 유형으로 분속된 전(傳) 작품들의 원환상의 내적 속성들이 교집합보다는 차집합이 많기 때문이다. 극단적으로 보면 전(傳)이라는 그 외적 상동성만을 빼놓고 보면, 그 역사철학적 기저나 미적 특질 자체는 완전히 다른 양식으로 보아도 무방할 정도이다. 그렇다면 두 유형의 전(傳)은 다음과 같이 정리될 수 있겠다. 요컨대 입전 인물(주인공)의 가치 표창에 모든 원환상의 서사 요소들이 복속되어 새로운 이데올로기 탐색이 봉쇄된 전(傳)에서는 사실 '(갈등의)세계'는 없고 '(입전)인물'만 부각되기 때문에 '갈등'이 야기될 수가 없다. 이러한 유형의 전(傳)에서는 인물과 세계가 텍스트(傳) 내에서 상호 침투될 수가 없다. 말할 것도 없이 인물과 세계의 대결이 있을 수 없으니 '허구'가 개입될 수 없다. 오직 '인물'의 가치를 표창할 '사실(事實)'만이 서사의 요소로 필요할 뿐이다. 이와 같은 유형의 전(傳)을 본고에서는 '사실지향적(事實指向的) 전(傳)'이라 명명한다. 반면에 입전 인물과 그와 갈등하는 '반면 인물(antagonist)'이 거의 대위적 위치에서 입전 인물과 파국적 갈등을 겪는 전(傳) 작품에서는 허구화된 상상적 진술이 수용되면서 '(유가적)단일의 신념 체계'가 깨어진다. 이러한 유형의 작품에서는 작품 내의 인물들이 개별적 독자성에 근거하여 스스로의 세계 내적 조건들을 획득해 가기 때문에 당연히 '(갈등의)세계'가 축조될 수밖에 없다. '세계 내의 나'이지만, 그것은 다른 말로 표현하면 '세계와는 다른 나'인 이른바 '새로운 내면의 빛'을 가진 '나(자아)'가 입전된 전(傳)이 출현한 것이다. 본고에서는 이러한 유형의 전(傳)을 '허구지향적(虛構指向的) 전(傳)'으로 명명하고자 한다. 이와 같이 근대계몽기의 전(傳) 양식을 '사실지향적 전'과 '허구지향적 전'으로 유형화할 때, 후자인 '허구지향적 전'에서는 입전 인물의 '내면-인물의 불안과 고독, 혹은 악의 심리적 근저 등등'이 재현된다. 바로 이 '내면' 창출의 원환상에서 '허구적 상상력'이 적극적으로 수용되고 있는 것이다. 반면에 '사실지향적 전'에서는 입전 인물의 '외면-(유가적)이념을 체현하고

있는 인물의 행위’가 통상 재현된다. 이러한 유형에서는 인물의 ‘내면’
이 인물의 외적 행위에 의해서 ‘가려지게’ 된다. 이와 같은 유형에서는
그러니까, 인물의 외적 행위의 자양이 될 수 있는 ‘사실(事實)’의 수용이
무엇보다도 중요한 서사 형성의 요소가 되는 것이다. 이렇게 두 유형의
분류적 기준의 첫째 요소가 ‘인물 창출 방식’이었다면, 그 둘째는 ‘가치
구현’의 방식을 들 수 있겠다. ‘사실지향적 전’에서는 기본적으로 “주제
의 본질”이 그에 걸맞는 “증거나 사실에 대한 분별력 있는 선택”에 의해
서 축조된다.24) 그러므로 가치를 추인하는 데 필요한 ‘사실’만을 뽑아서
배열하는 것이 중요한 것이지, 미지의 가치를 “찾아나서는 것”25)이 중요
한 것은 아니다. 반면에 ‘허구지향적 전’에서는 작가의 “예술적 감수성
이 요구하는 어떤 디테일이든지 제공할 수 있는” 상상력, 곧 “제한받지
않은 상상력”에 의해서 ‘가치(주제)’가 구현된다.26) 결론적으로 ‘사실지향
적 전’이 “완료상태의 과거”의 삶을 대상으로 “이미 ‘찾아낸’ 가치를 ‘확
인’하는 데 주안을 두기에 교훈성이 강조되는” 유형이라면, ‘허구지향적
전’에서는 “현재 진행중인 것으로서의 삶”을 대상으로 하여 “아직 규범
화되지 않은 새로운 가치”를 탐색하는 데에 주목한다.27) 근대계몽기 ‘사
실지향적 전’과 ‘허구지향적 전’의 대위적 유형화 기준의 나머지 하나는
‘구성의 방식’에서 찾을 수 있겠다. 대체로 ‘사실지향적 전’이 ‘엄숙한
인물’을 입전하여 ‘현실’을 “공격하고 부정하는 풍자적 구성”을 기저로
하고 있다면, ‘허구지향적 전’에서는 “질문과 공허, 추구와 좌절이 구성
의 두 핵”인 ‘파국적 구성’이 작품의 축조 원리가 된다.28) 물론, 반면 인
물(antagonist)의 존재적 독자성 자체가 미미한 ‘사실지향적 전’ 자체를 갈
등의 구조인 ‘풍자적 구성’의 개념틀로 집단화시키는 것이 문제적인 것

---

24) John A. Garraty, *The Nature of Biography*, New York : Alfred. A. Knopf, 1957, p.10~11.

25) 朴熙秉, 「朝鮮後期 ‘傳’의 小說的 性向 硏究」, 서울대 박사논문, 1991, 33면.

26) John A. Garraty, op. cit., p.10.

27) 朴熙秉, 앞의 논문, 33면.

28) 金仁煥, 『韓國文學理論의 硏究』, 을유문화사, 1986, 230~233면.

이기는 하지만, 본질적으로 '사실지향적 전'의 반면 인물은 '속악한 세계' 그 자체일 수 있음으로 이와 같은 대타적 대위 구조의 논리로 접근한다면 입론 가능한 지점이 존재한다는 점에서 이에 본고에서는 하나의 분석틀로 제시하고자 한다. 그러므로 '속악한 세계(노예적 현실)' 그 자체가 "희극적 인물이 되어 공격과 부정"의 대상이 된다.29)

2) '사실지향적 전(傳)'과 '허구지향적 전(傳)'의 유형적 특성

(1) '사실지향적(事實指向的) 전(傳)'의 유형적 특성

전(傳)에 대한 "가장 간명한 정의는 삶의 기록"30)이다. 그러나, 모든 사람의 삶이 전(傳)의 대상이 될 수는 없는바, 전(傳)은 특정 인간의 삶에서 '규범적 가치'를 잘 드러내 준다고 판단되는 몇 가지 일화들을 "분별력 있게 선택하여"31) 규범적 가치를 정시(呈示)한다. '포폄(褒貶)'이니 '권징(勸懲)'이니 하는 말이 전(傳)과 관련해 자주 사용되는 것은 바로 이 점을 잘 말해준다. 한편, 규범적 가치의 정시에 초점을 맞추고 있는 전의 속성은 그 장르적 서술원리만을 규정할 뿐 아니라, 입전(立傳) 대상(對象)의 선정에 있어서도 결정적인 제약을 가한다. 고전적(古典的)인 전(傳)에 있어서 입전 인물의 선택이 당대의 가치 규범을 모범적으로 체현하고 있다고 판단되는 인물에 한정되고 있음은 이 점을 입증하는 것이다. 이처럼 전(傳)은 도덕적 규범의 표창이라는 차원에서 특정 인물의 덕성이나 인간적 자질을 몇몇 특징적 일화에 의해 드러내는 장르이다. 이 점에서 전(傳)은 가치를 찾아나가는 장르라기보다, 이미 찾아낸 가치를 적절한 예화(例話)를 통해 추인(追認)하는 장르라고 보인다.32) 본고에서는 이

---

29) 金仁煥, 위의 책, 231면.
30) John A. Garraty, op. cit., p.3.
31) John A. Garraty, Ibid., p.11.

러한 고전적인 전(傳) 형식을 전술한 바대로 '사실지향적(事實指向的) 전(傳)'으로 규정했다. 말할 것도 없이 이러한 유형의 전(傳)에서는 '(유가적) 규범 가치'를 에피소드의 인과적 결속에 의한 '갈등' 속에서 '찾아내는' 것이 아니라, 이미 '찾아진' 가치를 '확인'하는 방식을 취한다.[33) 물론, 근대계몽기 '사실지향적 전(傳)' 작품 중에는 드문드문 입전 인물의 갈등이 '내면' 표출의 언술 구조를 통해서 주조되기도 한다. 그러나 이것은 '(유가적)규범 가치'를 포폄(褒貶)하는 과정에서 필연적으로 부수되는 문제일 뿐, 그것은 분명히 규범적 가치에 부속된 것으로 제한된다. 그러므로 전체적으로 볼 때, 다소의 삽의(揷疑)에도 불구하고 규범적 가치는 애초 의도된 대로 '추인'된다. 갈등 그 자체를 통해 가치가 모색되기는커녕, 갈등의 부수적 제시 그나마도 결과적으로는 가치의 추인에 복속하고 마는 것이다.[34) 전(傳)은 이미 "자신들의 세계관적 당위성으로부터 연역되어 형성된"[35) 규범적 가치를 절대화하는 양식인 셈이다. 때문에 '사실지향적(事實指向的) 전(傳)' 양식은 다른 전(傳) 양식, 예컨대 '허구지향적(虛構指向的) 전(傳)'이나 가치(주제)의 은닉과 배제를 주요 구성 원리로 삼는 양식, 곧 근대소설의 구성 원리보다는 훨씬 "이념적이고 화석화된 삶의 원리"[36)를 드러낼 수밖에 없다.

근대계몽기 신문·잡지에 발표되기 시작한 '사실지향적 전(傳)' 작품은 주로 역사적 위인의 행적을 기록한 '사전(史傳)'에 집중되고 있었다. 특히, '충의(忠義)'를 모범적으로 드러낸 인물을 입전한 전(傳)이 절대 다수를 차

---

32) 朴熙秉, 「한국문학에 있어 '傳'과 소설의 관계양상」, 『韓國漢文學研究』 12집, 韓國漢文學學會, 1989, 33~34면.

33) 朴熙秉, 「朝鮮後期 '傳'의 小說的 性向 研究」, 서울대 박사논문, 1991, 33면.

34) 朴熙秉, 「한국문학에 있어 '傳'과 소설의 관계양상」, 『韓國漢文學研究』 12집, 韓國漢文學學會, 1989, 35면.

35) 閔玹基, 「소설 장르의 본질」, 『韓國學論集』 20집, 계명대 韓國學研究所, 1993, 111면.

36) 金均泰, 「『高麗史』列傳의 文學性과 限界」, 『선청어문』 16·17합집, 서울대 국어교육과, 1988, 455면.

지한다.37) 국운(國運)이 위태로운 상황에서 이 시기 애국 계몽의 기획자들을 지배했던 문예적 양식은, 적어도 "음사추화(淫詞醜話)나 황탄괴궤지담(荒誕怪詭之談)"38)과 같은 양식이 아니었음은 바로 이와 같은 '사실지향적 전(傳)'을 보아도 잘 알 수 있다. 그들은 어떤 식으로든 "사람의 굳센 기운(人之壯氣)"39)을 떨쳐 일으킬 문예적 양식을 찾아야 했다. 그들이 역사적 위인의 '장기(壯氣)'를 담아낼 양식으로 '전(傳)', 그것도 '거사직서(據事直書)'의 원칙에 충실해야 하는 '사전(史傳)'에 주목했던 것은 자연스런 귀결일 것이다. 다음의 『대한매일신보(大韓每日申報)』에 실린 '사전(史傳)' 가운데 하나인 「수군제일위인(水軍第一偉人) 이순신(李舜臣)」을 통해서 근대계몽기 '사실지향적(事實指向的) 전(傳)'의 구체적 모습을 고찰하고자 한다. 먼저 작품의 서술 분절은 다음과 같다.

① 민족의 명예를 대표할 만한 위인 중에서 시대가 가깝고 그 유적이 손상되지 않아 후세 사람의 모범이 되기 가장 좋은 이는 오직 이순신이므로 이순신의 큰 공을 그려내고자 한다.

② 풍신수길이 한국을 엿보아 노린 지가 오래되어 나라에 살기가 날로 가까이 닥친다. 이에 단군 신령께서 조선 선조대(宣祖代) 을사년(乙巳年, 1545)에 서울 건천동에 이순신을 내려 보냈다. 이순신은 대대로 유림 가문의 인물이어서 유학을 배우느라 스무 세월을 보내디 분연히 붓을 던지고 스물 여덟에 훈련원 별과에 응시한다. 이순신은 말달리기 과목을 치르다가 말 위에서 떨어져 다리가 부러지나 다시 일어나 말에 오르니 모든 사람들이 그의 의기에 탄복하여

---

37) 이러한 유형의 전(傳)에서는 특히 역사적 실존 인물을 입전한 '사전(史傳)'이 압도적으로 드러난다. 대체로 국외의 인물을 입전한 경우에는 중국이나 일본의 전기(傳記)를 번역·번안한 것이다. 예컨대, 이해조의 『화성돈전』만 하더라도 순연한 창작물이 아니라, 후꾸야마 요시하루[福山義春]의 『카세이똔』(1900)이나, 이것의 중역본으로 짐작이 가는 『화썽똔』(1903) 중의 하나를 번역한 전기인 것을 상기해볼 때, 이 시기 신문·잡지에 발표된 많은 '사전(史傳)'은 순연한 창작물이라고 보기 어려운 측면이 있겠다(최원식, 「『화성돈전』연구―애국계몽기의 조지 워싱턴 수용」, 『민족문학사연구』 18호, 298면).

38) 『增補 與猶堂全書』 1 「文體策」, 167면; 김흥규, 『한국고전문학과 비평의 성찰』, 고려대 출판부, 2002, 222면 재인용.

39) 김흥규, 『한국고전문학과 비평의 성찰』, 고려대 출판부, 2002, 222면.

박수를 쳤다.

③ 나이 서른 둘이 되어 이순신은 무과에 급제 하나 7, 8년이 되어도 승진이 안된 채 미관말직에 머무른다. 그러나 이순신은 곤궁과 영달의 여부는 전연 염두에 두지 않고 바르고 옳은 것만을 스스로 지켜 나가며, 위세 떠는 힘에 굴하지 않고 권문귀족에 아부하지 않으니, 이리저리 옮겨 다닌 지 8년 만에야 훈련원 참군(參軍)으로 승진이 된다. 그러나 이내 부친상을 당하여 관직을 내놓은 상태에서 복상(服喪)을 마치니 이때 이순신의 나이 마흔 둘이었다.

④ 변방의 오랑캐가 군사를 일으키니 이순신은 이운룡과 함께 난을 진압하고 적에게 포로가 되었던 우리 군사 60여 명을 구하는 공훈을 세운다. 그러나 이 일의 무고로 백의종군하게 되었으나 유성룡이 공의 재주를 높이 사서 거듭 천거하니, 나이 마흔 일곱에 전라좌도 수군절도사에 임명되었다.

⑤ 이순신은 전라좌도 수군절도사에 임명된 이후 군량을 비축하고 병기를 정비하며, 군사를 조련하고, 세계 철갑선의 비조(鼻祖)인 거북선 등을 만들어 일본의 침략에 대비하였으나 조정에서는 수군을 업신여기며 대비치 않으니 오직 이순신만이 만약의 사태에 대비하는 일에 홀로 힘썼다.

⑥ 임진년(1592) 4월 15일에 왜적이 부산포에 이르고 곧바로 부산포 큰 고을이 모두 함락되었다. 이에 이순신은 적함의 백분의 일도 못되는 장비를 거느리고 부산 앞바다로 구원을 나간다. 이순신은 다만 '의(義)' 한 자로써 군사의 마음을 격려하고 배를 띄워 급히 나가는데 지나는 길마다 평상시에 후한 녹(祿)을 받아 배불리 먹고 입던 태수(太守), 영장(營將)의 처량한 피난행차가 줄을 이었다.

⑦ 이순신은 옥포해전에서 분전하여 왜선 수십 척을 깨뜨려 부수고 불살라 없애니 뭍으로 도망하는 왜군이 줄을 이었다. 도망한 왜군이 인명을 살상하고 부녀를 겁탈하고 재물을 빼앗아 자기들 배에 싣고 소를 잡아 술을 먹으며 밤새 놀다가 아침에 고성 등지로 떠났다는 소식을 접하고 더욱 분개하며 적선이 진을 치고 있는 곳으로 떠났다.

⑧ 왜군이 서울을 함락시키고 임금께서 평양으로 파천하였다는 소식을 접한 이순신은 의분(義憤)에 몸을 떨었지만, 곧이어 슬픔과 분함을 억누르고 적병을 소탕할 계획을 세운다. 노량에서 발견한 적선 십 수 척을 격침시키고 이어 당포 앞바다의 싸움에서 크게 이겨 침몰시킨 왜선의 수가 82척이요 왜군의 시체가 바다를 뒤덮었는데, 우리 군사는 전사자가 18인이요 부상자가 30인에 불과했다.

⑨ 이순신은 이어 견내량에서 왜적의 배 73척과 적의 운송선 59척을 불살라 없애니, 견내량 해전에서 죽은 왜적 9천 명의 피가 바다를 붉게 물들인바, 살아서 도망을 치는 왜선의 길을 오히려 터준 이유는 왜적이 궁지에 처한 도적이 되어 우리 백성을 마구잡이로 죽이리라는 생각 때문이었으니 백성을 사랑하는 어진 마음이 이와 같았다.

⑩ 부산 앞바다에서 진을 치고 있는 500여 척의 왜선과 교전하여 대승을 거두었으나 녹도만호 정운이 싸움에서 전사하니 이에 이순신이 애통한 마음을 금치 못했다.

⑪ 이순신은 이어 삼도수군통제사에 올라 군량을 마련하는 일에 몰두하여 식사할 겨를도 없었다.

⑫ 이순신이 삼도수군통제사가 되어 국사에 매진하고 있는 사이에 조정에서는 당파가 분립하여 공적인 대의를 배척하는바, 이때를 틈타 원균과 같은 무리들이 이순신이 왜적을 놓아 보냈다고 이순신을 단죄하려 하였다. 조정에서는 결국 이순신을 잡아들이라는 명을 내려 이순신을 옥에 가두니 남도 군민(軍民)이 밤마다 하늘에 아뢰어 이순신 대신 자기가 죽기를 원하는 자가 매우 많았다.

⑬ 이순신이 사면되어 백의종군 하는 사이에 수군대장 원균은 연전연패 하고 이순신과 동고동락하던 이억기 역시 전투에서 전사하여 적의 기세는 바다에 가득하고 군사의 사기와 백성의 민심은 무너져 있었다.

⑭ 한산도에서의 패전 소식이 전해지자 조정에서는 백성들로부터 신망이 두터웠던 이순신을 다시 삼도수군통제사로 임명한다. 이에 그 말을 듣고 달려온 군사 120인과 선선 12척의 배로 수천 척의 적선과 수만 명의 적을 꺾어 누르는 명량 대전을 승리로 이끈다. 왜적이 이를 보복하기 위해 이순신의 본가가 있는 아산에 가 살육을 자행하니 아들 면(葂)이 왜적과 끝까지 싸우다 죽었다. 이에 소식을 접한 이순신이 모친 상(喪)을 당한 후로 가장 애통해 하는 눈물을 흘렸다.

⑮ 군사 30만 명을 보내어 우희다수가·가등청정·소서행장 등으로 하여금 세 갈래로 나누어 8년간에 걸쳐 침범했는데도 이순신의 활약으로 뜻을 이루지 못하자, 풍신수길은 한맺힌 피를 토하고 죽는다. 이어 우희다수가가 군대를 버리고 도망치고, 소서행장과 가등청정이 화친하기를 청하였으나 이순신은 이를 허락하지 않았다. 또한 명나라 수군도독 진린이 수군 5천 명을 거느리고 내려와서 우리 수군과 합세하는바, 다만 이순신은 기지를 발휘하여 성품이 거친 진

린을 굴복시키고 명의 군사에 대한 통제권을 이순신이 갖게 되어 명나라 군사
의 노략질을 엄히 다스렸다.

⑯ 다급해신 소서행장이 뇌물로 진린을 매수하여 도망칠 길을 마련하자 이순
신은 마지막 결전을 벌이기로 마음을 먹는다. 뒤늦게 자신의 잘못을 깨달은 진
린과 이순신은 노량에서 협공하여 왜선을 모두 함몰시켰다. 그러나 애석하게도
이순신은 전투 중간에 왼쪽 옆구리에 총을 맞고 숨을 거두고 마니 아군과 진린
이하 명군 수만 장졸이 무기를 떨구고 마주서서 통곡하니 그 소리가 하늘을 진
동시켰다.

⑰ 삼도수군도통제사 이순신의 영구가 고금도를 출발하여 고향인 아산으로
돌아올 때, 길가의 백성들이 마치 친척의 상을 당한 듯이 슬피 통곡하였다. 대장
부의 충성스런 뜻을 품고 국란에 몸을 던진 것이니 슬퍼할 바는 아니나, 다만
이순신 사후에도 국치의 치욕을 번번히 맛보았으니 이를 슬퍼해야 할 일이다.

⑱ 이충무공이 성공한 비결은 한 마디로 죽고 삶을 하늘에 맡기는 것, 곧 생
사의 문제를 초월했기에 장대한 성공이 있을 수 있었다.

⑲ 이순신은 여러 모로 영국의 넬슨과 공통점이 많으나 무장을 갖추고 서로
만나게 된다하면 넬슨은 아들이나 손자뻘에 지나지 않는바, 그럼에도 세계의
수군 위인을 말하게 되면 모두가 넬슨을 으뜸으로 꼽으니 이는 영웅의 명예란
그 나라의 세력의 성세와 관련이 있기 때문이다. 이에 20세기의 제2의 이순신
이 나오기를 고대한다.[40]

「수군제일위인(水軍第一偉人) 이순신(李舜臣)」의 "열아홉의 분장(分章)"[41]
형식과 "역사를 읽는 자는 반드시 넬슨전 한 권을 입에 올리는[歷史를

---

40) 錦頰山人, 「水軍第一偉人 李舜臣」, 『大韓每日申報』, 1908.5.2~8.18.
41) 「水軍第一偉人 李舜臣」의 서술 목차를 보면 다음과 같다. 第一章—緖論 / 第二章—
李舜臣의 幼年과 及其少時 / 第三章—李舜臣의 出身과 其後困塞 / 第四章—防胡의
小役과 朝廷의 求材 / 第五章—李舜臣의 戰役準備 / 第六章—釜山海赴援 / 第七章—
李舜臣의 第壹戰(玉浦) / 第八章—李舜臣의 第二戰(唐浦) / 第九章—李舜臣의 第三戰
(見乃梁) / 第拾章—李舜臣의 第四戰(釜山) / 第十壹章—第五戰 後의 李舜臣 / 第十二
章—李舜臣의 拘拿 / 第十三章—李舜臣의 入獄出獄間의 國家의 悲運 / 第十四章—李
舜臣의 再任統制鳴梁 大戰捷 / 第十五章—倭寇의 末路 / 第十六章 陣璘의 中變과 露
梁의 大戰 / 第十七章—李舜臣의 喪還과 及其遺恨 / 第十八章—李舜臣의 諸將과 李
舜臣의 遺跡及其奇談 / 第十九章—結論. 錦峽山人, 위의 글.

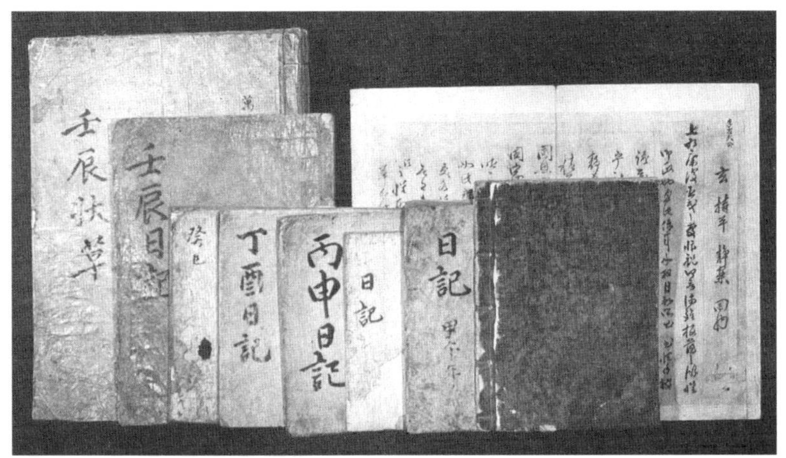

▲ 李忠武公亂中日記附書簡帖壬辰狀草(1592~1598). 牙山顯忠祠藏. 충무공이 가족과 친지들에게 친필로 보낸 편지를 수집하여 만든 간찰첩은 삭첨(削添)이 없는 원형의 사료이어서 그 가치가 크다.

讀閱ᄒᄂᆫ 者ㅣ 必也 乃利孫傳 壹卷을 口ᄒ고]" 현실이 안타까워 "이에 이순신전을 지어 고통에 빠진 우리 국민에게 내보내노니[玆에 李舜臣傳을 撰ᄒ야 苦痛陷ᄒᆫ 我國民에게 餉ᄒ노니]"[42]라는 표현만 보면 신채호는 '전(傳)'의 창작을 '역사'의 기록과 크게 다르게 생각한 것 같지는 않다.[43] 그러

---

42) 錦峽山人, 위의 글.

43) 이 점은 신채호이 다른 작품인 「乙支文德」의 "그러므로 대가(大家)의 사필(史筆)로 영웅의 진면목을 전하며 재주 있는 사람의 사부(詞賦)로 영웅의 큰 공덕을 찬미하고 향토에 향을 피우고 단(壇)을 쌓아 영웅의 출현을 기도(祈禱)하며 (…중략…) 과거의 영웅을 올바로 기록하여 후에 이같은 영웅이 다시 출현하기를 기원한다[故로 大家의 史筆로 英雄의 眞面目을 寫傳ᄒ며 才子의 詞賦로 英雄의 大功德을 讚美ᄒ고 爐의 香과 壇의 鼓로 英雄의 下降을 祈禱ᄒ며 (…중략…) 過去의 英雄을 寫ᄒ야 未來의 英雄을 招ᄒ노라]"는 표현에서 잘 드러난다. 또한, 「東國巨傑 崔都統」의 "동해의 어룡(魚龍)도 공의 성(姓)을 오히려 기억하며 요동벌 초목도 공의 뛰어난 이름을 오히려 무서워하는데, 이 지혜로운 국민으로 하여금 공의 모습을 아주 잊게 함은 어찌 노예같은 역사가의 허물이 아니겠는가? (…중략…) 때문에 여기저기 널려 있는 역사기록을 찾으며 마을에 전해지는 이야기를 모아 공의 마음을 그려내고자 하니 무릇 우리나라의 뛰어난 영웅 최도통전(崔都統傳)을 읽는 혈기 있는 국민들아![東海의 魚龍도 公의 姓字를 猶記ᄒ며 遼野의 草木도 公의 雄名을 猶惜ᄒᄂᄃᆡ 此靈慧ᄒᆫ 國民으로 ᄒ야금 公의 面目을 全忘케 흠은 엇지 奴輩ㅅ家쑵가 아니며 奴輩ㅅ家의 쑵가 아닌가 (…중략…) 故로 朝野의 ㅅ乘을 搜ᄒ며 閭巷의 口碑를 採ᄒ야 公의 心事를 寫出코즈 ᄒ노니 凡我東國‧

나 실제 작품의 언술(言述) 구조에서는 전(傳)만이 지니고 있는 고유의 특징적 면모가 잘 드러난다. 즉, '서두의 인정기술(人定記述) → 행적 → 논찬'이라는 전(傳)의 일반적 서술체재를 그대로 따르고 있다. 서두부터 보자. 서두에서는 입전 인물의 출생·성명·선계(先系)·관벌(官閥) 등의 인정 기술이 제시된다. 「수군제일위인(水軍第一偉人) 이순신(李舜臣)」의 서사 분절 ①~②에서 바로 입전 인물에 대한 정보가 인정기술의 전형적인 형식을 통해서 제시되고 있다. 이 점에서 보면 우선 「수군제일위인(水軍第一偉人) 이순신(李舜臣)」의 인정기술부는 전(傳)의 서두 형식에 정확히 부합한다. 이어 서사 분절 ③~⑱까지는 입전 인물의 행적 중에서 표창할 만한 일화들을 점철하여 이순신의 일대기를 구성해 놓고 있다. 이러한 일화의 배열을 통해서 이순신이 애국충절의 영웅적인 인물이었다는 사실이 확인된다. 또한, 서사 분절 ⑲는 '사후평가'나 '기포폄(寄襃貶)'의 실질적 내용이 제시된 논찬부이다. 이 부분에서는 '신사씨왈(新史氏曰)'이란 허두어(虛頭語)가 제시되어 '전(傳)'의 전형적인 문법적 표지 역할을 한다. 그러나 「수군제일위인(水軍第一偉人) 이순신(李舜臣)」은 이와 같이 형식적 서술체재에서만이 아니라, 입전 인물과 그 주변 인물의 관계를 서술하는 방식에서도 전(傳), 곧 극단적으로 입전 인물만을 조명하는 '사실지향적(事實指向的) 전(傳)'의 전형적인 모습이 잘 드러난다. 물론, 입전 인물 이외에는 구체적 실체를 가진 인물들이 거의 등장하지 않는 전대의 전통적인 전(傳)에 견준다면, 그래도 미약하나마 그 존재적 질량을 가진 인물들이 작품의 문면에 제시되기는 한다. 「수군제일위인(水軍第一偉人) 이순신(李舜臣)」의 인물 지형도는 대략 입전 인물 이순신을 중심으로 하나는 '김우서·이일·황윤길·김성일·소서행장·가등청정·진린' 등과 같은 '부정적 인물군'이 있겠고, 그 다른 하나는 '정탁·이원익·유성룡·곽재우·김덕령·박진·정기룡' 등과 같은 '긍정

---

*   　巨傑 崔都統傳을 讀ᄒᄂᆫ 有血國民아]" 등에서도 잘 드러난다.

적 인물군' 등이 원환(圓環)을 이루고 있다. 이 중에서 "땅강아지와 개미[螻蟻]"44)로 혹은 "까마귀떼와 조개와 도요새[烏와 蚌鷸]"45) 등으로 비유되고 있는 전자의 인물군을 반면 인물(antagonist)로 볼 수도 있겠다. 그러나 이들은 이순신과 동위적 위상을 지닌, 이른바 그 존재의 독자성을 인정받은 실체적 인물이 아니다. 이들은 다만 이순신의 '충절'을 표창하기 위한 부수적 인물들에 불과하다. 즉, 소인은 "공적인 대의는 배척하고 사사로운 소견들만 주장하는[公義는 排호고 私見만 張홀시]"46) 자들이라는 '형상'으로만 제시될 뿐이지, 입전 인물과 대타적 위상 안에서 작품 전체를 통해 지속적으로 관계가 맺어지는 인물들이 아니다. 이러한 관계방식은 근대계몽기 '사실지향적 전(傳)'이 보여주고 있는 독특한 양식적 특질이다. 이는 전(傳)의 결함을 보여주는 것이 아니라, '사실지향적 전(傳)'의 본질을 정시(呈示)하는 것이라고 볼 수 있다. 소설이라면 이는 분명히 중대한 결함이라 할 수 있을 것이다. 그러나 전(傳)은 입전 인물의 면모를 드러내는 데 모든 것이 종속되고 모든 것이 집중되기에, 이러한 관계방식이 당연한 것으로 구사된다.47) 근대계몽기 '사실지향적 전(傳)'의 이와 같은 '인물 창출'의 방식은 결과적으로 자신만의 독특한 '가치 구현'의 방식을 만들어 낸다. 즉, '사실지향적 전(傳)'에서는 규범적 가치를 현현하고 있는 입전 인물의 행적(일화)이 중요한 것이지, 그것들이 충돌해서 갈등이 생성되고 그 갈등의 심화와 해소 과정을 통해서 '탐색된 가치'가 중요한 것이 아니다. 이 점은 「수군제일위인(水軍第一偉人) 이순신(李舜臣)」에서도 여실히 증명된다. 이 작품에서도 각각의 일화마다 인물들이 출현은 하고 있지만, 그 인물들은 저마다 존재적 가치를 실현하고 있는 인물들이 아니다. 대개는 이순신의 '충의'의 이념 표창

---

44) 錦峽山人, 「水軍第一偉人 李舜臣」, 『大韓每日申報』, 1908.5.7.

45) 錦頰山人, 위의 글, 1908.5.27.

46) 錦頰山人, 위의 글.

47) 朴熙秉, 「朝鮮後期 '傳'의 小說的 性向 硏究」, 서울대 박사논문, 1991, 122면.

에 부수하는 역할에 그치고 만다. 이순신 이외의 인물들, 이른바 이순신이란 입전 인물(주인공)과는 대립물의 위치에 있는 '사람들(세계)' 곧 '조정의 모든 신하들'은 "사사로운 당파를 이룬[私黨]"[48] '죄인'으로만 단정 언술됨으로써 오직 이순신의 영웅성을 부각시키는 데에만 기능하고 대립물로서의 독자적 위상은 부여받질 못한다. 근대계몽기 '사실지향적 전(傳)'에서 "그 존재의 독자성이 인정되는 인물은 입전 인물 하나밖에 없다"는 점에 비추어 보면 "세계는 단지 개인의 품성을 드러내고 보여주는 장(場)"에 불과할 뿐이다.[49] 물론, 서사 분절 ⑥의 다음과 같은 장면을 보면 미미하나마 개인(입전인물)과 세계(대립물)의 '갈등' 창출에 의한 의미 생성의 장면이 엿보이기도 한다.

> 大抵 南海는 右水營과 距離가 不遠ㅎ야 鼓角이 相聞ㅎ고, 坐立人形도 歷歷可數인대, 其縣이 旣已空虛ㅎ얏슨즉 本營도 賊患이 迫眉하얏도다. 然이나 本營을 坐守코자흔즉 四面賊勢는 憑陵 日大ㅎ야 八道 人民의 悲呼가 動地ㅎ는대, 將臣의 名義로 坐視不救ㅎ면 不仁이라 不可爲也며, 各地를 盡救코자흔則 釜山 援兵도 單弱이 莫甚ㅎ야 前途 勝算이 杳○把握안디, 若復分兵ㅎ면 何以 爲戰이리오 不智라 不可爲也로다. 中夜 遶床에 灑涕 彷徨ㅎ다가 翌日에 狀啓를 上ㅎ고 釜山海에 赴하야 元均을 救ㅎ더라.[50]

이 장면은 경상우도 수군절도사 원균의 원병 통문을 접한 후, 번민에 휩싸여 있는 이순신의 절절한 내면이 드러나는 장면이다.[51] 원균의 원

---

48) 錦峽山人, 「水軍第一偉人 李舜臣」, 『大韓每日申報』, 1908.5.27.
49) 朴熙秉, 「朝鮮後期 '傳'의 小說的 性向 研究」, 서울대 박사논문, 1991, 35면.
50) 錦峽山人, 앞의 글, 1908.5.10.
　위의 인용문 중에서 '○' 문자표는 판독해 내기 어려운 자구를 표시하는 기호로 쓰고자 한다. 그러므로 이후에도 인용문 상에서 '○' 문자표는 판독하기 어려운 자구를 지칭하는 표지로 삼고자 한다.
51) 이 부분은 아마도 「水軍第一偉人 李舜臣」에서 "국가의 간성이 되리라고 인정하던 가장 사랑하는 아들이 졸지에 죽었다는 소식을 접하매, 정 많은 영웅의 심사가 과연 어떠하였을까? 아들이 죽은 소식이 적힌 부서(訃書)를 감싸 안고 통곡하여 말하기를, '가엾은 나의 어린 아들이여, 나를 버리고 어디로 돌아갔느뇨? 영특한 기상은 범인(凡人)

병 요청을 거절하고 "버티고 앉아서 본영을 지키고자 하니 사면의 도적이 세력을 믿고 침범하여 날로 커짐에 팔도 인민의 울부짖는 소리가 땅을 흔드는[本營을 坐守코자ᄒᆞᆫ즉 四面賊勢ᄂᆞᆫ 憑陵 日大ᄒᆞ야 八道 人民의 悲呼가 動地]"데, 그것을 "구원치 않음은 불인[不救ᄒᆞ면 不仁]"인 바 되고, 또한 "부산에 보낼 원병도 잔약하기가 그지 없어 앞길의 승산이 묘연(?)한[釜山 援兵도 單弱이 莫甚ᄒᆞ야 前途 勝算이 香○]" 상황이어서 그야말로 진퇴양난인 것이다. 이러한 상황에 직면한 이순신의 내면은 "한밤중에 상 위에 엎드려 눈물을 흘리며 방황하는[中夜 遶床에 灑涕 彷徨ᄒᆞ다]" 장면에서 더욱 두드러지게 드러난다. 사실 '눈물을 흘리며 방황하는' 품성은 통상 "호걸이면서 성현[豪傑而聖賢]"52)으로 묘사된 이순신의 인격상과는 부합하지 않는다. 물론, 이순신이 "정 많은 영웅[多情英雄의 心事]"53)으로 표현된 것을 감안한다면 이해 가능할 수도 있겠다. 그러나 이와 같은 갈등의 '내면' 언술 구조의 삽입은 사실 근대계몽기 '사실지향적 전(傳)'이 장형화되면서 나타난 특질을 정시한 것으로 봄이 더 옳겠다. 이와 같은 언술 구조의 삽입은 전대의 '사전(史傳)'류에서는 거의 찾아보기 어려운 변이상이라 할 것이다.54) 문제는 전(傳)에서의 이와 같은 갈등의 '내면' 언

을 뛰어넘기에 하늘이 세상에 머물러 두지를 않았는가? 내 세상에 있으며 죄은 죄 네 몸에 미치었구나! 아아 장차 나는 누구를 의지할 것이뇨'라며 하룻밤을 일년과 같이 여기더니, 슬프도다! 이 또한 모친 상(喪)을 당한 후로 가장 애통해 하는 눈물이었다[國家의 長城을 作ᄒᆞ리라고 認定ᄒᆞ던 第壹愛子의 凶音을 接ᄒᆞᄆᆡ 多情英雄의 心事가 果何如ᄒᆞ고 訃書를 抱ᄒᆞ고 哭曰'哀我小子 棄我何歸 英氣脫凡 天不留世耶 今我在世 竟 將何依'오 ᄒᆞ고 夜를 年ᄀᆞ치 度하니 哀哉라 此又母喪을 遭ᄒᆞ 後로 壹大哀痛ᄒᆞ 淚러라]"(1908.6.10)라는 장면과 더불어 이순신의 '내면'이 가장 절절하게 드러나는 장면 가운데 하나이다.

52) 錦頰山人, 위의 글, 1908.5.6.
53) 錦頰山人, 위의 글, 1908.6.10.
54) 근대계몽기 '사실지향적 전(傳)', 특히 그 중에서도 역사적 위인을 입전한 '사전(史傳)'류의 이와 같은 갈등의 '내면' 언술 구조의 삽입과, 동시에 '허구적 상상력의 적극적 수용'이 합체되는 시기를 대체로 1920년대 이후로 본다면, 근대계몽기의 '사전(史傳)'류는 "근대 역사소설의 원류(源流)를 이루고 있다"(姜玲珠, 「韓國近代歷史小說研究」, 서울대 박사논문, 1986, 34면)는 평가에 값하는 문학사적 의의가 있다 할 것이다.

술 구조 그 자체에 의해서 과연 '새로운 가치'들이 탐색되느냐의 문제일 것이다. 만일, 갈등의 '내면' 언술 구조에 의해 입전 인물의 인격상이 더욱 공고화되거나, 결과적으로도 그것이 '기존의 (유가적)추인 가치'들을 거듭 확인하는 기능을 하는 것이라면 사실 특정 시기(근대계몽기) 전(傳)의 변이상을 표징하는 하나의 특징적 현상 이외에 다른 사적 의의를 부여할 수는 없겠다. 결국, 「수군제일위인(水軍第一偉人) 이순신(李舜臣)」에서 삽입된 갈등의 '내면' 언술 구조 역시 마찬가지이다. 이순신이 "무기와 장비도 적의 것과 같이 정밀·예리하지 못하고, 위세도 적처럼 장대(壯大)하지가 못하며, 전투경력도 적만 못하고, 물에 익숙하기도 적만 못하건만[器械도 賊ズ치 精利치 못ᄒ며 聲勢도 賊ズ치 壯大치 못ᄒ며 慣戰도 賊만 못ᄒ며 習水도 賊만 못ᄒ건만]"55) 원균을 구하러 출병한 것은 "다만 '義' 한 자[只是義一字]"56) 때문이었다. 이로 볼 때, 갈등의 '내면'은 결국 '충의(忠義)'를 체현하고 있는 인물로서의 이순신의 인격상을 더욱 '부각'시키는 언술 구조의 삽입에 불과하다. 그러므로 이와 같은 갈등의 '내면' 언술 구조의 삽입은 근대계몽기 역사적 위인을 입전한 '사전(史傳)'류의 '사실지향적 전(傳)'에서 특징적으로 정시되는 '(유가적)가치 구현'의 방식이다. 말할 것도 없이 이러한 유형의 전(傳)에서는 갈등의 '내면' 언술 구조가 새로운 '생성적 가치'를 창출해내지 못하고, '이미 추인되어 온 (유가적)가치'를 표창하기 위해서 '선택된 사실(事實)'들이 지니고 있는 '가치의 파장(정시)'에 의해서 그 의미가 '가려지게' 된다. 근대계몽기 '사실지향적 전(傳)'의 이와 같은 '인물 창출'의 방식과 '가치 구현'의 방식에만 기반하여 보면, 적어도 이러한 유형의 전(傳)에서는 어쨌거나 새로운 이데올로기 창출은 기대할 수 없는 것이다. 한 마디로 어떤 가치를 특정 인물에게서 '확인'하는 것이 전(傳)이 가치를 구현하는 방식이다. 그러므로 전(傳)에서는 이야기의 출발에서 가치가 암시되는 것이 일반적일 뿐

---

55) 錦頰山人, 「水軍第一偉人 李舜臣」, 『大韓每日申報』, 1908.5.10.
56) 錦頰山人, 위의 글.

아니라, 아예 구현하고자 하는 가치가 무엇인지를 분명히 밝혀 놓고 이야기를 시작하는 경우도 있다. 전(傳)에서 딱히 플롯이 필요하지 않은 이유도 여기에 있는 것이다.57) 그럼에도 불구하고 본고에서는 근대계몽기 '사실지향적 전(傳)'의 구성적 특질로 '풍자적 구성'을 입론하고자 한다. 그 이유는 무엇보다도 근대계몽기라는 역사적 시공성의 특수성에서 찾아진다. 즉, 근대계몽기의 사실지향적 전(傳) 텍스트는 너무도 분명하게 '입전 인물―세계'의 구조시학적 입론선을 구축하고 있기 때문이다. 이른바, 일반 구조시학에서 조롱과 공격의 대상으로서의 '개인'이 전(傳)에서는 그것들을 함께 수반하는 '집체로서의 세계'로 환치되어 있다. 한 '개인'의 대체물로서의 '집체로서의 세계'란 물론 말할 것도 없이 '유학자 집단과 민(民)'을 아우르고 있는 '개념(대상)'이다. '반면 인물(antagonist)'의 존재적 독자성 자체가 미미한 '사실지향적 전'을 갈등이 전제될 때만이 가능한 '풍자적 구성'의 틀로 분석 가능한 이유도 바로 여기에 있었다. 어떠한 집단 전체의 '열근성' 자체가 '조롱과 공격의 대상'이 될 수 있는 특수한 시기가 근대계몽기였다. 이러한 점은 「수군제일위인(水軍第一偉人) 이순신(李舜臣)」에서 "그렇건대 저 긴 소매를 늘이고서 느린 걸음을 걸으면서 수백 년 동안 수신제국치국평천하나 강론하던 자는 모두가 꿈속에서 헛소리하던 인물들[彼 長袖 緩步하며 幾百年 修齊治平을 講ᄒ던 者ᄂ 皆是夢中에 譫言ᄒ던 人物]"58)이라거나 "이 충무공이 잡혀들어감이 소서행장의 죄가 아니며 원균의 죄도 아니라 하니, 그렇다면 누구의 죄이런가. 내가 감히 한 마디로 단언하여, 이는 조정의 신하 무리들 가운데 사사로운 당파를 이룬 자들의 죄라 하노라[李忠武公의 被拿가 行長의 罪도 아니며 元均의 罪도 아니라ᄒ니, 然則 其誰의 罪인가. 余 敢壹言으로 斷ᄒ야 曰 此ᄂ 朝廷臣隣 私黨者의 罪라 ᄒ노니]"59) 등에서 잘 드러나는 바와 같이 문제

---

57) 朴熙秉, 「朝鮮後期 '傳'의 小說的 性向 研究」, 서울대 박사논문, 1991, 32~33면.
58) 錦頰山人, 앞의 글, 1908.5.3.
59) 錦頰山人, 위의 글, 1908.5.27.

적 현실의 초래가 '개인'에게서 야기된 것이 아니라, '꿈속에서 헛소리나 하던 유학자 집단'이거나 '사사로운 당파를 이룬 자들'과 같은 '집단'에서 비롯되었다는 작가의 인식에서 분명하게 드러난다. 근대계몽기란 '한' 개인의 특수성을 문제삼기보다는 '집체'라는 집단성(세계)을 문제삼는 시기였다. 결론적으로 근대계몽기 '사실지향적 전'에서는 '열근의 세계(노예적 현실)' 그 자체가 하나의 반면 인물(antagonist), 곧 "희극적 인물이 되어 공격과 부정"의 대상이 됨과 동시에 '계몽의 대상'이 된다. 근대계몽기 '사실지향적 전(傳)'이 "역사에 근접하였다"는 평가를 받는다면 바로 이 지점(풍자적 구성)과 무관하지 않을 것이다.[60]

이와 같은 점은 을지문덕을 입전하여 그의 영웅적 활약상을 표창하고 있는 「을지문덕(乙支文德)」에서도 마찬가지이다. 작품의 서술 분절을 보면 다음과 같다.

① 영웅 숭배를 통한 민족 정기 회복과 영웅이 출현하기를 기대하며 이 저서를 짓는다.

② 영양왕 즉위(서기 387년) 당시 우리와 중국의 관계는 감정의 골이 커서 서로 양립(兩立)할 수 없는 상황이었다.

③ 영양왕 즉위 원년에 수황제의 교만과 무례가 극심하자 나라에서는 곡식을 비축하고 군사를 양성하여 전쟁을 준비하였다. 바로 이와 같은 상황에서 을지문덕에 대한 군주의 신용과 백성의 신뢰는 매우 깊었다.

④ 신라·백제를 비롯한 주변의 약소국가들이 다투어 수나라에 굴복하는 상황에서 아시아에서 유일하게 고구려만이 국가적 위엄을 지켰고, 그 가운데서도 을지문덕 장군이 홀로 우뚝서서 위엄을 지켰다.

⑤ 수나라가 우리 나라를 모멸하는 것이 날이 갈수록 심화되고, 수나라에 아부하는 주변국들의 모략이 빗발치는 가운데서도 을지문덕은 의연한 기백으로 끝내 대풍운을 일으켰다.

⑥ 을지문덕은 자신, 동료, 백성을 독려하고, 조국만을 생각한 결과 여진족을

---

60) 金仁煥, 『韓國文學理論의 研究』, 을유문화사, 1986, 231면.

식민지로 만들고 중국의 천자(天子)를 거의 생포하다시피 했다.

⑦ 을지문덕은 전략과 내치(內治)뿐만 아니라 기괴한 외교적 계략을 통해서 말갈, 거란, 백제 등을 다스리는 민활원대(敏活遠大)한 외교 정책을 펼쳤다.

⑧ 을지문덕은 우수한 군사 백만을 양성하고, 국방세를 징수하고, 견고한 성 축조와 수리를 통해서 수나라의 침입을 대비하였다.

⑨ 을지문덕은 유격병을 통한 변방 침입, 말갈을 통한 수나라 교란책, 수나라와 신라·백제 사이의 외교적 방해 등의 방식을 통하여 수나라의 경계지역을 차지하여 들어갔다.

⑩ 수의 양광(楊廣)이 113만 대군을 거느리고 고구려를 침입하였으나, 을지문덕은 1차 요수(遼水) 전투, 2차 요성(遼城) 전투, 3차 평양성 전투, 그리고 끝내는 살수(薩水) 전투에서 크게 승리하였다.

⑪ 을지문덕은 사신, 장수, 재상, 정탐가, 외교가로 변신하기도 하고, 또는 갑자기 배반한 신하의 모습으로 위장하기도 하는 등의 술책을 통하여 수나라 군신(君臣)의 의기를 꺾어놓는다.

⑫ 을지문덕은 살수(薩水)에서 수나라 군사를 크게 물리치니, 을지문덕은 우리 나라 4천년 역사에 하나밖에 없는 위인일 뿐만 아니라 세계 역사에서도 찾기가 어려운 위인이다.

⑬ 살수(薩水)대첩 이후 수나라의 부강한 기초가 흔들리고 태평한 세월이 이미 기울었음으로 이때가 동방대제국을 건설할 수 있는 적기였으나 을지문덕의 이른 죽음으로 인하여 달성되지 못하였다.

⑭ 을지문덕의 참된 가치를 찾아낸 사가(史家)는 거의 없지만, 몇 편의 문헌에서 을지문덕의 공업을 칭송한 사례가 존재하기도 한다.

⑮ 을지문덕은 진실되고 성실하며[眞誠人], 강하고 굳세며[强毅人], 특립적이며[特立人], 모험적인[冒險人] 사람이었다.

⑯ 을지문덕은 김춘추와는 비교할 수 없는 우리 민족의 위인이며 성신(聖神)이다.

⑰ 20세기의 새로운 을지문덕이 태어나지 않음과 수치스러운 상황으로 전락한 시세를 한탄한다.61)

---

61) 申采浩, 「乙支文德」, 廣學書舖, 1908.5.30. 이 시기 '을지문덕'을 입전한 작품은 이외에도 더 있다. 「을지문덕」, 『그리스도신문』, 1901.8.22; 朴殷植, 「乙支文德傳」, 『西友』

「을지문덕(乙支文德)」 역시 작품의 서술 원리가 '서두의 인정기술(人定記述) → 행적 → 논찬'이라는 전(傳)의 일반적 서술 원리를 그대로 따르고 있다. 우선, 분절 ①이 서두의 인정 기술에 해당하는데, 위의『대한매일신보(大韓每日申報)』소재「수군제일위인(水軍第一偉人) 이순신(李舜臣)」과 마찬가지로「을지문덕(乙支文德)」역시 전(傳)의 서두 형식에 대체로 부합한다고 볼 수 있다. 이어 분절 ②~⑯까지는 입전 인물의 행적에서 주목될만한 일화들을 점철하여 을지문덕의 영웅적 활약상을 부각시켜 놓고 있다.[62] 이 행적부에서 일화들은 을지문덕의 영웅적 인물 형상, 곧 분절①에서 제시한 "강하고 씩씩한[强毅不屈]"[63] 영웅의 인물 형상을 재현시키기 위하여 나열된다. 특히 행적부의 인물 형상 중에서 분절 ⑬에서 나타나는 을지문덕의 인물 형상은 이른바, 전형적인 '득시(得時)'의 영웅 형상이다. '득시'적 영웅은 득시가 어떠한 의미로 해석되든지 간에 어쨌거나 자신의 행위를 환경에 따라 조절할 줄 아는 주인공의 특수한 능력이 이 개념 속

2호, 1907.1;「乙支文德」,『湖南學會月報』1호, 1908.6 등이 있다. 근대계몽기 이후에도 '을지문덕'을 입전한 작품은 계속 이어져서 1925년에 장도빈(張道斌)에 의해 高麗舘에서「乙支文德傳」을 간행한다. 또한 1929년에 간행된『博文書舘』本과『世昌書舘』本 등이 더 있다. 그러므로 1908년의 丹齋 申采浩의「乙支文德」과 張道斌의「乙支文德傳」과의 비교 연구는 근대계몽기 전(傳)과 그 이후의 전(傳) 계승 관련 양상을 고찰하는 데 중요한 전거를 마련할 수도 있을 것이다.

62) 엄밀하게는 서사 분절 ⑨~⑬까지가 을지문덕과 관련된 '행적'을 중심으로 한 일대기이고, 나머지는 대체로 당시의 정치, 외교적 정세, 후세 사가들의 업적 평가 등으로 구성된다. 특히, 이 작품 역시 신채호의 다른 작품(「水軍第一偉人 李舜臣」과「東國巨傑 崔都統」)과 마찬가지로 목차와 소제목을 명기했다. 이는 물론, 전통적인 전(傳) 양식에는 없던 것으로서,『이태리건국삼걸전』을 비롯한 번역 전기의 영향에 의한 것으로 보인다(姜玲珠,「韓國近代歷史小說研究」, 서울대 박사논문, 1986, 27면).
참고로「乙支文德」의 목차와 소제목을 명시하면 다음과 같다.
緒論 / 第一章 乙支文德以傳의 韓漢關係 / 第二章 乙支文德時代의 麗隋形勢 / 第三章 乙支文德時代의 列國狀態 / 第四章 乙支文德의 毅魄 / 第五章 乙支文德의 雄畧 / 第六章 乙支文德의 外交 / 第七章 乙支文德의 武備 / 第八章 乙支文德의 手腕下에 敵國 / 第九章 隋寇의 聲勢와 乙支文德 / 第十章 龍變虎化의 乙支文德 / 第十一章 薩水大風雲의 乙支文德 / 第十二章 成功後의 乙支文德 / 第十三章 舊史家管孔의 乙支文德 / 第十四章 乙支文德의 人格 / 第十五章 無始無終의 乙支文德 / 結論.

63) 申采浩,「乙支文德」, 廣學書舖, 1908, 3면.

에 함축되어 있다.64) 작품의 ⑬분절에서 잘 기술되고 있는 바와 같이 을
지문덕이야말로 자신의 '주의(작품에서는 영토개척주의로 표상됨)'를 실현시켜
야 할 때가 언제인지를 아는 '득시적 영웅' 형상으로 언술된바, 이와 같은
인물 형상은 예컨대 영토개척주의를 "실행할 적절한 시기는 살수대첩 이
후의 양(兩) 전투 때였던 것이니, 만일 이때에 을지문덕이 있었더라면 마
땅히 '때가 왔다'고 크게 외치고 돌연히 일어났다[實行홀 日은 卽薩水戰役
以後 兩戰役의 時라 萬一 此時에 乙支公이 無恙尚存ㅎ면 當一大叫 曰 時哉 時哉라
ㅎ고 突然 奮起]"65)고 진술된 부분에서 잘 드러난다. '득시(得時)'의 영웅 형
상 재현은 근대계몽기 '사실지향적 전(傳)'의 중대한 과제 중의 하나였음
이 「을지문덕(乙支文德)」에서도 여실히 증명되는 것이라 하겠다. 물론, 이
와 같은 '득시적 인물'은 근대계몽기의 '사실지향적 전(傳)'에서 갑작스럽
게 입전된 것만은 아니었다. 이미 고전 소설이나 전대의 열전(列傳)에서
형상되었다.

분절 ⑰은 「수군제일위인(水軍第一偉人) 이순신(李舜臣)」과는 달리 투식
어 '태사공왈(太史公曰)'이나 '외사씨왈(外史氏曰)' 등의 논찬 표지는 없지
만, 그 실질적 내용은 논찬의 '사후평가'나 '기포폄(寄褒貶)'이다. 「을지문
덕(乙支文德)」은 이와 같이 서술체재뿐만이 아니라, 입전 인물과 그 주변
인물의 관계를 서술하는 방식에서도 전(傳)의 '인물 창출 방식'을 수용하
고 있다. 즉, 득시한 인물만 극단적으로 조명하는 인물 창출 방식을 취한
다. 오히려 「수군제일위인(水軍第一偉人) 이순신(李舜臣)」에서는 어쨌거나
미미하나마 이순신과 반면 선상에 있는 인물들이 존재하거니와, 「을지문
덕(乙支文德)」에서는 이와 같은 인물조차 존재하지 않는다. 다만, 을지문
덕의 '득시성(得時性)'을 부각시키기 위해서 서사 분절 ⑧~⑬ 사이에서

---

64) Andrew H. Plarks, ed., "Toward a Critical Theory of Chinese Narrative", *Chinese Narrative*,
　　Prinston Univ. Press, 1977, pp.343~344; 이보경, 『문(文)과 노벨(novel)의 결혼』, 문학과지
　　성사, 2002, 216면 재인용.
65) 申采浩, 앞의 글, 60면.

'수양제'와 '우문술'의 실체를 병렬시키고 있는 방식에서 「수군제일위인(水軍第一偉人) 이순신(李舜臣)」과 공통성을 찾아볼 수는 있겠다. 그리나 '수양제'와 '우문술'은 '득시적' 인물 형상을 구현하기 위해 주조된 보조적 '그림자'에 불과하다. 즉, 이 두 인물은 그 존재 자체가 바로 때를 알지 못하는 인물의 파국을 정시하기 위해 등장시킨 인물이 아니라는 것이다. 말하자면, '수양제'와 '우문술'과 같은 '그림자'형 인물은, 주인물로 입전된 인물과 작품 전체를 통해 지속적으로 관계를 맺어 서사적 갈등을 주조해내고 또 그에 기반하여 어떤 '새로운 가치'를 만들어 내는 인물이 아니다. 이런 점에서 「을지문덕(乙支文德)」 역시 「수군제일위인(水軍第一偉人) 이순신(李舜臣)」과 마찬가지로 '규범적 가치'를 표창할 일화와 인물의 나열(재구성 / 배열)이 중요한 것이지, 일화와 인물이 충돌해서 겹겹의 갈등이 생성되고 또 그 갈등의 심화와 해소 과정을 통해서 '새로운 가치'가 탐색되는 것이 작품이 겨냥하고 있는 목표가 아닌 것이다. 더욱이 「을지문덕(乙支文德)」은 「수군제일위인(水軍第一偉人) 이순신(李舜臣)」과는 다르게 일화의 순차적 집적성조차도 지켜지지 않은 작품인바, 결과적으로 플롯은 현저하게 약화될 수밖에 없었다. 극단적으로 말하면 분립된 일화만 존재하는 '플롯 부재'의 전(傳)인 것이다. 결국, 이러한 형식(사실지향적 전)은 이미 확보된 가치를 표창·추인하는 내용보다 글쓰기의 특정한 방식(개체의 독자적인 정신적 토대, 혹은 개성)을 하나의 '새로운 가치'로, 혹은 '양식'으로 존중하는 시대에 이르면 소멸할 수밖에 없는 것이었다.66) 그렇다면, 「을지문덕(乙支文德)」 역시 「수군제일위인(水軍第一偉人) 이순신(李舜臣)」과 마찬가지로 입전 인물과 대위적 위상을 지닌, 이른바 존재적 독자성을 확보한 한 '개인'으로서의 '반면 인물(antagonist)'은 부재하고 그 대체

---

66) 이러한 '사실지향적 전(傳)'은 '한문의 감응력'이 현격히 약화되는 어느 시기부터 자기 분해의 과정을 겪었다고 보면 될 듯하다. 이러한 점에서 '한문의 감응력'이 현저하게 약화되는 구체적 시기를 '확정'해내는 것은 전사(傳史)는 물론이거니와, 우리의 근대 문학의 시발을 밝히는 데도 매우 중요한 작업이 될 것이다.

의 역할을 계몽의 대상으로 분류되는 '유학자 집단과 민(民)이라는 대상'
이 대신한다. 「을지문덕(乙支文德)」 역시 '개인성'보다는 '집체성'의 문제,
곧 집체 전체를 '조롱과 풍자'의 대상으로 예각화시키고 있다는 점에서
「수군제일위인(水軍第一偉人) 이순신(李舜臣)」과 마찬가지로 '풍자적 구성'
형식을 수용하고 있는 작품이라 하겠다. 이 점은 유학자 집단을 "본래의
모습을 모두 잃어 버리고 스스로 노예로 생각하여 타인의 채찍질을 달게
받고, 비록 불공대천의 원수라도 그 힘만 강하면 '부조', '부조'라고[本來
의 面目을 都忘ᄒ며 奴隷롤 慣做ᄒ미 他人의 鞭策을 自甘ᄒ야 비록 不共戴天의 讎
敵이라도 其力만 强ᄒ면 父祖 父祖라]"67) 하는 "썩어 빠진 새우 같은 유생[腐
儒鰕生]"68)이라고 진술하는 부분에서 극명하게 드러난다.

(2) '허구지향적(虛構指向的) 전(傳)'의 유형적 특성

　전(傳) 장르는, 처음부터 '사실지향'과 '허구지향'의 두 축을 장르적 본
질로 하고 있지는 않았다. 전(傳)은 일차적으로 사관(史官)의 역사 기록으
로서의 성격을 갖는다. 이 점은 특히, 사마천의 『사기(史記)』「열전(列傳)」
이후 보편적인 것으로 인식되었다.69) 그러나 사마천의 『사기(史記)』는 원

---

67) 申采浩, 「乙支文德」, 廣學書舖, 1908, 3면.
68) 申采浩, 위의 글, 23면.
69) 그러나 사서(史書)로서의 『史記』「列傳」은 단순히 기존의 규범적 가치를 추인하는
　　'사실지향'의 성격만을 갖고 있는 것은 아니다. 사마천의 『史記』「列傳」은 특정한 가치
　　규범을 추인하고 있다기보다는 융통성 있는 사상적 관점에 입각하여 역사 속에서 인간
　　이 겪는 갈등을 사실적으로 재현하려고 노력하였다. 이 때문에 사마천의 『史記』「列傳」
　　은 가치를 모색하는 측면을 명백히 갖는다. 『史記』가 소설적이라거나 불순하다고 비난
　　받아 온 것도 그것이 갖는 이러한 측면과 무관하지 않다고 생각된다. 중국 사서(史書)에
　　있어 『史記』의 이와 같은 면모는 대단히 독특하고 예외적인 것이다. 『史記』「列傳」이
　　이처럼 인간이 역사적 삶 속에서 겪는 갈등을 생생히 그려낼 수 있었던 것은, 종종 지적
　　되듯이, 그 저자 사마천의 독특한 역사관에 힘입고 있는 면 이외에도 '열전(史傳)'이라는
　　양식에 힘입고 있는 면도 없지 않다. 즉, 열전(列傳)의 경우 기본적으로 역사를 기록한다
　　는 차원에서 특정 인간의 의미 있는 삶을 재현하기에 자연히 갈등의 요소가 끼어들면서
　　서술이 확장될 소지가 항상적으로 개재한다. 우리 경우에도 『三國史記』「列傳」에서 이

래 단순한 사서(史書)로만 기획된 것은 아니었다. 『사기(史記)』는 적어도 문사철(文史哲)의 합체적(合體的) 성격을 함께 지니고 있는 저술로 볼 필요가 있다. 『사기(史記)』 「열전」의 이러한 성격은 "사마천 자신은 자기의 『史記』가 사서(史書)가 아니라 자서(子書)이기를 바랐다"70)는 진술을 통해서도 확인될 수 있는바, 이렇게 본다면 『사기(史記)』의 원래 명칭이었던 "『太史公書』"71)는 비록 역사의 형태를 빌었다 하더라도 그 의도는 자서(子書)의 형태를 겨냥했다는 것을 추정할 수 있는 것이다. 『사기(史記)』는 애초부터 자체 내에 얼마든지 다른 위상을 함의하고 있었을 가능성이 있는 것이다.72) 때문에 바로 이러한 『사기(史記)』 「열전(列傳)」에서 출발한 '전(傳)' 역시 자체 내에 얼마든지 다른 층위의 양식적 특성을 지닐 수 있다는 것이다. 곧 전술한 바대로 '전(傳)' 속에는 이미 확보된 규범적 가치를 엄정한 양식적 틀에 근거하여 입전 대상을 '포폄(襃貶)'하는

런 점을 확인할 수 있다. 가령 「김유신전」 같은 것을 예로 들 수 있겠는데, 그 속에는 소설적 갈등의 풍부히 내포되어 있다. 그 외에도 『三國史記』 「列傳」 중 이런 측면은 여러 군데서 발견할 수 있다(朴熙秉, 「한국문학에 있어 '傳'과 소설의 관계양상」, 『韓國漢文學硏究』 12집, 韓國漢文學學會, 1989, 33~34면).

70) 李寅浩, 「『史記』 성격에 대한 一考察」, 『中語中文學』 22집, 韓國中語中文學會, 1998, 501면.

71) 『史記』의 원래 명칭은 대략 다음 다섯 가지로 불렀다. 『太史公書』·『太史公』·『太史公記』·『太史公傳』·『太史記』 등이 그것이다. 여기서 주목되는 점은 위 명칭들을 모두 「太史」나 「太史公」이란 용어가 들어간바, 이런 용어가 사마담(司馬談)을 가리키든 혹은 사마천(司馬遷) 본인을 가리키든 간에 모두 그 책을 쓴 사람을 지칭했다는 것이다. 우리가 익히 아는 대로 사람 이름이나 혹은 그 사람을 지칭하는 관직 또는 존칭을 책이름으로 삼는 경우는 대부분 전통적인 경사자집(經史子集) 분류에서 자서(子書)이다(李寅浩, 위의 글, 488면).

72) 서복관(徐復觀)은 '『兩漢思想史』 卷三'에서 『史記』는 그저 전해져 내려오는 이야기를 사마천(司馬遷)이 기록한 것에 불과하다고 주장하였다. 더욱이 사마천(司馬遷) 부자(父子)가 담당한 태사령(太史令)이란 관직은 단지 국가에 상서로운 일이나 재난이 생겼을 때 그것을 기록한다는 의미에서는 사관(史官)의 의미를 어느 정도 간직하고 있다고 볼 수 있지만, 엄밀하게 말하면 후세의 개념인 '사관(史官)'의 의미보다는 '기상대(氣象臺)의 책임자' 정도에 가까운 개념이다. 이상을 종합하여 판단하면 사마천(司馬遷) 부자(父子)는 역사를 기록해야만 하는 직책에 있었던 것도 아니었음을 어렵지 않게 추정할 수 있는 것이다(『兩漢思想史』 卷三, 313~314면; 李寅浩, 위의 글, 488면 재인용).

'사실지향적(事實指向的) 전(傳)' 양식이 있는가 하면, "이전까지의 많은 역사 사실의 기재를 종합적으로 수집하여 자체 내의 양식에 흡수할 뿐 아니라, 신화, 전설, 민담, 역사 고사, 민간의 숨은 일화나 알려지지 않은 사실(史實)과 신기하고 기이한 고사를 수집하여 이들 재료를 세심하게 조직하고 편성하고 거기에 작사의 풍부한 상상과 합리적인 허구를 더함"73)으로써 "규범의 단순한 재현이 아니라 그 자체의 개별적 질량과 의의를 지닌 새로운 사실"74)을 부단히 탐색하는 '허구지향적(虛構指向的) 전(傳)' 양식이 있을 수 있다. 특히, 후자(허구지향형)의 전(傳)에서는 "일화의 나열적 제시를 방기하고, 인과관계를 따르는 사건의 서술 속에서 갈등을 통해 주제를 탐색하는 소설적 서술 원리"75)를 채택한다. 물론 이러한 전(傳) 양식에서도 전(傳)의 특징적 서술원리인 '가치 추인'의 방식은 그대로 견지되지만, '사실지향적 전(傳)' 양식과는 달리 이미 확보된 '규범의 단순한 추인(追認)'을 위해서가 아니라 현실 세계 속에 존재하는 "사람과 사물들이 구체적 상황 속에서 이러저러하게 얽히고, 움직이며, 살아가는 모습",76) 곧 인정물태(人情物態)를 경험적으로 관찰함으로써 새로운 가치를 탐색하기 위한 것으로 서술원리가 작동되고 있다. 이와 같은 전(傳) 양식은 근대계몽기에 들어와 당대의 역사적 추이를 반영하면서 한층 더 새로운 '진정(眞情)'의 가치를 확보하기 시작한다. 이제 이러한 '허구지향적(虛構指向的) 전(傳)' 양식에서 도덕적 감계론(鑑戒論)은 삶의 구체적 현실태(現實態)의 가치를 높이기 위한 매개의 논리에 지나지 않거나 아예 작품의 주제 영역에서 '화석화된 형태'로만 존재하게 된다. 물론, "다른 한편으로는 국운(國運)의 위기에 대응하는 애국 계몽 이념의 요구가 강하게 대두하면서 '일상적 삶의 개별성·구체성'보다는 거시적이고 집단적인 가

---

73) 諸海星, 「『左傳』 敍事의 小說的 特徵에 관하여」, 『中國語文學』 37집, 嶺南中國語文學會, 2001, 29면.
74) 김홍규, 『한국고전문학과 비평의 성찰』, 고려대 출판부, 2002, 251면.
75) 朴熙秉, 앞의 글, 39면.
76) 김홍규, 앞의 책, 242면.

▲ 金得臣, 密戲鬪牋, 간송미술관. 날이 지새는지도 모르고 투전놀이에 몰두해 있는 인물들의 모습이 간략선 필선으로 잘 포착된 조선 후기의 풍속화이다. 왼편 앞쪽 인물의 돈주머니와 뒷켠으로 물러나 있는 술상 역시 투전판의 정경을 잘 드러내고 있는 소도구로 볼 수 있다.

치가 강조"77)되는 '사실지향적 전(傳)'에서는 여전히 도덕적 감계론이나 도학적 이념이 중요한 가치였다. 반면에 조선 후기 이후 근대계몽기에 이르기까지 서로 넘나들며 일어난 장르 운동의 결과, 곧 전(傳)의 소설취향성과 야담취향성의 질량이 증가하면서 요컨대 전(傳)의 '허구지향성(虛構指向性)'이 강화된 작품들이 근대문학사의 한 축을 형성하게 된다. 곧, 전(傳)의 '거사직서(據事直書)의 원칙'이 두드러지게 깨어지고, '허구'의 감화력을 적극적으로 수용하며 '근대적 전환'을 모색하기 시작한 분명한 지점으로서의 근대계몽기라는 역사적 시공성 안에서 이들 작품이 저마다의 독자적 질량을 확보하기 시작한 것이다.78) 특히, 근대계몽기 전(傳)

---

77) 김흥규, 『한국고전문학과 비평의 성찰』, 고려대 출판부, 2002, 256면.

의 이와 같은 성격을 극명하게 드러내고 있는 전(傳) 작품이 바로『신단
공안(神斷公案)』의 제4화「金鳳本傳」와 제7화「魚福孫傳」라는 점에서 이 두
작품에 대해서 주목할 필요가 있다.

　　우선「김봉본전(金鳳本傳)」의 서사 분절을 7개의 에피소드로 나누어서
보면 다음과 같다.

　　① 총오과인(聰悟過人)하고 재지절륜(才智絶倫)하지만, 신분의 제약에 의해
서 문무관이 될 수 없는 봉이는 현실에 불만을 품고 스스로를 낭사라 자호한다.
그렇게 산수(山水)와 경사(京師)를 호탕, 소요하며 지내던 '봉이'는 처자가 굶주
림과 추위에 시달린다는 편지를 받고 집에 돌아와 이모부 이삼장을 찾아가 주
막을 빌리고 거기에다 당시의 명의 이군응과 함께 한약방을 차려 돈을 번 후 이
군응은 재부 축적의 수단으로만 이용하고 돈을 한 푼도 주지 않고 쫓아버린다.

　　② 이어 봉이는 평양성 영원사의 해운화상에게 돈 오천 민(緡)을 빌려달라는
부탁을 한다. 그러나 해운화상에게 거절을 당한다. 그러자 봉이는 시주를 받으
러 온 탁발승을 꾀어 평양 감사 행차에 뛰어들게 하여 옥에 끌려갈 신세가 되
게 한 후, 해운화상을 유인하여 대신 옥에 끌려가 곤장을 맞게 하고 돈 2만냥을
탈취한다.

　　③ 서울에 놀러와 금전이 떨어진 봉이는 초라한 행색으로 광통교에 가 시전
상인 계상에게 접근한다. 계상은 봉이가 어리석은 줄 알고 닭을 봉이라고 속여
서 판다. 그러자 봉이가 계상으로부터 산 닭을 들고 포도대장 집 앞에서 봉을
사라고 외쳐댄다. 포도대장이 봉이를 잡아 곤장을 치려 하자 봉이는 시전상인
계상으로부터 속아서 닭을 600냥에 샀다며 하소연을 한다. 결국, 봉이는 계상으
로부터 돈 600냥을 얻게 된다. 그 후로 김인홍은 김서봉(金瑞鳳－金鳳)으로 불
리게 된다.

　　④ 이어 고리대금업을 하여 엄청난 재물을 축적한 이모부 이삼장이 봉이 자
신의 사기 행각을 질책하고 자신은 그런 일이 절대 없을 것이라고 맹세를 하자,

---

78) 물론, 이전과는 다른 형식과 내용(주제)을 통해서 '전(傳)'의 '자태전환(自態轉換)'을
　　모색한 조선 후기의 연암(燕岩)·문무자(文無子)·담정(潭庭)의 전(傳)에서 이러한 면
　　모가 드러나기도 하지만, 그것이 전(傳) 전체의 원심력으로 작용하지는 않았다는 점에
　　서 조선 후기 전(傳)은 근대계몽기의 전(傳)과 변별되는 지점이 존재한다.

봉이는 대동강 물장수들과 모의해서 그들이 매일 물세를 봉이에게 내는 것처럼 꾸민다. 이삼장은 대동강 물장수들이 봉이에게 물세를 내는 것을 보고는 봉이와 흥정을 하여 물세에 대한 권리를 7만 냥을 주고 사들이나 다음날 대동강 물장수들에게 조롱만 당한다. 봉이는 이삼장으로부터 받은 7만 냥을 대동강 물장수들에게 나누어 주고 잔치를 베푼다.

⑤ 한편, 추위와 굶주림에 시달려오던 처가 병이 들어 위독하자 다시 계책을 꾸민다. 봉이는 자신이 외유하는 동안 낳은 집안의 말이 호랑이 같은 말을 낳아 온 동네를 휘젓고 다닌다는 소식을 받고 급히 집으로 돌아가는 중이라는 말을 하며 자신의 집에 와서 말을 몰고 가라며 이군응을 유혹한다. 이군응이 봉이 부인의 병을 고치자, 봉이는 이군응에게 그 대가로 말을 준다.

⑥ 봉이의 사기 행각이 계속 이어지자 나라에서는 봉이를 국가의 안위를 위협하는 인물로 보기 시작하고 결국은 봉이를 징치하기 위해 김경징을 평양 서윤으로 보내게 된다. 김경징은 유부남 주문형의 간통 사건은 사람이 해결할 수 없는 사건이라 판단하고 봉이를 궁지에 빠뜨리기 위해서 이 옥사 사건을 봉이에게 맡긴다. 그러자 봉이를 잡으러간 노리(老吏)와 군졸들까지 봉이의 도피를 권유한다. 그러나 봉이는 관졸들의 청을 끝내 거절하고 스스로 관가에 들어가 특유의 지략으로 사건을 해결하자 평양 서윤까지 감복하여 봉이를 상객으로 모신다.

⑦ 봉이는 주문형 옥사 사건을 명쾌하게 해결하면서 평안남도의 도백과 이웃 군의 수령들에게까지 능력 있는 사람으로 알려지기 시작했지만, 끝내는 가족을 데리고 종적을 감추고 만다.[79]

근대계몽기의 '허구지향적 전(傳)'에 와서는 이제 전(傳)이 소설의 문법을 분명하게 빌어오기 시작한다. 우선, '소설'이란 양식 표제어부터 문제적이다. 물론 근대계몽기 "당시 '소설(小說)'이라는 용어는 꼭 이야기 문학이라는 의미로만 사용된 것은" 아니기 때문에 "소설이라는 양식 표기가 있는가 없는가 하는 사실은 그러한 작품의 양식적 특색을 확정짓는 일과 별반 관계가 없다."[80] 이 시기에는 문예란이나 소설란에 지금 장르

---

79) 『神斷公案』 제4화, 『皇城新聞』, 1906.6.28~8.18.
80) 김영민, 『한국근대소설사』, 솔, 1997, 56면.

개념으로는 수용하기 어려운 '글[文]'이 종종 '소설'이란 이름을 빌어 수록되고 있었다. 그러나, 이와 같은 양식 혼종의 문제를 이 시기의 '전(傳)'의 문제와 관련시켜 규명하는 지점에서는 '다르게' 검토할 부분들이 있다. 우선, 이 시기 신문·잡지에 전(傳)을 산생시킨 작가들은 분명하게 '전(傳)'이란 양식과 '소설'이란 양식을 구별하고 있었던 듯하다.[81] 이것은 「김봉본전(金鳳本傳)」에서 각 일화가 종결되고, 새 일화가 시작될 때마다 '각설(却說)'이나 '차설(且說)' 등의 고전 소설 투식어를 사용하는 것에서부터 드러나기 시작한다. 양식의 내적 논리가 엄연히 전(傳)인데도 불구하고 부단히 고전 소설의 투식어를 사용하는 데에는 일련의 의도가 있었을 것이다. 전(傳)임에도 불구하고 굳이 '소설'이 되려 하는 하는 이유, 그것은 무엇보다 '소설'이 가지고 있는 '계몽의 효과' 때문이었을 것이다. 즉, "소설은 국민의 혼[小說은 國民의 魂]"[82]을 형성케 하는 장르, 곧 '애국 계몽의 기획'을 실현하는 데에 있어서 결정적 역할을 할 수 있는 문예 장르임을 인식한 것이다. 이러한 상황에서 기획된 "신소설 만들기[新小說을 著出]"[83]라는 일련의 애국 계몽 기획 가운데 하나가 바로 전(傳)의 '근대적 전환'이었다.[84] 물론, '고유한(특정한) 양식 개념'으로서의 '신

---

81) 이 점은 '소설'과 '다른 문(文)', 곧 '설명문이나 논설문'등과 '소설'을 구분하지 못하는 현상에 비추어 볼 때, 이례적인 것이다. 김영민에 의하면, 이 시기 사료에서는 일송의 설명문에도 소설이라는 양식 표기를 한 사실을 발견할 수 있다는 것이다. 예컨대, 1907년 5월에 발행된 잡지의 '소설'란에는 「외교담(外交談)」이라는 글이 실려 있는데, 이 글의 성격은 그 제목으로 보나 내용으로 보나 외교에 대한 일종의 설명문 내지 가벼운 논설문이라고 할 수 있다. 이렇게 소설란에 설명문 내지 논설적 기사가 실리는 이유는 소설과 논설 혹은 소설과 설명을 구별하지 못한 특정한 개인 작가의 문제로 돌릴 수도 있고, 소설이 논설에서 확실히 분화되지 못한 때문이라고도 볼 수 있다(김영민, 위의 책, 56면).

82) 「近今國文小說著者의注意」, 『大韓每日申報』, 1908.7.8.

83) 「近今國文小說著者의注意」, 『大韓每日申報』, 1908.7.8.

84) 「近今國文小說著者의注意」에서 언급되고 있는 '신소설(新小說)'이란 용어를 보더라도 '신소설'은 '특정한 문학 양식'을 지칭하는 고유한 문학사적 의미를 지니고 있는 용어는 아니다. 그것은 단지 '새로운 소설'이라는 의미를 지니고 있었을 뿐이다. 즉, 이인직의 「혈의루」에만 '신소설'이라는 표기가 나오는 것이 아니다. 이광수의 장편소설 『無情』의 발표 지면인 『매일신보』 역시 『無情』을 계속 '신소설'로 광고하고 있다. 심지어

소설'이 있을 수 있겠다. 이때의 '신소설'이란 근대계몽기 '전(傳)' 양식, 특히 '허구지향적 전(傳)'까지 아우르는 '새로운 소설'이란 범칭의 범주와 는 다른 '양식 개념'이다. 그러나, 분명한 것은 근대계몽기에는 '신소설' 이란 개념은 "단지 상대적으로 새롭다는 관형적 성격을 지닌 용어"인 것 이지 "특별한 의미를 지닌 문학사적 용어"가 아니었다.85) 예컨대, 전(傳) 이나 번역 전기의 범주에서 이해될 수 있는 「익국부인젼」에서도 '신소설 애국부인전(新小說愛國婦人傳)'이라는 한자 표제어와 '신쇼셜'이란 한글 표 제어가 부기되어 있는 것을 보면 잘 알 수 있다. 요컨대, 근대계몽기의 '신소설'의 범주 안에는 이인직의 「혈의루」와 같은 "특정한 문학 양 식"86)으로서의 '신소설'도 있고, 외국 번역·번안 전기물, 그리고 신채호 의 「수군제일위인(水軍第一偉人) 이순신(李舜臣)」과 같은 '사실지향적 전 (傳)'이 있는가 하면 「김봉본전(金鳳本傳)」이나 「어복손전(魚福孫傳)」과 같 은 '허구지향적 전(傳)'도 바로 '신소설', 곧 '새로운 소설'이란 보통 명사 로 범주화될 수 있겠다. 그러므로 「김봉본전(金鳳本傳)」과 같은 작품에서 사용되고 있는 '차설(且說)'이나 '각설(却說)' 등의 고전 소설 투식어는 근 대계몽기 계몽 기획의 주체들의 '전(傳) 개량 의지'가 실천적으로 드러난 것이라 하겠다. 소설의 문법을 빌어와 '전(傳)'의 자태를 전환(개량)하겠다 는 사유야말로 이 시기 문예 양식사의 예민한 한 지점을 표징하고 있는 것인바, 이러한 형식의 전(傳)은 같이 장르 경쟁을 하던 '사건중심지향형' 의 야담(野談)과 함께 계몽 주체들의 사유와 그들의 계몽 담론을 담아내

앞 표지에는 '신소설'이라 명기하고 뒷면 판권란에는 고전소설이라 표시를 하는 경우
도 드물지 않게 있었다(김영민, 『한국근대소설사』, 솔, 1997, 123~125면).

85) 김영민, 위의 책, 124면.

86) 여기에서 지칭하고 있는 '특정한 문학 양식'으로서의 '신소설'이란 용어는 김태준과
임화를 거치면서 그 개념이 정립된 문학사적 용어로 이해하고 사용하는 것이다. 이 경
우에는 '신소설'은 특정한 시기의 소설에서 발견되는 양식상의 특질을 위주로 정립된
개념이다. 이때 '신소설'은 물론 보통 명사가 아니라 고유 명사이다. 1940년대 이후 문
학사 연구에서 사용되는 '신소설'이라는 용어는 일단 고유 명사 즉 양식 개념으로 인식
하는 것이 옳다(김영민, 위의 책, 133~134면).

는 대표적인 문예 양식으로 전환된 것이다. 이러한 근대계몽기의 전(傳)의 특징을 완연하게 보여주고 있는 작품이 바로 「김봉본전(金鳳本傳)」이라는 점에서 이 작품의 의의는 분명해진다. 그렇다면, 이 작품은 어떤 점에서 이 시기 '사실지향적 전(傳)'과 양식적 종차를 형성하면서 '소설'에 근접하는가를 규명해야 할 터이다. 우선, 이 작품을 「수군제일위인(水軍第一偉人) 이순신(李舜臣)」과 같은 '사실지향적 전(傳)'과 동일종(種)으로 볼 수 없는 이유는 무엇보다도 '인물 창출'과 '가치 구현' 방식의 상이성을 들 수 있겠다. 전술한 바대로 '사실지향적 전(傳)'에서는 서사 원환상의 거의 대부분의 인물들이 입전 인물을 부각시키기 위한 '그림자'에 불과한바, 본질적으로 '입전 인물'과 동위적 위상을 지닐 수 있는 '반면 인물(antagonist)'의 독자적 존재성 자체가 부인되고 있었다. 말할 것도 없이 이와 같은 '전(傳)'에서는 '갈등하는 개인'이 탄생할 수 없었다. 그러나, 「김봉본전(金鳳本傳)」에 와서는 사정이 자못 달라진다.[87] 위의 서사 분절에서도 분명하게 드러나는 바와 같이 분절 ①과 ⑥에서는 입전 인물인 '김인홍'과 반면 인물인 '인홍의 친구①'와 '평양 서윤 김경징⑥'과의 사이에서 서로의 세계관적 차이에 의한 '갈등'이 명징하게 드러나고 있다. 또한, 분절 ①과 ④에서는 '김인홍'과 '이삼장', 그리고 ①과 ④에서는 '김인홍'과 '이군응' 사이의 갈등이 주조되면서 이른바 '갈등하는 개인'이 근대계몽기 전(傳)이란 텍스트 안에서 비로소 창출되고 있는 것이다. 「김봉본전

---

87) 물론, 「金鳳本傳」 역시 전(傳)으로서의 형식적 지표만은 분명하다. 그렇다면, 이 작품이 어떤 점에서 전(傳)이 될 수밖에 없는가. 전체적으로 소설적 요소가 작품을 압도하기 때문에 전적(傳的)인 요소는 퍽 미약하게 보인다. 그러나, '서두의 인정기술(人情記述) ① → 행적 ②~⑥ → 논찬 ⑦' 식의 서술체재와 인물의 행적에 기반한 일대기를 구성해 놓고 있다는 점에서 이 작품은 일단 전(傳)으로 볼 수 있다. 물론, 입전된 '김인홍'이라는 인물이 '시정의 인물'이기 때문에 인정 기술은 극히 간략하게 처리되고 있다. 또한, 하나의 에피소드가 종결될 때마다 예외 없이 평자의 논찬을 부기하는 방식 역시 소설의 구성 방식과는 일단 거리가 멀다. 작품이 겨냥하고 있는 가치를 평자가 개입하여 '그 가치를 스스로 진술해서 확인하는 형식'은 기본적으로 전(傳)의 형식에 가까운 것이지, 소설의 형식은 아니다. 소설은 평자가 미리 '가치'부터 말하는 형식이 아니다.

(金鳳本傳)」의 김인홍은 이렇게 '반면 인물'과 갈등을 통해서 탄생한 '개인'이다. 김인홍은 '이순신'이나 '최도통'의 인물 형상, 곧 이미 규범화된 가치를 '추인'하는 '개인'과는 본질적으로 다른 인격상을 지닌 인물인 셈이다. 바로 김인홍과 같은 인격상을 지닌 인물에 의해서 '이삼장, 해운화상, 이군웅, 김경징'과 같은 인물들은 '조롱과 공격의 대상'으로 전락한다. 그렇다면, 「김봉본전(金鳳本傳)」도 이 시기 '사실지향적 전(傳)' 작품들이 보여주고 있는 '풍자적 구성'의 구성틀 안에 있다고 볼 수도 있겠다. 그러나, 이와 같은 외적 구성의 틀을 다시 규율하는 '구성적 틀'이 하나 더 있다는 점에서 근대계몽기 '허구지향적 전(傳)' 작품의 특질이 정시된다고 할 수 있는바, 그것은 무엇보다도 마지막의 "가족을 데리고 멀리 달아나 그 종적을 모르더라[絜家遠走ㅎ야 不知所終ㅎ니라]"88)는 형식에 드러난다. 바로 이 '부지소종'의 구성이란 그 세계 내적 조건이 무엇보다도 "질문과 공허, 추구와 좌절"89)이라는 구조에 기반했을 때 획득 가능한 형식이다. 이 점은 김인홍이 마지막에 "동방 삼천리가 좁고 좁아 협잡질 할 곳도 없구나[東方三千里 窄窄ㅎ야 幷挾雜處也 沒이라]"90)라며 탄식하는 장면에서 극명하게 드러난다. 말할 것도 없이 김인홍이 추구한 최상의 세계는, 곧 "주발을 가진 사람은 주발로 마시고 표주박을 가진 사람은 표주박으로 마시고 동쪽 사람은 동쪽에서 길어가고 서쪽 사람은 서쪽에서[持椀者ᄂ 椀以飮ㅎ고 持瓢者ᄂ 瓢以飮ㅎ고 東方之人은 自東方來 汲ㅎ고 西方之人은 自西方來 汲ㅎ니]"91) 물을 자유롭게 길어갈 수 있는 '대동'의 세계였다. 그러나 이와 같은 '대동'의 가치는 "가난한 백성이 쓴 나물을 단냉이 보듯 하는 정상[窮民의 視苦茶를 如甘薺ㅎᄂ 情狀]"92)을 알지 못하는 목민관이 통치하는 세계에서는 실현될 수 없었다. 그러므로 세계에 대한

---

88) 『神斷公案』 제4화, 『皇城新聞』, 1906.8.18.
89) 金仁煥, 『韓國文學理論의 硏究』, 을유문화사, 1986, 230면.
90) 『神斷公案』 제4화, 『皇城新聞』, 1906.8.18.
91) 『神斷公案』 제4화, 『皇城新聞』, 1906.8.3.
92) 『神斷公案』 제4화, 『皇城新聞』, 1906.8.11.

'질문'의 결과가 '저항적 부지소종(不知所終)'이라면, 근대계몽기 '허구지향적 전(傳)'의 구성 유형의 하나로 '파국적 구성' 유형을 제시할 수 있을 듯하다.

「김봉본전(金鳳本傳)」의 '허구지향적 전(傳)'으로서의 이와 같은 성격은 제7화(「魚福孫傳」)에서도 잘 드러난다. 다음의 「어복손전(魚福孫傳)」의 서사 분절 단위를 우선 정리해 보기로 한다.93)

① 오영환의 어리석음으로 인하여 상전(오영환의 가족)과 노비(어복손)가 모두 죽는 비극이 발생했다.

② 오영환의 노비 어복손은 오영환에게 속량을 청하였다가 거절을 당하자 한을 품으며 갓가지 방식(오영환의 말 팔아먹기, 냉면에 코 빠뜨리기, 오영환으로 가장하여 기생과 사통하기, 오영환의 친구 농락하기 등)을 이용해서 오영환을 골탕먹인다.

③ 어복손은 세도가인 재상을 통하여 속량을 이루려고 하지만, 재상이 실세하여 속량의 꿈이 사라진다.

④ 어복손은 자신을 죽이라는 오영환의 편지를 딸(오영환의 딸)과 혼인시키라는 내용으로 위조하고, 결국 오영환의 딸을 겁탈하기까지 한다.

⑤ 오영환이 어복손을 용담에 빠뜨려 죽이려 하나, 꾀를 내어 살아난 어복손이 오히려 오영환에게 용궁에 가면 벼슬을 할 수 있을 것이라는 말로 오영환을 유혹하고, 이에 오영환은 가족을 데리고 용담에 빠져 죽는다.

⑥ 이어 어복손은 오영환의 딸 연옥에게 같이 살 것을 요구하지만 연옥이 말

---

93) 『神斷公案』의 제7화의 원제는 「癡生員驅家葬龍宮 孽奴兒倚樓驚惡夢」이라는 긴 제목으로 발표된다. 이 작품에 대한 최초의 작품론이라고 할 수 있는 정환국(『『神斷公案』 제7화 「어복손전」 연구」, 성균관대 석사논문, 1994)과 이후 심재숙(「근대계몽기 신작 고소설의 현실대응양상 연구」, 고려대 박사논문, 2000) 등에서도 이 작품이 어복손의 행적을 중심으로 전개되고 있다는 점을 들어 「어복손전」으로 명명하고 있다. 어복손의 행적을 중심으로 보면 타당한 명명이지만, 이 작품의 서두, 곧 인정 기술부에서 작가의 서술 시각이 오영환의 어리석음과 의식의 전근대성을 비판하는데 초점이 맞추어져 있다는 점을 들면, 작가의 서술 시각과 정확하게 부합하는 명명도 아니다. 그러나 원제의 이름이 너무 긴 것을 감안하고 어복손의 행적이 작품 전개의 중핵이라는 점을 감안할 때, 「어복손전」 역시 크게 무리가 가는 명명은 아니므로 본고에서도 일단 기존 선행 연구의 명명을 그대로 따르기로 한다.

을 듣지 않자 연옥마저 죽인다.

⑦ 오영환의 가족이 밤마다 꿈에 나타나 어복손을 괴롭히자 어복손은 전라도 진산으로 도망하여 살다가 학질에 걸린다.

⑧ 학질에 걸린 어복손을 고치기 위해 어복손과 친하게 지내던 고을 이방이 원님에게 거짓으로 곤장을 때려 위협해 달라는 부탁을 하자, 자신의 죄가 발각이 된 줄로 알고 어복손은 그간의 자신의 행악을 모두 실토하고 사형을 당한다.94)

「어복손전(魚福孫傳)」이 전(傳)의 형식을 그대로 수용하고 있음은 이 작품의 서두, 곧 인정 기술부에서 작가의 입전 의도가 그대로 드러나고 있음에서도 잘 확인된다. 이 작품은 서사 분절 ①부분에서 이미 이 작품의 서술 의도가 예시되고 있다. 서사 분절 ①에서 참사(오영환 가족과 노비 어복손의 죽음)는 결국, 오영환의 '어리석음(전근대적 신분제에 대한 집착)'에서 기인된 것으로 예시된바, 이는 "이 어찌 어복손의 교활함 때문이겠는가. 이는 오영환의 어리석음 때문이로다[斯豈 魚福孫의 點哉아 乃吳永煥의 癡也로다]"95)라고 진술되고 있는 부분에서 분명하게 드러난다. 참사(가족과 노비의 죽음)의 원인이 오영환의 어리석음에 있다는 작가의 서술 의도가 작품의 서두에서 미리 제시되는 이러한 형식이야말로 전(傳)의 전형적인 형식이다. 또한, 서두의 인정 기술부에서 제시된 상전(오영환)과 노비(어복손)의 행적과 캐릭터가 나머지 ②~⑧의 에피소드를 통하여 확인되는 형식을 취하고 있다는 점에서도 이 작품은 전형적인 전(傳)의 형식과 크게 다르지 않다. 그렇다면 이 작품의 어떠한 요소가 근대계몽기 '사실지향적 전(傳)' 양식과 종차를 이루는 요소이고, 또한 '소설'과는 어느 지점에서 인접성이 있는가가 문제이다. 그것은 역시 '속량'의 문제를 두고 상전(오영환)과 노비(어복손) 사이에서 팽팽하게 형성된 '심화된 갈등 구조'의 창출에서 일단 찾아질 수 있겠다. 서사체에서 '팽팽한 갈등'의 주조는 '반면 인물(antagonist)'이 전제되었을 때만이 가능한 것이다. 전술한 바

94) 『神斷公案』 제7화, 『皇城新聞』, 1906.10.10~12.31.
95) 『神斷公案』 제7화, 『皇城新聞』, 1906.10.10.

와 같이 전(傳)은 기본적으로 '반면 인물'이 텍스트 안에서 구체적으로 현현되는 장르가 아니라는 점에서 원론적으로만 보면 '갈등'이 주조될 수 없는 양식이었다. 특히, 근대계몽기의 '사실지향적 전(傳)'의 경우(물론, 그 이전의 전 작품들도 마찬가지겠지만) 서사의 원환(圓環) 구조상에 있는 모든 인물들이 저마다의 독자성을 상실하고 처음부터 입전 인물의 가치 표창에 부속되는 '그림자형' 인물로만 기능하기 때문에 이러한 사정은 더욱 두드러질 수 있겠다. 그러므로 전(傳)에서 '갈등'이 주조되고 있다는 사실은 이미 전(傳) 양식 자체가 '근대적 전환'의 도상에 있다는 것을 표징하는 것이다. 이런 점에서 보면 '어복손과 오영환'과 같은 '인물'의 출현 그 자체가, 「어복손전(魚福孫傳)」이 근대계몽기 '전(傳)'의 최종적 변이상을 단적으로 드러내는 작품임을 증거하고 있는 것이다. 특히, 이 작품은 두 겹의 갈등 구조를 지니고 있는 것으로 볼 수도 있겠는데, 그 하나가 '꾀쟁이 하인형' 설화를 변개하여 '갈등 구조'를 만들어 내고 있는 것이다. 그러나 문제는 어복손의 궁극적인 지향가치, 곧 신분제 타파와 오영환의 지향가치, 곧 신분제 고수의 문제가 충돌하면서 야기된 갈등은 사실 어복손의 상전(오영환) 골탕 먹이기식의 방식으로 해결될 수 있는 문제가 아니었다. 이러한 방식은 자칫 '꾀쟁이 하인형' 유형의 설화에서 흔히 나타나는 단순한 '속이기 모티프'의 반복에 그칠 수도 있겠다.[96] 작가는 이 지점에서 '설화' 변개 구조와 맞물리는 또 한 겹의 갈등 구조를 만들어 놓는다. 어복손이 노비신분에서 벗어나기 위해 장안의 세도가를 찾아가는 구조가 바로 그것이다. 이 한 겹의 구조를 더 주조함으로써 이 작품의 갈등의 역동성은 한층 두드러진다. 즉, 어복손의 적극적

---

96) 물론, 「魚福孫傳」에서 드러나는 설화 수용 양상을 고찰해 보면, 이 작품이 단순한 '속이기 모티프'의 상투적 수용에만 의존하지 않는다는 사실을 알 수 있다. 「魚福孫傳」은 전래되고 있었던 '꾀쟁이 하인' 유형을 복잡한 소설적인 구성으로 변개시켜 사회적 문제로 확대화시킨 작품이라 할 수 있다. 「魚福孫傳」이란 전(傳)과 상전을 속인 '꾀쟁이 하인' 유형의 구비전승과의 비교에 대해서는 다음의 논문을 참고할 수 있다(鄭煥局, 「『神斷公案』 제7화 「魚福孫傳」」, 성균관대 석사논문, 1994, 52~55면).

행위(신분 해방을 위해 재상가에 찾아가 속량을 구하는 것)가 중심 서사선을 구축하면서 오영환과 결탁한 '유생'과 재상의 아들인 '색중귀'와 같은 인물들이 자연스럽게 창출되고, '속량'의 문제를 둘러싸고 벌어지는 이들 사이의 갈등의 폭과 깊이가 한층 심화되기에 이른다. 물론, 서사 분절 ③에서 확인되는 바와 같이 재상이 갑자기 실세하면서 어복손의 속량의 꿈은 사라진다. 어떻게 보면 싱거운 해결 방식일 수 있지만, 이것이 다시 ④ 이후의 서사 분절의 계기가 된다는 점에서 ③의 서사 분절과 ④ 이후의 서사 분절은 서로 인과적 결속 구조를 형성하고 있다고 보아야 할 것이다. 바로 이와 같은 중층의 갈등 구조는 같은 시기 '사실지향적 전(傳)' 양식에서 흔히 나타나는 갈등 구조가 아니다. 이와 같은 갈등의 구조에 의한 '가치 구현'의 방식은 말할 것도 없이 '새로운 가치'를 '찾아내려' 한다는 점에서 '이미 규범화된 가치'를 '추인'하는 방식과는 일단 그 인식 기저부터 다른 것이다. 즉, 입전 인물 '어복손'이 '찾아내려는 가치'는 바로 "사람의 도리를 잃지 않으면 상놈이라 할 수 없는 것이니, 어찌 노·주가 따로 있으리오[不失人道ㅎ면 不可謂常이니 安有奴主리오]"97)에 명징하게 드러나고 있는 바와 같이 '인간해방'의 문제로 집약될 수 있겠다. 그러나 '어복손'의 인간해방에 대한 '질문'과 '추구'는 결국 '공허'와 '좌절'로 귀결되었다. 이로 볼 때, 근대계몽기 '허구지향적 전(傳)'이 하나의 구성 유형을 요청하고 있었다면 그것은 분명히 '파국적 구성' 유형에서 크게 벗어나지 않은 것이다.98) '새로운 가치'의 탐색이

---

97) 『神斷公案』 제7화, 『皇城新聞』, 1906.12.18.
98) 이 지점에서 「魚福孫傳」의 문제점 하나를 짚고 넘어갈 필요도 있겠다. 그것은 '개연성'에 의한 문제 해결이라는 서사시학의 최소 규율을 이 작품이 지켜내지 못하고 있다는 것으로 요약될 수 있겠다. 여기에서 작품의 후반부에 제시되고 있는 간략한 서사선 하나를 볼 필요가 있겠다. 어복손은 오영환의 벼슬욕을 부추기는 수법, 곧 "수국에 가면 淸宦美職을 얻을 수 있다"는 식으로 오영환을 부추기는 수법을 통해서 오영환 일가를 용담에 빠뜨려 죽게 한다. 이후 죽은 오영환 일가가 어복손 꿈에 나타나자 이에 놀란 어복손이 도망하여 살다가 괴질에 걸린다. 온갖 약을 써 봐도 낫지 않자 어복손과 친하게 지내던 이방이 "학질에 걸린 사람은 깜짝 놀라게 하면 즉시 낫는다[俗說에 有

란 적어도 끊임없는 '(자기)질문'과 '(세계)추구'의 과정을 통해서 도달할 수 있는 '그 무엇'이기 때문이다. 바로 이 도달의 과정에서 '꼭 필요한 우연성'이 요청되는 것이라면, 그것이 비록 서사시학의 최소 규율이라 할지라도 어쨌거나 수용하는 것이 '애국 계몽 담론기'의 문예 양식이 가지는 운명인 듯하다. 그러므로 어복손의 '도망 → 자백 → 죽음'으로 이어지며 완성되는 결말구조상에서 드러나고 있는 '우연성'은 '의도한 우연성'이라고 볼 수도 있겠다. 그 이유는 무엇보다도 작가가 「어복손전(魚福孫傳)」을 통해서 적어도 다음과 같은 '두 가지 계몽 담론'의 가능성을 동시에 고려했기 때문이다. 하나는 오영환을 중심으로 하는 의존 화소의 연쇄를 통하여 오영환이라는 시대착오적인 인물을 '공격하고 부정하는 것'이고, 다른 하나는 어복손을 중심으로 하는 의존 화소의 연쇄를 통하여 '최상의 것, 궁극의 것'을 추구하는 인물의 좌절 형상을 겨냥하고 있었던 듯하다. 전자의 풍자적 구성에 기대어 이 작품을 읽는다면 아무래도 전근대적 신분제의 문제점, 곧 '비판'이 예각화될 것이고, 후자의 파국적 구성에 기대어 이 작품을 읽는다면 '자각'의 문제가 예각화될 것이다.

痲疾者는 但有大驚怯一次 ᄒ면 卽時快差]"는 말에 근거하여 군수에게 어복손을 갑자기 곤장으로 다스려 놀라게 해줄 것을 부탁한다. 이러한 사정을 모르고 있던 어복손은 갑작스런 군수의 호령에 겁을 먹고 자신의 죄가 탄로난 줄로 알고 그간의 자신의 죄를 모두 자백하게 된다. 오영환의 근척(近戚)이었던 군수는 바로 죄를 물어 처형한다. 「魚福孫傳」의 이러한 결말, 즉 "지나친 우연성이 개입되어 있으며, 주인공의 최후가 그동안의 능수능란했던 행적을 무시해버릴 만큼 왜소성을 면치 못하고 있으며, 군수가 하필이면 죽은 오영환의 근척이었던 점, 죄가 탄로났다고 오판한 어복손이 순수히 자백하는 점"(정환국, 「『神斷公案』 제7화 「어복손전」 연구」, 성균관대 석사논문, 1994, 49면) 등은 어복손이 보여준 개성과는 전혀 부합하지 않는 구성이다. 이 점에 대해 정환국은 "公案的 요소를 무리하게 집어넣은 결과"의 소산에서 그 원인을 찾는다. 대부분의 작품들은 "우연성을 사건의 연쇄에서 배제하려고 노력하고 있다"(金仁煥, 『韓國文學理論의 연구』, 을유문화사, 1986, 230면)는 원칙에 근거해보면, 정환국의 지적은 대체로 타당한 것이다.

제3장

사실지향적(事實指向的) 전(傳)과 계몽성

1. '문(文)'의 재구성과 계몽 담론의 형성

1) 허언(虛言)으로서의 '문(文)'과 재도(載道)로서의 '문(文)'

조선조에서는 '소설은 허구'라는 간명한 정의 하나를 인정하는 데에도 상당한 시간을 소비해야만 했다. 소설이 사실의 기록이 아니라 꾸며진 이야기, 즉 허구라는 것은 홍만종(1643~1725)이 소설을 가리켜 '착공구허(鑿空構虛)한 것'이라고 지칭한 것에서 잘 드러나는바, 「천군연의」의 작가 정태제(1612~1669)도 그 서문에서 "실제로는 없는 것을 꾸며내고 없는 일을 늘여낸 것[實虛而修之 有無而張之]"이라고 하여 허구적 속성을 지적하였고, 이이명(1658~1722) 역시 소설은 "허구, 환상의 세계에 마음을 쓰고 머리를 짜내는 것[其役心運智於虛無眩幻之間者]"이라고 하였다.[1] 허구와 소설의 관계가 자연스러운 것으로 인식되기 시작하는 19세기에 이르기까지 조선조 유학자들에게 '가허착공(架虛鑿空)'으로 집약될 수 있는 소설에서의 '허구'는 부정적인 개념이었다. 조선조 내내 소설을 짓는 무리를 '가허착공지류(架虛鑿空之流)'로 규정한 것도 다 소설에 대한 이와 같은 인식에 기반하고 있었기 때문에 가능한 것이었다. 정통 한문학의 입장에서 보면 소설은 여전히 말기(末技)에 지니지 않는 것이었다. 소설에 대한 이러한 인식은 근대계몽기에 이르러서도 엄연히 존재하고 있었다.

① 옛 이야기 가운데 뛰어났다고 일컬을 만한 것으로「西遊記」,「水滸傳」이 있고, 이외에 열국(列國)의 東西漢・齊・魏・五代・唐・南北宋에 모두 연의(演義)가 있어 세상에 유통된다. 명말(明末)에 이르러 문시(文士)들이 유난히 들뜬 문사(文辭)를 숭상해서 공허한 이야기를 얽어서는 문득 한 권의 책을 만들곤 했는데, 관청에 앉은 벼슬아치까지도 제 직무를 등한시하고 이야깃거리 얻기에 바쁘고 한두 마디 말을 들으면 곧 끌어다 붙이고 덧보태어 책 만들기에 바쁘다. 이렇게 해서 만들어진 책이 헤아릴 수 없이 많다. 호사가들이 공연히 그것을 읽던 것이 하나의 풍속을 이루어서 서로 다투어 흉내를 내게 되니, 이것이 습속이 되어 세도(世道)를 점점 시들게 하고, 마침내 종묘사직까지 조각조각 깨지게 한다.2)

② 我韓은 由來 小說의 善本이 無하여 國人所著는 九雲夢과 南征記 數種에 不過ㅎ고 自支那而來者는 西廂記와 玉麟夢과 剪燈新話와 水湖志 等이오 國文小說은 所謂 蕭大成傳이니 小學士傳이니 張風雲傳이니 淑英娘子傳이니 ㅎ는 種類가 閭巷之間에 盛行ㅎ야 匹夫匹婦의 菽粟茶飯을 供ㅎ니 是는 皆 荒誕無稽ㅎ고 淫靡不經ㅎ야 適足히 人心을 蕩了ㅎ고 風俗을 壞了ㅎ야 政敎와 世道에 關ㅎ야 爲害不淺ㅎ지라 若使世之戰國者로 我邦의 現行ㅎ는

---

1) 金庚美,「朝鮮 後期 小說論 硏究」, 이화여대 박사논문, 1994, 133면.
2) "古話之表表可稱者 西遊記水滸傳外 如列國東西漢齊魏五代唐南北宋 皆有演蓋行於世義 至代明末 諸文士尤尙浮藻 鑿空構虛 輒成一部 至於坐衙按符之官 越視職事 務得新語 得一款則附會增演 作爲帙卷 故其爲也 汗馬牛充棟宇 指不勝屈 徒爲好事者傳玩 而仍成習俗 競相慕效 遂使世道萎靡 竟至宗社之瓦裂."(洪萬宗,『旬五志』)

小說種類를 問ᄒ면 其風俗과 政敎가 如何타 謂ᄒ깃는가.[3]

　인용문 ①에서 홍만종은 소설의 폐해를 사직(社稷)의 안위와 관련시키고 있다. 즉 "관청에 앉은 벼슬아치까지도 제 직무를 등한시하고 이야깃거리 얻기에 바쁘고 한두 마디 말을 들으면 곧 끌어다 붙이고 덧보태어 책 만들기 바쁘기[至於坐衙按符之官 越視職事務得新語 得一款則附會增演 作爲帙卷]" 때문에 결국 세도(世道)를 위미(萎靡－시듦)하게 하여 국가는 '와열(瓦裂－조각조각 깨짐)'되고 말 것이라는 극단적인 소설 폐해론을 내세우고 있다. 그렇다면 이와 같은 극단적인 소설 배격론의 사유적 지반은 어디에서 연유된 것인가. 이것은 무엇보다도 '경사(經史)' 중심주의에 기반한 인식의 결과로 볼 수밖에 없다. 즉 '경(經)'을 통해 '도덕적 심성'을 함양하고, '사(史)'를 통해 '역사적 진실'에 다가서는 것을 '수신(修身)'의 요체로 인식한 것이다. 이러한 사유 지반에 근거해 보면, '경사자집(經史子集)' 이외의 글, 이른바 소설은 도덕성과 역사성이 결여된 것일 수밖에 없다. 특히 후자, 곧 소설이 '비역사성(非歷史性)'을 지니고 있다는 인식의 근거에는 '괴력난신(怪力亂神)'은 기록하지 않는다는 유교적 합리주의를 준신하는 기술 태도와 밀접한 관련이 있다. 즉 유교적 합리주의에 의해 강하게 규율되던 조선조 유학자들에게 '괴이한 용력[怪異勇力]과 패란한 일[悖亂之事]과 귀신이 조화를 부리는 자취[鬼神造化之迹]'는 기록의 대상이 될 수 없었다.[4] 조선조 유학자들이 소설을 배격한 이유가, 소설이 바로 이러한 '괴력난신(怪力亂神)'을 기술하기 때문이었다. 이러한 점은 조선조의 유학자들이 흔히 '소설을 부정적으로 표현하면서 황당무계지언(荒唐無稽之言)으로 표현한 것'에서도 잘 확인할 수 있다.

　이와 같은 소설에 대한 부정적 인식은 위의 인용문 ②에서 잘 드러나

---

3) 朴殷植, 「瑞士建國誌」序, 大韓每日申報社, 1907, 1면. 이후 모든 인용문은 현대어로 바꾸지 않고, 원문 표기를 존중해서 그대로 표기하기로 한다.
4) 金庚美, 「朝鮮 後期 小說論 硏究」, 이화여대 박사논문, 1994, 120면.

듯이 근대계몽기의 애국 계몽사상가들에게도 대동소이한 것이었다. 이 시기에 이르러서도 소설에 대한 시각은 여전히 "荒誕無稽하고 淫靡不經"의 수준에서 크게 벗어나 있지 않았다. 소설은 "荒誕無稽하고 淫靡不經"해서 "인심과 풍속을 탕진"하며, 결국 "정교(政敎)와 세도(世道)"를 해(害)한다는 인식은 "문사(文士)들이 유난히 들뜬 문사(文辭)를 숭상해서 공허한 이야기를 얽어서는 문득 한 권의 책을 만들곤 했는데, 이것이 습속이 되어 마침내 세도(世道)를 시들게 하고[諸文士尤尙浮藻 鑿空構虛 輒成一部, 而仍成習俗 競相慕效 遂使世道萎靡 竟至宗社之瓦裂]"는 인용문 ①의 인식과 다를 바 없다. 물론, ①에서처럼 국가의 안위[竟至宗社之瓦裂]로 연결시키는 극단적인 인식에까지 이르지는 않았지만, 큰 틀에서는 역시 대동소이한 인식 범주로 이해할 수 있는 것이다. 이러한 인식은 소설로 인하여 세도(世道)가 쇠퇴하고 이것이 지나치게 되자 나라가 와열하는 지경에 이르게 되었다는 '극단적인 소설부정론'으로 규정될 수 있는바, 어쨌거나 '소설'과 '세도'를 불가분의 관계로 인식하고 있다는 점에서 '재도적(載道的) 문학관(文學觀)'을 명백하게 반영하는 것이다. 근대계몽기에 이르러 소설이 '계몽의 관점'에서 이해되면서 유가(儒家)의 재도적 문학관은 더욱 예각화될 수밖에 없었다.

　　오호 ―라 영웅호걸을 도와셔 텬하 〈업을 일우는쟈는 우부우부와 〈동주졸이오 우부우부와 〈동주졸의 하등샤회로 시작ㅎ야 인심을 변화ㅎ는 능력을 굿촌쟈는 쇼셜이니 그런즉 쇼셜을 엇지 쉽게 볼거시리오 라약ㅎ고 음탕훈 쇼셜이 만ㅎ면 그 국민도 이로써 감화를 밧을거시오 호협ㅎ고 강개훈 쇼셜이 만ㅎ면 그 국민이 쏘훈 이로써 감화를 밧을지니 셔양선비의 닐온바 쇼셜은 국민의 혼이라홈이 진실노 그러ㅎ도다 한국에 젼릭ㅎ는 쇼셜은 태반이나 모다 음란ㅎ고 호탕훈 글이오 부쳐를 숭비ㅎ야 복을 비는 괴이훈 말이니 이로 쏘훈 인심과 풍속을 부패케ㅎ는거시라 각종 쇼셜은 져슐ㅎ여 내여셔 이런거슬 훈번 쓸어 버리는거시 뎨일 급ㅎ다홀지로다 년젼에 몃낫지〈들이 중츄원에 헌의ㅎ야 무릇 일반 려항간에 발매되는 넷젹 쇼셜을 금지홈이 가ㅎ다훈쟈 잇는터 나는 그 뜻은

올케넉이거니와 그방칙은 반디ᄒ노라 능라를 가지고 갈포를 밧고쟈ᄒ면 응치
아니홀쟈 업고 고량진미를 가지고 조밥을 밧고쟈ᄒ면 즐겨ᄒ지 아닐쟈 업슴과
ᄀᆞ치 긔묘ᄒ고 정결호 새쇼셜만 만히나면 구쇼셜은 ᄌᆞ연 절종이 될거시이늘 엇
지 반ᄃᆞ시 이런 강졔ᄒ눈일노 민심을 거슬녀셔 힝ᄒ기 어려온 일을 ᄒ리오 그
러나 그일에 새쇼셜이라ᄒ눈쟈는 발간ᄒ여 내눈거시 드믈기도 홀ᄲᅥᆫ더러 그발
간ᄒ여 내눈쟈를 본즉 다만 호때에 리익이나 도모ᄒ는 ᄉᆞ샹으로 초조ᄒ게 지어
내셔 넷쇼셜에 비교ᄒ면 곳 오십보를 다라난쟈가 빅보를 다라난쟈를 웃는것과
ᄀᆞᄒ니 죡히 새ᄉᆞ상을 슈입케홀수 업눈지라 슳흐다.5)

이미 잘 알려져 있는 바처럼, 동아시아에서의 '문(文)' 개념은 단순한
문자의 의미를 넘어선다.6) 문(文)의 저층에는 언제나 "문(文)이 우주적
질서의 외현"7)이라는 "포괄적·통합적 의미"가 존재하였던바, "문학은
이러한 문(文)의 파생어 중 하나였다."8) 근대계몽기에도 '문(文)'의 파생
어로서의 '문학'이 '통합적·포괄적인' 의미에서 벗어나지 않는 경우가
흔히 있었다. 불가적 전통에 기반하고 있는 전래의 소설에 대해 '괴이호
말이니 이로 쏘호 인심과 풍쇽을 부패케ᄒ눈거시라'며 비판하고 있는
위의 인용문에서도 이 점은 잘 드러난다.9) 곧, '문(文)' 혹은 '문학(소설)'

---

5) 「근일 국문쇼셜을 져슐ᄒ눈쟈의 주의홀일」, 『대한민일신보』(국문판), 1908.7.8.
6) 권보드래, 『한국근대소설의 기원』, 소명출판, 2000, 80면.
7) 이종민, 「근대 중국의 시대인식과 문학적 사유」, 서울대 박사논문, 1998, 61면.
8) 권보드래, 앞의 책, 81면.
9) 유가적 문학이 현실주의적 경향이 강한 반면, 도불사상에서 영향을 받은 문학은 낭만
주의적 경향이 강한 것이 일반적인 특징이다. 따라서 유가적 문학 사상을 기저로 한 작
품의 특징으로 들 수 있는 것 가운데 하나는 사실을 있는 그대로 기록하는 '實錄' 정신
이고, 낭만주의 작품의 특징 가운데 들 수 있는 것 가운데 하나는 '奇, 幻, 誕, 虛, 怪,
異' 등으로 지적되는 초현실적인 경향이다. 이러한 초현실적인 요소는 허구적 상상력
의 개입을 전제로 하기 때문에 유가적 입장에서 용인되기 어려운 것이다. 초현실적인
세계를 인정하지 않는 유교에 비해 불교는 기본적으로 지옥, 천당이라는 사후의 세계
가 설정되어 있고, 윤회라는 죽음 이후의 과정을 설정해 두고 있다. 따라서 불교의 포
교담이나 도교의 신선설화같이 비합리적이고 초현실적인 일을 다루고 있는 신이한 이
야기는 유가적 관점에서 볼 때 있지 않은 세계를 만들어 내는 것이므로 황탄한 이야기
가 된다. 조선조 유학자들이 소설을 '황당무계' 또는 '황탄'하다고 비난한 것은 도불에
대한 이들의 부정적 인식에서 연유한 것도 있다(金庚美, 「朝鮮 後期 小說論 硏究」, 이

이 '인심과 풍속의 부패'와 관련되는 것으로 인식되고 있는바, 근대계몽기에도 여전히 '문학(소설)'은 "나라의 인심풍속과 정치제도"10)와 밀접한 관련이 있는 것으로 규정되고 있었다.11) 즉, '인심과 풍속' 부패의 원인을 '소설(구쇼셜)'에서 찾는다는 것 자체가 사실 '구쇼셜'의 영향력을 반증하는 것인데, '문(소설)'에서 '괴이흔 말'이나 '음란흠'만 소거시킨다면 소설은 얼마든지 '인심을 변화ᄒᆞᄂᆞᆫ 능력', 곧 "國性을 培養ᄒᆞ고 民智를 開導ᄒᆞᄂᆞᆫ"12) 데에 기능할 수 있다는 것이다. 문제는 위의 인용문에서 드러나는 바와 같이 '구쇼셜', 곧 속악성(俗惡性)이 두드러진 가허착공(架虛鑿空)한 구쇼셜(국문소설)이 '음란ᄒᆞ고 호탕흔 글'이거나 '복을 비ᄂᆞᆫ 괴이흔 말'일 뿐, 그것이 "實相이 적어 감계와 모범의 자료"13)가 되지 못하고 있다는 점이다. 더욱 문제는 이와 같은 '녯젹 쇼셜(구쇼셜)'이 여항에서는 여전이 독자의 사랑을 받고 있었다는 점이다.14) 이와 같

화여대 박사논문, 1994, 102면).

10) "夫小說者ᄂᆞᆫ 感人이 最易ᄒᆞ고 入人이 最深ᄒᆞ야 風俗階級과 敎化程度에 關係가 甚鉅ᄒᆞᆫ지라 故로 泰西哲學家가 有言ᄒᆞ되 其國에 入ᄒᆞ야 其小說의 何種이 盛行ᄒᆞᄂᆞᆫ 것을 問ᄒᆞ면 可히 其國의 人心風俗과 政治思想이 如何ᄒᆞᆫ 것을 觀ᄒᆞ리라 ᄒᆞ엿스니 善哉라."(朴殷植, 「瑞士建國誌」序, 大韓每日申報社, 1907, 1면)

11) 이렇게 '문(文)' 혹은 '문학(文學)'은 개인에서 국가에 이르기까지 사회의 전 단위를 유지시키는 힘으로 선전되었고[蓋文也者, 政治制度之具也, 文化之盛, 煥乎其章, 郁乎其明, 光輝燦爛, 發越炫耀](장지연, 「文弱之弊」, 『韋庵文庫』, 국사편찬위원회, 1956, 351면), 질(質)을 보완·발현할 몫을 문학에 기대하는 일[藉於文學ᄒᆞ야以補天資之不足](안종화, 「興學이 爲國之急務」, 『기호흥학회월보』 11호, 1909.6)도 있었다. 특정 지방을 일컬어 "일체의 정치와 문학과 미슐과 실업 등의 중심뎜"(「기호 선비의 제일 첫걸음」, 『대한매일신보』, 1908.1.28)이라 한다든가 "수빅년 문학을 숭상ᄒᆞ던 호서"(「호서학생 부형에게 권고함」, 『대한매일신보』, 1909.1.13) 혹은 "論文學之盛者ㅣ 以嶠南爲最"(「警告嶠南人士」, 『皇城新聞』, 1908.6.27)라 하듯 '문학'이라는 말로 한 지역의 문물·역사를 요약해 내려 한 시도 역시 문(文)의 통합적 의미에 크게 기대고 있는 것이었다. "포천은 수빅년리로 문학을 숭상흠으로 나라ㅅ가온디 일홈이 쟈쟈ᄒᆞ더니"(「포천에 밝은 빛」, 『대한매일신보』, 1909.2.18)라거나 "례안은 곳 선성의 구긔로 풍속이 돈후ᄒᆞ고 문학이 빈빈ᄒᆞ여 수빅년리 령남 전부의 의양ᄒᆞ던 바ㅣ라"(「영남 진보당의 선봉」, 『대한매일신보』, 1910.3.31)는 식으로 크고 작은 지역 단위의 문물 제도를 설명할 때도 역시 마찬가지였다(권보드래, 앞의 책, 81면).

12) 朴殷植, 앞의 글, 1면.

13) 尹忠儀, 『韓國 近代小說論 硏究』, 고려대 민족문화연구소, 1994, 91면.

은 상황에서 발간된 '새쇼셜' 역시 '흔때에 리익이나 도모ᄒᄂ 스샹으로 초조ᄒ게 지어내셔' 가히 볼 만한 것이 없는 양식일 뿐, '새스샹'도 "후인에 대한 감계의 도리[後人之鑑]"15)도 전할 수 없는 양식에 불과하다는 것이다. 소설을 국민의 의식과 생활을 규율할 수 있는 가장 광범한 사회적 영향력을 가진 양식으로 인식했던 근대계몽기 계몽사상가들에게 '새쇼셜'16) 역시 그들의 계몽 기획을 실현시키는 충분한 양식이 될 수는 없었다. 그들은 기본적으로 어쨌거나 재도적 문학관의 논리 안에서 '새쇼셜'을 인식할 수밖에 없는 세계관적 폐쇄성을 여전히 지니고 있었다. 더욱이 '리익이나 도모ᄒᄂ' 것이야말로 '도(道)'를 싣는 도구로써는 현격하게 미달로 비추어질 수 있었을 것이다. 즉 '애국과 계몽'의 논리에 기반하여 '도(道)'의 실질 개념을 규정하려 했던 이 시기 근대 애국 계몽사상가들에게 '새쇼셜'은 '구쇼셜'과 크게 다를 바 없는, 여전히 '불경(不經)'하고 '속(俗)된' 범주였다. 이 지점, 곧 '녯적 쇼셜'은 절종되어 마땅한 것으로 전락되어 있고, '새쇼셜'은 턱없이 함량 미달인 상황에서 '문

---

14) 權純肯(「1910년대 活字本 古小說 硏究」, 성균관대 박사논문, 1990)에 의하면 '이야기책', '딱지본', '육전소설' 등의 명칭으로 불렸던 '활자본 고소설'이 1912~1918년 사이에 집중적으로 출판되어, 해방 이후에 출간된 6종까지 총 305종의 활자본 고소설이 출간되었다고 한다. 그러므로 여항에서는 해방 이전까지는 '신소설'로 지칭되는 근대소설 못지 않게 '구소설'로 지칭되는 고소설 역시 여전히 애독되고 있었음을 추론할 수 있는 것이다.

15) "其在鑑戒之道 或不無一助 故爲之記 因以爲自戒 亦以爲後人之鑑云爾."(睦台林, 「種玉傳」序, 『古典小說全集』3권(김기동 편), 亞細亞文化社, 1981, 343면)

16) '새쇼셜'의 개념을 이 인용문에서는 '특정한 양식' 개념으로서의 '신소설' 개념으로 이해하고자 한다. 2장에서 고찰한 바와 같이 '특정한 양식' 개념으로서의 '신소설'이란 용어는 사실 근대계몽기 문학사에서는 존재할 수 없는 용어였다. 그럼에도 불구하고 이 논설에서의 '새쇼셜'이란 용어를 '특정한 양식' 개념으로서의 '신소설'로 규정하고자 하는 이유는 이 논설이 발표될 당시에는 '특정한 양식' 개념으로서의 '신소설' 이외에 다른 양식에서는 '신소설'이라 통칭할 만한 작품들이 존재하지 않기 때문이다. 물론, 전(傳)이나 전기(傳記)의 범주안에서 양식적 이해가 가능한 「익국부인젼」 같은 작품들이 존재하기는 하나, 이와 같은 작품들이 위의 인용문에서와 같이 부정적으로 인식되고 있는 작품이 아니라는 점에서 위의 인용문에서 '새쇼셜'이란 용어는 '특정한 양식' 개념으로서의 '신소설'로 봄이 옳다.

(文-소설)’이라는 양식과 접합시켜 애국 계몽의 기획을 실현시키는 문제는 그리 간단한 것이 아니었다. 이 상황에서 결국 애국 계몽주의자들이 선택할 수 있는 가장 실효적인 문예 양식은 ‘전(傳)’이었을 것이다. 그러니까, 이 시기 신문·잡지 문예란에 수록되기 시작한 ‘전(傳)’ 작품들은 애국 계몽주의자들의 애국 계몽 기획을 실현시키기 위한 전략적 선택의 결과물인 셈이다. 이렇게 근대계몽기의 애국 계몽주의자들이 그들의 애국 계몽 기획을 실현시키기 위해 활용한 문학적 양식이 ‘전(傳)’이었다는 점에서 그들의 사유지반은 여전히 유가(儒家)와 만나는 지점이 존재하는 것이다. 즉, 명도(明道)로서의 문(文) 개념은 근대계몽기에 이르러서도 여전히 유효한 인식이었다. 다음의 글을 보면 이와 같은 사정은 더욱 분명하게 드러난다.

> 옛날 정림(亭林) 고염무(顧炎武) 선생은 문이 경술(經術)과 정리(政理)의 큰 뜻에 관계되지 않으면 족히 할 만한 것이 못된다고 하였다. 무릇 경술(經術)이란 수기(修己)의 근본이고 정리(政理)는 안민(安民)의 근본이다. 군자의 도는 수기와 안민에 있을 뿐인데, 이들을 버리고 문(文)을 논한다면 어찌 도(道)를 좇아 나타나며 도(道)는 문(文)으로써 드러나는 것이니, 비유하건데 초목에 꽃이 있으니 반드시 열매가 있는 것과 같으니 군자는 열매가 없는 꽃을 부끄러워하는 것이다.[17]

문(文)이란 도(道), 곧 수기(修己)와 안민(安民)에 관계될 때 비로소 참된 문(文)이 될 수 있다는 이러한 사유야말로 정통적인 재도적(載道) 문학관인바, ‘열매가 없는 꽃, 곧 도(道)가 없는 문(文)’은 허문(虛文)에 불과하다는 인식은 근대계몽기에 이르러서도 여전하였다. 근대계몽기의 한 지점

---

17) “昔顧亭林先生有言 文不關於經術政理之大 不足爲也 夫經術者 修己之本也 政理者 安民之本也 君子之道 修己安民而已 舍是二者而論文 豈足謂貫道之器乎 故文從道出 道以文見 譬如草木之有華者 必有實 無實之花 君子恥之.”(『金允植全集』貳, 亞細亞文化社影印, 182~183면; 金相洪, 「近代 轉換期의 士大夫 文學論」, 『漢文學論集』 8집, 檀國漢文學會, 1990, 8면 재인용)

에서는 여전히 허문(虛文), 곧 "열매(도)를 버리고 화려함(꽃)을 구하여 빈 말과 뜬 말을 가지고 실리(實理)를 복종시킨"[18] 문(文)을 경계하였다. 명말청초에 경세치용을 주장한 대표적인 학자인 "顧炎武(1613~1682)의 문학론"[19]을 이어받고 있는 한말 유학자 김윤식의 위와 같은 주장이 근대계몽기 애국 계몽 기획의 동심원 안에 존재하고 있었던바, 한 마디로 이상적인 문학은 "성현을 화신(化身)하여 입언(立言)하는 명도(明道)·재도(載道)의 문학"[20]이라는 것이다. 근대계몽기의 이러한 문(文) 개념이 가장 극명하게 표출되고 있는 문학적 양식이 '사실지향적 전(傳)'이라는 점에서 다음의 「을지문덕(乙支文德)」은 일단 주목을 요한다.

> 盖乙支公은 我國家를 刱造ㅎ신 偉人이며 我民族을 孕育ㅎ신 始祖이며 我輩 後人의 獨立心을 賦與ㅎ신 聖神이니 巍巍乎며 大矣哉라 비록 幾十世 卑劣政客의 手로 光彩를 掩晦ㅎ며 幾百年 無恥迂儒의 筆로 價値를 埋沒ㅎ야 眞正 英雄의 本來 面目을 覓得키 甚難ㅎ나, 從今 風雲이 愈幻ㅎ고 苦痛이 日也ㅎ야 危急存亡 一髮에 迫ㅎ니, 我는 想컨디 必也 乙支公 不昧의 英魂이 數千年 塚中에셔 躍出ㅎ야 當年의 鞍을 再據ㅎ고 丈夫의 劍을 一試ㅎ야 大彼得 華盛頓과 六洲에 齊驅ㅎ며, 甲利孫 俾斯麥과 千秋에 爭光ㅎ야 獨立基礎를 整頓홀 日이 不遠ㅎ거늘, 誰가 乙支文德을 金春秋에게 曾比ㅎ는가.[21]

---

18) "去其實 而求其華 乃欲以虛辭濫說 刼制實理."(金允植, 『金允植全集』 貳, 亞細亞文化社影印, 285면)

19) 가노 나오키[狩野直喜]는 명말청초에 경세치용을 주장한 대표적 학자인 고염무의 학설을 다음과 같이 정리한다. 첫째 박학(博學), 둘째 행함에 수치심이 있다[行己有恥], 셋째 옛것을 좋아하고 민첩하게 추구하고[好古敏求], 심성(心性)을 말하는 것을 가장 엄금하였다. 이는 양명이나 그 밖의 주자학파가 고원(高遠)한 철학상의 공론에만 빠져서 학문과 실천을 경시한 데 대한 반동에서 비롯된 사고라고 할 수 있다. 고염무의 문학에 대한 입장 또한 이러한 사고의 연장에 있다. 경학가요, 경세가의 입장에서 텅 빈 말과 부화한 문장[空詞浮文]을 매우 싫어하며, 세상의 도의와 인심[世道人心]에 관계 없는 문자는 백해무익이라고 생각했다(狩野直喜, 오이환 역, 『中國哲學史』, 을유문화사, 1997, 496~507면 참조; 이보경, 『문(文)과 노벨(novel)의 결혼』, 문학과지성사, 143면 재인용).

20) 金相洪, 「近代 轉換期의 士大夫 文學論」, 『漢文學論集』 8집, 檀國漢文學會, 1990, 7면.

근대계몽기의 전(傳)은 전술한 바대로, 여전히 전통적인 전(傳) 양식의 특성을 보여주고 있는 '사실지향적 전(傳)'과 "이전까지의 많은 역사 사실의 기재를 종합적으로 수집하여 자체 내의 양식에 흡수할 뿐 아니라, 신화, 전설, 민담, 역사 고사, 민간의 숨은 일화나 알려지지 않은 사실(史實)과 신기하고 기이한 고사를 수집하여 이들 재료를 세심하게 조직하고 편성하고 거기에 작자의 풍부한 상상과 합리적 허구를 더함"22)으로써 "규범의 단순한 재현이 아니라 그 자체의 개별적 질량과 의의를 지닌 새로운 사실"23)을 부단히 탐색하는 '허구지향적 전(傳)' 양식으로 분화된다. 문제는, 특히 '사실지향적 전(傳)' 양식에서 추인되는 가치는 결코 중세적 사유와 거리가 먼 것이 아니라는 점이다. 전(傳) 자체가 '포폄(褒貶)'의 양식이기는 하지만, 자체내의 양식적 특성에 기반하지 않더라도 어차피 이 시기는 어떤 식으로든 문(文)이나 서사 양식의 개량이 요청되던 시기였다. 이러한 기획을 실현시켜 줄 수 있는 서사 양식으로서 전(傳)은 매우 적합한 양식이었음에는 분명하다. 을지문덕을 '성신(聖神)'의 차원에서 이해하는 사고를 공사부문(空詞浮文)의 영역으로 볼 수 있는 건지는 좀더 검토할 문제이지만, 성현(聖賢)을 입전해서 수기(修己)와 안민(安民)의 도(道)를 전한다는 전(傳)의 기본 정신에는 매우 부합하는 작품이 바로 「을지문덕(乙支文德)」이라 볼 수 있다. 특히 전(傳)의 이러한 정신은 애국계몽의 기획과 곧바로 만날 수밖에 없었다. 곧 을지문덕이야말로 안민(安民)의 인물로 화신(化身)하여 '집단의 정체성'을 창출해낼 수 있는 인물일 수 있었을 것이다. 근대계몽기의 한 지점에서는 여전히 이렇게 '문(문학)'이 집단의 정체성을 형성시키는 주요한 기제로 기능할 수 있다는 사고를 하나의 통치 이데올로기로 수용하고 있었다. 이러한 지점에 입

---

21) 申采浩, 「乙支文德」, 廣學書鋪刊, 1908, 72~73면.
22) 諸海星, 「『左傳』敍事의 小說的 特徵에 관하여」, 『中國語文學』 37집, 嶺南中國語文學會, 2001, 29면.
23) 김홍규, 『한국 고선문학과 비평의 성찰』, 고려대 출판부, 2002, 251면.

▲ 이이(李珥, 1536~1584)의 학통을 이어받고 있는 김장생(金長生, 1548~1631)의 『沙溪文集』의 서문이다. 소목제도(昭穆制度)를 논한 글과 행장(行狀) 등이 실려 있다.

각해보면 근대계몽기는 '문'이 정치와 결합된 전대(조선) 사회, 곧 '문'으로 국가를 다스린다는 '이문치국(以文治國)'의 지배방식이 여전히 강력한 통치 이데올로기로 기능하는 시기였다. 결국 이 시기는 어떤 식으로든 '문(文)'이 애국 계몽과 동심원적인 연장선에 있었던바, '문'의 미적 자율성이 민족적 정체성, 혹은 집단의 정체성과 유리된 채로 현시될 수는 없었다. '문'에서, '문학적 자율성'이 개별의 질량—문학이 정치와 결별하는 지점—을 갖고 그 존재적 가치를 확보하기 시작하는 시기는 1910년을 전후한 시기로 잡아야 한다. 이러한 관점에 근거해 보면, 근대계몽기의 사실지향 의식을 보이는 전(傳)은 전대의 서사 양식의 하나라기보다는 애국 계몽의 기획을 전면적으로 부각시키는 긴요한 '(창신)기제'의 하나로 볼 수도 있다. 이 계몽의 기제를 통해서 근대계몽기는 집합적 의식, 곧 민족적 정체성을 확보하여 일제의 지배 이데올로기에 저항하고 있었다. 이를테면 조선 시대의 주류적 사유를 전파하는 양식으로 기능했던 전(傳)이 이제 일제의 지배 이데올로기에 저항하는 양식으로 전환하는 지점이 근대계몽기인 것이다. 이 시기의 전(傳)은 표기 문자(한문→국한문/국문)는 물론 전(傳)의 고유한 양식적 특성까지도 변이시키면서 계몽의 이념을 전파하는 문학적 장르로 전환되고 있었다. 바로 이러한 계몽의 이념이 '사실'에 기반하는 '문(文)'이 아니면 그 실제적 효과가 있을 수 없다는 점을 극명하게 드러내 주는 「동국거걸(東國巨傑) 최도통(崔都統)」의 다음과 같은 장면에서도 이 점은 분명하게 드러난다.

嗚呼라 一時에 公의 同心者가 無홈은 一高麗王朝의 不幸어니와 五百年來로 公의 同心者가 無홈은 卽 我大同国의 不幸이로다. 余가 年前에 舘洞에 遊ㅎ더니 丹青 煥然흔 一小祠宇가 洞右에 隱現ㅎ거눌 居人다려 問ㅎ니 日 崔大監이라ㅎ는디, 余가 其遺像에 肅拜ㅎ니 其燁然흔 兩眼이 尙且遼藩을 向ㅎ야 睥睨ㅎ는 듯 ㅎ더라. 余가 於是에 喟然히 歎을 발ㅎ야 日 惜乎라. 公이 何故로 此에 在ㅎ뇨 公이 何故로 此에 在ㅎ뇨 當年 東征西伐의 匹馬長槍 捨ㅎ고 此에 來ㅎ야 一二 妖巫가 病을 禱ㅎ며 福을 乞케ㅎ니 公의 靈이 有知ㅎ면 當如何흔 感情이 발흘까. 然이나 萬一 我國民이 迷信으로 公에게 拜치말고 正信으로 公에게 拜ㅎ며, 私福으로 公에게 禱치말고 公福으로 公에게 禱ㅎ면 可히 我國民의 苦痛을 療ㅎ고 幸福을 得흘진져. 沉沉陰埃가 公의 歷ㅅ를 久掩홈이 是余의 痛恨ㅎ는바라. 故로 朝野의 ㅅ乘을 搜ㅎ며 閭巷의 口碑 採ㅎ야 公의 心事롤 寫出코즈ㅎ노니 凡我東國巨傑 崔都統傳을 讀ㅎ는 有血 國民아.[24]

---

24) 錦頰山人, 「東國巨傑 崔都統」, 『大韓每日申報社』, 1909.12.12~6.
　　이것은 전적으로 연구자의 인식 능력 부족에 의한 것이겠지만, 인쇄 상태가 여의치 못해서 도저히 판독하기 어려운 ㅅ구는 이후 '○'로 표시하기로 한다.

오늘날의 '서사'와 동일한 절대값을 가진 '문(文)' 개념이 존재하지 않았던(혹은, 소설이 있어 왔지만 그것을 인정하지 않으려 했던) 유학자들에게 전(傳)은 그들의 서사 욕망을 실현시킬 수 있는 하나의 '공인된 창'과 같은 양식이었다. 특히, '역사 기록'에 근거하여 역사적 영웅(위인)을 입전하는 전(傳)의 경우에는 더욱 그렇다. 이 지점의 전(傳)은 역사의 위상 안에서 세계와 삶의 진실을 전달하는 양식으로 인정받을 수 있었다. 근대계몽기 전(傳)이 끝내 역사쓰기의 방식을 버릴 수 없었던 이유가 바로 여기에 있었다. 이 점은 「동국거걸(東國巨傑) 최도통(崔都統)」에 대한 입전 동기를 기술하고 있는 위의 인용문에서도 잘 알 수 있다. 즉 '여기저기 널려 있는 역사 기록을 찾으며 마을에 전해지는 이야기를 모아 공의 마음을 그리고자[朝野의 스乘을 搜ᄒ며 閭巷의 口碑採ᄒ야 公의 心事를 寫出코ᄌᄒ노니]' 한다는 진술에서 분명하게 드러나고 있는 것이다. 곧 '역사 기록을 찾는다[스乘을 搜ᄒ며]'는 표현과 '마을에 전해지는 이야기를 모은다[閭巷의 口碑採ᄒ야]'는 표현은 다름 아닌 '사실성'과 '설화성(허구성)'을 동시에 드러낸 표현인바, 입전의 기초 자료를 최도통에 대한 역사 기록에 근거했다는 점과 마을에 구비전승된 자료의 문견(聞見)에 근거했다는 점을 함께 밝히는 표현이기도 하다. 특히, 여항의 인물을 입전하는 경우에는 전기적 자료가 아무래도 부족할 수밖에 없기 때문에 부득이 작자 자신의 허구적 상상력이 개입할 여지가 많아지는 것이다. 전(傳)이 설화를 수용하는 경우도 사정은 마찬가지이다. 설화 자체가 구비전승되는 서사 양식이라는 점을 감안한다면 설화에 적층되어 있는 '허구적' 요소는 사실 당연한 것이라 하겠다. 그러기에 전(傳)이라는 텍스트 안에서는 '사실'과 대타지점에 서 있는 '허구'가 얼마든지 '사실'과 뒤섞일 수 있었다. 문제는 「동국거걸(東國巨傑) 최도통(崔都統)」의 어느 분절 단락, 혹은 삽화가 구비 전승의 설화 수용에 의한 것이냐가 문제이다. 그러나 실제로 「동국거걸(東國巨傑) 최도통(崔都統)」은 설화의 수용과 변개로 확정할 수 있는 에피소드가 사실상 없거나, 아니면 수용 과정에서의 산삭(刪削) 정도가

원체 극심해서 원설화의 모습을 찾을 수 없게 된 경우의 작품으로 보아
도 무방하다. 때문에 「동국거걸(東國巨傑) 최도통(崔都統)」은, 대체로 역사
기록에 나타난 실제의 사실에 기본적으로 부합하는 에피소드의 배열 양
상을 보여 주고 있어서 문예적 수사와 허구적 요소는 이 시기 다른 전
(傳) 작품에 비해 매우 미약한 편이다. 근대계몽기 사실지향 의식을 보이
고 있는 전(傳)은 기본적으로는 이렇게 전기적(傳記的) 사실에 기반하여
창신되고 있었다. 그러나 근대계몽기의 전(傳), 비록 그것이 아무리 사실
지향에 충실한 전(傳)이었다 할지라도 전기적 사실만을 근거로 하여 입
전되는 경우는 실상 거의 없었다고 해도 과언이 아닐 것이다. 근대계몽
기 전(傳)에서는 어떤 식으로든 "실제의 사실이 불투명한 경우에는 작자
의 개인적 취향이나 입전하는 주제의식의 차이에 따라 하나의 사실이
여러 가지 형태로 변형되어 수용되는 연변(演變)"25) 현상이 일어나고 있
었다. 그럼에도 불구하고 이 시기 사실지향의 전(傳)은 끊임없이 사실 증
명의 단서를 사족처럼 덧붙인다. 사실 '역사의 기록을 찾아서[朝野의 ㅅ
乘을 搜ㅎ며]' 「최도통전(崔都統傳)」을 저술하였다는 진술 자체가 '역사에
기대기', 곧 '사실 증명'의 단서를 붙인 표현에 지나지 않는다.26) 하나의
진실로 확인할 수 없는 '사실'이 전(傳)으로 수용될 수 있었던 것은 그것

---

25) 朴晙遠, 「朝鮮後期 傳의 事實受容樣相―燕岩・文無子・潭庭의 경우를 중심으로」,
　　『韓國漢文學研究』 12집, 韓國漢文學學會, 1989, 74면.

26) 이와 같은 사실 증명의 단서 붙이기는 「水軍第一偉人 李舜臣」의 다음과 같은 진술을
　　통해서 확인할 수 있겠다. 즉, "이상, 이 장에다 기록한 것들은 여기저기서 조금씩 따온
　　것이라서 수록 채집함이 정밀하지를 못하고, 게다가 이 공의 남기신 자취 이하 부분은
　　그 하나 하나가 모두 진실인지를 알기가 어렵다. 그러나 그렇다고 해서 이들을 믿기 어
　　려운 풍설로 제껴버릴 수도 없다 하겠다. 그러기에 여기에 붙여 싣는 것이다[右壹章의
　　錄ㅎ 바는 東鱗西瓜에 搜採가 未精하고 且遺跡以下는 壹壹皆眞ㅎ지 難知홀지나 抑
　　亦無賴의 巷言으로 抹殺홈은 不可ㅎ 者라 故로 此에 附錄하는 바이니와]"(1908.8.11)
　　에서 드러나는 바와 같이 믿기 어려운 '사실'을 전(傳)에 수록하는 이유는 그것이 "황당
　　무계한 이야기에 가깝지만, 그것이 선대 선비들의 문집 중에 왕왕 실려 있곤 하므로 이
　　에 그대로 옮겨 적어 본다[荒談에 近ㅎ나 先儒文集中에 往往載有ㅎ 바인 故로 此에
　　姑錄ㅎ노라]"(1908.8.9)는 진술에서 알 수 있는 바와 같이 '문집(文集)'이라는 '권위', 그
　　것은 곧 근대계몽기에도 여전히 '역사'에 값하는 '사실 증명'의 단서였던 것이다.

이 선대의 '문집(文集)'에 수록되어 있었기 때문이었다. 이 지점은 전대의 문집(文集)이 근대계몽기에도 여전히 "시대의 인식틀을 형성하는 데" 하나의 유효한 근거로 작용하고 있다는 점을 명시하고 있는 것인바, 근대계몽기의 시대적 인식은 이런 점에서만 보면 "'없었던 사실의 출현'이라기보다 '있었던 사실의 재배치'"라는 사유에 의해서 형성되고 있었다.27) 그렇다면 근대계몽기의 한 지점에서는 가치의 탐색이 여전히 '문집(文集)'에 의해 증거되고 있었다는 점에서 역시 전대와 '유별한 가치'를 내함하고는 있었지만, 동시에 전대와 교왕하는 '교집의 가치'도 함께 내장하고 있었던 것이다. 그렇다면, 이 시기의 '사실지향적 전(傳)'이란 매우 문제적인 '문(文)'일 수밖에 없는 터인바, 굳이 '사실지향적 전(傳)'이 내함하고 있는 '가치'가 근대적 질서의 배열에 실효할 수 있다는 주장의 일편향성도 다기한 문제적 지점들을 초래할 수 있지만, 그것이 하나의 보편적 질서의 배열에 턱없이 '미달'이라는 주장의 일편향성이 야기하는 문제 역시 여러 가지 문제적 지점들을 안고 있는 것일 수 있겠다. 근대계몽기의 '문(文)'을 보는 이러한 시각은 '어정쩡한 절충'이 아니고 오히려 '단호한 인식'일 수도 있다. 근대계몽기의 사실지향의 전(傳)이 전대의 가치와 '교집하는 가치'를 '문(文)적'으로 형상해낸다고 어차피 모두 다 전대의 가치 표준에 부합하는 가치 표준만을 제출하고 있는 것만은 아니다. 더욱이 같은 전(傳) 양식이면서 확연히 다른 가치 표준(어떻게 보면 지금의 시각에서는 '이미 우상으로 판명이 난 하나의 근대'라고나 할까)을 제출해내고 있는 '허구지향적 전(傳)'과도 대타되는 지점들을 자체 내에 가지고 있는 것이 전(傳) 양식임을 감안한다면 이 점은 더욱 분명해진다. 즉 전(傳)이라는 프리즘을 통해서 '보여지는 세계(타자로서의 근대계몽기)'는 그 이전과도 그 이후와도 완전히 다른 독자적 세계이다. 그럼에도 불구하고 전(傳), 특히 '사실지향적 전(傳)'이 전대와 교왕하는 '교집의 가치'

---

27) 권보드래, 『한국근대문학의 기원』, 소명출판, 2000, 21면.

를 지니고 있는 양식이라면, 역시 그것은 '전(傳)'이 호명해서 만난 '영웅' 형상과의 만남에서 찾아질 수 있겠다. 그 만남의 지점에서 영웅의 마음, 위의 인용문에 제시된 바대로 '국민의 고통을 낫게 하고 행복을 얻을 수 있게[國民의 苦痛을 療ᄒ고 幸福을 得홀진져]' 하는 마음을 전(傳)이 호명한 영웅을 통해서 경험할 수 있게 되는 것이다. 조선 후기 전(傳) 작가 문무자(文無子) 이옥(李鈺, 1760~1812)과 담정(薄庭) 김려(金鑢, 1766~1821)가 형상한 영웅도 마찬가지이다.28) 두 전(傳) 작가가 입전한 영웅 역시 정묘·병자년의 난리가 일자 목숨을 버려 나라를 존망의 위기에서 구해 낸 영웅들이다. 이들은 평상시에는 의리와 기절을 말하면서 "나라의 급한 난리를 만나서는 허둥대면서 신의를 잃어버리고도 웃으면서 부끄러움이 없는"29) 청담지사(淸談之士)들이 아니다. 그런데, 문제는 이와 같은 위선적인 청담지사의 자취가 오히려 세상에 드러나게 되고 목숨을 버려 나라를 구한 이들의 위대한 업적은 드러나지 않는 데 있다. 이에 더욱 "책을 내려치고 칼을 두드리면서 눈물을 삼키며 그치지 않는 까닭"30)에 전(傳)을 지어 이들의 행적을 포폄하는 것이다. 이옥과 김려의 이러한 '발분(發憤)'의 창작태도는 사실 조선 후기 문학론(文學論)에 있어서 중요한 문제였다. 이 발분저서설이 문제가 되는 지점은 역시 "온유돈후를 미학적 기저로 하는 전통적 유가시론에 반기를 들고 암울한 사회 현실과 작가의 울분을 시론에 담보하고 있다"는 점에서 발분저서설은 "기본적

---

28) 영웅적인 무인(武人)을 등장시켜 당시의 유학자 집단의 허위를 날카롭게 비판한 이옥(李鈺)의 「車崔二義士傳」에서 이 점은 잘 드러난다. "國家當丁丙間 士大夫莫不以淸談相高 …… 必腕顫不敢刃 顧何所用哉 至若車崔諸義士 非徒其高義可以與秋色爭 …… 然而其卓犖奇偉之蹟 又未免因人而蕪沒 反不及淸談者之能顯聞於世 則此尤吾之所拊卷繫劍飮泣不自已者也."(『薄庭叢書』 卷21 「梅花外史」 張9)

　　김려 또한, 「砲手李士龍傳」에서 타락한 사대부 집단을 비판한다. "嗚呼 士大夫平居談義理尙氣節 其視士龍曾蟲蟻之不若 而及天臨難 劻惑矢信忘義恬無恥者 視士龍又何如哉."(『薄庭遺藁』 卷9 「梅花外史」 張5)

29) "及天臨難 劻惑矢信忘義恬無恥者."(『薄庭遺藁』 卷9 「梅花外史」 張5)

30) "此尤吾之所拊卷繫劍飮泣不自已者也."(『薄庭叢書』 卷21 「梅花外史」 張9)

으로 작품 내에 비판적 태도를 전제하고 있는" 문학론인바, 이러한 창작 태도(동기)는 "문학의 목적을 성정을 바르게 하는데 두고 있던 주자학적 문학관에서 볼 때 분명 용납되기 어려운" 문학론이었다. 조선 후기 내내 "소설의 불온성을 경계했던 사유 집단의 태도는 소설 발생에 있어서의 이러한 측면을 주목한 데도 원인"이 있었을 것으로 보인다.31) 하물며 유학자 집단 내에서 '공인된 서사 형식'으로서 이해되고 있었던 전(傳)이 바로 이와 같은 발분저서설을 수용하고 있었다는 점은, 주자학이 확고한 입법의 원리로 자리하고 있었던 조선시대에는 거의 생각하기 어려운 것이었다. 그러나 실정은 그렇지 않아서 정조까지도 창작 동기로서의 발분저서설을 하나의 가능태로 인정하고 있었다.32) 정조의 이와 같은 인식(발분저서의 창작 동기에 대한 공감)은 근대계몽기 '사실지향적 전(傳)'에 오면 자연스럽게 경세(警世)적 컨텍스트 안에서 하나의 현실태로 인정되고 있었다. 그러므로 근대계몽기 전(傳) 양식에서는 전대와 동일한 입전 (창작) 동기에 근거해서 창작한 전(傳), 이른바 '발분에 근거한 입전'이라 할지라도 그것의 불온성 자체를 의심받지는 않았다. 오히려 '뜻이 있는 자들의 위대한 공업'을 전(傳)이라는 양식이 제대로 표창할 수 없음을 염려하는 상황이었다. 위의 인용문에도 잘 드러나는 바와 같이 「동국거걸 (東國巨傑) 최도통(崔都統)」의 작가 역시 '침침한 어둔 티끌에 공의 자취가 오랜동안 덮여 있는 것이 나의 애통하는 바[沉沉陰埃가 公의 歷스를 久掩홈

---

31) 金庚美, 『朝鮮後期 小說論 硏究』, 이화여대 박사논문, 1994, 107~116면.

32) 『正始文正』卷1 '壬子 11月 初6日 教'. 즉 정조는 패관소품지서(稗官小品之書)에 대해 그 슬프고 날카로움은 외로운 신하와 서얼들의 비통하고 우울한 소리라고 하고, 또 재주가 있으면서도 멸시당하고 뜻이 있어도 그것을 펼 수 없어 초목과 함께 썩어가는 자들이 서얼들이라고 하며, 인륜의 떳떳함을 알려고 책을 보다가 결국 십칠자(十七子) 발분(發憤)의 『수호전』을 읽고 그것을 흉내내기에 이르렀는데 이는 조정의 책임이지 그들의 죄가 아니라고 인식하였던 것이다[吏有餘意之 及者 有才而等於蔑如 齊志而無以 自衒 甘與草木同腐者 俗所謂一名是已 欲識人倫之常 稱則反慕千里不同俗之俗 自知 彙征之莫混 則嗜看十七子 發憤之譚已至于咳唾揮弄之末 而動相摸畵 滢滢竊竊 鮮有 能超然 聳拔於那裏 斯亦朝廷之責 非渠之罪也](金庚美, 「朝鮮後期 小說論 硏究」, 이화여대 박사논문, 1994, 109면 재인용).

이 是余의 痛恨ᄒ는바라]'라는 표현에서 작품의 입전(창작) 동기가 '발분저서'에 있었다는 점을 분명히 하고 있다.33) 전술한 바대로 사실 이렇게 자신의 '애통하는 마음'을 풀지 못해서 여과 없이 가슴 속의 울분을 쏟아 붓는 글[文]은 존심양성의 글이 되지 못하여 '도(道)'를 전하는 문(文)으로는 적합하지 못하다는 것이 주자학적 문학론이었다. 그럼에도 불구하고 근대계몽기의 전(傳)이라는 텍스트 안에서는 이와 같은 입전(창작) 동기가 인정되고 있었는데, 그 이유는 무엇보다 입전된 인물의 성격, 즉 인물이 단순히 유가적 이데올로기를 체현하고 있었던 인물이어서가 아니라 그 자체로 '성현'의 경지에 이른 인물이기 때문이었다.34) 이 점에 있어서 이옥과 김려의 전(傳)에서 입전된 하층 여항인들의 인물 형상과는 다른 지점들이 존재할 수밖에 없는 것이다.35) 즉, '이미 추인된 가치

---

33) 이 점은 「乙支文德」의 입전(창작) 동기를 밝히고 있는 다음과 같은 구절에서도 잘 드러난다. "無涯生이 曰 嗟乎惜夫라 …… 古人은 腐儒鰍生을 是崇ᄒ야 一般可恥可笑의 筆事와 支離無關의 等說로 我韓四千載神聖歷史를 汚衊ᄒ고 偉大英雄은 埋沒에 一任ᄒ 故로 或龍爭虎躍의 人物로도 村兒俚談에 一句만 僅傳ᄒ며 或神驚鬼號의 功業으로도 樵竪巷謠에 一曲만 偶播ᄒ고 傳來史蹟은 落落無多ᄒ니 然則又其外姓名ᄭ지 遺漏된 大男兒가 幾何인지 不知홀지라."(申采浩, 「乙支文德」, 廣學書舖, 1908, 2~3면)
34) 특히, 이 부분은 외국 위인 번안 사전과의 비교 문학적 고찰이 요구되는 지점이다. 엄밀하게는 사전(史傳) 내지는 그것의 변체라고 할 수 있는 수많은 외국 위인전의 인물 형상과 국내 위인의 인물 형상과의 비교 고찰이 수행될 때 근내세몽 공간 안에서 '영웅, 혹은 성현적 인물' 형상이 지니는 의미가 선명하게 드러날 것이다. 그러므로 근대계몽기의 전(傳) 작품 전체의 위상을 고찰하려면, 이들 외국 위인 번안 사전과의 동시적 조망이 있어야 할 터이지만, 본고에서는 우선 국내 창작 전만을 다루고 외국 위인 번안 사전에 대한 비교 문학적 고찰은 차후의 연구 과제로 남긴다.
35) 참고로 문무자(文無子) 이옥의 23전(傳)과 담정(潭庭) 김려의 9전(傳)에 대한 입전자 신분을 보면 다음과 같다. 우선 문무자의 전(傳) 작품에서는 「尙娘傳」-民女, 「鄭運昌」-庶民, 「申啞傳」-劍工, 「烈女李氏傳」-士族의 아내, 「蔣奉事傳」-점장이, 「成進士傳」-進士, 「歌者宋蟋蟀傳」-歌客, 「捕虎妻傳」-숯장수아내, 「守則傳」-宮人, 「車崔二義士傳」-武人, 「生烈女傳」-士族의 아내, 「文廟二義僕傳」-奴僕, 「浮穆漢傳」-승려, 「柳光億傳」-鄕土, 「沈生傳」-士族, 「申兵使傳」-兵士, 「所騎馬傳」-말, 「南靈傳」-담배, 「却老先生傳」-족집게, 「張福先傳」-아전, 「李泓傳」-사기꾼, 「峽孝婦傳」-民女, 「崔生員傳」-生員, 등이 입전 되었고, 담정 김려의 전(傳)에서는 「李安民傳」-士, 「砲手李士龍傳」-武人, 「安黃中傳」-의원, 「賈秀才傳」-상인, 「琉球王世子外傳」-세자, 「索囊子傳」-거지, 「蔣生傳」-거지, 「韓淑媛傳」-궁인, 「金舜弼傳」-

(유가적 이데올로기)' 표창이라는 기의에 있어서는 전대의 전(傳)과 근대계
몽기의 전(傳)이 서로 상응하지만, 기표로 호명된 영웅 형상은 서로 다르
다. 같은 무인(武人)이어도 「차최이의사전(車崔二義士傳)」의 차례량(車禮亮)
과 최효일(崔孝一), 그리고 「포수이사룡(砲手李土龍)」의 이사룡은 근대계몽
기의 전(傳) 작품인 「수군제일위인(水軍第一偉人) 이순신(李舜臣)」의 이순
신이나 「동국거걸(東國巨傑) 최도통(崔都統)」의 최도통과는 기표화된 형상
자체가 다른 지점에 서 있다. 곧, 아무래도 다같이 '청담(清談)을 떠들어
대던 자들'의 위선적 세계관을 무인(武人)을 입전하여 풍자하고 있었다
하더라도 그 계급적 기반은 상당히 다른 지점에 있었다는 것이다. 전(傳)
이라는 양식 자체가 "작가의 계급적 입장이 더욱 예민하게 반영되는 양
식"36)이라 할 때, 이 점은 더욱 분명해진다. 전자(이옥과 김려의 전)가 겨냥
하고 있었던 비판의 대상이 '청담지사', 곧 위선적 유학자에 한정된다면
후자(신채호의 전)는 '썩어 빠진 새우 같은 유생(儒生)'은 물론이거니와 '억
만의 창생'까지 다 아우른다 하겠다. 그렇다면, 전자의 전(傳)은 상당 부
분 두 겹의 기의를 내함한 텍스트로 이해될 수도 있는바, 하나가 말 그
대로 '청담지사'만이 "가을 하늘과 견줄 만한 높은 뜻[非徒其高義可以與秋
色爭]"37)이 있는 것이 아니라 일개 무인에게도 고상한 뜻이 있음을 표창
하여 중세적 이데올로기(전근대적 신분제)의 문제를 예각화시키는 한편, 충
효의 이데올로기 표창을 통해서 그 이념 자체를 선양시키려는 의도 또

士 등이 입전되고 있다.

   두 작가의 전(傳)에 입전된 인물들은 당대의 현실 속에서 사회적·신분적 제약을 받았
던 소외된 계층의 인물과 하층신분의 인물이 대부분을 차지한다. 봉건질서가 서서히 와
해되어 가던 조선 후기의 역사 속을 살았던 이들은 소외된 하층 신분의 인간들에게서
새로운 가능성을 발견하고, 이전과는 다른 새로운 주제 의식을 전(傳)이라는 양식을 통
해 표현하려는 의지를 가지고 있었던 것이다(朴晙遠, 「朝鮮後期 傳의 事實受容樣相－
燕岩·文無子·潭庭의 경우를 중심으로」, 『韓國漢文學研究』 12집, 1989, 66~67면).

36) 尹在敏, 「中人 '傳'의 계층적 성격」, 『韓國漢文學研究』 12집, 韓國漢文學會, 1989,
   81면.

37) 『潭庭叢書』 卷21 「車崔二義士傳」.

한 후경적 의미로 배열되어 있다 하겠다. 조선 후기 이옥과 김려의 전(傳) 작품은 이와 같이 봉건적 이데올로기에 대한 적대감과 그것에 대한 의존심을 동시에 내장한 채로 스스로가 '근대'라는, 역사적 시공성 안으로의 편입을 시도한 양식이었다. 말할 것도 없이 이것은 "나는 유현(儒賢)이라 하며 너는 청류(淸流)라 하는[我는 儒賢이라 ᄒᆞ며 爾는 淸流ᄒᆞ고]"38) 무리와의 계급적인 고투를 회피한 채로는 도달하기 어려운 지점이었다. 반면에 근대계몽기 전(傳) 텍스트의 주체(영웅)는 말 그대로 시혜적 주체의 성격을 지니고 있다. 이미 발전의 추동 세력으로서의 역할을 상실한 유학자 집단이나 그 유학자 집단에 복속되어 있었던 집단 모두를 계몽할 수 있었던 주체는 "기존 사회의 모든 관습, 의례를 초월하여 하나의 절대적이며 강압적인 권위를 발휘하고 강요할 수 있는"39) 역사적 위인 뿐이었다. 요컨대 근대계몽기 사실지향의 전(傳)이 '재도(載道)'의 문(文)을 지향한다고 할 때, 그것은 역사적 위인(영웅)이라는 초월적 주체를 통해서 세계 내의 디테일한 복잡성, 다면성, 미혹성의 불안을 제거하는 것이라 하겠다. 근대계몽기 '사실지향적 전(傳)'은 바로 이와 같은 삶의 세목(복잡성과 다면성, 그리고 미혹성의 불안이 혼재된 현실)에 대한 역사적 침투를 통해서 "고해난관(苦海難關)을 뛰어 넘을 길[苦海難關을超過]"40)을 제시하고 있다는 점에서 아직은 '하나의 노(道)'를 실어 나르는 양식, 곧 '재도(載道)로서의 문(文)'인 것이다.

2) 국한문체(國漢文體)와 계몽 담론의 성격

근대계몽기에 들어와 신문·잡지에 산생되기 시작한 전(傳)은 표기 문

---

38) 錦頰山人, 「東國巨傑 崔都統」, 『大韓每日申報』, 1909.12.9.
39) 정진배, 『중국 현대 문학과 현대성 이데올로기』, 문학과지성사, 2001, 119면.
40) 錦頰山人, 「水軍第一偉人 李舜臣」, 『大韓每日申報』, 1908.8.18.

자부터 전대의 전(傳)과는 달랐다. 유학자들의 서사 욕망을 담아내는 양식으로서의 전(傳)이 채택하고 있었던 표현 문자가 한문에서 국한문(國漢文)으로 바뀌는 것 자체가 유학자 집단에게는 '편리함'도 있었지만, 그 반대로 '결점과 위험'이 동시에 수반되는 몹시 불편한 것이기도 했다. 이것은, 그 동안 한자로 깊게 내면화된 유학자 집단의 문자성('유가적인 것')이 국한문으로 드러나기 시작하는 '국민'의 문자성('유가의 지배에 굴복하지 않으려는 것')과 정면으로 부딪치는 것이었다.41) 말할 것도 없이 '편리함'이란 바로 "국민을 ᄒ여곰 공동의 정신은 保持케 ᄒ며 智力의 交通을 宏深케 ᄒ기에 최유력"42)한 언어 수단으로서의 '국한문체'를 지칭하는 것이고, '결점'이란 유학자 집단이 지니고 있는 '미의식'을 전달하는 수단으로써 어쨌거나 '국문'이 가지고 있는 한계(사실, 엄밀하게는 '국문' 자체의 한계라기보다는 국문을 사용할 능력이 없었던 유학자 집단의 한계일 수 있겠다)를 일컫는 것으로 볼 수 있겠다. '위험'이란 내포 역시 국문을 사용하는 집단의 세계관이 어떤 식으로든 '국한문'을 통해서 '한문'을 사용하는 유학자 집단의(유가, 혹은 '유가적인 것') 세계관에 투사될 수 있다는 점에서 일단 그들에게 국한문은 '위험'한 것일 수 있겠다. 물론, 언어와 문자의 분리와 일치라는 문제가 특히 근대계몽기에 들어와 쟁점이 된 이유는 역시 '계몽의 기획'과 밀접한 관련이 있는 것이었다. 이 시기 계몽의 기획은, '새로운 이데올로기'의 전파이건, 아니면 '기존 가치'의 추인에 있었건 간에 어떤 식으로든 최대치의 대중성을 확보해야 할 필요성

---

41) 실제 이 시기 국한문 논쟁은 "한문은 곧 단군·기자 이래 본래부터 있었던 글[漢文卽我韓本有之文]"(여규형, 「論漢文國文」, 『대동학회월보』 1호, 1908.2)이라며, 한문을 자국어의 위상 안에 포치하려는 유림(儒林) 잡지의 논객들과 "我國風氣가 漢土와 ᄒ向異ᄒ니 華風을 苟同홈이 不可라 ᄒ심은 國粹保全의 大主義이시거늘 幾百年庸奴拙婢가 此家事를 誤ᄒ야 小國二字로 自卑ᄒ얏도다 然則今日에 坐ᄒ야 尙且國文을 漢文보다 輕視ᄒᄂ 者 有ᄒ면 是亦韓人이라 云홀가"(申采浩, 「國漢文의 輕重」, 『大韓每日申報』, 1908.3.19)라며 국문을 한문의 '노예'로 취급하는 사람들은 '국민(韓人)'이 될 수 없다는 주장을 펼치는 개신유학자들로 양분된다.

42) 尹孝定, 「國民의 政治思想」, 『大韓自强會月報』 6호, 1906.12.

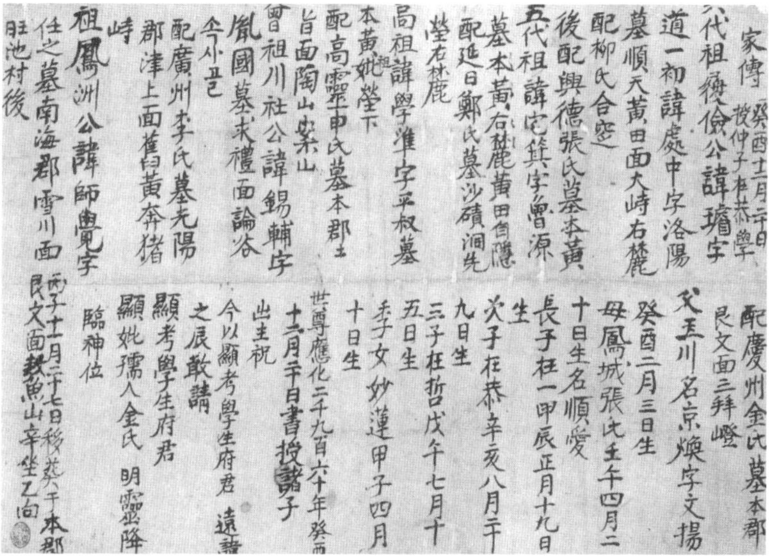

▲ 19세기 말의 가전(家傳). 왕경환(王京煥)이란 사대부가 써서 자식들에게 준 가전으로 선계의 이름, 산소의 위치, 출주축문(出主祝文) 등을 기록하고, 끝에는 선계의 무덤 위치를 한 줄로 기술하였다. 말미는 한글로 기술하였는데 이는 딸과 며느리들을 위한 배려였을 것이다.

이 있었다. 대중성을 확보하지 않고는 민족의 자주성을 쟁취할 수 없었기 때문이었다. 그러기에 다음과 같은 우려가 있음에도 불구하고 언어와 문자의 통일은 이미 시대적 요청일 수밖에 없었다.

　이때 서울의 관보(官報)나 각도의 문서는 모두 한문과 국문을 섞어서 자구(字句)를 만들어 썼는데, 일본문법(日本文法)을 본받은 것이다. 우리 방언에 옛적에 중국글을 진서(眞書)라 불렀고 훈민정음을 언문(諺文)이라 불렀는데 통칭할 때는 진언(眞諺)이라 하였다. 갑오년 이후에 시무(時務)를 쫓는 자는 언문을 추켜서 국문(國文)이라 하고 달리 진서는 외국 글이니 한문(漢文)이라 하였다. 이에 국한문(國漢文) 3자(字)는 드디어 방언이 되었고 그리하여 진언(眞諺)이라는 말은 없어졌다. 경박하게 날뛰는 무리들은 한문을 마땅히 폐지해야 한다고 떠들었으나 그러나 세(勢)가 그렇지 못하여 그만 두었다.[43]

---

43) “是時京中官報及外道文移　皆眞諺相錯　以綴字句　蓋效日本文法也　我國方言　古稱
華文曰眞書　稱訓民正音曰諺文　古統稱眞諺　及甲午後趨時務者　盛推諺文曰國文別眞

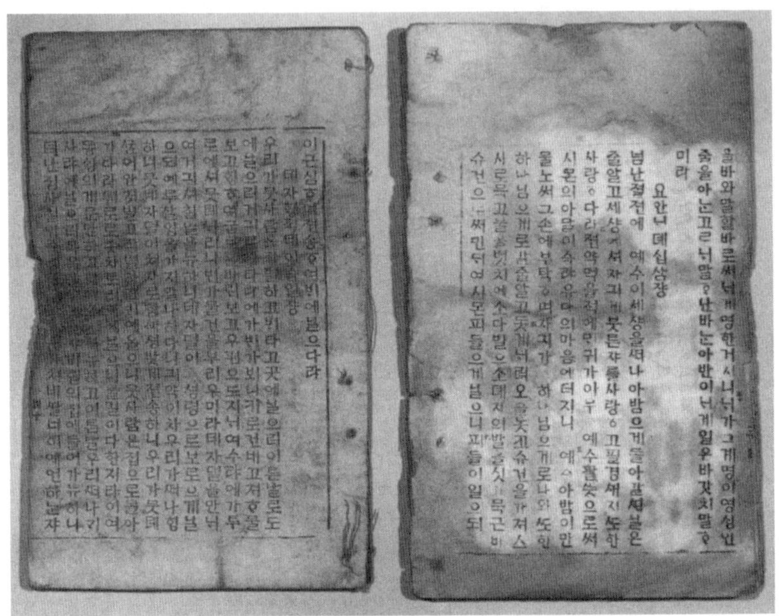

▲ 弟子行蹟(1883). 만주에 있던 스코틀랜드 선교사 로스(John Ross)와 매킨타이어(John Mcintyre)가 한문성서를 대본으로 번역한 최초의 순한글 성서.

갑오경장 이후 고려 광종 9년(985) 이래 9백여 년 동안 실시해 오던 과거제도가 폐지되면서 동시에 한문학도 존립의 근거를 상실한다. 위에서 드러나는 바와 같이 갑오 이후 언문(諺文)이 국문(國文)이 되고, 진서(眞書)가 한문(漢文)으로 불려지기 시작하면서 한문의 위상이 현저하게 축소되기 시작한다. 진서(眞書)가 한문(漢文)으로 불려지기 시작했다는 것은 바로 언어와 문자의 분리를 당연시했던 중세적 사유가 붕괴되기 시작했다는 것이다. 국한문(國漢文)이 국가의 공식 문자가 되고, 이어 신문·잡지가 등장하기 시작하면서부터 그 동안 '문집(文集)'을 통해서만 공유되던

書以外之曰漢文 於是國漢文三字 遂成方言 而眞諺之稱泯焉 其狂佻者 倡漢文當廢止論者 然勢格而止."(『黃玹全集』下「甲午條」(1894) 12, 亞細亞文化社影印, 1978, 1084면; 金相洪,「近代 轉換期의 士大夫 文學論」,『漢文學論集』8호, 檀國漢文學會, 1990, 3~4면 재인용)

가치들이 이제 공공영역으로 흡수되기 시작한다. 기본적으로 신문·잡지가 "동일한 이데올로기를 공유하는 지식인 집단 내부에서 회람되던 '문집(文集)'과는 구분되는, 신흥하는 지식인들의 이데올로기를 대중을 향해 선전하는 도구로서 등장하게 된 매체"[44]라는 점을 고려해보면 국한문(國漢文)이 공식 문체로 확정된 이유는 분명하거니와, 곧 국한문은 유학자와 부유(婦孺), 양측의 계몽을 동시에 겨냥하고 있었다. 그러고 보면 갑오 이후의 "국문체를 수용한 신문·잡지"[45]가 있기는 했지만 대부분의 인쇄 매체는 기본적으로 국한문을 채택하였다는 점에서도 이 점은 잘 확인된다. 한 마디로 이 시기의 계몽의 기획은 "지식의 상층과 하층을 모두 계몽하여 새로운 '국민'을 형성"[46]하는 것에 기반하고 있었다. 문제는 이러한 계몽의 기획 의도가 언어와 문자가 분리되어 "말을 ᄒᆞ되 분명히 긔록ᄒᆞ슈 업고 국문이 잇스되 젼일ᄒᆞ게 힝ᄒᆞ지"[47] 못하는 언문상리(言文相離)의 상황에서는 실현될 수 없다는 점이었다. 이러한 상황에서 한문 폐지론자들을 '경박하게 날뛰는 무리'로 규정하고 있는 구 지식인층이나 '언문을 추켜서 국문'의 지위에 올려놓은 신 지식인층 모두를 아우를 수 있는 기제로서의 국한문은 매우 현실적인 애국 계몽 담론의 수행 기제일 수 있었을 것이다. 국가의 공식적인 문체로서의 국한문체

---

44) 이보경, 『문(文)과 노벨(novel)의 결혼 : 근대 중국의 소설 이론 재편』, 문학과지성사, 2002, 141면.

45) 『독립신문』·『매일신문』 등 초창기 신문은 순국문을 택했고 부녀자를 독자로 설정한 『제국신문』의 표기 역시 국문이었으나, 1898년에 창간되어 1910년 강제 폐간 때까지 가장 긴 수명을 누린 『황성신문』의 표기는 국한문이었고, 최고의 발행 부수를 자랑했다는 『대한매일신보』 역시 1904년 1차 발행시에는 순국문을 택했으나 1905년 8월 재발행에 들어가면서부터는 국한문을 기본 표기로 채택하였다. 『황성신문』은 국한문체가 가장 많은 독자를 확보할 수 있는 표기법이라고 주장하였고 1900년대 말에 가면 유일한 국문 신문이었던 『제국신문』조차 국한문체로 바뀌리라는 소문도 있었다. 교과서의 표기 역시 절대다수가 국한문이었으니, 새로운 인쇄 매체는 국한문을 중심으로 구축되어 있는 셈이었다(권보드래, 『한국 근대소설의 기원』, 소명출판, 2000, 136~137면).

46) 권보드래, 『한국 근대소설의 기원』, 소명출판, 2000, 142면.

47) 지석영, 「국문론」, 『大朝鮮獨立協會會報』 1호, 1896.11.30.

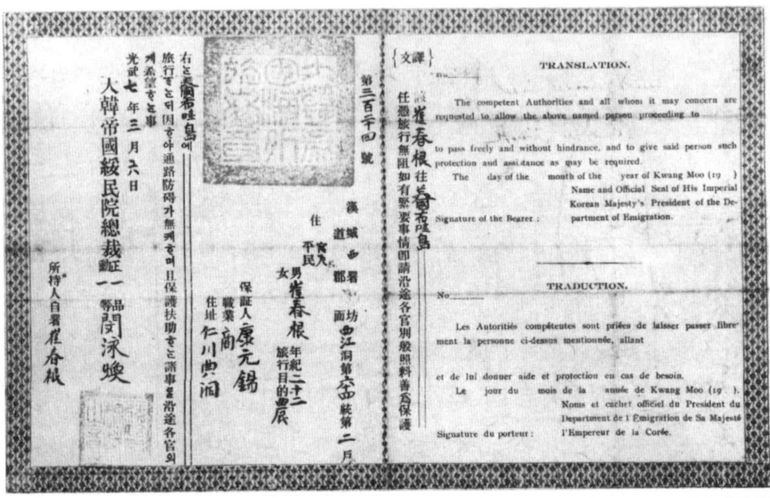

▲ 여권(旅券). 1903년 3월 6일 발행한 최춘근이란 자의 여권이다. 여행 목적, 기간, 보증인 등이 국한문체로 기록되어 있다.

가 '부유(婦孺)로 향한 민지계몽(民智啓蒙)'의 성격과 '사대부(士大夫)로 향한 저항적 계몽'의 성격을 동시에 내장하고 있었다면 바로 이 지점이었을 것이다. 그러기에 근대계몽기의 글쓰기로서의 '문(文)'의 언어로 국한문체를 채택한 것은 '허언(虛言)으로서의 문(文)'의 가치 지향과 '명도(明道)로서의 문(文)'의 가치 지향의 권위를 동시에 회복하려는 전략과 무관하지 않은 셈이다. 즉, 국한문체를 사용하여 "기념비적이고도 잊기 어려운 인물, 누구나가 알고 있는 그런 공공성을 띠고 있는 인물"48)로서의 국가 영웅을 현현시키고, 그러한 현현을 통해서 독립을 쟁취할 수 있다고 믿었던 것은 말할 것도 없이 문(文)의 독자층으로 '민(民)'을 상정해 두고 있었기 때문이었다. 그런데 문제는 그들의 기본적인 기획 의도와는 달리 실제의 계몽적 효용성은 한문에 익숙했던 유학자들에게서 더 두드러지게 나타나기 시작했다. 결과적으로 국한문체는 '아래로 향한 민지 계몽(民智啓蒙)'의 성격과 '위로 향한 저항적 계몽'의 성격이 함께 만

---

48) 월터 J. 옹, 이기우·임명진 역, 『구술문화와 문자문화』, 文藝出版社, 1997, 110면.

나는 자리에 서 있었던 문체 혁명이었다. 이러한 계몽 기획의 구체적 현실태로서의 국가주의를 견인해내고 있는 전(傳) 작품「창해력사여군전(滄海力士黎君傳)」을 보면 이 점은 더욱 분명해진다.

張良은 志意之士라. 其弟가 死ᄒ되 葬埋를 不遑ᄒ고 專히 祖國을 爲ᄒ야 復讎ᄒᆯ 大計로 從事ᄒᆯᄉᆡ, 旁求海內에 一個共事者를 不得이라. 乃 東渡朝鮮 ᄒ야 君의 義俠風을 聞ᄒ고 蒼海郡에 至ᄒ야 訪問ᄒ니, 屠門斜陽에 兩雄이 同席ᄒ야 肝膽을 吐露ᄒᆯᄉᆡ, 風雲이 暗噓ᄒ고 鬼神이 潛避러라. 於是에 張君 이 國讎를 復雪ᄒᆯ 志와 民賊을 誅除ᄒᆯ 策으로 妮妮說道ᄒ고 指天爲誓에 涕 淚縱橫이라.49)

아우의 장례식보다 국가의 원수를 갚는 것이 더 중요한 문제라고 생각하는 장량(張良)의 생각은 한 마디로 극단적인 '국가주의'인바, 문학의 본질적 가치를 '충효·애국·권징' 등의 사고에 복속시키는 효용론적 문학관에 기반하지 않고서는 창출되기 어려운 인물이 바로 장량과 같은 인물이다. 그러니까 장량은 이 시기의 국가주의, 곧 민족주의와 교집되는 것으로서의 '국가주의'를 견인하기 위한 인물인 셈인데, 이와 같은 인물을 통해서 "균질적인 의식을 갖는 '국민'이 형성되고 그 국민을 통해 집단 정체성"50)이 형성될 수 있다는 사고야말로 새도직 문학관과 무관하지 않은 것이다. 이렇게 '문(문학)'이 문화나 민족 개념의 형성과 재현의 도구적 수단이 될 수도 있다는 사유, 그것이 근대계몽기의 계몽의 기획, 이른바 '국민화' 프로젝트의 핵심인 것이다. 이 점은 민족주의와 종교의 중요성을 동시에 강조하고 있는 다음의 논설에서 잘 드러나고 있다.

鐵血 灑國ᄒ 俾斯麥은 同氏族되ᄂᆞᆫ 日耳曼을 聯合ᄒᄋᆞ여 一大 普國을 立ᄒ

---

49)「滄海力士黎君傳」,『西友』16호, 1908.3.
50) 우에노 치즈코, 이선이 역,『내셔널리즘과 젠더』, 박종철출판사, 1999, 13면.

며, 一聲 唱起훈 瑪志尼ᄂ 老斃훈 意太利를 鼓動ᄒ여 一少年氣像를 吸取ᄒ니, 此等 人에 心性은 同氏族을 保存홈에 不外훈지라. 然이ᄂ 競爭만 有ᄒ고 敎育이 無ᄒ면 永久히 保存홈을 不得일시, 其國에 宗敎를 ·確立홀지니 在昔 孔孟이 筆이 禿ᄒ고 舌이 斃토록 著書立言훈 것은 宗敎에 一統을 扶홈이오 近來 廬援은 弊衣乞食ᄒ되 學說를 唱起ᄒ야 世界에 顯揚케ᄒ니 歐洲의 文明 獨檀이 此를 由훈지라. 若宗敎가 無ᄒ면 南阿黑奴와 北米紅種之慘을 烏 可得免이리오. 我國의 宗敎를 想像컨디 尙屬幼穉ᄒ니 今日之에 慘境은 不言 可想이라. 然則 急務ᄂ 何에 在ᄒ뇨 宗敎敎育을 確立ᄒ야 世界에 競爭力을 不失ᄒ고 民族主義를 確定ᄒ야 歐米列强과 牛耳의 盟을 執홈을 是祝ᄒ노 라.51)

위의 논설에서도 볼 수 있는 바와 같이 이 시기 국가의 흥망은 종교와 민족주의의 확립에 있었다. 이러한 인식은 계몽 담론을 점유하는 기본항일 터인바, 문제는 계몽의 담론을 견인해내야 할 유도(儒道)가 '유치(幼穉)한' 수준에서 벗어나지 못하고 있다는 점이다. 종교까지 경쟁력과 교육의 차원에서 인식되고 있었던 시기가 근대계몽기이고 보면, 이제 '유도(儒道)'는 그 실효성이 상실된 '낡은 것'에 불과한 셈이었다. 이러한 사유는 전형기의 다양한 스펙트럼이 분출하는 과정 중에 흔히 족출한 것이기는 하지만, 이렇게 종교가 민족주의와 더불어 국가의 미래를 좌우하는 중요한 사회적 실재가 될 수 있다는 이데올로기가 문예적 양식을 통해서 정초(定礎)되는 지점이 근대계몽기라는 사실은 우선은 매우 논쟁적인 쟁점들을 야기시킨다. 우선, 종교의 형태가 무엇이냐에 따라 종교와 민족주의의 문제가 그 이전의 시기로 훨씬 더 소급될 수도 있다. 예컨대, 유불의 수입과 민족주의의 문제만 보더라도 그렇다. 유불의 실재화가 당대의 민족주의 이데올로기와 어떻게 길항하고 있었는가의 문제는 그리 간단하게 정리되어 이해될 수 있는 문제는 아니다. 이 경우의 민족주의는 상당 부분 토착 신앙이라는 사회적 실재와 내적 관련성을

---

51) 羅錫琪, 「民族主義論」, 『西北學會月報』 8호, 1909.1.

지니고 있기 때문이다.

이러한 지점에서는 종교와 민족주의의 정초 문제가 종교(외래 종교)와 종교(토착신앙)의 현실적 고투라는 문제로 성격이 전이하게 된다. 이러한 상황에서의 종교와 민족주의는 각각이 대항 문화체계의 차원에서 이해될 수 있는바, 이러한 현상이 문예적 형식을 통해서 재현될 때 그 문예적 형식이야말로 필연적으로 대항 문화 담론(counter-cultural discourse)의 성격을 지닐 수밖에 없는 것이다. 즉 근대계몽기의 '전(傳)'은 한편으로는 주류적 지배 문화의 담론을 담아내는 문예 양식으로 기능하기도 하고 다른 한편에서는 중세적 주류 문화에 대항하는 대항 문화 담론의 상징적 기호로 기능하기도 한다는 것이다. 이런 관점에서 보면 전(傳)은 조선 후기 이래 내려온 대항 문화 담론의 전통과 내적 관계망을 유지하고 있었던 문예적 양식으로 보아야 할 것이다. 물론, 전대의 대항 문화보다는 훨씬 복잡한 문제를 안고 있었던 것도 사실이었다. 곧 이 시기의 대항 문화는 당대의 주류적 문화체계와 대항하는 문제만이 아니라, 외적 문화체계(서구 문화—기독교)와의 길항과 갈등이라는 두 가지 문제를 동시에 안고 있었다. 전(傳) 양식이 바로 이와 같은 중층적 문제를 내함하고 있다는 사실은 국문체 전(傳) 작품 「길지」를 보면 분명해진다.

공이 수성벼술 박분의게 나아가셔 셩리학을 만히 듯고 리식과 정몽쥬와 권근의 문하에셔 만히 노랏고 흥상 졍명도의 학으로 이단을 물니치는거스로 일삼으매 중들이 감동ᄒ고 씨다라 근본으로 돌아온쟈가 수십인이오, 그 아오 구초도 중이더니 씨둣고 션비의 문으로 도라왓고 경셔을 통달ᄒ 션비가 공의 문하에셔 난거시 불가승수더라. 션싱은 우리 대한의 현인이라 째도 지금과 ᄀᆺ지 아니 ᄒ고 디위도 ᄀᆺ지아니 ᄒ나 그러나 우리 예수롤 밋는쟈가 이거슬 보고 취홀거시 잇스니 ᄒ님군의게만 복죵하는 졀의롤 가히 탄복 ᄒ리로다. 우리는 이 ᄆᆞ음을 본밧아 예수롤 셤기스이다.[52]

<hr>

52) 「길지」, 『그리스도신문』, 1901.9.5.

전(傳)은 유학자들의 이데올로기를 전달하는 문예적 양식이었다. 전(傳)의 이와 같은 성격은 근대계몽기에 이르러서도 특별하게 달라진 것이 없었다. 그러나 일부의 전(傳) 작품에 오면 그것이 유학자들의 이데올로기를 벗어나는 내용을 담아내고 또 그것을 전달하는 '수단적 장르'가 되는 경우가 있었다. 전대(前代)의 전(傳) 작품에서는 몇몇의 근대지향 의식이 선명한 작가들의 작품 이외에는 좀처럼 찾아볼 수 없는 현상이었다. 이 작품 역시 전체의 서사는 길재의 절행을 표창하는 전형적인 전(傳)이다. 이 작품에 등장하는 인물들이 모두 길재의 절행을 표창하는 데 부수적 존재로 복속되는 인물의 배열 방식도 그렇고, 삽화와 삽화의 배열 방식 자체도 인과적 계기성을 매개로 하여 전개되고 있는 것이 아니라는 점에서도 일단 전형적인 '사실지향적 전(傳)' 작품과 크게 다른 것이 없다. 굳이 다른 점이 있다면 표기 문자 정도에 있다 하겠다. 한 마디로 이

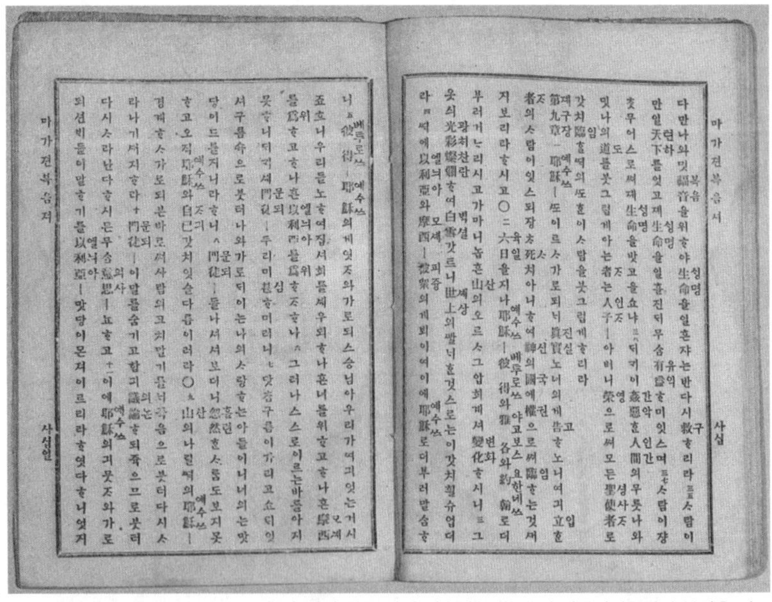

▲ 瑪加傳福音書諺解(1884). 일본에 가 있던 한국 관리 이수정(李樹廷)이 미국성서공회의 부탁을 받고 요코하마에서 번역한 성서. 이 시기에 이르면 유학자에 의해서 성서가 번역되고 있었다는 점에서 썩 예외적인 경우이긴 하지만 일부 유학자들에게 '유도(儒道)'는 이미 그 영향력을 잃어가고 있었다.

작품은, 이 시기의 대부분의 전(傳)이 채택하고 있는 국한문체의 표기 문자가 국문체로 바뀐 것 이외는 다른 전(傳)과 양식적 특이성을 찾을 수 없는 전형적인 '사실지향적 전(傳)' 작품이다. 문제는 역시 이 작품이 지향하고 있는 이데올로기, 곧 가치의 지향이 유학자들의 가치 지향과는 다르다는 점에 있다. 그것도 이 시기의 위정척사파는 말할 것도 없거니와 개신유학파의 가치 영역에서도 대체로 '사회적 실재'로 수용되지 않고 있었던 그리스도교의 이데올로기를 지향하고 있다는 데에 있다. 길재의 절의에 대한 표창이 궁극적으로는 기독교 신앙(종교)에 대한 믿음(교육)을 고취시키는 것에 있었다는 사실은 이 시기의 전(傳) 작품 가운데서는 썩 예외적인 것일 수밖에 없다. 이것은 유학자의 가치 지향, 곧 유도(儒道)가 더 이상 유효한 사회적 실재로서 기능할 수 없었다라기보다는, 이 시기의 계몽 담론의 외연적 확대가 그 만큼 절실했기 때문이었을 것이다. 신채호가 「을지문덕(乙支文德)」에서 제국주의(帝國主義)를 계몽의 담론 속으로 포용하려 했던 이유도 이러한 이유와 무관할 수 없었다.

此는 求進 求退의 異效로다. 强은 不可라 ᄒᆞ야 惟弱을 是務ᄒᆞ며 大는 不可라 ᄒᆞ야 惟小를 是欲흠으로 他國을 稱ᄒᆞ민 必曰 小國弱國이라 ᄒᆞ야 卑辭增幣로 國防을 作ᄒᆞ며 談經賦詩로 軍備를 代ᄒᆞ야 東으로 對馬島를 讓ᄒᆞ며 西으로 鴨綠以西를 盡失ᄒᆞ고 一龜茲國됨을 甘心ᄒᆞ얏스니 日退가 如此ᄒᆞ고야 日弱을 豈免가. 所以로 乙支文德主義는 敵이 大ᄒᆞ야도 我必進ᄒᆞ며 敵이 强ᄒᆞ야도 我必進ᄒᆞ며 敵이 銳ᄒᆞ던지 勇ᄒᆞ던지 我必進ᄒᆞ야 一步를 退흠에 其汗이 背에 沾ᄒᆞ며 一毫를 讓흠에 其血이 腔에 沸ᄒᆞ야 此로 自身을 勵ᄒᆞ며 此로 同僚를 鼓ᄒᆞ며 此로 全國民을 作興ᄒᆞ야 其生을 朝鮮으로 以ᄒᆞ며 其死를 朝鮮으로 以ᄒᆞ며 其一息一飽를 朝鮮으로 以ᄒᆞᆫ 結果에 女眞部落이 皆 是我의 殖民地를 作ᄒᆞ고 支那 天子를 幾乎 我手로 生擒케되얏스니. 嗚呼라 土地의 大로 其國이 大흠이 아니며 兵民의 衆으로 其國이 强흠이 아니라 惟自强自大者가 有ᄒᆞ면 其國이 强大ᄒᆞᄂᆞ니 賢哉라. 乙支文德主義여 乙支文德主義는 何主義오 曰 此卽 帝國主義니라.53)

제국주의도 식민주의도 단순히 부를 얻거나 축적하는 행위는 아니다. 둘 다 어떤 지역과 사람들은 지배를 '받아야만 한다'는 생각을 포함하는 이념적 형성에 의해서 그리고 지배와 연관되는 지식의 형태에 의해 추진된 것이다.54) 말할 것도 없이 지배를 '받아야 한다'와 같은 '정신적 태도'는 그것이 "자국의 공통적인 이익을 위한 긍정적인 의미에서였든지 아니면 다른 대안이 없어서였든지 간에 제국을 영속시키는"55) 주요한 요인이 되었다. 근대계몽기의 애국 계몽 기획의 주체들 역시 이 점을 잘 간파하고 있었다. 인용문에서도 잘 드러나는 바와 같이 신채호는, 나라가 날로 쇠약해지는 원인을 '강함은 좋지 않다고 하여 허약함에 힘쓰고 큼[大]은 불가하다 하여 오직 작음[小]에만 힘쓰려[强은 不可라 ᄒ야 惟弱을 是務ᄒ며 大는 不可라 ᄒ야 惟小를 是欲]' 하는 '후퇴의 마음'에서 찾는다. 신채호가 문제삼은 것은 역시 '허약함'과 '작음'을 지향하려는 '후퇴의 마음', 곧 지배를 '받으려 하는' 마음이었다. 신채호는 이것을 「수군제일위인(水軍第一偉人) 이순신(李舜臣)」에서 외세가 쳐들어 와도 "놀라 달아나 기뻐할[去則嬉戲ᄒ야]" 뿐 "주먹과 완력으로 제압하여 싸운 적이 없는[拳腕으로 扼후 與鬪ᄒ 者는 無ᄒ고]"56) 허약한 마음으로 묘사했다. 또한 「동국거걸(東國巨傑) 최도통(崔都統)」에서는 "태평무사한 때는 노예같은 말을 익히고 일이 있을 때는 노예의 무릎을 꿇어 [無事ᄒ 時에는 奴隸의 舌을 熟鍊ᄒ며 有事ᄒ 時에는 奴隸의 膝을 齊屈ᄒ야]"57) 굽실거리는 '노예의 마음'으로 묘사했다. 바로 이 '허약'과 '후퇴'와 '노예'의 마음을 기른 것이 위의 인용문에서도 잘 드러나는 바와 같이 '경서(經書)와 시(詩)로 군비

---

53) 申采浩, 「乙支文德」, 廣學書鋪, 1908, 30~31면.

54) 에드워드 사이드, 김성곤·정정호 역, 『문화와 제국주의』, 窓, 1995, 56면.

55) D. K. Fieldhouse, *The Colonial Empire : A Comparative Survey from the Eighteenth Century*(1965; rprt. Houndmills : Macmillan, 1991), p.103; 에드워드 사이드, 김성곤·정정호 역, 위의 책, 58면 재인용.

56) 錦頰山人, 「水軍第一偉人 李舜臣」, 『大韓每日申報』, 1908.5.2.

57) 錦頰山人, 「東國巨傑 崔都統」, 『大韓每日申報』, 1909.12.9

를 대신하는[談經賦詩로 軍備를 代]' 문약사상(文弱思想)인바, 이것이야말로 "저 수백 년 동안 내내 백성의 기상을 눌러 꺾으며 백성의 앎을 가로막던 비열한 정객이 남긴 독[彼 幾百年來에 民氣를 摧折ㅎ며 民知를 杜塞ㅎ고 文弱思想을 與ㅎ 卑劣政客의 遺毒]"58)에 다름 아닌 것이다. 신채호는 이러한 '노예의 마음', 곧 '지배받으려는 마음'에서 벗어나려면 영국의 해군 제독 "넬슨의 수염과 눈썹 끄덩이라도 되기를 꿈꾸는 것[乃利孫의 鬚眉를 是夢]"59)이 아니라 넬슨을 "충무공의 아들이나 손자뻘에 지나지 않은 자[畢竟 其兒孫에 不過홀진져]"60)로 생각하는 기상을 지녀야 함을 「수군제일위인(水軍第一偉人) 이순신(李舜臣)」에서 주장한다. 바로 이러한 기상이 꺾인다면 마치 "늙은 기생이 남자를 맞듯이 이 사람이 가면 저 사람을 맞고 저 사람이 가면 이 사람을 맞아 거의 습관이 성품으로 되어 그 부끄러움조차 모르게 된다[老妓가 情郞을 閱ㅎ듯시 此가 去ㅎ미 彼를 迎ㅎ며 彼가 去ㅎ미 此를 迎ㅎ야 幾乎習與性成에 其恥를 不恥]"61)는 것이다. 이렇게 되면 몇 세대의 후손들도 결국, "소가죽을 오래 써서 본래의 모습을 모두 잃어버리고 스스로 노예로 생각하여 타인의 채찍질을 달게 받고, 비록 불공대천의 원수라도 그 힘만 강하면 '부조', '부조'라고[牛皮를 久蒙ㅎ미 本來의 面目을 都忘ㅎ며 奴隷를 慣做ㅎ미 他人의 鞭策을 自甘ㅎ야 비록 不共戴天의 讎敵이라도 其力만 强ㅎ면 父祖 父祖]"62) 하게 된나는 것이다. 바로 이러한 '노예성'은 '오직 스스로 강하고 스스로 지키려는 마음[惟自强自大者]', 이른바 '을지문덕주의(乙支文德主義)'에 의해서 극복될 수 있는 것이었다. 그렇다면 인용문에 잘 드러나는 바와 같이 '을지문덕주의'가 '제국주의로' 언표화된 이상, 제국주의는 '자강자대주의(自强自大主義)'의 다른 표현이라 하겠다. 물론, '자강'과 '자대' 사이에서 한 발 더 비껴 나가면 '영토

---

58) 錦頰山人, 「水軍第一偉人 李舜臣」, 『大韓每日申報』, 1908.8.18.
59) 錦頰山人, 위의 글.
60) 錦頰山人, 위의 글.
61) 申采浩, 앞의 책, 24면.
62) 申采浩, 위의 글, 23면.

확장주의라는 암흑'과 만나는 것이겠지만, 적어도 근대계몽기라는 시공성 안에서 '자강자대주의로서의 제국주의'를 '암흑'의 기의로 읽어낼 수 있는 인식론적 전망을 가지고 있는 주체들이 아직은 형성되지 않고 있었다. 그것은 '근대 주체'라는 일련의 수사학과의 간단없는 고투의 과정을 거친 다음에나 획득될 수 있는 것이었다. 바로 이 고투의 과정에서 영웅이란 '타인의 채찍질을 달게 받는 노예성의 독'을 판별하기 위해 '현실'이라는 수용액에 적시어진 '리트머스시험지' 같은 존재인바, 근대계몽기의 '계몽 담론'은 바로 이 '리트머스시험지' 같은 영웅의 호명 없이는 흘러나올 수 없었다. 근대계몽기의 '사실지향적 전(傳)'이 자리하는 지점도 여기에 있다 하겠다. 물론, 역사적 영웅을 '불러내는' 방식이 아닌, 근대계몽기의 당대적 인물을 입전하여 계몽 담론을 전개한 사례도 허다하다. 다음의 「정재홍군약전(鄭在洪君略傳)」에서 이 점은 간명하게 드러난다.

> 雖然이나 鄭君之死는 實非鄭君自殺也로다.(志士는 聽哉어다) 我同胞가 早發憤於十數年以前ᄒ야 國權이 不至墮落ᄒ며 人類가 不爲奴隷런들 鄭君이 可不死오 我同胞가 且戮力於光武九年以後ᄒ야 人民이 有開進之機ᄒ고 國家가 有回蘇之望이라도 鄭君이 可不死어늘 奈之何光陰이 日下에 民知는 愈錮ᄒ고 危機가 日迫에 國是는 日紊ᄒ야 時時刺鄭君之胸ᄒ며 日日激鄭君之血ᄒ야 驅鄭君於不得不自殺之途ᄒ니 然則 鄭君之死는 頑迷之國民이 殺之也며 腐敗之政府가 殺之也오 非鄭君之自殺鄭君也로다. 嗚呼라 鄭君이 旣死ᄒ니 其復有鄭君乎아 有鄭君之志者는 皆 已死矣니 生者는 其有鄭君之志者ㅣ幾人고 我且痛ᄒ며 我且憤ᄒ며 我且希望ᄒ야 略掇鄭君之遺事ᄒ니 凡得七八節이라 揮淚以告我同胞ᄒ노라.63)

근대계몽기 '사실지향적 전(傳)'의 구극은 '민지(民智) 계몽'에 있었다. 그것은 전술한 바대로 '유학자 집단'을 향한 위로의 계몽과 '부유(婦孺)'를 향한 아래로의 계몽을 동시에 겨냥하고 있었다. 작품의 인정기술부에

---

63) 「鄭在洪君略傳」, 『皇城新聞』, 1907.7.4.

서 정재홍에 대한 가계가 "早喪父ᄒ고 養於母ᄒ되 極孝라" 정도만 기술되어서 정재홍에 대한 정확한 가계는 더 이상 알 수 없다. 어쨌거나 정재홍이 계몽의 대상인 것만은 분명한바, (역사적)영웅적 주체를 입전하여 '비주체', 곧 계몽의 대상으로 타자화되어 주변으로 밀려나 버린 '민(民)'을 계몽하는 양식이 근대계몽기 '사실지향적 전(傳)'이라는 점에 근거해 보면 「정재홍군약전(鄭在洪君略傳)」과 같은 전류의 작품은 분명히 성격이 다른 전(傳)이라 하겠다. 그 이유는 무엇보다도 (역사적)영웅이란 '(계몽 담론의) 시혜적 주체'에 의한 계몽이 아니라, 오히려 '동류에 의한 동료의 계몽'이란 점에서 전자(영웅적 주체)의 전(傳)과는 그 성격이 다른 지점이 존재할 수 있기 때문이다.64) 사실 근대계몽기 사실지향의 전(傳) 내에서도 이렇게 성격이 다른 전(傳)이 존재한다는 사실은 그만큼 전(傳) 양식 자체의 장르 운동량이 극화되고 있다는 증거로 볼 수 있는 것이다. 특히, 영웅이 아니라 정재홍 같은 '민(民)'에 의한 '충의지륜(忠義之倫)'의 구현이란, 국권 침탈의 상황에서는 '가치론적 현재'의 이데올로기에 값하는 것이라 할 수도 있겠다. 그것(충의지륜)의 실현이 단순한 '과거적 가치'의 추인이 아니라, '현실(속악한 마귀굴의 노예적 현실)'의 문제를 해결해내려는 '가치론적 현재(오늘)'의 이데올로기를 드러내는 것이란 점에서 그것(충의지륜의 실현)은 근대계몽기의 절실한 시대정신의 하나라 하겠다. 바로 이러한 사유가 단적으로 드러나는 것이 바로 '정재홍은 어리석어 사리에 어두운 국민과 부패한 정부가 죽인 바[鄭君之死ᄂᆞᆫ 頑迷之國民이 殺之也며 腐敗之政府가 殺之也오]'가 되었다는 표현에서 명백하게 드러난다. 이것은 한 개인의 행위를 '국민과 정부'라는 '상상의 공동체'와 결부된 것으로 인식하는 근대계몽기의 전형적인 사유 체계를 드러내는 표현이다. 문제는, 이와 같은 인식의 체계를 '근대적인 것'과 등치시키면서 동시에 폄하

---

64) 이러한 작품의 사례로는 「鄭在洪略傳」 이외에도 「金翁傳」, 『時事叢報』, 1899.2.2~5; 「杞憂生小傳」, 『皇城新聞』, 1899.9.28; 「常平傳」, 『皇城新聞』, 1900.1.17; 「鐵椎子傳」, 『皇城新聞』, 1908.10.8 등이 있다.

▲ 韓日通商條約締結紀念宴會圖(1883). 한일통상조약을 체결하고 난 후의 잔치 장면을 궁중 화원이었던 안중식이 그린 그림이다. 조선의 관리와 일본 공사, 외교 고문이었던 묄렌도르프의 모습 등이 보인다.

적인 의미에서의 '전근대적인 것'으로만 이해할 때이다. 이런 시각에 근거하여 근대계몽기 '사실지향적 전(傳)'을 이해하려 한다면, 전(傳)의 계몽지향은 무조건적인 국민주의나 국가주의에 복속된 이데올로기로만 해석될 것이다. 그렇게 되면 '정재홍'이란 '개인성'의 발견은 애초부터 부인된다. 물론, 「정재홍군약전(鄭在洪君略傳)」에서의 '정재홍'이란, '허구지향적 전(傳)'의 입전 인물들이 보여주고 있는 '내면의 빛'을 가진 존재로서의 특성을 지니고 있는 인물은 아니다. 그렇더라도 이 시기 사실지향의식을 보이는 '(역사적)영웅적 주체'의 내면과는 매우 다른 '빛'을 지니고 있다. 그 빛은 인물이 가지고 있는 숙명적 '결함'에 의해서 형성된 것인바, 「정재홍군약전(鄭在洪君略傳)」에서의 정재홍 역시 '일찍이 아버지를 여의고, 어머니에게 양육된[早喪父ᄒ고養於母]' 인물이었다는 점에서 이 점은 그리 어렵지 않게 간취될 수 있다. 그러나, 말할 것도 없이 이러한 인물들은 그렇지 않은 인물(영웅, 혹은 '민'이지만 특별한 결함이 없는 인물)보다 '더 많이 볼 수 있는' 내적 자질들을 후천적으로 획득한다. 이들에 의해

"제 나와 제 집과 제 겨레와 제 나라밖에 모르는 좁은 시야에서 해방될 수"[65] 있다는 사실을 박지원·이옥·김려의 전(傳) 이후 「정재홍군약전(鄭在洪君略傳)」에서 다시 확인할 수 있다. 근대계몽기 '(역사적)영웅적 주체'가 입전된 '사실지향적 전(傳)'이라는 텍스트의 문제적 지점은, 바로 텍스트가 주조한 '신념의 이데올로기'가 사실은 텍스트 밖의 '현실의 이데올로기'를 전혀 견인해내지 못한다는 것이다. 그러니까, 근대계몽기 '(역사적)영웅적 주체'의 초상이란 텍스트 안에서의 초월적 형상과 그것의 바깥에 존재하는 형상(계몽의 대상으로서의 유학자와 부유 집단)과의 유리를 극복하지 못하고 말 그대로 전(傳)이라는 텍스트의 가상 공간 안에서만 '자기 입법'을 외치는 형국인 셈이다. 반면에 「정재홍군약전(鄭在洪君略傳)」의 정재홍이란 '자아(주체)'는 영웅적 주체들의 '입법 원리', 곧 '제 나를 따르라고 강요하는' 입법 원리를 가진 자아가 아니라 '열근성의 현실[民知는 愈錮호고 危機 日迫에 國是는 日蔡호야]'이 야기한 "원초적 자기를 회복하려는 투쟁"[66]의 '자아'이다. 이 점은 '제 나를 따르라'는 강요의 자아가 아니라 '제 나는 이렇다'라는 은유적 몸부림, 곧 박영효의 환영회에서 "주악(奏樂)과 연희(演戲)가 바야흐로 펼쳐지려는 데 홀연히 연단 앞에서 자포(自砲)하여 기절혼도[奏樂과 演戲는 方張호는디 君이 忽然히 演壇前에셔 自砲호야 氣絶昏倒]"[67]하는 '자결'을 통해서 극명하게 드러난다. 이 지점에서 근대계몽기 '사실지향적 전(傳)' 텍스트의 자아를 통해서 발산된 '계몽의 담론'은 근대계몽기의 성격을 규정짓는 유효한 개념의 하나임이 확인된다 하겠다. 말할 것도 없이 '계몽 담론'은 '계몽하는 주체(영웅 / 자각한 유학자와 婦孺)'와 '계몽되는 대상(노예의 현실을 그대로 받아들이려는 무자각한 民)'을 상정한 개념이다. 주체의 관점에서 보자면 여기서의 대상은 '타자'의 의미를 지니게 되는데, 타자에 대한 글쓰기는 아이러니하지

---

65) 김인환, 『기억의 계단』, 민음사, 2001, 109면.
66) 김인환, 위의 책, 109면.
67) 「鄭在洪君略傳」, 『皇城新聞』, 1907.7.4.

만 타자의 타자에 의해서 이루어진다. 그렇다면 결과적으로 쓰여진 '글'의 양극단에는 두 가지 부류의 타자가 놓이게 된다.[68] 계몽하는 주체의 논리에서는 '글쓰기(사실지향적 傳)'가 '민(民)'에 대한 인식 행위라는 점에서 스스로는 '민'에 대한 타자인 셈이고, '민'의 시각에서 보면 '글쓰기'가 계몽하는 주체에 의해 수행된다는 점에서 스스로는 '전(傳)'이란 텍스트의 시공성 안에서 철저하게 '계몽되는 타자'로만 형상 된다. 근대계몽기의 계몽 담론의 중대한 결단은 "국민 동포의 어리석어 사리에 어두운 뇌를 타파[國民 同胞의 頑迷腦를 打破]"[69]하여 양극단의 타자를 '국한문체의 전(傳)'을 통하여 하나의 집체로 묶어내는 것이었다. 계몽 담론을 전달하는 도구로써의 '국한문체'란 엄밀하게는 '공리적 착상에 의한 발견'의 영역이겠지만, 그것은 '낡은 것'이 아닌 '오래된 것'으로서의 '전(傳)'을 통해서 '계몽 담론'을 결정적으로 견인해내는 역할을 한다. 그러므로 엄밀하게는 전(傳)이 '구(舊)'와 '신(新)'을 만나게 한 것이 아니라, '국한문체의 발견'에 의해서 양극이 만나게 되는 것이라 하겠다. 바로 이 국한문체의 발견이 없었더라면, "1906년경에도 여전히 유학을 성학(聖學)으로, 서양학을 사교(邪敎)로만 이해하는 보수 조류"[70]와 심지어 항일 의병을 '비도(匪徒─나라를 좀먹는 놈들)'라 부르고 "죠션 사룸들은 미국 굿치 되기를 브라노라"[71]던 을사늑약(乙巳勒約)의 다섯 원흉 중의 하나인 이완용을 애국자라 칭하던 사람들과의 '투쟁'은 생각할 수 없었을 것이다.

68) 정진배, 『중국 현대 문학과 현대성 이데올로기』, 문학과지성사, 2001, 57면.
69) 「鐵椎子傳」, 『皇城新聞』, 1908.10.8.
70) 강재언, 『한국의 근대 사상』, 한길사, 1985, 227면.
71) 「논셜」, 『독립신문』, 1896.11.24.

2. 유가적 이상과 영웅의 신생(新生)

1) 숭무(崇武)의 사유와 영웅의 재생(新生)

근대계몽기에도 여전히 미적 양식으로서의 '문학'은 "문(文)의 파생어"[72]였다. 문학(文學)이 문(文), 곧 "일반 학문"의 범주에서 "次次 獨立이 되어 其 意義가 明瞭히 되야 詩歌, 小說 等 情의 分子를 包含혼 文章"[73]의 문예 범주로 정초되는 시기를 1910년대 이후로 본다면, 근대계몽기 '사실지향적 전(傳)'은 일단 '일반 학문'으로서의 문학 개념에 가까운 양식이었다. 더욱이 이 시기의 전(傳)을 규정하고 있는 인식 지반은 "衣食住의 原料를 得홈에 汲汲ㅎ야 智와 意만 重히 녀기고 情은 賤忽히 ㅎ야 比를 排斥ㅎ며 蔑視ㅎ여온 故로 情을 主ㅎ는 文學도 한 遊戲疎閒에 不過"[74]한 것에서 크게 벗어나지 않았다. 근대계몽기는, 곧 그것이 '국민화'의 계몽 논리건, 아니면 전대(前代)의 가치에 복속하는 '추인의 논리'를 다시 끌어내건 간에 어떤 식으로든 '현실 문제(衣食住의 原料를 得홈에 汲汲홈)'에서 벗어날 수 없었다. 바로 이 의식주(衣食住)의 확보 문제가 현실 문제의 성격을 규정하는 핵심적 과세로 부상하면서 이 시기 애국 계몽의 기획은 '지(智)'와 '의(意)' 중심의 계몽 교육 담론으로 수렴될 수밖에 없었다. 적어도 근대계몽기 전(傳), 특히 '사실지향적 전(傳)' 텍스트라는 역사적 시공성 안에서 '정(情)'의 범주는 독자적 질량을 확보할 수 없었다. 이러한 관점에 입각해 보면 조선 후기, 곧 "18세기에 성장한 性情之眞·天眞 추구의 가능성"[75]이 오히려 '더' 후퇴하는 지점도 역시

---

72) 권보드래, 『한국 근대소설의 기원』, 소명출판, 2000, 81면.
73) 李寶鏡, 「文學의 價値」, 『大韓興學報』 11호, 1910.3.
74) 李寶鏡, 위의 글.
75) 金興圭, 『朝鮮後期의 詩經論과 詩意識』, 고려대 민족문화연구소, 1982, 71면.

근대계몽기일 수 있다. 조선 후기의 심성론의 한 지점에서는 '성(性-本體) → 정(情-作用) → 시(詩)·문학(文學)'이라는 주희의 심성론이 '성(道心-仁義禮智)'과 '정(人心-喜怒哀樂 → 詩·文學)'의 반권위적 심성론으로 재인식되기 시작한바, 근대계몽기에서도 조선 후기의 반권위적 심성론에 근거해서 '문학'의 근본인 "정을 성의 활동에 의한 산물-따라서 윤리적 요구에 따라 본래적 순수성의 차원으로 환원되어야 하는 산물로 보느냐, 아니면 그 자체의 실체적 근거를 가지고 산출되어 법도에 맞으면 용납되는 것"76)으로 인식하느냐의 문제는 매우 예각화될 수 있는 소지를 안고 있다 할 것이다. '정(情)'의 가치를 특수한 가치로 인정하지 않은 측면이 적어도 1910년대 이전에는 보편적 '문(문학)' 이데올로기였다면, 이는 분명히 주희의 심성론이 그대로 계승되고 있었음을 표징하는 것이라 하겠다. 특히, 인의예지(仁義禮智)의 가치 지향이 뚜렷한 인물을 입전해서 그 속에서 가치의 포폄을 명백하게 드러내고 있는 '사실지향적 전(傳)'은 어떤 식으로든 전통적인 주희의 심성론을 계승하고 있다는 평가에서 결코 자유롭지 못한 측면이 존재한다 하겠다. 다음의 이건창(1852~1898)의 글과 「강감찬전(姜邯贊傳)」에서 이와 같은 점은 분명하게 드러난다.

> 성인과 호걸이 있더라도 그들의 행적이 당세(當世)에 나타나지 않음이 있다. 무릇 행적이 당세에 나타나지 않더라도 이름이 후세에 드리워질 수 있는 것은 다만 그 문(文이) 있기 때문이다.77)

근대계몽기 전(傳) 작품을 통하여 "성인의 가르침과 역사적 사건을 기록해야 한다거나 국치를 일깨우고 인간의 상정을 표현할 수 있다"78)고

---

76) 金興圭, 『朝鮮後期의 詩經論과 詩意識』, 고려대 민족문화연구소, 1982, 69~70면.
77) "雖有聖人豪傑之人 而行不見於當世者有之 夫行不見於當世 而名垂於後 徒以文在耳."(李建昌, 『李建昌全集』上, 451면)
78) "上之可以俾裨聖教, 下之可以雜述史事, 近之可以激發國恥, 遠之可以旁及彝情."(梁啓超, 「變法通議·論幼學」, 『二十世紀中國小說理論資料』 1권(陳平原·夏曉虹編), 北京大學出版社, 1989, 13면; 이보경, 『문(文)과 노벨(novel)의 결혼』, 문학과지성사,

믿었던 주체들, 곧 애국 계몽의 기획자들은 '문(文)'의 중요한 기능의 하나가 '성인과 호걸(영웅)'의 행적을 담아내는 것으로 인식하고 있었다. 바로 이 영웅의 행적 담아내기가 근대계몽기의 지배적 담론 향방의 하나라면, 그들(애국 계몽의 기획자들)이 역사적 사건이나 위인의 표창 양식으로 전(傳)에 주목했던 것은 당연한 것이었다. 근대계몽기 '애국 계몽의 주체들'은 바로 '영웅이란 성스런 텍스트'를 통해 애국 계몽의 기획이 실현될 수 있다고 믿었던바, 그 믿음의 구체적 정시가 바로 「강감찬전(姜邯贊傳)」의 인물 형상을 통해서 잘 드러나고 있다.

> 現今 國家ㅣ 契丹의 亂을 經ㅎ야 傷ㅎ 者이 盡起치 못하고 寡妻孤子가 全國에 過半ㅎ며 契丹의 退軍홀 時에 我軍이 其後를 躡ㅎ야 生還ㅎ 者이 十分에 一二를 不過ㅎ며 且被奪ㅎ얏든 城池가 版圖에 歸復ㅎ고 彼는 絲毫의 利益이 無ㅎ얏스며 今에 邊境이 稍晏홈은 彼의 勢力이 挫頓ㅎ야 再起치 못홈이니 今日은 我邦이 文을 偃ㅎ고 武를 修홀 時代이라. 此時를 當ㅎ야 먼져 軍心을 獎勵혼 然後에야 外患을 豫防홀지니 大抵 國家를 爲ㅎ야 生命으로 犧牲을 作혼 者는 溝壑에 顚連ㅎ고 臣과 如히 無功혼 者는 國結을 享有ㅎ면 後來에 國家를 爲ㅎ야 死홀 者이 無홀지니 願컨더 此結로써 軍戶에 分給홀지니다.79)

인용문은 전란으로 피폐해진 나라와 백성을 위해 강감찬이 자신의 사전(私田) 12결(結)을 내놓으며 한 말이다. 자신의 사전을 군호(軍戶)를 위해 국가에 바치는 애민애국의 정신도 그렇거니와, "今日은 我邦이 文을 偃ㅎ고 武를 修홀 時代이라"는 강감찬의 말은 바로 근대계몽기의 애국 계몽 담론의 중요한 한 지점을 정시한 것이라 볼 수 있다. 근대계몽기의 애국 계몽 기획은 매우 도전적으로 '상무(尙武) 정신'의 문제를 제기하고

2002, 149면 재인용).

79) 禹基善 編輯, 「姜邯贊傳」, 玄公廉 發行, 1908.7, 14면; 『역사·傳記小說』 8, 亞細亞文化社, 1979, 404면.

있었다. '무(武)'를 사회적 실재(social reality)로 확립하는 문제는 이 시기의 매우 핵심적인 애국 계몽의 기획 가운데 하나였다. 애국 계몽 기획의 주체들은 "昇平日久에 文藝를 徒事ᄒ야 國民의 武氣武習을 蔑視抑制ᄒ야 맛춤니 虛弱無狀ᄒ고 恥辱 莫甚ᄒ 今日 狀況"[80]을 해결할 수 있는 방법은 "惟其崇文賤武의 誤轍을循踏"에서 벗어나 "尙武的 敎育을 實施"[81]하는 것에서 그 해결책을 찾고 있었다. 문제는 상무 교육이 어떤 문예적 양식으로 구현될 수 있느냐의 문제이다. 이 시기에 들어와 전(傳) 작품들이 한문학의 쇠퇴와는 무관하게 오히려 신문·잡지와 같은 매체를 통해서 활발하게 창작되는 것은 결코 상무 정신 고양과 무관하지 않은 것이다. 유학자 집단의 이데올로기를 집약시켜 드러내는 전통적 서사 양식으로서의 전(傳)이 문집(文集)이라는 폐쇄적 회람의 영역에서 신문·잡지라는 공론장의 영역 속으로 편입되기 시작했다는 것은 말할 것도 없이 유학자와 대중의 '민지(民智) 계몽'을 동시에 겨냥한 것이었다. 바로 이와 같은 공론의 영역 속에서 유학자와 대중은 '상무 정신'을 체현한 인물을 만날 수 있었다. 근대계몽기에 족출한, 이른바 영웅론의 맥락은 이러한 사정과 밀접한 관련이 있었다. 한 마디로 영웅은 '애국 계몽 담론'의 "최상승의 기호로 격상되어"[82] 있었다. 위의 작품에서 강감찬의 '상무(尙武)와 무비(武備)'의 중요성을 강조하는 논리가 바로 이 애국 계몽의 담론을 극명하게 드러내고 있는 지점이다. 다음의 「을지문덕(乙支文德)」도 마찬가지이다.

無涯生이 曰 嗟乎惜夫라. 幾百年迂儒의 手로 抽筆亂題 曰 武功이 不如文治라 ᄒ며, 幾十朝唐臣의 舌로 張口妄呼 曰 仁者는 以小事大라 ᄒ야 政策은 委靡退縮을 是主ᄒ며, 民氣는 摧折壓伏을 是務ᄒ고 往事는 强毅不屈을 是諱ᄒ며 古人은 腐儒鰕生을 是崇ᄒ야 一般可耻可笑의 筆事와 支離無關의 等

---

80) 具滋旭, 「武備論」, 『太極學報』 8호, 1907.3.
81) 朴殷植, 「文弱之弊는 必喪其國」, 『西友學會月報』 10호, 1907.9, 6면.
82) 이보경, 『문(文)과 노벨의 결혼』, 문학과지성사, 2002, 153면.

說로 我韓四千載 神聖歷史를 汚衊ᄒ고 偉大 英雄은 埋沒에 一任ᄒ 故로 或
龍爭虎躍의 人物로도 村兒俚談에 一句만 僅傳ᄒ며, 或 神驚鬼號의 功業으
로도 樵竪巷謠에 一曲만 偶播ᄒ고 傳來 史蹟은 落落無多ᄒ니 然則 又其外
姓名ᄭ지 遺漏된 大男兒가 幾何인지 不知ᄒᆯ지라. 幸哉라 乙支文德이여 尙此
幾行의 歷史가 流傳ᄒ얏도다. 不行哉라. 乙支文德이여 僅此幾行의 歷史만
流傳ᄒ얏도다. 夫歷史의 傳不傳이 於其人에야 何損何益이리오마는 但 一國
의 疆土는 其國의 英雄이 身을 獻ᄒ야 莊嚴케ᄒ 者며, 一國의 民族은 其國
의 英雄이 血을 流ᄒ야 保護ᄒ 者라, 精神은 山立이며 恩澤은 海瀾이거늘 其
國의 英雄을 其國의 民族이 不知ᄒ면 其國이 國됨을 豈得ᄒ리오[83]

인용문에 잘 드러나듯이 "武功不如文治"에 기반한 '숭문천무(崇文賤
武)'의 시대적 현실은 근대계몽기에 들어와서도 여전하였다. 이 시기에
들어와서도 민족 정기 쇠퇴의 원인이 되는 중문경무(重文輕武)와 사대주
의(事大主義)의 말류적 폐단은 여전하였다는 것이 화자인 '무애생(無涯生)'
의 시대 인식인 셈이다. 즉, '보잘것없는 횡설수설로 우리나라 4000년의
신성한 역사를 더럽히고 위대한 영웅을 묻어버렸기[支離無關의 等說로 我
韓四千載 神聖歷史를 汚衊ᄒ고 偉大 英雄은 埋沒]' 때문에 국운은 쇠퇴할 수
밖에 없었다는 것이 화자의 인식이다. 화자가 유학자 집단을 '부유하생
(腐儒鰕生)', 곧 '썩어 빠진 새우같은 유생'의 무리로 비유하는 것은 다 이
러한 인식에 기반한 것이라 하겠다. '문치(文治)' 이데올로기가 '보잘것없
는 횡설수설'로 규정되고 있는 상황에서 이제 민족적 정기를 회복시킬
수 있는 영웅—그것의 이념화인 영웅 대망론—은 충분히 시대의 병통
을 치유할 수 있는 대안적 이데올로기가 될 수 있었을 것이다. 민족(국가)
은 바로 "영웅을 매개로 하여 개인과 연결될 수" 있었던바, "민족 영웅
의 사적을 기록하여 국가 정신을 진작시키려 한 이른바 역사전기물은
이 영웅론의 흔적이라 할 수 있다"[84]는 점이다. 다음의 「수군제일위인

---

83) 申采浩, 「乙支文德」, 廣學書舖, 1908.5, 2~4면.
84) 권보드래, 『한국 근대문학의 기원』, 소명출판, 2000, 49면.

(水軍第一偉人) 이순신(李舜臣)」에서도 이 점은 분명하게 드러난다.

> 大抵 水軍의 第一偉人을 有ᄒ고 鐵甲船 創造에 鼻祖된 我國으로, 今日에
> 至ᄒ야 彼 海權最大ᄒ 國과 比較ᄒ기는 姑舍ᄒ고 竟乃 國家란 名詞도 若存
> 若亡의 悲境에 陷ᄒ얏스니, 余가 彼 幾百年 來에 民氣를 催折ᄒ며 民知를
> 杜塞ᄒ고 文弱思想을 與ᄒ 卑劣政客의 遺毒을 回想하미 恨이 海波와 俱深
> ᄒ도다. 玆에 李舜臣傳을 撰하야 苦痛에 陷ᄒ 我國民에게 餉ᄒ노니 凡 我善
> 男善女는 此를 模範ᄒ며 此를 步趨ᄒ야 荊天棘道를 踏ᄒ며 苦海難關을 超
> 過ᄒ지어다. 上天이 二十世紀의 太平洋을 莊瞰ᄒ고 第二李舜臣을 待ᄒ나니
> 라.85)

위 제시문에서도 역시 '문약(文弱)'에 대한 비판이 극명하게 드러나고
있다. 제시문에서 언급되고 있는 '비열정객(卑劣政客)의 유독(遺毒)'은 물
론 말할 것도 없이 '문약지폐(文弱之弊)'를 지칭하는 말이다. 무(武)를 낮
추고 문(文)을 높이는 유학자 집단의 이데올로기가 애국 계몽의 공간에
서 문제적 이데올기기가 됨은 이미 전술한 바 대로이다. 이제 어떻게 하
면 새로운 시대(20세기)에 합당한 영웅의 모습을 신생시키느냐의 문제가
남아 있는 셈이다. 그것이 문예적 양식을 통해서 재현될 때에는 분명 전
시대의 영웅의 모습과는 다른 미적 특질을 내장하고 있어야 할 터이
다.86) 특히, 포폄(褒貶)에 기반한 전(傳) 양식에서의 인물은 '개인의 일대
기'라는 형식에 기대고 있어 '개인의 것'임을 자체내의 특질로 내장하고
있기는 하지만, 기본적으로는 '공동체의 운명에 복속된 개인'이므로 이
른바 문제적 개인이 자신의 영혼을 찾아가서 궁극적으로는 "자체의 고
유한 무게를 갖게 되는"87) 전기(傳記)적 형식에서의 인물과도 다른 미적

---

85) 錦頰山人, 「水軍第一偉人 李舜臣」, 『大韓每日申報』, 1908.8.18.
86) 전 시대의 영웅 형상으로부터 연역할 수 없는 이 시기만의 '특별한' 미적 특질이 근
    대계몽기의 사실지향의 전(傳) 작품에 존재하느냐의 문제에 대한 구체적인 검토는 다
    음의 절에서 구체적으로 검토하고자 한다.
87) 루카치, 潘星完 역, 『小說의 理論』, 심설당, 1985, 99면.

특질을 지니고 있다고 보아야 한다. 이런 점에서 근대계몽기에서의 전(傳), 특히 사실지향 의식이 두드러진 전(傳)은 '공동체의 운명을 발견하는 개인'을 형상하는 양식이었다.88) 한 마디로 공동체가 이미 '만들어낸 가치(이념)'를 다시 추인하는 형식이 전(傳)인바, 그 추인의 주체(주인공)로서 '영웅'이 요구되는 공간이 바로 근대 애국 계몽의 공간이었음은 재삼 말할 나위가 없다. 전(傳)의 공간 안으로 들어온 영웅은 "사심 없이 정의와 질서에 헌신함으로써 자기 완성을 추구하고자 한다"89)는 점에서 이미 추인된 가치 체계의 절대적 지배에서 많이 이탈된 문제적 인물과는 구분된다. 이미 전범화된 유교적 질서를 준신하고 "존재하는 현실과 존재해야만 하는 당위적 이상 사이의 극복할 수 없는 간극"90)을 좁히려는 인물, 이른바 '애국 계몽 기획'의 주체들이 전(傳) 양식을 통해서 주조한 인물은, 바로 유교적 이상을 체현하고 있는 인물이란 점에서 '유교적 영웅'이라 명명할 수도 있겠다. 이런 맥락에서 보면 '20세기의 제2의 이순신을 기다린다'는 서술 속에 내재된 작가의 논찬 의도는 역시 전(傳)이라는 서사 양식을 매개로 '유교적 영웅'을 다시 '불러내는' 것이었다. 다시 「수군제일위인(水軍第一偉人) 이순신(李舜臣)」의 한 장면을 더 볼 필요가 있겠다.

> 設或 廣成子ヌ치 壽ㅎ며 石崇ヌ치 富ㅎ야, 口로 梁肉을 含하고 皤皤皓髮
> 로 귀然長存홀지라도, 國恥 民辱이 日로 甚ㅎ야 四邊에 殺聲, 哭聲, 怨聲, 恨
> 聲 呻吟聲히 來集ㅎ면 我의 獨生 獨樂을 可忍홀가. 大抵 英雄의 眼光은 此

---

88) 근대계몽의 공간 안에서는 공동체의 운명에 투기하지 못하는 개인은 '마귀(魔鬼)'로 형상되는바, 이것은 "개인주의야말로 사람을 죽이는 것[個人主義로 生을 求치말지어다 個人主義가 人을 殺ㅎ나니라]"(「個人主義로生는을求치말지어다」, 『大韓每日申報』, 1909.11.21) 표현에서 극명하게 드러난다. 이와 같이 근대계몽의 역사적 시공성 안에서 '민족주의'와 대립하는 것으로서의 '개인주의'는 극단적인 혐오의 대상이 될 수밖에 없었다.

89) C. T. Hsia, *The Classic Chinese Novel*, Columbia Univ. Press, 1968, p.29; 이보경, 『문(文)과 노벨(novel)의 결혼』, 문학과지성사, 2002, 217면 재인용.

90) 루카치, 潘星完 역, 앞의 책, 100면.

點을 무무기 破ᄒᄂ는 故로, 李忠武를 觀ᄒ를지라도 當時 吏銓文○의 華職을 不
羨ᄒ고 筆을 投ᄒ야 人 皆 賤視허는 武班에 登ᄒ야 大東武士的 精神을 發揮
ᄒ기로 自任ᄒ며, 壹切權臣薰戚을 草芥로 觀ᄒ야 足跡을 其門에 不投ᄒ고
我의 操守를 勵ᄒ다가. 及乎東南의 怪雲이 壹噓ᄒ야 國事가 槍攘ᄒ믹 家도
不顧ᄒ며 身도 不顧ᄒ고 長劍을 揮ᄒ야 我의 公仇에 向ᄒ다가 其目的이 旣
遂ᄒ믹 溘然長溟음을 不辭허엿스니. 嗚乎라 誰가 李忠武의 死를 哭ᄒᄂ는가.
大丈夫ㅣ 忠義를 抱ᄒ고 國難에 赴ᄒ야 無雙의 大魔를 摧滅ᄒ며, ○○蒼生
을 援救ᄒ고 我身은 快闊壹丸○ 하야 巍巍의 銘旌을 妖氣快晴ᄒ 海天에 揮
ᄒ며, 煌煌의 ○車를 桑拓無恙ᄒ 鄕山에 返ᄒ야 全國 八道萬世洋洋의 凱歌
聲裡에 ○喪禮를 擧行하니, 嗚呼 壯哉라, 誰가 李忠武의 死를 哭ᄒᄂ는가. 오
즉 謳歌蹈舞흠이 可ᄒ니라. 雖然이나 後人이 李忠武를 爲ᄒ야 壹哭홀 비 有
ᄒ니, 蓋李忠武의 發身ᄒ던 初에 許多黨私의 ○와 文弱의 徒가 英雄을 踢縮
케 ᄒ야 무用치 못흠으로 其功이 僅此에 止ᄒ얏스며, 中間에 又 幾個 讒妬의
臣 魔才를 戱ᄒ야 數年 拮据의 戰備를 蕩盡흠으로 其功이 又 僅此에 止ᄒ얏
스며, 天이 偉人을 生ᄒ사 我國民의 武士的 精神을 如此 鼓發ᄒ얏거늘 又
彼 民○儒夫가 毒을 隨煽ᄒ야 公 死後 數百年間에 國恥 民辱의 至흠이 頻頻
ᄒ얏스니, 此가 後人의 李忠武를 爲하야 壹哭홀비로다. 然이나 又 豈但後人
의 哭홀 비 될 而已리오. 抑亦 地下 李忠武의 目이 不暝홀진져.[91]

근대계몽기의 문(文), 특히 문예 양식으로서의 사실지향의 전(傳)이 "반
문학적인 이데올로기"[92]를 구성하고 있었다면, 그것은 우선 '영웅 불러
내기'의 정향 지점이 유가 이데올로기 표창에 있었다는 점에서 그 이유
를 찾을 수 있겠다. 사실지향의 전(傳)에서는 '유가적' 이데올로기를 부정
하고 새로운 이데올로기를 탐색하고 있는 인물이 아니라, 오히려 '성현
군주'로 표상되는 인물이 이미 만들어 놓은 이데올로기('유가적' 이데올로
기)를 다시 추인할 인물이 형상된다. 말할 것도 없이 이러한 역할을 해낼

---

91) 錦頰山人, 「水軍第一偉人 李舜臣」, 『大韓每日申報』, 1908.6.23.

92) Wendy Larson, *Literary and the Modern Chinese Writer*, Duke Univ. Press, 1991, p.59; 이보경,
　　『문(文)과 노벨(novel)의 결혼』, 문학과지성사, 2002, 213면 재인용.

수 있는 인물이 바로 위의 인용문에 잘 드러난 바와 같이 '대동무사의
정신을 발휘[大東武士的 精神을 發揮]'할 수 있는 '영웅'인 것이다. 새로운
시대를 계도해 나가야할 주체로서 '영웅'은 밖으로는 침략적 제국주의에
저항할 수 있어야 했으며, 안으로는 우리의 문화적 전통을 공고히 할 수
있는 능력을 특별히 지니고 있어야 했다. 근대계몽기의 애국 계몽이 끊
임없이 전통주의와 교섭할 수밖에 없었던 이유도 이 지점에서 찾아진
다.93) 이 점은 「동국거걸(東國巨傑) 최도통(崔都統)」에서 "단군 자손의 진
면목을 나타나게 한 자[我檀君子孫의 眞面目을 見호者]"94)가 바로 최도통
과 같은 '영웅'이라고 규정하고 있는 부분에서도 잘 드러난다. 한 마디로
근대계몽기 사실지향의 전(傳)에서 입전된 '영웅' 인물 형상이 근거하고
있는 지반은 '단군'이나 "백두의 정신"95)으로 표상된 지점, 곧 '문화적
전통'이라 하겠다. 근대계몽기 사실지향의 전(傳) 작품이 '영웅, 혹은 영
웅성'을 매우 일편향적으로 강조하는 이유는 물론, 다른 지점이 있을 수
있겠다. 그것은 무엇보다도 이 시기 정신계에서 거의 경쟁적으로 수용하
고 있었던 다윈의 진화론과의 상관 관계도 있다 할 것이다. 이들 영웅에
의해서 근대계몽기의 당대적 현실, 곧 안으로는 "속악한 마귀굴의 현실[
闇黑時代劣魔窟穴]"96)이 개선될 수 있고, 밖으로는 침략적 제국주의와의
'생존 경쟁'에서 이겨 적자가 될 수 있다고 믿었던 것이다. 그러므로 이
시기 애국 계몽 기획의 주체들이 '대동무사 정신'을 지니고 있는 특별한
품성, 이른바 '숭무적 인격상'을 요청하고 있었다는 점은 하나의 당위일

---

93) 근대계몽기의 애국 계몽 기획은 위로는 유학자 집단에 대한 계몽이었고, 아래로는 민
   (民)에 대한 민지 계몽이라는 '이중의 기획'의 성격을 지니고 있었다. 이들 두 대상을
   동시에 교집해 낼 수 있는 지반의 하나가 '전통주의'였음은 이미 제2장 1절에서 고찰한
   바대로이다.
94) 錦頰山人, 「東國巨傑 崔都統」, 『大韓每日申報』, 1909.12.10.
95) "殘燈如對讀書秋 此夜羈人共此樓 天地無家憐我輩 光陰依舊向東流 終期滄海爲
   平地 只信高山有白頭 倒盡長瓶不成醉 隔窓風聲正颼颼."(申采浩, 「舊曆歲除逢友述
   懷」下, 을유문화사, 1972, 465면)
96) 錦頰山人, 「東國巨傑 崔都統」, 『大韓每日申報』, 1909.12.10.

수밖에 없었다. 이렇게 강인한 '숭무적 인격상'을 지닌 인물만이 '나라와 백성의 치욕이 날로 심하여 사방에서 죽는 소리, 통곡 소리, 원망 소리, 한탄 소리, 신음 소리 들려오는[國恥 民辱이 日로 甚ᄒ야 四邊에 殺聲 哭聲 怨聲 恨聲 呻吟聲히 來集]' 현실을 타개해 나갈 수 있다고 믿었던 것이다. 그러나 현실은 그렇지 못해서 '문약의 무리가 영웅을 위축시켜[文弱의 徒가 英雄을 踢縮케ᄒ야]' '국민의 무사 정신[國民의 武士的 精神]'이 약화되고 '나라와 국민이 치욕을 맛본 적이 번번히 있었으니[國恥 民辱의 至홈이 頻煩ᄒ얏스니]' 결국 '속악한 마귀굴의 현실[闇黑時代劣魔窟穴]'만 도래하게 된 것이다. 바로 이 속악의 현실과 타협하지 않고 주저 없이 '충성스런 뜻을 품고 국란에 몸을 던져 더할 나위 없이 마귀 같은 존재를 눌러 없앨[忠義를 抱ᄒ고 國難에 赴ᄒ야 無雙의 大魔를 摧滅]' 수 있는 존재는 오직 '숭무적 영웅'일 뿐이라는 사유가 바로 근대계몽기 사실지향의 전(傳)을 창작해낸 주체들의 사유이다. 이러한 영웅은 여전히 '술이부작(述而不作)'의 공리가 비교적 회의 없이 수용될 수 있는 가능성이 타 서사물에 비해 상대적으로 많았던 사실지향의 전(傳) 안에서 형상될 때, 가장 직접적 호소력을 얻어낼 수 있다는 믿음이 근대 애국 계몽 기획의 주체들에게는 그들의 애국 계몽 논리와 단단하게 결합되어 있었다. 그러니까 근대 애국 계몽 기획의 주체들은 문약의 무리[文弱의 徒]가 위축시킨 '영웅'과 '국가 정신', 곧 '대동무사(大同武士)'의 정신만이 '창생을 구원[蒼生을 援救]' 하고 '요사스러운 기운이 걷힌 활짝 갠 하늘[妖氣快晴ᄒ 海天]'을 만들어 낼 수 있다고 믿었다. 흥미로운 점은 근대계몽기 사실지향의 전(傳)에서 이와 같은 '대동무사'의 정신을 체현한 입전 인물들이 대체로 '유림(儒林)'의 뿌리를 갖고 있다는 점이다.97) 이순신 역시 원래는 유림 가문이었

---

97) 이 점은 「姜邯贊傳」의 "高麗初에 衿州郡(今京畿始興)文星洞에 姜弓珍이라 ᄒᄂᆫ 人이 有ᄒ니 麗太祖를 事ᄒ야 三韓壁上功臣이되야"(禹基善 編輯)라는 부분에서 잘 확인 될 수 있을 뿐만 아니라, 「東國巨傑 崔都統」의 "瑩아 汝ᄂᆫ 戰藝를 學ᄒ라 國恥가 此에 至ᄒ되 一矢를 拔ᄒ야 賊에게 向치 못ᄒ니 汝父가 書生됨을 至恨ᄒ노라 汝ᄂᆫ 戰藝를 必學ᄒ라 ᄒ야 其淸淨無垢의 頭腦에 愛國心尙武心을 注入ᄒ니 嗚乎라 崔都

음에도 불구하고 '당시 이조전랑과 문○의 화려한 직책을 선망하지 아니하고 붓을 던져 버리고서는 사람들이 누구나 천시하는 무반[當時 吏銓 文○의 華職을 不羨ᄒ고 筆을 投ᄒ야 人 皆 賤視허는 武班]'에 나아간 인물이었다.98) 대동무사의 성신을 직접적으로 체현한 인물을 무인(武人) 자체에서 찾지 않고 '문인', 곧 '무인화된 문인'에게서 찾았다는 점은 '문(文)'에서 '무(武)'를 다시 회복하자는 논리와 다를 바 없는 것이다. 원래 한가지였던 '문(文)'과 '무(武)'의 헤어짐을 '문(文)'에서 그동안 상실했던 '대동무(大同武)'의 회복을 통해서 다시 찾아보려는 기획, 그것이 바로 근대계몽기 사실지향의 전(傳) 양식을 통해서 '애국 계몽'을 전개했던 주체들의 미학이었다.99) 근대계몽기의 계몽 기획의 주체들, 특히 사실지향의 전(傳)을 통해서 그들의 계몽 담론을 펼치려 했던 주체들에게 전(傳–사실지향적 전)

統의 崔都統됨이 固其天姿의 英卓을 由ᄒ이나 抑亦家庭教育의 效力이 아닌가 且 崔都統이 儒門子孫으로 儒業을 棄ᄒ고 戰術에 從事ᄒ도 父의 遺敎러라"(錦頰山人, 「東國巨傑 崔都統」, 『大韓每日申報』, 1910.1.25) 등에서도 확인할 수 있겠다.

98) 이 점은 "슬프다, 시대의 습속이 항상 호남아(好男兒)를 속박하여 악착같이 앉아서 썩게 하나니, 이순신이 태어난 시대는 유림(儒林)이 나라에 가득하고 청담(淸談)이 성행할뿐더러 더욱이 이순신의 선조들이 대대로 유림의 가문의 인물이니 공이 비록 하늘이 내린 군인의 자격을 갖추었지만 어찌 쉽게 저절로 뽑혀나리오 그러므로 큰 형, 작은 형 두 분을 쫓아 유학을 배우느라 스무 해 세월을 보내도다. 그러나, 장래에 해상에서 조각배 한 척으로 적의 목줄기를 잡고서는 호남(湖南) 지방을 지켜 내이 진국의 대사령관(大司令官)이 될 인물이 어찌 이런 식으로 끝내 늙으리오 분연히 붓을 던지고 무예(武藝)를 배우기 시작하니 그 때 나이 스물둘이었다[悲夫라 時代의 結習이 恒常 好男兒를 束縛ᄒ야 齷齪範圍內에셔 坐腐ᄒ나니 李舜臣의 出現홀 時代ᄂᆞᆫ 儒衣가 萬國ᄒ고 淸談이 盛行홀뿐더러 又是自家父祖가 世世儒者門庭中人物이니 公이 비록 天授혼 軍人資格이나 安能容易自拔ᄒ리오 是以로 伯仲二兄을 從ᄒ야 儒業을 受ᄒ야 二十年光陰業을 送ᄒ얏도다 雖然이나 將來에 海上壹片舟로 敵后를 扼ᄒ고 湖남을 障蔽ᄒ야 全國大司令을 作홀 人物이 엇지 此中에셔 長終홀가 慨然히 筆을 擲ᄒ고 武藝를 學習ᄒ니 時年二十二러라]"(錦頰山人, 「水軍第一偉人 李舜臣」, 『大韓每日申報』, 1908.5.3)에서 잘 드러난다.

99) 문(文)과 무(武)가 본래 한몸이었음은 은대의 갑골 명문 중에 '문무제(文武帝)'라는 임금의 시호가 등장하는데. 이로써 보면 문(文)과 무(武)는 그 근원을 좇아보면 통일된 하나의 개념으로 사용되었다고 추측할 수도 있을 듯하다(劉若愚, 이장우 역, 『中國의 文學理論』, 명문당, 1994, 30면; 이보경, 『문(文)과 노벨(novel)의 결혼』, 문학과지성사, 2002, 233면 재인용).

은 '대동무'가 내함된 양식일 때만 스스로의 존재적 질량을 확보할 수 있었던 것이다. 다음의 「동국거걸(東國巨傑) 최도통(崔都統)」에서도 이 점은 잘 확인된다.

崔都統이 遭遇ᄒᆞᆫ 時代ᄂᆞᆫ 全國 人心이 腐敗卑劣의 極度에 達ᄒᆞᆫ 時代여셔 他國이 君主를 拘하면 其方法이 嗚呼痛哭 四字ᄲᅮᆫ이며, 他國이 土地를 割ᄒᆞ면 其政策이 哀呼乞憐 一端ᄲᅮᆫ이라. 此等 方法 此等 政策이 幾乎一國의 人心을 支配ᄒᆞ야 苟生 苟活로 歲月을 撑過ᄒᆞᄂᆞᆫ디 其中에 비록 驚天動地의 英雄이 出ᄒᆞ야 獨立―獨立―大叫ᄒᆞᆫ 달 엇지 容易히 其耳를 傾ᄒᆞ리오 是以로 十歲 幼齡부터 支那에 驅入ᄒᆞ야 元主를 擒ᄒᆞ고 國威를 揚코ᄌᆞᄒᆞ던 崔都統의 懷抱로 其三十六年의 長日月間에 其成就ᄒᆞᆫ 功業이 (一) 倭頭 幾百級을 斬ᄒᆞᆷ과 (二) 趙日新의 亂을 討平ᄒᆞᆷ에 止ᄒᆞ니 嗚呼. 然이나 屈者ᄂᆞᆫ 伸의 基오 潛者ᄂᆞᆫ 躍의 本이라. 英雄이 將奮에 坎軻가 必先ᄒᆞᆷ은 其才를 鍊하며 其志를 養ᄒᆞᆷ이니 前三十餘年 支難困頓의 崔都統이 若無ᄒᆞ면 後三十餘年 突元壯快의 崔都統이 豈有ᄒᆞ리오[100]

근대계몽기의 신소설이라는 텍스트는 '우상으로서의 유가적 이데올로기 파괴'를 겨냥하고 있었다. 신소설 작품에서 제시되고 있었던 '자유연애, 문벌 타파, 남녀 평등, 근대교육, 성' 등의 소재는 모두 '우상으로서의 유가적 이데올로기 파괴' 모티프에 해당하는 것이었다.[101] 이 시기 허구지향의 전(傳)이 겨냥했던 지점도 사실은 신소설과 큰 틀에서는 같은 맥락 안에서 파악될 수 있는 것이었다. 요컨대 사실지향의 전(傳)이 '우상으로서의 서구 이데올로기'를 경계하는 양식이었다면, 허구지향의 전(傳)은 '우상으로서의 유가 이데올로기'를 경계하는 문예 양식이었다.

---

100) 錦頰山人, 「東國巨傑 崔都統」, 『大韓每日申報』, 1910.2.17~19.
101) 이러한 반유가적 모티프들이 전근대적 세계관을 해체시키려는 것을 겨냥하고 있었다면, 신소설의 임무는 말할 것도 없이 '새로운 근대 주체'를 세우는 작업이었을 것이다. 그러나 결과는 참담한 자기 부정과 자기 모순을 초래하였다. 신소설이 내세운 '새로운 이념성'과 '흥미성'의 추구는 어느 것 하나 텍스트의 시공성 안에 착근되지 못하고 '통속성'이라는 블랙홀 속으로 빨려들어가고 말았다.

물론 이 시기 사실지향의 전(傳)은 신소설과 허구지향의 전(傳)과는 다른 지점에서 '우상으로서의 서구 이데올로기'를 경계하는 양식이었다. 이 점은 근대계몽기 사실지향의 전(傳)에서 "능히 국가의 정신을 발휘하여 외국을 숭배하는 미련한 꿈을 깨버리고 우리 단군 자손의 진면목을 나타나게 한 사람이 없는가"102)라며 자탄하는 장면에서 잘 드러난다고 하겠다. '외국'의 범주가 '중서(中西)'를 다 아우르는 것이기는 하지만, 알맹이는 역시 '서(西)'에 들어 있다는 점에서 '외국을 숭배하는 미련한 꿈'이란 결국 '서구 일편향성'에 대한 은유일 수 있겠다. 더욱이 '온 나라의 인심은 썩고, 비열함은 최고에 달한 시대[全國 人心이 腐敗卑劣의 度에 達훈 時代]'였다. 즉, 근대계몽기의 현실은 탄식만 난무할 뿐, "악마같은 무리들의 노예 근성은 점점 거가기[魔輩의 奴性 愈長]"만 하고 "우리나라의 지옥은 날로 깊어져 가는[我國의 地獄이 日深훈지]"103) 말 그대로 구체적 전망이 부재한 '지옥의 공간'이었다. 거대한 외세(서구)에 저항하다가 스스로 '애호걸련(哀呼乞憐)'의 구차한 방식으로 세월을 보내서 "민족의 배외정신이 영원히 없어진[我扶餘族에 排外精神을 永滅]"104) 형국인 셈이다. 이러한 상황에서 "국민이 모두 다 애통한 소리를 크게 내어 영웅의 탄생을 기도[一切 國民이 個個 大哀音을 발ㅎ야 英雄의 産出을 祈禱]"105)하는 '영웅 불러내기'의 방식은 사실은 '낡은 질서, 곧 전근대적 유가 이데올로기'의 몰락을 그 자체로 표징한 것이거니와 동시에 그것('영웅 불러내기')은 "구체제의 죽음을 통해 새로운 질서의 상징적 탄생을 제시하는 것"106)이기도 하다. 물론, '새로운 질서의 상징적 탄생'은 최도통과 같은 "절대 영웅이며 위대한 애국자의 탄생"에 의하여 '지옥'과 같은 우리 민

---

102) "能히 國家의 精神을 發揮ㅎ여 拜外의 頑夢을 打破ㅎ고 我檀君子孫의 眞面目을 見훈 者ㅣ 無ㅎ가."(錦頰山人, 앞의 글, 1909.12.10)
103) 錦頰山人, 위의 글, 1910.1.8.
104) 錦頰山人, 위의 글, 1910.1.7.
105) 錦頰山人, 위의 글, 1910.1.8.
106) 정진배, 『중국 현대 문학과 현대성 이데올로기』, 문학과지성사, 2001, 133면.

족의 고통스러운 현실이 구제되는 지점에서부터 시작될 터이다.107) 이 지점에서 근대계몽기 사실지향의 전(傳)이 하나의 담론 표준을 담아낼 수 있는 양식적 기제가 될 수 있다면, 바로 이러한 '영웅 불러내기' 방식의 권위는 '참으로 환기된 역사적 실재성'의 공간이 창출되는 지점에서만 가능해질 것이었다. 이 시기 계몽 기획의 주체들이 끊임없이 역사적 인물을 입전하는 이유가 바로 여기에 있었다. 한 마디로 '사실지향적 전(傳)' 텍스트의 입전 인물(영웅적 주체)은 텍스트 바깥에 존재하는 '오호통곡(嗚呼痛哭)'의 현실과의 격절을 유지할 수 있을 때만이 하나의 주체로 설 수 있었다. 그러기에 사실지향의 전(傳) 작품에서는 필연적으로 '오호통곡의 현실, 이른바 인심이 썩어가고 비열함이 극심한[人心이腐敗卑劣]' 인정물태(人情物態)의 구체성이 배열될 수가 없다. 특히, 사실지향의 전(傳)은 '무(武)'성을 체현한 역사적 인물을 입전함으로써 적어도 신소설에서 보여주고 있는 '어정쩡한 주체'와는 달리 매우 '단호한 주체'를 형상해내고 있다.108) 바로 이 지점에서 근대계몽기 '사실지향적 전(傳)'은 스스로 구현한 '단호한 (영웅적) 주체'를 통해서 "주체의 수립이 가장 절망적이었던 당시의 현실을 객관적으로 기술"109)하고 있었다. 문제는, '오호통곡의 현실'과 관련한 인정물태의 구체성에 대한 기술은 바로 그 현실과 격절된 주체로서의 '영웅'이 기술할 수는 없다는 것이었다. 그것은 차라리 '어쩡쩡한 주체'에 의해서 수행될 수 있는바, '단호한 (영웅적) 주체'

---

107) "絶代巨傑愛國偉人 崔都統이 作ᄒ야 我扶餘族의 苦痛을 救ᄒ니라."(錦頰山人, 「東國巨傑 崔都統」, 『大韓每日申報社』, 1910.1.8)

108) 예컨대, 다수의 신소설에서 여성 주체 세우기를 구호화하며 반봉건과 탈전통을 내세웠지만, 실상은 새로운 형태의 가부장 주체를 다시 세우거나 합리화하는 남성 주체 담론으로 회귀하는 현상을 보면 이 점이 분명해진다. 이런 점에서 보면 이 시기 신소설이라는 텍스트는 반봉건과 탈전통의 주체를 통한 가부장적 주체 파괴와 주체 재건이라는 "자기 모순적인 임무를 동시적으로 수행해야만 하는 곤혹스러운 시공간에 위치한 텍스트"(정진배, 『중국 현대 문학과 현대성 이데올로기』, 문학과지성사, 2001, 130면)임에는 틀림 없다.

109) 정진배, 『중국 현대 문학과 현대성 이데올로기』, 문학과지성사, 2001, 131면.

에 의해서 기술될 수 있는 것은 근대계몽기에 대한 '담론(정치) 표준'일지 언정 '내면(예술) 표준'은 '기술할', 혹은 '기술될' 수 없는 문제였다. 근대계몽기라는 역사적 시공성 안에서의 '단단한, 혹은 영웅적 주체'의 '자기 서기'가 곧 '자기 분해'일 수밖에 없는 이유도 여기에 있는 것이다.

2) '역사적인 것'과 '엄숙한 것'의 미적 변용

근대계몽기 신문·잡지의 논설, 문예, 잡보, 잡록(雜錄), 사조(詞藻), 문원(文苑)란 등에 나타나기 시작한 '단형의 이야기군(群)'은 전사(前史) 단계가 없이 이 시기에 들어 갑작스럽게 출현한 양식이 아니다. 그것은 '오래된 것'으로서의 전대 양식이 '새로운 것'으로서의 근대적 양식과 조우하면서 일어난 양식간의 장르 운동의 결과물들이다. 흥미로운 점은 장르의 운동량이 폭발적으로 증가하는 양식 재편기에도 자체의 순연한 형식성(형식적 완강성)을 비교적 그대로 지니고 있는 양식(물론, 사실지향의 전에만 해당)이 전(傳)이었다는 사실은 전의 특징을 잘 정시(呈示)하는 것인바, 사실지향의 전(傳)은 표기 문자만 국한문체로 바뀌었을 뿐, 거사직서(據事直書)의 원칙은 여전히 크게 달라지지 않았다. 인간의 진실은 '사실(事實)'에서 가장 잘 드러난다는 것이 전(傳)의 정신이라면, 그것은 다름이 아니라 '사실' 구현의 양식이 곧 전(傳)이라는 인식을 언표한 것이기도 하다. 이런 지점에 서서 보면 전(傳)은 '역사'의 정신과 다르지 않다. 여기에서 전(문학)이 역사의 정신과 다르지 않다는 언명은, 말할 것도 없이 전(문학)이 '역사'와 다른 위상을 지닌 자율적 양식이라는 의미보다는 이른바 '역사를 보충한다[輔史]'는 의미에 가까운 언표로 보면 되겠다. 실제로 근대계몽기 이전에는 '전(문학)이 역사에 부수하는 양식이다'는 의식이 이미 상식화되어 있었다. 문학에 대한 이러한 인식이 두드러지게 전환되는 지점이 이른바 근대계몽기였다. 근대계몽기에 이르러서 문학은 '보사'로서의 위상에서 벗어나며 '역사'로부터의 자율성을 더 적극적으로 요구하였다. 이것은 문학의 제도화가 이미 진행되고 있었음을 증거하는 것인데, 문학의 제도화를 주창한 주체들에 의해 드디어 역사와 문학은 '실제와 허구, 간략화와 상세화, 엄격한 것과 기이한 것'으로 '상대화' 될 수 있다는 인식에 이르게 되었다. 전통적인 문맥 속에서 문학에 대한 평가는 '괴(怪) 혹은 기(奇)를 추구하고 오락을 중시하는 것'이라는 시각과 '세상에 유익한 것[有益于世道人心]'이라는 두 가지 상반된 시각이 공존하고 있었다. 문학을 '역사의 보조[輔史]'로 인식하는 근거 역시 후자[有益于世道人心]의 맥락에서 벗어나지 않는 것인바, 문학을 번거로운 역사 '교과의 보조'로, 문학가를 어려운 역사를 보다 쉽게 가르치는 '교사'로 선언하는 것이야말로 전통적인 문인의 사고와 하등 다를 바가 없는 것이다.[110] 이러한 관점에 근거해 보면 '세도유관론(世道有關論)'으로 집약될 수 있는 후자의 견해는 한 마디로 유가적 문학관과 상관하는 것으로 볼 수 있겠다. 적어도 근대계몽기의 문예적 양식으로서의 전(傳)이 그 위상을 확보하는 지점이 이곳에 있다면, 전(傳)에서 '완전한 이념적 미(美)'의 구현이 궁극인 '고전적' 미학의 전형과 교집하는 특질을 찾아 볼 수도 있겠다. 그렇다면 근대계몽기 사실지향적 전(傳)의 '미적 주체(영웅적 인물)'가 자리하고 있는 지점(현실)은 분명해진다. 그것은 질서와 비례의 원리에 의해 운위되어야 하는 '명료한 현실'이어야 한다. 다음의 「민충정공소전(閔忠正公小傳)」이 이를 잘 드러낸다.

　이째에 公이 鄕第에 가셧다가 밋 도라오셔 韓日新約이 이루엿단말을 드르시고 곳 목을노아 大哭하시고 赤血을 吐하시며 웃지할바를 몰나 數日 蟄居하시다가 元老趙秉世氏가 疏를 올녀 締約한 大臣을 罪하고 定約을 繳消하옵시기를 請할째에 公도 奮然히起身하야 再三次 聯疏하고 그달 二十七日食前에 暫時還宅하셔 母夫人께 拜謁하고 여러令胤을 압헤 불너안치시고 등을 어루

---

110) 이보경, 『문(文)과 노벨(novel)의 결혼』, 문학과지성사, 2002, 204면.

만지시면서 『웃지하면 너의 長成하난것을 보리』란 情極感至한 한마듸말을 씨
치고 因하야 詣闕하야 庭請에 參與하얏소.111)

근대의 역사와 문학은 인간이 감가을 통해 경험힌 내용을 그대로 실
재라고 생각하는 '소박한' 실재론을 부정하는 데에서 출발한다. '새로운'
인식은, 개개의 감각적 경험은 현상에 불과하고 그 배후와 이면에는 어
떤 본질이 숨어 있다는 발상을 중시한다. 즉 경험적으로 지각되는 사물
과 사건들은 눈에 보이지 않지만 실재하고 있는 본질을 외화한 것이거
나 혹은 거기에 참여하고 있는 개별적인 현상들에 지나지 않는다는 생
각이 작용하고 있는 것이다. 개별적인 사건과 행위 속에서 상위의 법칙,
원리, 혹은 보편성을 직관하는 이러한 감가은 새로운 의미의 사실과 허
구를 구성하는 데 중요한 역할을 차지한다.112) 그러나 '새로운' 인식이
'술이부작(述而不作)'의 원칙에서 '술(述), 곧 단순한 전달'만 할 것이지 망
령되이 '부작(不作), 곧 지어내지 말 것'의 금기를 깨뜨리는 인식에 기반
하는 것이라면, 적어도 이러한 인식을 담아 낼 수 있는 문예적 양식으로
서의 '전(傳)', 더 자세히는 '사실지향적 전(傳)'은 사실 그리 유용한 용기
는 아니다. 이 지점에서의 전(傳)은 '충'이니 '효'니 하는 가치를 실재화
할 수는 있어도 새로운 인식과 미적 형상을 주조해내는, 그야말로 근대
계몽기 당시로서는 '극변(極變)의 자장 안에 있었던 허구'를 설명해낼 수
있는 양식은 아니었다. 근대계몽기의 '사실지향적 전(傳)'이 담아내는 '계
몽'은 그러므로 본질적으로 유가적 사유 체계 안에서 설명될 수 있는 것
들이었다. 위의 「민충정공소전(閔忠正公小傳)」의 인용문에서도 잘 드러나
는 바와 같이 민영환의 삶을 지배하는 원리는 역시 '민족'이라는 '상상
의 공동체'이다. 바로 이 민족은 "인간 공동체와 그 네트워크의 부재 또
는 퇴각이나 분열에 따른 감정의 공백"113)을 깁는 역할을 하는 것이므

---

111) 「閔忠正公小傳」, 『少年』 3호, 1909.1.
112) 송은영, 「근대소설의 역사성과 허구성」, 『상허학보』 10집, 상허학회, 2003, 95면.

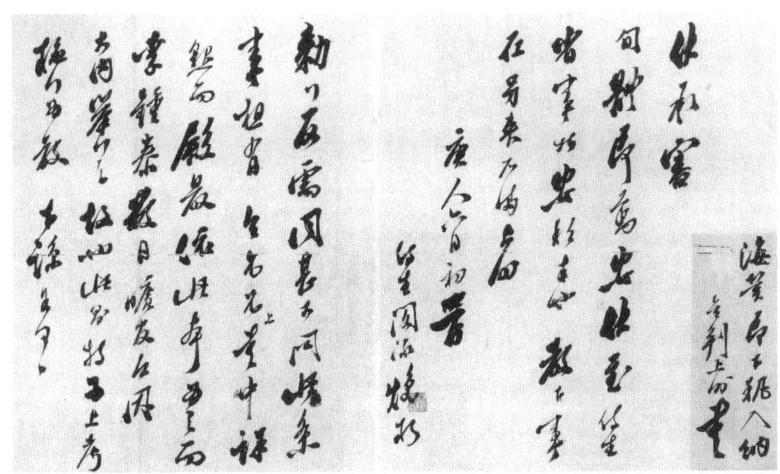

▲ 민영환(閔泳煥, 1861~1905)의 서간. 민영환이 1890년 6월 2일 황해도 감영에 보낸 편지. 편지의 말미에 덕수궁 '대한문(大漢門)'의 현판을 쓴 바 있는 이종태(李鍾泰, 1850~?)를 고과(考課)할 때 특별히 헤아려 줄 것을 요청하고 있다.

로 그것의 상실이란, 곧 내면을 규율하는 것으로서의 '질서와 비례의 원리'를 상실하는 것이나 다름없다. 아버지로서 '아들들에 대한 지극한 감정[情極感至]' 표출은 공사(公私)의 규율 법칙이 '엄숙'하던 시대에는 하나의 행위 공리가 될 수는 없었다. 적어도 근대계몽기의 '사실지향적 전(傳)'의 영역 안에서는 '감성적으로 인식된' 가치, 곧 그것이 미의 영역과 관련되는 것이라면 근대계몽기 '사실지향적 전(傳)'이 구현하고 있는 미(美)는 아직은 외포적 명료성만 두드러진 형국인데, 이른바 '내면 부재'의 '엄숙성', 혹은 '도덕적 숭고'만 있는 것이다. 민충정공의 자결이 '비극'이 아님은 여기에 있다. 「수군제일위인(水軍第一偉人) 이순신전(李舜臣傳)」의 한 장면에서도 이러한 점은 두드러지게 나타난다.

　　公이 七年 以前에 死ᄒ얏슬지라도 我輩ᄂᆞᆫ 此亂에 盡死ᄒᆞᆯ지며, 公이 七年
　　以後에 生ᄒ얏슬지라도 我輩ᄂᆞᆫ 此亂에 生ᄒ얏슬지라도 我輩ᄂᆞᆫ 此亂에 盡死

---

113) E. J. 홉스봄, 강명세 역, 『1780년 이후의 민족과 민족주의』, 창작과비평사, 1994, 94~
　　95면.

홀지며. 公이 七年 戰爭의 第壹年에 死ㅎ얏거나 第二年에 死ㅎ얏거나 或 第三年 第四年 第五 六年에 死ㅎ얏슬지라도 此亂에 我輩의 死를 求홀 者ㅣ 無홀지어눌. 乃者 公이 不先 不後히 此時에 生ㅎ야 此七年을 經歷홀시 且間에는 丸에 中ㅎ야도 不死하며 劍에 刺ㅎ야도 不死ㅎ며 獄에 下ㅎ야도 不死하며 千槍萬砲가 爭來ㅎ야도 不死ㅎ고 許多 風霜 海上 生涯를 七年戰爭 結局되던 露梁에 至ㅎ야 畢了ㅎ니, 公은 必是上帝의 下送ㅎ신 天使로 水軍營에 下ㅎ샤 其勞苦와 其慘血로 我輩의 生命 ○○ㅎ고 倏然 便去ㅎ심이니, 斯民이 李忠武에 對하야 可哭홀 者ㅣ (三)이니. 斯民이 李忠武에 對하야는 此情이 無키 難ㅎ도 다만 본英雄의 心○는 元來 如此혼 것이 아니라, 其霜淸雪白혼 胸中 富貴도 無ㅎ며 貧賤도 無ㅎ며 安樂도 無ㅎ며 憂苦도 無ㅎ고 只是此國此民에 對혼 壹雙眼光이 閃燦無際혼 故로, 我身을 殺ㅎ야 國과 民에 有利홀진딘 朝에 生혼 我가 夕에 死홈도 可하니. 天地가 有혼 以來 不死ㅎ는 人이 必無하고 旣死혼 後에는 不朽ㅎ는 骨이 必無ㅎ야 富貴ㅎ던 者도 其終壹朽骨이며, 貧賤ㅎ던 者도 其終에는 壹朽骨이며, 安樂ㅎ던 者도 其終에는 壹朽骨이며, ○혼 者도 其終에는 壹朽骨夭혼 者도 其終에는 壹朽骨이라. 終乃 千萬古 不易之理로 壹朽骨될 個我의 身을 殺ㅎ야 未來 億萬世 長存홀 此國此民에 利홀진딘, 엇지 此를 避ㅎ며 엇지 此를 不爲ㅎ리오.[114]

세계가 인식하는 자의 몫이라면, 어차피 세계는 "불가피하게 무수히 세분화된 몇 개의 상이한 '세계'로 분리"[115]될 수밖에 없다. 이러한 관점에 근거해 보면 모든 '역사'도 마찬가지여서 '역사'는 인식하는 주체의 해석학적 기반에 따라서 얼마든지 다른 역사가 '만들어질' 수 있겠다. 전통적으로 근대 이전의 우리에게 '역사' 혹은 '역사적인 것'에 대한 실제적 규정은 '사실로서의 권위적인 담론(史)'과 '허문가화로서의 비권위적인 담론(小說)'으로 양분되고 있었다.[116] '역사' 혹은 '역사적인 것'의 기

---

114) 錦頰山人, 「水軍第一偉人 李舜臣」, 『大韓每日申報』, 1908.6.20.
115) 정진배, 『중국 현대 문학과 현대성 이데올로기』, 문학과지성사, 2001, 89면.
116) 이 점은 우리뿐만이 아니라, 유교문화권 전체의 공통적인 현상이었던 것 같다. 유교적 역사관이 일정한 영향력을 행사할 수 있었던 근대 이전의 중국에서 '사(史)'에 대한 실증주의적 규정이 궁극적으로 진실되고 권위적인 담론(史)과 허무맹랑하고 허위적인 담

의 속에 이와 같이 '사(史)와 소설(小說)'이 나란히 방을 내고 있다는 점에서, '역사'라는 '문' 안에서는 사실과 허구가 서로 내왕하는 현상이 원천적으로는 크게 문제가 될 수 없다.117) 이런 점에 기대어 보면, '사(史)와 소설(小說)'의 합체적 성격으로서의 문(文)이 근대계몽 공간 안에서 가장 분명하게 실현된 서사 양식의 하나가 전(傳)이라 할 수도 있겠다. 전(傳)이 역사와 떨어질 수 없는 친연성을 지니고 있는 것도 전(傳)이 가지고 있는 이러한 특성과 무관하지 않다. 그러니까 이 시기의 전(傳) 양식은 '사실과의 내왕'이 강한 '사실지향적 전(傳)'과 '허언적 상상력과의 상호 침투성'이 현저한 '허구지향적 전(傳)'으로 양분되고 있었다. 근대계몽기 전(傳) 중에서도 사실지향성이 강한 전(傳)이 특히 '역사'와 만나고 있다는 사실은 크게 별난 것이 아니다. 극단적으로 말하면 근대계몽기의 전(傳), 특히 '사실지향적 전(傳)'은 '역사'에 기생한 전대 '글쓰기' 양식의 최후인 셈이다. 물론, 그 반대로 이해할 수도 있겠다. 이른바 역사가 과학의 영역으로 몸바꾸기 하는 최종의 도상에서 마지막으로 '기생한' 서사 양식이 우리에게는 '전(傳)'일 수 있다. 이 지점에서 보면 그동안 통상적으로 불려온 근대계몽기의 '역사·전기류 소설(문학)'이란 용어는 합당하지 않은 것이다. '역사·전기류 소설(문학)'이란 근대계몽기 이후에나 가능한 개념이다.118) 근대계몽기의 '사실지향적 전(傳)'이 '역사'를 가장한 문예 양식의

론(小說)으로의 양분화를 초래했던 것이 사실이다. 그러나 한편으로는 역설적이지만 허구적 서사가 역사적 서사에 내재하고 있던 논리적 비이성성(역사의 부조리)을 '실재의 차원'에서가 아닌, 진리의 차원에서 보완하는 역할을 수행해왔음을 상기해볼 수 있겠다 (정진배, 『중국 현대 문학과 현대성 이데올로기』, 문학과지성사, 2001, 90면).
중국에서의 역사 서사와 허구 서사에 관한 부분은 다음의 책을 참조할 것(루 샤오펑, 조미원 외역, 『역사에서 허구로』, 길, 2001, 73~96면).
117) 동양처럼 역사 담론의 압도적인 우위에 시달린 적이 없는 근대 이전의 서양에서도 사정은 크게 다르지 않았다. 18세기 초까지 영국에서도 romance, history, novel은 상호교환될 수 있는 용어로 쓰였을 뿐만 아니라, news에서도 사실적인 것(the factual)과 허구적인 것(the fictional)의 구분은 모호했다. Michael McKeon, *The Origins of English Novel : 1600~1740*, Baltimore : Johns Hopkins University Press, 1987, pp.25~28, pp.45~47; 송은영, 「근대소설의 역사성과 허구성」, 『상허학보』 10집, 상허학회, 2003, 91면 재인용.

속성과 반대로 '문예'를 가장한 '역사 서술'의 속성을 동시에 지니는 '문(文)'이란 점에 찬성할 수밖에 없는 이유도 여기에 있다. 즉, 사실지향적 전(傳)은 '문예적 글쓰기'이면서 동시에 '역사적 글쓰기'의 두 속성을 다 지니고 있는 것이다. 문제는, 근대계몽기의 전(傳) 양식이 아무리 '역사적 글쓰기'를 양식사적으로 수용하고 있다고 하더라도 역시 '역사'라는 "텍스트와 세계 상호간의 불일치 지점에 대한 의미 규정"119)의 문제는 회피할 수 없는 것이다. 운명적으로 역사라는 텍스트는 그것이 '발화되는 순간(문자에 의해 기술되는 순간)' 실재화의 영역에서 멀어진다. 결국 역사란, 텍스트(문자로 기술된 역사, 혹은 창조되거나 만들어진 역사)화하는 순간, '실재'하는 '원형(선행)적 역사'로서의 역사성은 '가상의 것'이 된다. 이것이 '역사, 혹은 역사적인 것'이 가지고 있는 숙명적인 '세계'와의 불일치이다. 말할 것도 없이 바로 이와 같은 세계와의 숙명적인 불일치 때문에 역사는 끊임없이 '문예', 이른바 '허구'와 내왕할 수밖에 없는 것이다. 문예 양식이 또한, 시공성을 초월하여 부단히 '영웅과 천사(물론, 역사적 천사)'를 '불러내는' 이유는 다른 것에 있지 않다. 역사, '역사적인 것'이 긴요한 시기(집단의 정체성이 와해되거나 새롭게 생성되는 시기)에는 예외 없이 '영웅과 역사의 천사'가 말 그대로 '숭고(崇高) sublime'의 형상 그 자체로 문예 작품 안에 들어온다. 이러한 '역사적 천사'의 인물 형상이 전형적으로 제시된 작품이 바로 앞의 「수군제일위인(水軍第一偉人) 이순신전(李舜臣傳)」이다. 작가는 제시문에서 잘 드러나는 바와 같이 이순신을 '하늘이 내려 보내신 천사[公은 必是 上帝의 下送ᄒ신 天使]'로 규정한다. 이것은 이순신에 대한 인물 형상을 보면 더욱 극명해진다. 이순신은 '총에 맞아도 죽지 아

---

118) 그러므로 역사・전기류 소설(문학) 양식이 가능한 지점은 역시 '역사적 서사'와 '허구적 서사'가 완전히 다른 영역으로 결별하는, 곧 '역사'가 근대적 학문 체제로 독립하여 역사적 글쓰기와 문학적 글쓰기가 완전히 결별하는 지점일 것이다. 요컨대, 전(傳)이 장르로서의 일생을 마감하고 이후의 근대적 장르들에게로 흡수되는 지점에서 다시 '역사・전기류 소설(문학)'이 시작되는 것이다.

119) 정진배, 앞의 책, 94면.

니하고, 칼에 찔려도 죽지 아니하고, 옥에 갇혀도 죽지 아니하였으며, 일천의 창이나 일만의 창이 다투어 겨뤄 왔어도 죽지 아니하는[丸에 中ᄒ야도 不死하며 劍에 刺ᄒ야도 不死ᄒ며 獄에 下ᄒ야도 不死하며 千槍萬砲가 爭來ᄒ야도 不死ᄒ고]’ 인물로 묘사되어 있다. 이 정도로 지존화된 인물 형상이 역사적 글쓰기의 영역 안에서 발견될 수는 없다. 이것은 다분히 의도적인 수사이다. 이 지점에서 우리가 생각할 수 있는 개념이 바로 위에서 제시한 ‘숭고(崇高) sublime’라는 개념이다. 바로 이 숭고의 개념이 ‘역사’, 혹은 ‘역사적인 것’의 논의에서 유용하게 차용될 수 있는 근거는 어쩌면 ‘역사’라는 주제 자체가 가지고 있는 불명료성에 기인하는지도 모른다. 주체가 대상을 완전히 포착, 이해할 수 없다는 인식과 함께 혼돈과 경외의 감정이 동시적으로 생성되어 나타난다는 착상이 숭고 개념의 한 본질이라면, 우리의 감성적·이성적 판단만으로 설명이 불가능한 ‘역사’라는 영역자체는 단지 알레고리적인 수사로서만 포착될 수 있을 뿐이다.120) 그러므로 알레고리적 수사로서의 ‘천사’는 이 지점에서 가능한 것이다. 사실, 이렇게 형상된 수사는 ‘표현의 인과성’이란 측면에서 보면 매우 황당하기 이를 데 없는 수사이다. 그러나 이렇게 고대소설에서나 흔히 볼 수 있는 이러한 ‘전기적(傳奇的) 표현’을 굳이 수용할 수밖에 없었던 절박한 이유가 있었을 법하다. 결론적으로 이렇게 생경한 전기적 표현에 의해서 형상된 ‘역사적 천사(물론, 이때의 천사 자체는 독자에게 매우 낯선, 혹은 물화된 대상으로 다가올 수 있겠다)’에 의해서 기존의 ‘역사(굴종적 노예의 역사)’가 전복됨과 동시에 ‘숭고’도 환기되는 것이다. 그러기에 “왜적의 총탄과 화살이 비오듯 하는 속에 버티고 서서, 어깨를 움추리고 피하려 드는 장졸들을 꾸짖어 물리치고 하늘을 가리켜 하는 말, ‘내 명운(命運)은 저기에 있다’[李忠武가 倭丸 倭矢의 雨集ᄒ는 處에 立ᄒ야, 扶腋要避ᄒ던 將士를 喝退ᄒ며 蒼天을 指하여 曰 我命이 彼에 在ᄒ다]”121)는 언술, 곧 ‘이순신(역사적 천사)’

---

120) 정진배, 『중국 현대 문학과 현대성 이데올로기』, 문학과지성사, 2001, 94면.
121) 錦頰山人, 「水軍第一偉人 李舜臣」, 『大韓每日申報』, 1908.8.11.

의 이 한 마디는 바로 '숭고'를 표상하는 단적인 언술일 수 있는 것이다. 바로 이 숭고의 '격정적, 혹은 압도적 경외'에 의해서 주체(독자)는 궁극적으로 '미적 고양'을 느끼게 된다.

이러한 숭고의 미적 고양은 근대계몽기의 또 다른 사실지향의 전(傳) 작품인 「동국거걸(東國巨傑) 최도통전(崔都統傳)」에서도 잘 드러난다.

嗚呼라 此는 闇黑時代 劣魔窟穴이라. 彼 所謂 聖賢이 何物이며, 彼 所謂 英雄이 何物이며, 抑彼 所謂 忠臣烈士가 又 何物인가. 奴隷의 眼으로 觀ᄒ면 彼가 果聖賢이며 彼가 果英雄이며 彼가 果忠臣烈士이나 萬一 一步로 進ᄒ야 天賦純潔ᄒ 獨립心을 將ᄒ야 此로 觀ᄒ면 此도 一奴隷며 彼도 一奴隷라. 凡 此七百餘年 歷ᄉ는 只是蟲蟲ᄒ 奴隷頭腦로 充塞ᄒ 歷ᄉ니, 此七百餘年 歷ᄉ를 讀ᄒ미 我가 我國民을 爲ᄒ야 哀哭의 聲이 地球 動ᄒᄂ도다. 然則 此七百餘年 歷ᄉ上에는 果然 一二個人도 能히 國家의 精神을 發揮ᄒ여 拜外의 頑夢을 打破ᄒ고 我檀君 子孫의 眞面目을 見ᄒ 者ㅣ 無ᄒ가. 余가 此에 憤慨를 抱ᄒ고 上三道山河를 掀飜ᄒ며 半千年 人物을 窮搜ᄒ야 長夜雲天에 ○照ᄒᄂ 明星을 歷數ᄒ더니 書床이 寂寞ᄒ고 靑燈이 明滅ᄒᄃ 突然히 眼精은 曙星과 如히 飜ᄒ며 鬚角은 箇箇히 天을 向ᄒ여 森立ᄒ 一大 傑丈夫가 余의 寤寐崇拜ᄒ던 崔都統이로다. 崔都統의 死가 今에 五百餘年을 已經ᄒ엿스나 余의 目中의는 崔都統의 面貌가 普現ᄒ며 余의 耳中에는 崔都統의 咳唾가 長聞ᄒᄂ도다. 我崔都統이여, 余目 ᄲᆞ아니라 我二千萬 人目에 習現ᄒ며 余耳 ᄲᆞ아니라 我二千萬 人耳에 徧聞ᄒᆯ지어다. 幾百年 來의 我國人이 卑劣魔의 面貌만 見ᄒ고 公의 面貌는 不見ᄒ며 卑劣魔의 聲音만 聞ᄒ고 公의 聲音 不聞ᄒ 故로 此偉大國民이 居然 卑劣國民을 成ᄒ엿도다.122)

근대계몽기의 '사실지향적 전(傳)'이라는 "형식적 기제 자체의 내포된 상징적 의미망"123) 안에서는 어쨌거나 '계몽을 겨냥했지만, 결론적으로

---

122) 錦頰山人, 「東國巨傑 崔都統」, 『大韓每日申報』, 1909.12.10~11.

123) Fredic Jameson, "Magical Narrative : On the Dialectical Use of Genre Criticism", *The Political Unconscious*, Ithaca : Cornell University Press, 1981, pp.103~150; 정진배, 앞의 책, 108면.

는 유교적 교훈주의’가 수반될 수밖에 없었다. 그것은 또한 충이나 효의 컨텍스트 안에서 어떤 식으로든 전통주의와도 교집하고 있었다. 위의 인용문에서도 이와 같은 사유의 맥락이 읽히는바, 능히 ‘국가의 정신을 발휘하여 외국을 숭배하는 미련한 꿈을 깨버리고 우리 단군자손의 진면목을 나타나게 한 사람이 없는가[國家의 精神을 發揮ㅎ여 拜外의 頑夢을 打破ㅎ고 我檀君 子孫의 眞面目을 見ㅎ 者ㅣ 無ㅎ가]’라며 반문하는 장면에서 이 점은 잘 드러난다고 하겠다. 현실을 ‘암흑시대의 마귀굴[闇黑時代 劣魔窟穴]’이라고 진단한 이상, 이제 그것은 부인의 대상이 될 수밖에 없다. ‘마귀굴’이라는 현실 안에서는 모두가 다 ‘노예’의 형상이니 성현도 영웅도 충신열사도 존재할 수가 없는 것이다. 그러므로 ‘마귀굴의 현실’은 다름 아닌 ‘노예의 현실’인데, 바로 이 ‘노예의 현실’은 말할 것도 없이 “태평무사한 때는 노예 같은 말을 익히고 일이 있을 때는 노예의 무릎을 꿇어서 대원(大元)이니 대명(大明)이니 대청(大淸)이니 하는 상전의 이름이 여러번 바뀌는[無事ㅎ 時에는 奴隷의 舌을 熟練ㅎ며 有事ㅎ 時에는 奴隷의 膝을 齊屈ㅎ야 大元 大明 大淸의 上典 宅號가 屢變]” 과정에서 야기된 것이었다. 문제는 이와 같은 노예의 현실이 지속되면서 아무 쓸모 없는 “송구영신(送舊迎新)하는 예절만 매우 번거로워지고 소방(小邦)이니 소조(小朝)니 소신(小臣)이니 하는 천한 명칭이 이미 몸에 배어서 독립자존의 정신조차 아주 없어져 버렸다[迎新送舊의 禮節이 煩亂ㅎ고 小邦 小朝 小臣의 下賤名이 已慣ㅎ니 特립 自尊의 精神이 衰滅]”124)는 것이다. 현실 인식이 이러할진대, 어떤 방식으로든 이 노예의 현실을 해결해야만 하는 ‘인물’이 ‘만들어져야’ 함은 당연할 터이다. 위의 인용문에서 잘 드러나는 바와 같이 ‘비열한 무리의 모습[卑劣魔의 面貌]’과 ‘공의 모습[公의 面貌]’ 그리고 ‘비열한 무리의 소리[卑劣魔의 聲音]’와 ‘공의 소리[公의 聲音]’라는 대립 형상을 통해서 인물이 제시되고 있다. 이것은 ‘선악의 면모[面貌]’와 ‘선악의 소리[聲音]’라는

---

124) 錦頰山人, 「東國巨傑 崔都統」, 『大韓每日申報』, 1909.12.9.

이분법적 가치론의 대비를 통하여 '독립자존의 정신'을 고양시키려는 의도에 기반한 것이다. 홍미로운 점은 이러한 가치론의 정현이 '이목(耳目)'이라는 '시청각적 감각'을 매개로 하여 수행된다는 점이다.125) 사실 하나의 정보(의식)는 이중의 전이 과정을 통해서만 전달될 수 있다는 상식의 '정보-이론(message-theory)'에 굳이 기내어 보지 않더라도, 앞의 제시된 인용문에서는 '독립자존의 정신'이라는 정보(의식), 곧 '최도통이라는 감각된 대상'에서 유출된 정보가 '눈[目]'이나 '귀[耳]'라는 감각기관을 통해서 '수용'되는 과정을 말하고 있는 것이다. 이른바 정보를 '눈이나 귀'라는 '시청각적인 감각의 언어'로 수용하고 있는 것이다. 작가가 문제삼는 지점이 바로 이 지점이다. 독립자존의 정보를 내장하고 있는 최도통이라는 대상(시발점)은 있는데, 그것을 수용하는 '눈이나 귀'라는 감각기관(언어, 혹은 '耳目이라는 신체')이 존재하지 않기 때문에 그 대상이 가지고 있는 '정보(의식)'가 전달될 수 없는 것이다. 극단적(전도시켜)으로 말하면, 위 인용문은 근대계몽기의 '언어(신체) 상실'을 말하고 있는 장면인 셈이다. 물론, 작가가 말하는 언어는 '외국을 숭배하는 미련한 꿈[拜外의 頑夢]'에 집착하는 언어가 아니라, '단군자손의 진면목을 나타나게 한 사람[檀君 子孫의 眞面目을 現혼 者]'에 겨냥된 언어이다. 언어가 '나'라는 현존을 세계에 드러내준다고 했을 때, 근대계몽기 애국 계몽 기획의 '주체'라는 현존은 자

---

125) 이 점은 "최도통의 죽음이 지금 오백여년이 지났으나 나의 눈에는 그의 모습이 완연하며, 나의 귀에는 그의 가르침의 소리가 길이 들린다. 나의 최도통이여, 나의 눈뿐만 아니라 우리 2천만 동포의 눈에도 익히 보이고 나의 귀 뿐만 아니라 우리 2천만 동포의 귀에도 모두 들리게 하소서. 몇백 년 동안 우리나라 사람들은 비열한 무리의 모습만 보고 공(公)의 모습은 보지 못하였으며, 비열한 무리의 소리만 듣고 공의 목소리를 듣지 못한 까닭에 이처럼 위대한 국민이나 꼼짝없이 비열한 국민이 되고 말았구나[崔都統의 死가 今에 五百餘年을 已經혼엿스나 余의 目中의는 崔都統의 面貌가 普現혼며 余의 耳中에는 崔都統의 咳唾가 長聞혼는 도다 我崔都統이여 余目 뿐아니라 我二千萬人目에 習現혼며 余耳 뿐아니라 我二千萬人耳에 徧聞홀지어다 幾百年來의 我國人이 卑劣魔의 面貌만 見혼고 公의 面貌는 不見혼며 卑劣魔의 聲音만 聞혼고 公의 聲音不聞혼 故로 此偉大國民이 居然卑劣國民을 成혼엿도다]"(1909.12.9)며 한탄하는 장면에서 명백해진다.

신의 언어(개별 문예 양식으로서의 전의 언어는 국한문체가 된다는 진술의 타당성도 바로 이 지점에서 검증된다고 하겠다)를 확보하지 않고서는 그 어떤 정보(계몽 담론)도 생산할 수 없었을 것이다. 그들이 자신들에게 익숙한 고문을 비리고 '계몽 언어로서의 국한문체'를 선택한 것도 이와 같은 이유와 무관하지 않다. 이 점은 최도통의 '면모(面貌)와 해타(咳唾)'에 압도되어 「최도통전(崔都統傳)」을 짓는다는 입전동기를 진술하는 부분에서도 잘 드러난다.126) 결국, '암흑시대의 마귀굴[闇黑時代劣魔窟穴]의 현실'을 살아가는 민중은 전(傳)이라는 계몽의 언어에 의해 형상된 '숭고적 인물'에의 '절대적인 복종과 경외'를 강요받지만, 동시에 '숭고적 인물'에 의해서 '스스로 고양되는 체험'을 하게 된다. 근대계몽기 '사실지향적 전(傳)'이 보여주고 있는 미적 숭고론이 '마귀굴의 현실'에서 일정한 의미를 지닐 수 있는 것도 바로 이 지점이다.127) 이런 관점에서 보면, 근대계몽기 '사실지향의 전(傳)'에서 등장한 숭고적 인물의 전형적 유형으로서의 '고독한 면모(面貌)' 혹은 '천재'의 형상은 1910년대 천재론을 선취한 것이라 하겠다.128)

---

126) 전(傳)이라는 언어의 수용이 '숭고적 인물'의 형상화와 무관하지 않다는 점은 다음과 같은 구절, "침침한 어둔 티끌에 공의 자취가 오랜동안 덮여 있는 것이 나의 애통해 하는 바이다. 때문에 여기저기 널려 있는 역사기록을 찾으며 마을에 전해지는 이야기를 모아 공의 마음을 그려내고자 하니 무릇 우리나라의 뛰어난 영웅 최도통전(崔都統傳)을 읽는 혈기 있는 국민들아[沉沉陰埃가 公의 歷ᄉ를 久掩홈이 是余의 痛恨ᄒᄂ 바라 故로 朝野의 ᄉ乘을 搜ᄒ며 閭巷의 口碑를 採ᄒ야 公의 心事를 寫出코ᄌ ᄒ노니 凡東國巨傑崔都統傳을 讀ᄒᄂ 有血國民아]"(1909.12.16)에서 잘 드러난다.

127) 사실, 전(傳)의 숭고론에 대한 좀더 포괄적인 미학적 독법이 수행되려면 기본적으로 근대계몽기를 통해 전개되는 숭고적 인물의 유형적 변화에 대한 사적 고찰이 수행되어야 한다. 그렇다면, 1905년을 기점으로 족출하기 시작하는 외국 위인·영웅에 대한 번안 사전(史傳)에 대한 정치한 연구가 선행되어야 할 것이다. 현재 본고에서 확인한 작품만 해도 30여 종인 것을 보면, 이 시기 번안 사전(史傳)에 대한 고찰, 특히 비교(중·일) 문학적 고찰은 매우 긴요한 과제라 하겠다. 이 문제 역시 차후의 과제로 남기고자 한다.

128) 근대계몽기의 외국 위인·영웅의 번안 사전(史傳)은 말할 것도 없거니와, 우리의 위인·영웅에 대해 입전한 사실지향의 전(傳)도 이른바 '천재론'에의 열망과 무관하지 않다. 더 말할 것도 없이 근대계몽기 이후에 풍미했던 천재론 역시 마찬가지이다. 이 시기(1910년대 이후)의 천재론은 물론 "획일적으로 사회를 律코자"(장덕수, 「의지의 약동」, 『학지광』 5호, 1915.5, 40면) 한다는 비판을 받고 "각자의 천재"(이광수, 「천재」, 『전집』

이와 같은 천재론의 미질(美質)과 숭고론의 미질이 상호 침투하는 지점이 유가적 선후본말의 구조 안에 있다는 점은, 특히 근대계몽기의 사실지향적 전(傳) 작품의 미적 특질을 밝히는 데 하나의 시사점이 된다. 이것은 '말단적인 것'과 '근본적인 것'의 순차성을 명백히 하는 인물 형상이 그려진 장면에서 두드러지게 나타난다. 다음의 「동국거걸(東國巨傑) 최도통(崔都統)」에서 이 점이 분명해진다.

長槍匹馬로 風塵에 驅馳ᄒ던 往蹟을 專忘ᄒ엿더니 今에 汝를 逢ᄒ미 突然히 感觸되ᄂ도다. 外貌ᄂ 僧俗이 判異ᄒ나 衷情은 肝膽이 相接이라. 崔都統이 玄麟의 背를 撫ᄒ고 時事를 論ᄒ며 經歷을 敍ᄒ며 自己 去國ᄒᆫ 理由를 說ᄒᆯ시 涕泗가 頤에 連ᄒ더라. 玄麟 大責 曰 余도 當時에 閭巷의 傳說 (…중략…) 我國家를 重建케 ᄒ며 ○○○些小不平○境遇를 遭ᄒ○던 ○○히 退出하야 山野에서 老하라 홈이 아니니라, 崔都統이 ○○ᄒ더라. 玄麟이 乃 太息 曰 近者에 朝報聞ᄒᆫ즉 倭寇가 迭侵하며 弘巾이 又窺ᄒ야 國亡이 在卽ᄒ니 他日에 將軍은 亡國大夫가 되며 小僧은 亡國僧侶가 되야 如此히 夕陽 孤寺에 相對ᄒ면 其心懷가 當復 何如ᄒᆯᄂ지. 崔都統이 於是에 汯然히 淚를 揮ᄒ야 曰 然哉 然哉인져. 此ᄂ 瑩의 及思치 못ᄒᆫ 비러니 今에 高論을 聞ᄒ미 余心의 感感홈을 不覺ᄒ노라. 드디여 下山의 意를 決ᄒ고 平壤城에 留ᄒ더니.[129]

최도통이 서북면 병마사 '인당'과 함께 북벌 계획을 세워 뜻을 이루려 하였지만, "이랬다 저랬다 믿음이 없는 임금과 함께 일하면 세상을 뒤덮는 영웅이라도 낭패를 당하게 되니[反覆 無信의 人君과 共事ᄒ면 盖世英雄도 狼狽를 遭ᄒ나니]",[130] 결국 공민왕은 북벌 계획을 번복하고 그 대신

1, 삼중당, 1971, 482면)론으로 전변되기는 했지만, 근대계몽기의 '영웅론 → 천재론'의 전변 과정이라는 동심원 안에 있었다는 점만은 분명하다. 이런 맥락에서 보면 이광수의 문학적 지반 안에는 바로 이러한 근대계몽기의 '영웅론 → 천재론'의 전변을 수용한 지점이 명백하게 보이는 것이다.
129) 錦頰山人, 「東國巨傑 崔都統」, 『大韓每日申報社』, 1910.4.27.
130) 錦頰山人, 위의 글, 1910.4.22.

인당에게 죄를 물어 목을 베어 죽인다. 이에 최도통이 "왕의 번복을 한 탄하며 인당의 비참한 죽음을 애도하고, 상소를 올려 벼슬을 조정에 바치고 깊은 산속으로 한적한 삶을 찾아 지팡이 하나와 표주박 하나로 한가로이 홀로 지내며"131) 속세의 일에 뜻을 두지 않았다. 이 부분에서의 최도통의 인물 형상은 전형적인 탈속적 은자의 형상이다. 유가가 은일의 삶 자체를 전적으로 부인하는 것은 아니다. 유가에서 부정하는 것은 '결신난륜(潔身亂倫)', 이른바 '자기 한몸의 깨끗함을 지키고자 강상(綱常)의 윤리 자체를 파괴하는' 노장적 은거자류의 삶이다. 반면에 현허(玄虛)와 고상(高尙)을 버리고 도의와 심성의 수양에 근거한 '은거산림의 방식'은 인정하였다. 그러므로 처음부터 현실개혁의 가능성 자체를 부정하고 세속에 뜻을 두지 않은 '피세적(避世的)' 은거 방식은 적어도 유가의 사유 안에서는 용인될 수 없었다. 최도통의 은거 방식 자체가 과연 '피세적' 맥락에서 이해될 수 있는 것인지는 좀더 검토해야 할 문제이지만, 일단 작품의 문면 안에서는 '피세적' 은일의 방식 안에서 검토될 수밖에 없다.132) 앞의 제시문에서 잘 드러나는 바와 같이 중 현린이 최도통을 꾸짖는 내용을 보면 이 점은 분명해진다. 중 현린은 '최도통이 사소한 불평불만의 마음을 품고 벼슬에서 물러나 늙어가는 것은 국가 중건의 대업을 저버린 행위[我國家를 重建케 ᄒ며 ○○○些小不平○境遇를 遭ᄒ○던

---

131) "崔都統이 王의 反覆을 恨ᄒ며 印당의 非辜受斬을 弔ᄒ고 人天을 傭仰하니 塵間 事業이 念頭에 消盡ᄒᄂ지라 疏를 繕ᄒ야 爵祿을 朝廷에 還ᄒ고 斗印을 解ᄒ야 使者에 付ᄒ니 昨日西北兵馬使가 居然城南一布衣로다 時事를 不顧ᄒ고 尋山間水의 開生涯를 做코즈ᄒ야 一笻一瓢脩然獨往ᄒ더라."(錦頰山人, 「東國巨傑 崔都統」, 『大韓每日申報社』, 1910.4.22)

132) 물론, 최도통의 은거 방식에서는 현실 개혁의 가능성 자체를 완전히 부정한 피세적 은일의 범주에서 이해될 수 없는 측면도 드러난다. 그것은 최도통이 영명사에 올라 불당을 구경하고 노래 하나를 지어 난간에 기대어 혼자 부른 노래가사, 곧 "까마귀 눈비 맞아 희는 듯 검노매라. 야광명월이 밤인들 어두우랴. 님향한 일편단심이야 가실 줄이 있으랴"라는 노래에서 그 성격의 일단이 드러난다고 하겠다. 즉, 시적 화자의 궁극이 '세속의 님(임금)'에 있다는 점에서, 최도통의 은거 방식이 '피세적 은일'의 방식이라고 전적으로 단정할 수만은 없다는 것이다.

○○히 退出하야 山野에셔 老하라 홈이 아니니라]'라며 최도통을 꾸짖고 있다. 이것은 '사소한 불평불만' 하나를 다스리지 못하고 '국가의 중건이라는 근본'을 저버린 개인적 기풍(현실문제에 대한 소극적 의지)을 문제삼는 것이다. 말 그대로 '속악한 현실[闇黑時代 劣魔窟穴]'에 대한 개혁 가능성을 처음부터 부정하는 깃이다. 한 마니로 말류(말단적인 것-사소한 불평불만)에 집착하여 본류(근본적인 것-국가의 중건)를 잊어버린바, 이렇게 "무엇을 근본으로 삼아 힘쓸 것인가 하는 선후와 본말이 전도되면 이른바 '천하무도(天下無道)'와 같은 상황이 전개되는 것이다."[133] 현린의 질책은 사실 이 지점에 있었다. 최도통 자신이 문제삼은 부분(공민왕이 충신 인당을 목베어 원나라에 사죄한 것)은 '무도(無道)'의 일이나, 그것이 곧 산야(山野)의 삶(피세적 삶)을 정당화시킬 수는 없다는 것이 바로 현린의 생각이다. 오히려 이와 같은 천하무도의 속악한 현실을 적극적으로 타파해 나갈 때, 나라의 근본이 바로 설 수 있다는 것이 현린의 주장인 셈이다. 그렇지 않고서는 '천하무도'의 속악한 현실은 개선될 수 없다는 것이다. 천하무도의 속악한 현실이 개선될 수 없을 때, 그 현실 안에서 존재로 규정지어진 '인간' 역시 '속악의 소(素-바탕)'를 띠고 있는 인간으로 규정되어질 수밖에 없다. 바탕이 '속악의 소(素)'란 점에서, 그것을 드러낸 형식(禮) 역시 속악한 예(禮)'일 수밖에 없다. 공자의 '회사후소(繪事後素)'의 유가적 미학은 이런 점에서 근대계몽기 '사실지향적 전(傳)'의 미적 특질을 규정하는 기반이 될 수 있겠다.[134] 근대계몽기의 '사실지향적 전(傳)' 작품에

---

133) 曺玟煥, 「儒家美學의 先後本末論的 構造를 통해 본 禮樂論」, 『儒教思想研究』 4 · 5집, 韓國儒教學會, 1992, 385면.

134) 공자가 말한 '회사후소(繪事後素)'는 유가 미학의 선후본말론적인 구조를 분석하기 위한 유효한 개념일 수 있겠다. 물론, '회사후소'에 대한 해석은 매우 미묘한 문제를 내포한다. 그러나 일반적으로는 '회사(繪事)'의 전제조건은 '후소(後素)' 위에서 성립되는 것으로 본다. 바로 이 '회사후소'에 대한 개념의 내포는 공자와 자하의 문답에서 잘 드러난다. 자하는 공자에게 '예쁜 웃음에 보조개가 예쁘며 아름다운 눈에 눈동자의 선명함이여[巧笑倩兮, 美目盼兮, 素以爲絢兮, 何謂也]'(『論語』「八佾」)라는 시(詩)가 무엇을 의미하는가 하는 질문을 한다. 이에 대해 공자는 '그림 그리는 일은 흰 비단을 마련

서는 입전 인물의 행위를 규율하는 지반은 역시 '충신(忠信)'의 범주에서 크게 벗어나지 않는다. 위의 제시문에서 드러난 최도통의 행위 근거 역시 '충과 신'이었다. 신하와의 약속을 배반한 것(북벌 번복)을 문제삼아 더 큰 문제(국가의 중건)를 외면한 것 역시 '충신(忠信)이 바로 서지 않은 것'이라는 전언을 드러내고 있는 작품이 바로 「동국거걸(東國巨傑) 최도통(崔都統)」이었다. 최도통은, 현린의 질책을 받고 '줄줄 흐르는 눈물을 뿌리며 '과연 그렇구나, 과연 그렇구나, 이는 내가 미처 생각하지 못한 것이니 그대의 귀중한 말을 들음에 내 마음이 근심스러움을 깨닫지 못하였도다[泫然히 淚를 揮ᄒᆞ야 曰 然哉 然哉인져, 此는 瑩의 及思치 못ᄒᆞᆫ 비러니 今에 高論을 聞ᄒᆞ미 余心의 感感홈을 不覺ᄒᆞ노라]'라며 자신의 잘못(피세적 삶)을 자각하게 된다. 바로 '마음의 근심스러움[心의感感홈]'이 '충신(忠信)이라는 내면의 미질(美質)' 부재에서 연유됨을 현린의 '귀중한 말[高論]'을 통해서 깨닫게 되는 것이다. 한 마디로 '충신이라는 내면의 미질'은 '산야에서의 늙음[山野에셔 老]'과 같은 피세(避世)라는 역출구를 통해서 체인되는 것이 아니라, 속악한 현실[闇黑時代 劣魔窟穴]과의 '(참여적)싸움'이라는 출구를 통해서 체인되는 것이라 할 때, 그것은 '비극'의 미적 형상이

한 다음의 일이다[繪事後素]'라는 대답을 한다. 그러자 자하가 다시 '그러면 예(禮)는 (忠信보다) 뒤라는 말씀이군요[禮後乎]'라는 것으로 공자가 말한 '회사후소'라는 말을 이해하였고, 이에 공자는 '네가 나를 일깨워 주는구나, 이제야 너와 함께 시를 이야기할 수 있겠다'라며 자하의 영민성을 칭찬한다. 결론적으로 공자와 자하의 문답은 '회사(繪事)는 분소(紛素)라는 전제 조건 아래에서 진정한 의미의 회사(繪事)가 성립한다'는 것을 명시하는 것에 다름 아니다. 마찬가지로 예(禮)도 충신(忠信)이라는 인간 내면의 도덕적 자질 위에서 진정한 의미의 예(禮)가 성립한다는 것이다. 외면적 형식의 완비성보다는 내면적 충실성이 중요하다는 이러한 사고(先後本末論的 사고)는 유가 미학의 전형을 보여주고 있다는 점에서도 매우 중요한 것이다. 이러한 지반에서 보면, 맹자가 제출한 '충실지위미(充實之謂美)'라는 미의식도 이와 크게 다르지 않다. 그러므로 유가의 미학적 컨텍스트 안에서 '미(美)'는 어떤 식으로든 도덕적 가치 판단의 영역에서 벗어나지 않는다. 근대계몽기의 사실지향적 전(傳) 작품들은 적어도 이와 같은 미적 특질의 영역 안에서 존재한다고 볼 때, 그것이 부단히 '유교적 교훈주의'와 내왕하고 있다는 논리도 그렇기 때문에 추단 가능한 것이 된다(曺玟煥, 「儒家美學의 先後本末論的 構造를 통해 본 禮樂論」, 『儒教思想研究』 4·5집, 韓國儒教學會, 1992, 386~388면).

아니라 '숭고'의 미적 형상인 것이다.

3. 사실지향적 전(傳)의 특질과 그 의의

　근대계몽기의 사상 벡터를 결국, '애국 계몽과 세도(世道)'로 규정할 때, '사실지향적 전(傳)'은 바로 이러한 의의에 가장 잘 부합하는 문예 양식이었다. 전(傳)은 이 시기에 이르러서도 여전히 '불경(不經)'하고 '속(俗)된' 범주였던 '소설'과는 다른 성격을 지니고 있는 문예 양식으로 인식되고 있었다. 한 마디로 근대계몽기의 사실지향적 전(傳)은 근대 계몽 기획의 주체들에게 '수기(修己)와 안민(安民)의 도(道)'를 전할 수 있는 '성현'을 문학적으로 형상화할 수 있는 거의 유일한 서사 양식이었던 셈이다. 지금까지 살펴본 「을지문덕(乙支文德)」, 「동국거걸(東國巨傑) 최도통(崔都統)」, 「수군제일위인(水軍第一偉人) 이순신(李舜臣)」, 「창해력사여군전(滄海力士黎君傳)」, 「길지」, 「정재홍군약전(鄭在洪君略傳)」, 「강감찬전(姜邯贊傳)」, 「민충정공소전(閔忠正公小傳)」 등을 중심으로 '사실지향적 전(傳)'의 특색을 요약 정리하면 다음과 같다.

　첫째, 이 시기 다른 서사 양식이었던 '단형서사물'들이나 '허구지향적 전(傳)' 작품과 비교해 볼 때, 이들의 경우는 작자가 대체로 밝혀져 있지 않음에 비해 '사실지향적 전(傳)'의 경우는 작자가 밝혀져 있는 경우가 있다. 특히 「을지문덕(乙支文德)」, 「동국거걸(東國巨傑) 최도통(崔都統)」, 「수군제일위인(水軍第一偉人) 이순신(李舜臣)」, 「강감찬전(姜邯贊傳)」 등의 작품과 같이 '장형화'된 경우에는 대개 작자가 명기되어 있다. 반면에 '단형'의 전(傳)인 경우에는 작자가 대개는 명기되어 있지 않다. 이러한 작품들은 대부분 각 신문·잡지의 편집자의 직접 창작이거나, 아니면 문집에 회람되던 전(傳)을 편집자가 직접 채집 수록한 것으로 볼 수 있다. 특히 전자의 경우와 같이 장형화된 '사실지향적 전(傳)'은 작자가 입전 인물과 관련된 수많은 역사 사실을 종합적으로 수집하여 전(傳)의 양식 속에 편성·조직하는데, 이 과정에서 다소의 첨삭과 허구적 상상력이 개입될 수는 있지만, 대체로는 역사적 사실에 부합하는 서술 형식을 취한다. 앞절에서 고찰한 바와 같이 근대계몽기의 '사실지향적 전(傳)'은 역사의 위상 안에서 세계와 삶의 진실을 전달하는 양식일 때, 자신의 존재를 인정받을 수 있었다. 근대계몽기 전(傳)이 끝내 역사쓰기의 방식을 버릴 수 없었던 이유가 바로 여기에 있었다.

둘째, 근대계몽기의 '사실지향적 전(傳)'은 대체로 '발분(發憤)'의 창작 태도를 수용하고 있었다. 그러므로 근대계몽기 전(傳) 양식에서는 '발분에 근거한 입전'이라 할지라도 그 자체의 불온성은 의심받지 않았다. 오히려 '뜻이 있는 자들의 위대한 공업'을 전(傳)이라는 양식이 제대로 표창할 수 없음을 염려하는 상황이었다. 이 점은 「동국거걸(東國巨傑) 최도통(崔都統)」의 '침침한 어둔 티끌에 공의 자취가 오랜동안 덮여 있는 것이 나의 애통하는 바[沉沉陰埃가 公의 歷스를 久掩홈이 是余의 痛恨ᄒᆞᄂᆞᆫ바라]'라는 표현이나 「을지문덕(乙支文德)」의 '입전(창작) 동기'135)를 밝히고 있는 부분을 보면 잘 알 수 있다.

셋째, 근대계몽기 '사실지향적 전(傳)'에서는 거의 대부분 '두 부류의 타자'가 상정된다. 계몽하는 주체의 논리에서는 '글쓰기(사실지향적 傳)'가 '민(民)'에 대한 인식 행위라는 점에서 스스로는 '민'에 대한 타자인 셈이고, '민'의 시각에서 보면 '글쓰기'가 계몽하는 주체에 의해 수행된다는 점에서 스스로는 '전(傳)'이란 텍스트의 시공성 안에서 철저하게 '계몽되

---

135) "韓四千載神聖歷史를 汚衊ᄒᆞ고 偉大英雄은 埋沒에 一任ᄒᆞᆫ故로 或龍爭虎躍의 人物로도 村兒俚談에 一句만 僅傳ᄒᆞ며 或神驚鬼號의 功業으로도 樵竪巷謠에 一曲만 偶播ᄒᆞ고 傳來史蹟은 落落無多ᄒᆞ니 然則又其外姓名ᄭᅵ지 遺漏된 大男兒가 幾何인지 不知홀지라."

는 타자'로만 형상된다. 근대계몽기의 '사실지향적 전(傳)'은, 이와 같은 양극단의 타자를 엄밀하게는 '공리적 착상에 의한 발견'의 영역일 수 있는 '국한문체'를 통하여 계몽의 맥락 안에서 묶어내고 있는 것이다.

넷째, 근대계몽기 '사실지향적 전(傳)'에서는 영웅을 입전하여 '상무(尚武) 정신'의 문제를 제기하고 있는 작품들이 적지 않다. 이 점은 「을지문덕(乙支文德)」과 같이 역사적 위인을 입전한 대부분의 장형화된 '사실지향적 전(傳)' 작품들에서 공히 드러난다. 이와 같은 전(傳) 작품들에서는 '숭문천무(崇文賤武)'와 사대주의(事大主義)의 말류적 폐단이 민족 정기 쇠퇴의 원인으로 지적되는 것과 동시에 바로 이러한 속악의 현실을 타개할 수 있는 존재로서 '숭무적 영웅'이 입전되는바, 흥미로운 점은 대동무사의 정신을 직접적으로 체현한 인물을 무인(武人) 자체에서 찾지 않고 '문인', 곧 '무인화된 문인'에게서 찾았다는 것이다.

다섯째, 근대계몽기 '사실지향적 전(傳)' 작품에 입전된 인물, 특히 '역사적(숭무적) 위인(영웅)'이 입전된 작품에서는 입전 인물이 '숭고(崇高) sublime'의 형상 그 자체로 전(傳) 작품 안에 들어온다. 이와 같이 형상된 '미적 숭고론'에 의해서 근대계몽기 '사실지향적 전(傳)'은 이른바 '말단적인 것'과 '근본적인 것'의 순차성을 명백히 구별한다. 이 점은 「동국거걸(東國巨傑) 최도통(崔都統)」에서 '신야(山野)의 삶[피세적 삶]'이 '말단적인 삶'으로 부정되고, 속악한 현실[闇黑時代 劣魔窟穴]과의 '(참여적)싸움'이 오히려 '근본적인 삶'이 될 수 있다는 논리로 긍정되고 있는 것에서 잘 확인된다. '회사후소(繪事後素)'의 유가적 미학은 이런 점에서 근대계몽기 '사실지향적 전(傳)'의 미적 특질과 교집될 수 있는 지점이 있다.

이러한 특색을 지닌 근대계몽기의 '사실지향적 전(傳)' 역시 말할 것도 없이 "외부에서 유입 혹은 이식되거나 뿌리 없이 갑자기 생겨난 것이 아니라, 우리 문학사의 전통을 면면히 이어오는 조선 후기 서사 문학 양식의 시대적 변용물"136)의 차원에서 이해될 수 있다. 다만, 근대계몽기와 같은 양식 재편기에도 '사실지향적 전(傳)'은 비교적 전(傳) 자체의 양

식적 특징을 그대로 유지하고 있었던바, '거사직서(據事直書)의 원칙', 곧
'사실만 전달할' 것이지 망령되이 '不作, 곧 지어내지 말 것'의 원칙이
충실하게 지켜지고 있었다. 이런 점에 기대어 보면, '사(史)와 소설(小說)'
의 합체적 성격으로서의 문(文)이 근대계몽 공간 안에서 가장 분명하게
실현된 서사 양식의 하나가 '사실지향적 전(傳)'이라 할 수도 있겠다. 결
국, 근대계몽기 '사실지향적 전(傳)' 역시 어떤 식으로든 역사와 떨어질
수 없었다. 이런 의미에서 근대계몽기 서사 양식 가운데, 특히 '사실지
향적 전(傳)'은 극단적으로 말하면 '역사'와 만난 전대 '글쓰기' 양식의
최후인 셈이다.

---

136) 김영민, 『한국근대소설사』, 솔, 1997, 44면.

허구지향적(虛構指向的) 전(傳)과 근대성

1. 인정물태(人情物態)와 시정적(市井的) 삶의 구체성

1) 주변성에 대한 관심과 내면의 발견

문체반정 이후 소설배척론이 강력하게 제기되기는 했지만, 이미 "마음의 미묘함으로부터 자신을 드러내고 남을 감동시키려는 글은 '사실의 기록'으로서의 글이 아니며, 문학(文學)이다"[1]는 생각이 유학자들에게 퍼져가기 시작하였다. 주지하다시피 조선 후기 소설사는 작가층, 독자층의 폭이 넓어지고 또한 다양한 형식의 장르종(種)들이 출현하여 소설의 양적인 확산이 급속도로 이루어졌다. 여기에 소설이 주된 장르로 되면서

---

1) 張孝鉉, 「조선 후기의 小說論―필사본 소설의 序·跋을 중심으로」, 『어문논집』 33집, 고려대 국어국문학연구회, 1982, 592면.

여타의 장르들이 소설로 견인되는 결과 가사의 소설화, 야담이나 전(傳)의 소설화까지 본격적으로 진행되고 있어서 본격적인 소설의 시대라고 이를 만한 양상을 보이고 있었다. 따라서 소설의 확산을 실제적으로 제어할 수는 없었던 것으로 보인다. 이는 오히려 이 이후 상층 사대부들이 소설의 독자에 그치지 않고 창작과 비평에 본격적으로 참여하는 데서 단적으로 확인된다.[2]

① 무릇 마음(心)이 있는 바가 생각(思)이요, 생각이 꾸며낸(幻) 것이 꿈이다. 마음이 없으면 꿈이 없으며 꿈이란 것은 꾸며낸 것이다. 환(幻)은 실로 여러 방향이 있으나 마음과 생각의 바깥을 벗어나지 않아야 한다. 그런즉 의열녀가 죽은 뒤 그 몸의 천태만상과 그 일의 천변만화는 모두 일심(一心)이 만들어낸 바에서 비롯된 것으로 삼재(三才)의 영기(靈氣)를 이끌어서 일세(一世)의 몽장(夢場)을 환출(幻出)해낸 자가 있음이 아니겠는가. 꿈 속에서 그 스스로 꿈을 보고 꿈 속의 사람이 또 다른 사람의 꿈꾸는 바를 보니 환(幻)이 극에 달하여 진(眞)이 되고 진(眞)이 극에 달하여 신(神)이 된 것이다.[3]

② 내가 긴 여름날 병을 조리하다가 우연히 어우야담, 기문총화를 보니 개안처가 자못 많았다. …… 그 외 다른 책 가운데 이야기거리에 맞는 것을 다듬고 윤색하여 싣고 또 여항에 옛날 이야기로 떠돌아 다니는 것을 채집하여 글로 엮어 사이사이에 넣었다. 매편 앞머리에는 제목으로 표지를 삼았으니 이는 소설의 관례에 따른 것이고 각 단락의 끝에는 논단을 덧붙였으니 대략 사전(史傳)의 예를 본뜬 것이다. 나는 호사자가 아니고 다만 저절로 흥이 나서 한 것이다. 이전에 저술한 것과 비교하면 보잘것없어서 대방가의 웃음거리가 될 것을 알고 있다. 그러나 다만 책 가운데 실린 인정물태는 손바닥을 가리키듯 분명하니 옛날로 거슬러 올라가고 사실을 모아서 요속을 징험할 수 있고 세교에 도움이 될

---

2) 金庚美, 「朝鮮 後期 小說論 硏究」, 이화여대 박사논문, 1994, 45면.
3) "夫心之所存者思 而思之所幻者夢也 無心則無夢 夢者幻也 幻固多方 而要不出心思之外 然則義烈女旣死之後 則其身之千態萬狀 其事之千變萬化者 皆出於一心之所造 有以牽動三才之靈機 而幻出一世之夢場者非耶 夢中自占其夢 而夢中之人 又占所夢於人 幻極而眞 眞極而神."(김소행, 「삼한습유」)

것이다. 간혹 일이 신괴한 데 들어가나 이는 성문에서 말하지 않는 것이기는 하지만 전인들도 이미 갖추어 서술하여 또한 신기한 이야기를 쓴 한 권의 『제해기』 같은 책이 나오게 되었다. 그리하여 또한 이야기를 엮고 모으니 선악보응의 이치가 영향과 같이 빠름이 있었다.[4]

위의 인용문 ①에서 "幻極而眞 眞極而神"의 진술은 '황탄무계(荒誕無稽)'하다는 비난을 줄기차게 받아온 소설의 '허구'의 문제에 대한 새로운 인식을 보여주고 있다는 점에서 매우 중요한 진술이다. 곧 '환(幻 - 꾸며낸 것)'이 말 그대로의 '환(幻)'으로 끝나는 것이 아니라, 그것이 지극한 표현의 경지를 얻으면 '진(眞 - 진실)'이 될 수 있고, 또 그것이 지극한 진실의 경지에 이르면 '신(신성의 경지)'이 될 수 있다는 이 진술이야말로 '허구'에 대한 매우 진전된 인식인 셈이다.[5] 결국 환진(幻眞)은 꿈을 의인화하였다는 점에서 그 허구적 성격을 뚜렷이 볼 수 있는바, 꿈은 가공의 세계를 그려낼 수 있는 가장 보편적인 허구적 장치 가운데 하나이다. 특히 꿈을 소재로 한 허구화 작업이 가능할 수 있었던 것은 꿈이 가지는 서사구조적 본질을 창작자들이 의식적이건 무의식적이건간에 포착할 수 있었기 때문이었다.[6] 바로 이 지점에서 조선 후기 소설은 '사실 기록'의 문학관

---

4) "余於長夏調疴 偶閱於于野談記聞叢話 頗多開眼處 …… 他書之可資該洽者幷修潤載錄 又采閭巷古談之遺傳者 綴文以間之 每篇之首題句標識槪依小說之規 各段之下輒附論斷 略倣史傳之例 余非好事者 聊寓漫興 較諸前修著述 趐如笙鏞下俚 固知見笑於大方 而弟書中所載人情物態 瞭如指掌 可以溯古 撫實驗謠俗而神世敎 雖或事涉袖怪 聖門之所不語者 前人旣備述 而且一齊諧記 古亦歸掇拾聞 有善惡報應之理捷如影響."(李源命, 「東野彙輯序」, 『韓國文獻說話全集』 3, 동국대 한국문화연구소, 1981)
5) 이러한 관점은 "중국의 대표적인 신마소설(神魔小說)인 『서유기』에 대해 '지극히 환상적인 일이 곧 지극히 진실된 일'이며 따라서 '지극히 환상적인 이치가 바로 지극히 진실된 이치'라고 하여 '환중유진(幻中有眞)'이라는 개념을 도출해낸 중국소설의 중요한 이론적 성과에 기대어 김소행이 '마음[心]과 생각[思]과 꿈[夢]'의 관계를 통해서 '몽환'의 의미"를 추출해내고 있는 것으로 볼 수 있다. 김소행의 이러한 논의는 '허구론'에 있어 진전된 측면을 보이는 것은 사실이나 아직은 허구의 범주가 '몽환' 즉 '환상' 쪽에 보다 기울어져 있는 것 또한 부인할 수 없다(金庚美, 앞의 논문, 129면).
6) 金庚美, 위의 논문, 131면.

에서 '허구 기록'의 세계로 나아가는 문제와 맞부딪친다. 이른바 '허구 기록'을 통해서 확보한 '이러저러한 삶의 구체성'을 어떻게 진실의 영역으로 견인하느냐의 문제인바, 조선 후기의 소설은 "창작 주체의 체험과 관찰 이외의 어떤 선험적(先驗的) 전범(典範)에도 예속되지 않고 개별적 사상(事象)의 진실에 부응"[7]하면서 동시에 전범적 가치는 그것대로 추인해야 하는 양식이었던 셈이다. 조선후기 소설의 이와 같은 성격은 비단 '소설'의 문제만은 아니었다. 이 점은 인용문 ②의 '매편 앞머리에는 제목으로 표지를 삼았으니 이는 소설의 관례를 따른 것이고 각 단락의 끝에는 논단을 덧붙였으니 대략 사전의 예를 본뜬 것이다[每篇之首題句標識槪依小說之規 各段之下 輒附論斷 略倣史傳之例]'라는 진술에서 잘 드러나는 바와 같이 '야담(野談)' 역시 마찬가지였다. ②의 진술은 단순히 「東野彙輯」의 서술 체재만의 특성을 언급하고 있는 것은 아닐 것이다. 이 시기 '야담'의 성격, 곧 '사전(史傳)'이란 대표적인 '사실 기록'의 서사 양식에 기대면서도 동시에 '소설'과 장르 교섭하고 있었던 '야담'의 성격을 단적으로 드러내고 있는 것이다. 이 시기에 들어와서는 '소설'과 '전(傳)'과 '야담(野談)'이 서로 장르 교섭하면서 "사람과 사물들이 구체적 상황 속에서 이러저러하게 얽히고, 움직이며, 살아가는 모습",[8] 곧 '인정물태'를 담아낼 수 있는 양식으로 변모하고 있었다. 결국, 조선 후기에 오면 이제 '가허착공(架虛鑿空)'의 문제가 '인정물태', 곧 '경험적 세계관'의 세계로 수렴되면서 동시에 모든 서사 장르종(種)의 장르 운동량이 증가하면서 대개의 서사 장르종(種)은 내용과 형식의 양축이 모두 기존의 틀에서 벗어나기 시작한다. 이렇게 조선 후기의 세계관적 변화에 조응하며 고전적 형식의 전(傳)에서 벗어나고 있는 근대계몽기의 전(傳) 양식을 본고에서는 '허구지향적(虛構指向的) 전(傳)'으로 규정한 바 있다. 물론, 문학은 '허구의 기록'이 아

---

7) 김흥규, 「朝鮮 後期와 愛國啓蒙期 批評의 人情物態論」, 『한국 고전문학과 비평의 성찰』, 고려대 출판부, 2002, 253면.
8) 김흥규, 위의 논문, 242면.

니라 '사실의 기록'이어야 한다는 생각은 근대계몽기에 이르러서도 여전히 완강한 형태로 유지되고 있었다. 이러한 사실은 이 시기 학술 잡지에 소개되고 있는 문예란의 작품 표제를 보면 잘 알 수 있거니와, 작품의 표제에 '사실(寫實) 소설'이라는 표제어를 달거나, 아니면 '차편(此篇)은 사실을 부연한 것'이라는 말을 부연하는 작품이 존재하는 것을 보면 명백해진다.[9] 요컨대 근대계몽기에도 소설적 허구가 갖는 진실성(사실성)을 인정하지 않으려는 생각은 여전히 구심력을 이루며 한켠에서 지속되고 있었다. 그럼에도 불구하고 근대계몽기 전(傳)의 한켠에서는 끊임없이 소설(신소설)이나 야담과 장르 경쟁을 하면서 동시에 근대적 전변의 '몸부림'을 시도하고 있었다. 이와 같은 전(傳) 양식의 전변(轉變), 곧 전(傳)의 근대적 전환의 모습을 구체적으로 보여주는 작품이 이른바 『신단공안(神斷公案)』 제4화인 「김봉본전(金鳳本傳)」이다.[10]

---

9) 예컨대, 장응진은 선구자의 다난한 생애를 그린 단편 「다정다한(多情多恨)」(1909)을 발표하면서 '사실(寫實) 소설'이라는 표제를 달았고, 이광수 역시 단편 「무정」(1910)에 '此篇은 사실을 부연한 것'이라는 사족을 붙인 바 있다(권보드래, 『한국 근대소설의 기원』, 소명출판, 2000, 129면).

10) 「김봉본전」은 연작소설 『神斷公案』 제4화로, 1906년 6월 28일부터 동년 8월 18일까지 총 45회에 걸쳐 『황성신문』에 연재되었던 작품이다. 물론, 8월 18일 마지막 연재분의 계항패사씨의 논찬에서는 이 작품이 36회에 걸쳐 연재되었음을 밝히고 있다. 여기에서 36회라고 말한 이유는 무엇인가. 이에 대해 작가의 착오일 섯이라는 시석(崔元植, 『韓國近代小說史論』, 創作社, 1986, 187면)이 있었으나 실상은 그렇지 않다. "文凡三十六回에 其奇事奇蹟은 多不勝枚라. 因其中에 有斷獄一事ᄒ야 刪削太半ᄒ고 遂攝入公案之第四回ᄒ니"라는 문제적 표현은, 봉이에 관한 수많은 설화를 한정된 지면에서 모두 수용하기란 불가능한 일이었으므로 그 대강을 刪削하여 36회까지 연재하고, 봉이설화 가운데 옥사를 해결한 이야기가 있어 이 뒤에 부연하여 마무리를 삼고자 하였다는 것으로 이해해야 한다. 실제로 37회부터 45회까지의 이야기는 봉이가 평양 서윤과 맞서 옥사를 해결한 이야기(공안)이다. 이에 본고에서는 『神斷公案』 제4화를 논찬자 평어에 근거로 하여 「金鳳本傳」이라 명명하기로 한다(沈載淑, 「근대계몽기 신작 고소설의 현실대응양상 연구」, 고려대 박사논문, 2000, 127면). 작품명에 있어서 또 하나의 문제점은, 이 작품의 주인공의 성명이 '김봉'이지 '김봉본'이 아니라는 점이다[桂巷稗史氏曰 此ᄂ 金鳳本傳也라]. 따라서 이 작품의 제목은 '김봉전(金鳳傳)'이 되어야 할 터인바, 굳이 '김봉본전(金鳳本傳)'이라 제명한 것은 '김봉'이란 인물의 '별전(別傳)'이 아닌 '본전(本傳)'이란 뜻을 강조하고 싶어서일 것이다. 이같은 제명은 '별전'이 갖는 허구성보다는 '본전'이 의미하는 사실적 근거를 갖춘 전(傳)이라는 점을 강조하는

却說 仁祖朝登極之初에 平安道平壤等地에 産出一個奇男하니 姓은 金이
오 名은 仁鴻이라. 聰悟過人하고 才智絶倫하야 嘗自謂生逢楚漢時代러면 呼
良平爲兄弟하고 視終灌如奴隷라하야 今丈古史를 過目不遺로디 不肯逐山村
學究輩하야 論文作賦하고 嘗過訪一親友하다가 見其五月炎天에 閉門作十八
句行詩하고 撫掌道賢兄이 終日 揮汗에 所得이 幾何오 國中名山이 不少하
니 願與子翶翔山水하야 以酬平生的夙願하면 較此深山倭屋中에 無朋無友히
鬱鬱獨坐的컨딘 豈非男子의 一場稱快處리오. 賢兄은 以爲何如오 友人이 道
吾兄이 誤矣로다. 卽此十八句詩中에 便有無限滋味하고 一切 世間에 榮華富
貴와 錦綺梁肉이 皆 在此中하니 今欲棄此去리오. 縱令振衣曳履에 直上金剛
山之毗盧峯頂하야 俯觀東海에 粘天無際하고 呼吸淸風에 放杖大呼하면 塵
世間高蹈者가 捨我其誰리오만은 究竟에는 斷不如蓬門僻巷에 撑拄了日肚皮
ᄒ고 忍飢作文ᄒ야 摘得了初試一窠ᄒ야 以爲吾子吾孫的宅號(遐鄕之人은有
初試宅號)ᄒ면於良에亦足이어니 何必作許多妄想ᄒ야 但得世間에 風魔子(바
람동이)稱號리오.11)

전(傳)은, 사회적 실재(제도)의 모든 영역에서 자유로운 ‘탐색의’ 서사
양식의 하나를 지칭한다기보다는 ‘이미 찾아진 (유가적) 이념’을 추인하
는 글쓰기 방식, 곧 ‘유학자 집단’만의 서사 양식이었다. 근대계몽기에
들어와서도 전(傳), 특히 ‘사실지향적 전(傳)’의 이와 같은 성격은 크게 달
라진 것이 없었다. ‘허문가화’를 문제삼아서 ‘애국 계몽’에 보다 철저하
고자 했던 전(傳) 양식의 주체들에게 전(傳) 그 자체는, “이데올로기로 기
능하는 ‘도구적’ 장르가 되어버림으로써 이데올로기와 잘 맞물려 있었던
전통 시대의 문론을 역설적으로 재생시킨 측면”12)이 없지 않았다. 그럼
에도 불구하고 근대계몽기 전(傳), 곧 ‘허구지향적 전(傳)’에 오면 표창(表
彰)의 내용이 유가적 이데올로기 그 자체에만 복속되는 것이 아니라 ‘애

것이다. 이는 ‘허구’를 ‘사실’로 가장함으로써 그 신빙성을 더하고자 하는 작자의 의도
적 수법에 기반한 결과이다(정훈식, 「『金鳳本傳』의 구조와 서사적 전통」, 부산대 석사
논문, 1997, 1면).

11) 『神斷公案』 제4화, 『皇城新聞』, 1906.6.28.

12) 이보경, 『문(文)과 노벨(novel)의 결혼』, 문학과지성사, 2002, 167면.

국 /근대 계몽' 담론과 새롭게 만나면서 이데올로기 자체의 질적 변화를 겪기 시작한다. 바로 이러한 전(傳)의 자태 전환의 도정에서 전(傳) 자체를 유가적 사유 체계로부터 독립시켜 어떻게든 새롭게 이해할 필요가 있었을 것이다. 물론 이러한 인식(전 자체가 지향하고 있는 이데올로기나 미적 특질의 변화)의 단초는 이미 조선 후기 문학론의 한 지섬에서부터 '깨어지고' 있었던 '재도론'에서 찾아질 수 있겠다. 조선 후기의 한 지점에서는, 재도론적 문학관에 대한 절대 준신의 논리가 '상대화'되면서 인간의 개별적 성정(性情)이 존중되기 시작하였다.13) 즉 조선 후기에 이르면 보편적이고 추상화된 이치보다는 개별적 인간의 구체적 감정이 가지는 의미에 주목하게 된다.14) 바로 이러한 세계관적 내지 문학적 인식의 변화를 표징하고 있는 근대계몽기의 전(傳) 작품이 바로 위에 제시된「김봉본전(金鳳本傳)」이다. 위의 제시문에 잘 드러나는 바와 같이 인홍은 과거를 준비하는 친구에게 '오월 염천에 종일토록 땀을 흘리며 시를 지어봐야 무슨 소득이 있겠냐[五月炎天에 閉門作十八句行詩하고 撫掌道賢兄이 終日揮汗에 所得이 幾何오]'며 '명산이나 주유하며 살자[名山이 不少하니 願與子翺翔山水]'는 제안을 한다. 이에 대해 인홍의 친구는 인홍의 이러한 제안을 '망상(妄

---

13) 조선 후기 문학론의 관점 전환(상대주의적 인식)의 예로 홍대용의 '정(情)을 강조하는 문학관'을 들 수 있겠다.『대동풍요』서문에서 홍대용은 '노래라는 것은 정(情)을 말한 것이다[歌者 言其情也]'라고 하여 정(情)을 강조하였던바, 이러한 정(情)의 강조는 상하(上下)의 구분을 두지 않을 뿐만 아니라 문자의 구분을 두지 않았다. 따라서 국문문학의 가치를 인정하고 민요를 긍정하는 데까지 나아갔다. 이처럼 주자학적 권위주의에서 탈피하는 양상은 조선 후기의 반권위적 시경론에서도 노정되고 있으며, 새로운 시의식은 정(情)을 긍정하는 방향으로 나아가고 있었다(金庚美,「朝鮮後期 小說論 硏究」, 이화여대 박사논문, 14면). 또한, 중요한 변화의 하나는 이른바 '천기론'에서도 나타난다. 천기론은 허균의 문학론의 연장선상에서 장유를 거치면서 문이재도의 문학관에서 벗어나기 시작하며 조선 후기에 이르러 홍대용, 홍양호, 홍석주 등을 통해 본격적인 논의를 거치게 되었던바, 이는 조선 후기에 시정의 세태를 담은 노래(풍요)가 양산되고 중인들이 문학의 담당층으로 새롭게 부각될 수 있었던 이론적 근거를 마련한 것이다(정연봉,「조선전기 성령 논의와 장유의 천기론」,『민족문화연구』23집, 고려대 민족문화연구소, 1990; 김흥규,『조선후기 시경론과 시의식』, 고려대 민족문화연구소, 1982, 155~161면).
14) 金庚美, 위의 논문, 139면.

想)'이라 여긴다. 인홍의 친구는 과거를 통하여 관직에 올라 현달하겠다
는 생각을 가진 인물이었다. 오월 염천에 문을 닫고 종일토록 시를 짓는
이유도 바로 여기에 있었다. '세상의 부귀 영화와 온갖 비단옷과 좋은 음
식[世間에 榮華富貴와 錦繡梁肉]'이 바로 '이 시 가운데 존재[皆在此中]'하
고 있었기 때문이었다. 바로 이 지점에서 인홍과 그의 친구의 세계관적
차이는 분명하게 갈린다. 인홍은 처음부터 '산림 사유와 같이 문(文)을 논
하고 부(賦)를 지으며 살아가는 것을 기꺼워하지 않았다[不肯逐山村學究輩
하야 論文作賦]'는 점에서 '낭사(浪士)'로서의 삶은 예비되어 있었다. 인홍
이 낭사의 삶을 살 수밖에 없는 이유는 물론 전근대적 신분제에 기인한
다. 인홍의 세가(世家) 자체가 원래 '조농부상(祖農父商)'이었음으로 인홍
은 기본적으로 평민의 신분이었다. 처음부터 인홍의 삶은 문무관(文武官)
이 되어 입신할 수 있는 길이 제한되어 있었다. 인홍이 선택할 수 있는
삶은 "권문세가에 기탁하여 벼슬을 애걸하는[旣不肯膝席權門에 昏夜乞哀ᄒ
야 希霑一分之餘瀝]" 기생적 삶을 살거나 아니면 "종신토록 재물을 모으
는 데 골몰하는 수전노[不肯營生謀財에 終身汨沒ᄒ야 以作守錢奴的 醜態]"15)
의 삶을 선택하는 것이었다. 이러한 상황에서 인홍이 선택한 삶이 바로
'낭사(浪士)'로서의 삶이었다. 이것은 자신의 친구에게 강호(江湖)의 삶을
제안했다가 거절당한 후, "남산에 홀로 올라 홀연 수일간 소리를 크게
지르며 미친 듯이 질주하더니 이후부터 스스로 '낭사(浪士)'라 칭하고 강
호를 왕래한다[獨上南山之蚕頭라기 忽然大叫數聲ᄒ고 發狂疾走에 數日不休ᄒ
더 人皆以爲病狂也라ᄒ더니 旣而오 無事라 自後로 往來江湖에 逍遙自得ᄒ야 自號
를 浪士라ᄒ고 經年不返ᄒ더니]"16)는 서술에서 잘 드러난다. 문제는 이와 같
은 '낭사'의 인물 형상은 명백하게 '광인(狂人)'의 인물 형상과 교집된다
는 사실이다. 자신을 규율하고 있는 사회적 실재(체제)가 자신의 정체성을
보증하지 못할 때, 바로 그 사회적 실재는 오히려 억압의 기제가 될 수밖

---

15) 『神斷公案』 제4회, 『皇城新聞』, 1906.6.29.
16) 『神斷公案』 제4회, 『皇城新聞』, 1906.6.28.

에 없다. 또한, 사회 구성원의 정체성을 보증할 수 없는 사회적 실재는 항상 "자신의 의지를 극대화하는, 이른바 '내면의 빛(內耀)'을 가진 개인"17)을 탄생시킨다. 이런 점에서 '광인'과 '내면의 빛을 가진 개인'의 함의는 같거나, 적어도 비슷한 의식의 지반을 공유하는 존재들이다. 특히, 계몽성에 대한 의식과 문(文), 곧 전(傳)이 난단하게 결합되어 있는 상황에서 '인홍'과 같은 개인을 입전해서 '새로운' 전(傳)을 모색하고 있었다는 점은 근대계몽기 전(傳) 양식이 전변(轉變)되고 있음을 단적으로 표징하는 것이다. 이런 점에서 '인홍'의 개인성, 곧 내면성이 근대계몽기 애국 계몽의 담론 영역에서 적어도 얼마만큼의 공약수를 갖고 있는 것인가, 또 얼마만큼의 단절인가를 검증하는 것이 본고의 목표라면, 그것은 적어도 「김봉본전(金鳳本傳)」의 '인홍'이 작품에서 보여주고 있는 '광인' 형상의 반어적 의미와 인홍이 시정의 인물과 이리저리 관계 맺기의 방식을 통해서 보여주고 인물 형상의 의미를 규명하지 않고는 쉽게 도달할 수 없을 터이다.

　　仁鴻이 便以繩索으로 繫了該鷄兩足ᄒ야 雙手로 捧了ᄒ고 直走當時現任 捕盜大將的宅門前ᄒ야 東東西西에 上上下下ᄒ며 聲聲叫做買鳳買鳳ᄒ고 又 從而歌之 曰瑞鳳瑞鳳이여 胡爲乎哉오 聖人이 在上에 朝庭이 淸明ᄒ니 瑞鳳出이로다. 買鳳買鳳ᄒ오. 千載라도 難得홀 鳳凰을 買去ᄒ오 歌了又歌에 往來終日ᄒ더니 捕將(不知何人)이 傾耳良久에 心甚怪之ᄒ야 叫出家僮에 分付道汝出視之ᄒ라. 何許狂人이 買鳳買鳳ᄒ오ᄒ며 自朝至暮에 其聲이 不絶ᄒ니 詳察來報어다. 該僮還白道何許鄕人이 衣裳이 襤褸ᄒ고 鼻流淸涕에 頭戴塵冠ᄒ되 手持一隻雄鷄ᄒ고 口中에 聲聲道買鳳買鳳ᄒ더이다.18)

　위의 인용문에서 잘 드러나는 바와 같이 인홍은, 계상(鷄商)으로부터 산 닭을 포도대장 문전으로 가지고 와 '성인이 위에 계심에 조정이 청명

---

17) 이보경, 『문(文)과 노벨(novel)의 결혼』, 문학과지성사, 2002, 246면.
18) 『神斷公案』 제4화, 『皇城新聞』, 1906.7.26.

하니 상서로운 봉이 나왔다[聖人이 在上에 朝庭이 淸明ᄒ니 瑞鳳出이로다]'며 천년에도 얻기 어려운 봉을 사라는 소리를 종일 외치고 다니는 장면이다. 이에 포도대장이 그것을 기이하게 여겨 심부름하는 아이에게 무슨 연유인가를 알아보고 오라는 명을 내린다. 아이가 보고 와서, '어떤 광인이 봉을 사라고 외치며 돌아다닌다[何許狂人이 買鳳買鳳ᄒ오]'는 말을 전한다. 이 지점에서 '광인'의 의미는 작품의 매우 중요한 한 부분을 점유하고 있는바, 심부름하는 아이가 인식한 '광인'의 의미와 포도대장이 인식한 '광인'의 의미는 매우 다르다는 점에 우선은 주목할 필요가 있겠다. 아이가 인식한 인홍은 말 그대로 '닭을 봉이라고 알고 있는 어리숙한 사람 정도이거나, 아니면 사전적 의미 그대로 미친 사람 정도'이다. 이에 반해 포도대장은 인홍을 '요물(妖物)'로 인식하고 있었다.[19] 포도대장은 스스로가 '자신이 재직한 이후부터는 귀신이란 귀신은 모두 물리쳤다[我가 職在捕將ᄒ야 一令之下에 鬼神이 倒退커늘]'고 자부하는 인물이었다. 여기에서 포도대장이 말하고 있는 '귀신'이란 말할 것도 없이 '혹세무민(以鷄爲鳳)'하는 반체제적 인물을 지칭하는 말이다. 이런 의미에서 포도대장이 말하고 있는 '귀신'이란 말과 이른바 '요물'은 서로 동의어로 이해될 수 있는데, 이는 무엇보다도 '닭을 봉이라 여기니, 이는 요물인 것이다[以鷄爲鳳에 不肯自服ᄒ니 妖物이라]'는 표현에서 잘 드러나고 있다. 광인과 귀신과 요물은 그러니까 기존의 질서와 가치에 저항하는 인물, 곧 체제에서 비껴서 있는 저항적 '주변인'으로도 이해될 수 있겠다.[20] 이러한 주변인

---

19) "捕將이 聽了大怒ᄒ야 疾喝道 我가 職在捕將ᄒ야 一令之下에 鬼神이 倒退커늘 奇怪何物이 敢來如此오 …… 仁鴻이 却自毫髮不動ᄒ고 嘻嘻道異常ᄒ고 怪異ᄒ다 我只謂鳳凰은 聖世祥瑞라 雖向領相大監宅中ᄒ야 終日叫買鳳이라도 也必無罪라ᄒ얏더니 今觀捕盜大將門前에도 嚴禁此聲ᄒ니 若早向後處也去런들 應當一時打殺我ᄒ얏시리로다 ᄒ며 仰天大笑혼디 捕將不勝憤怒ᄒ야 拍案大聲道促士形具ᄒ야 撲殺彼漢ᄒ라 以鷄爲鳳에 不肯自服ᄒ니 妖物이라 不可赦로다."(『神斷公案』 제4화, 『皇城新聞』, 1906.7.27)

20) 비슷한 시기 중국의 소설계에서도 바로 이와 같은 '주변인'의 문제적 성격은 매우 중요한 문제였던 것 같다. 양계초가 주변인으로 행세하는 '식자층'을 겨냥하여 '방관자'

이 근대계몽기라는 역사적 시공성 안에서 '광인'으로 표상된 인물이 바로 '인홍'인 셈이다. 바로 이 인홍이란 주변인에 의해 '포도대장'과 서윤 '김경징'이 오히려 역사적 시공성 '밖(주변)'으로 축출되는 과정을 보여주고 있는 작품이 「김봉본전(金鳳本傳)」이란 점에서 이 작품의 의의는 자못 깊다. 이른바 '주체, 곧 요호부민이나 탐관오리(이삼장·이군응·포도대장·김경징)'가 주변인(김인홍)이라는 '타자'에 의해서 오히려 타자화되고 있음이 봉이 설화의 전(傳)에로의 전변적(轉變的) 수용에 의해서 드러나고 있는 것이다. 이러한 '자각'의 주변인 형상이 또한 절절하게 나타나는 작품이 「어복손전(魚福孫傳)」이라 하겠다.

魚福孫이 道小人도 億萬人類之一이오나 不知父祖以上何時何代에 落下了
這坑塹인지 尺小之蠖도 屈伸任意ᄒ며 枝捷之鷦도 飮啄隨分이거늘 彼蒼者
天이여 此何人斯온지 塊然此七尺之軀가 便非我所有라. 呼我以爲牛에 應之
以爲牛ᄒ고 呼我以爲馬에 應之以爲馬ᄒ야(鄭康成的婢가 能解毛詩러니 吳
永煥之奴는 能讀莊子ᄒ니 古今奇對)言忠行篤ᄒ야도 閭里殘氓이 羞與爲朋
友ᄒ며 年高髮白ᄒ야도 鄰家寸童이 呼之如儕類ᄒ며 甚則或受了某宅書房主

<hr>

라는 이름을 붙이면서 이들을 신랄하게 비판하는 것에서도 잘 드러난다. 양계초는 주변인의 속성을 '자기 집 대문 앞에 쌓인 눈이나 치울 일이지 남의 집 지붕 위의 서리는 상관하지 않는 자'로 규정하며, 이들을 한 마디로 '혈기 없는 방관자'라는 표현으로 비유하고 있다. 이러한 주변인들은 자신의 정체성을 보증해주던 과거의 이데올로기에 대한 믿음을 더 이상 갖지 못하면서도 새로운 이데올로기에 대해서는 방관자적 시선으로 바라보는 계층으로, '근대화' 과정에 주체적으로 참여하지 못하고 그 과정 자체 속에 잠겨 있는 자들을 통칭하여 붙여진 이름이다. 사정은 우리의 경우에도 대동소이하지만, 아무래도 '새로운 이데올로기'에 대한 '방관성'의 문제에 있어서는 다른 지점들이 존재할 수 있겠다. 이 문제는 차후의 연구과제로 남기고자 한다. "天下最可厭, 可憎, 可鄙之人, 莫過于傍觀者 …… 中國詞章家有警語二句, 曰: '濟人利物非吾事, 自有周公孔聖人.' 中國尋常人有熟語二句, 曰: '各人自掃門前雪, 不管他人瓦上霜.' 此數語者, 實傍觀派之經典也, 口號也. 而此種經典口號, 深入于全國人之腦中, 拂之不去, 滌之不淨. 質而言之, 卽 '傍觀'二字代表吾全國人之性質也, 是卽 '無血性'三字爲吾全國人所專有物也. 嗚呼, 吾爲此懼!"(「呵傍觀者文」(1900), 『梁啓超文集』, 北京燕山出版社, 1997, 82~83면; 이보경, 『문(文)과 노벨(novel)의 결혼』, 문학과지성사, 2002, 222~223면 재인용)

의 無情之撻楚ㅎ며 又甚則或被了某宅道令主의 不當之責罰ㅎ야 上典之外에
不知有幾百上典ㅎ니 此生何處에 可以免此이올는디 人或聞之ㅎ면 必謂小人
이 是僭越踰分的漢子라 홀지나 大監如天之度에 一次念及ㅎ소셔. 天下에 豈
有斯人麼잇가. 世上에 豈有斯人麼잇가. 所以로 小人이 冒死唐突了大監前호
니 小人아 死罪로소이다. 小人이 雖愚魯이오나 豈敢妄犯威嚴이오며 豈敢掩
藏本色이리오만은 一來는 不如是면 不可承了儀顔이오 二來는 不如是면 不
可按了警咳이라. 所以로 有此一時的觸犯이오니 死罪死罪로소이다.[21]

위의 인용문에 잘 드러나는 바와 같이 어복손은 자신을 '작은 벌레'와
'뱁새'만도 못한 미물에 비유하고 있다. 곧 '작은 벌레도 제 마음대로 몸
을 굽혔다 펴고, 나뭇가지에 깃들어 사는 뱁새도 자기 분수에 따라 마시
고 먹는[尺小之蠁도 屈伸任意ㅎ며 枝捿之鷦도 飮啄隨分이거늘]'데, 오히려 자
신은 이와 같은 미물만도 못하다는 것이다. 위 인용문은 다름 아닌 처절
한 자기 성찰의 결과로 발양된 '자아'의 자기 토로 장면인 셈이다. 바로
이 자아의 자기 토로가 주목되는 바는 그것이 '자기 응시', 곧 '자기 내
면'을 견인하고 있다는 점이다. 이런 점에서 보면 1910년대의 "자아
론"[22]의 맹아가 사실은 이미 「어복손전(魚福孫傳)」의 주인공 '어복손'에
게서 선취되고 있었다.[23] 문제는 '자기 내면' 안에 들어온 '세계'인바,

---

21) 『神斷公案』 제7화, 『皇城新聞』, 1906.11.22.

22) 1910년대에는 "천지는 망할지언정 자아는 자각ㅎ지며 (……) 음식은 不謀 홀지언정 자
아는 자각"(「자아를 자각하라」, 『신문계』 3권 4호, 1915.4, 4면)해야 한다는 극단론조차
드물지 않았다. 또한 1910년 『소년』에 발표된 이광수의 「곰」은 이런 극단론을 시로 실천
한 경우이다. 곰이 거대한 바위를 보고 "귀중한 자아가 그의 압박을 받는 듯하여" 온
몸으로 바위에 돌진하기를 거듭, 마침내 피를 뿌리고 죽었다는 내용의 이 시에서 이광수
는 "목숨이 아까와 귀중한 자아를 꺾어?"라고 물으면서 "自我! 自我! 이 곧 없으면 목숨
(살음) 아니요 기계라"고 거세게 단정을 내리고 있다(이광수, 「곰」, 『전집』 15, 21면). 자
아는 자연 법칙에까지 맞서려는 절대절명의 의지이며, 무엇과도 바꿀 수 없는 생명의
핵이다. 「곰」류의 극단론은 후에 "우리의 전 생애는 / 오르지 자연의 거느림 밋치로구
나"(돌매, 「자연」, 『청춘』 3호, 1914.12, 101면)라거나 "저, 화초와, '나'는, 동일 선조를,
가지엇다"(김윤경, 「仁川遠足記」, 『청춘』 15호, 1918.9, 78면)는 절충에 이르게 되지만,
발견 초기의 '자아'는 아직 타협을 모르고 있었다(권보드래, 『한국근대소설의 기원』, 소
명출판, 2000, 183면).

바로 자기 안에 들어온 그 세계가 '동의할 수 없는 위악적 조작에 의하여 뒤틀린 세계'란 점이다. 이런 점에서 보면, '언행을 충직하고 돈독히 해도 마을 사람들이 더불어 친구하기를 부끄러워하고, 나이가 들어 백발이 되어도 이웃집 어린아이가 제 또래 부르듯 하며, 심한 경우에는 모댁 서방의 까닭 없는 매를 맞기도 하며, 모댁 도령에게 부당한 체벌을 당하는[言忠行篤ᄒ야도 閭里殘氓이 羞與爲朋友ᄒ며 年高髮白ᄒ야도 鄰家寸童이 呼之如儕類ᄒ며 甚則或受了某宅書房主의 無情之撻楚ᄒ며 又甚則或被了某宅道令主의 不當之責罰ᄒ야]' 세계야말로 다른 의미의 '요물'인 것이다. 「김봉본전(金鳳本傳)」에서 포도대장에게는 '닭을 봉이라고 외치는[以鷄爲鳳]' 인홍이 어쨌거나 혹세무민하는 '요물'이라면, 「어복손전(魚福孫傳)」에서는 어복손에게 '마을 사람들, 어린아이, 모댁 서방, 모댁 도령' 등이 모두 '요물'인 것이다.24) 어복손의 악행은 바로 이 '요물(혹은 요물에 의해 규정된 세계)'에 대한 인식과 관련된다. 한 마디로 대상(마을 사람들 / 어린아이 / 모댁 서방 / 모댁 도령)이 어복손이라는 주체에게 악행을 하는 것이 정당화될 수 있다면, 그 역도 성립될 수 있다고 생각하는 지점에서 일어난 행위라는 것이다. 이 문제(어복손의 악행이 가지는 의미)는 우선 어복손의 자각에 의해서 건져 올려진 '내면'의 풍경을 탐색하는 것에서부터 그 실마리를 풀어야 한다.

---

23) 그렇다면, 「魚福孫傳」에서 보이고 있는 어복손의 악행은 극단적인 자아론이 전근대적 신분제의 문제와 충돌하는 과정에서 야기된 것으로 볼 수 있는 지점이 있겠다. 이 점은 다음의 작자 논찬에서 그 실마리의 일단이 보인다 하겠다. 논찬에서도 잘 드러나는 바와 같이 어복손의 행적(악행)은 기본적으로 신분제(상하의 인위적 계급)와 그것에서 벗어나려는 '각성한 자아'와의 갈등에서 빚어진 만큼 혜량할 바의 일면이 있다는 것이다. "聽泉子 曰 觀魚福孫之前後行事에 事事가 都令人髮竪者로더 但以上數款에 自陳說爲奴之悲境하야 說得字字句句沈痛悲凉ᄒ니 嗚乎라 同是人也로더 或爲善人ᄒ고 或爲惡人은 天也어니와 同是人也로셔 或居上等ᄒ며 或居下等도 是天乎아 詩에 云不以人廢言ᄒ나니 讀者ㅣ至此에 母忽畧過之어다."(『神斷公案』제7화, 『皇城新聞』, 1906.11.22)

24) 물론, 「金鳳本傳」에서도 궁극적으로는 포도대장으로 대표되는 양반, 요호부민 등이 추구하는 가치와 제도가 '요물'인 것임은 두말 할 나위가 없다.

入了房ᄒ야 飜身落下了房中ᄒ며 再次 長吁了一聲ᄒ다. 以掌拍地道 此生
이 何罪오 ᄒ면셔 默默瞑目也坐ᄒ더니 自門外로 衣影이 婆娑ᄒ며 履聲이 卓
卓커눌, 從門隙觀看ᄒ니 是上典主吳進士ㅣ 出去了라. 尤个勝嗟訝道 有甚麽
事오 依枕長臥了ᄒ니, 萬想이 塞胸이로다. 我的往來了這宰相門下를 吳進士
ㅣ 己知得麽아 知之면 將奈何리오만은 人不言이면 鬼不知ᄒᄂ니 誰將我的
蹤跡ᄒ야 漏洩了(杜詩云漏洩春光有○條라ᄒ니 漏洩者ㅣ 非柳姓麽아)這廝耳
中고 這廝的喪精失魂에 數十年庭下的奴兒魚福孫을 如此錯認도 一可疑
오.25)

어복손이란 존재는 푸른 하늘 아래에서 숨을 쉬고는 있지만, "자신의
칠 척 몸이 자신의 것이 아닌[七尺之軀가 便非我所有]"26) 존재인 것이다.
결국, 어복손은 당대의 세도가 재상을 찾아가 특유의 언변으로 "재상을
탄복시켜[那宰相이 注目이 良久道我數十年來로 初見的奇士로다]"27) 속량 약
속을 받아 낸다. 어복손의 속량 운동은 "자신의 생사를 건[小人이 冒死唐
突了大監前ᄒ니]"28) 투쟁에 다름 아닌 것이었다. 그렇기 때문인지, 그 생
사를 건 싸움에서 승리한 자의 여유가 작품의 문면에 잠시 나타나기까
지 한다.29) 그러나 오영환의 친구인 유생(柳生)에 의해서 어복손의 속량
운동이 오영환에게 알려진다. 이 지점에서 "밤낮으로 재상가와 창기 일
지홍의 집을 드나들며 주인의 어리석음을 조소하던 대담함은 온데간데
없이 사라지고"30) 그 대신 매우 허약해 보이는 어복손의 '불안한 내면'

---

25) 『神斷公案』 제7화, 『皇城新聞』, 1906.11.26.
26) 『神斷公案』 제7화, 『皇城新聞』, 1906.11.22.
27) 『神斷公案』 제7화, 『皇城新聞』, 1906.11.17.
28) 『神斷公案』 제7화, 『皇城新聞』, 1906.11.22.
29) "세도가 재상에게 자신의 생사를 걸고 요청한 속량 운동이 잠시 교만하기 이를 데 없
    었던 재상의 마음을 움직여 대접까지 잘 받는다[那宰相이道我第念之호리라ᄒ고喚了
    家僮來ᄒ야進甘紅酒飮了福孫ᄒ대福孫이却不推ᄒ고直飮到十餘回ᄒ더니起身道小人
    은醉矣라退ᄒ노이다]."(『神斷公案』 제7화, 『皇城新聞』, 1906.11.23)
30) "這癡生員吳進士ᄂ 不知這奴兒의 巧黠出人的技倆이어니 安知這奴兒의 ○○出沒
    的情態리오 只信這奴兒口頭에 無何鄕裡烏有的八寸ᄒ고 但道這奴兒가 從這處來라
    ᄒ야 却向這奴兒道爾醉矣오 且日暮矣니 爾退的어다 這奴兒ㅣ答道唯로소이다 且看

이 드러나기 시작한다. 어복손의 이와 같은 '불안한 내면'은 '손으로 방바닥을 치면서 이 내 삶이 무슨 죄이랴[以掌拍地道 此生이 何罪오]' 하며 눈을 부릅뜬 채 묵묵히 앉아 있거나, 주인 오영환이 밖으로 나가는 장면을 문틈으로 살펴보고 나서 '놀라움과 의아함을 더욱 이기지 못하고, 도대체 무슨 일이 일어나고 있는가[尤不勝嗟訝道 有甚麼事오]'라며 베개에 의지하여 길게 누워 있는 장면에서 잘 드러난다. 어복손과 같은 '불안한 내면'을 소유한 입전 인물은 전대의 전(傳)에서는 좀처럼 나타나지 않는다. 적어도 전(傳) 양식에 의해서 근대 문학이 추동되는 지점이 있다면 바로 이와 같은 어복손의 '불안한 내면'이 형상되는 곳에서부터 시작한다. 물론, 이 '불안한 내면'적 인간이 근대계몽기의 전(傳)에만 있었던 것은 아닐 것이다. 그것은 소설에 '가까워지려는' 조선 후기 일부 전(傳) 작품들에게서도 발견된다.31) 어쨌거나 근대계몽기 허구지향적 전(傳)에서의 '내면'이란 그 자체로 '국한문체'에 의해서 '만들어진', 곧 '인공적' 내면인바, 이러한 내면을 지닌 자의 운명이란 늘 '온갖 상념이 가슴을 짓누르게 되는[萬想이 塞胸이로다]' 것이다. 바로 그렇기 때문에 어복손에게 세계는 "유위(有爲)적으로 조작되어 그 실재를 파악할 수 없게 뒤틀린"32) '요물'인 것이다. 바로 이러한 '뒤틀린 내면'을 가진 자에 의해서 인식된 세계의 실상 역시 '유위, 뒤틀린 것, 불안한 것'일 터, 그러기에

這奴兒가 退向何處去오 夜則一枝紅家오 晝則那宰相宅이라 對一枝紅ᄒ면 每樣大笑了吳進士的癡ᄒ고 對那宰相ᄒ면 只得暗笑了吳進士癡러라."(『神斷公案』 제7화, 『皇城新聞』, 1906.11.19)

31) 대표적으로 이옥의 전(傳)을 들 수 있겠다. 이옥은 총 20여 편의 전 작품을 남겼는데, 그 중에서도 「심생전」과 「이홍전」이 특히 주목된다 하겠다. 이 두 작품은 이옥의 다른 작품들과는 달리 백화가 수용되고 있다는 점도 그렇거니와 이 두 작품에서 볼 수 있는 '내면' 역시 비인간화된 제도(중세의 신분제)에 의해서 '소외된 자들의 내면'(「심생전」)이거나 사기꾼일망정 현실(중세)과 대결하는 자의 '의지적 내면'이 잘 드러난다고 하겠다. 이와 같은 '내면'이 백화체를 통해 드러나고 있다는 점에서 이옥의 두 전(傳)은 근대계몽기 허구지향 의식을 보이고 있는 「金鳳本傳」과 「魚福孫傳」의 앞자리에 놓이는 작품으로 의미가 있는 것이다.

32) 정진배, 『중국 현대 문학과 현대성 이데올로기』, 문학과지성사, 2001, 42면.

어복손에게 오영환의 '신발 끄는 소리[履聲이 卓卓커눌]'야말로 정체를 파악할 수 없는 '요물'의 세계를 은유하고 있는 소리일 수 있는 것이다. 문제는 정체를 인식할 수 없는 '뒤틀린 세계' 속에서 벌어지는 일을 가늠하는 일이란 그리 간단치 않다는 것이다. 어복손이 불안과 초조에 겨워하며 '도대체 무슨 일이 있는 것인가[有甚麼事오]'라고 스스로에게 물어보는 것이 이 점을 표징하고 있는 것이라 하겠다. 어복손의 이 '물음'이야말로 근대계몽기 전(傳)이 성취하고 있는 높이를 보여주고 있는바, 극단적으로 말하면 「어복손전(魚福孫傳)」에서의 어복손의 이 자문(自問)에 의해 근대계몽기의 전(傳)은 "처음으로 쓰기의 자유로움을 획득했다"[33]고 볼 수 있다. 바로 이 쓰기의 자유를 통해서 '고문', 곧 유가적 이데올로기에 복속되었던 자유가 '스스로의 자유'를 획득하게 되는 것이다. 곧 "자기 스스로의 목소리를 듣는다"는, 이른바 "현전성이 확립되는 것이다."[34] 어복손이 '방(자아)' 안에서(통해서) '밖(세계 / 대상)'을 투시하며 '도대체 저 밖에서 무슨 일이 있는 것인가'라고 묻는 것 자체가 이미 '내면'의 형성을 전제하지 않고는 이루어질 수 없는 행위이다. 이런 의미에서보면 근대계몽기 허구지향적 전(傳)의 입전 인물, 곧 주인공(주체)의 의식을 형성시키는 성장 엔진은 '불안과 초조의 내면'에 있다 할 것이다. 그 초조와 불안을 통해서 끊임없이 밖(세계)과 만날 수 있을 때, 만났지만 화해할 수 없을 때, 바로 그 지점에서 '내면', 곧 '자기'의 목소리를 들을 수 있는 것이다. 이런 점에서 어복손의 악행(惡行)은 세계(전근대적 신분제)와 화해할 수 없는 '(불안의)내면'이 야기한 결과이다.

---

33) 가라타니 고진, 박유하 역, 『일본근대문학의 기원』, 민음사, 1997, 95면.
34) 가라타니 고진, 박유하 역, 위의 책, 95면.

2) 패덕(悖德)의 수용과 진정(眞情)의 획득

1894년 11월 21일자 『관보(官報)』는 '법률과 칙령은 모두 국문을 원칙으로 하고 한문을 부역(附譯)하거나 혹은 국한문을 사용한다[法律勅令 總以國文爲本 漢文附譯或混用國漢文]'는 원칙을 공포하고 한문을 대신하여 국문을 공식 문체로 확정한다. 그러나 이 국문의 공식화는 문자 그대로 정부에 의한 일방적인 원칙의 제정이었지, 그것의 즉각적이고 전면적인 한문의 폐지와 문체의 개혁을 가져온 것은 아니었다.[35] 공문식(公文式)에 관한 정부의 이런 규정은 정부 자신이 먼저 파기하였다. 1895년 고종이 내린 교육칙어(教育勅語)는 국한문체(國漢文體)로만 발표되었고 1908년 2월 6일 '관보(官報)'에서는 "各官廳의 公文書類는 一切 國漢文을 交用하고 純國文이나 吏讀나 外國文字의 混用함을 不得홈"이라고 하여 실제 국한문(國漢文)이 공식문체(公式文體)가 되었다. 즉 국문사용(國文使用)의 원칙이 정부 자신에 의하여 무너진 것이다. 이는 곧 한문(漢文)에서 국문(國文)으로의 전환이 쉽지 않았음을 보여준다.[36] 한문은 중국의 문언문(文言文)이지만 중세의 오랜 기간 동안 동아시아의 보편문어(普遍文語) 구실을 하면

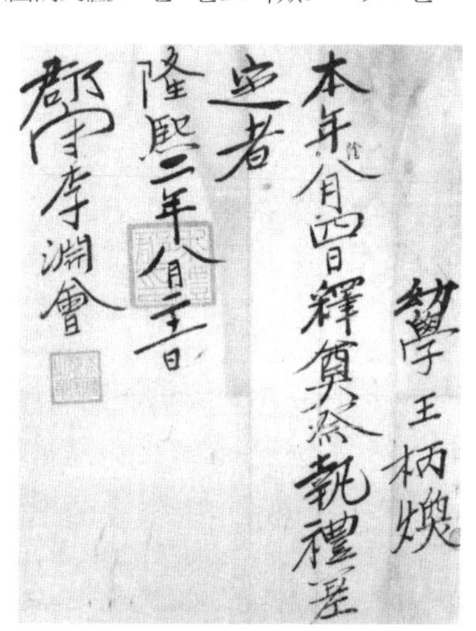

▲ 임명장(任命狀). 1908년 8월 21일 구례군수 이연회(李淵會)가 왕병환(王柄煥)을 석전제(釋奠祭) 집례(執禮)로 임명하면서 발급한 임명장이다. 공문서는 여전히 한문(漢文)이었다.

---

35) 姜明官, 「漢文廢止論과 愛國啓蒙期의 國·漢文論爭」, 『韓國漢文學研究』 8집, 韓國漢文學會, 1985, 198면.

36) 李基文, 「開化期의 國文使用에 관한 연구」, 『韓國文化』 5, 서울대 韓國文化研究所, 1984, 67~68면.

서,37) 동아시아 지식인의 세계관을 담아내는 표현문자로서 기능해 왔다. 그러므로 한문을 폐지하는 것은 그들의 세계관을 폐기시키는 것이며, 마땅히 그들의 문예 형식 또한 폐기되는 것이었다. 중세 지식인의 문예 형식으로서의 전(傳)은, 이 지점에서 바로 자기 분해의 과정을 밟아야 할 형편에 직면해 있었다. 전(傳)의 '거사직서(據事直書)의 원칙'이 두드러지게 깨어지며, 전(傳)이 '허구'의 감화력을 적극적으로 수용하며 스스로의 '근대적 전환'을 모색하기 시작한 분명한 지점이 바로 근대계몽기였다.38) 그러므로 이 시기 전(傳) 중에서 소설적 경사가 두드러지거나, 아니면 야담(野談)과 착종이 된 전(傳)들이 다수 산생된다. 본고는 이러한 형식의 전(傳)을 '허구지향적 전(傳)'으로 전술한바, 다음의 「김봉본전(金鳳本傳)」을 통해서 이러한 전(傳)이 지향해서 탐색한 가치가 무엇인지 그 실상을 고찰하고자 한다.

李一郎이 道爺爺는 姑許金郎ᄒ소셔. 不許ᄒ시면 恐有不然일가ᄒ노니. 兒가 昔日에 嘗與此人課夏某洞ᄒᆯ시 慣熟其爲人호니 機○才局은 十倍出人ᄒ야 同苦朋濟가 三四十人에 長短優劣을 畧略了得이로디, 至於仁鴻ᄒ야ᄂ 淺深을 莫測이옵고 自恨生長遐鄕에 不得與京師豪傑로 頡頏上下ᄒ야 每每自誓ᄒ기를 寧爲郭解劇孟之流가 慷慨沒身이언뎡, 不願爲窮巷腐儒가 白首窮經ᄒ고 寧爲土豪武斷之流가 橫行一時언뎡, 不願爲勢家門客에 受其指使ᄒ더니 往日盃頭的一叫와 近日山林的托跡이 皆自不平中出來이오 非眞情이 本然이라.39)

인홍이야말로 재지(才智)로는 경사(京師)의 호걸과도 더불어 맞설 수

---

37) 金興圭,「韓國 漢文小說 調査·整理의 文化史的 意義」, 고려대 民族文化研究院 國際學術會議, 2001.10.29~30.
38) 물론, 이전과는 다른 형식과 내용(주제)을 통해서 '전(傳)'의 '근대적 전환'을 모색한 조선 후기의 연암(燕岩)·문무자(文無子)·담정(潭庭)의 전(傳)에서 이러한 면모가 드러나기도 하지만, 그것이 전(傳) 전체의 원심력으로 작용하지는 않았다는 점에서 조선 후기 전(傳)은 근대계몽기의 전(傳)과 변별되는 지점이 존재한다.
39) 『神斷公案』 제4화, 『황성신문』, 1906.7.4.

있는 인물이었다. 그러나 인홍을 규율하고 있는 사회적 실재(중세적 신분제)는 봉이와 같은 '자각한 개인'을 인정하지 않았다. 여기에서 '자각한 개인'이란 보다 능동적으로 사회적 실재의 모순이 야기한 불합리, 혹은 전근대성을 인식한 인물이라 하겠다. 바로 이러한 자각이 실천의 영역, 곧 사회적 실재로부터 자신의 자율성을 획득하고 동시에 그것을 집단의 정체성 확보의 차원으로까지 끌어올렸느냐의 문제는 근대계몽기 '허구지향적 전(傳)'의 성격과 더 나아가 그것의 미적 특질을 이해하는 데에 매우 중요한 지점을 관통하는 문제이다. 위의 제시문에서 잘 드러나듯이 인홍은 차라리 '곽해와 극맹'과 같은 협객이 될지언정 '궁벽한 여항에서 백수로 경전이나 궁리하는 썩은 선비[窮巷腐儒가 白首窮經]'가 되지 않겠다는 의지를 드러낸다. 또한, 인홍은 토호와 무단은 될지언정 '권문세가의 문객'이 되어 부림을 받지 않겠다는 의지도 함께 드러낸다. 그러기에 남산에 올라 수일간 소리를 지르고 산림을 소요한 것이 '모두 불평의 마음에서 나온 것[皆自不平中出來]'이지, 진정이 그런 것은 아니다[非眞情이 本然]'는 이일랑(인홍의 이종 사촌)의 진술은 「김봉본전(金鳳本傳)」이 입각하고 있는 지점을 매우 예각적으로 드러내고 있는 부분이다. 인물을 규율하고 있는 사회적 실재(제도)가 공동체를 교집시킬 가치를 내함(內涵)하고 있지 못한 데서 '불평'의 마음이 나오고, 또 그것이 인물(봉이)의 기행을 야기시켰다면 그 제도의 이데올로기에 동참 가능한 사람들은 기득권층(유학자)으로 제한될 가능성이 크다. 이렇게 사회적 실재의 수용성이 문제가 되는 상황에서는 항상 '주체 세우기'라는 문제가 사회 구성체 각 영역에서 족출하기 마련이다. 즉 "새로운 이데올로기의 모범"40)을 세우는 것인바, 그것은 적어도 문학의 차원에서는 "교양의 특권으로부터 제외된 사회 계층을 예술의 감상에 동참시키려는 데 있는 것이 아니라, 사회를 변화시키고 공동체의 감정을 심화하여"41) 새로운 문학관의 출현

---

40) 이보경, 『문(文)과 노벨(novel)의 결혼』, 문학과지성사, 2002, 228면.
41) A. 하우저, 염무웅·반성완 역, 『문학과 예술의 사회사』(근세편 하), 창작과비평사,

을 의식화시키려는 데 있다. 근대계몽기의 '새로운 이데올로기'는 바로 이러한 지점에서 정초된다. 이 지점에서는 이제부터 치열한 '신(新)―새로운 것'과 '구(舊)―오래된 것'의 고투가 시작될 수밖에 없다.[42] 특히 이 문제가 문예적 형식의 문제로 환원되면 더욱 복잡한 양상을 띨 수밖에 없다. 이 중에서도 전(傳)이라는 전통의 서사 양식은 그것이 지향하고 있는 이데올로기나 완강한 형식성의 문제를 볼 때, 사실 근대계몽기의 유효한 문예적 형식으로 인식될 여지는 매우 희박하였다. 설령 "구(舊)를 '낡은 것'으로 폐기 처분하지 않고, 여전히 사용 가능한 '오래된 것'"[43]으로 인식하더라도 '오래된 것'으로서의 전(傳)이 '새로운 것'의 장력을 견디지 못하는 시점에 오면 자연스럽게 '오래된 것'으로서의 전(傳)은 (저항에 의해서)폐기될 것이다. 바로 이러한 지점에 조선 후기의 '인정물태', 곧 "사람과 사물들이 구체적 상황 속에서 이러저러하게 얽히고, 그 얽힌 과정을 통해서 올바른 것이건 패덕(悖德)한 것이건 그 현실태(現實態)를 거짓 없이 드러내야 한다는 의식"[44]과도 같은 경험적 세계관이 이제 하

1993, 173면.

42) 이 점은 우리와 유비되는 지점이 존재하는 중국의 사정을 보면 참고가 될 수 있겠다. 이 시기 중국의 잡지에 실린 글들 속에서 가장 빈번하게 등장했을 뿐더러 가장 도전적 으로 보였던 용어는 '새로운 것' '새로운' '새롭게 하다'라는 등의 다양한 용법으로 운 용된 '신(新)'이었음은 두말할 필요도 없다. '구(舊)'의 대립항으로 '신'이라는 용어의 긴 박한 사용은 오리무중이던 '서(西)'가 비로소 '의식되기' 시작했음을 분명하게 드러내 준다. 의식하기 시작했다는 것은 주체인 '중(中)'이 공격적인 타자인 '서(西)'를 대상으 로 바라보기 시작했다는 것이요, 그것의 질량을 자신의 가늠자로 재어보기 시작했다는 뜻이다. '의식'의 과정에서 '구'는 전통 사회는 말할 것도 없고 당시로서도 여전히 중국 사회를 규정하고 있는 구성적 원리로써 '부하(負荷)'로 느껴졌을 터이다(이보경, 『문(文) 과 노벨의 결혼』, 문학과지성사, 2002, 73면). 이러한 현상은 근대계몽기의 우리와도 크 게 다르지 않았다. '신(新)'의 이데올로기가 내함(內涵)하고 있는 장력을 제어할 수 없 는, 아니 '신'의 원리가 사회적 실재의 '건축적 원리'로까지 규정되고 있었다. 근대계몽 기의 전(傳) 양식의 문학사적 위상은 바로 '신(新)'이라는 마땅히 구축해야 할 '건축적 원리'의 특질을 규명하는 것에서부터 비롯될 터이다.

43) 이보경, 『문(文)과 노벨(novel)의 결혼』, 문학과지성사, 2002, 75면.

44) 김흥규, 「朝鮮 後期와 愛國啓蒙期 批評의 人情物態論」, 『한국 고전문학과 비평의 성찰』, 고려대 출판부, 2002, 242면.

나의 가늠자로 기능하게 된다. 이러한 관점에서 보면 「김봉본전(金鳳本傳)」과 「어복손전(魚福孫傳)」과 같은 '허구지향적 전(傳)'이야말로 조선 후기의 인정물태를 구체적으로 재현한, 전통적 문예적 양식에 있어서의 '낡은 것'이 아니라 '오래된 것'으로서의 마지막 양식인 셈이다.45) 이후, 이러한 형태의 전(傳) 양식, 곧 '오래된 것'으로서의 전(傳) 양식은 '새로운 것'으로서의 1920년대 "근대 역사소설의 원류(源流)"46)로 기능하였다.

> 我가 今也에는 雖是農人이나 昔年十四五的時節에 亦嘗挾冊讀書홀시 是時에 余讀史略初卷ᄒ고 鄕居一友는 方讀書傳舜典홀시 其中一句에 有道簫韻九成에 鳳凰이 來儀라ᄒ얏거늘 塾師가 明白解說호디 鳳凰은 祥禽也라. 聖人이 在上에 鳳爲之出故로 皇帝之時에 鳳巢阿閣하고 其後唐虞三代에 鳳凰呈祥者ㅣ 非一非再러니 自秦以下로 至今數天年에 上無聖君ᄒ고 下無賢相ᄒ야 鳳遂絶跡於天下라고 當時塾師가 解說如此ᄒ거늘 我至今에 尙記冊這數句說話어니와 不意今日에 目覩此祥이로다.47)

이 장면은 인홍이 서울에 놀러와 금전이 떨어지자 기지를 발휘하여 시전 상인 계상을 속이는 삽화의 한 장면이다. 이 장면 역시 우리가 익히 알고 있는 '봉이 김선달 설화'가 전(傳)으로 수용되는 장면이기도 하다.48)

---

45) 이런 맥락에 근거해 볼 때, 전(傳)의 형식이 폐기되는 지점은 전(傳)이 완전히 역사소설의 영역으로 착종이 되는 1920년대 이후가 아닐까 한다.

46) 姜玲珠, 「韓國近代歷史小說硏究」, 서울대 박사논문, 1986, 34면.

47) 『神斷公案』 제4화, 『皇城新聞』, 1906.7.25.

48) 구비 전승되는 봉이 설화는 크게 세 층위로 설명할 수 있다. 첫째, 어떠한 이해관계 없이 상대를 골탕먹이는 이야기가 그 하나이다. 둘째, 상대를 속여 먹을 것을 얻어 먹는 이야기가 있고, 셋째, 부와 권력을 가진 자와 맞서는 이야기가 있다. 이 세 층위의 이야기 가운데 「金鳳本傳」에 수용된 봉이 설화는 모두 셋째 행적에 속하는 것이다(沈載淑, 「근대계몽기 신작 고소설의 현실대응양상 연구」, 2000, 129~130면).「金鳳本傳」에서 수용된 설화 세 가지를 보면 다음과 같다. 첫째가 평양성 영원사의 해운화상에게 오천 냥을 부탁하였다가 거절당하자 시주승을 꾀어 평양감사 행차에 뛰어 들게 해서 옥에 끌려가게 되는 곤경에 빠뜨린 후, 해운화상을 유인해서 대신 옥에 끌려가 곤장을 맞게 하고 돈 2만 냥을 뺏는 설화가 그 하나이다. 둘째로는 닭을 봉이라고 속여서 팔았던 시전 상인 계상을 골탕먹이고 돈 600냥을 빼앗는 설화가 그 둘째이다. 그리고 마지

봉이는 돈이 떨어지자 광통교에 가 닭을 팔고 있는 시전 상인 계상에 접근한다. 계상은 인흥이 어리석은 인물인 줄 알고 인흥에게 닭을 봉이라고 속여서 판다. 그러자 인흥은 계상으로부터 산 닭을 들고 포도대장의 집 앞으로 가 봉을 사라고 외쳐댄다. 결국 포도대장은 인흥에게 그 까닭을 물어서 계상을 잡아들이고 인흥에게 600냥을 주게 한다. 요컨대, 김인흥이 김서봉(봉이)로 불리게 된 연유와 얽힌 설화를 차용하고 있는 장면이다. 이 장면에서 우리가 우선 읽어낼 수 있는 것은 역시 '인흥'으로 상징화된 민중의 건강성, 곧 건강한 현실 비판 의식이겠다. 이 삽화의 의미뿐만 아니라 나머지 두 삽화의 함의 역시 마찬가지이다. 특히, 「김봉본전(金鳳本傳)」에서 수용하고 있는 설화가 모두 '기득권층과 맞서는 이야기'라는 점은 "작가가 일정한 창작 의도를 가지고 봉이 설화를 선택하여 수용하였음을 보여주는 것"[49]인바, 이 설화의 수용이 '단순한 속이기'의 미학에 겨냥되어 있지 않음을 적시하는 것이다. 여기에서 결코 놓칠 수 없는 것은 바로 '짝(讎)'의 의미를 검토하는 일이다. 한 마디로 '짝(讎)'은 어느 한쪽의 가치나 힘에 상대가 일방적으로 복속된 상태에서는 생각하기 어려운 개념이다. 그러므로 "양쪽의 힘이나 가치가 팽팽한 상태를 전제하는 것"으로 짝 개념은, 양쪽 사이의 '무서운 긴장'을 항상 내포하고 있는 개념이라 하겠다.[50] 사실 작품의 문면에서만 보면 '인흥'과 '계상' 사이에서는 짝의 관계가 설 수 없겠다. 인흥은 닭과 봉도 구별할 줄 모르는

막 셋째로는 대동강 물장수들과 모의, 인흥에게 매일 물세를 내는 것처럼 가장하여 결국 이모부 이삼장에게 물세로 7만 냥을 갈취하는 설화이다.

49) 심재숙, 「근대계몽기 신작 고소설의 현실대응양상 연구」, 고려대 박사논문, 2000, 130면.

50) '짝(讎)'은 『설문해자(說文解字)』에서 "수(讎)는 응(應)과 같다. 언(言)을 형부(刑部)로 하고 수(讎)를 성부(聲部)로 한다"라고 풀이하고 있다. 한 마디로 수(讎)는 호의적인 관계이거나 적대적인 관계이면서, 양자의 힘이나 가치가 팽팽한 상태를 전제하는 단어라 할 수 있다. 결국 서로 비교하거나 필적한다는 의미를 지니는 것으로 양쪽 사이의 '무서운 긴장'을 내포하는 단어라 하겠다(이보경, 『문(文)과 노벨(novel)의 결혼』, 문학과지성사, 2002, 87면).

인물이기 때문이다. 반면에 계상은, 인홍이 세상 실속 모르는 시골 사람인 것을 알고는 곧바로 닭을 봉이라고 속여 잇속을 챙기는 인물이다. 그런데, 이 둘 사이에서 무슨 일이 벌어졌는가를 보면 꼭 그렇지만도 않다.51) 계상은 인홍에게 완전하게 골탕을 먹고 거금 600냥까지 잃게 된다. 계상이 "돈 600냥은 비록 아깝지만, 하나밖에 없는 목숨과는 바꿀 수 없다[六百兩錢이 雖可惜이나 豈可換一命이리오ᄒ고 遂自服道小人이 果然死罪로이다. 一時貪性에 驅了愚氓]"며 스스로 죄를 자처하는 장면에서 '인홍'으로 상징화된 '민중성'이 이제 그 "대립물(지배층)"52)과 '짝'이 될 수 있음을 시사하고 있는 것이다. 이는 "과연 누가 어리석은 백성인가[評曰誰是愚氓인지]"라며 묻고 있는 장면에서 더욱 분명해진다.53) 특히, 인홍이 계상을 골탕먹이는 장소가 도시(서울) 한복판이었음은 주목을 요하게 되는바, 시정(도시)은 삶의 구체성이 이러저러한 형태로 얽히고 설키는 공간이기도 하다. 요컨대, 「김봉본전(金鳳本傳)」을 통해서 우리는 "편협한 중세적 도덕주의 너머 번영하는 도시의 한가운데서 발랄한 시정적 삶의 양식이 성장하고"54) 있었음을 어렵지 않게 간취해낼 수 있게 되는 것이다. 또한,

---

51) "포도대장 문전에서 닭을 봉이라고 외쳐대는 바람에 끌려온 인홍은, 자신은 속은 줄도 모르고 닭을 진짜 봉이라고 믿고 광통교 계상에게서 거금 600냥에 닭을 샀다며 한탄을 한다. 결국, 인홍은 계상으로부터 돈 600냥을 갈취하게 된다[終日携行에 都無喔喔(꼬기요)的一聲ᄒ니 其故ᄂ 何也오 此物이 果然是鷄非鳳인딘 趙同知丈任置錢六百兩을 何以報了리오 ᄒ고 咄咄自歎ᄒ더 捕將이 看一看罷ᄒ더니 喝退左右持杖者ᄒ고 要仁鴻近前道爾愚民이 何處에서 買得何物고 仁鴻이道小人이 適過了廣通橋ᄒ다가 見得此物의 毛羽光彩가 燦爛非常ᄒ고 問其何名ᄒ더 該商이 應口道此是鳳也라 ᄒ고 更問其價文幾何ᄒ더 該商이 又應口道價文이 六百兩이라 ᄒ기로의 言酬價ᄒ니이다 …… 我雖百千番不服이나 只是無益이오 但作杖下鬼ᄒ리로다 諺에도 云ᄒ되 却是人生錢生이오 不是錢生人生이라 ᄒ얏스니 六百兩錢이 雖可惜이나 豈可換一命이리오 ᄒ고 遂自服道小人이 果然死罪로이다 一時貪性에 驅了愚氓(評曰 誰是愚氓인지)호이다 ᄒ고 竟將六百兩錢ᄒ야 渡與仁鴻ᄒ니라]."(『神斷公案』 제4화, 『皇城新聞』, 1906.7.27~28)
52) 이 작품에서 '지배층'의 범주는 평양 서윤 김경징과 같은 탐관 오리나 이삼장, 이군응, 계상과 같은 요호부민도 넓은 범위(상대적으로)에서 인홍의 비판적 표적이 된다는 점에서 '지배층'의 범주로 봐도 무방할 것이다.
53) 『神斷公案』 제4화, 『皇城新聞』, 1906.7.28.
54) 崔元植, 『韓國近代小說史論』, 創作社, 1986, 190면.

전(傳) 작품이 바로 이러한 시정의 시공성을 작품의 전면에 내세우는 것
도 그렇거니와 인홍과 같은 "결함이 많은 인물"55)'이 승리하는 구조를
주조해 내는 것도 앞 시대의 전(傳)과는 썩 다른 지점에 근대계몽기 전(傳)
이 도달하고 있음을 보여주는 것이라 하겠다. 이 변화의 공간, 곧 시정적
인정물태의 공간 안에서는 온갖 형태의 삶의 양상들이 저마다의 질량을
가지면서 삶의 한 국면을 개척해 나간다. 그러므로 이러한 공간 안에서
는 자기 삶의 원리로 타자의 삶을 규율할 수도 없고, 거꾸로 타자의 삶의
원리가 '나의 삶의 입법 원칙'이 될 수도 없다. 시정적 인정물태의 공간
안에서는 끊임없이 '나'와 '타자'의 긴장이 지속된다. 이른바, '시정적 생
명력(구체성)'은 바로 이와 같은 '팽팽한 긴장', 곧 '짝' 사이에서 생겨나는
'긴장'의 모습을 가리키는 말이다. 시정의 공간 안에서 적어도 '계몽(계몽
하는 주체의 우위에 의하여 타자를 기율하는 것으로서의 계몽)'이 존재할 수 없다
면 그 이유는 시정적 생명력의 이와 같은 본질적 속성 때문이다. 특별히
'누군가만 우월한 입법 원리를 가질 수는 없다'는 전언을 단적으로 드러
내고 있는 다음의 장면을 보자.

一日은 過訪了金鳳할식 坐席이 未定ᄒ야 卽厲聲大賁道孺子아 爾以斗筲
小技로 欺人騙財가 無所不至라ᄒ니 可歎可惜이로다. 大抵世上人이 都無心
主ᄒ야 胸中은 都是黑洞洞天地오 眼中에ᄂ 都是空中浮財故로 汝一時奸計
에 滔滔然墮落不悟ᄒ니 是豈滄浪自取라. 固不足怪어니와 汝가 自矜以後로
ᄂ 立心正直ᄒ야 無蹈邪徑이어다. 蒼天이 在上에 人不可多欺니라ᄒ며 又自
贊道我ᄂ 自少年時節로 勤苦力作ᄒ야 如今에 白髮이 星星토록 不敢妄希非
分之財ᄒ고 勤儉自持ᄒ야 朝夕飯饌은 唯是山蔬野菜나 一二接匙分排而已
오 秋冬衣服은 唯是麤布幾件而已라. 凡五六十年을 如一日也ᄒ라.56)

---

55) 전(傳)의 기본 원칙은 '덕이 많은 사람'은 칭찬하고, '결함(악)이 많은 사람'은 폄하하
   는 것에 있다. 엄격한 포폄의 원칙에 근거하여 거사직서 하던 전(傳)의 이와 같은 원칙
   이 깨어지고 있음이 「金鳳本傳」에서도 여실히 드러나고 있다.
56) 『神斷公案』 제4화, 『皇城新聞』, 1906.7.30.

위의 인용문은 이모부 이삼장이 불쑥 찾아와 인홍의 사기 행각을 꾸 짖으며 자찬하는 장면이다. 이삼장은 '어려서부터 백발이 성성한 지금에 이르기까지 근검절약 하여서 조석 반찬은 오직 산나물과 야채뿐이나 그 것도 수저를 한두 번 나누어 대고는 바로 거두고 말 뿐이요, 추동복은 오 직 거친 베옷 몇 벌[自少年時節로 勤苦力作ᄒ야 如今에 白髮이 星星토록 不敢 妄希非分之財ᄒ고 勤儉自持ᄒ야 朝夕飯饌은 唯是山蔬野菜나 一二接匙分排而已 오 秋冬衣服은 唯是麤布幾件而已]'뿐이라며 자신의 청렴하고 바른 심지를 자랑한다. 이삼장은 더욱이 사람들이 인홍의 간계에 빠지는 까닭을 '도 대체 심지가 바르지 못해서[大抵世上人이 都無心主ᄒ야]' 그런 것으로 규정 한다. 그리고는 자신처럼 일생을 청렴하게 살아온 사람들에게는 그런 일 이 일어날 수 없다고 호언장담한다. 그러나 인홍은 이삼장의 이런 호언 과 자랑을 믿지 않는다. 이삼장이야말로 적수공권으로 부호가 되긴 했지 만, 그 치부의 과정이 그리 떳떳한 것만은 아니었다. 이삼장은 돈과 쌀을 빌려주고 그 이자를 받는 고리대금형 치부가였다.57) 인홍과 특별하게 다 른 도덕성을 가진 자가 아니었다. 그러기에 이삼장이, '소기(사기)로 재물 을 취한다[小技로 欺人騙財]'며 인홍을 꾸짖을 처지는 되지 못한다. 이삼 장이나 인홍 모두 특별히 다른 도덕적 입법 원칙을 가진 자들은 아니었 다.58) 시정적 인정물태의 시공성 안에서는 절대적 삶의 원칙과 그 모습

---

57) "이삼장의 자찬, 곧 자신은 심지가 바른 청렴한 사람이라는 말이 허언임은 다음과 같은 고리대금업 치부가의 전형적인 행태가 드러나는 장면을 보면 잘 알 수 있다. 즉, 이삼장 은 각처에 빌려준 돈과 쌀의 이자를 손수 계산하느라고 사오경이 지나서야 잠에 든다[李 三丈은 原來是赤手起家的富翁이라 年已七十에 僅儉治産ᄒ고 各處貸與的錢米利息 을 無不自手計算에 一一出納每夜就寢이 常以四五更時候 故로 此時에 正是昏昏蒙蒙 ᄒ야 臥在黑甛鄕中이라가 ……]."(『神斷公案』 제4화, 『皇城新聞』, 1906.6.30)

58) 물론, 인홍은 다른 지점에서 검토되어야 하는 측면이 있다. 인홍의 사기 행각은 전적 으로 개인적 치부에 목적한 것만은 아니라는 것이다. 인홍의 사기 행각의 의미는 역시 현실비판 의식과 맞물려 있는 문제로 환원해서 검토될 수 있는바, 이 점은 이삼장으로 부터 돈을 빼앗은 후, 수천 냥으로 잔치를 벌이고 나머지 돈은 물장수들에게 일일이 똑 같이 나누어주는 다음의 장면에서 잘 드러난다. "金鳳이 遂將數千兩錢ᄒ야 大設一卓 ᄒ고 齊齊聚了汲水傭人ᄒ야 爾勸我飮에 終日醉樂ᄒ고 更將數千兩錢ᄒ야 一一均給 了ᄒ더라."(『神斷公案』 제4화, 『皇城新聞』, 1906.8.4)

의 우열은 존재할 수 없다. 그럼에도 불구하고 이삼장이 가진 현실 원칙은 "어떤 관점에서 보더라도 천박하고 비속한 것"임에는 틀림없다. 그의 현실 원칙이 '천하고 비속한 것'에서 벗어나려면 "구체적인 대중의 생활"을 외면하지 말아야 한다.59) 스스로 "빌려준 돈과 쌀의 이자를 계산하느라 잠자리에 들지 못하고 새벽을 맞이하는 자[各處貸與的錢米利息을 無不自手計算에 ——出納每夜就寢이 常以四五更時]"60)의 생활과 '심지가 없어[都無心主]'서 간계한 이익에 눈이 먼 사람들의 생활이 다르지 않다는 것을 인정해야 한다. 그 인정이 전제될 때, 이삼장 스스로가 말하고 있는 '입심정직(立心正直)'의 길이 열리게 된다. '입심정직(立心正直)'은 다른 것이 아니다. 어떻게 하면 '최소의 도덕'을 세울 수 있는가를 고민하는 것이다. 이런 점에서 보면 이삼장으로부터 "갈취한 돈으로 잔치를 베풀고, 나머지 돈은 대동강 물장수들에게 균등하게 나누어주는 인홍의 행위[遂將數千兩錢ᄒᆞ야 大設一卓ᄒᆞ고 齊齊聚了汲水傭人ᄒᆞ야 爾勸我飮에 終日醉樂ᄒᆞ고 更將數千兩錢ᄒᆞ야 ——均給了]"61)야말로 차라리 '최소의 도덕'이라는 입법 원칙에 근거한 행위인 것이다. 근대계몽기 허구지향적 전(傳) 작품 가운데, '최소 도덕'의 거의 유일한 인물 형상으로 '인홍'을 지목해도 크게 틀리지는 않을 것이다.62) 그러므로 위에서 제시되고 있는 인용문에서의 이삼장의 자랑, 곧 자신은 '심지가 바르기' 때문에 '소기의 간계'에 속지 않는다는 호언은 정당성이 없다. 이 점은 인홍에게 속은 줄도 모르고 자신(이삼장)이 대동강의 새 주인이라고 나서서 물세를 받으려는 이삼장에게 "그대의 백발이 성성한 것을 보니 응당 수십 년 동안 떡국을 실컷 먹었거늘 전무후무한 일을 지어내 앞마을의 개새끼들조차 모두 짖으니 이런

---

59) 金仁煥, 『韓國文學理論의 硏究』, 을유문화사, 1986, 67면.
60) 『神斷公案』 제4화, 『皇城新聞』, 1906.6.30.
61) 『神斷公案』 제4화, 『皇城新聞』, 1906.8.4.
62) 이런 맥락에 근거해 보면 대부분의 사실지향의 전(傳)들에 형상화된 인물 형상이 대체로 '극대도덕(極大道德)'의 인물 형상이라면, 허구지향의 전(傳) 가운데 「金鳳本傳」의 인홍은 '최소도덕(最小道德)'의 인물 형상이고 「魚福孫傳」의 어복손은 '초월도덕(超越道德)'의 인물 형상을 하고 있는 것이라 하겠다.

바보를 두었다 어디에 쓰리요[看爾白髮이 星星ᄒᆞ니 應飽盡數十年不托(썩국)이
거늘 乃作前無後無的事ᄒᆞ야 吠盡前村的狗子ᄒᆞ니 如此癡物을 留之何用]"63)라
며 신랄하게 비판하는 대동강 물장수의 말을 통해서 잘 드러난다. 자신
은 '심지가 바른 사람', 곧 특별한 입법 원리를 가지고 있는 사람이라며
자찬한 것이 한 순간에 무너지는 장면이다. 인홍의 '이삼장 골탕먹이기'
의 삽화적 의미는, 그러니까 '사람들의 살림살이가 이러저리 얽히고 설
킨 시정의 공간' 안에서 나만이 특별한 삶의 원칙을 가지고 있다고 믿고
있는 '요물'에 대한 풍자인 것만은 분명하다. 이와 같은 요물은 시정적
인정물태의 공간 안에서 실재하는 대상들과는 그 실체가 다른 몹시 '기
이하고 뒤틀린 형상'에 다름 아니다. 이런 점에서 이삼장의 인물 형상은
「어복손전(魚福孫傳)」의 반면인물(antagonist)로서의 '오영환'과 동궤의 인물
이다. 이 지점에서 또 우리가 놓쳐서는 안 되는 것이, '오영환'의 입법 원
칙이 시정적 인정물태의 공간 안에서 진정(眞情)의 가치와 어떻게 충돌하
고 있는가에 대해서 검토하는 것이다.

　　再嘆了一口氣道　我何用自苦如此리오　將這奴兒名字ᄒᆞ야　割出了奴籍ᄒᆞ고
從今以後로ᄂᆞᆫ　彼爲彼我爲我ᄒᆞ야　這奴兒ᄂᆞᆫ　無將吳永煥叫做上典ᄒᆞ며　吳永煥
은　無將這奴兒認做家奴ᄒᆞ고　但作行路人一般ᄒᆞ면　便是萬事淸楚라.　我何用自
苦如此리오만은　我但惜這大監이　中了點奴的蠱惑ᄒᆞ야　敗了自己的名(評曰何
其多事也오　皺盡了一池春水달干卿甚事오)ᄒᆞ고　亂了人家的事(評曰爾不管這
奴兒ᄒᆞ면　這奴兒가　雖有大魔術이나　那得亂爾家事리오.　如此自歎自歌ᄒᆞ며　咄
咄書空ᄒᆞ다가　忽然瞋目攘臂ᄒᆞ며　拍案蹶起道　我亦稟命爲丈夫ᄒᆞ고(這奴兒ᄂᆞᆫ
獨非丈夫麽)承家爲班種ᄒᆞ야　寧死언정　豈忍坐視了幺麼奴兒의　飛騰自由리오
如此면　何以對妻子며　何以對朋友리오.　我雖屛弱書生이나　那堪他人의　都叫我
無腸公子리오.　縱使我吳永煥全家로　葬盡了古江村龍潭(潭名)　裏巨魚腹中(鳴
乎此數句가　竟作言讖)ᄒᆞᆯ지라도　決不任這奴兒의　揚眉吐氣也自得ᄒᆞ리로다.64)

---

63) 『神斷公案』 제4화, 『皇城新聞』, 1906.8.3.
64) 『神斷公案』 제7화, 『皇城新聞』, 1906.11.24.

어복손이 속량(贖良)하려 한다는 소식을 유생으로부터 전해들은 오영환은, 위의 인용문에 잘 드러나는 바와 같이 '내가 무엇 때문에 스스로를 이토록 고달프게 하리오[我何用自苦如此]'라며 어복손을 '노적에서 빼버리는 것[將這奴兒名字ᄒᆞ야 割出了奴籍ᄒᆞ고]'으로 자기와 어복손 사이의 주노(主奴) 관계를 청산하려 한다. 이것은 처음에 어복손이 속량을 청원했을 당시 속량은커녕 오히려 "크게 노하여 어복손을 엎어놓고 매 스무 대를 거듭 때리던[聽罷大怒ᄒᆞ야 倒了魚福孫ᄒᆞ고 笞二十度를重打ᄒᆞ니]"65) 것과는 판이하게 다른 태도이다. 그러나 오영환의 이러한 생각은 잠깐 동안의 생각에 불과한 것이었다. 오영환은 기본적으로 중세적 신분 의식에 철저하게 사로잡혀 있었던 인물이다. 오영환이 '양반이 된 몸으로 차라리 죽을지언정 노비가 비등한 자유를 누리는 것을 그대로 보고 둘 수는 없다[承家爲班種ᄒᆞ야 寧死언정 豈忍坐視了ᄉᆞ麼奴兒의 飛騰自由리오]'며 다짐하는 위의 인용문에서 이 점은 잘 드러난다. 말할 것도 없이 오영환의 이와 같은 사고는 "세간에 반·상과 주·노가 따로 있을 수 없다"66)는 어복손의 사고와 근본적으로 충돌할 수밖에 없는 것이었다. 물론, 어복손의 속량이 문제화된다는 것 자체가 이미 주노(主奴) 관계의 변화를 예고하는 것이기는 하다.67) 이러한 변화의 시대에 문제가 되는 것은 '사람의 도리를 잃지 않으면 상놈이라 할 수 없는 것[不失人道ᄒᆞ면 不可謂常]'인데도, 도리를 잃지 않은 노비가 부정의 대상이 될 때이다. 그것은 끊임없이 이른바 "닫힌 체계"68)의 사회를 만들어낸다. 이러한 닫힌 체계

---

65) 『神斷公案』 제7화, 『皇城新聞』, 1906.10.10.

66) "世間에安有班常이리오不失人道ᄒᆞ면不可謂常이니安有奴主리오德勝上典ᄒᆞ면不可謂奴라."(『神斷公案』 제7화, 『皇城新聞』, 1908.12.18)

67) 이러한 관계의 변화는 바로 "요즘 세상에는 두려운 사람들이 허다하다. 자기 집 수하의 어린 종들도 호랑이와 이리가 되어 나를 다투어 물어대니, 오는 자가 누구인가. 나는 보고싶지 않구나, 나는 보고싶지 않구나[今世上에는許多可畏之人이라自家手下的僮奴輩도莫不爲虎爲狼에爭來噬我ᄒᆞ나니來者ㅣ誰也오我不顧我不顧]"(『神斷公案』 제7화, 『皇城新聞』, 1906.11.28)라고 외치는 장면에서 분명하게 드러나고 있다.

68) 이 글에서 사용되고 있는 '열린 체계'와 '닫힌 체계'의 개념은 김인환의 용어를 그대

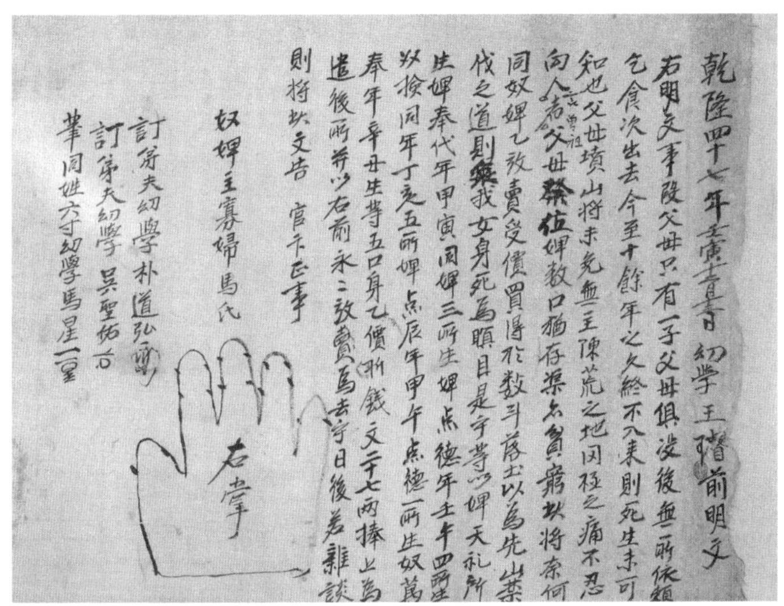

▲ 노비매매문서(奴婢賣買文書). 과부(寡婦) 마씨(馬氏), 1782년. 과부 마씨가 친정 부모의 위토답(位土畓)을 마련하기 위하여 유학 왕선(王璿)에게 노비를 팔면서 작성해준 노비매매문서이다. 조선시대 아녀자들은 수결을 할 수 없었으므로 손바닥을 그리거나 도장을 찍었다.

안에서는 '짝(雦)'이 존재할 수 없다. 짝이 존재할 수 없다는 점에서 '닫힌 체계'의 사회는 '무서운 긴장'도 없지만, 동시에 서로의 가치를 긍정하는 이른바 '즐거운 부정'도 존재할 수 없게 된다. 바로 이러한 '즐거운 부정'의 정신이 부정될 때, "닫힌 체계와 열린 체계"의 매개 가능성 또한 소멸된다. 더욱이 "개인의 참다운 자율성"이란 것도 결국은 "열린 체계 안에서만 가능한 것이므로 닫힌 체계를 부정하지 않은 채, 자율적 개별성을 확보할 수는 없을 터"이다.[69] 이런 의미에서 '차라리 죽을지언정 노비가 비등한 자유를 누리는 것을 그대로 두고 볼 수 없다[寧死언정 豈忍坐視了么麽奴兒의 飛騰自由]'는 오영환의 말은 열린 체계에로의 가능성

로 수용한 것이다. 이 두 개념에 대한 상론은 김인환의 저서(『韓國文學理論의 研究』, 을유문화사, 1986, 53~71면)를 참조할 것.

69) 金仁煥, 위의 책, 54면.

을 가장 과격하게 부인한 것이라 하겠다. 이유는 무엇보다도 오영환이 "닫힌 체계를 열린 체계로 변형할 수 있는 객관적 가능성"70)으로서의 '자유'를 부인하고 있기 때문이다. 이 '자유'가 부인될 때, 자율적 존재로서의 인간의 가치는 소멸되고 단지 물화된 존재로서의 가치만 남게 된다. 이러한 닫힌 체계 안에서의 인간은 얼마든지 필요에 의해서만 존재케 된다. 어복손을 죽이라는 오영환의 편지는 이런 의미에서 가장 섬뜩한, '자유의 부인'이다.71) 그 반면에 오영환의 편지를 오영환의 딸(연옥)과 결혼하라는 내용으로 위조하는 어복손의 행위는 가장 즐거운, '부정의 정신'이다.72) 문제는 이 부정의 정신이 어떤 방식으로 갈라져 있는 '닫힌 체계와 열린 체계'를 원래부터 같이 있었던 '하나의 세계' 안으로 통합하느냐에 있다. 이 점에서 그것을 '대동'의 세계에서 찾고 있는 「김봉본전(金鳳本傳)」은 하나의 시사가 될 수 있겠다.

　我朝鮮之剖判으로　卽有此大洞江ᄒ고　自有此大洞江으로　未聞有汲水稅ᄒ야　持椀者ᄂᆫ　椀以飮ᄒ고　持瓢者ᄂᆫ　瓢以飮ᄒ고　東方之人은　自東方來汲ᄒ고

---

70) 金仁煥, 『韓國文學理論의 研究』, 을유문화사, 1986, 71면.
71) "柳生이　道這奴兒가　一離此地ᄒ면　便是蛟龍이　出水라　其死其生을　那宰相이　豈復肯下問了리오　吳進士ㅣ　擊節道爾言이　良是로다　到翌日에　這奴兒가　下職次拜辭了어날　吳進士ㅣ　便欺這奴兒가　是不識字的奴子라　ᄒ야　付去這奴兒ᄒᄂᆫ　家書中에　滿幅張皇的說話가　都是這奴兒可殺的罪狀이오　前後無嚴的事件이라　其末에　單道若不早早結果了此奴兒ᄒ면　忠州古江村에　將見蓬蒿滿目ᄒ리니　毋躊躇ᄒ며　毋沈淹ᄒ고　卽日快下毒手ᄒ야　以絶後患ᄒ라　我ᄂᆫ　當隨後下去ᄒ야　觀汝的果從吾言與否ᄒ리라　我非不欲趂今下去ᄒ야　我手로　行此事ᄒ려니와　但在京에도　亦有許多的未了事ᄒ야　故此一書로　備言其故ᄒ노니　全家上下가　將此書輪覽ᄒ고　무絶禍根으로　爲計ᄒ라　忽忽止此ᄒ노라."(『神斷公案』, 『皇城新聞』, 1906.12.17)
72) "魚福孫이　將書角奉上커늘　坼而視之ᄒ니　却闕了一張寄兒書ᄒ고　只有一封諺札커늘　起入內堂ᄒ야　奉與渠慈看去ᄒ니　幷無他米鹽柴水等鎖鎖說話ᄒ고　單道魚福孫이　是忠奴오　奇奴니　夫人은　視之如兄弟叔侄ᄒ고　兒子은　尊之如父母師友호디　無敢以奴子로　待之ᄒ라　我下去後에　期欲將吾嬌蓮玉ᄒ야　付與魚福孫ᄒ랴　ᄒ노니　世間에　安有班常이리오　不失人道ᄒ면　不可謂常이니　安有奴主리오　德勝上典ᄒ면　不可謂奴라　美如陳平에　必無長貧之理ᄒᄂ니　彼魚福孫이　豈是常爲人奴者哉아　我不以爲婿ᄒ면　他人이　以爲婿ᄒ리니　敎兒擇日以待케ᄒ라."(『神斷公案』, 『皇城新聞』, 1906.12.18)

西方之人은 自西方來汲ᄒ니 萬古長江이 只是用之不渴取之無禁이니 今此張
稅券을 誰牧爾持來的오 看爾白髮이 星星ᄒ니 應飽盡數十年不托(썩국)이거
늘 乃作前無後無的事ᄒ야 吠盡前村的狗子ᄒ니 如此癡物을 留之何用.[73]

위의 인용문에서 잘 드러나는 바와 같이, 대동강의 새 주인이라며 물
세를 거두려는 이삼장에게 '조선이 생긴즉 바로 대동강이 있었고 대동
강이 흐르고 나서 물 긷는 세가 있었다는 말을 들은 적이 없었으니, 세
금쪽지를 누가 당신한테 가져오라고 시켰소[我朝鮮之剖判으로 即有此大洞
江ᄒ고 自有此大洞江으로 未聞有汲水稅ᄒ야, 稅券을 誰牧爾持來的오]'라며 일
갈하는 대동강 물장수의 말에서 '갈라진 세계'의 통합의 실마리가 보인
다 하겠다. 그것은 모두가 '저마다의 타고난 분수, 곧 주발을 가진 사람
은 주발로 마시고 표주박을 가진 사람은 표주박으로 마시는[持椀者는 椀
以飲ᄒ고 持瓢者는 瓢以飲ᄒ고]' 대로 '스스로 그러하게 사는 것, 이른바 동
쪽 사람은 동쪽에서 길어가고 서쪽 사람은 서쪽에서 길어가는 것[東方之
人은 自東方來汲ᄒ고 西方之人은 自西方來汲ᄒ니]'에서 찾아질 수 있겠다.
'대동(大同)'의 세계는 물장수의 말에서 드러나는 바와 같이 '취해도 금
함이 없는[取之無禁]' '큰 화합'의 세계이다. 사람의 자연스러운 '참 마
음', 곧 '진정(眞情)'을 그대로 존중하는 세계이다. 그것은 '물세쪽지[稅券]'
로 상징화된 '금(禁)'의 세계로 대체될 수 없는 세계이다. 바로 이 대동의
세계에서는 "대립하는 모든 것이 상보적인 것"[74]이 된다. 이 대동의 세
계 안에서는 '누구는 주인이고 누구는 노비다'라는 의식이 존재할 수 없
다. 서로는 존중의 마음을 통하여 대동(사회)이라는 큰 화합의 집체를 만
들어 낸다.[75] 이러한 의미에서 주체와 객체가 따로 분리될 수 없는 '대

---

73) 『神斷公案』 제4화, 『皇城新聞』, 1906.8.3.
74) 金仁煥, 앞의 책, 55면.
75) 인홍이 이삼장의 주막에 명의 이군응을 협박하여 한약방을 낸 것은 원래는 개인적인
   경제적 궁핍을 해결할 목적이었지만, 결국에는 한약방이라는 공간을 통하여 대동적 화
   합의 세계를 구현한다는 점에서 이 삽화도 간단히 인홍의 '골탕먹이기' 삽화의 하나로
   만 볼 수는 없는 것이다. "未幾에 平壤城內外遠近이 無不卿卿濃濃ᄒ야 都說當世扁

동’ 안에서 “주체와 객체, 의식과 사물은 하나의 열린 체계 안에서 상호 침투하여 우주 또는 사회라는 그물을 형성해 나아가는 역동적인 힘들”76)이 된다. 물론, 이 대동의 세계 안에서는 서로를 복속시키려고도, 또 그것을 허용하지도 않는다. 문제는 이 안에서 사는 사람들도 결국은 서로가 이리저리 얽히고, 또 그 얽힘의 과정 안에서 패덕(悖德)이라는 현실태와 운명적으로 맞설 수밖에 없다는 것이다. 전(傳)은 그 패덕을 문제 삼는 양식이었다. 패덕에 목숨을 걸고 항거한 인물을 표창하거나, 그 반대로 패덕한 인물을 가차없이 폄론하는 양식이다. 전(傳)이 이데올로기적 양식이 될 수밖에 없는 이유도 여기에 있다. 특히, 어떤 가치(이데올로기)를 표창하는 양식으로서의 전(傳)은 매우 강한 직접성을 지닌 양식이다. 작품 내의 모든 서사적 요소들이 입전 인물의 가치 폄론에 집중된다는 점에서 극단적으로 말하면 하나의 의미만 생성하는 공간을 지니고 있는 양식이라고 해도 되겠다. 이러저러한 삶의 양태들이 부딪치고 얽히어 있는 인정물태의 공간 창출이 원천적으로는 불가능한 양식일 수도 있겠다. 전(傳)의 이러한 특성이 와해되기 시작하는 시점은 조선 후기였다. 조선 후기 3대 전(傳) 작가라고 지칭해도 손색이 없는 연암·문무자·담정의 전(傳) 작품에서 이러한 전(傳)의 변모상이 분명하게 드러난다. 한 마디로 이들의 전(傳) 작품에서는 반면 인물(antagonist)이 하나의 ‘짝(讎)’으로 대위되어 ‘가치 충돌’ 현상이 일어나게 된다. 그것은 필연적으로 ‘패덕’을 수용하지 않고서는 서사적으로 구조화될 수 없는 문제이다. 근대계몽기의 허구지향성이 강한 「김봉본전(金鳳本傳)」과 「어복손전

鵲李君脣이 來駐仁鴻家掛藥이라 ᄒᆞ야 各色奇奇怪怪的病人이 爭來拜謁ᄒᆞᆯ시 啞者ᄂᆞᆫ 求其語ᄒᆞ고 聾者ᄂᆞᆫ 求其聽ᄒᆞ고 跛者ᄂᆞᆫ 求其伸ᄒᆞ고 盲者ᄂᆞᆫ 求其視ᄒᆞ고 病熱者 病寒者 中風昏倒者 陰虛火動者 唊肉不下者 乘馬折肱者가 或踵門而來하며 或與疾而至ᄒᆞ고 或一張病錄으로 來求華劑ᄒᆞ야 一般僥富的ᄂᆞᆫ 牛背馬背에 錢幣山積ᄒᆞ고 一般貧塞的ᄂᆞᆫ 茶盡酒瓶에 情誼殷勤ᄒᆞ야 仁鴻門前에 忽然騰沸了人山人海ᄒᆞ니.”(『神斷公案』 제4회, 『皇城新聞』, 1906.7.11)

76) 金仁煥, 『韓國文學理論의 研究』, 을유문화사, 1986, 55면.

(魚福孫傳)」도 이들의 전(傳)과 동일한 변모상을 드러내고 있다는 점에서, 근대계몽기의 허구지향성이 두드러진 전(傳)의 자리는 명백하다. 그것은 조선 후기 소설 지향성이 두드러졌던 전(傳) 작품의 연속이었다. 그러나 그것은 동시에 전(傳)의 극점에서 다시 내려와 소멸하는 지점의 양식이기도 하였다. 그러니까, 이 두 전(傳)은 연속과 단절의 두 부면을 같이 지니고 있는 전(傳) 양식이었던 셈이다.

2. '새로운' 미적 광원(光源)의 출현과 근대적 제도에의 신생(新生) 의지

1) '미적 희롱'의 창출과 중세적 가치의 붕괴

조선 후기부터 제기되기 시작한, '정(情)'의 독자성을 존중하는 심성론에 근거해 보면 "미적 경험이라는 고유한 경험의 영역"[77]은 따로 독립되어 있는 것으로 볼 수 있겠다. '정(情－喜怒哀樂)'이 '성(性－仁義禮智)'에 부속되는 것이 아니라는 반권위적 심성론이 '계몽의 윤리학'에 의해 일시적으로 후퇴하는 지점이 근대계몽기이기는 하지만, 어쨌거나 주희의 성정론을 모범적으로 재현하고 있었던 문예 양식으로서의 전(傳)이 한편에서는 자태 전환의 갱신 과정을 통해서 다시 '정(情)'의 독자성을 고시하고 있었다는 점은 매우 역설적이기까지 하다. 수식 배제의 질실한 문장을 통하여 유가적 가치 표창을 겨냥하고 있었던 전(傳) 양식이 "섬세하고도 감상적인 묘사"[78]의 문장을 통하여 '시정의 하찮은 일'에 대한

---

77) 吳炳南, 『美學講義』, 서울대 미학과, 1990, 408면.

78) 장원철, 「한문산문에서의 미학적 특성」, 『韓國漢文學研究』 29집, 韓國漢文學學會, 2002, 15면.

▲ 신윤복(申潤福), 기방무사(妓房無事), 간송미술관. 기방에서 남녀가 사랑을 나누는데, 밖에서 다른 기녀가 들어오려는 장면이다.

관심과 '개인의 자각적 감정', 곧 '개인 가치'를 옹호하는 양식으로 변이하고 있었다는 점은 이 시기 '허구지향적 전(傳)'의 매우 중요한 변모상의 하나라 하겠다. 물론, 전(傳)의 자기 갱신 현상이 이 시기만의 특징은 아니다. 그것은 적어도 조선 후기, 연암·문무자·담정이 도달한 전(傳)의 성과와 동심원적 연장선상에 있는 것이었다. 이들의 전(傳)이 새로운 세계상과 미적 경험을 양식적으로 정시하고 있었다는 점은 이미 잘 알려진 바이거니와, 이들의 전(傳)에서는 남녀간의 풍정(風情)과 여항의 비루한 삶의 양태가 옹호적으로 탐색되고 있었다. 근대계몽기의 허구지향 의식을 보여주고 있는 전(傳)에서도 이러한 경향은 그대로 정시되고 있었다. 간결한 산문의 언어로 도의적 이념을 표창하는 양식으로서의 전(傳)이 시정적 삶의 이러저러한 국면을 재현하고 있다는 점은, 이른바 조

선 후기 소설론에서 드러나기 시작한 상대주의적 세계관을 전(傳) 양식
이 수용하고 있었다는 반증이기도 하다. 또한, '허구지향적 전(傳)'에서는
전대의 한문소설이 보여주고 있는 '수이(殊異)', 곧 '기이한 서사' 구조
그 자체는 물론 지양되고 있었지만 그 미적 특질의 영역에서는 많은 부
분 함께 연맥되는 지점이 존재하고 있었다. 근대계몽기의 전(傳)이 소설
의 미적 특질을 수용하고 있었다는 점은 이 시기에 와서 전(傳), 이른바
'허구지향적 전(傳)'이 소설과 교섭하고 있었다는 점을 증거하는 것이기
도 하다. 즉, 득의(得意)하지 못하여 시정을 떠도는 자에게서 환기되고 있
는 '우수'와 '파탈'의 정조는 근대계몽기 허구지향 의식이 두드러진 전
(傳)에서 분명하게 드러나고 있는 미적 특질의 하나로 볼 수 있을 것이
다. 다음의 「김봉본전」에서 이 점은 잘 확인된다.

却說 仁祖朝登極之初에 平安道平壤等地에 産出一個奇男하니 姓은 金이
오 名은 仁鴻이라. 聰悟過人하고 才智絶倫하야 嘗自謂生逢楚漢時代러면 呼
良平爲兄弟하고 視終灌如奴隷라하야 今丈古史를 過目不遺로디 不肯逐山村
學究輩하야 論文作賦하고 嘗過訪一親友하다가 見其五月炎天에 閉門作十八
句行詩하고 撫掌道賢兄이 終日揮汗에 所得이 幾何오 國中名山이 不少하니
願與子翶翔山水하야 以酬平生的夙願하면 較此深山倭屋中에 無朋無友히 鬱
鬱獨坐的컨딘 豈非男子의 一場稱快處리오 賢兄은 以爲何如오 友人이 道吾
兄이 誤矣로다. 卽此十八句詩中에 便有無限滋味하고 一切世間에 榮華富貴
와 錦錡粱肉이 皆在此中하니 今欲棄此去리오. 縱令振衣曳履에 直上金剛山
之毗盧峯頂하야 俯觀東海에 粘天無際하고 呼吸淸風에 放杖大呼하면 塵世
間高蹈者가 捨我其誰리오만은 究竟에는 斷不如蓬門僻巷에 撑拄了日肚皮ᄒ
고 忍飢作文ᄒ고 摘得了初試一窠ᄒ야 以爲吾子吾孫的宅號(遐鄕之人은 有初
試宅號)ᄒ면 於良에 亦足이어니 何必作許多妄想ᄒ야 但得世間에 風魔子(바
람동이)稱號리오ᄒ디 仁鴻이 仰天大歎ᄒ고 顧謂友人道仁鴻이 常謂賢兄은
落落不羈者러니 今觀志氣ᄒ니 仁鴻이 不覺恨恨이로다. 遂拂衣徑去ᄒ더라.
仁鴻이 年十七에 來遊京師라가 一夜는 承月色淸明ᄒ야 手携了一壺獨酒ᄒ
고 獨上南山之蚕頭라가 忽然大叫數聲ᄒ고 發狂疾走에 數日不休ᄒ디 人皆

以爲病狂也라ᄒ더니 旣而오 無事라. 自後로 往徠江湖에 逍遙自得ᄒ야 自號
를 浪士라ᄒ고 經年不返ᄒ더니 未機에 妻子凍餓ᄒ야 往往察書에 誚諭諷諭
가 無所不至라. 仁鴻이 乃歎曰功名도 在天이오 神仙도 有分이니 休矣어다.
歸去家中ᄒ야 風打竹浪打竹으로 優哉遊哉에 聊以卒歲ᄒ리라.[79]

　이미 상식화된 것이지만, 문예 양식은 고형화된, 혹은 완성된 자태로
스스로를 관철하지는 않는다. 문예 양식이란 하나의 형태로 형성되고
나면 그 즉시 자기 파탈과 갱신의 과정을 통하여 자기 변모를 꾀한다.
이른바 '양식' 그 자체가 '창신하기'라는 동명사인바, 만일 문예 양식이
이러한 과정을 통하여 스스로의 "구심력과 원심력"[80]을 확보하지 못한
다면 역사적 장르로서의 생명력은 상실된다. 전(傳)이 근대계몽기 그 이
후의 다른 서사 양식에 착종되거나 아니면 사멸하여 장르로서의 일생을
마쳤다면, 그것은 적어도 '구심력'과 '원심력' 사이의 균형, 이른바 양식
자체의 고유한 문법과 원리를 고수하려는 힘과 그것을 넘어서려는 파탈
과 창신의 장력 사이에서 어떠한 힘의 균형이 무너졌기 때문인 것이다.
근대계몽기의 전(傳), 특히 사실지향 의식이 농후한 전(傳)이 끝내 자기
파탈과 갱신을 하지 못하고 멸종된 이유도 다 이러한 사정과 무관하지
않다. 이러한 유형의 전(傳)이 당대의 계몽 담론(국권 회복을 위한 민지 계몽,
유가적 이념)을 담아내는 자족적 원리로만 기능할 때, 그 문법과 원리를
넘어서려는(아니 그것을 파탈하고자 하는 지향) 원심력을 감당해낼 수는 없었
을 터이다. 바로 이 원심력이 내장하고 있는 촉범성(觸犯性), 곧 중세적

---

79) 『神斷公案』 제4회, 『皇城新聞』, 1906.6.28.
80) 여기에서 '구심력'과 '원심력'의 개념은 장르 일반론에 대한 박희병의 다음과 같은
　　진술을 수용하기로 한다. 곧, '구심력'이 장르의 일반적 문법이나 원리라면, '원심력'은
　　그것을 벗어나고자 하는 지향, 즉 창의와 혁신, 파격 등이 될 터이다. 특정 장르가 정체
　　(停滯)되지 않고 살아남으려면 원심력이 불가결하다. 말하자면 둘 사이에는 일정한 균
　　형이 이루어질 필요가 있는 것이다. 적어도 원심력이 구심력을 능가하지 않는 한(혹은
　　능가하는 것처럼 보이지 않는 한), 장르는 해체되지 않고 지속될 수 있다(박희병, 「傳奇
　　的 人間의 미적 특질」, 『민족문학사연구』 7호, 1995, 121면).

윤리나 이념, 또 그에 기반한 제도에 도전하려는 반중세적 지향 의식에
의해 고형화된 사실지향의 전(傳)은 깨어질 수밖에 없었다. 근대계몽기
사실지향적 전(傳) 작품이 모두 유가 예악론의 정교적 효용성을 제시하
는 것에 그치는 것은 아니었지만, 적어도 반예교적 성향을 지닌 인물들
의 행적을 입전하고 있지 않다는 점에서 우선은 이 시기의 허구지향 의
식을 보여주고 있는 전(傳)과는, 특히 인물이 내함하고 있는 미적 특질은
판이하게 다른 것이다. 이러한 시각에 기대어 보면, 위의 제시문에서 드
러나는 인홍(仁鴻)의 인물 형상이야말로 반예교적 성향을 지닌 인물의
전형이 될 수도 있을 터인바, 인홍이 '오월 염천에 종일토록 땀을 흘리
며 시를 지어봐야 무슨 소득이 있겠냐[五月炎天에 閉門作十八句行詩하고 撫
掌道賢兄이 終日揮汗에 所得이 幾何]'며 친구의 시작(詩作) 자체를 문제시하
는 것에서부터 분명해진다. 원래 유가에서는 시(詩)를 통한 감발(感發)이
인격 완성의 조건이라 하여 시를 특별히 강조했다. 흥미 있는 것은 노장
(老莊)이나 묵가(墨家)는 시(詩)를 거의 언급하지 않는다는 점이다. 시(詩)를
강조하는 것은 유가의 특색이 된다.81) 유가에서 시(詩)를 강조하는 이유
는 시의 기능에 관한 공자의 진술에서 잘 드러난다. 공자는 "시(詩)는 감
흥을 불러 일으킬 수 있고, 상고(詳考)하여 볼 수 있고, 사람과 사람을 어
울릴 수 있게 하며, 은근하게 탓할 수 있게 하며, 가까이는 어버이를 섬
기고, 나아가서는 군주를 섬기며, 새와 짐승과 풀과 나무의 이름을 많이
알게 한다"82)라고 하여 "시의 기능으로서의 '可以群'을 말하고, 학시(學
詩)의 최후 목적이 '事父事君'과 '多識於鳥獸草木之名'에 있음"83)을 밝
히고 있다. 그러므로 유가의 사유 영역 안에서 시를 통한 감흥은 단순히
정서의 영역에만 국한되는 것이 아니다. 부모와 임금을 섬기는 것과 같

---

81) 曺玟煥,「儒家美學의 先後本末論的 構造를 통해 본 禮樂論－禮樂의 政敎的 效用
    性을 중심으로」,『儒敎思想硏究』4·5집, 韓國儒敎學會, 1992, 390면.
82) "子曰, 小子何學夫詩, 詩可以興, 可以觀, 可以郡, 可以怨, 邇之事父, 遠之事君, 多
    識於鳥獸草木之名."(『論語』「陽貨」)
83) 曺玟煥, 앞의 글, 390면.

은 윤리적 영역 뿐만이 아니라, 지(知)와 관련된 각이한 영역에 대한 지식을 배워 '올바른 처세관(立於禮)'의 기초를 확립하는 데에 시가 기능하고 있는 것이다. 시(詩)와 예(禮)와 악(樂)의 상호 관련성, 곧 "시를 통하여 순수한 감정을 일으키고, 예로써 자신의 주체를 확립하고, 악(樂)을 통하여 자신의 인격을 완성한다"[84]는 언명은 유교 미학의 매우 중요한 지점을 관통하는 표현이다. 결국, '성어악(成於樂)'의 경지는 '입어례(立於禮)', 곧 '외물에 미혹되지 않는 굳건한 주체'의 형성 이후에라야 가능한 경지인바, "'成於樂'이 '興於詩'와 '立於禮' 뒤에 놓인 까닭은 시(詩)가 주로 사람에게 언어 지혜의 계발과 감발(感發)을 주는 것(興)이고, 예(禮)가 사람에게 외재규범의 육성과 훈련을 주는 것(立)이라면, 악(樂)은 바로 사람에게 내재심령의 완성을 주기 때문"이며, "또 앞의 두 가지가 지력(智力)구조(이성의 내면화)와 의지구조(이성의 凝聚)가 관련된 구조의 건축이라면, 후자는 심미구조(이성의 침전)가 정현(呈顯)된 것"[85]으로 이해할 수 있다. 이 지점에서 보면 인홍이 인식하고 있는 시(詩)와 인홍의 친구가 인식하고 있는 시에 대한 관점은 유별한 것이다. 인홍은, 시의 효용성을 인정하지 않았거나, 아니면 적어도 효용성 자체는 인정하고 있었지만 거기서 예악의 정교적 효용성을 뺀 차집합만을 인정한 것으로 이해할 수 있다. 그리고 보면 인홍의 시 인식은 말 그대로 순수미학적 관점에 근거한 것으로 볼 수 있다. 반면에 인홍의 친구는 거꾸로 시의 효용성에서 순수미학적 효용성만을 뺀 차집합만을 인정한 것으로 볼 수 있겠다. 예악의 정교적 효용성만을 극단적으로 강조한 시 인식의 차원에서 이해될 수 있는바, 이 점은 '세상의 부귀 영화와 온갖 비단옷과 좋은 음식이 모두 이 시(詩)에 있는데 이를 어찌 버리리오[此十八句詩中에 便有無限滋味하고

_{84) "興於詩, 立於禮, 成於樂."(『論語』「泰伯」)}

_{85) 李澤厚, 『華夏美學』, 三聯書店, 1988, 44면; 曹玟煥, 「儒家美學의 先後本末論的 構造를 통해 본 禮樂論―禮樂의 政教的 效用性을 중심으로」, 『儒教思想研究』 4·5집, 韓國儒教學會, 1992, 391면 재인용.}

一切世間에 榮華富貴와 錦錡粱肉이 皆在此中하니 今欲棄此去리오]'라는 진술을 통하여 잘 드러난다. 시가 '먹고 사는 것'과 '신분 등급'의 위상과 밀접하게 관련이 되어 있음을 단적으로 드러낸 것이다. 이런 점에서만 보면 인홍의 친구는 시와 예악의 문제를 상호관련시켜 이해하는 전형적인 인물이다. 즉, 예악을 모든 것과 관련시켜 이해하는 유가적 사유의 컨텍스트 안에서 시를 인식하고 있는 것인데, 유가에서 "禮는 身分 사회의 등급 규정과 같은 역할을 하였으며, 樂은 그 신분 등급에 따르는 그 확인 절차상의 상징적인 역할을 담당하였던 것"[86]임을 고려해보면 이 점은 더욱 분명해진다. 그러나 문제는 예악이 '먹고 사는 것'과 '상하신분 등급'의 위상과 관련되어 있는 것이기는 하지만 그것의 제정이 다만 "백성들의 구복이목(口腹耳目)의 욕심을 극진히 하려는 것이 아님"에도 예악이 '먹고 사는 것'의 문제를 수행하는 기제로만 기능할 때이다. 이러한 사회에서는 왕도(王道)가 실현될 수 없다. 예악이 "인도의 바른 길을 제시하고 있지 못하는 것"이다.[87] 유가에서는 바로 이러한 사회를 '천하무도(天下無道)'의 사회로 규정한다. 이러한 사회에서 예악과 결부된 시(詩)란 '인격 완성'의 기초가 되지 못한다. 이른바 시를 통한 '미적 경험'을 통하여 올바른 주체를 확립하고, 그 주체를 바탕으로 하여 궁극에는 '성어락(成於樂)'이라는 '인격 완성'의 단계에 이르는 것이 시와 결부된 유가 예악의 기본 구조이다. 문제는 전술한 바대로 인홍의 친구와 같이 시를 '사회적 욕망'의 실현 수단으로만 이해할 때이다. 미적 경험이 적어도 "자기 이익 추구가 동기가 되지 않는"[88] 영역에서만 하나의 실태로 체현되는 것이라면, 인홍의 친구에게 시는 '순연한 의미의 미적 대상'은 아니다.[89] 물론, 적극적인 현실 참여의 방식을 긍정했던 유가의 논리에

---

86) 李雲九, 「先秦諸子의 樂論 批判」, 『大東文化研究』 24집, 성균관대 대동문화연구소, 1990, 224면.

87) "是故先王之制禮樂也, 非以極口腹耳目之欲也, 將以教民平好惡, 而反人道之正也."(『禮記』 「樂記」)

88) 吳丙南, 『美學講義』, 서울대 미학과, 1990, 54면.

서 보면 원래 시 양식 자체가 '순연한 미적 대상'이라기보다는 현실 참여를 통하여 정치적 이상을 실현하는 데에 복무해야 하는 하나의 도구적 대상이 될 수도 있겠다. 이런 관점에 근거해 보면 인홍의 친구는 바로 '은둔'과 '참여'로 표상되는 유가적 생의 방식 중에서 후자, 곧 유교적 '현실 참여' 지향의 미적 영역 안에서 이해될 수 있는 인물이다. 한편 유가의 적극적 현실 참여는 경우에 따라서는 명분 없는 곡학아세로 흐르기 쉽기 때문에 유가에서 '은둔'은 '참여' 못지 않은 정당성을 확보한다.

그런데 통상 '은자'라는 표현을 머리에 떠올리게 되면, 문득 당초부터 현실권과는 인연을 맺지 않고 초야에 묻혀사는 탈속적인 분위기를 연상하기 쉽다.90) 이와 같은 연상은 아무래도 예악의 정교적 효용성에 대하여 비판적 입장을 견지하고 있었던 '노장적 자연관'의 영향과 무관하지 않다.91) 제시문의 인홍의 미적 인식도 일편 노장적 자연미의 범주 내에

---

89) 물론 이러한 진단은 심리주의적 미학에 일편향된 측면이 없지는 않지만, 미가 어떤 사물에 부속되어 있는 것이 아니라 어디까지나 각각의 예술과 거의 모든 개별적 대상에 따라서 각기 특이한 태도나 내적 자세에 제약을 받는다는 것이 일면의 진실이 있다는 것을 수용한다면 이와 같은 진단도 그 만큼의 설득력은 있는 것이다. 어쨌거나 미는 자체적으로 있는 것이 아니라 반드시 '그 누구'에게 대하여서만 있다는 것, 그리고 대상은 자연이거나 예술이거나를 막론하고 그 자체에 있어서가 아니라 오직 '우리에게 대하여서'만 미적 대상이 된다는 것, 그리고 또 이것도 우리가 특정한 내적 수용 자세를 가지는 한에서는 이러한 종류의 자세나 적극적인 활동을 통해서 볼 수 있다는 것 등의 함의들은 미 이해의 중요한 전거가 된다(N. 하르트만, 『미학』, 을유문화사, 43~46면).

90) 李鍾虎, 「退溪美學의 基本性格(上)」, 『退溪學』 창간호, 안동대 退溪學研究所, 1989, 133면.

91) 우리가 상식적으로 '은자'라는 표현을 머리에 떠올리게 되면, 문득 당초부터 현실권과는 인연을 맺지 않고 초야에 묻혀사는 탈속적인 분위기를 연상하기 쉽다. 이러한 사정은 아마도 중국의 현실도피사조로부터 유래한 듯하다. 중국의 예에서 살펴보면 춘추전국시대 혹은 그 이전에 있어서도 늘상 현실에 적극적으로 참여한 인물과 그렇지 못한 부류들이 공존해온 것이 사실이다. 그러나 은자, 혹은 은둔이란 용어가 현실적으로 구체화되어 사용된 것은 위진남북조시대에서부터인 것 같다. 이른바 '현학(玄學)' 사조가 바탕이 되어 그 출발을 본 이 은둔 사상은 노장적 자연관을 풍미시켰다. 그리고 인구에 회자되는 은일군자를 무수히 배출하였다. 보편화한 '은거자연(隱居自然)'의 방식은 후대에 엄청난 영향을 주었고, 특히 몇몇 상징적인 은자형상은 이를 더욱 숭상하게

서 이해될 수 있을 듯도 하다. 과거 공부를 하는 친구에게 '나라의 명산이 적지 않으니 더불어 그 명산의 산수나 즐기며 살자[國中名山이 不少하니 願與子翶翔山水]'는 인홍의 말에서 그 일단이 엿보인다 하겠다. 이때의 '산수(山水)'란 물론 '다른 것(榮華富貴와 錦綺粱肉)'과는 대립항이 되는 것으로서의 '자연'인바, 그것은 인홍에게 '대'해서만 성립하는 미적 대상이다. 인홍이 바로 이 '산수'에서 어떤 미적 쾌감을 느낀다고 해서 그것이 그대로 인홍의 친구에게 전치될 수는 없다. 그러므로 이미 상식화된 바대로, 그것은 관조하는 자의 주관과 그의 세계관적 기반에 따라서 각이하게 '나타나는' 것이다.92) 말할 것도 없이, 특별한 인물의 행적 포폄이 목적인 전(傳) 양식에서도 입전 인물의 세계 내적 조건이 '그 무엇'에 의해 표상되느냐에 따라서 미적 특질이 규정될 수 있다. 예컨대, "짝을 갈구하면서도 짝을 얻지 못하고 있거나, 실의(失意)하여 세상을 떠도는 인간이거나, 하릴없이 주변을 배회하거나 서성거리는 인간"이 있다면 그 인간의 세계 내적 조건은 "외로움"에 의해 표상될 것이다.93) 「김봉본전(金鳳本傳)」의 인홍의 세계 내적 조건 역시 마찬가지이다. 인홍이 원래 지향하고자 했던 삶은 '낭사'의 삶이 아니었다. 인정기술부에서 잘 드러나는 바와 같이 인홍이야말로 '총명함이 보통 사람을 넘고, 재주와 슬기가 남보다 월등히 뛰어나니 장량, 진평과 호형호제할 만하다[聰悟過人하고 才智絶倫하야 嘗自謂生逢楚漢時代러면 呼良平爲兄弟]'고 스스로 자부하는

만들었다. 문예방면에서 보면 은거자연의 기풍은 산수자연(山水自然)에 대한 새로운 시야를 열어주었을 뿐만 아니라 자연미(自然美)의 심화에도 기여한 바 적지 않았다(李鍾虎, 위의 글, 133~134면).

92) 주관의 관조에 의해 '자연'이라는 미적 대상이 환기하는 미적 쾌감, 곧 그 '특별한 감정'을 N. 하르트만은 '불가사의한 냉담'이라 표현한다. 예컨대, 어떤 미적 관조자가 실연의 아픔으로 인해, 절망의 나날을 보내고 있는 봄날 동안에도 내내 만발한 꽃은 변함 없이 아름답고, 전쟁의 살육으로 피비린내 나는 전장터에서도 밤하늘의 별은 여전히 빛나고 있다. 자연은 영원히 주관의 관조에 무관심하다. 한 마디로 자연미는 '지극히 주관적인 그 무엇, 곧 관조자'와 '지극히 객관적인 그 무엇, 곧 미적 대상으로서의 자연'이 독특한 방식으로 결합하는 과정을 통해서 형성되는 '그 무엇'이라 하겠다.

93) 박희병, 「傳奇的 人間의 미적 특질」, 『민족문학사연구』 7호, 1995, 123면.

인물이었다. 그러나 현실은 엄격한 중세적 신분제에 기반하고 있었다. 조농부상(祖農父商)의 후손이란, 원칙적으로 문무관이 되어 입신명달할 수가 없었다. 그러니까 인홍이 '홀로 남산에 올라 수일간 소리를 크게 지르며 미친 듯이 질주했다[獨上南山之蚕頭라가 忽然大叫數聲ᄒ고 發狂疾走에 數日不休ᄒ디]'는 진술은 바로 현실에서 '득의(得意)'하지 못한 한 인간의 '우수'이거나, 혹은 '외로움'의 정조를 짙게 드러낸 표현으로 보면 되겠다. 이와 같은 문맥에서 보면 '이후부터 강호에 소요하며 스스로 낭사라 칭했다[自後로 往徠江湖에 逍遙自得ᄒ야 自號를 浪士]'는 표현은 다름 아니라 '실의(失意)하여 세상을 떠도는 인간'의 다른 모습이다. 인홍의 '낭사'로서의 삶이 엄격한 상하존비의 중세적 신분제의 모순을 정확하게 인식한 한 인물의 피세적 삶의 방식을 형상한 것이기는 하지만, 그것이 본질적으로 "현실개혁의 가능성을 일찍부터 부인하고 속세를 기피한"[94] 피세적 은둔주의와는 다른 지점이 존재한다. 때문에 이러한 사실은 다음의 장면을 보면 선명해진다.

擔筐負○ᄒ고 蕭條歸來ᄒ니 兄弟嘻笑ᄒ고 里人이 譏侮ᄒ야 皆道金仁鴻昔日滿腹經○을 今皆抛棄何處ᄒ며 或有當面嘲毁戱稱狂子者ᄒ니, 仁鴻이 雖怡然不怒ᄒ나 心中에 已自十分不平ᄒ고 且自已眼中에 見了數間屋子가 荒凉頹仆ᄒ디 妻子相對에 與飢鼠凍雀的로 一般이라. 尤不勝一倍惻然ᄒ야 倚枕輾轉에 終夜不寢ᄒ다가 蹶然推枕起坐ᄒ야 掀髥○大丈夫ㅣ 不能提兵萬里에 立功絶塞ᄒ야 取封侯金印에 繫之○後ᄒ고 又不能立身臺閣에 鷹搏虎○ᄒ야 以効忠○○風ᄒ며 旣不肯膝席權門에 昏夜乞哀ᄒ야 希霑一分之餘○ᄒ고 又不肯營生謨財에 終身汨沒ᄒ야 이작수○奴的醜態ᄒ야 徒使無辜妻子로○了多小憂昔ᄒ고 受了隣洞族戚一○○侮ᄒ면 實是令人氣短者로다. 我腹中에 自有一種妙術ᄒ야 오乍開乍闔에 一飜一覆ᄒ면 世間許多癡男이 皆入吾彀中ᄒ리니 又何恨不貴不富에 無財無錢이리오. 此乃金聖歎西廂記第一券痛哭古

---

94) 李鍾虎, 「退溪美學의 基本性格(上)」, 『退溪學』 창간호, 안동대 退溪學研究所, 1989, 136면.

人篇에 古今英雄消遣的方法이라.95)

인용문에서 드러난 김성탄의 『서상기(西廂記)』 1권 「통곡고인(痛哭古人)」
편의 의미 맥락을 인홍이 낭사로서의 삶을 접은 이유를 이해하는 데 중
요한 실마리를 제공하고 있다는 점에서 중요하다.96) 물론 인홍의 의식
변화의 원인은 굶주림과 추위에 시달리고 있는 가솔의 현실에 있었다.
인홍은 "고금의 영웅들도 세상의 어리석은 사람들을 속이고 골탕먹이는
것으로 울적한 마음을 풀었다는 『서상기』의 한 대목을 끌어 들여, 현실
적 질곡에 맞서고자 하는 대결의식"97)을 날카롭게 드러내고 있다. 이 인
용문 이후부터 서사는 요호부민에 해당하는 계층들에 대한 '골탕먹이기'

---

95) 『神斷公案』 제4화, 『皇城新聞』, 1906.6.29.
96) 조선 후기에 들어와 이탁오·김성탄·모종강 등의 평점본이 다수 전래되어 사대부를
중심한 독서계를 풍미하였고 이 중 특히 김성탄은 많은 관심을 끌었음을 알 수 있다.
김성탄은 조선조 문인들로부터 많은 관심을 끌면서 조선조 문인들의 문체에 일정한 영
향을 미쳤음은 물론 평점본의 출현을 통해 볼 수 있듯이 조선 후기의 소설론에도 일정
하게 영향을 미쳤다. 「춘향전」을 8회로 나누어 회장체 소설로 개작한 「수산광한루기」
와 한(漢)나라와 당(唐) 나라의 영고성쇠를 다루고 있는 「한당유사」는 바로 중국의 평
점본 소설에 영향받아 출현한 것으로, 「수산광한루기」는 특히 김성탄의 「서상기」 평점
에 많은 영향을 받은 것으로 보인다. 즉 「수산광한루기」 서문에서 평비자는 「광한루기」
를 「서상기」에 비교하고 있을 뿐만 아니라 독법, 평비 등은 성탄의 것을 모의하고 있는
것이다. 김성탄의 「서상기」 평점본의 체제는 序一 "痛哭古人", 序二 "遺贈後人", "讀
第六才子書西廂記法", "聖嘆外書"를 비롯하여 각 회의 앞 뒤에 평을 싣고 있고 본문
에 협비를 가하고 있다. 이와 같은 평점본은 중국의 소설론 표출 방식을 모방한 가운데
나오기는 했으나 기존의 소설론에서 도외시되던 기법적인 측면에서의 논의를 전개하
고 심미적 관점에서 그 효용적 가치를 찾고 있다는 점에서 여타의 방식에 비해 세련된
수준을 보여주고 있다. 애국계몽기소설론의 성립이 양계초의 소설론에 일정한 영향을
받아 이루어졌으나 이는 당시 중국, 조선이 제국주의의 침략에 대응해야 한다는 동일
한 시대적 과제를 가졌기에 양계초의 소설론이 그만큼 공명을 얻을 수 있었기 때문이
다. 마찬가지로 조선 후기 소설론이 중국소설론의 영향을 입고 있음은 사실이나 이탁
오나 김성탄의 소설론이 경학의 예속에서 벗어나 통속문학의 가치를 제고한 것은 소설
이 주도적 장르로 운동하고 있던 조선 후기 소설사의 실상과 부합하는 측면이 있었기
때문에 폭넓은 공명을 얻었던 것으로 보인다(金庚美, 「朝鮮後期 小說論 硏究」, 이화
여대 박사논문, 1994, 76~87면).
97) 沈載淑, 「근대계몽기 신작 고소설의 현실대응양상 연구」, 고려대 박사논문, 2000,
135면.

삽화로 일관된다. 그러나 요호부민에 대한 골탕먹이기의 목적이 단지 개
인적 치부를 위한 행위에 있었던 것은 아니었다. 골탕먹이기의 대상이
인색한 요호부민이나 탐관오리에 집중되었다는 사실은 인홍의 사유 지
반이 이미 중세에서 벗어나 있었다는 점을 증거하는 것이다. 어떻게 보
면 인홍의 '골탕먹이기'는 중세적 모순(君臣, 上下, 貴賤의 신분적인 차별)에
대한 '희롱'의 한 형식일 수 있다. 인홍의 행위가 '희롱'의 미적 특질을
내함하고 있다는 점은 무엇보다도 그것이 지니고 있는 '목적 결여의 목
적성' 때문이다. 곧 인홍이 요호부민들로부터 탈취한 돈이 자신의 물질
적 욕망을 충족시키기 위한 행위에 기반하지 않았다는 점에서 '목적 결
여의' 행위이지만, '희롱'이 또한 요호부민과 봉건관료를 겨냥하고 있었
다는 점에서는 '목적성'이 전제되어 있는 것이다. 물론, 공리적 욕구로서
의 '목적 결여'이지만, 그것이 목적하는 바가 '요호부민이나 봉건관료'에
있었다는 점에서 인홍의 행위를 '내적 미감(internal sensation)'의 영역에서
다루기 어려운 측면이 존재한다. 그러나 인홍의 행위 그 자체는 '희롱'이
라는 하나의 미적 특질이 유출되는 하나의 광원(光源)으로 기능하고 있는
것만은 부인할 수 없다. 이러한 미적 특질의 발현은 성현(聖賢)의 경서에
절대적으로 의존했던 세계관으로부터의 벗어남을 표징하는 것이기도 하
다. 즉 정주학의 절대적 권위가 약화되면서 정주학의 절대적 가치나 규
범에 대하여 상대적 인식이 가능하게 되었던바, 이러한 세계관 자체의
변화는 문예의 영역에서는 소설과 같은 주변 장르에 대한 긍정을 견인하
는 결과를 낳았다. 말할 것도 없이, 이러한 세계관적 변화가 문학관의 전
환을 유도해내어 조선 후기 사대부(士大夫) 집단 내에서도 소설에 대한
긍정론을 제기하는 형편에 이르렀다.98) 물론 몇몇 문제가 되는, 예컨대

---

98) 물론, 소설에 대한 긍정론이 대두하고 있었다 하더라도 여전히 김성탄의 평점본 소설
『서상기』와 같은 작품들의 가치를 전체 사유(士儒) 집단이 모두 수용한 것은 아니었다.
이러한 사정은, 육경(六經)이나 사서(四書) 등의 책을 쉽게 찢어서 벽에 바르는 세태를
개탄하면서 옛날의 선배들은 휴지라도 성현(聖賢)의 문자가 있으면 감히 다른 용도로
쓰지 않았음을 들고 서책을 휴지로 쓰지 못하게 하고 만일 벽에 바르는 자가 있으면

명청문집과 패관소품문에 대한 문제점들은 "공론의 영역"[99]에서는 하나의 문제로 인정했다. 그러나 소설 긍정론에 대한 전체 원심력을 제어할 수 있는 형편은 아니었다. 근대계몽기는 조선 후기의 이와 같은 원심력이 근대와 맨 처음 만나는 자리이기도 하지만, 한편으로는 그것이 소멸하는 지점이기도 하다. 바로 이러한 지점에서 근대적 전환의 최종적 변이상을 보여주고 있는 전(傳)으로서의 「김봉본전(金鳳本傳)」의 미적 특질, 곧 '희롱'이, 김인홍이라는 인물이 보여주고 있는 행위를 통해서 구현되고 있는 것이다. 이 점은 작품이 보여주고 있는 결말구조를 보면 더욱 분명해진다.

仁鴻이 果是出世奇才로더 但生不遇時ᄒ고 地處ㅣ 寒微ᄒ야 只以挾雜二字로 自判頭腦ᄒ니 甚是可惜可惜이라ᄒ고 庶尹도 不敢以當人으로 特仁鴻ᄒ나 仁鴻은 那裏肯顧名譽아 維顧盧茲酌鸚鵡盃로 百年三萬六千日에 長醉而不醒ᄒ야 依舊向富戶饒民에 欺騙錢財ᄒ고 自後로ᄂ 雖有平壤庶尹의 一日百簡子招之라도 只是不應ᄒ고 維將一張大紙ᄒ야 那中央에 大書「非公事未嘗至偃之室」九字ᄒ야以答之ᄒ더니 無幾에 本道的道伯과 隣郡的守令이 聞得金仁鴻의 出人才識ᄒ고 皆要一見ᄒ야 或遣人去邀ᄒ며 或有欲躬枉者라 金鳳이 接了這等消息ᄒ고 仰天歎道我聞山林儒者ᄂ 這是達官顯人의 尊敬禮貌者어니와 卽此一個挾雜漢子를 乃有如此艶慕ᄒ니(山林儒者ᄂ 多僞德ᄒ고 挾雜漢子ᄂ 多眞才)官吏의 無人은 可知로다. 旣而오 又歎道東方三千里 窄窄ᄒ야 幷挾雜處也沒이라ᄒ더니 遂挈家袁走ᄒ야 不知所終ᄒ니라.[100]

<hr>

벌을 주자는 의견을 임금에게 아뢰자는 주장이 제기되고 있었음을 보면 잘 알 수 있다. "臣久留京師 得聞書肆之布列者 若六經四書心近朱子書等編 無難裂破亂糊墻壁 夫濟陽高義 世固難得 古來先輩 雖尋商亂紙 如有聖賢者 不敢用他處 繼自今禁書冊之 用於休紙者 如有亂糊處 論以刑贖 實合尊閣之義矣."(『홍재전서』 권131; 金庚美, 「朝鮮後期 小說論 研究」, 이화여대 박사논문, 1994, 34면 재인용)

99) 대표적으로 문체반정을 들 수 있겠다. 패관소품체로 정조의 견책을 받은 대부분의 문신들은 일단 정조의 문체반정에 동조하였다. 박지원·박제가·성대중·이덕무·남공철·이상황 등 주로 노론계 북학파 문신들이 이에 해당하였다. 그러나 이들은 '사적인 영역'에서는 소설의 현실적 질량을 인정하고 있었다.

100) 『神斷公案』 제4화, 『皇城新聞』, 1906.8.18.

이제 경학이 근대계몽기의 일상을 규율하는 현실 원리로 기능할 수 없게 되었다. 이러한 점은 봉건관료와 요호부민에 대한 '골탕먹이기'라는 행위의 근거를 김성탄의 평점본 소설에서 찾고 있는 점만 보아도 분명해진다. 위의 인용문에서도 이 점은 적시되고 있는바, '산림 유자의 위덕과 협잡꾼의 진재[山林儒者는 多僞德ᄒᆞ고 挾雜漢子는 多眞才]'를 대구시키고 있는 것에서 잘 드러난다. 즉, 산림 유자 중에는 '위덕한 자'가 많다는 진술은, 산림 유자들이 현실 원리로서 절대적으로 준신하고 있는 주자주의에 대한 비판에 다름 아니다. 주자학을 삶의 절대적 원리로 준신하고 있었던 봉건관료들이 오히려 민중을 착취하는 주체로 역할하고 있는 이상 그것의 정당성은 상실될 수밖에 없었다. 위의 제시문에서의 '위덕'은 바로 이것을 제유하는 표현이다. 더욱이 '참된 재주'를 가진 자들이 협잡꾼과 같은 부류 안에 많이 있다는 진술 자체도 거꾸로 무능한 산림 유자들에 대한 비판으로 볼 수 있겠다. 인홍이 주문형 옥사 사건(유부남 주문형이 조평남의 처와 정을 통한 후 멀리 도망을 가려고, 자신의 처를 죽여 머리를 잘라 조평남의 처인 것으로 위장한 사건)을 지혜롭게 처리하는 과정을 통해서 이 점은 잘 드러난다.[101] 이 일을 계기로 인홍은 평안남도 도백을 비롯하여

---

101) 인홍이 옥사를 처리하는 장면(삽화)에 대해서 "간단히 처리하거나 아예 삭제했다면 하는 아쉬움이 남는다"(崔元植, 『韓國近代小說史論』, 創作社, 1986, 211면)는 최원식의 주장이나 "봉건관료계층을 대신하여 정치를 맡을 대안적 인물로서의 면모를 부각시키기 위해 이와 같은 장면을 삽입한 것"(정훈식, 「「金鳳本傳」의 구조와 서사적 전통」, 부산대 석사논문, 1997, 24면)이라는 정훈식의 주장 모두 일면적이기는 마찬가지이다. 전자의 주장은 작자의 봉건관료 계층에 대한 비판 의식의 측면을 너무 협애하게 해석한 소치의 결과일 것이고, 후자는 반대로 작품의 결말 구조의 특질이 지니고 있는 미적 기반이나 서사 기반에 대한 배려가 미흡해서 결론적으로 이와 같이 비약하는 주장을 야기시키고 있는 것이다. 특히, 후자의 경우 이렇게 되다 보니, 인홍을 개화파 지식인의 반체제성, 진보성이 투사된 자기 동일시적 인물로 규정함으로써 결과적으로는 작품 전체의 서사 구조의 실상과는 부합하기 어려운 비약의 주장을 이끌어내고 말았다. 결론적으로, 최원식의 주장은 의존 화소의 개념을 너무 엄격하게 적용하여 "동적 체계"로서의 작품 자체의 개방성을 고려하지 않은 분석이고, 반대로 정훈식의 주장은 의존 화소와 자유 화소의 개념에 대한 인식이 부재하여 과도한 해석주의에만 집착한 결과이다. 이러한 의미에서 보면 역시 작품 분석은 "작품을 개방된 동적 체계"로 보고, 그것에 근거하여 "작품의 모든 요소들을 저마다 중요한 것으로 존중하는" 태도, 곧 "하나의 작품

인근 군읍의 수령들에게도 알려진다. 그럼에도 작품의 결말은 위에 볼 수 있는 바와 같이 인홍이 현실을 떠나는 구조로 처리된다. 일단 이와 같은 결말 구조는 "객관적인 능력을 인정받은 후에도 현실에 안주하지 않고 결연히 사라졌다는 것으로 결말을 삼음으로써, 중세체제와의 완전한 단절을 꾀하고 있는"102) 인홍의 모습을 부각시키기 위한 장치로 볼 수 있겠다. 그렇다면 이와 같은 결말 구조, 곧 부지소종(不知所終)이라는 '사라짐'의 구조 역시 전술한 '미적 희롱'의 창출 광원(光源)임에는 분명하다. 물론, 이때의 희롱이란 널리 알려진 바와 같이 짐멜(Simmel) 식의 '사랑의 놀이' 형식으로서의 '희롱' 개념과는 거리가 있다.103) 기본적으로 짐멜의 '희롱' 개념은 세계관적 중립성에 기초하여 긴장과 갈등을 극복지양하는 논리에 근거한 것이므로 양 극단(대립의 주체)을 개념적으로만 구획할 뿐이고, 그것에 대한 어떤 "당파적 결단"을 내리는 형식은 아니다. 즉, 짐멜의 '희롱'의 개념은 "이것이냐 저것이냐, 대신에 이것과 저것이 동시에 고려될 수 있다"는 불확실성에 근거한 것이었다면, 본고에서 기초하고 있는 '희롱'의 개념은 "상호 배타적인 당파적 가담"에 의해 주체가 설 수 있다는 확실성에 근거해 있다.104) 이 점은, 인홍이 성주(서윤)가 해결하지 못하는 옥사를 처결하여 명성이 높아져 그 자체로 현실 사회에 편입할 수 있는 기회가 있었음에도 불구하고 끝내 그것을 거부한 '당파적 결단'

을 바로 그 작품으로 존재케 하는" 의존 화소도 동시에 고려할 때, 바른 해석이 가능한 것이다(金仁煥, 『韓國文學理論의 研究』, 을유문화사, 1986, 234면).

102) 沈載淑, 「근대계몽기 신작 고소설의 현실대응양상 연구」, 고려대 박사논문, 2000, 144면.

103) 짐멜은 '희롱'의 미적 특질을 사회적 상호 작용의 형식 속에서 세계관적 대립을 극복할 수 있는 '사회적 예술'의 한 미적 특질로 보았다. 짐멜은, 예술의 영역처럼 일종의 '목적 없는 목적성'으로서의 '희롱'은 결단 너머에 존재하는 사회적 교제방식으로서의 성(性, 특히 여성) 사이의 관계뿐만 아니라 근대생활의 수많은 다른 대립에도 적합한 표현이자 유효한 구조일 수 있다고 믿는다. 근대생활의 근본적인 갈등과 긴장을 말하자면 '희롱'이라는 놀이를 통해서 다스릴 수 있다는 사실을 '희롱'은 예증하고 있는 것이다(박성환, 「'문화적 근대'의 본질과 특성」, 『한국사회학』 33집, 1999, 40~48면).

104) 박성환, 위의 글, 46면.

의 한 구극례에서 잘 드러난다. 인홍은 '동방 삼천리가 좁고 좁아 협잡질할 곳도 없는[東方三千里窄窄ᄒᆞ야 幷挾雜處也沒]', 게다가 "곤궁한 백성들은 쓴 나물을 단 냉이 보듯 하는[窮民의 視苦茶를 如甘薺]"105) 모순의 중세와는 결코 화해할 수 없는 인물이었다. 그러기에 인홍의 '부지소종(不知所終)'은 청은(淸隱)에 기반한 노장적 은둔이나 피세적 은둔과는 다른 층위인 이른바, "위대한 거절"106)의 은둔이다. 이런 점에서 보면 '희롱'이라는 "미학적 성취는 부정을 통하여 긍정을 표현한다"107)는 미학을 정시한 것인바, 인홍은 중세라는 모순과 화해하지 않고 '당파적 결단, 곧 집안을 이끌고 멀리 달아나 소종을 모르게 함[絜家袁走ᄒᆞ야 不知所終ᄒᆞ니라]'으로써 '자신, 곧 주체를 긍정하는 데'에로 나아가게 된 것이다. 물론, 이 모순의 중세체제와 화해하지 않은 자가 보여주고 있는 '희롱'의 미적 형식 그 속살에는 '우수나 외로움'이 깃들어 있는지도 모르겠다. 어쨌거나 "공명도 하늘에 달렸고 신선도 분수가 있으니 다 틀렸도다. 집으로 돌아가 그저 되어가는 대로 어영부영 한세상 마치리라[功名도 在天이오 神仙도 有分이니 休矣어다. 歸去家中ᄒᆞ야 風打竹浪打竹으로 優哉 遊哉에 聊以卒歲ᄒᆞ리라]"108)던 인홍이 '희롱'이라는 '미적 거절', 곧 '부지소종(不知所終)'의 형식을 통하여 주체를 형성하는 과정을 보여주고 있는 것이 「김봉본전(金鳳本傳)」이 성취한 수확이었다. 이러한 미학적 성취의 원심력 안에 있는 또 다른 허구지향의 전(傳) 작품이 바로 『신단공안(神斷公案)』의 제7화인 「어복손전(魚福孫傳)」이 되겠다.109)

---

105) 『神斷公案』 제4화, 『皇城新聞』, 1906.8.11.

106) 金仁煥, 『韓國文學理論의 硏究』, 을유문화사, 1986, 109면.

107) 金仁煥, 위의 책, 109면.

108) 『神斷公案』 제4화, 『皇城新聞』, 1906.6.28.

109) 「魚福孫傳」의 원제명은 '癡生員驅家葬龍宮 孼奴兒倚樓驚惡夢'이라는 이름으로 발표되었다. 이 작품의 기존 연구(鄭煥局, 「『神斷公案』 제7화 「魚福孫傳」 연구」, 성균관대 석사논문, 1994; 沈載淑, 「근대계몽기 신작 고소설의 현실대응양상 연구」, 고려대 박사논문, 2000)에서 이미 「魚福孫傳」이라 명명한 바가 있으므로 본고에서도 이를 따르기로 한다.

稗史氏曰　吳進士之驅家葬龍宮一節은　何其不近人情之甚也오　使水中而果有龍宮ᄒ고　使魚福孫而果己顯達於此라도　必不肯爲吳進士之薦主오, 豈惟不肯爲薦主哉아. 必將殺之害之而不惜이니　此는　三尺小童之所可斷得者어늘何吳進士之昧劣如此오. 噫라　吾知之矣로다. 昔에　明末劇盜張獻忠은　是一日不見人血ᄒ면　卽鬱鬱終日者也라. 世傳其據蜀稱帝之後에　一朝所誅殺이　常至數百人이로디　猶以爲未快ᄒ야　乃詐發科令ᄒ디　縫掖而來集者ㅣ　數萬人이라. 遂盡殺之ᄒ고　又三日에　發科令ᄒ야　又如是ᄒ며　又五日에　發科令ᄒ야　又如是ᄒ니　凡三屠而士三集이라. 鳴乎라　科宦之毒人也여　一不得則熱中ᄒ고再不得則發狂ᄒ야　發狂之極에는　有誘之者曰科宦이　在水火鼎鑊이라ᄒ야도猶將趨之焉ᄒᄂ　其誰謂吳進士ㅣ　獨愚며　其誰爲吳進士ㅣ　獨狂고.[110]

「어복손전(魚福孫傳)」은 일단 어복손의 ‘속량’ 문제가 중심 서사인 작품으로 볼 수 있다.[111] 그러고 보면 위의 인용문은 사실 중심 서사에 대한 논찬으로는 퍽 벗어나 있는 논찬일 수 있겠다. 위의 인용문의 서술 초점은 어쨌거나 양반의 ‘벼슬 욕망’의 문제에 집중된 논찬이기 때문이다. 제시문에서도 잘 드러나는 바와 같이 유학자 집단의 악폐는 역시 시대착오적인 신분제에 있었다. 논찬자는 오영환이 어복손의 꾀임에 이끌려 ‘가족을 이끌고 용궁에 수장된 사건[家葬龍宮一節]’, 이 어처구니없는 비현실적 사선의 원인을 ‘한번해서 이루지 못하면 미음을 태우고, 재차해서 이루지 못하면 발광을 하고, 그 발광이 극에 달하면 이를 유혹하는 자가 이르기를 科와 宦이 죄인을 삶아 죽이는 큰 가마솥에 있다고 하더라

---

110) 『神斷公案』 제7화, 『皇城新聞』, 1906.12.28.
111) 사실 이 작품은 중심 서사를 오영환의 ‘벼슬욕’의 문제로 귀결시켜 이해할 수도 있겠
　　다. 그렇게 되면 거의 마지막의 비중 있는 논찬 역할을 하는 이 부분의 논찬 의도, 곧
　　오영환에 대한 폄론(貶論)은 자연스러운 논찬이라 하겠다. 그러나 아무래도 이 작품의
　　전체 삽화는 어복손의 행적이 중심이 된다. 이러한 의미에서 보면 역시 이 논찬 부분은
　　이 신문의 주요 독자층(“我韓人之全國中所有新聞이　僅爲二種而帝國新聞은　又以純
　　國文發刊　故로　購讀者不過市民·婦女等若干人而已오　自皇城內外로　以及地方官廳
　　히　上下紳士之所通覽者난　只是皇城新聞而已”, 『皇城新聞』, 1904.2.24)이었던 ‘紳士’,
　　곧 아직도 여전히 시대착오적인 신분제에 고착되어 있었던 유학자 집단을 계몽하기 위
　　한 목적에서 의도적으로 오영환을 폄론하는 논찬을 끼워넣은 것이 아닌가 한다.

도 오히려 뛰어들려 하는[一不得則熱中ᄒ고 再不得則發狂ᄒ야 發狂之極에ᄂ 有誘之者曰科宦이 在水火鼎鑊이라ᄒ야도 猶將趨之焉ᄒᄂ]' 비이성적인 과환주의(科宦主義)에 대한 집착(不近人情之甚)에서 찾는다. 논찬자는 과환(科宦)에 대한 이러한 과도한 몰입을 명말에 장헌충(張獻忠)이란 극도가 저질렀던 역사적인 실례까지 들어가며 사유 집단 사이에서 만연한 과환지상주의의 폐단을 드러내고 있다. 한 마디로 논찬자는 시대착오적인 과환지상주의에 대하여 "그것은 진리가 아니다"라고 말함으로써 "사회적 모순의 기초"112)로서의 과환지상주의를 정면 공격하고 있다. 또한 이 과환지상주의에 대한 정면 공격을 통해서 사람을 판별하는 바른 기준이 '人道와 德이어야 함[世間에 安有班常이리오 不失人道ᄒ면 不可謂常이니 安有奴主리오 德勝上典ᄒ면 不可謂奴라]'도 적시하고 있다. 인도(人道)와 덕(德)이 최종적 목적의 위치에 올라와 사람을 기율하는 것이 아니라, 과(科)와 환(宦)이 그것을 대체하는 현실에서의 삶은 필연적으로 비루한 것이 될 수밖에 없다. 이러한 시대는 과환의 메커니즘에 의해 소외된 '주체들의 저항'이 일상 잠복해 있다. 과환주의와 반과환주의 사이의 극단적 차이에 의해서 각 주체들은 필연적으로 어떠한 당파적 결단을 요구받는다. 어복손의 행위는 이러한 당파적 결단이 요구되는 현실적 계기의 산물이다.

魚福孫이 拜辭了吳進士ᄒ고 出門歎一口氣道魚福孫은 其從此已矣로다 我豈不能南走越裳國ᄒ고 西走天竺國이리오만은 我生에 旣與這廝兒로 爲緣이니 誰興誰亡ᄒ던지 誰生誰死ᄒ던지 我ㅣ 如此鏖戰ᄒ다가 豈可敗走리오 行至松坡江ᄒ야 躊躇般頭ᄒ며 捧出了這書角道此中에 何所有오 若不道枚殺了魚福孫이면 必然道劍斫了魚福孫이니 我雖不識字나 寧被這廝兒的所欺리오ᄒ며 像了殷洪喬快濶的手氣ᄒ야 付去了万頃蒼波ᄒ고 却也自手的諺書로 模倣了吳進士的字○評曰這奴兒가不識漢字로디能解國文ᄒ니免得無識二字)ᄒ야 寫得一封諺簡ᄒ고 封皮에 大書吳進士本第卽傳等字ᄒ고 幷書某在某洞等字ᄒ야 藏置了囊中ᄒ니라.113)

---

112) 金仁煥, 『韓國文學理論의 硏究』, 을유문화사, 1986, 109면.

어복손은 노비 신분에서 벗어나기 위해 세도가 재상에게 접근하고 특유의 언변을 통하여 그의 마음을 움직여, 결국 속량 약속을 받아낸다. 그러나 갑작스럽게 재상이 실세하여 유배지로 떠나게 된다. 재상이 실세하여 속량의 꿈이 좌절된 어복손의 "절망적인 모습[晝不甘飯ᄒ며 夜不甘寐]"114)을 통해서 그가 염원한 속량의 의지를 짚어낼 수 있다. 어복손의 이와 같은 극심한 절망의 표징은, 어복손의 속량 그 자체가 지극히 개인화된 자기목적적 성격에서 크게 벗어나 있었던 것이 아니었다는 점을 증좌하는 것이기도 하다. 설령 어복손이 "재상을 통해 그의 속량 의지를 관철시켰다 하더라도, 이는 어디까지나 어복손 자신만의 인간해방으로 끝나는 것"115)에 불과한 것이었다. 그러기에 어복손이 행한 여러 유형의 "골탕먹이기나 악행 삽화"116)도 단지 개인적 목적이 동기가 되어 행해진 것으로 이해할 수도 있겠다. 그렇다면 그것은 상전 골탕먹이기 설화가 보여주고 있는 의의, 곧 "자신의 상전을 골탕먹이고 망하게 하는 데서 쾌감을 느끼는 인물"117)형상의 창출 그 이상의 의미는 산출되지 않는다. 「어복손전(魚福孫傳)」이 설화의 형상 미학과 다른 지점은 여기에 있겠다. 속량에 대한 의지가 좌절되고 의지처(재상)까지 잃은 어복손은 이제 생명의 위험에 직면한다. 이러한 상황에서 어복손이 할 수 있는 유일한 해결책은 "도망"118)이었다. 그러나 현실적인 방법으로

---

113) 『神斷公案』 제7화, 『皇城新聞』, 1906.12.18.
114) 『神斷公案』 제7화, 『皇城新聞』, 1906.12.15.
115) 鄭煥局, 「『神斷公案』 제7화 「魚福孫傳」 연구」, 성균관대 석사논문, 1994, 35면.
116) 주인의 경언(警言－서울은 눈감으면 코 베어간다)을 교묘하게 이용하여 주인의 말 팔아먹기, 주인의 냉면 뺏어먹기(주인의 냉면에 코가 빠졌다는 수법), 소 값 떼어먹기 (숫소 사오라는 돈을 떼어먹고 수수를 사다줌), 상전인 척 가장하여 기생 일지홍과 사통하기, 상전의 딸 겁탈하기, 주인을 유혹하여 죽게 하기(용왕이 문관을 시켜준다고 유혹), 자신의 유혹을 거절한 상전의 딸 죽이기 등이 있다.
117) 沈載淑, 「근대계몽기 신작 고소설의 현실대응양상 연구」, 고려대 박사논문, 2000, 160면.
118) 조선조 노비 사회는 17·18세기 이래 사회 변동에 따라 완만하게나마 변화를 겪기 시작한다. 그러다가 제도상으로 변화가 생긴 것은 1801년 內需司, 各宮房, 各司 노비

서의 '도망'은 결국 파국일 수밖에 없다. 이 지점에서 「어복손전(魚福孫傳)」의 작가가 '용서와 타협'의 공간을 축조하고 있지 않다는 점에 주목해볼 필요가 있다.119) 그러므로 이 작품 안에서는 '웃음과 화해'가 존재하지 않는다. 작품은 오직, "질문과 공허, 추구와 좌절"의 "두 핵"에 기반하여 "언제나 최상의 것, 궁극의 것"만을 추구하는 인물, 곧 '어복손'에게 집중된다. 어복손이 '둘 중 누구 하나가 죽을 때까지 싸우겠다는 전의를 불태우는[誰興誰亡ᄒ던지 誰生誰死ᄒ던지 我 l 如 此鏖戰ᄒ다가 豈可敗走리오]' 위의 인용문에서 이 점은 잘 드러난다. 어복손은 자신을 제약하고 있는 현실의 모순(신분제)과 대결하려는 의지를 드러낸다. 그런데 어복손의 이와 같은 '대결 의지(추구)'는 끊임없는 '자기 질문'의 과정을 통해서 얻어진 것이었다. 바로 이와 같은 '자기 질문'의 과정을 통해서 자신에게 굴종적 삶을 강제한 현실의 모순에 대한 결연한 거절(대결)'로서의 '당파적 결단', 이른바 '희롱이라는 미적 거절'의 형식이 검출되는 것이다.

의 奴婢案이 소각되면서 궁방과 관아의 노비들이 그들의 질곡을 벗어나게 되면서부터이다. 그러나 私奴婢들은 예전과 다름없이 노예의 신세라 혹은 속량을 하거나 혹은 도망을 하거나 혹은 민란에 가담함으로써 나름의 극복 의지를 불태웠을 뿐 여전히 지배계급의 전유물이었다. 그러다가 훨씬 뒤인 1886년에야 사노비 신분의 세습이 금지되고 使役을 一身에서 한정하는 혁신적인 조처가 마련되어 바야흐로 노비 해방의 새역사를 맞이한다. 그러나 실은 이 이후까지도 형벌이나 연좌제로 말미암아 관노비가 재생산되었으며, 사실상 의탁할 곳 없는 世傳奴婢의 자손은 실제로 노비의 신분을 모면할 수 없었던 것이다(平木實, 『朝鮮後期 奴婢制研究』, 지식산업사, 1989, 192~208면; 鄭煥局, 「『神斷公案』 제7화 「魚福孫傳」 연구」, 성균관대 석사논문, 1994, 70면 재인용).
119) 이 점에서 보면 적어도 이 작품은 "과오를 범하기 쉬운 인간성을 깊은 연민으로 탐색하고 속죄와 화해로 진행되는 해학적 구성"에서는 벗어나 있는 작품이다. 반면에 "지적 현학, 종교적 위선, 물질적 탐욕 등을 규명하고 징벌하는 풍자적 구성"과는 많이 근사(近似)한 작품이다(金仁煥, 『韓國文學理論의 研究』, 을유문화사, 1986, 231면).

2) 카리스마적 주체의 탄생과 근대적 가치의 탐색

근대계몽기의 두 전(傳)인 『신단공안(神斷公案)』의 제4화(「金鳳本傳」)와 제7화(「魚福孫傳」)에 입전된 '김인홍'과 '어복손'은 중세의 신분제적 모순과 그것이 야기한 모든 제도적 모순에 저항하는 인물이다.120)

生長於父懷母抱之中에 長似褓襁之兒이니 脾胃가 如何이완더 儼然坐堂上而稱太守이며 食的는 長是肉이오 飮的는 長酒라. 生來에 都不知糟糠粗糲이거니 安知窮民의 視苦茶를 如甘薺ᄒᆞ는 情狀이리오. 苟聞得百姓의 餓死ᄒᆞ면 必然道 何不食肉糜오ᄒᆞ리니 何以牧民이며 大明律大典通編은 一句도 不曾讀이오 無冤錄檢屍等語는 一字도 不能解라. 小訟大獄에 只憑吏屬輩의 舞智舞文ᄒᆞ리니 何以治獄이리오. 城主가 苟要治民이던 早解了銅章ᄒᆞ고 歸家學問數十年에 爲我城主가 方是合當이니 今日에 要城主治民이면 是將新生的鷄卵ᄒᆞ야 先求子時與丑時이니 豈不令人悶悶이리오.121)

인홍의 사기 행위가 끊임없이 일어나자 조정에서는 평양 서윤 김경징을 내려보내 인홍을 징치하기로 한다. 문제는 인홍이 백성들에게 단순한 사기꾼이 아니라 봉건적 질서에 저항하는 인물로 인식되어 있다는 점이다. 인홍을 잡으러 산 관리조차 도피를 권유할 정도로 인홍은 이미 기층 민중과 함께 호흡하는 존재가 되어 있었던 것이다. 인홍이 도피를 권유하는 관리의 말을 듣지 않고 김경징과 맞설 수 있었던 것도 결국 인홍의 행위가 백성과 단단하게 결속되어 있었기 때문이었다. 인홍의 행위는 "어떤 현실적 결과를 가져오는지 개의하지 않고, 스스로의 신념을 행동화한"122) 가치 합리적 행위의 전형적 사례라 볼 수 있다. 위의

---

120) 물론, 『神斷公案』의 근대 인식은 이미 연암, 담정, 문무자 등의 '전(傳)' 작품 등에서 이미 싹터 있었다. 이들이 보여주고 있는 근대 인식과 『神斷公案』의 근대 인식의 관련성을 해명하는 작업은 차후의 연구 과제로 남긴다.
121) 『神斷公案』 제4화, 『皇城新聞』, 1906.8.11.
122) 윤평중, 『포스트 모더니즘의 철학과 포스트 마르크스주의』, 서광사, 1992, 25면.

인용문에서도 잘 드러나듯이 인홍은 중세적 신분제의 모순과 지배 체제의 부도덕성을 단호하게 비판하고 있다. 인홍은 김경징(양반)을 '강보에 싸인 아이[襁褓之兒]'로 비유한다. 한 마디로 김경징(양반)은 강보, 곧 중세적 신분제 하에서의 안일한 삶을 향유하고만 있어서 '백성(窮民)'의 처참한 현실을 이해하지 못한다는 것이다. 뿐만 아니라 인홍은, 양반들이 '법률을 공부하지도 않고, 설령 공부를 하더라도 법조항을 자의적으로 해석하여 법을 남용하는 실태'가 극심함을 아울러 비판하고 있다. 중세 신분제 하의 양반의 계급적 특권과 그들의 모순이 인홍을 통해서 적나라하게 드러나고 있는 것이다. 이렇게 제도의 모순을 인식하고 그것을 비판할 수 있는 인물은 중세적 인물이 아니다. 그것은 자신이 어떤 부당한 체제나 이념에 복속되는 타율적 존재가 될 수 없다는, 곧 자율적 존재로서의 인간의 가치를 자각한 근대적 인간이다. 이러한 의미에서 보면『신단공안(神斷公案)』제4화의 주인공 인홍은 스스로의 신념에 의하여 자신의 행위를 가치화(행동화)한 전형적인 사례가 되는 인물이다. 이와 같이 '의식(중세적 지배 질서의 질곡)'과 '제도(신분제)'의 간극을 좁히는 과정이 '합리화의 과정'이며 그것이 또한 '근대'의 과정이라는 점을 명징하게 보여주고 있는 인물이 바로 '인홍'인 것이다.

이와 같은 '인홍(봉이)'형 인물이 더 예각화되어 나타난 인물이 바로『신단공안(神斷公案)』제7화의 주인공 '어복손'이다.

魚福孫이 道小人도 億萬人類之一이오나 不知父祖以上何時何代에 落下了
這坑塹인지 斥小之虫蜸도 屈伸任意ᄒ며 枝棲之鷦도 飮啄隨分이거늘 彼蒼
蒼者天이여, 此何人斯온지 塊然此七尺之軀가 便非我所有라. 呼我以爲牛에
應之以爲牛ᄒ고 呼我以爲馬에 應之以爲馬ᄒ야 言忠行篤ᄒ야도 閭里殘氓이
差與爲朋友ᄒ며 年高髮白ᄒ야도 鄰家寸童呼之如儕類ᄒ며 甚則或受了某宅
書房主의 無情之撻楚ᄒ며 又甚則或被了某宅道令主의 不當之責罰ᄒ야 上典
之外에 不知有機百上典ᄒ니 此生何處에 可以免此이올는디 人或聞之ᄒ면
必謂小人이 是僭越踰分的漢字라홀지니 大監如天之度에 一次念及ᄒ소셔. 天

下에 豈有斯人麼잇가. 世上에 豈有斯人가.[123]

위의 인용문에서는 중세적 신분제 하에서의 어복손과 같은 하층민(노비)의 현실이 절절하게 진술되고 있는바, 이 점은 '백발 노인이 되어서도 어린 아이들이 자신들을 동무처럼 부르는 모욕을 받아들여야만 하고, 양민(閭里殘氓)조차 자신과 같은 하층민(노비)과 벗이 되는 것을 부끄러워한다'는 표현에서 극명하게 드러난다. 뿐만 아니라 '자신의 상전이 아니라 하더라도 양반이 때리면 체벌의 이유가 없더라도 맞아야만 하고, 양반이 자신을 우마(牛馬)로 여기면 우마로 응대해야만 하는 처지가 바로 노비의 처지'라는 것이다. 한 마디로 중세적 신분제 하에서의 노비는 '동등한 인격을 가진 존재가 아니다'라는 자각이 바로 위에 제시된 인용문에서 절절하게 드러나고 있는 것이다. 때문에 "천하에 어찌 이런 사람이 있겠느냐?"는 어복손의 마지막 절규에는, 이와 같은 차별적 인간관에 기초한 전근대적 신분제를 거부하고 평등한 인격체로 살고자 하는 어복손의 근대적 각성이 담겨져 있는 것이다.[124] 곧 어복손의 궁극적 지향 가치는 '인간 평등'이라는 보편적(근대적) 가치의 실현에 있다. 인간(노비)이 스스로의 본래적 가치를 상실하고 수단화될 때, 그 사회의 가장 궁극적이고 고귀한 인간의 가치는 공적인 영역에서 퇴각될 것이다. 『신단공안(神斷公案)』 제7화가 중세적 이야기 문학에서 근대적 서사문학으로 전환되는 지점에서의 한 단계를 조주하는 작품이라면, 그것은 무엇보다도 조선 후기 한문 단편이나 전(傳)의 전통을 계승하는 한편, "봉건체제의 내부에서 서서히 성장하는 일종의 시민적 공간"[125]의 리얼리즘을 드러내고 있기 때문이다. 바로 이러한 시민적 공간의 리얼리즘은 어복손과 같은 주체의 생성이 전제되지 않고는 도달할 수 없는 것인바, 어복손의

---

123) 『神斷公案』 제7화, 『皇城新聞』, 1906.11.22.
124) 沈載淑, 「근대계몽기 신작 고소설의 현실대응양상 연구」, 고려대 박사논문, 2000, 157면.
125) 崔元植, 『韓國近代小說史論』, 創作社, 1986, 212면.

'천하에 어찌 이런 사람이 있겠느냐'로 극명하게 집약되고 있는 이러한 자각적 인식이야말로 "주체의 정립 과정"126)을 분명하게 드러내고 있는 것이라 하겠다. 결론적으로 중세적 신분 질서(제도)의 질곡에 의해 파국을 맞는 한 인간(어복손)을 통해서 왜 인간이 평등한 가치를 존중해야 하는가를 예각화시키고 있는 이 작품이야말로 근대계몽기의 문학적 수확임에는 분명하다.

我計將安出고 卽而오 又猛然自責道王侯將相이 本無種子니 豈有定分가
魚變而爲龍ᄒ고 川流而爲海ᄒᄂ니 物猶有然이어던 人何足怪리오 假使奴反
爲主ᄒ고 班降爲常ᄒ야도 是我不關痛癢的라. 我豈由這件事ᄒ야 負了我千
金佳約이리오.127)

위의 인용문은 재상의 아들 색중귀가 어복손의 속량을 부탁하는 기생 일지홍의 말을 이어 받아 어복손의 속량을 허락하며 한 말이다. 색중귀가 중세적 신분제 안에서 온갖 혜택을 누려온 주체라는 점을 헤아린다면 위의 진술은 매우 이례적인 것이다. 한 마디로 색중귀와 같은 양반들에 의해서 고착화된 중세적 신분제의 모순이 이들 스스로에 의해서 부정되고 있는 셈이다. '노비가 상전이 되고 양반이 상인이 된다 해도 전혀 상관할 바가 아니다[假使奴反爲主ᄒ고 班降爲常ᄒ야도 是我不關痛癢的라]'는 색중귀의 진술은 이 작품이 궁극적으로 구현하고자 했던 가치였다. 그 가치가 주인공 어복손의 진술을 통해서 드러나는 것이 아니라, 양반 색중귀의 입을 통해서 진술되고 있다는 사실은 전근대적인 신분제의 모순을 더욱 날카롭게 부각시키기 위한 작가의 의도와 무관하지 않다. 작가는 전근대적 신분제의 모순을 개혁하지 않으려는 집권층의 전근대성을 비판하려는 의도에서 설화에는 등장하지 않는 색중귀라는 인물을 창조하

---

126) M. Bermann, 윤호병 역, 『현대성의 경험』, 현대미학사, 1994, 12~40면.
127) 『神斷公案』 제7화, 『皇城新聞』, 1906.12.13.

고, 색중귀를 철저하게 이율배반적 인물로 형상화함으로써 중세적 신분제 하에서 온갖 혜택을 항유하고 있던 집권층의 부패상과 시대착오적인 전근대 의식을 풍자하고자 했던 것이다. '색중귀'와 같은 '희극적 인물을 공격하고 부정하는 것'으로서의 풍자는 말할 것도 없이 그러한 인물을 기율하고 있는 질서와 제도 자체도 문제삼는다. 그러므로 의존 화소의 연쇄를 풍자적 구성 형식에 기반하여 배열한 작품에서의 주인물들은 대개 "제도적 질서의 통상적인 틀을 부수고 새로운 제도적 질서를 세우려는 많은 형태의 변동지향적인"128) 행동 양태를 드러낸다. 따라서 풍자적 구성 유형에 기반하고 있는 작품에서는 이미 주어진 질서와 체제의 가치를 '추인'하려는 인물과 새로운 질서와 체제의 가치를 '탐색'하려는 인물의 첨예한 갈등의 구조가 반드시 주조되기 마련이다. 특히 후자, 곧 이미 주어진 질서와 체제의 바탕을 "캐어 묻고, 대답하고, 알려고 하는"129) 인물은 왜 자신이 발딛고 있는 현실이 자신에게 고통을 주는지 '알고 싶어' 한다. 이러한 과정을 통하여 탐색적 인물은 스스로가 직면하고 있는 상황의 본질과 그 상황이 형성되게 된 조건을 이해시켜 줄 '의미의 틀'을 찾아보려 한다. 한 마디로 탐색적 인간은 '자기 주체'의 문제와 고투하면서 자기를 기율하고 있는 사회적 실재(social reality)의 '새 의미'를 찾아보려 할 것이다. 그러므로 '천하에 어찌 이런 사람이 있으리오[天下에 豈有斯人麼잇가]'라는 어복손의 절규는 바로 자각한 자의 각성에 다름 아닌 것이다. 이 지점에서 어복손은 이와 같은 각성을 통하여 하나의 "카리스마적 호소력(appeal)"130)을 획득한 인물로 형상된다. 다음의 장면에서 이 점은 더욱 분명해진다.

---

128) 박영신, 『현대사회의 구조와 이론』, 일지사, 1995, 10면.
129) 박영신, 위의 책, 13면.
130) 사회적 실재(제도와 질서)가 일반적으로 구조적 위기에 직면해 있을 때, 적어도 특수한 자질을 가진 자로서의 '카리스마적 호소력을 가지고 있는 인물'에 의해서 기존의 제도와 질서는 '창신'되거나 아니면 '전복'된다.

援琴一鼓で고 高聲唱道勇猛은 西楚覇王項籍이오, 智略은 漢丞相諸葛亮
이라. 英雄이 雖多で고 豪傑이 不少で나 아마도 我東方間氣人物은 이 아니
魚先生인가(評曰笑笑라 黠奴가 自負如此) 捨了琴で더니, 向一枝紅道不敢請
이나 固所願一盃解渴で노라. 一枝紅이 方悄悄低頭聽來で니 這歌聲이 遙徹
雲衢で고 乍拂林木でや 繞○兮餘音이 不絶兮如縷で니 爾不是泰靑後身麼아.
我ㅣ 到此에 不敢謂爾是鄕人이오 不敢謂爾是常人이어던 況敢謂爾是奴兒
며 況敢謂爾是癡生員的奴兒리오(評曰南郭先生이 聽得天籟地籟人籟で니 今
之依儿者ㅣ 非昔之依儿者로다) 我有茶で고 我有酒で니 要吃的어던 爾吃で
고 要飮的어던 爾飮でオ(君請擇於斯二者).[131]

위의 장면은 어복손이 오영환의 친구 모객을 흠씬 때리고 나서 육현
금을 내어 타며 자신을 항우와 제갈량에 빗대는 장면이다.[132] 사실 어복
손은 창기 일지홍으로부터도 멸시를 당하는 형편이었다.[133] 이러한 어
복손이 그야말로 백출기교한 지략을 발휘하여 오영환과 그의 친구 모객,
그리고 자신까지 희롱한 것을 경험한 후부터 일지홍의 생각은 바뀌기
시작한다. 위의 인용문에 잘 드러나는 바와 같이 이제 창기 일지홍에게
"어복손이란 존재는 단순히 백출기교한 技奴라는 차원을 뛰어 넘어 한

---

131) 『神斷公案』 제7화, 『皇城新聞』, 1906.11.9.

132) 어복손이 모객을 흠씬 두들겨 팬 것은 자신의 상전인 오영환의 원수를 갚겠다는 핑
   계에 근거한 것이었다. 돈밖에 모르는 속물 기생 일지홍이 모객으로부터 오영환이 서
   울에 와 있다는 소식을 듣고, 모객에게 부탁하여 오영환을 기생방으로 끌어들이려 한
   다. 이 사실을 안 어복손이 가짜 오영환 행세를 하여 일지홍과 하룻밤을 보내고 다시
   오겠다는 약속을 한다. 이후에 오영환이 더 이상 나타나지 않자, 일지홍이 오영환을 찾
   아간다. 이어 오영환과 일지홍이 화대(花貸) 문제로 싸움을 하게 되고, 이 사실을 알게
   된 모객이 친구인 오영환을 흠씬 두들겨 패고 화대를 빼앗아 일지홍에게 준다. 한 마디
   로 어복손의 계략에 의해 오영환, 친구 모객, 일지홍이 모두 농락을 당하게 되는 것이
   다. 더욱이 어복손은 충직을 내세워 상전(오영환)의 원수를 갚겠다며 완력을 동원하여
   모객까지 흠씬 두들겨 팬다.

133) 이 점은 다음의 사정, 곧 '창기까지 노비를 멸시하는 상황, 그리고 노비가 된 자는 한
   을 품지 아니할 수 없다'는 다음의 구절을 보면 잘 드러난다. "噫라 我雖娼妓나 爾卽
   奴兒로셔 安敢向我惹笑で난다 / 聽泉子 曰 以娼妓도 蔑視奴子를 若此で니 讀至此에
   可想爲人奴者가 抱恨不盡이니라."(『神斷公案』 제7화, 『皇城新聞』, 1906.10.27)

호걸 남아로 그녀가 진정으로 긍정하고 사랑할 수 있는 대상"[134]으로 다가오기 시작한다. 일지홍의 이러한 변화는 무엇보다도 어복손이라는 노비의 카리스마적 호소력에서 비롯된 것이라 볼 수 있다. 위의 인용문에서 드러나는 바와 같이 일지홍은 육현금을 타며 자신의 울분을 호소하고 있는 어복손의 분위기에 사로잡히게 되면서부터 어복손과의 연대적 교감을 나누게 된다. 그러기에 원래 속물 근성이 농후했던 일지홍조차도 돈 한 푼 받지 않고 어복손의 일을 돕기 시작한다. 카리스마적 호소력을 지닌 사람의 행위가 그렇다고 특별한 행위의 원칙에 근거한 것만은 아니다. 누구나 다 인정할 만한 행위의 원칙에 근거해 있다. 그렇기 때문에 추종자와 심리적인 연대가 가능해지는 것이다. 추종자가 도저히 도달할 수 없는 행위의 원칙과 근거를 제시하고 그것을 통해 추종자를 억압하려 한다면, 하나의 새로운 질서와 제도는 창출되지 않을 것이다. 돈밖에 모르는 창기 일지홍이 어복손의 추종자가 되어 그와 심리적 유대 관계를 맺을 수 있었던 것도, 결국은 어복손이 보여준 가치가 보다 합리적인 질서와 제도에로의 가능성을 내함하고 있었을 뿐만 아니라, 누구나 수행할 수 있는 보편적 기율도 더불어 가지고 있었기 때문이었다. 「어복손전(魚福孫傳)」에서 제시된 행위의 원칙이나 기율은 다른 것이 아니다. 사람을 보고 '소나 말이라 부르지 말고, 마음대로 몸을 펴고 마음대로 먹을 수 있게 하라'는 원칙과 기율을 지키는 것이다.[135] 카리스마적 인물은 바로 이러한 원칙과 기율에 근거한 질서와 제도, 이른바 상징 체계를 추종자에게 제시하는 존재이다. 이러할 때, 추종자들은 기존의 질서와 제도를 혁파하고 새로운 제도와 질서를 창출하는 공동의

---

134) 鄭煥局, 「『神斷公案』 제7화 「魚福孫傳」 研究」, 성균관대 석사논문, 1994, 27면.

135) 한 마디로 다음과 같은 사회적 현실이 바로 '누구나 다 보편적으로 수용할 수 있는 행위의 원칙과 그 근거'가 상실된 사회이다. "尺小之蠖도 屈伸任意ㅎ며 枝捿之鷦도 飮啄隨分이거늘 彼蒼者天이여 此何人斯온지 塊然此七尺之軀가 便非我所有라 呼我以爲牛에 應之以爲牛ㅎ고 呼我以爲馬에 應之以爲馬."(『神斷公案』 제7화, 『皇城新聞』, 1906.11.22)

목적에 능동적으로 나서게 된다. 이런 점에서 보면 사실 어복손의 카리스마적 호소력에 감화되어 어복손의 가치를 적극적으로 추종하는 존재는 아니지만, 궁극적으로는 어복손과 '동일한 가치지향'의 의미의 틀 안에서 오영환의 딸 '연옥'의 행위도 이해될 수 있겠다. 적어도 연옥은, 이 작품에서 어복손이 지향하는 가치를 가장 모범적으로 수행하는 인물 형상의 하나로 볼 수 있는 것이다.[136]

蓮玉이 答道只我兩人이 將腹部溫在一次ᄒ면 便是爾痛痛苦苦的暴疾이 不藥而奏效라ᄒ더라. 這點奴魚福孫이 聽得這溫在一句ᄒ더니 暗暗叫奇ᄒ며 實實搖頭道小姐아 忍開口說這話ᄒᄂ니잇가. 小人이 不敢不敢이로이다. 小人이 死也라도 不敢이로소이다. 蓮玉이 道福孫아 此不必固執이니라 人命이 至重ᄒ니 生死在卽에 更說何體貌며 更論何道理리오. 且我身이 非金玉이며 爾腹이 非糞土니 一次溫在에 有何損益이리오. 福孫아 魚福孫은 猶然搖頭道不敢不敢이로소이다. 小人이 死也라도 不敢이로소이다. 蓮玉이 道爾何愚昧如此오 爾黃泉○日에 倘不反噬爾臍麽아. 况這件事ᄂ 非徒爲爾라. 爾不自惜이어니와 我有何罪오. 爾若不聽我言ᄒ면 爾不免卽地暴死ᄒ고 我不免他日窮苦ᄒᄂ니 爾愚昧的奴子아 魚福孫이 道此是某寺靈佛이 如此指示ᄒ더잇가. 蓮玉이 道然ᄒ다. 魚福孫이 遂强起身子道小人은 不足惜이어니와 若是小姐가 有禍라ᄒ면 小人이 安敢違慢이리오. 遂近前抱住ᄒ고 直逼汪將來라. 蓮玉이 大驚急叫(評曰嗚乎晩矣) 道福孫아 爾是何事오. 腹已溫矣니 爾退退.[137]

어복손이 지향하는 바의 가치를 가장 모범적으로 구현하고 있다는 것은 다른 것이 아니다. 그것은 '인명을 다른 어떤 도리보다 소중하게 생

---

136) 오영환의 처는, 어복손이 위조한 편지의 내용(어복손을 죽이라는 내용을 딸과 결혼시키라는 내용으로 위조)을 믿지 않고 부인한다. 이에 어복손은 오영환의 딸을 겁탈(어복손은 뽕잎을 따고 있는 연옥에게 가 자신의 배가 아프니 뒷산 석불에 가 빌면 나을 것이라는 말을 한다. 연옥이 석불에 가 빌 때, 어복손이 부처의 목소리를 흉내내어 연옥의 배로 어복손의 배를 따뜻하게 해주면 나을 것이라는 말을 한다. 이에 연옥이 어복손을 설득하여 오히려 먼저 자신의 배를 어복손의 배에 맞춘다. 이때 어복손은 연옥을 강제로 욕보인다)하는 방식으로 대응한다.
137) 『神斷公案』 제7화, 『皇城新聞』, 1906.12.22.

각하는 것[人命이 至重ᄒ니 生死在卽에 更說何體貌며 更論何道理]'이며, 아울러 '양반의 몸과 노비의 몸이 다르지 않다[且我身이 非金玉이며 爾腹이 非糞土]'는 것을 인정하는 것이다. 이런 의미에서 인간 존중의 가치를 스스로 체현하고 있는 연옥이야말로 이 작품의 작가가 궁극적으로 형상화하고 싶었던 인물이있을 것이다. 그렇기 때문에 연옥을 겁탈하는 장면은 파국적 구성을 위한 단순한 화소 연쇄의 하나로만 볼 수 없는 측면이 있다.[138] 설령, 작가의 의도가 파국적 구성을 통한 '퇴폐의 현실' 비판에 있었다 하더라도, 어쨌거나 연옥에 대한 겁탈은 하나의 문제적 쟁점을 남겨놓는 것이라 하겠다.

늘 부서진, "쇠약하여 결딴난 현실"은 있어 온 것이겠지만, 우리의 경우 "퇴폐 문제는 20세기에 들어와서 나타난 현상"으로 볼 수밖에 없다.[139] 공맹정주(孔孟程朱)의 말씀에 기반한 행위 규범과 가치에 의존하던 시대에서의 퇴폐란 생각하기 어려운 문제였다. 이러한 시대에서는 '올바른 것'과 '그른 것'을 공맹의 경전에 의해서 분명하게 가려낼 수 있었다. 우리의 경우 공맹의 경전에 대한 의심, 곧 중세적 예속주의에 대한 투쟁은 정(情)의 독자성을 강조한 조선 후기부터이지만, 그것이 문학적 형상화의 영역에서 구체화되기 시작한 것은 아무래도 1910년대 이후일 것이다. 그러나 조선 후기와 같은 연장선상에서, 그것도 전(傳)이라는 유학자 집단의 문예 양식의 경우에는, '다른 문예 양식(신소설)'과 대타적 축을 형성하면서 중세적 예속주의에 대한 투쟁을 1910년 이전부터 진행시켜 오고 있었다. 물론, 그것은 시작과 함께 종결되는 아주 특이한 투

---

[138] 파국적 구성에 의존하는 작품에서 주인공은 삶의 다양성 또는 양면성을 간과하고 언제나 최상의 것, 궁극의 것을 추구한다(金仁煥, 『韓國文學理論의 硏究』, 을유문화사, 1986, 230면). 노비의 삶에서 벗어나는 것만이 유일한 희망이었던 어복손에게 '신분 해방'은 하나의 '절대적 원칙'이었다. 그러나 불행하게도 그것(신분 해방)의 추구는 당대적 컨텍스트 안에서는 필연적으로 좌절을 야기할 수밖에 없는 것이었다. '연옥에 대한 겁탈'은 결국 좌절의 결과적 행위인 셈이다.

[139] 金仁煥, 위의 책, 302~310면.

쟁이기도 했다.140) 이 시기 전(傳), 특히 허구지향 의식이 두드러진 전(傳) 작품에서는 '올바른 것'과 '그른 것'의 경계가 확정적으로 존재하는 것도 아니고, 또 설령 그것이 존재한다고 하더라도 공맹의 경전에 의해서 판별되지도 않는다. 예컨대, 「김봉본전(金鳳本傳)」과 「어복손전(魚福孫傳)」의 악행 에피소드가 이를 잘 증거하는 것인바, 공맹의 경전에서 한 자만 벗어나도 사문(斯文)으로 지목되던 전대의 문학 논리에서는 아주 많이 비껴나 있는 이 시기 '허구지향적 전(傳)' 작품에서 이 점은 잘 드러난다. 악행이 '(근대)주체'를 표상하는 세계내적 조건이 될 수 있다는 이 도발의 사유는 공맹의 경전을 엄숙하게 준신하던 시대에는 감히 생각할 수 없었던 것이었다. 모든 것이 상대화되어 탐색과 질문의 대상이 된다는 사실, 그것은 자칫 "아무 생각이나 다 괜찮다"는 "허무주의"를 발아시킬 위험은 있지만, "단 하나의 생각만이 진리"라는 "독단주의"를 경계할 수는 있다.141)

어복손이 경계하지 못한 것도 바로 이 독단주의이다. 어복손이 연옥을 겁탈하고 난 후, "사대부가의 미혼녀로서 집안 노비에게 더렵혀진 것이 어찌 통분할 일이 아니리오[爾以士失家未嫁的女子로 將淸淸潔潔的身子ㅎ야 却爲家奴魚福孫的所汚ㅎ니 得無憤痛麽]"142)라고 연옥을 능욕하는 말에서 바로 어복손의 독단주의, 곧 '양반의 딸은 양반이므로 함부로 해도 된다'는 의식이 극명하게 정현된다. 자신이 탐색한 가치가 중세적 질서와 제도를 정면으로 거절하는 세계관에 기반해 있는 것이라고 해서 그것에 전적인 복속을 요구할 수는 없다. 그것은 '올바른 것'과 '그른 것'을 구

---

140) 한문의 수용력과 감응력이라는 문자적 차원의 문제인지, 아니면 전(傳) 자체의 미적 특질과 이념의 문제인지는 좀더 검토할 바이지만, 어쨌거나 순연한 의미의 전(傳) 양식은 1910년대 이후에는 여항에서 창작되어 문집의 형태로 회람되기(예컨대, 滄江 金澤榮의 『崧陽耆舊傳』와 『高麗季世忠臣逸事傳』 등이 문집의 형태로 1920년대까지 발표됨)는 했어도 적어도 공공 매체를 통해서 새롭게 창작된 전(傳) 작품이 발표된 바가 없다는 사정이 이를 잘 증거하고 있다.

141) 金仁煥, 『韓國文學理論의 硏究』, 을유문화사, 1986, 309면.

142) 『神斷公案』 제7화, 『皇城新聞』, 1906.12.24.

별하는 판별식을 단 하나로 귀일시켜 절대 복속을 요구하던 시대의 논리와 하등 다를 바 없는 독단주의이다. 근대계몽기는 퇴폐를 여하간 받아들여야 하는 시기였다. 그러기에 "올바른 생각"과 "그릇된 생각"을 상대화시켜 이해할 수밖에 없는 시기였다. 어쨌거나 "퇴폐에서 벗어나려면 비교적 앞뒤가 맞고 균형 잡힌 생각이 무엇인가"를 탐색해야만 하는 시기였다.143) 이러한 시기에 하나의 기준만이 '절대적이다'라고 주장하는 것은 독단이다. 어복손이야말로 연옥의 '내 몸(양반)만이 금옥인 것은 아니고, 네 배(노비)만이 분토인 것은 아니다[我身이 非金玉이며 爾腹이 非糞土]'는 인식이 바로 자신의 가치지향과 동궤의 인식이라는 점을 이해했어야 했다. 그렇지 않고서는 '결딴난 현실'을 바르게 수선할 수 없다. 이러한 점에서 보면 「김봉본전(金鳳本傳)」의 인홍 역시 마찬가지였다.

仁鴻이 果是出世奇才로디 但生不遇時ᄒ고 地處ㅣ 寒微ᄒ야 只以挾雜二字로 自判頭腦ᄒ니 甚是可惜可惜이라ᄒ고, 庶尹도 不敢以當人으로 特仁鴻ᄒ나 仁鴻은 那裏肯顧名譽아 維顧盧玆酌鸚鵡盃로 百年三萬六千日에 長醉而不醒ᄒ야 依舊向富戶饒民에 欺騙錢財ᄒ고 自後로ᄂ 雖有平壤庶尹의 一日百簡子招之라도 只是不應ᄒ고 維將一張大紙ᄒ야 那中央에 大書「非公事未嘗至偃之室」九字ᄒ야 以答之ᄒ더니 無幾에 本道的道伯과 隣郡的守令이 聞得金仁鴻의 出人才識ᄒ고 皆要一見ᄒ야 或遣人去邀ᄒ며 或有欲躬枉者라. 金鳳이 接了這等消息ᄒ고 仰天歎道我聞山林儒者ᄂ 這是達官顯人의 尊敬禮貌者어니와 卽此一個挾雜漢子를 乃有如此艶慕ᄒ니(山林儒者ᄂ 多僞德ᄒ고 挾雜漢子ᄂ 多眞才)官吏의 無人은 可知로다. 旣而오 又歎道東方三千里窄窄ᄒ야 幷挾雜處也沒이라ᄒ더니 遂絜家袁走ᄒ야 不知所終ᄒ니라.144)

「김봉본전(金鳳本傳)」이 보여주고 있는 미적 성취, 전술한 바대로 이른바 '희롱이라는 미적 거절'의 문제와는 다른 지점에서 문제가 되는 장면

---

143) 金仁煥, 앞의 책, 314면.
144) 『神斷公案』 제4화, 『皇城新聞』, 1906.8.18.

이 바로 위에 제시된 인용문이라 하겠다. 위의 인용문에 제시된 '인홍' 역시 매우 카리스마적 호소력을 지니고 있는 인물임에는 틀림없다. 서윤 김경징이 생각하기에는 도저히 해결할 수 없을 것으로 판단되던 주문형 옥사 사건을 명쾌하게 처리함으로써 그의 비상한 자질이 널리 알려지게 된다. 더욱이 그는 민중과도 단단하게 심리적으로 결속되어 있었던 것도 사실이었다.145) 때문에 기층 민중들에게 인홍은 "탐관오리와 인색한 부민을 속여 그 재물을 빼앗았을 뿐, 궁색한 사정에 처해 있는 가난한 사람들에게는 천금을 아끼지 않고 쾌척하는"146) 의인으로 여겨지고 있었다. 인홍을 잡으러 간 관리조차도 인홍을 체포할 생각은 하지 않고, 오히려 도망을 권유하는 지경이었다. 이에 대해 인홍은 "한번 멀리 달아나면 평생 가치가 떨어질 것"147)이라며 관리의 도피 권유를 거절한다. 이 지점은, 제도화(신분제)를 통하여 주어진 질서와 가치를 공식적(public)으로 추인하려는 카리스마적 힘(김경징이라는 양반)과 각성한 한 개인의 개별적 카리스마를 통하여 주어진 질서와 가치를 변형하거나, 아니면 탐색하려는 카리스마적 힘(김인홍이라는 비양반)이 작품 내에서 사실상 가장 극적으로 충돌하는 장면이다. 두 집단은 어떤 식으로든 기존의 질서와 제도 아래에서 야기된 '긴장과 모순'을 해결해야만 했다. 그것이

---

145) 김인홍과 당시 기층 민중과의 단단한 유대 관계는 봉이를 잡으러 내려온 김경징에게 관아의 늙은 아전이 봉이를 비호하는 다음과 같은 진술에서도 명백하게 드러나고 있다. "金仁鴻이 雖是一個奸民이라 罪不容貸이오나 却其斯驅人財時에 未嘗一毫援他貧民이>고 只是貪官酷吏와 吝嗇的富民處에나 施用這個手段ᄒ고 見他人의 窮塞事情ᄒ면 不惜千金的擲去ᄒ니 其罪관은 可誅니 其才局은 可仰이오 且其心이 不樂爲此라 但以遐鄕賤跡이 雖有良平管葛的奇才이나 無所望於朝廷之收用이오 又不肯於權門之曳裾이라 是以로 甘在鄕谷에 不求聞達ᄒ고 畧是錐末에 以見其才ᄒ니 這個人物을 縱不能拔擢需用이나 又何忍摧磨折辱에 作此殺風景的事리오 況此人이 口如懸河에 儀奏이 莫過라 雖是捉致的라도 辨罪之場에 受盡無限煩惱ᄒ리이다."(『神斷公案』 제4화, 『皇城新聞』, 1906.8.9)
146) "只是貪官酷吏와 吝嗇的富民處에나 施用這個手段ᄒ고 見他人의 窮塞事情ᄒ면 不惜千金的擲去ᄒ니."(『神斷公案』 제4화, 『皇城新聞』, 1906.8.9)
147) "此逃躱遠走ᄒ면 平生價値落盡홀 것이오."(『神斷公案』 제4화, 『皇城新聞』, 1906.8.10)

한쪽으로의 복속에 의한 해결이든, 아니면 적대적 투쟁에 의한 해결이
든 어쨌거나 두 집단 간의 생사를 건 투쟁은 불가피했다.[148] 특히 투쟁
의 매개적 함수가 '신분제'란 사실에서 이러한 의미는 쉽게 간취될 수
있을 것이다. 신분제 자체가 가지고 온 구조적 모순과 그 모순이 야기한
'긴장'을 처리하는 방식에는 합리와 체계가 존재할 수 없다. 물론, 윤리
의 영역으로 환원해서 그것을 합리적으로 처리할 수도 있겠다. 그러나
신분제에 관한 투쟁은 종교적 투쟁 못지 않은 비합리가 자체내에 내장
되어 있다. 온갖 형태의 비이성적 행태와 간계, 그리고 초월적 문제 해
결 방식이 족출하는 이유가 여기에 있다. 신분, 곧 위신 투쟁과 관련된
의존 화소의 연쇄에 의해 서사가 구성되는 문예 작품의 대부분에서 흔
히 나타나는 현상도 이와 크게 다르지 않다. 모두가 다 만족할 수 있는
질서와 가치에 대한 합의적 결과를 기대할 수 없기 때문에 문예 작품의
인물은 본질적으로 시대와 불화하기 마련이다.[149] 문예 작품은 본질적
으로 주인공의 사유와 반대 인물의 사유가 충돌하는 양식이라는 투식이
이를 잘 증거한다. 문예 작품에서 주인공은 '미워하는 이념'과 그 미워

---

148) 이런 의미에서 보면 「魚福孫傳」에서 어복손을 죽이라는 편지를 써서 보내는 오영환
　　의 행위나 반대로 오영환의 벼슬욕을 이용하여 오영환 일가를 용담에 빠져 죽게 하는
　　어복손의 행위는 바로 생사를 건 투쟁의 한 모습이라 할 수 있겠다. 그렇기 때문에 종
　　금돌과 용운을 시켜서 어복손을 망태에 넣어 용담에 빠뜨려 죽이려는 오영환의 행위
　　("吳進士ㅣ 只是不顧ㅎ고 將魚福孫ㅎ야 藏入大囊裏ㅎ더니(評曰 魚入網中에 得無漏
　　脫否)叫今突龍雲等道爾與我將此可殺的奴子ㅎ야 去向龍潭中投去的어다", 『神斷公
　　案』 제4화, 『皇城新聞』, 1906.12.25)를 드러내는 장면이나, 수국에 가보니 자신이 비천
　　한 신분이어서 문관직에는 오르지 못했지만 수국 용왕이 자신에게 무관직을 하사하며
　　잘 대우해주더라며 오영환을 유혹("吳進士ㅣ 亟問道然則爾何以見水國尊王고 魚福孫
　　이 道小人이 縋隥到這中에 卽時魚頭鬼面之卒이 爭來安慰ㅎ고 特賜召見便殿홀시 以
　　小人的家世卑賤으로 不許文官ㅎ고 許蔭武ㅎ더이다", 같은 책, 1906.12.28)하는 장면들
　　은 모두 두 인물이 벌이는 생사를 건 투쟁의 한 모습으로 이해할 수 있는 화소들이다.
149) 그렇기 때문에 시대의 가치지향을 모범적으로 체현하고 있는 인물의 행적을 표창하
　　는 것이 목적인 전(傳) 양식이 불화하는 인물을 입전했다는 것 자체가 바로 전(傳) 양식
　　이 소설과 착종하고 있다는 증좌이기도 할 것이다. 이러한 양식 변화는 조선 후기부터
　　있어 온바, 이들 전(傳)의 극점과 소설로의 착종을 동시에 보여주고 있는 양식이 바로
　　근대계몽기 「金鳳本傳」과 「魚福孫傳」이란 점은 두말할 나위가 없겠다.

하는 이념을 '사랑하는 대상'을 축출시키는 존재이다. 주인공은 자신이 '사랑(탐색)하는 이념'과 그 사랑하는 이념을 '미워하는 대상'과 투쟁해야 하는 존재인 것이다. 이런 점에서 보면 '미워하는 이념과 사랑하는 이념의 차이', 혹은 경계가 모호한 (근대)소설 양식보다는 그것이 매우 분명한 전(傳) 양식에서 주인공이 탐색하려는 가치의 실체와 반대 인물이 추인하려는 가치의 실체가 비교적 선명하게 드러난다. 말할 것도 없이 위의 제시된 인용문에서 인홍이 탐색하려는 가치의 실체가 '근대적인 것'에 근사한 것이라면, 서윤(김경징)이 추인하려는 가치는 '전근대적인 것'에 가까운 것이라 하겠다. 어떻게 보면 서윤(주체)이 축출시키려는 대상(인홍이라는 타자)이 실제로는 서윤을 축출시키는 형국이 된바, "이러한 주체와 타자간의 역학적 관계맺기 과정에서 주체와 타자를 결정해 주는 '권위'로 작용하는 것"150)이 신분제, 이른바 '제도'의 문제라는 사실을 「김봉본전(金鳳本傳)」이 강조하고 있다는 점은 매우 중요한 문제적 쟁점을 제출한 것이다. 이 지점에서 그리 쉽게 풀리지 않는 점(물론 전장에서 미적 특질의 차원에서는 '희롱이라는 미적 거절'의 문제로 이 문제를 고찰한 바 있다)은 역시 인홍이 '동방 삼천리가 좁고 좁아 협잡질할 곳도 없구나, 라며 탄식하더니, 드디어 집안을 이끌고 멀리 달아나 소종을 알 수 없었다[歎東方三千里窄窄ᄒ야 幷挾雜處也沒이라ᄒ더니 遂絜家袁走ᄒ야 不知所終]'는 결구의 문제이다. 거슬러 올라가 보면, 사실 연암이 「허생전」에서 '허생'이라는 자각적 개인, 혹은 근대 주체를 '부지소종'의 형식으로 결구화했던 것처럼, 「김봉본전(金鳳本傳)」의 작자도 '인홍'이라는 근대 주체도 '허생'과 동일한 운명의 형식을 따를 수밖에 없는 사정이 있었음을 어렵지 않게 간취해 낼 수 있는 것이다. 여전히 '인홍'은 자신이 중심부 밖으로 밀어내려 했던 대상에 의해서, 그 대상이 붙좇고 있었던 이념에 의해서 실제로는 타자화되고 있었다는 사실을 확인할 수 있었던 것이다. 그러니까

---

150) 정진배, 『중국현대문학과 현대성 이데올로기』, 문학과지성사, 2001, 53면.

'삼천리(세상)가 좁고 좁아 협잡질할 곳도 없구나'란 바로 이런 전언을 담고 있는 표현이라 하겠다. 이런 의미에서 「어복손전(魚福孫傳)」에서 어복손의 거짓말 속에서 사실은 더 절절하게 드러나는 진실, 이른바 '소인은 가세가 비천하여 문관은 허여되지 않고, 다만 무관은 허여되었다[小人的家世卑賤으로 不許文官ᄒ고 許蔭武]'는 표현 역시 동궤의 의미의 틀 안에서 이해될 수 있는 것이다. 즉, 수국(용궁)에서조차도 타자화될 수밖에 없는 존재, 그것이 수국(水國)이라는 알레고리적 공간을 통하여 절망적으로 형상된 인물이 어복손이다. 결론적으로 「김봉본전(金鳳本傳)」의 '부지소종'의 형식을 통해서 형상된 인홍이나 수국이라는 알레고리적 공간 창출의 형식을 통해서 형상된 「어복손전(魚福孫傳)」의 어복손이 말하고 있는 진실은, 근대계몽기에도 여전히 객관적 정황은 새로운 제도의 신생이 요원하다는 것이었다. 그렇지만, 그 싹은 이미 움터 있다는 것을 말하고 있기에 우리는 이 둘을 근대적 가치를 탐색하고자 했던 인물들이라고 명명하고자 한다.

3. 허구지향적 전(傳)의 특질과 그 의의

문학은 '허구의 기록'이 아니라 '사실의 기록'이어야 한다는 생각은 근대계몽기에 이르러서도 여전히 완강한 형태로 유지되고 있었다. 이러한 인식이 가장 직접적으로 드러나는 문예 양식이 '전(傳)'인 것은 물론이거니와 '전(傳)'은 어떤 식으로든 '사실 기록'에서 자유로울 수 없는 양식이었다. 그러나, 조선 후기부터 경학에 대한 절대 준신의 논리가 상대화되면서 문학 양식 자체에서도 많은 변화가 일어나기 시작한다. 이와 같은 변화는 근대계몽기의 전(傳) 양식에 이르러서도 그대로 이어져, 전

傳) 자체가 지향하고 있는 이데올로기나 미적 특질 자체가 전대의 전(傳)
과는 다른 전(傳) 작품들이 창작되기 시작한다. 한 마디로 전(傳)의 '거사
직서(據事直書)의 원칙'에서 일탈한 전(傳), 이른바 '허구'의 감화력을 적
극적으로 수용하기 시작한 '허구지향적 전(傳)' 작품들이 탄생한 것이다.
이들 작품은 대개 소설적 경사가 두드러지거나, 아니면 야담(野談)과 착
종이 된 전(傳)들로 볼 수 있겠다. 앞절에서 살펴본 내용을 바탕으로 해
서 이 시기 '허구지향적 전(傳)' 작품의 특질 몇 가지를 「김봉본전(金鳳本
傳)」과 「어복손전(魚福孫傳)」을 중심으로 살펴보면 다음과 같다.

첫째, 근대계몽기의 '허구지향적 전(傳)'은 이 시기 장형화된 '사실지향
적 전(傳)'과는 달리 대개 작자가 표기되지 않는다. '허구지향적 전(傳)'은
대체로 신문·잡지의 편집자들이 창작하여 발표한 것으로 보면 된다. 예
컨대, 『황성신문(皇城新聞)』의 필진 가운데 한 사람이 '봉이 설화'를 토대
로 하여 창작한 「김봉본전(金鳳本傳)」이나 '꾀쟁이 하인' 설화를 바탕으로
창작한 「어복손전(魚福孫傳)」이 그 대표적인 예이다. 또한, '사실지향적
전(傳)' 작품들이 전(傳)의 논찬 투식어를 붙이지 않는 것에 비해, '허구지
향적 전(傳)'에서는 에피소드가 종결될 때마다 '계항패사씨(桂巷稗史氏)'나
'청천자(聽泉子)'와 같은 논찬 투식어를 사용한다. 그러나, 이와 같은 '전
(傳)' 투식어가 그대로 전통적 의미의 전(傳)을 증명하는 단서가 될 수는
없다. 이미 고찰한 바대로 '허구지향적 전(傳)'은 '가치의 구현 방식', '인
물 창출 방식', '구성 방식'에 있어서 모두 전통적 의미의 전(傳)에서 많이
벗어나, 거의 '소설'과 유사한 모습을 하고 있었기 때문이다.

둘째, 근대계몽기의 '허구지향적 전(傳)'에서는 반면 인물(antagonist)이
입전 인물의 '적(敵)'으로 대위되면서, 이른바 '(심각한)갈등'이 주조된다.
전(傳)에서의 '새로운 가치'란 바로 이와 같은 반면 인물의 출현에 의해
서 비로소 탐색될 수 있는 것이었다.

셋째, 근대계몽기의 '허구지향적 전(傳)'에서는 '섬세한 내면 묘사'의
문장을 통하여 '개인의 감정과 가치'가 옹호되고 있다. 간결한 산문의 언

어로 도의적 이념을 표창하는 양식으로서의 전(傳)이 시정적 삶의 이러저러한 국면을 재현하고 있다는 점은, 바로 '허구지향적 전(傳)'의 원심력이 내장하고 있는 촉범성(觸犯性), 곧 중세적 윤리나 이념, 또 그에 기반한 제도에 도전하려는 반중세적 지향 의식을 직접적으로 드러낸 것이었다. 이 점은 '허구지향적 전(傳)'에서의 풍자의 대상이 '부유하생(腐儒鰕生)'이나 '인색한 요호부민, 혹은 탐관오리'에 집중되었다는 사실에서 확인된다.

넷째, 근대계몽기 '허구지향적 전(傳)'에서는 '부지소종(不知所終)'이라는 사라짐의 결말 구조를 통해서 이 시기 '사실지향적 전(傳)'과는 다른 미적 특질, 곧 '미적 희롱'이 창출된다. 물론, 이 때의 '희롱' 개념은 '놀이' 형식으로서의 '희롱' 개념은 아니다. '허구지향적 전(傳)'에서 기초하고 있는 '희롱'의 개념은 "상호 배타적인 당파적 가담"151)에 의해 주체가 설 수 있다는 확실성에 근거한 개념이다. 이런 점에서 보면 근대계몽기 '허구지향적 전(傳)'이란 바로 '미적 희롱'의 형식을 통하여 '부지소종'의 주체를 형성하는 과정을 보여주고 있는 양식인 셈이다. 근대계몽기 전(傳) 안에서 모순의 중세와 화해하지 않는 '당파적 결단'은 바로 이와 같은 '허구지향적 전(傳)'의 미학에 기반했을 때나 가능한 것이었다.

이상에서 살펴본 바와 같이 근대계몽기 '허구지향직 전(傳)'은 한 마디로 주인공의 사유와 반대 인물의 사유가 충돌하는 양식이었다. 근대계몽기 '허구지향적 전(傳)'에서 입전 인물은 '미워하는 이념'과 그 미워하는 이념을 '사랑하는 대상'을 축출시키는 존재인바, 근대계몽기 전(傳)에서도 이른바 '(서사적)주인공'이 출현한 것이다. 근대계몽기 '허구지향적 전(傳)'의 입전 인물(주인공)은 어떤 식으로든 자신이 '사랑(탐색)하는 이념'과 그 사랑하는 이념을 '미워하는 대상'과 투쟁하는 존재로 그려지고 있기 때문이다. 이런 점에서 보면 적어도 근대계몽기의 허구지향적 전(傳)

---

151) 박성환, 「'문화적 근대'의 본질과 특성」, 『한국사회학』 33집, 1999, 46면.

의 ‘입전 인물(주인공)’과 그 입전 인물이 추구한 ‘가치’는 ‘(근대)소설’ 양
식의 그것과 매우 닮아 있다.

제 **5** 장

결론

이 논문에서는 근대계몽기에도 여전히 그 문학사적 위상이 빛나고 있었던 전(傳) 양식을 '사실지향적 전(傳)'과 '허구지향적 전(傳)'으로 유형 분립시켜 그것의 변이 양상과 미적 특질을 규명하는 것을 목표로 하였다. 전대(前代)에는 문집의 형태로 유학지 집단 내에서만 회람되던 전(傳)이 신문·잡지라는 공공영역 안으로 수용된 이유를 그 동안의 문학사는 설명하지 않고 있었다. 본고에서는 전(傳)을 '중세주의와 (근대적) 세계주의'라는 대극의 이데올로기 사이에서 어떻게 하면 '신소설'과 대타적 위상 관계를 이루면서 자신의 이데올로기적 좌표를 정체시킬 수 있는가, 하는 문제적 쟁점과 맞닥뜨리게 되면서 근대계몽기라는 역사적 시공성 안으로 수렴되어 온 문예적 양식으로 규정하였다. 전(傳)은 어떤 식으로든 자신의 존재적 질량을 '계몽 담론'의 시공성 안에서 확보하려 하고 있었다. 이러한 근대계몽기 전(傳)의 기본 논지는 '기실(紀實)'과 '허구기록'을 모두 아우르며 '탈중세주의를 통한 (근대적)세계주의에로의 지향'

이라는 개념으로 집약될 수 있는바, 이와 같은 맥락에 근거해 본다면 적어도 근대계몽기의 전(傳)은 당대의 '오늘 우리'의 이데올로기를 대변하는 서사 양식이었다.

이에 본고의 2장에서는 근대계몽기 전(傳)의 유형을 '입전 인물과 세계가 상호 얽히는 양상'에 따라 기실(紀實)의 성격이 강한 '사실지향적(事實指向的) 전(傳)'과 허구적 상상력을 양식적으로 수용하고 있는 '허구지향적(虛構指向的) 전(傳)'으로 분립시켜 고찰하였다. 말할 것도 없이 '사실지향적 전(傳)'과 '허구지향적 전(傳)'으로의 대타적 분립이 야기시킬 한계는 분명할 수 있겠다. 무엇보다도, 전(傳)이란 양식 자체가 '허구적 서사물'이라기보다는 원래 발생론적으로 '사실의 문학'이란 점에서 그 타당성 자체가 문제적일 수밖에 없을 터인바, 그럼에도 불구하고 이 두 가지 명칭을 써서 정식화한 이유는 원체 두 유형으로 분속된 전(傳) 작품들의 원환상의 내적 속성들이 교집합보다는 차집합이 많기 때문이었다. 극단적으로 말해 전(傳)이라는 그 외적 상동성만을 빼놓고 보면, 두 유형의 전(傳)은 그 역사철학적 기저나 미적 특질 자체가 완전히 다른 양식으로 보아도 무방할 정도의 '차이'가 있는 양식임이 본고의 2장을 통하여드러나게 되었다. 요컨대, 입전 인물(주인공)의 가치 표창에 모든 원환상의 서사 요소들이 복속되어 새로운 이데올로기 탐색이 봉쇄된 '사실지향적 전(傳)'에서는 사실 '(갈등의)세계'는 없고 '(입전)인물'만 부각되기 때문에 '갈등'이 야기될 수가 없다는 점이 확인되었다. 반면에 입전 인물과 그와 갈등하는 '반면 인물(antagonist)'이 거의 대위적 위치에서 파국적갈등을 겪는 '허구지향적 전(傳)' 작품에서는 허구화된 상상적 진술이 수용되면서 '(유가적)단일의 신념 체계'가 깨어지고, 이른바 '새로운 내면의빛'을 가진 '나(자아)'가 입전된다. 때문에 '허구지향적 전'에서는 입전 인물의 '내면―인물의 불안과 고독, 혹은 악의 심리적 근저 등등'이 재현될 수밖에 없다. 바로 이 '내면' 창출의 원환상에서 '허구적 상상력'이적극적으로 수용되고 있는 것이다. 반면에 '사실지향적 전'에서는 입전 인물의 '외면─(유가적)이념을 체현하고 있는 인물의 행위'가 통상 재현된다. 이러한 유형에서는 인물의 '내면'이 인물의 외적 행위에 의해서 '가려지게' 된다. 이와 같은 유형에서는 인물의 외적 행위의 자양이 될 수 있는 '사실(事實)'의 수용이 무엇보다도 중요한 서사 형성의 요소가 되는 것이다. 이렇게 두 유형의 분류 기준의 첫째 요소가 '인물 창출 방식'이었다면, 그 둘째는 '가치 구현'의 방식을 들 수 있었다. 이에 본고의 2장에서 확인한 바에 의하면, '사실지향적 전(傳)'이 '이미 찾아낸 가치'를 '추인'하는 데 주안을 두는 유형이라면, '허구지향적 전(傳)'은 '아직 규범화되지 않은 새로운 가치'를 탐색하려는 데에 주안을 두는 유형임이 확인되었다. 또한, 2장에서는 '구성의 방식'에서도 두 유형의 전(傳)이 차이를 보이고 있다는 점을 확인하였다. '사실지향적 전(傳)'이 대체로 엄숙한 인물을 입전하여 현실을 공격하고 부정하는 '풍자적 구성'을 기저로 하고 있다면, '허구지향적 전(傳)'에서는 자기 질문과 공허, 자기 추구와 좌절이 구성의 두 핵인 '파국적 구성'이 작품의 축조 원리가 된다는 점을 확인하였다.

이어 본론의 3장에서는 '사실지향적 전(傳)' 양식이, 전(傳) 자체가 '포폄(褒貶)'의 양식이기는 하지만, 자체내의 양식적 특성에 기반하지 않더라도 어떤 식으로든 문(文)이나 서사 양식의 개량 요청과 관련되는 양식임이 규명되었다. 근대계몽기는 국가의 영웅을 문(文) 양식을 통해서 현현시키자는, 곧 문(소설) 개량론의 자장 안에서 서사 양식이 재편될 수밖에 없었던 시기였다. 이러한 기획을 실현시켜 줄 수 있는 서사 양식으로서의 전(傳)은, 매우 적합한 양식이었음이 분명하다. 이러한 지점에 입각해보면 근대계몽기는 '문'이 정치와 결합된 전대(조선) 사회, 곧 '문'으로 국가를 다스린다는 '이문치국(以文治國)'의 지배방식이 여전히 강력한 통치 이데올로기로 기능하는 시기였다. 아무래도 이 시기는 어떤 식으로든 '문'이 애국 계몽과 동심원적인 연장선에 있었던바, '문(文)'의 미적 자율성이 민족적 정체성, 혹은 집단의 정체성과 유리된 채로 현시될 수는 없었다. 이 지점에서 근대계몽기 사실지향의 전(傳) 텍스트의 자아를 통해서 발산된 '계몽의 담론'은 근대계몽기의 성격을 규정짓는 효과적인 개념의 하나임이 확인된다 하겠다. 말할 것도 없이 '계몽 담론'은 '계몽하는 주체(영웅 / 자각한 士類와 婦孺)'와 '계몽되는 대상(노예의 현실을 그대로 받아들이려는 무자각한 民)'을 상정한 개념이다. 계몽하는 주체의 논리에서는 '글쓰기(사실지향의 傳)'가 '민(民)'에 대한 인식 행위라는 점에서 스스로는 '민'에 대한 타자인 셈이고, '민'의 시각에서 보면 '글쓰기'가 계몽하는 주체에 의해 수행된다는 점에서 스스로는 '전(傳)'이란 텍스트의 시공성 안에서 철저하게 '계몽되는 타자'로만 형상된다. 근대계몽기의 계몽 담론의 중대한 결단은 "국민 동포의 어리석어 사리에 어두운 뇌를 타파[國民同胞의 頑迷腦를 打破]"하여 양극단의 타자를 '국한문체의 전(傳)'을 통하여 하나의 집체로 묶어내는 것이었다. 계몽 담론을 전달하는 도구로써의 '국한문체'란 엄밀하게는 '공리적 착상에 의한 발견'의 영역이겠지만, 그것은 '낡은 것'이 아니라 '오래된 것'으로서의 '전(傳)'을 정체시켜 '계몽 담론'을 결정적으로 견인해내는 역할을 한다. 그러므로 전(傳)이 '구(舊)'와 '신(新)'을 만나게 한 것이 아니라, '국한문체의 발견'에 의해서 양극이 만나게 되는 것이라 하겠다.

　근대계몽기 사실지향의 전(傳)이 하나의 담론(정치) 표준을 담아낼 수 있는 양식적 기제가 될 수 있다면 바로 '영웅 불러내기' 방식의 권위는 '참으로 환기된 역사적 실재성'의 공간이 창출되는 지점에서만 가능해질 터인바, 이 시기 계몽 기획의 주체들이 끊임없이 역사적 인물을 입전하는 이유가 바로 여기에 있었다. 한 마디로 사실지향의 전(傳) 텍스트의 입전 인물(영웅적 주체)은 텍스트 바깥에 존재하는 '오호통곡(嗚呼痛哭)'의 현실과의 격절을 유지할 수 있을 때만이 하나의 주체로 설 수 있었다. 그러기에 사실지향의 전(傳) 작품에서는 필연적으로 '오호통곡의 현실, 이른바 인심이 썩어가고 비열함이 극심한[人心이 腐敗卑劣]' 인정물태(人情物態)의 구체성이 배열될 수가 없다. 특히, 사실지향의 전(傳)은 '무(武)'

성을 체현한 역사적 인물을 입전함으로써 적어도 신소설에서 보여주고 있는 '어정쩡한 주체'와는 달리 매우 '단호한 주체'를 형상해내고 있다. 그러나 '오호통곡의 현실'에 대한 기술은 바로 그 현실과 격절된 주체로서의 '영웅'이 기술할 수 없는 것이었다. 그것은 차라리 '어쩡쩡한 주체'에 의해서 수행될 수 있는바, '단호한 (영웅적) 주체'에 의해서 기술될 수 있는 것은 근대계몽기에 대한 '담론(정치) 표준'일지언정 '내면(예술) 표준'은 기술'할', 혹은 기술'될' 수는 없는 문제였다. '서기'가 곧 '자기 분해의 과정'일 수밖에 없는 주체가 바로 근대계몽기 사실지향의 '단단한, 혹은 영웅적 주체'의 운명이다.

　본고의 3장에서 규명한 또 한 가지의 사실은, 근대계몽기의 '사실지향적 전(傳)'의 영역 안에서는 '감성적으로 인식된' 가치, 곧 그것이 미의 영역과 관련되는 것이라면 근대계몽기 '사실지향적 전'이 구현하고 있는 미(美)는 아직은 외포적 명료성만 두드러진 것이긴 하지만, 이른바 '내면 부재'의 '엄숙성', 혹은 '도덕적 숭고'가 하나의 미적 형식으로 제출되고 있었다는 사실이었다. 또한, 근대계몽기 전(傳) 중에서도 사실지향성이 강한 전(傳)이 특히 '역사'와 만나고 있다는 사실은 크게 별난 것이 아니라는 점도 확인하였다. 극단적으로 말하면 근대계몽기의 전(傳), 특히 사실지향의 전(傳)은 '역사'에 기생한 전내 '글쓰기' 양식의 최후인 셈이었다. 한 마디로 역사가 학문의 영역으로 몸바꾸기 하는 최종의 도상에서 마지막으로 '기생한' 서사 양식이 근대계몽기의 '사실지향적 전(傳)'이었다. 이 지점에서 보면 그 동안 통상적으로 불려온 근대계몽기의 '역사·전기류 소설(문학)'이란 용어는 합당하지 않은 것이다. '역사·전기류 소설(문학)'이란 근대계몽기 이후에나 가능한 개념이다. 그러므로 근대계몽기의 '역사적 서사(사실지향의 전)', 즉 통상 일컬어 온 '역사·전기류 소설(문학)'은 사실, 역사가 근대적 학문 영역으로 전환을 하기 전에 마지막으로 '전(傳)'이라는 서사 양식에 '기생'하여 자기 내부의 모순과 의의를 동시에 드러낸 최종 양식인 셈이었다. 근대계몽기의 사실지향의 전(傳)이 '역사'를 가장한 문예 양식의 속성과 반대로 '문예'를 가장한 '역사 서술'의 속성을 동시에 지니는 '문(文)'이란 점에 찬성할 수밖에 없는 이유도 여기에 있었다. 즉, 사실지향의 전(傳)은 '문예적 글쓰기'이면서 동시에 '역사적 글쓰기'의 두 속성을 다 지니고 있는 것이다. 특히, 역사, 역사적인 것이 긴요한 시기(집단의 정체성이 와해되거나 새롭게 생성되는 시기)에는 예외 없이 '영웅과 역사의 천사'가 호명된다는 사실도 이 장에서 확인할 수가 있었다. 또한, '사실지향적 전(傳)'에서 이렇게 호명된 '역사적 천사'는 '숭고(崇高) sublime'의 미적 형상 그 자체라는 사실도 확인할 수 있었다.

본고의 4장에서는 근대계몽기 '허구지향적 전(傳)'이, '국한문체'라는 대중화 지향의 '제도성'이라는 프리즘을 통해 '내면성'을 발양시키고 있다는 점을 규명하였다. 즉 근대계몽기의 '허구지향적 전(傳)'은, 중세적 가치 표창 양식으로서의 전(傳)에 부단히 저항해오면서 스스로의 '내면성'을 획득한 문예적 양식인 셈이었다. 이런 맥락에 근거해 보면 적어도 전(傳) 양식의 '내면'이란, 그 자체로 '국한문체'에 의해서 '만들어진' 내면이라 불러도 크게 잘못은 아닐 터이다. 또한, 바로 이와 같은 근대계몽기 '허구지향적 전(傳)'의 내면의 지층은 '불안과 초조의 내면'이라는 점도 이 장에서 규명되었다.

전(傳)은 그 패덕을 문제삼는 양식이었다. 패덕에 목숨을 걸고 항거한 인물을 표창하거나, 그 반대로 패덕한 인물을 가차없이 폄론하는 양식이다. 전(傳)이 이데올로기적 양식이 될 수밖에 없는 이유도 여기에 있다. 특히, 어떤 가치(이데올로기)를 표창하는 양식으로서의 전(傳)은 매우 강한 직접성을 지닌 양식이다. 작품 내의 모든 서사적 장치들이 입전 인물의 가치 폄론에 집중된다는 점에서 극단적으로 말하면 하나의 의미만 생성하는 공간을 지니고 있는 양식이라고 해도 되겠다. 이러저러한 삶의 양태들이 부딪치고 얽혀 있는 인정물태의 공간 창출이 원천적으로 불가능한 양식일 수도 있겠다. 전(傳)의 이러한 특성이 와해되기 시작하는 시점은 조선 후기였다. 조선 후기 3대 전(傳) 작가라고 지칭해도 손색이 없는 연암·문무자·담정의 전(傳) 작품에서 이러한 전(傳)의 변모상은 분명하게 드러난다. 한 마디로 이들의 전(傳) 작품에서는 반면 인물(antagonist)이 하나의 '짝(讎)'으로 대위되어 '가치 충돌' 현상이 일어나게 된다. 그것은 필연적으로 '패덕'을 수용하지 않고서는 서사적으로 구조화될 수 없는 문제이다. 본고의 제4장에서는 또한 근대계몽기의 '허구지향적 전(傳)' 작품이 바로 조선 후기 소설 지향성이 두드러졌던 전(傳) 작품에서 드러나고 있는 인정물태의 부면을 계승하고 있다는 점을 확인할 수 있었다. 이어 본고 4장에서는 '미적 희롱'이 근대계몽기 '허구지향적 전(傳)'의 미적 특질로 규정될 수 있음을 확인할 수 있었다. 특히, 이와 같은 미적 특질이 '부지소종(不知所終)'의 결구 형식을 통해서 극명하게 드러나고 있다는 점에서, 중세 체제와의 화해를 거부한 '당파적 결단'의 한 구극 형상을 제시하는 전(傳)이 바로 근대계몽기 '허구지향적 전(傳)이란 사실이 본고 4장을 통해서 확인되었다.

또한 이 장에서는 제도화(신분제)를 통하여 주어진 질서와 가치를 공식적(public)으로 추인하려는 카리스마적 힘과 각성한 한 개인의 개별적 카리스마를 통하여 주어진 질서와 가치를 변형하거나, 아니면 탐색하려는 카리스마적 힘이 극적으로 충돌하는 형식이 근대계몽기 '허구지향적 전(傳)'이라는 사실도 규명하였다. 말할 것도 없이 탐색하려는 가치의 실체가 '근대적인 것'에 근사한 것이라면, 추인하려는 가치는 '전근대적인 것'에 근사한 것이라 하겠다. 결국, 근대계몽기 '허구지향적 전(傳)'이 보여주고 있는 진실은, 근대계몽기에도 여전히 객관적 정황은 새로운 제도의 신생이 요원하다는 것이었다. 그렇지만 그 싹은 이미 움터 있다는 것을 '허구지향의 전(傳)'이 웅변하고 있기에, 우리는 근대계몽기 '허구지향적 전(傳)'에 입전된 인물들을 근대적 가치를 체현한, 혹은 '찾아내려고' 한 인물들이라고 명명할 수 있다. 근대계몽기 전(傳)은 바로 이러한 점에서 '가치의 실체'를 명료화시켜야만 하는 운명을 지닌 역사소설, 곧

1920년 이후의 역사소설의 전사로 역할하면서 근대계몽기라는 역사적
시공성 안에서 이른바 '신소설'과 대타적 위상을 포지한 양식이었다.

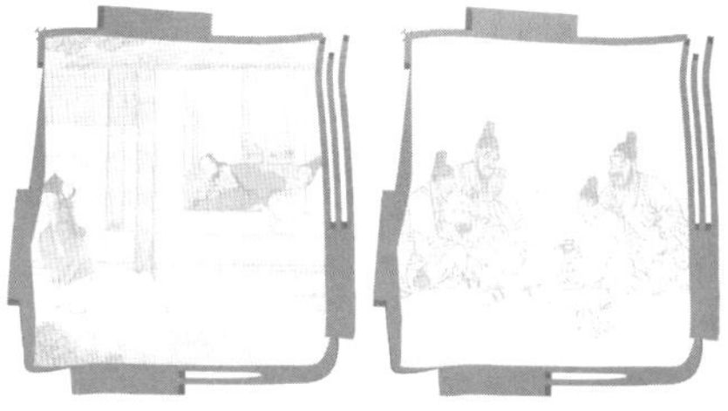

2
부

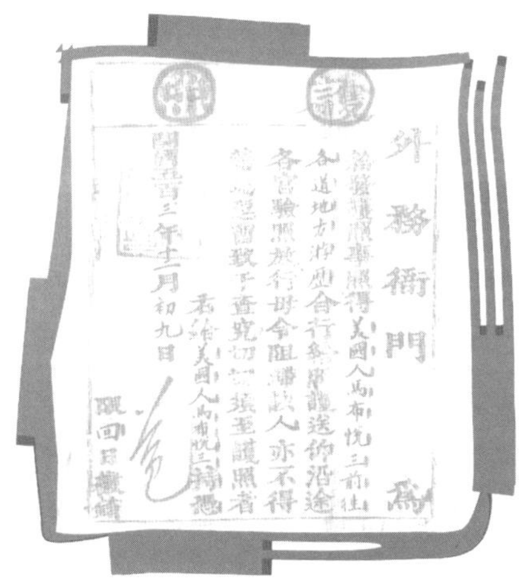

『한성순보』 소재 「아리스토텔레스전」에 관한 연구

1. 서론

「아리스토텔레스전[亞里斯多得里傳]」은 현재로서는 『한성순보(漢城旬報)』 (1884.6.14)에 게재된 유일한 전(傳) 작품이다.[1] 『한성순보』(1883.10.31 창간)가 최초의 근대적 신문이란 점을 감안하면 「아리스토텔레스전[亞里斯多得里傳]」은 근대계몽기 신문·잡지 창간 이후 발표된 최초의 전(傳) 작품으로서의 의의를 지닌다. 물론, 작품의 서두에 『중서문견록(中西聞見錄)』 중의

---

[1] 『漢城旬報』(1883.10.31~1884.10.9)는 현재 총36호까지 발견되었다. 갑신정변으로 박문국의 인쇄시설이 불탔던 12월 4일까지 계속 발간되었다면 이후 5호가 더 나와서 총41호까지 발행되었을 것으로 추측된다. 그러나 갑신정변 이전에 다른 사정으로 발행이 중단되었을 수도 있었다는 점을 생각해보면 반드시 41호로 추단할 수도 없다(정진석, 「최초의 근대신문 한성순보와 한성주보」). 어쨌거나 「亞里斯多得里傳」은 현재로서는 근대적 신문·잡지에 게재된 최초의 전(傳) 작품인 셈이다.

「애약슬서(艾約瑟書)」에 실린 내용이란 점이 서술된 것으로 보아 이 작품이 순연한 창작품일 가능성은 없다. 또한, 『한성순보』의 외신 기사인 '각국근사(各國近事)'나 '집록(集錄)'이 주로 중국의 신문을 뉴스원(源)으로 한 번역 기사가 대부분이었던 점을 감안한다면 「아리스토텔레스전[亞里斯多得里傳]」은 우리 근대계몽기 문학사에서 굳이 다루지 않아도 되겠다. 그러나 이 작품은 이후 신문·잡지 소재 전(傳) 작품의 신호탄이었다는 점과 이후 근대계몽기의 '문학' 개념의 변화를 고찰하는 데도 유효한 자료가 될 수 있을 뿐만 아니라, 「을지문덕(乙支文德)」, 「수군제일위인(水軍第一偉人) 이순신(李舜臣)」, 「동국거걸(東國巨傑) 최도통(崔都統)」, 「천개소문전(泉蓋蘇文傳)」 등과 같은 장형화된 일련의 '역사 위인전'의 서술 원리가 「아리스토텔레스전[亞里斯多得里傳]」의 교량적 역할을 통해서 자리잡게 된다는 점에서 탐구의 가치는 충분하다고 하겠다.

2. 「아리스토텔레스전」에 드러난 '문학(文學)' 개념

적어도 1900년대까지도 '문학'이란 개념은 "읽고 쓸수 있는 능력, 곧 문자 행위의 능력을 근간으로"[2] 하는 '학문 일반'을 지칭하는 '집합적' 개념과 "상상적이고 창조적이며 예술적이라는 내적 가치를 중심으로 시, 소설, 극 등의 분류체계를 갖추고 있는"[3] '제한적(미적 글쓰기만을 지칭하는 명사)' 개념을 동시에 내함하고 있는 통합적 개념이었다. 우리의 경우 '근대적' 문학 개념, 곧 '미적 자질'을 중시하는 '제한적' 문학 개념이 형성되는 시기는 1900년대 이후의 어느 지점일 것인데, 그렇다면 이와 같

---

2) 권보드래, 『한국 근대소설의 기원』, 소명출판, 2000, 80면.
3) 金東植, 「한국의 근대적 문학 개념 형성 과정 연구」, 서울대 박사논문, 1999, 75면.

은 '융합(학문 일반)에서 분리(미적 글쓰기)'의 과정을 구체적으로 드러내고 있는 문예 양식에 대한 고찰은 이 시기의 '문학' 개념의 변화를 규명하는 데 무엇보다도 긴요한 현실적 과제의 하나가 될 것이다. 이 과제와 관련하여 근대계몽기에 각종 신문·잡지에 산생한 전(傳)의 변화를 고찰하는 것은 '근대석' 문학 개념의 형성 과정을 규명하는 데 하나의 좋은 전범이 될 수 있는 것이다. 그 이유는 무엇보다도 '전(傳)'이란 서사 양식이 보여주고 있는 '자태전환(근대적 자기 갱신)'의 양상이 이 시기에 더욱 특징적으로 나타나기 때문이다. 특히, 학문 일반을 다 함께 포괄하는 '집합적' 문학 개념과 '미적 글쓰기'만을 일컫는 '제한적' (근대)문학 개념이 혼용되어 사용되고 있는 『한성순보』 소재 「아리스토텔레스전[亞里斯多得里傳]」에 대한 고찰은 이런 점에서 매우 의미 있는 작업이라 하겠다. 다음의 두 서술 표현을 통해서 이 점을 고찰해 보자.

　① 중국의 주나라 안렬왕 무렵에 서양 그리스에 문학이 성하였다. 예수 탄생전 3백 84년에 아리스토텔레스가 그리스의 스타게이로스에서 태어났다. 집안은 대대로 의술을 업으로 삼았는데, 그의 아버지는 마케도니아 국왕의 어의였다.[4]

　② 이 왕자가 후에 페르시아를 멸망시키고 이름을 드날린 알렉산더 대왕이다. 알렉산더 대왕은 문학을 좋아해서 시인을 부대했으며 의술에도 관심을 갖고 또 과학에도 힘썼으니, 이는 모두 아리스토텔레스가 가르친 것이다.[5]

　19세기 말의 '문학' 개념은 전술한 바대로 여전에 '학문 일반'이라는 집합적 개념에 토대하고 있었다. 이 점은 「태서(泰西)의 문학원류고(文學源流考)」(『漢城旬報』, 1884.3)의 다음과 같은 문장을 보면 잘 드러난다. 즉,

---

4) 中西聞見錄 艾約瑟書云 當中國成周安烈之世 爲泰西希臘國 文學彌盛之時 耶蘇降生前三百八十四年 亞里斯多得里生於希臘之國 斯大該拉城 家世傳岐黃 父爲馬其頓國王御醫.

5) "斯王子者卽後滅巴西國 名聞最著之亞力散大王也 亞力散大 嗜文學重詩人 喜習醫道之術 兼務格致之功 皆亞之所敎也."(「亞里斯多得里傳」, 『漢城旬報』, 1984.6.14)

"서양의 문학은 비록 분파되어 여러 가지가 많지만, 요점은 모두 천문학·산학·격물학·화학 등이다[泰西文學 雖派分多門 要皆天算格化等學]"[6]라는 표현 속에서 잘 드러나듯, 이 시기 '문학' 개념은 '천문학·산학·격물학·화학' 등의 '학문 일반'을 지칭하는 개념이었다. '문학' 개념에 대한 이와 같은 포괄적(집합적) 개념 규정은 이 이후에도 큰 변화는 없었다. 이는 '신학(新學)'과 '구학(舊學)'의 변천 개념을 언급하면서 "文學에 至ᄒ야도 亦然ᄒ지라 隨時變易ᄒ야 新舊二學의 區別이 生ᄒ니"라며 '문학' 개념을 '학문 일반'의 개념과 동일시하는 것에서도 잘 드러난다. 특히 "古人의 遺緒만 株守ᄒᆯ시 世人의 學業이 詩을 崇尙ᄒ고 浮華를 務修ᄒᆯ 뿐이니 文學이 衰頹ᄒ고 學者의 風氣가 機絶ᄒ야"[7]라는 '문약지폐(文弱之弊)'를 비판하는 표현에서 드러나는 바와 같이 근대계몽기의 한 지점에서는 여전히 '시(詩)'와 같은 '미적 글쓰기' 양식으로서의 '문학' 개념과 '학문 일반'의 '문학' 개념을 서로 분리하지 않고 있었다. 그러나, 1900년대의 또 다른 지점에서는 '학문 일반'이란 '집합적' 문학 개념과 '미적 글쓰기 양식'이란 '제한적' 문학 개념이 서로 분리되기 시작했다. 예컨대, 선생(先生)과 서동(書童) 사이의 문답을 기록한 「사제(師弟)의 언론(言論)」(『太極學報』 19호, 1908.3)에서 잘 드러나는 것처럼, '신(新)'이란 접두어가 붙기는 했지만 '학문'은 "舊日에 腐敗ᄒ엿든 腦와 暗縮ᄒ엿든 精神을 變幻ᄒ야 一大 壯健ᄒᆫ 男兒을 邃成"케 하여 "國權之回復"을 가능케 하는 "有實有美"[8]한 "地理, 歷史, 算術" 등의 '학문 일반'으로 규정되고, '미적 글쓰기 양식'으로서의 문학 개념은 "科學, 文學, 技術의 偉人과 大思想의 使徒와 大心情의 高士 等은 特別히 一定ᄒᆫ 階級으로 出ᄒᆫ 者 안이라"[9]에서 드러나듯, 명백하게 '과학'이나 '기

___

6) "泰西文學 雖派分多門 要皆天算格化等學 蓋其源出於東方 特西人推廣而流傳之耳 化學本於中土之方士 設爐煨煉點換各術 算學本於埃及 天文本於巴比倫 皆由希臘人而西傳焉."(「泰西文學源流考」, 『漢城旬報』, 1884.3.8)

7) 「新學과 舊學의 關係」, 『大同學會月報』 2호, 1908.3, 18~19면.

8) 隱憂生, 「師弟의 言論」, 『太極學報』 19호, 1908.3.

술'과 같은 '학문 일반'의 개념과는 구별되는 '제한적(문예 양식)' 개념으로 규정되었다. 그러나 대체로는 근대계몽기에 이르러서도 여전히 '문학' 개념은, "敎育實業도 學問이오, 道德躬行도 學問이오, 商業信用도 學問이오, 時勢善察도 學問이오, 交際公法도 學問"10)이라는 식의 포괄적 개념과 합체된 개념이었다. 이와 같은 '집합적' 문학 개념은 "次次 獨立이 되어 其意義가 明瞭히 되야 詩歌, 小說 等 情의 分子를 包含훈 文章"11)의 개념, 곧 '학문 일반'의 문학 개념과 '시가'와 '소설'로 국한되는 '근대적(미적)' 문학 개념의 분리가 보편화되는 1910년대 이전까지는 그대로 지속된 것으로 보인다.

이와 관련하여 「아리스토텔레스전[亞里斯多得里傳]」을 주목하는 점도 바로 이 지점이다. 즉, 제시문 ①과 ②에서 잘 드러나듯이 '문학' 개념의 '다층적 의미(학문 일반/ 미적 글쓰기)'를 바로 '전(傳) 양식인 「아리스토텔레스전[亞里斯多得里傳]」에서 그대로 확인할 수 있다는 점에서 이 작품은 주목을 요하는 것이다. 제시문 ①의 '중국의 주나라 안렬왕 시대에 서양 그리스에 문학이 성행하였다[當中國成周安烈之世 爲泰西希臘國 文學彌盛之時]'란 표현에서의 '문학'이란 용어는 뒤의 삽화들을 보면 분명하게 '학문 일반'이란 의미로 사용된 '포괄적' 문학 개념임이 분명하다. 이에 반해 제시문 ②의 '알렉산더 대왕은 문학을 좋아해서 시인을 우대했으며, 의술에도 관심을 갖고 또 과학에도 힘썼으니[亞力散大 嗜文學重詩人 喜習醫道之術 兼務格致之功]'란 표현만 보면, 이 시기에 이미 '문학' 개념이 '학문 일반'의 개념에서 독립하여 미적 자질을 중시하는 '문학(예술)'이라는 협의적 개념으로 쓰이고 있었다. 특히, '역사 서사'와 '허구 서사'의 합체 양식인 전(傳)에서 이와 같은 '문학' 개념의 '다층적 성격'을 구체적으로 확인할 수 있다는 점에서 시사하는 바가 더욱 크다. 19세기 말 이

---

9) 「自助論」, 『西友』 14호, 1908.1.
10) 「漢文字와 國文의 損益如何」, 『大朝鮮獨立協會會報』 16호, 1897.7, 3면.
11) 李寶鏡, 「文學의 價値」, 『大韓興學報』 11호, 1910.3.

후부터 근대계몽기에 이르기까지 산생된 전(傳)은 이와 같이 끊임없이 '문학' 개념의 변화(합체 → 분리 / 사실 → 허구)를 가장 압축적으로 보여주고 있다는 점에서 이 시기 간과할 수 없는 '문학' 양식의 하나였다.

3. 「아리스토텔레스전」의 양식적 특성과 서술 원리

1) 양식적 특성

유학자 집단 내에서 문집의 형태로만 회람되던 전(傳)이 신문·잡지라는 공공 영역 안으로 수용되어 유학자들의 서사 욕망을 실현하는 '공인된 창' 역할을 하는 시기가 근대계몽기라면, 이러한 변화의 서막을 알리는 작품이 바로 「아리스토텔레스전[亞里斯多得里傳]」이다. 이후 전(傳)은 '허문'을 수용하는 전(傳)과 허문과 대척되는 '기실(紀實)'의 전(傳)이 양립하는 극심한 장르 운동 양상을 드러낸다. 즉, 근대계몽기의 전(傳) 양식은 '사실지향'의 글쓰기와 '허구지향'의 글쓰기가 착종된 서사 양식이었던 셈이다. 「아리스토텔레스전[亞里斯多得里傳]」에 대한 전(傳)으로서의 양식적 특성을 고찰해야 하는 이유도 여기에 있다. 이 작품이 바로 이후 신문·잡지에 산생된 전(傳) 작품들의 양식적 특징을 그대로 정시하기 때문이다. 작품의 서사 분절 단락부터 살펴보자.

① 아리스토텔레스는 기원전 384년에 그리스의 스타게이로스에서 태어났다. 마케도니아 국왕의 어의(御醫)였던 아버지를 일찍 잃은 아리스토텔레스는 그를 측은하게 여긴 멧시니아인 부부 밑에서 유년기를 보낸다.

② 아리스토텔레스는 어려서부터 의술을 배웠는데, 나이 18세에 이르러 더욱 정통하게 되었다. 아리스토텔레스는 영리하고 독서에 민첩하여 스승이 여러 학생 중에서 제일이라고 칭찬하였다.

③ 아리스토텔레스가 37세 때 스승 플라톤이 죽는다. 원래 아리스토텔레스의 학문은 스승으로부터 전수받은 것이지만, 그 이론은 달랐다. 아리스토텔레스는 헤르미아스 부제(府第)로 가서 3년을 지내며 헤르미아스의 누이를 아내로 맞이하여 딸을 낳고 살다가 처가 죽으니 다시 재취(再娶)하여 아들을 낳았다. 마케도니아의 왕 필립이 왕자의 스승으로 그를 부르니 이 왕자가 바로 후에 페르시아를 멸망시키고 이름을 드날린 알렉산더 대왕이다.

④ 아리스토텔레스는 알렉산더 대왕에게 희랍(그리스)을 우방으로 여겨줄 것과 다른 나라는 모두 원수로 여길 것을 청한다. 또한, 리케이온이란 교당(敎堂)을 세우고 학생들을 가르칠 때, 항상 교당 옆의 오솔길을 산책하면서 가르쳤기 때문에 그 가르침을 '유교(遊敎―逍遙學派)'라 하였다. 아침 이른 시간에는 어려운 철학을 가르치되 아침 식사 후에는 그것을 그쳤는데 이를 '조유과(早遊課)'라 하였으며, 저녁에는 쉬운 것을 가르쳐 모두 자세히 알도록 했으니 이를 '만유과(晚遊課)'라 하였다.

⑤ 아리스토텔레스는 33년 동안 아테네에 머물면서 새·짐승·초목에 관한 명저를 많이 내어 학문의 기틀을 잡았으니, 그리스의 경제·학문 가운데 아리스토텔레스를 거두로 칭했다. 또한 그의 문하에는 훌륭한 제자도 많아서 알렉산더 대왕의 총애는 더욱 무거웠다. 아리스토텔레스는 제세(濟世)의 학문을 정밀하게 연구했는데 이는 다 알렉산더 대왕의 협조에 힘입은 바가 컸다.

⑥ 아리스토텔레스의 친척 중의 하나가 알렉산더 대왕의 시종으로 있다가 왕의 시해 사건과 연루되어 그 화가 아리스토텔레스에게 미쳤지만 얼마 가지 않아서 노여움이 풀리니, 사람들이 아리스토텔레스를 왕의 복심(腹心)의 신하로 일컬었다. 이후 알렉산더 대왕이 죽자 아리스토텔레스도 국신(國神)을 모독하고 헤르메스 神을 섬겼다는 비난을 받고 아테네를 떠나게 된다. 말년에는 저술에

힘을 너무 많이 써 63세의 나이로 죽게 되었는데, 그때가 기원전 322년이었다.

⑦ 아리스토텔레스의 저작은 '一 論詳審之理, 二 論無形之理, 三 辨駁之埋, 四 詩學, 五 綱常, 六 國政, 七 賦稅, 八 格致, 九 造作, 十 岐黃' 등 열 가지로 나누어지고, 이외에도 산학(算學)과 그리스 내외의 '國律例彙考'와 '歷代帝王考', '詩家歷代考' 등이 전한다. 또한 아리스토텔레스는 '初, 中, 終'의 3급이 완비된 이치를 일컫는 3단논법의 학문을 정립했으니, 아리스토텔레스의 이 학문을 '논리학'이라 한다.

⑧ 아리스토텔레스의 저서는 아시아·유럽에도 널리 알려져 그의 책을 보배로 여겨 성서의 신약과 구약을 제외하고는 제일 많이 읽히는 책이 그의 저서들이었다. 그러나 서양 사람들이 신학(新學)과 과학(科學)의 공용을 좋아하면서부터 아리스토텔레스의 학문을 중요하게 여기는 자가 이후 드물었으나, 근래 들어 아리스토텔레스의 책과 성론학(性論學)을 다시 중요하게 여기고 그의 학문을 연구하는 자가 생겼다.

「아리스토텔레스전[亞里斯多得里傳]」의 '여덟의 서사 분절'이 배열되는 방식은 전형적인 전(傳)의 형식과 일치한다. 논찬부가 생략되기는 했지만, '서두의 인정기술(人定記述) → 행적 → 논찬'이라는 전(傳)의 일반적 형식을 그대로 따르고 있다. 즉, 입전 인물의 출생, 성명, 선계(先系), 관벌(官閥) 등의 인정 기술이 서사 분절 ①에서 제시되고, 이어 서사 분절 ③~⑧까지는 입전 인물의 행적(일화)이 분립 제시된다. 그리고 '전(傳)'의 전형적인 논찬 표지 역할을 하는 '신사씨왈(新史氏曰) / 태사공왈(太史公曰) / 외사씨왈(外史氏曰)' 등의 허두어(虛頭語)가 제시되지는 않았지만, ⑧ 일화의 말미에 간략하게 "그래서 세상 사람들이 제법 고고학에 대한 책을 읽게 되어 일찍이 말하기를 '그의 책과 성론학은 사람에게 크게 도움을 준다'고 하였다[故時人頗喜讀之考古者 嘗謂其書與性論之學 均大有裨於人云]" 는 식의 서술이 드러나고 있다는 점에서 이는 '사후평가'나 '기포폄(寄褒貶)'의 실질적 내용이 제시된 논찬부인 것이다. 「아리스토텔레스전[亞里

斯多得里傳」은 이와 같은 형식적 특징만이 아니라, 입전 인물과 그 주변 인물의 관계를 형상화하는 방식에서도 전(傳), 곧 극단적으로 입전 인물만을 조명하는 '전(傳)'의 전형적인 특징이 잘 드러난다. 물론, 「아리스토텔레스전[亞里斯多得里傳]」에서도 미약하나마 그 존재적 질량을 가진 인물들이 작품의 문면에 제시되기는 한다.12) 예컨대, 아리스토텔레스의 양부모, 스승 플라톤, 마케도니아 왕 필립, 아내, 알렉산더 대왕, 플라톤의 조카, 알렉산더 대왕의 시종인 친척 등이 그들이다. 그러나 이들 인물들 중의 어느 누구도 아리스토텔레스와 갈등을 형성하고 있는 '대립 인물(antagonist)'이 되어 아리스토텔레스와 동위적 위상을 지닌, 이른바 그 존재의 독자성을 인정받은 실체적 인물로 형상되지는 않는다. 이들은 다만 아리스토텔레스의 '행적'을 드러내거나 표창하기 위한 부수적 인물들에 불과하다. 즉, 아리스토텔레스의 인물 형상에 복속된 '형상'으로만 제시될 뿐이지, 입전 인물과 대타적 동위의 위상 안에서 작품 전체를 통해 지속적으로 관계가 맺어지는 인물들이 아니다. 이러한 관계방식은 전(傳)의 서사적 결함이 아니라, 전(傳)의 본질을 정시(呈示)하는 것이다. 전(傳)은 입전 인물의 면모를 드러내는 데 모든 것이 종속되고 모든 것이 집중되기에, 이러한 관계방식이 당연한 것으로 구사된다.13) '전(傳)'의 이와 같은 '인물 창출'의 방식은 결과적으로 자신민의 독특한 '가치 구현'의 방식을 만들어 낸다. 즉, 이 시기 '전(傳)'에서는 규범적 가치를 현현하고 있는 입전 인물의 행적(일화)이 중요한 것이지, 그것들이 충돌해서 갈등이 생성되고 그 갈등의 심화와 해소 과정을 통해서 '탐색된 가치'가 중요한 것이 아니다. 이 점은 「아리스토텔레스전[亞里斯多得里傳]」의 다음과 같은 장면에서도 잘 드러난다.

그러나 애석하게 임금의 총애가 이러했는데도 사람의 일이란 알 수가 없는

---

12) 김찬기, 「근대계몽기 전(傳)에 관한 연구」, 고려대 박사논문, 2003, 41면.
13) 朴熙秉, 「朝鮮後期 '傳'의 小說的 性向 研究」, 서울대 박사논문, 1991, 122면.

것이었다. 아리스토텔레스의 친척 가운데 加里斯的尼란 사람이 있었는데 아리
스토텔레스의 추천으로 알렉산더 대왕의 시종이 되었다. 그가 후에 아리스토텔
레스와 마케도니아의 대신들이 임금을 시해하려했다고 무고하다가 일렉산더
대왕의 노여움을 사서 죽음을 당했고, 아리스토텔레스에게도 화가 미쳤다. 그러
나 얼마 후 임금의 노여움이 풀리자 여러 사람들은 그를 왕의 복심(腹心)의 신
하라 하였다.14)

전(傳)에서 그 존재의 독자성이 인정되는 인물은 입전 인물 하나밖에
없다.15) 이와 같은 전(傳)의 양식적 특성은 위의 제시문에서도 여실히 드
러나고 있다. 위의 장면은 소설과 같은 서사 양식이라면, 분명히 '아리스
토텔레스↔그의 친척 / 아리스토텔레스↔알렉산더 대왕 / 알렉산더 대
왕↔아리스토텔레스의 친척' 사이의 서사적 갈등 축이 형성되면서 인물
형상이 부각될 수 있었을 것이다. 그러나 실제로는 위의 제시문에서도
잘 드러나듯이 인물 사이의 갈등에 의해서 인물이 형상되는 것이 아니
라, 입전 인물(아리스토텔레스)의 인격상만 더욱 공고화된다. 즉, 알렉산더
대왕의 시해 사건과 관련된 인물(아리스토텔레스의 친척인 加里斯的尼)을 축
소 서술하여 상대적으로 아리스토텔레스의 인물 형상을 더욱 부각시키
고 있는 것이다. 전(傳)의 이와 같은 '인물 창출'의 방식과 '가치 구현'의
방식에만 기반하여 보면, 전술한 바대로 적어도 전(傳)에서는 새로운 이
데올로기 창출은 기대할 수 없는 것이다. 한 마디로 이미 추인된 어떤 가
치를 특정 인물에게서 '확인'하는 것이 전(傳)이 가치를 구현하는 방식이
다. 그러므로 전(傳)에서는 이야기의 출발에서 가치가 암시되는 것이 일
반적일 뿐 아니라, 아예 구현하고자 하는 가치가 무엇인지를 분명히 밝
혀 놓고 이야기를 시작하는 경우도 있다. 전(傳)에서 딱히 플롯이 필요하

---

14) "惜君寵雖深 而人事靡常 亞之戚屬加里斯的尼者 因亞之薦而得侍於亞力散大王 後
　有誣其與馬其頓數大臣同謀弑君 亞力散大怒殺之幷怒及亞 未幾怒釋羣 以亞爲王腹
　心之臣."
15) 朴熙秉, 「朝鮮後期 '傳'의 小說的 性向 硏究」, 서울대 박사논문, 1991, 35면.

지 않은 이유도 여기에 있는 것이다.16) 물론, 근대계몽기 전(傳)의 구성적 특질로 '풍자적 구성'을 입론할 수도 있겠다. 그 이유는, 근대계몽기의 전(傳) 텍스트는 너무도 분명하게 '입전 인물—세계(집체)'의 구조시학적 입론선을 구축하고 있기 때문이다. 이른바, 일반 구조시학에서 조롱과 공격의 대상으로서의 '개인'이 전(傳)에서는 '집체'로 환치되어 있다. 한 '개인'의 대체물로서의 '집체'란 물론 말할 것도 없이 '유학자 집단과 민(民)'을 아우르고 있는 '개념(대상)'이다. '반면 인물(antagonist)'의 존재적 독자성 자체가 미미한 '전(傳)'을 갈등이 전제될 때만이 가능한 '풍자적 구성'의 틀로 분석 가능한 이유도 바로 여기에 있었다. 어떠한 집단 전체가 '조롱과 공격의 대상'이 될 수 있는 특수한 시기가 근대계몽기였다.17) 이러한 점은 「아리스토텔레스전[亞里斯多得里傳]」에 적용해 보면 더욱 분명해진다. 즉 '문제적 현실(아리스토텔레스의 학문이 홀대받는 것)'의 근본 원인을 "예수교인은 아리스토텔레스의 이론을 그르다고 한다[耶蘇敎人多謂亞之理非]"거나 "신학과 과학의 공용을 좋아하여 아리스토텔레스의 학문을 배우는 자가 더욱 드물어진 것[新學格致之功循亞之學者益鮮]"에 찾는 것에서 알 수 있듯이, 「아리스토텔레스전[亞里斯多得里傳]」의 찬자는 '문제적 현실'을 야기시킨 근본적인 원인을 '예수교인'과 같은 '집단'이나 '서양의 근대과학에 대한 추종'과 같은 '사회적 풍조'에서 기인한 것으로 인식한다. 근대계몽기란 '한 개인'의 특수성을 문제삼기보다는 '집체'라는 집단성(세계)을 문제삼는 시기였다. 결론적으로 근대계몽기 전(傳)에서는 '문제적 현실' 그 자체가 하나의 반면 인물(antagonist), 곧 "희극적 인물이 되어 공격과 부정"18)의 대상이 됨과 동시에 '계몽의 대상'이 된다. 근대계몽기 전(傳)의 풍자적 구성이 전(傳)의 '구성' 형식으로 입론될 수 있다면, 「아리스토텔레스전[亞里斯多得里傳]」이 선취한 이와 같은 양식적 특성과

---

16) 朴熙秉, 위의 논문, 32~33면.
17) 김찬기, 「근대계몽기 전(傳)에 관한 연구」, 고려대 박사논문, 2003, 45면.
18) 金仁煥, 『韓國文學理論의 研究』, 乙酉文化社, 1986, 231면.

무관하지 않을 것이다.

2) 서술 원리

전(傳)은 어진 사람의 "뜻과 업적이 길이 전해지기를 바라는"19) 마음에 기초한 양식, 곧 "인멸에 저항하고자 하는 본능"20)을 가장 직접적으로 노출하는 서사 양식이다.21) 전(傳) 작품 중에서 '垂於後(뒤에 전한다)' '傳於世(세상에 전한다)' '傳於天下後世(천하후세에 전한다)' 등의 표현이 흔히 발견되는 이유도 전(傳)이 가지고 있는 이와 같은 정신과 무관하지 않다. 전(傳)이 끊임없이 '역사라는 기실(紀實)'의 컨텍스트 안에서 "신뢰와 확신의 양식"22)으로 신뢰를 받으려 하는 이유 또한 전(傳)이 자체 내에 지니고 있는 이와 같은 '傳名(이름을 전한다)'의 입전 정신과 무관하지 않은 것이다. 그럼에도 불구하고 전(傳)은 또 한켠에서 끊임없이 '허구'와 만난다. 전(傳)이 '허구'를 수용한다는 것은 '사실'의 배열, 곧 사실(일화)들을 '극도의 절제(parsimony)'를 통해 적절하게 배열하는 방법으로 '주제와 포폄(褒貶)'의 범위를 '명확히 하는(단순화시키는)' 서술 방식에서 일차적으로 벗어났다는 것을 의미한다. 특히, 근대계몽기의 역사적 위인(영웅)을 입전한 전(傳)에서는 전대의 전(傳)이나 이 시기 다른 유형의 전(傳)과는 다른 언술 구조(사실제시+상상적 내면), 곧 '허구'를 통해 주조된 상상적 내면이 '사실'과 '(전단적)설명'을 견인하여 서사를 확대(심화)시킨다는 점

---

19) "志業永有以傳之也."(유몽인, 「劉希慶傳」, 『村隱集』)

20) Harold Nicolson, *The Development of English Biography*, London : The Hogarth Press, 1947, p.17.

21) 이 점에서 보면 서양의 전기나 유교문화권의 전(傳)이 별 차이가 없다. Harold Nicolson이 서양 전기의 기원을 '인간의 자기 보존적 본능(the instinct of self-preservation)'이나 '인멸에 저항하고자 하는 본능(the instinct to defy annihilation)'에서 찾고 있음을 보면 잘 알 수 있다. Harold Nicolson, *The Development of English Biography*, London : The Hogarth Press, 1947, p.17; 朴熙秉, 「朝鮮後期 '傳'의 小說的 性向 研究」, 서울대 박사논문, 1991, 315면.

22) André Maurois, *Aspects of Biography*, London : Cambridge University Press, 1929, p.182.

에서 유별한 서술 방식을 지니고 있었다. 근대계몽기 이후의 '역사 위인전(傳)'의 이와 같은 서술 방식과 결부하여 「아리스토텔레스전[亞里斯多得里傳]」이 주목되는 지점도 바로 여기이다. 「아리스토텔레스전[亞里斯多得里傳]」에서는 입전 인물을 표창하는 데 필요한 '기실(紀實)'의 일화를 점철할 뿐만 아니라, 입전 인물의 '행위나 내면'과 관련된 찬자(서술자)의 '주관적 서술(허구적 상상력에 기반한 묘사)'이 부기되기도 한다. 「아리스토텔레스전[亞里斯多得里傳]」 다음 장면을 통해서 이와 같은 서술 방식이 지니는 의미를 규명해 보자.

> 아리스토텔레스와 플라톤의 학문은 달랐다. 플라톤은 세상의 물리 가운데 자기의 의견을 많이 써서 깨달아 만물 이외에 먼저 만물의 상(像)이 있다고 여겼다. 아리스토텔레스는 이를 그르다고 비판하였다. 대체로 인심묵상(人心默想)은 거의가 환상이니, 자기의 마음으로 추단할 수 없는 것이고, 오직 확실히 고찰할 수 있는 일만 궁구하여 환영에 사로잡히지 말며, 알 수 있는 것은 연구하되 유추해서 알려하지 말며, 정밀히 고증하며 중심을 잡아 논해서 바꾸지도 말고 치우지도 않는다면 거의 만가지 일이 일본(一本)이 되는 것을 알 수가 있고, 육욕칠정(六欲七情)으로 하여금 생각으로 인하여 혹해서는 안된다고 하였다. // 아리스토텔레스는 마음이 가을물처럼 평탄해서 물결이 일지 않았고, 글은 층층 칩칩힌 봄산처럼 끝이 없으며, 많은 서저을 가슴 속에 간직했으며, 붓만 들면 문장이 저절로 이루어져 그 당시에는 아무도 그를 따르지 못하였다.[23]

위의 제시문에서 볼 수 있는 바와 같이 서사가 "아리스토텔레스와 플라톤의 …… 혹해서는 안된다고 하였다"의 '사실제시부'와 "아리스토텔레스는 마음이 …… 아무도 그를 따르지 못하였다"의 '상상 내면(묘사) 제

---

23) "亞之敎與伯拉多敎異　伯於世專物理之中多用已意測悟　以爲萬物之外先有萬物之象　亞常以爲非　蓋以人心默想率多幻想　不可以已意懸揣惟窮究確乎　可考之事不致爲幻景所迷　以可知者爲學不以測悟　爲工精於搜羅嚴於考据執中而論不易不偏　庶幾萬殊一本可求而知　不使六欲七情因思而或　亞心如秋水平靜不波　書若春山層疊莫盡　五車富運於胸中　八斗高懸於筆下　當其時旣無非儗更乏伯伸."

시부'의 결합에 의해서 확대(심화)되고 있다. 「아리스토텔레스전[亞里斯多得里傳]」의 이와 같은 서술 방식이 중요한 이유는, 무엇보다도 "한두 개의 일화―그것도 몇 마디의 말로 끝나는 극히 간소한, 그래서 寸篇이라고나 부를 수 있는―로 입전 인물의 형상을 간결하게 처리하는 매우 짧은 小品傳"24)에서 많이 벗어나 '사실+상상적 내면(묘사)'의 이야기 생성 방식이 거의 정형화된 근대계몽기 '역사 위인전'의 서술 원리가 「아리스토텔레스전[亞里斯多得里傳]」을 통하여 하나의 '서술원리'로 자리잡게 되기 때문이다.25) 이와 같은 서술 양식을 통하여 "찬자가 사료의 편집자로서나 해석자로서만 서술에 개입하는 것이 아니라 인물과 사건의 실감을 전하는 작가로서, 객관적인 사실만이 아니라 주객관적 사실성까지도 표현하는 표현자로서, 문장가로서 서술에 개입"26)하는 것이다. 그러므로 이와 같은 서술 방식은 근대계몽기 '역사 위인전'에 와서 갑작스럽게 형성된 전(傳)의 서술 방식이 아니었다. 그것은 「아리스토텔레스전[亞里斯多得里傳]」과 같은 전(傳)의 교량적 역할이 없었다면 기대할 수 없었던 것이다. 근대계몽기의 '역사 위인전'은 이와 같이 '사실+상상적 내면 제시(묘사)'이라는 서술 방식에 의해서 서사를 확대(장형화)할 수 있었다. 문제는 「아리스토텔레스전[亞里斯多得里傳]」의 이와 같은 서술 방식에 의해서 제시된 '내면'이 '새로운' 가치를 창출하는 데에까지 나아가지 못하고 있다는 점이다. 즉, 「아리스토텔레스전[亞里斯多得里傳]」에서 창출된 '내면'은, '영웅적 위인(가을물처럼 평탄한 마음을 지닌 견인주의자 / 뛰어난 문장가)'의 모습을 체현하고 있는 인물로서의 아리스토텔레스의 인물형상을 더욱 부각시켜 '이미 추인되어 온 (유가적)가치'를 표창한 '특별한' 서술 방식에 의해 '(추인한)내면'에 불과한 셈이다. 「아리스토텔레스전[亞里斯多

---

24) 趙泰英, 「『高麗史』列傳의 人物形像과 敍述樣相」, 서울대 박사논문, 1991, 132면.

25) 물론 내면 묘사는 전대의 전(傳)에서 이미 광범위하게 활용된 서술방식이었다. 이런 점에서 보면 「아리스토텔레스전[亞里斯多得里傳]」은 전대의 전(傳)과 근대계몽기 '역사 위인전' 사이에서 교량적 역할을 한 작품이다.

26) 趙泰英, 앞의 논문, 161면.

得里傳]」 역시 이후 근대계몽기 '역사 위인전'과 마찬가지로 여전히 '근대 역사소설'의 영역에 들지 못 하는 이유의 하나가 여기에 있는 것이다.

4. 결론

본고가 고찰한 바대로 「아리스토텔레스전[亞里斯多得里傳]」은 전대의 전(傳)과 근대계몽기 '역사 위인전' 사이에서 교량적 역할을 한 전(傳) 작품이었다. 살펴본 바와 같이 「아리스토텔레스전[亞里斯多得里傳]」은 '전(傳)'으로서의 양식적 특징을 그대로 가지고 있었다. 인물을 형상화하는 방법도 그렇고, 가치를 구현하는 방식도 기존(전대)의 전(傳) 양식이 가지고 있었던 양식적 특징과 교집하는 측면을 많이 가지고 있었다. 그럼에도 이 작품이 의의를 가지는 것은 단순히 근대계몽기 신문·잡지에 수록된 최초의 전(傳) 작품뿐만이 아닌, '사실(事實)제시+내면묘사'라는 특별한 서술 방식을 통해서 이후 근대계몽기 '역사 위인전'의 서술 원리를 견인해내고 있었기 때문이었다. 물론, 「아리스토텔레스전[亞里斯多得里傳]」의 이와 같은 서술 원리에 의해서 제시된 '내면'은, '새로운' 가치를 창출하는 데에까지 나아가지 못하고 있다는 점에서 이 작품 역시 전대 전(傳)의 위상 안에서 이해할 수밖에 없는 작품임도 확인하였다. 그러나 「아리스토텔레스전[亞里斯多得里傳]」의 이와 같은 서술 원리는, 근대계몽기 '역사 위인전'이 근대계몽기에 들어와 갑작스럽게 장형화된 이유를 규명하는 데 매우 유효한 단초를 제시하고 있다는 점에서 이 작품의 의의는 자못 깊다.

5. 「아리스토텔레스전」 원문주해

일러두기

1. 원문 표기를 원칙으로 하되 띄어쓰기는 현대 어문규정에 따랐다.
2. 오식(誤植)이 분명한 자구는 ｜ ｜ 안에 바로 바로잡았다.
3. 판독하기 어려운 글자는 ○로 표시했다.
4. 원문에는 없지만, 가독성을 고려해서 ‘, / .’ 등의 문장부호를 표시하였다.

「亞里斯多得里傳」

中西聞見錄 艾約瑟書云 當中國成周安烈之世 爲泰西希臘國 文學
彌盛之時 耶蘇[27]降生前三百八十四年 亞里斯多得里[28]生於希臘之國
斯大該拉城[29] 家世傳岐黃[30] 父爲馬其頓[31]國王御醫 亞[32]幼失怙恃[33]
有米西雅國[34]夫婦 暫寓斯城者 憫其孤撫育如子 亞感其恩父待之 故
其歿時遺書云 刻其夫婦像於石 與父母俱以報其恩

亞年十八時 赴雅典[35] 蓋因雅典 有名士伯拉多[36]者 故往訪之 値伯
已赴西吉哩國[37] 未獲覿面[38] 遂寓於雅典者 凡三年 幼時已習岐黃 至

---

27) 야소(耶蘇) : 예수.

28) 아리사다득리(亞里斯多得利) : 아리스토텔레스(B.C.384~B.C.322). 마케도니아의 소도
시 스타게이로스(Stageiros)에서 국왕이며 필리포스(Philippos) 대왕의 아버지인 아뮌타스
(Amyntas) 2세의 시의(侍醫)였던 니코마코스(Nicomachos)의 아들로 태어나 플라톤의 아카
데메이아에서 수학하면서 철학·의학·동물학·식물학·문학·조류학·생물학 등의
분야에서 방대한 업적을 남긴 철학자.

29) 사대해랍성(斯大該拉城) : 스타게이로스 지명.

30) 기황(岐黃) : 의술(醫術).

31) 마기둔(馬其頓) : 마케도니아. 지명.

32) 아(亞) : 아리스토텔레스

33) 호시(怙恃) : 믿고 의지함. 통상 ‘부모(父母)’를 말함.

34) 미서아국(米西雅國) : 멧시니아.

35) 아전(雅典) : 아테네.

36) 백랍다(伯拉多) : 플라톤.

37) 서길리국(西吉哩國) : 시칠리아.

是復精察39)藥性及人身形體　未幾卽習天文地輿及心性格致體質諸學　亞讀
書敏悟　塾師40)嘉之目爲諸生之巨擘焉　嘗謂亞之讀書　如良驥41)不待驅
策　自然日行千里　他生駑駑42)劣質　雖造父亦難御之也　亞嗜讀　嘗夜深
不寢手握銅丸43)　而置銅盎於地　小倦合眸手釋丸　墜盎聲鏗然44)用以自
驚　亦如懸樑45)刺股之同一　精勤弗怠也

　讀書旣成　嘗設一學塾　以應對辯道之學　訓諸徒　耶蘇先三百四十三
年　伯拉多死時　亞年三十有七　相傳伯亞二人不相浹洽46)　然亦無確據
可徵　蓋亞與伯之論道本不相同　伯拉多之論道也　謂萬事萬物　未成之
前　必先有其像　皆依模範而後成　亞常以爲非　故於末次所著書　詳辨而
重駁之　且謂予雖論駁　良非得已　蓋傳斯道者　吾一人之友也　駁斯道者
則萬世之公論也　講道者固吾所愛　而道則亦吾所愛也　烏敢以一人之私
誼　廢萬世之公論也哉　論人爲要道亦爲要　必以道爲更要　人可貴道亦
可貴　故必以道爲更尊　又烏敢重於重人　而輕於重道也耶　亞嘗爲伯築
一壇　而題其側　曰　斯人之功　惡者不應感之　亞之屆雅典也　嘗充雅典
人使者　至馬其頓國王腓力47)　處嗣離雅典　赴合爾美雅斯48)府第　寓凡
三載　而合爾美雅斯　爲人所賣於巴西49)國王　巴西國王殺之　亞恐禍及
乃娶合之媒爲妻　偕逃至里西波斯島　至米的利尼城　又嘗爲亡友作詩輓
之　其詩迄今猶存　未幾亞妻生一女身亡　亞乃再娶生一子　名尼格馬古

---

38) 적면(覿面) : 만나봄.

39) 정찰(精察) : 자세히 살핌.

40) 숙사(塾師) : 스승.

41) 양기(良驥) : 천리마.

42) 태노(駑駑) : 둔한 말.

43) 동환(銅丸) : 구리알.

44) 갱연(鏗然) : 쇠나 돌 따위의 울리는 소리.

45) 현량(懸樑) : 들보에 매닮.

46) 협흡(浹洽) : 두루 미침.

47) 비력(腓力) : 필립.

48) 합이미아사(合爾美雅斯) : 헤르미아스

49) 파서(巴西) : 페르시아.

斯50) 亞後有著書 詳論綱常倫理 爲敎其子而作也 寓米的尼利城二載
爲馬其頓王腓力 所徵爲王子傳 斯工子者卽後滅巴西國 名聞最著之亞
力散51)大王也 亞力散大嗜文學重詩人 喜習醫道之術 兼務格致之功
皆亞之所敎也

厥後亞力散大取的庇斯52)城時 知有以詩學聞之室 在賓達爾53)城
乃禁擾其家 其取巴西國時 獲寶貨甚衆 嘗擇一精美雕飾之匱54) 以爲
貯和美爾詩集之需 嗟呼 世有焚書坑儒之君 而亞力散大則不與之爲伍
也 亞力散大嘗有與亞里斯多得里書及答書 迄今皆存其書 蓋責亞不應
以向所敎吾之學 又成書以行世俾人 人讀而習之 而我乃不克超於衆
亞之答也 則以斯書雖行於世 亦不可謂人見卽知 蓋世之明智者寡 卽
使徒誦其書咿唔55)終日 又烏若耳提面命依我門墻之獲益者多耶 是故
親聆我講道知之深而習之切聆之久而學之專 又何慮不冠56)於衆耶 亞
復囑亞力散大視希臘國如友視之 他邦人若仇 亞力散大聽之觀其後之
所行可見 論者謂亞之所囑於理爲謬 蓋我如愛仇卽仇可化而爲友 我憾
仇則仇必更吾仇矣 然亞之囑亞力散大者乃故使之然也 其所存之書亦
載斯語

時亞訓亞力散大約三四年 屆十八歲專務國政軍旅之事 讀書無暇矣
迨耶蘇前三百三十六年 腓力王爲人所刺 亞力散大繼父爲馬其頓王 卽
位二年 興師赴亞細亞征巴西國滅之 維時亞再適雅典 値伯拉多之姪斯
布西斯布 已死於二載之先 哥賽挪格勒的斯已繼講道之位矣 亞乃自立
敎堂 堂近亞波羅類該烏斯廟 故其堂名類斯恩57)久行於世以敎人焉 近

<hr>

50) 니격마고사(尼格馬古斯) : 니코마코스(Nikomachos).
51) 아력산(亞力散) : 알렉산더.
52) 적비사(的庇斯) : 테베(Thebes). 지명.
53) 빈달이(賓達爾) : 핀다로스(Pindaros). 지명.
54) 정미조식지궤(精美雕飾之匱) : 아름답게 조각하여 장식한 상자.
55) 이오(咿唔) : 글 읽는 소리.
56) 불관(不冠) : 으뜸이 아님.
57) 유사은(類斯恩) : 리케이온(Lyceum). 필리포스 사후 아리스토텔레스는 B.C.335년에 아

堂有園　園中多岐路58)　亞訓諸生時　常往來遊於斯路　而敎之故其敎　又名遊
敎59)　朝暮誨而不倦　朝論格外深微奧秘之道　至膏首更衣時卽止　謂之早遊之
課　薄暮敎衆之時聽之者愈衆　乃講邇言淺近之理以期人皆明悉　謂之晚遊之課

　計亞此次之居於雅典　約十有三年之久所著之書甚多　其書有論鳥獸
草木之學者　蓋亞力散大意欲廣括鳥獸草木之學　乃命在亞細亞希臘各
地　隨處所居之漁者臘者牧者　及圍人囿人校人數千各　察取鳥獸草木之
狀返報於亞　而亞力散大王復厚責亞多金欲其斯學日進　於是國中鳥獸草木之
學足備考証矣　亞力散大王取巴西時　將其國所存之每歲測量　天文日躔月行
日月交食60)經緯分秒等　數交付亞手備考據　巴比倫61)人云　斯蓋一千九百零
三年以來測量之數　乃自耶蘇以先二千二百三十四年起所測者也　而羅馬62)
人基該羅63)　嘗謂上古各國祭司多能推算　以前天文之數旣可推算　則巴比倫
祭司所謂一千九百零三年之數　亦屬推算而知不必得於測量也　蓋古時各
國聖賢帝王事蹟　歷代久遠無從究考　故率多後人僞撰　不可槪以爲眞而
深信也　斯時亞極爲名著之時　希臘國經濟學問之中亞稱巨擘64)　弟子受
敎者益衆　而亞力散大王愈眷愛之　亞精考濟世　諸學窮搜博採　亞力散
大王復勸助之　故之願已足無他希冀矣

　惜君寵雖深而人事靡常　亞之戚屬加里斯的尼者　因亞之薦而得侍於亞力散
大王　後有誣其與馬其頓數大臣同謀弑君者　亞力散大王怒殺之幷怒及亞　未
幾怒釋羣以亞爲王腹心之臣　無何亞力散大王薨　雅典城中不欲馬其頓人握權
者　僉以爲幸羣聚訟亞謗瀆國神　並嘗以赫邇迷雅斯65)爲神而崇拜之　亞乃去

테네로 돌아가 이후 10년 이상 학문 연구에 저녁을 기울이는 데, 이때 세운 학원이 바
로 뤼케이온이다.

58) 기로(岐路) : 오솔길.

59) 유교(遊敎) : 소유학파(逍遙學派).

60) 일월교식(日月交食) : 일식과 월식.

61) 파비륜(巴比倫) : 바빌론.

62) 라마(羅馬) : 로마.

63) 기해라(基該羅) : 케사르(Ceasar).

64) 거벽(巨擘) : 뛰어난 사람. 거두(巨頭).

亞典避於猶比亞[66]島 遣一徒於類該恩[67]堂以備訓人 時維耶蘇前三百二十二
年 是歲亞卒年六十有三 亞暮年身衰弱 蓋專心致志於著述 以故精神不振耳
　亞之敎與伯拉多敎異 伯於世專物理之中多用已意測悟 以爲萬物之
外先有萬物之象 亞常以爲非 蓋以人心默想率多幻想 不可以已意懸
揣[68] 惟窮究確乎可考之事不致爲幻景所迷 以可知者爲學不以測悟 爲
工精於搜羅嚴於考据執中而論 不易不偏 庶幾萬殊一本可求而知 不使
六欲七情因思而或 亞心如秋水平靜不波 書若春山層疊莫盡 五車富運
於胸中 八斗高懸於筆下 當其時旣無比儗[69]更乏伯仲 故亞之察審 旣
精著述 亦博其所作之書 分爲十種 一論詳審之理 二論無形之理 三辨
駁之理 四詩學 五綱常 六國政 七賦稅 八格致 九造作 十岐黃 此外復
有筭學暨 希臘內外各地百五十八 國律例彙考 及希臘國歷代帝王考
詩家歷代考諸書 其所謂詳審之理者 在昔無人論及斯學 亞爲首創之也
中有體用之分體者 蓋亞嘗思考究萬事萬理 全在善用心思 以求事物之
本末 則可期免夫妄思懸擬之心假 如一事於此已得其一端 而尙未悉其
餘 則必於已知者之中 熟思窮索 其所未悉者 或能了然於胸 如善射者
持弓矢必先審固斯發而心中矣 此其體也 用者有二 一爲以諸學敎人
時必循序漸進 不可躐等以致是非 先後有參差顚倒之虞而學不純 一爲
我學已成胸無擬義 可以正他人之非匡學者之失 然亦必具正謬之法在
斯能辨其眞僞是非 有無舛誤使學者 能知其誤始能改其誤矣 亞斯學之
論旣立 凡後學之因此悟彼擧 一反三者皆不外 亞斯學之理 舍此別無
可師者焉 其所考辨論之序 則皆堅定之不易之論 或博雅之士察眞理
或山野之農論細事 亦皆不能離 亞所立辯論之矩 蓋其法每如升階然如

---

65) 혁이미아사(赫邇迷雅斯) : 헤르메스(Hermes).

66) 유비아(猶比亞) : 에우보이아(Euboea). 지명. 아리스토텔레스는 에우보이아의 칼키스
　　(Chalcis)에서 B.C.322년에 죽었다.

67) 유해은(類該恩) : 리케이온(Lykeion).

68) 현취(懸揣) : 추측함.

69) 비의(比儗) : 견줌.

階　有初中終三級　初中二級旣登　則末級終獲登萬無變易　假○見人有
老死者爲初級　則知我亦老爲中級　終則我亦必死爲末級矣　皆一定不移
之理　又如欲求知甲乙二物等　否○必覓一與乙等之丙物　乙旣與丙等
復以甲與丙比之　又等則知甲乙必等矣　是乙丙等爲初級　甲丙又等爲中
級　終則知甲乙必等爲末級也　一致百解一本萬殊　斯語初中終三級完備
之理　西語名爲西羅吉斯莫斯[70]　而亞之此學則名爲羅吉格[71]也

　　其餘所著之書間　亦有述昔人之言而復增以已意者　其鳥獸之學　則尤
爲詳備　因前人釋解未周　亞乃辨鳥獸魚蟲之體　分羽毛鱗介之質而詳論
其齒革筋骨之功用精察　其游潛飛走[72]之性情窮理致知　發前賢之未語
旁　搜博采俾後學之堪帥　有功於人良非淺鮮若　夫勸勉誘掖之擧　辯駁
應對之理所著最廣　而國政人性之書倫常敎友之說發論尤精　券帙浩繁
難以枚擧然　此外遺傳之書爲數尙鉅　近日羅馬人基該羅　謂其失傳書中
多自擬問答之條　則亞自以爲雜記者也　外此又有門徒問難諸說　則皆門
徒與友朋受敎後手錄而珍藏之之者　其說淸淨純潔　無塵俗論復有外論
諸說　蓋亞博聞多識　筆大才雄思慮周詳　議論宏徧　是以所論之語千株
一線　詞句圓融[73]間有未能活潑之處　則甫徑草創而未潤色者也　亦有古
奧深秘之說　則非世學之所克識　如所謂超性之學者　人皆不易解答　則
古奧中之一斑焉　所著書　統可分爲三文集　一人心　二格物　三國政綱常
共爲若干部門分類別縷析條分　更有諸學分類篇　心學篇　講解篇　解題
篇　文義篇　且有論如何可以辯駁來辯者之書兼諸論　天文論　生[人]人[
生]論　靈魂論　耳目知覺諸作　及憶忘論　醒睡論　夢兆論　壽夭論　老幼論
死生論　呼吸論　及鳥獸論　全集總合三大集　全書之數尙有論國人航海
赴遠方　設立埠頭之作曁　各國歷代君王年表皆失傳　又與諸友書　及校

---

70) 서라길사막사(西羅吉斯莫斯) : 3단 논법(syllogism).
71) 나길격(羅吉格) : 논리학(Logic).
72) 유잠비도(游潛飛走) : 물고기·동물·새.
73) 원융(圓融) : 원활하게 융통함.

訂和美爾書 亦均不行於世 其所傳之書 係希臘文字 計四十四萬五千
二百七十行 流行甚廣於世後千有餘年 歐羅巴亞細亞 各洲甚爲珍重
回敎人尤喜讀之 譯以亞喇伯[74]法爾斯[75]各方言 而歐羅巴洲各國之士
無不重亞之書 皆以爲除聖書兩約[76]之外 無能出其右者也 然自天主敎
耶蘇敎相分之後 天主敎人多謂亞之理是 耶蘇敎人多謂亞之理非 故天
主敎中多喜以其書相傳訓於人 耶蘇敎中每不拘於古學 且中國明代以
來 有英國之備根[77]奈端[78] 法國之代加爾德[79] 日耳曼國之類奔尼玆[80]
四君書出 西人務於新學格致之功 循亞之學者自益鮮 是以三百年之久
西方之士無重亞之論者 近於嘉慶年來 復有人考校其〇皆謂可重 故時
人頗喜讀之考古者 嘗謂其書與性論之學 均大有裨於人云.

---

74) 아나백(亞喇伯) : 아라비아.

75) 법이사(法爾斯) : 파르티아(Parthia). 현재의 이란.

76) 양약(兩約) : 성경의 구약(舊約)과 신약(新約).

77) 비근(備根) : 베이컨.

78) 나단(奈端) : 뉴튼.

79) 대가이덕(代加爾德) : 데카르트

80) 유분니자(類奔尼玆) : 라이프니츠

「천개소문전」 연구

1. 서론

    근대계몽기 애국 계몽의 한 시점에서는 '역사적 영웅'이 새롭게 호명되고 있었다. 바로 이 '영웅 호명'의 자리에 애국 계몽 운동을 전개했던 주체들에게는 일종의 '공인된 창'과 같은 역할을 했던 '전(傳)' 양식이 존재하고 있었다. 곧 전(傳)이란 서사 양식을 통해서 '역사적 위인(영웅)'을 다시 '불러내려는' 목적은 다름이 아니었다. 그것은 '아래(民)'와 '위(儒學者)'를 동시에 겨냥한 '민지계몽(民智啓蒙)' 운동에 있었다. 이 시기 '역사적 영웅'이 "국민들의 능력을 최대한 고양시킬 수 있는 일종의 공명기계"[1]로까지 규정된 이유도 결국은 이와 무관하지 않은 것이다. 본고는

---

1) 고미숙, 『한국의 근대성, 그 기원을 찾아서』, 책세상, 2001, 67면.

이 시기 '역사적 위인'을 입전한 전(傳)에 대한 양식적 특성과 그것의 서술 방식에 대한 고찰을 통해서 이 시기 전(傳)의 의미를 규명하고자 한다. 문제는, 그동안의 문학사에서는 「천개소문전(泉蓋蘇文傳)」과 같은 '역사 위인전'을 '역사·전기소설'이라는 용어로 뭉뚱그려서 이해하고 있었다는 점이다. 과연 이들 서사체가 '소설'로서의 양식적 특성을 지니고 있는 것인지, 아니면 본고의 목표대로 전(傳)으로서의 양식적 특성을 더 많이 지니고 있는지를 검토해서 이 시기 '역사 위인전'의 온당한 위상을 자리매김하는 것은 우리 근대소설(문학) 형성의 한 단초를 규명하는 문제와도 관련되어 있다는 점에서 매우 긴요한 과제 중의 하나라 하겠다. 본고에서는 이와 같은 점에 주목하여 「천개소문전(泉蓋蘇文傳)」을 중심으로 위에서 제기한 문제들을 검토해보고자 한다.

2. 「천개소문전」에 나타난 영웅 대망론의 성격

국가의 영웅적 인물의 역사적 행적을 사실대로 기록하여 국민에게 읽혀 "國民의 思想을 啓發"하고, "歷史를 發揮ㅎ야 國民의 性格을 培養"[2]하는 것이 애국 계몽 운동을 펼쳤던 주체들의 생각이었다면, 「천개소문전(泉蓋蘇文傳)」과 같은 '역사 위인전'이야말로 이들의 기획을 가장 적절하게 담아낼 수 있는 서사 양식이었을 것이다. 이런 점에서 근대계몽기의 '역사 위인전'은 전술한 바대로 애국 계몽 운동을 전개했던 주체들에게는 그들의 서사 욕망을 실현시킬 수 있는 '공인된 창'과 같은 양식이었다. 이 시기 '역사 위인전'의 이와 같은 성격은 박은식의 「천개소문

---

2) 朴殷植, 「泉蓋蘇文傳」, 『朴殷植全書』 中, 단국대 출판부, 1975, 318면.

전(泉蓋蘇文傳)」과 함께 대표적인 '역사 위인전'의 하나인 신채호의 「수군 제일위인(水軍第一偉人) 이순신(李舜臣)」에서 "民氣를 催折ᄒ며 民知를 杜 塞ᄒ고 文弱思想을 與ᄒ 卑劣政客의 遺毒"[3]을 없애버릴 수 있는 길은 '민족적 영웅'을 '불러내는' 것이라는 진술에서도 잘 드러난다. 말할 것 도 없이 신채호가 말하는 '비열정객(卑劣政客)의 유독(遺毒)'은 이 시기 애 국 계몽 운동을 펼쳤던 사상가들이 한 목소리로 타파해야 할 유산으로 지칭하였던 이른바 '문약지폐(文弱之弊)'를 지칭하는 표현이다. 한 마디로 신채호 역시 '민기(民氣)와 민지(民知)'의 쇠퇴 원인을 "武功이 不如文 治"[4]에 기반한 중문경무(重文輕武)에서 찾고 있는 것이다. 이와 같은 현 상 인식은 다음의 「천개소문전(泉蓋蘇文傳)」에서도 그대로 드러난다.

但 過去 五百年間 風潮는 所謂 上等社會에셔 英雄을 不崇拜ᄒ 뿐 아니라 其英雄의 種을 撲滅ᄒ 時代로다. 何로以 ᄒ야 言ᄒ아뇨 過去 五百年間에 國 民이 泰斗갓치 景仰ᄒᄂ 者는 儒林派오, 國民의 生殺 機關을 握ᄒ 者는 貴 族黨이라. 此兩派의 歷史가 何如오 ᄒ면 最其佳良ᄒ 時代로 言ᄒ지라도 가 장 切聲譽가 赫赫ᄒ 諸公의 事業이 不過 是勤儉的 淸儉的 規模로 僅僅 自 守ᄒ而已오, 大政治家의 手腕으로 民氣를 振作ᄒ고 國○를 發展케 ᄒ 者는 未有ᄒ얏고 及其每下 愈○ᄒ 程度로 言ᄒ면 儒林派에셔는 일즉 理窟을 硏透 ᄒ야 國民의 思想을 啓發ᄒ 者도 無ᄒ며 歷史를 發揮ᄒ아 國民의 性格을 培 養ᄒ 者도 無ᄒ며 政學을 硏究ᄒ야 國民의 利益을 供給ᄒ 者도 無ᄒ고 但 唐宋人의 浮文虛式을 粧綴ᄒ던 餘毒을 傳染ᄒ야 一般社會의 風氣를 消○케 ᄒ 뿐이오. 貴族派에셔는 無限ᄒ 權利를 濫用ᄒ야 國民의 志氣를 摧壓ᄒ며 國民의 膏血을 吸收ᄒ야 武斷의 習이 極度에 ○ᄒ니 一般國民이 此等 不道 不德과 不智不勇者를 對ᄒ야 人神갓치 仰望ᄒ며 雷霆갓치 恐畏ᄒ야 오직 此 를 趍走承奉ᄒ며 諛服事媚홈으로써 保全身家의 策을 삼앗스니 如此ᄒ 惡風 潮下에 其國民이 엇지 高尙ᄒ 思想과 俊逸 ᄒ 志氣로 英雄을 崇拜ᄒ며 英雄 을 願學ᄒ 者ㅣ 有ᄒ리오.[5]

<hr>

3) 錦頰山人, 「水軍第一偉人 李舜臣」, 『大韓每日申報』, 1908.8.18.
4) 申采浩, 「乙支文德」, 廣學書舖, 1908.5, 2면.

국가(민족)라는 공동의 집체 구현을 위해 '희생하는' 개인이야말로 근대계몽기의 가장 모범적인 '공적 자아'인바, 이와 같은 자아를 통해서 '애국 계몽'을 이끌어 내는 것이 근대계몽기를 표징하는 '시대정신'이라면 바로 '충, 효, 열'을 위해 희생한 개인을 입전하는 전(傳) 양식만큼 효과적인 서사 양식도 없었을 것이다.6) 이런 점에서만 보면, 근대계몽기 전(傳)은 '충, 효, 열' 등의 규범적 유교 이념을 드러내는 전통적 의미의 전(傳)과도 교집한다 하겠다. 그러나 근대계몽기에 들어오면, 전통적 의미의 전(傳) 양식이 내함하고 있는 가치 지향과 양식적 특성을 그대로 드러내고 있는 전(傳) 작품뿐만 아니라, 서양 번역 전기의 영향과 자체의 장르 운동의 결과로 창신된 형태의 전(傳) 작품 등 실로 다양한 양식적 특성과 가치 지향을 보여주는 작품들이 각종 신문·잡지를 통해서 산생된다. 「천개소문전(泉蓋蘇文傳)」과 같은 일련의 장형화된 '역사 위인전'이 바로 이와 같은 전(傳)의 근대적 장르 운동의 결과로 창신된 서사물이었다. 또한, 「천개소문전(泉蓋蘇文傳)」과 같은 '역사 위인전'은 역사 쓰기와 교섭하는 양식이란 점에서 전(傳)의 서술시학, 곧 인물과 사건을 배열하는 형식적 규칙(인정기술-행적-논찬)에 기대면서 동시에 역사 서술의 특별한 미학적 규칙에 근거하여 "歷史를 發揮ᄒ야 國民의 性格을 培養"하는 양식이었다. 그렇다면 역사 서사 양식으로서의 전(傳), 특히 전(傳)의 근대계몽기적 연변 양식의 하나였던 '역사 위인전'이 궁극적으로 겨냥하고 있었던 지점이 '국민의 성격 배양'에 있었다면 과연 그 '배양 기계'가 무엇이냐가 문제이다. 말할 것도 없이 그것은 '영웅', 곧 전(傳)이라는 '공인된 창' 안에서 이해될 수 있었던 '역사 위인전'의 입전 인물인 '역사적 영웅'이었다. 이 시기의 애국 계몽 운동을 펼쳤던 주체들은, 이와 같은 역사적 영웅을 입전하는 방식, 곧 '영웅 불러내기'의 방식을 통해서만 "용의 후손이 미꾸라지로 변하고 호랑이의 자손이 강아지로 태어나 신성

---

5) 朴殷植, 「泉蓋蘇文傳」, 『朴殷植全書』 中, 단국대 출판부, 1975, 318~319면.
6) 김찬기, 「근대계몽기 전(傳)에 관한 연구」, 고려대 박사논문, 2003, 27면.

하던 민족이 모두 지옥으로 떨어진[龍種이 鰍變ᄒ고 虎子가 犬生ᄒ야 神聖苗
裔가 地獄에 齊墮]"7) 현실에서 벗어날 수 있다고 믿었다. 바로 이 영웅을
통해서 이미 "썩어 빠진 새우같은 유학자[腐儒鰕生]"8) 집단으로 전락한
유생의 무리나 '그 유생에 복속되어 있던 민(民)'을 계몽시킬 수 있다고
믿었던 것이다. 그렇지 않고서는 "英雄을 不崇拜홀 쑨 아니라 其英雄의
種을 撲滅"하는 "속악한 마귀굴의 현실[暗黑時代劣魔窟穴]"9)만 더욱 심
화되고, 결국 "浮文虛式을 粧綴ᄒ던 餘毒을 傳染ᄒ야 一般社會의 風
氣"만 소진될 것이라는 것이 당시 애국 계몽 운동을 펼쳤던 주체들의 현
실 인식이었다. 특히, '부문허식(浮文虛式)'을 읊조리다 그 독만 퍼뜨려 사
회의 풍기만 소진케' 하는 존재로 전락한 "儒林派"와 "國民의 志氣를
摧壓ᄒ며 國民의 膏血을 吸收"하는 "貴族派"를 계몽하는 것은 그 무엇
보다도 긴요한 과제였다. '유림파와 귀족파'를 영웅이라는 '공명기계'를
통해서 계몽하는 것이 근대 계몽 기획의 요체라면 이 시기 '역사 위인전'
에 입전된 '영웅'은 어떤 식으로든 공공성을 띨 수밖에 없었던바, 이와
같은 영웅의 공공성은 '영웅적 자격'을 갖춘 '국민'이 형성될 수 있을 때
극화될 터였다. 근대계몽기 '역사 위인전'에 의해서 호명된 '영웅'의 이
와 같은 성격은 「천개소문전(泉蓋蘇文傳)」의 다음과 같은 서술에서도 다
시 여실히 드러난다.

> 我國人士의 英雄을 待遇홈이 冷淡호 것은 自己前途도 英雄事業이 有ᄒ기
> 를 不願ᄒᄂ 것이오, 自家子弟도 英雄資格이 出ᄒ기를 不願ᄒᄂ 것이오, 一
> 般 政界 學界 各社會에도 英雄이 翶翔ᄒ기를 不願ᄒᄂ 것이니 其國에 엇지
> 英雄의 種이 絶乏지 아니ᄒ리오 大抵 英雄은 邦國의 干城이오 人民의 司令
> 이어눌 英雄을 冷淡히 待遇ᄒᄂ 것은 國의 干城을 毁棄ᄒ고 民의 司令을 蔑
> 視홈이니 엇지 生存의 基礎와 活動의 舞臺를 得ᄒ리오 此ᄂ 吾國과 吾民의

---

7) 申采浩, 「乙支文德」, 廣學書舖, 1908.5, 2면.
8) 申采浩, 위의 글, 3면.
9) 錦頰山人, 「東國巨傑 崔都統」, 『大韓每日申報』, 1909.12.10.

今日 此境에 陷溺호 바로다. (…중략…) 今年에 鴨水를 渡호야 寬甸 懷仁縣
等地에 旅行호니 凡我人이 居留호는 村落은 皆故林忠愍慶業을 爲호야 春秋
로 行祀호니 此는 ○호 人民間에 天然的 思想으로 由호 者이니 此個 良心
彝性을 啓導호고 培養호얏스면 吾國民의 英雄을 崇拜호는 思想이 엇지 他國
에 不及호리오.10)

근대계몽기 애국 계몽 운동은 '위(儒學者)와 아래(民)' 양측 모두를 향한
계몽 운동이었다. 이와 같은 계몽 운동은 국민의 "彝性을 啓導호고 培
養"함으로써 "生存의 基礎와 活動의 舞臺"를 마련하는 것을 겨냥하고
있었다. 문제는, '국민의 떳떳한 마음(彝性)'을 배양하는 "英雄을 待遇홈
이 冷淡"하다는 것이다. 모든 사람들이 "英雄事業"도 "英雄資格"도 드
러나길 원하지 않는 것이다. 게다가 유학자들이 "無限호 權利를 濫用호
야 國民의 志氣를 摧壓호며 國民의 膏血을 吸收호야 武斷의 習이 極
度에"11) 이른 상황이었다. 이 시기 박은식과 함께 애국 계몽 운동을 주
도했던 신채호의 인식대로라면 "全國 人心이 腐敗卑劣의 極度에 達호
時代"12)가 근대계몽기였던 셈이다. 바로 이와 같은 병통의 현실을 치유
하려면 어떻게든 '영웅적 자격'을 갖춘 '국민'을 배양함으로써 애국 계몽
은 가능한 것인바, 「천개소문전(泉蓋蘇文傳)」의 '영웅적 자격론' 또한 이
시기 애국 계몽을 기획했던 주체들의 이러한 인식과 크게 다르지 않은
것이다. 물론, 이와 같은 필자의 인식은 비단 「천개소문전(泉蓋蘇文傳)」에
서만 드러나는 것이 아니었다. 같은 해(1911)에 서간도 환인현(桓仁縣) 윤
세복(尹世復)의 집에서 저술한 문답 서사물인 「몽배금태조(夢拜金太祖)」에
서도 이점은 잘 드러난다. 곧 "個個히 英雄의 資格을 自造호고 英雄의
事業을 自任"13)할 수 있을 때, 바로 "독립 자주의 힘"14)이 배양될 수 있

---

10) 朴殷植, 「泉蓋蘇文傳」, 『朴殷植全書』中, 단국대 출판부, 1975, 316~318면.
11) 朴殷植, 위의 글, 319면.
12) 錦狹山人, 「東國巨傑 崔都通」, 『大韓每日申報』, 1910.2.17.
13) 朴殷植, 「夢拜金太祖」, 『朴殷植全書』中, 단국대 출판부, 1975, 310면.

는 것이다. 이 시기 박은식을 비롯한 애국 계몽 기획의 주체들이 한결같이 "今日에 至ㅎ야 我民族의 歷史로 ㅎ야곰 復活케 홀 者는 必英雄 其人"[15)으로 규정하는 이유가 여기에 있다 할 것이다. 이런 점에서 "一切國民이 個個 大哀音을 발ㅎ야 英雄의 産出을 祈禱"[16)하는 '영웅 호명'의 방식은 사실은 "唐宋人의 浮文虛式을 粧綴ㅎ던 餘毒을 傳染ㅎ야 一般社會의 風氣를 消○케"[17) 한 '유가 이데올로기'의 몰락을 그 자체로 드러낸 것이기도 했지만, "구체제의 죽음을 통해 새로운 질서의 상징적 탄생을 제시하는 것"[18)이기도 했다. 물론, '새로운 질서의 탄생'은 천개소문, 최도통, 이순신과 같은 "절대 영웅이며 위대한 애국자의 탄생"[19)에 의하여 '지옥'과 같은 고통스러운 현실에서 벗어나면서부터 시작될 터이다. 이 지점에서 근대계몽기의 전(傳), 특히 바로 이 전(傳) 양식의 자장 안에서 이해될 수 있는 '역사 위인전'이 하나의 애국 계몽의 담론 표준을 담아낼 수 있는 서사 양식일 수 있다면, 바로 이러한 '영웅 호명' 방식의 권위는 어떤 식으로든 '역사적 실재성'의 공간이 창출되는 지점에서만 가능해질 것인바, 이 시기 애국 계몽 기획의 주체들이 끊임없이 역사적 인물을 입전하는 이유가 바로 여기에 있었다.[20) 이른바, "泉蓋蘇文 歷史에 關ㅎ야 人倫道德으로 律ㅎ면 實로 不可隱諱홀 罪案"[21)이 있음에도 그가 '역사적 영웅'으로 호명될 수밖에 없었던 이 '역사적 실재성'이 근대계몽기 애국 계몽 담론의 실질을 매우 아이러니하게 보여주고 있는 것이라면, 바로 그 '역사적 실재성'은 역사적 영웅을 입전한 근대계몽기의 '역사 위인전'을 통해서만 가능한 것이었다.

---

14) 朴殷植, 「泉蓋蘇文傳」, 『朴殷植全書』 中, 단국대 출판부, 1975, 360면.
15) 朴殷植, 위의 글, 359~360면.
16) 錦頰山人, 「東國巨傑 崔都統」, 『大韓每日申報』, 1910.1.8.
17) 朴殷植, 앞의 글, 319면.
18) 정진배, 『중국 현대 문학과 현대성 이데올로기』, 문학과지성사, 2001, 133면.
19) 錦頰山人, 앞의 글, 1910.1.8.
20) 김찬기, 「근대계몽기 전(傳)에 관한 연구」, 고려대 박사논문, 2003, 108면.
21) 朴殷植, 앞의 글, 363면.

3. 「천개소문전」의 양식적 특성과 서술 원리

1) 양식적 특성

김영민은『한국근대소설사』(솔, 1997)에서 근대계몽기 '역사·전기소설'
의 출발을 "동서양 역사상 출중했던 인물에 대해 다루던 '인물 기사'에
서"22) 찾는다. 근대계몽기 '전계(傳系) 단형서사물'의 사적 의미를 규명하
고 있는 이 연구에서 김영민은 '인물 기사'를 "한 인물에 대한 전기적 성
격을 띠는 기사"23)로 규정한다. 김영민의 연구가 주목을 요하는 이유는
무엇보다도 그가 '역사적 인물'에 대한 사적을 기술한 '인물 기사'를 '전
기(傳記)'와 관련시켜 고찰하고 있다는 점이다. 주지하다시피 '전기'란
"인물의 평생 사적을 기록하는 전장체(傳狀體)"24) 산문 문체로 사마천의
『사기』「열전」에서부터 독립된 산문 문체였다. 전(傳)과 기(記)의 합성어
로서의 전기(傳記)는 원래 '인물'이 중심인 '전(傳)'과 '사건'이 중심인 '기
(記)'로 구분되는 개념이었다. 즉, 전(傳)은 '전수'의 뜻이 기(記)는 '해석'의
뜻이 강조된다. 그러나 고문헌에서 전(傳)과 기(記)는 혼용되었으므로 전
(傳)이 한 인물의 시말(始末)을 서술한다 하더라도 '기사적(記事的) 성격'을
완전히 배제할 수 없기 때문에 기(記)라 한 것도 있으며, 전(傳)이라 한 것
도 있고, 전기(傳記)라고 합칭한 경우도 있다.25) 전(傳)은 요컨대 "역사를
서술하는 문체에서 발전한 것으로, 편년의 역사기술에서는 생생하게 그
려낼 수 없는 인물 개개인의 생애를 역사물에 부가하여 서술하는 양식"
인바, "역사인물을 서술하든 일반 인물을 서술하든 모두 사실에 충실하

---

22) 김영민, 『한국근대소설사』, 솔, 1997, 95면.
23) 김영민, 위의 책, 95면.
24) 심경호, 『한문산문의 미학』, 고려대 출판부, 1998, 186면.
25) 金容德, 『韓國傳記文學論』, 民族文化社, 1987, 15면.

면서 동시에 인물의 성격에 주목"하는 서사 양식인 것이다.26) 이와 같은
전(傳)이 근대계몽기 문학에서 중요한 이유는 무엇보다도 그것이 「을지
문덕(乙支文德)」·「수군제일위인(水軍第一偉人) 이순신(李舜臣)」·「동국거
걸(東國巨傑) 최도통(崔都統)」·「천개소문전(泉蓋蘇文傳)」 등과 같은 장형화
된 '역사 위인전'과 같은 제법 소설기(小說氣)를 지니고 있는 변격의 전
(傳) 작품들의 양식을 규정할 뿐만 아니라, 1920년대 이후의 본격적인 근
대역사소설의 원류로 자리하고 있기 때문이다. 말하자면, 우리의 근대역
사소설은 '단형의 한문 / 국한문 / 국문의 전(傳)과 신문·잡지에 연재되거
나 단행본으로 출판된 장형화된 변격의 전(傳)', 그리고 간략한 '사적'이
집중 서술된 '인물 기사'라는 전사(前史) 단계를 거쳐서 형성된 서사 양식
인 것이다.

  이런 점에서 양식 규정에 대한 구체적 검토 없이 「천개소문전(泉蓋蘇
文傳)」과 같은 서사물을 '역사·전기 소설'로 통칭하여 온 그 동안의 문
학사27)는 재고를 요한다. 결론부터 말하면 「천개소문전(泉蓋蘇文傳)」과

---

26) 심경호, 앞의 책, 186~188면.

27) 문학사가인 안자산이나 김태준에 의해서 제기된 이와 같은 관점은 최근에 이르기까
    지 대체로 구체적인 양식적 검토 없이 그대로 수용되어 왔다. 안자산은 "신씨는 한학
    출신의 성균관 박사니 기문(其文)은 파란(波瀾)이 중중(重重)하고 문채(文彩)가 빈빈(彬
    彬)하여 가히 박은(朴誾)과 임제(林悌)에 비할지라. 소저(所著)는 「이태리삼걸전」·「을
    지문덕」·「최도통전」·「독사여론(讀史餘論)」 등이니 근래 역사의 신견지(新見地)를 개
    (開)함은 씨의 독창(獨創)에서 출(出)한지라"(안자산, 『조선문학사』, 한일서점, 1922, 125
    면)며 신채호의 저작을 역사와 관련한 문학 저작으로 평가하고 있다. 이 시기 역사 서사
    체에 대한 더 구체적인 문학사적 평가는 김태준에 의해서 이루어진다. 김태준은 "성균
    박사(成均博士) 신채호 씨(단재)가 「이태리건국삼걸전」·「을지문덕전」·「최도통전」·「
    몽견제갈량」·「독사여론(讀史餘論)」 같은 역사소설(歷史小說)을 지어 신생면(新生面)
    을 개척한 것도 씨의 독창에서 난 것이며 융성한 정치사상(政治思想)과 국가관념(國家
    觀念)을 반영한 시대적 산물이다"(김태준, 『증보 조선소설사』, 학예사, 1939, 241면)며
    신채호의 일련의 저작을 '역사소설'로 양식 규정을 하고, 이와 같은 역사소설을 정치사
    상과 국가관념을 반영한 시대적 산물로 인식한다. 이후 안자산과 신채호의 이와 같은
    양식 규정은 1970년대 후반 이선영에 이르기까지 그대로 이어진다. 이선영은 "개화기
    역사·전기소설들은 표현 형식보다 주제에 치중하고 있다. 그것은 정치적 사회적 계몽
    이 우선 급하였기 때문에 소설다운 형식을 갖출 겨를이 없었던 것이다. (…중략…) 비록
    스토리 전개에 있어 내세울 만한 기교나 인물·배경 등의 묘사에 이렇다 할 미학은 발

같은 이 시기 역사 서사물들은 '소설'보다는 오히려 전통적인 전(傳)의 양식적 특성을 더 확연하게 드러내고 있었다.「천개소문전(泉蓋蘇文傳)」과 같은 역사적 위인을 입전한 전(傳) 양식은, 가치(주제)의 은닉과 배제를 주요 구성 원리로 삼는 양식, 곧 근대소설의 구성 원리보다는 훨씬 "이념적이고 화석화된 삶의 원리"28)를 드러낼 수밖에 없었던 전(傳)에 더 가까운 서사양식이었다. 본고에서는 이 점을 이 시기 대표적인 '사전(史傳)' 가운데 하나인「천개소문전(泉蓋蘇文傳)」을 통해서 근대계몽기의 '전(傳)'의 구체적 모습을 고찰하고자 한다. 먼저 작품의 서술 분절은 다음

견되지 않지만, 거기서는 일정한 시공(時空)의 배경과 인물과 사건 등을 만나게 된다는 점에서 소설임을 인정할 수 있다"(이선영,「한국 개화기 역사·전기소설의 성격」,『역사·전기소설』1권, 아세아문화사, 1979, 9~14면)라며 전시대의 논의에서 진일보한 양식 고찰은 있었지만, 양식적 특질을 더 구체적으로 검토하지 않았다는 점에서 큰틀에서는 전대의 논의를 그대로 이어받은 것이라 하겠다. 이어 강영주는 "역사 문학을 대표하는 신채호(申采浩)·박은식(朴殷植)·장지연(張志淵) 등의 전기 문학은 봉건 시대의 군담 소설이나 전(傳) 양식의 변용에 머무르고 말았다. 그러므로 애국 계몽기의 전기 문학은 전대의 문학 양식을 발전적으로 계승하여 후대의 근대적인 역사소설의 출현을 가능케 한 과도적인 문학으로서의 위치를 지니는 것"(강영주,「한국근대역사소설연구」, 서울대 박사논문, 1986, 38면)으로 보고 이 시기 역사 서사물들을 전통적인 서사양식(군담소설/전)의 변용물(서사체)로 인식하였다. 또한, 이와 비슷한 관점에서 김용덕은 이 시기 역사 전기 서사물을 전통적 의미의 전(傳)으로 규정했다. 김용덕은 "이 시기의 傳들은 소설로서의 전(傳)도 아니고 전통적인 漢文短篇傳으로서의 傳도 아닌 시대적 요구에 의해 발전적 모습을 보이는 새로운 모습의 傳들이다. 이는 전통문예 양식이 시대의 요청에 맞도록 개조되거나 새가치를 창조하는 데 기여하도록 진화·발전한 장르 규범의 지속이라고 볼 수 있다"(金容德,『韓國傳記文學論』, 民族文化社, 1987, 95면)고 주장하면서 신채호와 박은식은 전양식을 계승하면서 동시에 한문단편전을 장편화하는 공로를 세웠다고 평가했다. 김용덕에 의하면 역사적 위인의 모습을 다양하게 형상화하려면 서술이 길어지고 삽화가 많이 개입되어 전양식 자체가 길어질 수밖에 없다는 것이다. 또한, 전(傳)의 장편화의 다른 이유로 양계초의「伊太利建國三傑傳」을 들기도 했다. 이시기 전(傳)이 분장체(分章體)를 활용한 이유 역시 전(傳)의 장편화와 무관하지 않다는 것이 또한 김용덕의 주장이기도 하다. 김교봉·설성경도 이 시기 "역사 전기체 소설은 이 같은 전 양식적 서술구조를 따르면서도 또한 회(回)나 장(章)으로 나누어져, 각 회나 장에서 전개될 내용이 미리 소제목으로 요약되어 제시되는 회장체(回章體) 소설의 서술 방법을 택하고 있다"(김교봉·설성경,『근대 전환기 소설 연구』, 국학자료원, 1991, 85면)며 이 시기 '역사 전기물'을 전(傳)과 회장체(回章體) 소설의 변체로 규정하였다.

28) 金均泰,「『高麗史』列傳의 文學性과 限界」,『선청어문』16·17합집, 서울대 국어교육과, 1988, 455면.

과 같다.

①천개소문은 연개소문이니 고구려 영류왕 때 사람이다. 어릴 때부터 병법과 무예에 정통하였다. 당나라 이세민이 개소문의 사람됨을 보고 함께 큰 일을 도모하자고 하였으나 개소문은 청을 받아들이지 않고 발을 돌려 고국 산천으로 돌아와 은거하니 그의 문하로 칼 쓰는 사람들이 구름같이 몰려들었다. 이로써 나라 안의 거실호족(居室豪族)들이 모두 개소문의 위엄과 그 무리의 기염을 꺼려하고 두려워 하는 자가 많았다.

②고구려 십부대인들이 개소문의 용맹과 칼 쓰는 이를 많이 길러둔 것을 꺼려하고 두려워 함이 날로 심해져서 개소문을 해치려 하였으나, 개소문이 이를 알고 그들을 일거에 모두 죽여 없애버렸다. 이어 영류왕이 좌우 신하와 더불어 개소문을 처치하려 하자, 개소문은 마침내 왕을 죽이고 조카 장(藏)을 내세우니 이가 곧 보장왕이었다. 이후 개소문은 막리지의 자리에 올라 군국대권(軍國大權)을 한 손에 쥐고 남정북벌(南征北伐)의 대활동을 펼쳤다.

③당태종 이세민이 신하들의 만류에도 불구하고 몸소 고구려를 정벌할 계획을 세우고는 설인귀 등 장군 9명과 천하 대군을 이끌고 고구려를 공격하였다. 이때 개소문은 여러 성을 빼앗겼다는 보고를 받았으나 추호의 흔들림도 없이 그들이 깊숙히 늘어오기를 기나려 한 번 싸움에 다시는 되돌아가지 못히게끔 승산을 정해놓았다.

④당 태종이 안시성주 양만춘의 재용을 꺼려 이를 피하고 건안성을 공격하고자 하였다. 그러나 이세적이 따르지 않으므로 드디어 전군을 일으켜 안시성을 공격하였으나, 끝내 30만 대군은 대패하고 당황제는 화살을 맞고 눈을 다치는 수모까지 겪는다. 당황제가 안시성에서 대패하고 사신을 보내 개소문에게 수호할 뜻을 전하자 개소문이 항복의 뜻을 받아주었다.

⑤이듬해 7월에 당제가 그 책략에 따라 이세적과 우진달 등으로 하여금 육로를 피해 수군 수만명을 이끌고 전함 수백 척으로 바다를 건너 재침하였다.

그러나 고구려군이 당나라 군사가 도착하기를 기다렸다가 출병 돌격하여 크게
물리쳤다. 다음해 봄에 명장 설만철을 정동대장군을 삼아 수군 3만명을 거느리
고 재침하였으나 끝내 패하여 돌아갔다. 이후 당나라는 국력이 피폐하여 백성
들의 원성이 극에 이르렀다. 이에 당제가 후회하여 죽음에 임하여 유언으로 요
동의 역(役)을 그만두게 하였다.

⑥ 보장왕 18년에 당이 소정방, 유인원 등을 보내 신라의 김유신 등과 군사를
합하여 백제를 침공하여 멸망시키니, 보장왕이 이를 우려하여 개소문에게 방비
할 계책을 구하였다. 이어 개소문이 큰아들 남생으로 하여금 사수(蛇水)로 나가
싸우게 하니 당병이 대패하여 죽은 자가 만명이요, 효공과 그 아들 13명이 모
두 죽었다.

⑦ 패전 소식을 접한 당나라 조정에서 다시 군사를 일으켜 오랜 치욕을 설욕
하려 계획을 세우니, 당병과 투항한 오랑캐를 합하여 35군이 수륙으로 나뉘어
공격해왔다. 이에 고구려 사람들이 크게 동요하였다. 이에 개소문이 고구려 국
민의 충성과 용맹을 독려하자, 국민의 용기가 더욱 솟아올라 죽음을 무릅쓰고
적과 싸우기로 결심하였다. 결국 당나라 소정방이 여러 차례 공격하였으나 뜻
을 이루지 못하고 돌아갔다. 이로부터 당나라 사람들이 경계하여 이르기를 “개
소문이 있는 한 고구려를 감히 넘보지 못하리라” 하였다.

⑧ 개소문의 인격을 평하는 자들이 개소문을 무장가(武將家)나 도술가(刀術
家)라 칭하며 혹 잔포호살(殘暴好殺)의 사람이라고 손가락질함은 자못 진면목
이 아니다. 일찍이 개소문은 우리나라가 유불 2교만 흥하는 것을 보고 도가자
류(道家者流)를 불러 들여 교리를 강론케 하니 국왕이 한가한 날 행차하여 그
강론을 들었다.

⑨ 개소문이 죽은 뒤에 다시 개소문이 없는 고로 고구려가 망하자, 다시 몇
천년 몇 백년을 지나도록 해동 천지에 개소문 같은 영웅이 나타나지 않았다.

⑩ 개소문은 인류 도덕으로 다스리면 실로 말로 할 수 없는 죄안(罪案)이 있

으나, 그 독립 자주의 자격과 대외 경쟁의 담략(膽略)은 우리 역사에 짝할 자가 없으니, 읽는 독자는 이를 헤아려 개소문과 같은 영웅의 행적을 살펴볼 일이다.

「천개소문전(泉蓋蘇文傳)」의 서론에 드러난 "吾國人士는 其平生을 敍述혼 文字도 無ᄒ고", 또한 "拘儒曲士의 偏見淺識으로 萬古無雙혼 英雄의 精神을 抹殺혼 것"이 애석해서 "是乎 三寸禿筆로 此를 述ᄒ야 社會諸君의 一覽을 供ᄒ노니"29)라는 표현을 보면 박은식은 '전(傳)'의 창작을 '역사'의 기록과 크게 다르게 생각한 것 같지는 않다.30) 뿐만 아니라 실제 작품의 언술(言述) 구조에서도 전(傳)만이 지니고 있는 고유의 특징적 면모가 잘 드러난다. 즉, 「천개소문전(泉蓋蘇文傳)」은 '인정기술(人定記述) → 행적 → 논찬'이라는 전(傳)의 일반적 서술체재를 그대로 따르고 있다. 「천개소문전(泉蓋蘇文傳)」의 서사 분절 ①에서 바로 천개소문에 대한 정보가 인정기술의 전형적인 형식을 통해서 제시되고 있다. 서사 분절 ①에서 '천개소문이 고구려 영류왕 때 사람으로 동부 대인의 아들로 키가 9척이 넘고, 구렛나룻의 길이가 3척이 넘어서 당나라 사람들이 구렛나룻 털보라 하였다'는 정보(입전 인물인 천개소문에 대한 정보)가 제시된다. 이 점에서 보면 우선 「泉蓋蘇文傳」의 인정기술부는 전(傳)의 서두 형식에 정확히 부합한다. 이이 서시 분절 ②~⑨까지는 입전 인물의 행적 중에서 표창할 만한 일화들을 점철하여 천개소문의 일대기를 구성해 놓고 있다. 이러한 일화의 배열을 통해서 천개소문이 독립 자주의 영웅

---

29) 朴殷植, 「泉蓋蘇文傳」, 『朴殷植全書』 中, 단국대 출판부, 1975, 321~322면.
30) 이 점은 이 시기 박은식과 함께 대표적인 '전(傳)' 작가인 신채호의 작품인 「乙支文德」의 "그러므로 대가(大家)의 사필(史筆)로 영웅의 진면목을 전하며 재주 있는 사람의 사부(詞賦)로 영웅의 큰 공덕을 찬미하고[故로 大家의 史筆로 英雄의 眞面目을 寫傳ᄒ며 才子의 詞賦로 英雄의 大功德을 讚美ᄒ고]"라는 표현과 "여기저기 널려 있는 역사기록을 찾으며 마을에 전해지는 이야기를 모아 공의 마음을 그려내고자 하니 무릇 우리나라의 뛰어난 영웅 최도통전(崔都統傳)을 읽는 혈기 있는 국민들아![故로 朝野의 乀乘을 搜ᄒ며 閭巷의 口碑를 採ᄒ야 公의 心事를 寫出코즈 ᄒ노니 凡我東國巨傑 崔都統傳을 讀ᄒ는 有血國民아]" 등에서도 잘 드러난다.

적인 인물이었다는 사실이 확인된다. 이어 서사 분절 ⑩에서는 "太史公曰"이나 "外史氏曰"과 같은 '전(傳)'의 전형적인 논찬 투식어는 없지만, '사후평가'나 '기포폄(寄褒貶)'의 실질적 내용이 제시된다.

그러나 「천개소문전(泉蓋蘇文傳)」은 이와 같이 형식적 서술체재에서만이 아니라, 입전 인물과 그 주변 인물의 관계를 서술하는 방식에서도 극단적으로 입전 인물만을 조명하는 '전(傳)'의 전형적인 모습이 잘 드러난다. 물론, 입전 인물 이외에는 구체적 실체를 가진 인물들이 거의 등장하지 않는 전대의 전통적인 전(傳)에 견준다면, 그래도 미약하나마 그 존재적 질량을 가진 인물들이 작품의 문면에 제시되기는 한다. 예컨대, 당태종 이세민이 이와 같은 인물인 셈이다. 그러나 이세민은 천개소문과 동위적 위상을 지닌, 이른바 그 존재의 독자성을 인정받은 실체적 인물은 아니다. 이세민의 등장은 다만 천개소문의 '충절'을 표창하기 위한 부수적 인물에 불과하다. 즉, 이세민은 입전 인물(천개소문)과 대타적 동위의 위상 안에서 작품 전체를 통해 지속적으로 관계가 맺어지는 인물은 아닌 것이다. 이러한 관계방식은 근대계몽기 '전(傳)'이 보여주고 있는 독특한 양식적 특질이다. 소설이라면 이는 분명히 중대한 결함이라 할 수 있을 것이다. 그러나 전(傳)은 입전 인물의 면모를 드러내는 데 모든 것이 종속되고 모든 것이 집중되기에, 이러한 관계방식이 당연한 것으로 구사된다.31) 근대계몽기 '전(傳)'의 이와 같은 '인물 창출'의 방식은 결과적으로 자신만의 독특한 '가치 구현'의 방식을 만들어 낸다. 즉, '전(傳)'에서는 규범적 가치를 현현하고 있는 입전 인물의 행적(일화)이 중요한 것이지, 그것들이 충돌해서 갈등이 생성되고 그 갈등의 심화와 해소 과정을 통해서 '탐색된 가치'가 중요한 것이 아니다. 이 점은 「천개소문전(泉蓋蘇文傳)」에서도 여실히 증명된다. 이 작품에서도 각각의 일화마다 인물들이 출현은 하고 있지만, 그 인물들은 저마다 존재적 가치를 실현하고 있는 인

---

31) 朴熙秉, 「朝鮮後期 '傳'의 小說的 性向 硏究」, 서울대 박사논문, 1991, 122면.

물들이 아니다. 대개는 천개소문의 '충의'의 이념 표창에 부수하는 역할에 그치고 만다. 천개소문 이외의 인물들, 이른바 천개소문이란 입전 인물(주인공)과는 대립물의 위치에 있는 '사람들(세계)' 곧 '십부대인'은 "新進의 才俊을 猜忌"[32]하는 존재로만 단정 언술됨으로써 오직 천개소문의 영웅성을 부각시키는 데에만 기능하고 대립물로서의 독자적 위상은 부여받질 못한다. 결론적으로 「천개소문전(泉蓋蘇文傳)」의 서사 분절 어디에서도 개인(입전인물)과 세계(대립물)의 '갈등' 창출에 의한 의미 생성의 장면은 구체적으로 드러나지 않는다. 어떤 가치를 특정 인물에게서 '확인'하는 것이 전(傳)이 가치를 구현하는 방식이기 때문이다. 그러므로 전(傳)에서는 이야기의 출발에서 가치가 암시되는 것이 일반적일 뿐 아니라, 아예 구현하고자 하는 가치가 무엇인지를 분명히 밝혀 놓고 이야기를 시작하는 경우도 있다. 전(傳)에서 딱히 플롯이 필요하지 않은 이유도 여기에 있는 것이다.[33]

물론, 근대계몽기 '전(傳)'의 구성적 특질로 '풍자적 구성'을 입론할 수는 있겠다. 그 이유는 무엇보다도 근대계몽기라는 역사적 시공성의 특수성에서 찾아진다. 즉, 근대계몽기의 전(傳) 텍스트는 너무도 분명하게 '입전 인물―세계'의 구조시학적 입론선을 구축하고 있기 때문이다. 이른바, 일반 구조시학에서 조롱과 공격의 대상으로서의 '개인'이 역사적 인물을 입전한 근대계몽기 전(傳)에서는 그것들을 함께 수반하는 '집체로서의 세계'로 환치되어 있다. 한 '개인'의 대체물로서의 '집체로서의 세계'란 물론 말할 것도 없이 '유학자 집단과 민(民)'을 아우르고 있는 '개념(대상)'이다. '반면 인물(antagonist)'의 존재적 독자성 자체가 미미한 '전(傳)'을 갈등이 전제될 때만이 가능한 '풍자적 구성'의 틀로 분석 가능한 이유도 바로여기에 있다. 어떠한 집단 전체의 "무단의 폐습[武斷의 習]"[34] 자체가 '조

---

32) 朴殷植, 「泉蓋蘇文傳」, 『朴殷植全書』 中, 단국대 출판부, 1975, 334면.
33) 朴熙秉, 앞의 논문, 32~33면.
34) 朴殷植, 앞의 글, 319면.

롱과 공격의 대상'이 될 수 있는 특수한 시기가 근대계몽기였다. 이러한 점은 「천개소문전(泉蓋蘇文傳)」에서 "切聲響가 赫赫호 諸公의 事業이 不過 是勤儉的 淸儉的 規模로 僅僅 自守"[35]할 뿐이라거나 "但 唐宋人의 浮文虛式을 粧綴ㅎ던 餘毒을 傳染ㅎ야 一般社會의 風氣를 消○케"[36] 등에서 잘 드러나는 바와 같이 문제적 현실의 초래가 '개인'에게서 야기된 것이 아니라, "無限호 權利를 濫用ㅎ야 國民의 志氣를 摧壓ㅎ며 國民의 膏血을 吸收"[37]과 같은 '집단'에서 비롯되었다는 인식에서 분명하게 드러난다. 근대계몽기란 '한 개인'의 '특수성'을 문제삼기보다는 '집체'라는 '집단성'을 문제삼는 시기였다. 결론적으로 근대계몽기 '전(傳)'에서는 '무단의 폐습' 그 자체가 하나의 반면 대상(antagonist), 곧 "희극적 인물이 되어 공격과 부정의 대상"[38]이 됨과 동시에 '계몽의 대상'이 된다. 근대계몽기 역사적 위인(영웅)을 입전한 '전(傳)'이 '계몽 담론'을 극단화한 대표적인 서사 양식이란 평가를 받는다면 바로 이 지점(풍자적 구성)과 무관하지 않을 것이다. 그럼에도 불구하고 이와 같은 형식의 전(傳)은, 결국 이미 확보된 가치를 표창·추인하는 내용보다 글쓰기의 특정한 방식(개체의 독자적인 정신적 토대, 혹은 개성)을 하나의 '새로운 가치'로, 혹은 '양식'으로 존중하는 시대에 이르면 소멸할 수밖에 없는 것이었다.[39]

2) 서술 원리

근대계몽기 역사적 위인을 입전한 '전(傳)'은 대개 장형화된다. 전대의 전(傳)에서도 장형화 현상이 없지는 않았지만, 근대계몽기의 전(傳)처럼

---

35) 朴殷植, 「泉蓋蘇文傳」,『朴殷植全書』中, 단국대 출판부, 1975, 318면.
36) 朴殷植, 위의 글, 319면.
37) 朴殷植, 위의 글, 319면.
38) 金仁煥,『韓國文學理論의 硏究』, 乙酉文化社, 1986, 231면.
39) 김찬기, 「근대계몽기 전(傳)에 관한 연구」, 고려대 박사논문, 2003, 45~50면.

두드러지게 드러나는 현상은 아니었다. 본고의 고찰 대상인 「천개소문전(泉蓋蘇文傳)」만 하더라도 원고지 100매를 헤아리는 것을 보면, 역사적 위인을 입전한 다른 '전(傳)'인 「을지문덕(乙支文德)」, 「수군제일위인(水軍第一偉人) 이순신(李舜臣)」, 「동국거걸(東國巨傑) 최도통(崔都統)」 등은 더 말할 나위가 없겠다. 이와 같은 장형화의 요인은 우선 '역사적 위인'의 행적을 풍부하게 보여주려는 의도와 동시에 "梁啓超의 「伊太利建國三傑傳」의 영향"40)도 있었을 것이다. 그러나 이와 같은 요인 이외에도 근대계몽기 전(傳) 자체의 변화, 곧 전(傳) 양식의 근대계몽기적 연변 현상에서 그 이유를 찾아볼 수 있겠다. 전(傳)은 원래부터 소설적 '요소-허구'를 끌어들이는 방식으로 (장르)지속하는 양식이었다. 이 시기에 들어와서도 유학자들에게는 여전히 "후인에 대한 감계의 도리"41)를 전할 수 없는 양식으로 배척되고 있었던 소설이 "國性을 培養ᄒ고 民智를 開導ᄒ는"42) 양식으로 수용되기 시작한 이유도 결국은 이 문제와 관련이 있는 것이다. 즉, 애국 계몽의 주체들은 적어도 계몽의 담론을 실천하기 위한 전략의 하나로 전(傳)의 근대적 갱신을 요구하는 한편, 또 다른 지점에서는 '소설'이 가지고 있는 '허구의 감화력'을 적극적으로 수용해서 애국 계몽을 견인해 내려 한 것이다. 그러니까 근대계몽기 전(傳)의 변전, 곧 전(傳)의 근대적 갱신은 이와 같은 애국 계몽 기획을 실현시기기 위한 방법직 선택의 결과였던 셈이다. 그렇기 때문에 전(傳)이 소설적 허구를 수용한다고 해서 특별히 문제가 되는 것은 아니다. 이 점은 『삼국사기(三國史記)』 「열전」만 보더라도 쉽게 알 수 있다. 예컨대, 「김유신전(金庾信傳)」에서의 '서현(舒現) 이야기-서현이 갇혔을 때 벼락이 쳐서 도망할 수 있었던 것'이나 「도미전(都彌傳)」의 '도미의 처(妻)와 관련된 이야기-도미의 처가

---

40) 金容德, 『韓國傳記文學論』, 民族文化社, 1987, 95면.
41) "其在鑑戒之道 或不無一助 故爲之記 因以爲自戒 亦以爲後人之鑑戒爾."(睦台林, 「種玉傳」序, 『古典小說全集』 3권, 김기동 편, 亞世亞文化社, 1981, 343면)
42) 朴殷植, 『瑞士建國誌』序, 大韓每日申報社, 1907, 1면.

월경을 핑계로 개루왕을 속이고 남편을 만나는 것' 등등은 말할 것도 없이 전(傳)이 허구적 요소를 수용한 단적인 사례이다. 근대계몽기의 「천개소문전(泉蓋蘇文傳)」과 같은 '역사 위인전'이 문제가 되는 지점도 바로 여기이다. 이 시기의 '역사 위인전'에 오면 전(傳)이 "한두 개의 일화─그것도 몇 마디의 말로 끝나는 극히 간소한, 그래서 寸篇이라고나 부를 수 있는─로 입전 인물의 형상을 간결하게 처리하는 매우 짧은 小品傳"[43] 에서 많이 벗어나 '사실(일화) 제시+상상적 내면 묘사(제시)+편집자 개입(전단적 설명)'의 서술 체제가 거의 정형화된 하나의 '서술 양식'으로 자리잡는다. 이와 같은 서술 양식을 통하여 "찬자가 사료의 편집자로서나 해석자로서만 서술에 개입하는 것이 아니라 인물과 사건의 실감을 전하는 작가로서, 객관적인 사실만이 아니라 주객관적 사실성까지도 표현하는 표현자로서, 문장가로서 서술에 개입"[44]하는 것이다. 다음의 두 작품을 통해서 이 시기 전(傳)의 구체적인 변전 양상을 고찰해보자.

①

　辛卯에 爲全羅左道 水軍節度使ᄒ니 ㉠時에 倭釁이 已啓而朝野晏然이라 舜臣이 獨深憂之ᄒ야 日修備禦ᄒ실ᄉᆡ ㉡鑄鐵鎖ᄒ야 橫截海港ᄒ고 創作龜船ᄒ야 上覆以板ᄒ고 針以錐刀ᄒ야 使敵人으로 不得登踏ᄒ고 藏兵其底ᄒ야 八面 放銃ᄒ야 燒撞賊船ᄒ야 常以取勝이러라.[45]

②

　全羅左道 水軍節度使를 拜ᄒ니 年이 四十七이더라 此ᄂᆞᆫ 리슌臣이 海上에 불跡ᄒᆞᆫ 始初라 英雄이 用武地를 纔得ᄒ얏도다. …… (第五章) ●李舜臣의 戰役準備 …… ㉠是時를 當ᄒ야 豊臣秀吉이 諸國內 각藩○ 壹鞭으로 統合ᄒ고 勃勃한 野心으로 西雲를 脾睨ᄒ며 使臣을 遣ᄒ야 我國의 내情을 窺ᄒ고 國書

---

43) 趙泰英, 「『高麗史』列傳의 人物形像과 敍述樣相」, 서울대 박사논문, 1991, 132면.
44) 趙泰英, 위의 논문, 161면.
45) 「李舜臣」, 『西友』 14호, 1908.1.

로 侮辱을 頻加ᄒ니 兩國의 兵機가 眉睫에 迫ᄒ얏거놀 無謀ᄒ 朝廷臣隣들은 흘흘○坐ᄒ야 倭不來를 主唱ᄒ며 倭寇將動이라고 言ᄒᄂ 者도 不過是淸談의 資柄을 作하야 彼의 倭使나 斬ᄒᄌ ᄒ며 明朝에나 聞ᄒᄌ ᄒ고 自守自立을 求ᄒᄂ 者ㅣ 絶無ᄒ되 默默히 一隅에 坐ᄒ야 寢을 忘ᄒ며 食을 廢ᄒ고 日後大戰役을 預備ᄒᄂ 者ᄂ 惟全羅左道 水軍節度使 李舜臣 一人ᄲ이로다 本營及 屬鎭을 指揮하야 糧餉을 儲ᄒ며 戰具를 修ᄒ며 軍卒을 鍊ᄒ고 海路를 詳察ᄒ야 行軍往來의 地步를 默定ᄒ니 嗚呼라 李舜臣의 此○에 菡ᄒ 지 一年만에 倭寇가 作하얏ᄂ대 如此 短日月間의 取拾으로 大功을 成하얏스며 又奇智를 運ᄒ야 ㉡大船을 創ᄒ니 前에 龍頭口를 設하고 背에 鐵尖을 植하고 船內에서ᄂ 外를 窺ᄒ나 船外에서ᄂ 뉘를 窺치 못하야 數百賊船中에도 往來無恙케 製造ᄒ얏ᄂ대 其狀이 龜形과 彷佛ᄒ 故로 龜船이라 名하니 此로 寇賊을 討平ᄒ야 壹時大功을 成홀 ᄲ아니라 卽世界鐵甲船의 鼻祖가 되야 西國海軍記에 往往其名을 記ᄒ니라.46)

위의 인용 작품 ①과 ②는 '이순신'을 입전한 이 시기 대표적인 전(傳) 작품 중의 하나이다. 물론, ①의 「이순신(李舜臣)」은 미완의 작품인 관계로 완형의 모습을 추단할 수는 없지만 작품의 서술 방식이나 이 작품이 발표된 『서우(西友)』의 '인물고(人物考)'란이 대체로 '단형의 전(傳)' 작품들을 게재한 것으로 보아, ②의 「수군제일위인(水軍第一偉人) 이순신(李舜臣)」과 같은 장형의 변격 전(傳) 작품은 아닌 것이 확실하다. 근대계몽기 전(傳) 작품 중에는 위의 ①과 ② 작품과 같이 동일인이 입전된 전(傳) 작품들이 지면을 달리해서 각기 발표된다.47) 이와 같은 전(傳) 작품들이 의

---

46) 「水軍第一偉人 李舜臣」, 『大韓每日申報』, 1908.
47) 이와 같은 작품군을 보면 다음과 같다. 「을지문덕」, 『그리스도신문』(1901.8.22); 박은식, 「을지문덕전」, 『서우』 2호(1907.1); 「을지문덕」, 『호남학보』 1호(1908.6); 신채호, 「을지문덕」, 광학서포(1908.5) // 박은식, 「양만춘전」, 『서우』 3호(1907.2); 「양만춘」, 『호남학보』 1호(1908.6) // 박은식, 「김유신전」, 『서우』 4~8호(1907.3~7); 「김유신」, 『호남학보』 2호(1908.7) // 「이순신전」, 『서우』 14호(1908.1); 금협산인, 「수군제일위인 이순신」, 『대한매일신보』(1908.5.2~8.18) // 「강감찬전」, 『서우』 11호(1907.10); 「강감찬」, 『호남학보』 2호(1908.7); 우기선·현공렴 발행, 「강감찬전」(1908.7) // 「창해군역사」, 『황성신문』(1908.3.29); 「창해군역사전」, 『서우』 16호(1908.3) // 장지연, 「민충정공소전」, 『대한자강회월보』 8호

의가 있는 것은 무엇보다도 이들 작품을 통해서 근대계몽기 '전계(傳系) 서사체'의 세 가지 형식인 '단형의 전(傳)'과 역사기록체 산문의 성격이 짙은 '인물 기사'와 '장형화된 변격의 전(傳)'의 양식적 특징과 차이를 규명해 볼 수 있다는 데에 있다. 위의 인용문인 「이순신(李舜臣)」과 「수군제일위인(水軍第一偉人) 이순신(李舜臣)」 사이의 가장 큰 차이는 무엇보다도 동일한 '정보(사실)'을 서술하는 기법 자체가 사뭇 다르다는 데에 있다. 즉, ①의 「李舜臣傳」에 비해 ②의 「수군제일위인(水軍第一偉人) 이순신(李舜臣)」의 서사 확대의 방식 자체가, ①처럼 가능한 한 자구를 최대한 압축 생략하는 서술 기법에 근거한 것이라기보다는 오히려 "서사를 극히 자세하게"48) 늘어놓는 서술 기법을 통해서 서사를 확대시키고 있는 것이다. 즉, 제시문 ①의 ㉠의 '사실', 곧 '왜구가 피침할 틈을 보고 있는 데도 조정에서는 아무 것도 하지 않고 편안히 지낸다[倭釁이 已啓而朝野宴然]'는 사실에 대한 서술이 ②의 ㉠에서는 '풍신수길이 제 나라 안의 각 지방 무인들을 한 계통으로 통합하고자 하는 야심을 크게 품어 (…중략…) 어리석기 짝이 없는 조정의 벼슬아치들은 가만히 앉아서 (…중략…) 명(明)나라의 의견이나 들어보자고 하지 스스로 나라를 지키고 자립을 구하는 자가 도무지 없었다' 식으로 매우 자세하게 서술되었다. 이와 같은 서사 기법은 ②의 ㉡도 마찬가지이다.

「수군제일위인(水軍第一偉人) 이순신(李舜臣)」과 같은 근대계몽기의 '장형화된 변격의 전(傳)' 양식은 '자세하게 늘어놓기'의 서술기법에 의하여 서사를 확대할 뿐만 아니라, '사실(일화)+내면(묘사)'의 서술 장치에 의해서 "허구적 형상화가 상당히 높은 수준으로 이루어지며"49) 서사의 심화와 형식적 장형화가 진행된다. 「수군제일위인(水軍第一偉人) 이순신(李舜臣)」의 다음 장면을 통해서 이 점을 살펴보자.

(1907.2); 「민충정공소전」, 『소년』 3호(1909.1).

48) 심경호, 『한문산문의 미학』, 고려대 출판부, 1998, 176면.

49) 趙泰英, 「『高麗史』列傳의 人物形像과 敍述樣相 硏究」, 서울대 박사논문, 1991, 161면.

大抵 南海는 右水營과 距離가 不遠ㅎ야 鼓角이 相聞ㅎ고, 坐立人形도 歷歷可數인대, 其縣이 旣已空虛ㅎ얏슨즉 本營도 賊患이 迫眉하얏도다. 然이나 本營을 坐守코자ㅎ즉 四面賊勢는 憑陵 日大ㅎ야 八道 人民의 悲呼가 動地ㅎ는대, 將臣의 名義로 坐視不救ㅎ면 不仁이라 不可爲也며, 各地를 盡救코자ㅎ則 釜山 援兵도 單弱이 莫甚ㅎ야 前途 勝算이 杳○把握안더, 若復分兵ㅎ면 何以 爲戰이리오. 不智라 不可爲也로다. 中夜 遠床에 灑涕 彷徨ㅎ다가 翌日에 狀啓를 上ㅎ고 釜山海에 赴하야 元均을 救ㅎ더라.[50]

이 장면은 경상우도 수군절도사 원균의 원병 통문을 접한 후, 번민에 휩싸여 있는 이순신의 절절한 내면이 드러나는 장면이다.[51] 원균의 원병 요청을 거절하고 '버티고 앉아서 본영을 지키고자 하니 사면의 도적이 세력을 믿고 침범하여 날로 커짐에 팔도 인민의 울부짖는 소리가 땅을 흔드는[本營을 坐守코자ㅎ즉 四面賊勢는 憑陵 日大ㅎ야 八道 人民의 悲呼가 動地]'데, 그것을 '구원치 않음은 불인[不救ㅎ면 不仁]'인 바 되고, 또한 '부산에 보낼 원병도 잔약하기가 그지 없어 앞길의 승산이 묘연(?)한[釜山 援兵도 單弱이 莫甚ㅎ야 前途 勝算이 杳○]' 상황이어서 그야말로 진퇴양난인 것이다. 이러한 상황에 직면한 이순신의 내면은 '한밤중에 상 위에 엎드려 눈물을 흘리며 방황하는[中夜 遠床에 灑涕 彷徨ㅎ다]' 장면에서 더

---

50) 錦峽山人, 「水軍第一偉人 李舜臣」, 『大韓每日申報』, 1908.5.10.
51) 이 부분은 아마도 「水軍第一偉人 李舜臣」에서 "국가의 간성이 되리라고 인정하던 가장 사랑하는 아들이 졸지에 죽었다는 소식을 접하매, 정 많은 영웅의 심사가 과연 어떠하였을까? 아들이 죽은 소식이 적힌 부서(訃書)를 감싸 안고 통곡하여 말하기를, 「가엾은 나의 어린 아들이여, 나를 버리고 어디로 돌아갔느뇨? 영특한 기상은 범인(凡人)을 뛰어넘기에 하늘이 세상에 머물러 두지를 않았는가? 내 세상에 있으며 죄은 죄 네 몸에 미치었구나! 아아 장차 나는 누구를 의지할 것이뇨」라며 하룻밤을 일년과 같이 여기더니, 슬프도다! 이 또한 모친 상(喪)을 당한 후로 가장 애통해 하는 눈물이었다[國家의 長城을 作ㅎ리라고 認定ㅎ던 第壹愛子의 凶音을 接ㅎ민 多情英雄의 心事가 果何如ㅎ고 訃書를 抱ㅎ고 哭曰 「哀我小子 棄我何歸 英氣脫凡 天不留世耶 今我在世 竟將何依」오 ㅎ고 夜를 年又치 度하니 哀哉라 此又母喪을 遭ㅎ 後로 壹大哀痛ㅎ淚러라]"(1908.6.10)라는 장면과 더불어 이순신의 '내면'이 가장 절절하게 드러나는 장면 가운데 하나이다.

욱 두드러지게 드러난다. 사실 '눈물을 흘리며 방황하는' 품성은 통상 "호걸이면서 성현[豪傑而聖賢]"[52]으로 묘사된 이순신의 인격상과는 부합하지 않는다. 물론, 이순신이 "정 많은 영웅[多情英雄의 心事]"[53]으로 표현된 것을 감안한다면 이해 가능할 수도 있겠다. 그러나 이와 같은 갈등의 '내면' 언술 구조의 삽입은 사실 근대계몽기 '전(傳)'이 장형화되면서 나타난 특질을 정시한 것으로 봄이 더 옳겠다.[54]

근대계몽기 '역사 위인전'의 이와 같은 성격은 「천개소문전(泉蓋蘇文傳)」의 다음의 장면에서도 잘 드러난다.

泉蓋蘇文은 亦曰 淵蓋蘇文이니 高句麗 榮留王時人이오, 東部代人의 子라 身長九尺餘오 龍瞳이 閃閃호야 人不敢仰視호고 亂髥이 長三尺 故로 唐人이 稱호야 曰 亂髥客이라 호니라. 幼時로부터 兵法의 精通홈과 武藝의 絶倫홈이 天術의 才가 有호고, 獨히 長白山에 入호야 釖術을 演習훈 지 數年에 드듸여 世界 獨一이오, 古今 無雙훈 釖仙이 된 故요 至今 千數百年 以下의 人이 尙蓋蘇文의 舞釖臺를 指點호느니라. // 一日은 釖을 仗호고 長白山嶺에 登호야 北으로 中原을 望호니 山河萬里가 掌上에 羅列훈 지라. 長嘯一聲에 天海의 氣를 呑吐호고 喟然히 嘆을 發호야 曰 堯舜의 揖遜時代가 旣遽호고 春秋以下의 智力競爭호는 時代가 되니 此 地球上 最大塊가 恒常 英雄의 競逐場이 되고 畢竟 英雄의 所有物이 되는지라. 目下 隋室이 大亂호야 水陸 百萬大兵이 我先民 乙支文德의게 大敗而 歸훈 以後로 四海가 怨叛호니 萬民이 塗炭이라. 草野羣雄이 來時 角逐호야 金甌一統에 主人位가 尙闕훈 今日이라 余가 此釖을 提호고 疾足敏腕으로 中原一鹿을 逐得호야 大獵의 功을 奏호고 海內生靈을 救濟호는 것이 엇지 丈夫의 能事가 아니리오 호고, // 於是

52) 錦頰山人, 「水軍第一偉人 李舜臣」, 『大韓每日申報』, 1908.5.6.
53) 錦頰山人, 위의 글, 1908.6.10.
54) 근대계몽기 '장형화된 전(傳)', 특히 그 중에서도 역사적 위인을 입전한 '사전(史傳)'류의 이와 같은 갈등의 '내면' 언술 구조의 삽입과, 동시에 '허구적 상상력의 적극적 수용'이 합체되는 시기를 대체로 1920년대 이후로 본다면, 근대계몽기의 '사전(史傳)'류는 "근대 역사소설의 원류(源流)를 이루고 있다"(姜玲珠, 「韓國近代歷史小說硏究」, 서울대 박사논문, 1986, 34면)는 평가에 값하는 문학사적 의의가 있다 할 것이다(김찬기, 「근대계몽기 전(傳)에 관한 연구」, 고려대 박사논문, 2003, 43면 참조).

에 率賓府 所産의 千里駿驄을 跨ㅎ고 山海關을 一躍ㅎ야 越ㅎ니 長城萬里
는 秦始皇의 禦外策이 可笑ㅎ도다.[55]

위의 제시문에서 볼 수 있는 바와 같이 이야기는 "泉蓋蘇文은 亦曰
淵蓋蘇文이니 …… 舞釰臺를 指點ㅎㄴ니라"의 '시실(일회)제시부'와 "一
日은 釰을 仗ㅎ고…… 丈夫의 能事가 아니리오"의 '상상적 내면제시
부', 그리고 "於是에 …… 禦外策이 可笑ㅎ도다"의 '편집자 개입부(전단
적 설명부)'의 결합에 의해서 생성되고 있다. 특히, 근대계몽기의 '역사적
위인'을 입전한 전(傳)이 장형화되는 주요 요인의 하나로 기능하는 '상상
적 내면 제시'는 이 시기 '역사 위인전'의 서술 특성을 여실하게 드러내
는 것이라 하겠다. 물론, 이와 같은 '상상적 내면 제시부'에서도 역사적
사실은 제시될 수 있다. 그러나 상상적 내면 제시부에서 서술된 역사적
사실은 단순히 찬자가 입전 인물과 관련된 사료의 편집자로서 서술에
개입하여 전달된 것이 아니라, 입전 인물의 내면의 목소리에 의해서 전
달된다. 예컨대, "수나라 왕실이 크게 어지러워 수륙 백만 대병이 우리
선민 을지문덕에게 대패하여 돌아간 이후에 사방에 원성이 높고 반란이
일어났다[隋室이 大亂ㅎ야 水陸 百萬大兵이 我先民 乙支文德의게 大敗而 歸ㅎ
以後로 四海가 怨叛ㅎ니]"는 수·당 교체기의 중국 정세에 대한 역사적 사
실이 입전 인물의 내면적 목소리에 의해서 전달된다는 것이다. 뿐만 아
니라, "一日은 釰을 仗ㅎ고 長白山嶺에 登ㅎ야 北으로 中原을 望ㅎ니
山河萬里가 掌上에 羅列ㅎ 지라. 長嘯一聲에 天海의 氣를 呑吐ㅎ고
喟然히 嘆을 發ㅎ야"와 같이 찬자에 의해서 입전인물의 행위에 대한 외
면 묘사도 함께 이루어지며 서사가 결속되고, 이어 "솔빈부 천리준총을
타고 산해관을 뛰어 넘으니 진시황이 만리장성을 쌓고 외침을 막은 방
책이 가소롭다[於是에 率賓府 所産의 千里駿驄을 跨ㅎ고 山海關을 一躍ㅎ야 越
ㅎ니 長城萬里는 秦始皇의 禦外策이 可笑ㅎ도다]"와 같은 편집자 논평이 제

---

55) 朴殷植, 「泉蓋蘇文傳」, 『朴殷植全書』 中, 단국대 출판부, 1975, 325~327면.

시되는 것으로 사실(일화)과 관련된 서술이 일단락된다.

이와 같은 서술 방식은 다음 장면에서도 잘 드러난다.

且 其祖國을 離ㅎ고 此에 來훈 것은 神州赤縣의 主權者 一位를 布望훈 바
어니라 此를 不得홀 境遇에 他國의 臣이 되야 祖國을 背叛ㅎ는 것이 쏘 엇지
男子의 事리오 ㅎ고 歸意를 遽決ㅎ얏는 디 李世民은 位호 蓋蘇文의 爲人을
大奇ㅎ야 大事를 共濟ㅎ고 大福을 共享홀 意로 勸諭ㅎ야 挽留고져 ㅎ되 此
를 不聽ㅎ고 馬를 回ㅎ야 東還홀 시 李世民이 此 消息을 聞ㅎ고 大驚ㅎ야
曰 此人이 若 外國에 在ㅎ면 吾中國人이 安○을 不得ㅎ리라 ㅎ고 急히騎勇
者 數十騎를 遣ㅎ야 星夜疾馳ㅎ야 黃河岸에 進及훈 지라 追騎가 大呼 曰
高句麗 大人 蓋蘇文公은 暫히 駕를 駐ㅎ야 余等의 言을 聽ㅎ라 ㅎ거늘 蓋蘇
文이 長釖을 扶ㅎ고 怒目으로 大喝ㅎ니 追騎가 皆 魂膽이 驚作흠을 不覺ㅎ
야 下馬羅拜ㅎ거늘 蓋蘇文이 大笑 曰 甭主는 我를 再見고져 ㅎ는가 三十年
後 遼東城下에서 相見홀 日이 有홀 지니 何必 今日이려오 甭等은 以此 復命
ㅎ라 追騎가 俱稽首離離ㅎ고 歸地引還ㅎ더라. // 嗟呼라 蓋蘇文이 十年에 磨
一釖ㅎ야 中原 逐鹿場에 一試고져 ㅎ얏다가 時勢의 不適흠으로 此를 不果ㅎ
야 霜刀을 ○에 納ㅎ고 秋風匹馬가 遼河를 更渡ㅎ야 窄窄훈 故國山川에 蝸
角上 生活을 復作ㅎ니 其磅礴鬱績훈 不平的 懷抱를 何處에 倚托할가.56)

위의 제시문은, 천개소문이 용기위대장군산동도대총영(龍旗衛大將軍山
東道大摠營)이 되어 이세민과 함께 일을 도모하여 부귀공명을 누릴 수 있
는 기회를 스스로 고사했다는 '사실(일화)'이 제시되고 난 이후에 이어진
'상상적 내면 제시부'이다. 이 단락에서도 "且 其祖國을 離ㅎ고 …… 歸
地引還ㅎ더라"의 '상상적 내면 제시부'에서 "此를 不得홀 境遇에 他國
의 臣이 되야 祖國을 背叛ㅎ는 것이 쏘 엇지 男子의 事리오"나 "甭主
는 我를 再見고져 ㅎ는가 三十年後 遼東城下에서 相見홀 日이 有홀
지니 何必 今日이려오 甭等은 以此 復命ㅎ라"와 같은 입전인물의 내면

---

56) 朴殷植, 「泉蓋蘇文傳」, 『朴殷植全書』 中, 단국대 출판부, 1975, 329~331면.

이 찬자가 아닌, 입전인물의 목소리를 통해서 드러난다. 그리고 이와 결부되어 "개소문이 긴 칼을 뽑아들고 노한 눈빛으로 크게 꾸짖으니 뒤쫓아온 기병들이 간담이 서늘하여 얼른 말에서 내려 엎드려 절하거늘[蓋蘇文이 長釼을 拔호고 怒目으로 大喝호니 追騎가 皆 魂膽이 驚作홈을 不覺호야 下馬羅拜호거늘]"과 같은 입전인물의 행동을 묘사하는 서술이 함께 이어져 결속된다. 이와 같이 「천개소문전(泉蓋蘇文傳)」과 같은 근대계몽기의 '역사 위인전'은 '사실(일화)+상상적 내면 제시(묘사)+편집자적 논평(전단적 설명)'이라는 서술 방식에 의해서 '서사의 확대와 심화(장형화)'가 주조되는 양식인 것이다. 또한, 근대계몽기의 '역사 위인전' 역시 다른 서사양식과 마찬가지로 입전인물에 대한 묘사를 통해서 단순한 '사실(事實)'만이 적시되는 것이 아니라, 입전 인물의 '내면'과 그 '내면'에 바탕하고 있는 '가치'까지 함께 적시된다. 문제는 이것이 '새로운' 가치를 창출하는 데에까지 나아가지 못하고 있다는 점이다. 이것은 이 제시문의 '편집자적 논평부(전단적 설명)'인 "嗟呼라 蓋蘇文이 …… 何處에 倚托할가"와 "祖國을 背叛호는 것이 쏘 엇지 男子의 事리오"라는 서술 층위를 보면 쉽게 드러난다. 즉, 입전인물의 "울적하고 불만스런 회포[其磅礴鬱績호 不平的 懷抱]"의 이유가 '충(忠)'의 문제와 관련되는 것이라는 점에서 입전 인물인 천개소문이 추구하고자 하는 가치는 자명해진다. 결국, 「천개소문전(泉蓋蘇文傳)」에서 드러나고 있는 갈등의 '내면' 언술 구조는, '충의(忠義)'를 체현하고 있는 인물로서의 천개소문의 인물형상을 더욱 부각시켜 '이미 추인되어 온 (유가적)가치'를 표창하기 위한 근대계몽기 '역사 위인전'에만 한정된 '특별한' 서술 방식에 불과한 셈이다. 근대계몽기 역사적 위인을 입전한 '전(傳)'이 여전히 '근대역사소설'의 영역에 들지못하는 이유의 하나가 여기에 있는 것이다. 그것(내면)이 '근대적'인 것이 되려면 어쨌거나 '충'이 전부가 아닌, 충과 '동위'의 위상을 지닌 '새로운' 가치가 주인공의 내면을 규율해야 하는 것이다.

4. 결론

근대계몽기 역사적 위인(영웅)을 입전한 전(傳)은 '독립 자주'와 '계몽 담론'을 가장 효과적으로 전달하기 위해서 채택한 서사 양식이었다. 이런 점에서 「천개소문전(泉蓋蘇文傳)」과 같은 '역사 위인전'에 입전된 '영웅'은 일종의 애국 계몽 담론을 '불러내는' 호명기계였다. 결국, 근대계몽기 '역사적 위인(영웅)'을 입전한 전(傳)은 역사적 영웅을 현현시키고, 바로 그 현현의 '불러내기'를 통해서 '아래(民)'로 향한 '민지계몽(民智啓蒙)'과 '위(儒學者)'로 향한 '저항적 계몽'을 동시에 견인해내는 서사양식이었다. 문제는, 그간의 문학사가 「천개소문전(泉蓋蘇文傳)」과 같은 근대계몽기 '사전(史傳)'류를 '역사 · 전기소설'이라는 다소 모호한 장르개념으로만 인식하고 이에 대한 구체적인 양식적 검토가 없었다는 점이었다. 본고가 고찰한 바대로 「천개소문전(泉蓋蘇文傳)」과 같은 근대계몽기 '역사 위인전'은 '소설'로서의 양식적 특징보다는 '전(傳)'으로서의 양식적 특징이 더 많았다. 인물을 형상화하는 방법도 그렇고, 가치를 구현하는 방식도 기존(전대)의 전(傳) 양식이 가지고 있었던 양식적 특징과 교집하는 측면을 많이 가지고 있었다. 또한 이 시기 전(傳)은, '사실(事實)제시+내면제시+편집자적 논평'이라는 특별한 서술 방식을 통해서 장형화된 서사 양식이었다는 점도 함께 규명되었다. 이런 점에서 보면, 근대계몽기 '역사 · 전기소설'이라는 용어도 장르적 개념에 근거하여 다시 고찰해볼 여지가 있는 것이다. 또한, 「천개소문전(泉蓋蘇文傳)」과 같은 '역사 위인전'이 근대계몽기에 들어와 갑작스럽게 장형화된 것은 양계초의 「이태리건국삼걸전(伊太利建國三傑傳)」과 같은 서양전기의 영향 뿐만 아니라, 전(傳)의 서술 방식의 변화에서도 그 이유를 찾을 수 있다는 점에서 근대계몽기의 '역사 위인전'에 대한 면밀한 비교문학적 고찰도 함께 수행할 필요가 있겠다. 한 가지 더 남는 문제는 「천개소문전(泉蓋蘇文傳)」

과 같은 근대계몽기 '역사 위인전'이 이후 근대역사소설의 형성에 끼친 영향 관계에 대한 고찰문제이다. 이 문제가 치밀하게 수행되어야 이식 문학론의 문제점도 함께 규명될 수 있을 것이다.

5. 「천개소문전」 원문주해

일러두기

1. 원문 표기를 원칙으로 하되 띄어쓰기는 현대 어문규정에 따랐다.
2. 오식(誤植)이 분명한 자구는 [ ] 안에 바로 바로잡았다.
3. 판독하기 어려운 글자는 ○로 표시했다.
4. 원문에는 없지만, 가독성을 고려해서 ', / .' 등의 문장부호를 표시하였다.

「泉蓋蘇文傳」

緒論

薩水風雲에 隋兵을 鏖殺[57]훈 乙支文德은 隋史가 其蹟을 述ᄒ얏거놀, 吾國史家에셔는 乙支公의 平生을 敍述훈 文字가 無ᄒ고, 閒山海戰에 倭敵을 大殲훈 李舜臣은 倭人이 其傳을 作ᄒ얏거놀 吾國人士는 忠武全書를 愛讀ᄒ는 者ㅣ 少ᄒ니, 比는 吾國民이 英雄을 崇拜ᄒ는 思想이 冷淡훈 緣故가 아닌가. 惟彼各國人의 英雄崇拜熱은 何如ᄒ뇨 英雄舌端의 一咳一咳[58]를 得聞ᄒ면 平生의 至榮으로 誇張ᄒ며, 英雄 服裝의 一絲一縷[59]를 拾得ᄒ면 天下의 至寶로 擎玩[60]ᄒ며, 通衢大道

---

57) 오살(鏖殺) : 한 사람도 남기지 않고 모두 무찔러 죽임.
58) 일해(一咳) : 가르침의 말씀.

에 屹然ᄒᆞᆫ 銅像은 英雄의 前身이요, 金櫃石室61)의 燦然ᄒᆞᆫ 書籍은 英雄의 歷史오 尋常演劇에 英雄이 躍出ᄒᆞ며, 汗漫小說에 英雄의 縱橫ᄒᆞ며, 樵童牧竪가 皆英雄을 謳歌ᄒᆞ며, 婦人女子가 皆英雄을 絺綿62)ᄒᆞ니, 浩浩ᄒᆞᆫ 大千世界에 英雄이 最多部分을 占領ᄒᆞ얏도다.

盖其國人이 英雄을 崇拜홈이 若是ᄒᆞᆫ 것은 個個人이 自己前塗도 英雄事業이 有ᄒᆞ기를 願ᄒᆞᄂᆞᆫ 것이오, 自家子弟도 英雄資格이 出ᄒᆞ기를 願ᄒᆞᄂᆞᆫ 것이오, 一般 政界學界 各社會에도 無數ᄒᆞᆫ 英雄이 翶翔63)ᄒᆞ기를 願ᄒᆞᄂᆞᆫ 것이니 其國에 엇지 英雄의 種이 繁殖지 아니ᄒᆞ리오. 吾國人士ᄂᆞᆫ 英雄을 待遇홈이 冷淡ᄒᆞᆫ 것은 自己前塗도 英雄事業이 有ᄒᆞ기를 不願ᄒᆞᄂᆞᆫ 것이오, 自家子弟도 英雄資格이 出ᄒᆞ기를 不願ᄒᆞᄂᆞᆫ 것이오, 一般政界學界 各社會에도 英雄이 翶翔ᄒᆞ기를 不願ᄒᆞᄂᆞᆫ 것이니, 其國에 엇지 英雄의 種이 絶乏64)지 아니ᄒᆞ리오. 大抵 英雄은 邦國의 干城이오, 人民의 司令이어ᄂᆞᆯ 英雄을 冷淡히 待遇ᄒᆞᄂᆞᆫ 것은 國의 干城을 毁棄65)ᄒᆞ고 民의 司令을 蔑視홈이니, 엇지 生存의 基礎와 活動의 舞臺를 得ᄒᆞ리오 比ᄂᆞᆫ 吾國과 吾民의 今日 此境에 陷溺66)ᄒᆞᆫ 바로다.

雖然이나 余가 西으로 平壤에 遊覽ᄒᆞ니 其城은 曰 乙支城이라 ᄒᆞ며, 其山은 曰 乙支公山이라 ᄒᆞ니, 此ᄂᆞᆫ 人民間에 天然的 紀念이 相傳 不○ᄒᆞᄂᆞᆫ 바오, 南으로 固城에 至ᄒᆞ니 今其父老子弟가 皆忠武公爺를 稱呼ᄒᆞ니, 此ᄂᆞᆫ 人民間에 天然的 愛慕가 各盆 親切ᄒᆞᆫ 바오, 今年에 鴨水를 渡ᄒᆞ야 寬甸 懷仁縣 等地에 旅行ᄒᆞ니, 凡我人이 居留ᄒᆞᄂᆞᆫ 村落은 皆故林忠愍慶業을 爲ᄒᆞ야 春秋로 行祀ᄒᆞ니, 此ᄂᆞᆫ ᄯᅩᄒᆞᆫ 人民間에 天然

---

59) 일사일루(一絲一縷): 한 오라기의 실.
60) 경완(擎玩): 높이 들어 떠받듦.
61) 금궤석실(金櫃石室): 금으로 만든 궤와 돌로 만든 방.
62) 치면(絺綿): 수놓음.
63) 고상(翶翔): 새가 빙빙 돌며 낢. 뛰놂.
64) 절핍(絶乏): 아주 없어짐.
65) 훼기(毁棄): 헐거나 깨뜨려 버림.
66) 함닉(陷溺): 함정이나 물에 빠짐.

的 思想으로 由훈 者이니, 此 個良心 彝性67)을 啓導호고 培養호얏스면 吾國民의 英雄을 崇拜호는 思想이 엇지 他國人에 不及호리오 但過去 五百年間 風潮는 所謂 上等社會에서 英雄을 不崇拜훌 뿐아니라 곳 英雄의 種을 撲滅훈 時代로다. 何로以 호야 言홈이뇨 過去 五百年間에 國民이 泰斗갓치 景仰호는 者는 儒林派오, 國民의 生殺機關을 握훈 者는 貴族黨이라. 此 兩派의 歷史가 何如오 호면, 最其佳良훈 時代로 言훌지라도 가쟝[장] 聲譽가 赫赫훈 諸公이 事業이 不過 是謹飭的 淸儉的 規模로 僅僅 自守훌 而已오, 大政治家의 手腕으로 民氣를 振作호고, 國家를 發展케 훈 自는 未有호얏고, 及其每下 愈況훈 程度로 言호면 儒林派에셔는 일즉 理窟을 硏透호야 國民의 思想을 啓發훈 者도 無호며, 歷史를 發揮호야 國民의 性格을 培養훈 者도 無호며, 政學을 硏究호야 國民의 利益을 供給훈 者도 無호고, 但唐宋人의 浮文虛式을 粧綴68)호던 餘毒을 傳染호야 一般社會의 風氣를 消鑠69)케 훌 뿐이오 貴族派에셔는 無限훈 權利를 濫用호야 國民의 志氣를 摧壓호며, 國民의 膏血을 吸收호야 武斷의 習이 極度에 達호니, 一般國民이 此等 不道不德과 不智不勇者를 對호야 人神갓치 仰望호며, 雷霆갓치 恐畏호야 오직 此를 趨走承奉70)호며 諂媚服事71)홈으로써 保全身家의 策을 삼앗스니, 如此훈 惡風潮下에 其國民이 엇지 高尙훈 思想과 俊逸훈 志氣로 英雄을 崇拜호며, 英雄을 願學훌 者ㅣ 有하리오

如斯히 五百年間에 英雄의 種을 消磨호며 斬伐하야, 民智를 錮塞72)호고 民氣를 束縛하던 結果가 究竟 何如하는 二十世紀 今日에 我檀君大皇祖의 子孫 二千萬衆은 廣大훈 天地間에 寄生훈 處가 無훈 境

---

67) 이성(彝性) : 원래부터 타고난 떳떳한 성품.
68) 장철(粧綴) : 글을 꾸며 지음.
69) 소삭(消鑠) : 녹여서 사라지게 함.
70) 추주승봉(趨走承奉) : 따르고 받듦.
71) 첨미복사(諂媚服事) : 아첨하고 복종함.
72) 고색(錮塞) : 막아버림.

遇에 至홀 쑨이로다. 嗟呼라. 余도 大皇祖子孫의 一個殘喘[73]으로 四
方을 顧瞻ᄒ니 我安適歸오 鴨江西岸에 竹杖이 踽凉[74]ᄒ야 遼瀋大陸
을 眺望ᄒ니, 此ᄂᆫ 千數百年前에 우리 先民的 人이 馳聘踊躍ᄒ던 地
가 아닌가. 第一吾邦四千年 歷史에 絶代 英雄 泉蓋蘇文의 古墓가 山
海關 近地에 在ᄒ다 云ᄒ더라.

　盖泉蓋蘇文의 歷史로 言ᄒ면, 三尺虯髥[75]에 凜凜ᄒ 風采ᄂᆫ 唐人
太平廣記에 書出ᄒ얏스며, 旌旗兵壘 四十里의 當當ᄒ 陣勢ᄂᆫ 柳公權
의 健筆로 摸寫ᄒ얏스며,

　高句麗大將蓋蘇文　去屠長安一瞬息　今年若不來進攻　明年八月就與
兵[76]

　이란 詩歌ᄂᆫ 如蓮居士 稗談에 載在ᄒ얏고, 至于今 北京奉天等地에
셔 蓋蘇文의 歷史와 釰術로 演戲를 作ᄒ야 世人의 耳目을 震動케 ᄒ
거늘, 吾國人士ᄂᆫ 其平生을 敍述ᄒ 文字도 無ᄒ고, 其風采를 模寫ᄒ
畵帖도 無ᄒ고, 其武藝와 釰術을 陳演ᄒᄂ 戲劇도 無홀 쑨 아니라, 但
一種口氣가 凶賊이라 罵홀 쑨이니, 一로써 百을 蔽ᄒ고 罪로써 功을
掩ᄒᄂ 것이 可홀가.

　彼英國의 克林威甫[77]와 日本의 豊臣秀吉이 皆倫敎上大不○를 冒
ᄒ 罪案이 有ᄒ 者이나, 英人은 克林威甫를 天人과 갓치 崇拜ᄒ고, 日
人은 豊臣秀吉을 國祖와 갓치 崇拜ᄒᆷ을 不見ᄒᄂ가. 或者ᄂᆫ 此에 對
ᄒ야 日 彼國은 功業을 尊重ᄒ고 倫理를 崇尚치 아니ᄒᄂ 緣故라 ᄒ

---

73) 잔천(殘喘) : 얼마 남지 않은 목숨. 잔생(殘生).
74) 우량(踽凉) : 외롭고 처량함.
75) 규염(虯髥) : 규룡(虯龍－용의 새끼로서 뿔이 돋쳤다는 전설상의 동물)같이 꼬불꼬불
　　한 수염.
76) 고구려 대장 개소문이 장안을 단순에 쳐부수리. 올해 만약 쳐들어 오지 않으면 내년
　　8월에는 병을 일으키리라.
77) 극림위(克林威甫) : 크롬웰.

나, 倫理를 崇尙ᄒᄂ 漢土에 第一大史家 司馬遷氏ᄂ 項羽의 史를 帝王本紀에 列치 아니 ᄒ얏ᄂ가. 拘儒曲士[78]의 偏見淺識으로 萬古 無雙ᄒ 英雄의 精神을 抹殺ᄒ 것이 엇지 可惜ᄒ 者ㅣ 아니리오. 嗚呼라. 忠武公 李舜臣은 古今 水軍의 第一偉人이오, 世界 鐵艦의 祖어늘 後人이 此을 繼續ᄒ야 發達케 못흠은 何故이며, 高句麗大將 泉蓋蘇文은 對外競爭에 第一指를 乘ᄒᄂ 英雄이오, 世界 釖術의 祖어늘 後人이 ᄯᅩᄒ 繼續ᄒ야 其法을 傳ᄒ 者ㅣ 無ᄒ 것은 何故인가. 過去 五百年間 風潮를 追想ᄒ면 寧欲無言이로다.

然則 英雄의 精神이 存ᄒ며 不存ᄒᄂ 것은 卽其國人 思想界에 在ᄒ 것이니, 今日 吾人의 思想이 如何ᄒ가. 目下 情景이 過去 英雄을 崇拜ᄒ 만ᄒ고, 現在 英雄을 渴望ᄒ만 ᄒ도다. 於是乎 三寸禿筆[79]로 此를 術ᄒ야 社會諸君의 一覽을 供ᄒ노니, 四千年 歷史에 第一指를 乘ᄒᄂ 英雄魂이 復活ᄒᆯ넌지, 우리도 남과 갓치 自由鍾을 ○振ᄒ자면 우리 先民의 精神點으로써 우리 腦力을 滋養ᄒ여야 可ᄒ 줄노 思惟ᄒ노라.

大皇祖降世四千三百六十八年九月日 著者 識

---

78) 구유곡사(拘儒曲士) : 구차하고 곡학하는 선비.
79) 삼촌독필(三寸禿筆) : 세치 몽당붓. 자신의 시문에 대한 겸칭.

「泉蓋蘇文傳」

白庵 朴箕貞 著

檀崖 尹世復 閱

第一章 泉蓋蘇文의 幼年志望

泉蓋蘇文은 亦曰 淵蓋蘇文이니 高句麗 榮留王時 人이오, 東部代人의 子라. 身長 九尺餘오, 龍瞳이 閃閃ᄒ야 人不敢仰視ᄒ고, 虯髯이 長 三尺 故로 唐人이 稱ᄒ야 曰 虯髯客이라 ᄒ니라. 幼時로부터 兵法의 精通홈과 武藝의 絶倫홈이 天術의 才가 有ᄒ고, 獨히 長白山에 入ᄒ야 釖術을 演習혼 지 數年에 드듸여 世界獨一이오, 古今 無雙혼 釖仙이 된 故로 至今千數百年 以下의 人이 尙蓋蘇文의 舞釖臺를 指點ᄒ느니라.

一日은 釖을 仗ᄒ고 長白山嶺에 登ᄒ야 北으로 中原을 望ᄒ니, 山河萬里가 掌上에 羅列혼 지라, 長嘯一聲에 天海의 氣를 呑吐ᄒ고, 喟然[80]히 嘆을 發ᄒ야 曰 堯舜의 揖遜[81]時代가 旣邅ᄒ고, 春秋以下의 智力競爭ᄒᄂ 時代가 되니, 此 地球上 最大塊가 恒常 英雄의 競逐場이 되고, 畢竟 英雄의 所有物이 되ᄂ지라. 目下 隋室이 大亂ᄒ야, 水陸 百萬大兵이 我先民 乙支文德의게 大敗而歸혼 以後로 四海가 怨叛ᄒ니, 萬民이 塗炭이라. 草野羣雄이 乘時角逐ᄒ야 金甌一統에 主人位가 尙闕혼 今日이라. 余가 此釖을 提ᄒ고 疾足敏腕[82]으로 中原一鹿을 逐得ᄒ야, 大獵의 功을 奏ᄒ고 海內生靈을 救濟ᄒᄂ 것이 엇지 丈夫의 能事가 아니리오 ᄒ고, 於是에 率賓府 所産의 千里駿驄[83]을 跨

---

80) 위연(喟然) : 탄식하는 모양.
81) 읍손(揖遜) : 천자(天子)의 지위를 서로 양여(讓與)하는 일. 선양(禪讓). 읍양(揖讓).
82) 질족민완(疾足敏腕) : 빠른 발과 날쌘 팔.

ᄒ고 山海關을 一躍ᄒ야 越ᄒ니, 長城萬里ᄂ 秦始皇의 禦外策84)이 可笑ᄒ도다. 鮮卑 氏羌 諸番族과 營州牧子 等이 此를 踰越85)ᄒ야 中土를 蹂躪ᄒ되 防禦ᄒ 者ㅣ 曾有ᄒ가. 南北朝時代에 北燕王 高雲과 北齊 帝 高歡은 俱是高句麗王族으로 此에 入ᄒ야 一時 偏覇86)의 業을 成ᄒ얏더니, 今日 高句麗 英傑 泉蓋蘇文이 三尺長釼으로 中原에 直走ᄒᄂ 思想을 誰能知得이리오

是時를 當ᄒ야 山東의 竇健德과 洛陽의 李蜜과 蜀의 蕭銑과 秦의 薛仁果 等이 皆乘亂崛起ᄒ야 神州大器를 覬覦87)ᄒᄂ 者이나 彼等은 碌碌竪子88)라. 蓋蘇文의 敵手될 者ㅣ 無ᄒ도다. 力拔山 氣蓋世ᄒᄂ 西楚覇王 項羽로 ᄒ야곰 漢太祖 劉邦갓ᄒ 大英雄을 遭遇치 아니 ᄒ얏스면, 엇지 時不利兮 騅不逝의 終局이 有ᄒ얏스리오. 蓋蘇文은 海東天地에 第二 項羽라. 今日 中原에 全ᄒ야 何等 英雄을 遭遇ᄒ얏ᄂ가.

于時 九州四方에 殺氣가 滿天ᄒ얏ᄂ디, 惟獨 晋陽城 上에 一線瑞氣가 雲霄를 觸起ᄒ니, 大陸春風에 仙李花가 始開ᄒ얏도다. 蓋蘇文이 此에 到ᄒ야 大唐國三百年 皇統의 創業主될 李世民을 接見ᄒ니 如何ᄒ 觀法이 有ᄒ가. 龍鳳의 姿와 天日의 表로 濟世安民의 才가 有ᄒ다 홈은 異人의 預言이 진실로 虛傳이 아니오, 天授라. 非人力은 果然 上帝의 簡命이 自有ᄒ도다. 又其麾下의 文武僚屬을 見ᄒ니, 李靖 李孝恭 尉遲敬德과 房玄齡 杜如晦 魏徵 等이 皆一時 將相의 才인즉 人心의 歸嚮을 可見이니, 正是楚覇王時代에 漢太祖가 併世而出ᄒ얏도다. 天命과 人心을 察홈이 人力으로 爭키 不可ᄒ 즉 不得不 神州大器를 將ᄒ야 此人의게 讓與홀 쑨이로다.

---

83) 준총(駿驄) : 푸른 빛깔에 흰색이 섞인 잘 달리는 말.

84) 어외책(禦外策) : 외침을 막는 책략.

85) 유월(踰越) : 넘어 감.

86) 편패(偏覇) : 한 부분을 차지함.

87) 기유(覬覦) : 분수에 넘치는 가당치 않는 일을 바람.

88) 녹록수자(碌碌竪子) : 보잘것없는 사람들.

設使 此時에 蓋蘇文의 志望이 一步를 差退ㅎ야 審勿치 攀鱗附翼의 意를 表示ㅎ엿스면, 卽日龍旗衛大將軍山東道大摠營이오, 卽日 子女正帛이 豊富如雲ㅎ며 突凡如山홀 것이오, 將來 凌烔閣功臣像의 第一位를 占키 不難ㅎ지만은 是는 姑舍ㅎ라. 此行의 志望은 這般功名 以上에 在훈 者로써 엇지 人의 下에 居ㅎ야 富貴를 圖ㅎ리오 且 其祖國을 離ㅎ고 此에 來훈 것은 神州赤縣의 主權者 一位를 布望훈 바어니와, 此를 不得홀 境遇에 他國의 臣이 되야 祖國을 背叛ㅎ는 것이 쏘 엇지 男子의 事리오 ㅎ고, 歸意를 遂決ㅎ얏는 더 李世民은 쏘훈 蓋蘇文의 爲人을 大奇ㅎ야 大事를 共濟ㅎ고 大福을 共享홀 意로 勸諭ㅎ야 挽留고져 ㅎ되, 此를 不聽ㅎ고 馬를 回ㅎ야 東還홀시 李世民이 此 消息을 聞ㅎ고 大驚ㅎ야, 曰 此人이 若外國에 在ㅎ면 吾中國人이 安○을 不得ㅎ리라 ㅎ고, 急히 騎勇者 數十騎를 遣ㅎ야 星夜疾馳[89]ㅎ야 黃河岸에 追及훈지라, 追騎가 大呼 曰 高句麗 大人泉蓋蘇文公은 暫히 駕를 駐ㅎ야 余等의 言을 聽ㅎ라 ㅎ거늘, 蓋蘇文이 長釖을 扶ㅎ고 怒目으로 大喝ㅎ니, 追騎가 皆魂膽이 驚作홈을 不覺ㅎ야 下馬羅拜ㅎ거늘, 蓋蘇文이 大笑 曰 甭主는 我를 再見고져 ㅎ는가. 三十年後 遼東城下에서 相見홀 日이 有홀지니 何必今日이리오 甭等은 以此 復命ㅎ라. 追騎가 俱稽首離離ㅎ고 歸地引還ㅎ더라.

嗟呼라. 蓋蘇文이 十年에 磨一釖ㅎ야 中原 逐鹿場에 一試고져 ㅎ얏다가 時勢의 不適홈으로 此를 不果ㅎ야 霜刀을 ○에 納ㅎ고 秋風匹馬가 遼河를 更渡ㅎ야 窄窄훈 故國山川에 蝸角上 生活을 復作ㅎ니 其磅礴[90]鬱績훈 不平的 懷抱를 何處에 倚托할가. 將次 蓬來方丈神仙窟宅에 玉淸宮觀을 建築ㅎ고 再往 王의 地位를 占홀○지 雲山 葱嶺 如來淨界에 兜率諸天을 管領ㅎ야 佛門天子의 徽號를 得홀넌지. 英雄이 得意치 못훈 境遇에 此等 淸淨生活로 物外에 自放하야, 人世를 偏

---

89) 성야질치(星夜疾馳) : 밤을 새워 말을 달림.
90) 방박(磅礴) : 가득 참.

玩ᄒᄂᆫ 것이 쯘ᄒ 高尚ᄒ 品格이라 謂ᄒ지만은, 此ᄂᆫ 쯘ᄒ 人의 三生에 國緣이 素有ᄒ 結果라 엇지 容易做得ᄒ 者리오. 出世入世에 方所가 靡定ᄒ야 沈吟度日[91]ᄒᄂᆫ 際에 乃里中 健兒와 屠門少年等이 蓋蘇文의 出鬼入神ᄒᄂᆫ 釖術을 願學ᄒ야, 下風에 來○ᄒᄂᆫ 者ㅣ 甚衆ᄒ지라, 於是에 蓋蘇文이 此等 少年을 提○ᄒ고, 或深山大澤에 出沒ᄒ야 猛獸를 斬ᄒ며, 巨蟒을 斷ᄒ고 或平原 曠野에 馳騁擊利ᄒ야, 勇氣를 發舒ᄒ므로써 消○의 ○를 作ᄒ니, 自此로 門下에 釖士가 如雲ᄒ야, 或○○ 義俠心으로 人의 仇를 扱ᄒ며, 혹○○小念으로 惡聲을 必報ᄒ야 五步立向에 殺人尋常者ㅣ 往往有之ᄒ니, 是로 以ᄒ야 國中에 巨室豪族等이 皆蓋蘇文의 雄鷙勇○ᄒ 威嚴과 其徒黨의 風聲과 氣焰을 忌憚ᄒ고 恐怖ᄒᄂᆫ 者ㅣ 多ᄒ더라.

第二章 泉蓋蘇文의 活動

盖政界의 公道를 破壞ᄒ고 社會의 公憤을 蓄積ᄒᄂᆫ 者ᄂᆫ 貴族政治時代라. 孔子갓ᄒ 大聖人도 天下에 轍環[92]ᄒ야 其德를 行치 못ᄒᆷ은 其時列國이 皆貴族政治라. 齊의 晏嬰과 楚의 子西ᄂᆫ 皆當時賢大夫라 稱ᄒᄂᆫ 者로ᄃᆡ 尙且公義를 不存ᄒ고 私權을 恐失ᄒ야 聖人의 行道를 沮止ᄒ얏거든, 何況 其他리오. 故로 世界歷史에 何國을 勿論ᄒ고 世卿巨室이 要津을 ○據ᄒ고 政柄을 掌握ᄒ 時代에ᄂᆫ 草野賢俊이 進身無路ᄒ야, 비록 政治가 日로 腐敗ᄒ고, 國勢가 日로 危凜[93]ᄒᆯ지라도 智者가 其策을 售치 못ᄒ고, 勇者가 其腕을 揮치 못ᄒᄂᆫ지라, 是로以ᄒ야 我國古來에 薛仁貴와 薛闕頭와 王思禮갓ᄒ 智士猛將이 皆貴族勢力下에 登庸을 不得ᄒ지라. 乃其憤慨ᄒ 思想을 他國에 往投ᄒ야 功

名을 樹立호 것이니, 大抵 國家는 人을 得호면 昌호고 人을 失호면 亡
홈은 不易의 理어늘, 乃吾國의 才俊을 棄擲호야 他國의 所用을 供給
호니, 天下의 不幸이 엇지 此에셔 大호 者ㅣ 有호리오. 然則 社會上熱
血男子가 如此치 貴族專橫호는 時代를 當호면, 何等 方法이 ○當홀
가. 彼의 勢焰을 對호야 袖手傍觀도 不可호고, 歇身遠避도 不可호고
舌端의 辭論으로 若諫호야도 無效홀 것이오, 筆下의 文字로 論駁호야
도 無益홀지라. 惟是大勇猛 大手腕으로 此를 掃除호야 廓淸[94]호고,
此를 改革호야 更張홀 外에는 他道가 更無호도다. 不然이면 其國이
不亡者ㅣ 未有호니라.

高句麗 歷史로 言호면 世世로 英主가 多作호야, 朝廷의 紀綱을 振
肅호며 民氣가 强動호야 政黨의 壓制를 不受호얏고, 且 對外競爭이
恒常劇烈호야 國家가 多事홈으로 伴食宰相과 統袴子弟들이 世蔭[95]을
憑藉호야 權利를 濫用키 不能홀지나, 榮留王時代에 至호야는 間國歷
史가 이믜 六百餘年이라 世臣巨室의 根蔕가 深固호야, 政權을 掌握호
고 國論을 主張호야 新進의 才俊을 猜忌호고 沮遏호야, 自家의 勢力
을 維持고져 홈은 自然호 勢라 於是乎 蓋蘇文의 霹靂手段[96]이 出現
호얏도다.

此時에 十部大人은 皆世卿巨族으로 國王의 股肱[97]이 되야 各其政
界의 要路를 占據호고 軍國의 重任을 擔荷호니, 鍾鳴鼎食의 第宅이
入雲호고 前旌後鉞의 氣勢가 如燄이라, 誰가 此를 對抗호며 抵制호리
오 原來 蓋蘇文은 何等 大志가 有호 者인가. 區區호 高句麗 朝廷에
셔 彼十部大人輩를 向호야 權利 競爭의 思想이 本無호지만은, 乃彼等
이 蓋蘇文의 雄勇贅得홈과 釰士를 多蓄홈에 對호야 猜疑恐怖가 日

---

94) 확청(廓淸) : 더러운 것을 떨어버리고 깨끗하게 함.
95) 세음(世蔭) : 좋은 문벌.
96) 벽력수단(霹靂手段) : 벼락이 치는 듯한 비상 수단.
97) 고굉(股肱) : 다리와 팔.

甚ㅎ야, 隱密히 相議ㅎ고 協力ㅎ야 蓋蘇文을 害코져 ㅎ는지라. 蓋蘇文이 此狀을 知ㅎ고 笑曰 彼豎子輩가 我의 釰○을 膏고져 ㅎ는가 ㅎ고, 乃霹靂手段으로 一擧에 盡行撲滅ㅎ니, 天地가 爲ㅎ야 驚動ㅎ고 山川이 爲ㅎ야 震慄[98]ㅎ더라. 榮留王이 十部大人의 慘禍을 見ㅎ니 엇지 自安을 得ㅎ리오. 蜜히 左右로 더부러 蓋蘇文을 圖코져 ㅎ니, 此局을 當ㅎ야 蓋蘇文은 비록 天下의 大不韙[99]를 冒홀지라도 悍然[100]不顧ㅎ고 決然 敢行홀 者이라, 드듸여 王을 弑ㅎ고 王의 姪藏을 立ㅎ니 是는 寶藏王이라. 蓋蘇文이 莫離支의 位에 居ㅎ야 軍國大權을 秉統ㅎ고 南征北伐의 大活動을 試홀시, 每出入에 身에는 數十個長刀를 佩ㅎ고 勇將健卒이 左右에 俯伏ㅎ니, 恰然히 雷電이 閃過[101]홈과 如ㅎ더라.

第三章 唐國과 開戰

是時에 大唐國創業主 太宗李世民은 十八歲에 兵을 擧ㅎ야 四方의 羣雄을 討平ㅎ고, 家를 化ㅎ야 國을 成홀시, 身在行陣에 櫛風沐雨[102]ㅎ야 百戰百勝ㅎ는 名將이오, 及其四海를 富有혼 後에는 賢能을 擧用ㅎ며, 政治를 修明ㅎ야 身致太平혼 英主라. 是로以 ㅎ야 其版圖의 擴張홈은 前古에 無比ㅎ고, 威武의 顯揚홈은 海外에 遠加ㅎ니, 西으로 高昌과 吐谷渾을 滅ㅎ며, 北으로 突厥를 破ㅎ며, 頡利를 擒ㅎ며, 薛延陀를 摧服ㅎ고 南의 交趾와 林邑이 皆方物[103]을 獻ㅎ야, 稽顙來庭ㅎ고 其他 前古未通ㅎ던 骨離, 赤幹, 朱俱波, 甘常 等 國이 皆欵塞納貢

---

98) 진율(震慄) : 떨면서 두려워함.

99) 불위(不韙) : 옳지 않음.

100) 한연(悍然) : 굳센 모양.

101) 섬과(閃過) : 번쩍이며 지나감.

102) 즐풍목우(櫛風沐雨) : 바람으로 머리를 빗고 비로 목욕을 함. 곧 외지로 돌아다니며 몹시 고생을 함.

103) 방물(方物) : 공물.

ᄒᆞ니, 此ᄂᆞᆫ 支那數千年 歷史의 全盛ᄒᆞᆫ 時代라. 東方一隅에 高句麗ᄂᆞᆫ 地의 大小와 民의 衆寡로 論ᄒᆞ면 彼ᄂᆞᆫ 泰山이오, 我ᄂᆞᆫ 拳石이지만은 蓋蘇文의 大膽雄略으로ᄂᆞᆫ 大小衆寡가 初無ᄒᆞᆯ ᄲᅮᆫ더러, 兩雄이 倂世ᄒᆞᆷ이 一次旗鼓相當ᄒᆞ야 雌雄을 決ᄒᆞᄂᆞᆫ 것이 世界戲場에 一快事오 ○我 가 비록 中原天子의 地位ᄂᆞᆫ 彼의게 讓與ᄒᆞ얏스나, 十萬 鐵騎로 遼東 大野에 馳突ᄒᆞ야 優勝旗를 競爭ᄒᆞᆷ에ᄂᆞᆫ 決코 彼의게 退步ᄒᆞᆫ 바 無ᄒᆞ다 ᄒᆞ니라.

果然 東西兩雄이 玉帛의 和誼를 失ᄒᆞ고, 干戈의 敵意로 相見ᄒᆞᆯ 時 期가 臨迫ᄒᆞ야 遼河長天에 ○澹ᄒᆞᆫ 風雲이 弄騰ᄒᆞᄂᆞᆫ 도다. 是時에 高 句麗가 百濟와 連和ᄒᆞ야 新羅 党項城을 攻ᄒᆞ야, 羅人이 唐에 入貢ᄒᆞ ᄂᆞᆫ 路를 塞ᄒᆞ니, 唐太宗이 丞相 里玄獎을 遣ᄒᆞ야 ○○로써 兵을 戢ᄒᆞ 라 喩告 ᄒᆞ거늘, 蓋蘇文이 玄獎의게 謂ᄒᆞ야 曰 高句麗와 新羅ᄂᆞᆫ 怨隙 이 已久ᄒᆞ고, 往者에 隋가 大擧ᄒᆞ야 我國을 侵伐ᄒᆞᄂᆞᆫ 日에 新羅가 其 隙을 乘ᄒᆞ야 我의 五百里地를 奪取ᄒᆞ얏스니, 今에 地를 還ᄒᆞ고 城을 返치 아니ᄒᆞ면 兵을 已치 못ᄒᆞ리라 ᄒᆞᆫ ᄃᆡ, 玄獎이 此ᄂᆞᆫ 言辭로 解份치 못ᄒᆞᆷ을 知ᄒᆞ고, 드ᄃᆡ여 其言으로써 唐帝의게 復命帝ᄒᆞ니, 唐帝가 다시 蔣儼을 遣ᄒᆞ야 國書를 贈ᄒᆞ되 一邊은 高句麗와 新羅間에 和意를 紹 紛ᄒᆞ얏스나, 一邊은 其國大兵衆ᄒᆞᆷ을 籍ᄒᆞ야 殆히 與兵問罪의 意味를 包含ᄒᆞ얏거늘, 蓋蘇文이 此를 見ᄒᆞ고 大怒ᄒᆞ야, 蔣儼을 窟室[104]中에 抱囚ᄒᆞ야 曰 甬主ᄂᆞᆫ 及父를 刲ᄒᆞ야 兵을 擧ᄒᆞ고, 乃兄을 弑ᄒᆞ야 儲位 를 奪ᄒᆞ고, 乃弟를 殺ᄒᆞ야 其妻를 取ᄒᆞ얏스니, 實로 天地에 容치 못ᄒᆞᆫ 罪가 有ᄒᆞ거늘, 反히 他人의 事를 詰코져 ᄒᆞᄂᆞᆫ냐. 甬의 國이 錐大ᄒᆞ고 甬의 衆이 錐多ᄒᆞ나, 泉蓋蘇文 釖頭에ᄂᆞᆫ 一擊之下에 粉碎를 不免ᄒᆞ 리니, 余ᄂᆞᆫ 甬主가 自來ᄒᆞ야 雌雄을 決ᄒᆞᆷ을 待ᄒᆞᆯ ᄲᅮᆫ이로다. 唐帝가 此 를 聞ᄒᆞᆷ이 엇지 怒氣가 山湧ᄒᆞᆷ을 禁ᄒᆞ리오 已往海外諸國을 征伐ᄒᆞᆯ

---

104) 굴실(窟室) : 토굴이나 석굴에 들인 방. 곧 감옥.

時에ᄂᆞᆫ 皆命將出師ᄒᆞᆫ엿더니, 今乃高句麗에 對ᄒᆞ야ᄂᆞᆫ 國際上 恥辱이 滋甚ᄒᆞᆫ 故로 親征의 討를 決ᄒᆞ야 其臣褚遂亮 等의 ○諫이 有ᄒᆞ야도 不聽ᄒᆞ니라.

於是에 唐帝가 張亮을 命ᄒᆞ야 水軍 四萬三千과 戰艦 五百艘를 率ᄒᆞ고, 東萊로부터 海에 泛ᄒᆞ야 平壤에 趣ᄒᆞ라 하고 李世勣은 步騎 六萬과 蘭河二州 降胡를 率ᄒᆞ고 遼東에 趣케 ᄒᆞᆯ시, 兩軍이 合勢ᄒᆞ야 幽川에 集ᄒᆞ고, 新羅 百濟 奚卽 庫莫 契丹 等 軍을 合同ᄒᆞ야 分道來攻ᄒᆞ니, 兵이 三十餘萬이오, 親征의 駕를 扈從ᄒᆞ야 前茅와 後○이 된 者ᄂᆞᆫ 江夏王 李道宗 長孫無忌 薛仁貴 等 九將軍이니, 皆一代名將이라. 三月에 定州에 至ᄒᆞ야 戰事를 議決ᄒᆞ고, 五月에 遼東에 至ᄒᆞ야 蓋年 ○○ 白岩 等 城을 犯ᄒᆞ야, 朝氣의 方銳로 連捷을 得ᄒᆞ야 長驅大進ᄒᆞ니, 其勢가 殆치 江河가 橫決[105]ᄒᆞ고 長潮[106]가 ○來홈과 如ᄒᆞ야, 不日에 高句麗 國土를 席捲ᄒᆞᆯ 줄로 意氣가 揚揚ᄒᆞ니라. 此時에 蓋蘇文은 諸城의 失守ᄒᆞᆫ 報를 接ᄒᆞ얏스나, 秋毫도 動念이 無ᄒᆞ고 彼의 深入홈을 利用ᄒᆞ야 一戰에 疋甲을 不返케 ᄒᆞ기로 勝算을 定ᄒᆞ얏더라.

蓋此後에 唐帝가 天下兵力을 擧ᄒᆞ야 來홈은 高句麗의 疆土를 貪홈도 아니오, 高句麗의 國民을 仇視홈도 아니오, 다만 蓋蘇文 一個人의게 憤을 洩코져 홈이니, 唐帝以下로 一般將卒의 敵意가 皆蓋蘇文의게 在ᄒᆞᆫ 즉 蓋蘇文 以外에ᄂᆞᆫ 更히 抵抗ᄒᆞᆯ 者가 無ᄒᆞᆯ 줄로 思量ᄒᆞ얏고, 後世에 史를 讀ᄒᆞᄂᆞᆫ 者도 此에 至ᄒᆞ면 다만 蓋蘇文과 猛烈한 衝突이 有ᄒᆞᆯ 줄로 思惟ᄒᆞᆯ 지니, 誰가 高句麗 天地에 更히 空前絶後ᄒᆞᆫ 安市城主 梁萬春갓ᄒᆞᆫ 大軍略家가 有ᄒᆞ야, 屹然히 獨立의 性質과 獨立의 地位로 世界歷史에 獨立的 男子의 價格을 發表ᄒᆞᆯ 줄을 知ᄒᆞ얏스리오

---

105) 횡결(橫決) : 넘쳐흐름.
106) 장조(長潮) : 파도.

第四章 安市城主의 大勝捷

安市城主 梁萬春은 材勇이 兼備혼 人이라. 榮留王 末年에 蓋蘇文이 十部大人을 殺호고, ○立의 擧를 行호고 莫離支의 位를 居호야, 雷霆107)의 猛威로 號令叱咤호는 日에 擧國이 震振호야 風靡호되 惟獨 梁萬春이 安市城을 守호야, 屹然對抗홈으로 蓋蘇文이 屢次 兵을 加호되, 不勝혼 지라 因호야 城으로써 與하고 自主의 權를 委任호얏더니, 至是호야 彈丸黑子의 一 城池로 唐의 三十萬 大兵을 拒適호야, 大小 百餘戰에 終乃大勝利를 得호얏스니, 此는 安市一城으로 獨立國을 成혼 者이라. 엇지 萬古無雙혼 獨立人格의 英雄이 아니리오

安市城은 遼東의 屬縣이라. 卽今蓋平縣 東北七十里에 在호니, 其 地로 言호면 山을 依호야 險을 負호얏스나, 西北은 高호고 東南은 抵혼 즉 金城鐵瓮의 險은 아니오, 其人衆으로 論호면 一小縣에 戎備가 萬人에 不過홀지며, 其時形勢로 觀호면 蓋牟城이 其西南에 在호고 駐蹕山은 咫尺相望의 地라. 此兩地가 이믜 唐의 占據혼 바 되얏슨 즉 安市에 孤危홈이 쏘혼 一髮에 在호거늘, 此로써 天下의 兵을 抗호얏스니, 梁萬春의 一身이 곳萬里長城이로다.

唐帝가 쏘혼 安市城主의 材勇을 憚호야, 此를 避호고 徑히 建安城을 攻코져 호되, 李世勣이 不從홈으로 드듸여 全軍을 擧호야 城을 圍호거늘, 萬春이 兵士로 호야곰 城에 登호야 唐帝의 旗○을 望見호고 鼓噪호야 唐帝를 罵호야 日 彼가 비록 天下兵力을 擧호야 來호얏스나, 우리 高句麗人의 銳釰은 抵當치 못호리라 호니, 此는 唐帝의 憤怒를 排코져 호는 妙筭이라. 唐帝가 비록 智明호나 統一海內호던 武力과 尊居萬乘혼 地位로써 公廳 高句麗 兵卒 等의게 慢罵의 聲을 聞호니, 此를 엇지 梁萬春의 計策으로 認호고 이 含忍得過호리오 果然 大怒 호야 李世勣을 命호야 日 城을 克호는 日에 男子는 老幼업시 皆坑호

---

107) 뇌정(雷霆) : 격렬한 천둥.

라 ᄒ니, 城中人이 此를 聞ᄒ고 守城의 意가 益益堅固ᄒ니 惜呼라 唐
太宗의 智略으로써 此에 至ᄒ야 人의 術中에 陷홈을 免치 못ᄒ얏도다.
萬春이 또 敢死者千餘人으로 ᄒ야곰 夜에 城을 ○ᄒ야 下ᄒ야 適營을
○ᄒ니 唐軍이 大擾ᄒ야 氣奪ᄒ니라. 唐帝가 이예 李道宗으로 ᄒ야곰
諸軍을 督ᄒ야 城東南隅에 土山을 築ᄒ야 城中을 瞰코져 ᄒ거늘, 城
中이 또ᄒ 其城을 增高ᄒ야 土山과 對峙ᄒ고, 士卒로 ᄒ야곰 分番交
戰홀시 每日 六七合에 至ᄒ지라. 道宗이 또 衝車와 礮石으로써 城堞을
壞ᄒ거늘, 城中이 木柵을 立ᄒ야 其缺을 塞ᄒ다. 道宗이 戰ᄒ다가 足
을 傷ᄒ니 唐帝가 親히 爲ᄒ야 針을 下ᄒ더라. 唐兵이 山을 築ᄒ야 晝
夜不息이 六十日이오, 工役을 用홈이 六十萬夫라. 山頂이 城에 去ᄒ
기 數丈이라. 城中을 下逼코져 ᄒ야 唐將이 守ᄒ다가 山이 忽頹ᄒ야
城을 壓ᄒ니라. 城이 崩ᄒ거늘 麗軍이 城缺處를 從ᄒ야 唐軍을 擊退
ᄒ고, 土山을 奪ᄒ야 守ᄒ니, 六十日 晝夜에 六十萬夫의 公役을 勞ᄒ
土山이 麗軍의게 奪據ᄒ 바 된지라. 彼의 怒가 엇지 益甚치 아니 ᄒ리
오 唐帝가 諸將을 名ᄒ야 力戰치 못홈을 責ᄒ고, 三日을 期ᄒ야 城을
必克ᄒ라 ᄒ고, 親히 矢石을 冒ᄒ고 督戰ᄒ니 麗軍의 勇氣가 益奮ᄒ
야 勢不可當이라. 唐帝가 流矢에 中ᄒ야 其目을 傷ᄒ니, 故로 牧隱 李
穡이 有詩 曰謂

是囊中一物耳러니 邯知玄花落白羽라[108)

ᄒ니라.

安市城 相距百餘里에 鷄冠山이 有ᄒ니, 唐帝가 兵敗ᄒ야 單騎로
獨走ᄒ야, 山谷中에 立ᄒ니 四顧의 人烟이 無ᄒ고, 山風이 悲號의 草
木이 蕭瑟ᄒ고, 天日이 已暮의 路徑이 昏黑이라. 飢疲가 已甚ᄒ야 所

---

108) 이 주머니 안에 한 물건이 있으니, 어찌 검은 꽃이 흰 터럭을 떨어뜨릴 줄 알았으리오

之를 莫知홀 際 山上 一小庵이 有ᄒ야 燈火가 熒熒ᄒ거늘, 此에 往叩
ᄒ니 一老嫗가 出道ᄒ야 庵中에 引入ᄒ야 酒食으로 款待ᄒ고, 寢宿을
安穩케ᄒ더니 鷄鳴에 乃覺혼즉 小庵과 老嫗ᄂ 形迹이 無ᄒ고, 但山上
에 巖石이 鷄冠과 恰似혼 者가 有혼지라. 後에 其事를 記ᄒ야 其地에
寺를 建ᄒ고 名ᄒ야 曰 鷄鳴寺라 ᄒ니, 今其遺墟가 尙在ᄒ야 居人의
相傳이 有ᄒ니라.

此에 至ᄒ야 唐帝의 狼狽가 已甚ᄒ도다. 赫赫혼 大唐國이 四方을
征伐ᄒ야 戰必勝攻必反ᄒ다가 今에 天子가 自將ᄒ야, 三十餘萬 勇將
健卒이 風雨갓치 馳ᄒ며 雷霆갓치 奮ᄒ야 山岳을 倒ᄒ며, 江海를 捲
ᄒ던 形勢로 東方一隅 安市城下에셔 數月을 苦戰ᄒ다가 寸功을 不就
ᄒ고, 乃殘甲을 棄ᄒ며 敗兵을 曳ᄒ야 呻吟의 聲氣와 凄凉의 狀態로
跟踉退掃109)ᄒᄂ 것이 天下에 莫大혼 羞恥이지만은, 計가 窮ᄒ고 力
이 絀ᄒ야 再戰키 不能혼 中에 遼野가 旱寒ᄒ야 朔風이 捲地ᄒ고 雪
花가 漫天이라. 人馬의 凍○ᄒᄂ 者가 十의 八九인즉 兵法이 云혼 바,
知難而退라 홈이 目下의 良策이로다. 乃勅을 降ᄒ야 師를 班ᄒ거늘,
萬春이 城에 登ᄒ야 拜辭ᄒ니 唐帝가 縑百疋로 賜ᄒ야 其才勇과 忠
勤을 稱賞ᄒ더라. 昨日은 戎馬110)가 交綏111)ᄒ야 戰事가 方殷112)ᄒ다
가 今日은 鞠躬爲禮ᄒ야 辭氣가 溫雅ᄒ니 嗚呼라, 安市城主ᄂ 實로
大東數千年 歷史에 代表的 人物이라 謂홀 지로다.

初에 蓋蘇文이 唐의 李世勣 張亮 等이 水陸並進ᄒ야 平壤에 趣홈
을 聞ᄒ고, 戰具를 大備ᄒ며 各路의 要店를 據ᄒ야 適兵의 至홈을 待
ᄒ야 其鋒을 一試코져 ᄒ얏더니, 乃安市城에셔 唐이 大敗ᄒ야 其師를
旋홀시 唐帝가 使者를 遣ᄒ야 蓋蘇文의게 方服을 與ᄒ고, 班師의 期

---

109) 양창퇴소(跟踉退掃) : 비슬비슬 걸으며 후퇴하는 모양.
110) 융마(戎馬) : 병거(兵車)와 병마(兵馬). 곧 군대.
111) 교수(交綏) : 양군(兩軍)이 다 같이 물러감. 양군이 일진일퇴 하는 형세.
112) 방은(方殷) : 바야흐로 한참 성함.

로써 告ᄒ고 修好의 意로써 諭ᄒ니, 元來 蓋蘇文은 唐을 傲視ᄒᄂ 氣槪로써 此에 對ᄒ야 엇지 敬意가 有ᄒ리오. 乃使者를 謂ᄒ야 曰 甫主가 妄히 國의 大와 兵의 衆을 ○ᄒ고 此擧가 有ᄒ얏스나, 泉蓋蘇文이 在ᄒ니 百萬의 衆인들 엇지 所用이 有ᄒ리오. 予가 곳 部下數萬精兵을 率ᄒ고 其殘卒을 追擊ᄒ야 尼甲不返케 ᄒ깃지만은, 이믜 使節의 通信이 有ᄒ고 ○服이 ○間이 有ᄒ니 아직 釰을 鞍ᄒ야 甫主의게 一條生路을 借홈으로써 報謝ᄒ노라. 甫國이 若能再戰홀진져 更히 戎器를 修○ᄒ야 來ᄒ면 我도 쏘ᄒ 應接周旋이 有ᄒ리라 ᄒ니, 唐帝가 此를 聞ᄒ고 恨怒가 益甚ᄒ야 再擧의 意가 有ᄒ니라.

第五章 唐兵의 再來又敗

唐帝가 天下의 大로써 東方 一小國을 親征ᄒ다가 大敗而歸ᄒ얏슨즉 國威의 挫損도 甚ᄒ 者이오, 屢次 行人을 遣ᄒ야 和好를 求ᄒ되 蓋蘇文의 拒絶을 被ᄒ얏슨즉 忿恨도 益○홀 者오. 又其時에 蓋蘇文의 威聲이 海內에 膾炙ᄒ야 虯髯客의 風采ᄂ 畫帖과 書冊에 傳寫ᄒᄂ 者ㅣ 多ᄒ며, 燕趙間 遊俠客은 蓋蘇文의 釰術이 天下無敵이라. 爭相稱道ᄒ며 稗譚巷謠에ᄂ

高句麗大將蓋蘇文, 去屠長安一瞬息, 今年若不來進攻, 明年八月就興兵[113]

이란 詩歌를 盛傳ᄒ니, 唐帝의 猜憚ᄒᄂ 念이 種種 丙枕이 不安ᄒ지라. 是로 由ᄒ야 翌年 二月에 諸將을 集ᄒ야 再擧의 圖를 議홀 시, 李世勣 牛進達 等이 曰 高句麗ᄂ 山城이 險固를 負ᄒ 故로 前此에 我軍

---

113) 고구려 대장 개소문이, 장안을 단숨에 쳐부수리, 올해 만약 쳐들어오지 않으면, 내년 8월에는 병을 일으키리라.

이 安市城의 失敗가 有ᄒᆞᆫ지라. 今에 쏘 前日과 갓치 遼東의 陸路를 從
ᄒᆞ야 大軍을 行ᄒᆞ면, 險阻 千里에 得失如何를 保키 難ᄒᆞᆫ지라. 若水軍
을 大發ᄒᆞ야 登萊 海路를 取ᄒᆞ야 平壤에 直趍ᄒᆞ면, 彼의 海岸 防備ᄂᆞᆫ
必然 踈虞ᄒᆞᆯ지니, 如此ᄒᆞ면 平壤을 可取오 安市의 恥를 可雪ᄒᆞᆯ지니라.
唐帝가 其策을 從ᄒᆞ야 七月에 李世勣과 牛進達 等으로 ᄒᆞ야곰 水軍
數萬을 率ᄒᆞ고, 戰艦數百艘로 海를 蔽ᄒᆞ야 來ᄒᆞ니, 其勢가 其盛ᄒᆞ더라.
原來 高句麗의 疆域은 東北으로 大陸을 割據ᄒᆞ고 西南으로 大海를 襟
帶ᄒᆞ얏스니, 陸路의 守備도 重要ᄒᆞ거니와 萬一海岸의 防禦가 踈虞ᄒᆞ
면 쏘ᄒᆞᆫ 國을 保키 不能ᄒᆞᆯ지니, 高句麗 歷代의 設備가 엇지 陸을 偏重
ᄒᆞ고 海를 偏輕ᄒᆞ얏스며, 况蓋蘇文의 戰略으로 敵軍이 海路를 取ᄒᆞᆯ 計
策이 有ᄒᆞᆫ 것을 不知ᄒᆞ리오 於是에 麗人이 海岸의 要害를 據ᄒᆞ야
唐兵이 到着ᄒᆞᆷ을 待ᄒᆞ다가 果然 數百艘의 軍艦이 海岸에 到泊ᄒᆞ야 一
齊히 陸에 下코져 ᄒᆞ거늘, 麗人이 出兵 突擊ᄒᆞ야 大小 百餘戰에 唐兵
이 又敗ᄒᆞ니, 牛進達 等이 單舸를 乘ᄒᆞ고 走還ᄒᆞᆫ지라. 唐帝가 益怒ᄒᆞ
야 牛進達 等의 大將印○를 收ᄒᆞ고 翌年春에 更히 大擧ᄒᆞᆯ시 是時 唐
朝에 薛萬徹이 勇冠三軍ᄒᆞ야 諸將이 莫及이라. 乃萬徹로써 征東大將
軍을 拜ᄒᆞ고 水師 三萬人을 率ᄒᆞ고 海를 渡ᄒᆞ야 進擊케 ᄒᆞ고 又釰南
道로 ᄒᆞ야곰 木을 伐ᄒᆞ야 軍艦을 增造ᄒᆞ더니, 萬徹 等이 鴨綠江에 入
ᄒᆞ야 池灼城을 攻ᄒᆞ다가 曠日持久에 屢戰屢敗ᄒᆞ야 引還ᄒᆞ니라.

　大抵 以後에 唐帝가 蓋蘇文 一個人의게 憤을 減코져 ᄒᆞ야 數十萬
의 尸骸를 遼野에 擲ᄒᆞ며, 累千萬의 軍資를 渤海에 投ᄒᆞ얏스되, 終乃
寸功을 不就ᄒᆞ고 國力이 자못 疲弊ᄒᆞ며 民怨이 쏘ᄒᆞᆫ 騷訛ᄒᆞᆯ 境遇에
至ᄒᆞᆷ으로, 大臣 房玄齡이 憂憤을 不勝ᄒᆞ야 臨終의 遺言으로 切諫ᄒᆞ얏
고, 唐帝도 쏘ᄒᆞᆫ 後悔ᄒᆞ야 臨崩의 遺詔로 遼東의 役을 遂罷ᄒᆞ얏스니,
此ᄂᆞᆫ 高句麗 七百餘年 對外競爭ᄒᆞᆫ 歷史에 蓋蘇文의 大膽雄略이 曠
前絶後ᄒᆞᆫ 最終點이 된 바로다.

第六章 各國과 競爭

盖寶藏王朝 二十四年間은 蓋蘇文의 政治時代인즉 許多活動이 皆 蓋蘇文의 政略인 줄노 認定홀지로다. 初에 契丹이 廣開土王時로부터 高句麗의게 服屬ᄒᆞ얏더니, 後에 高句麗를 叛ᄒᆞ고 唐에 臣服ᄒᆞ야 唐帝 東征ᄒᆞᄂᆞᆫ 後에 兵으로써 唐을 助ᄒᆞᆫ지라. 寶藏王 十四年에 將軍 安國 을 遣ᄒᆞ야 契丹을 擊ᄒᆞ야 其罪를 問ᄒᆞ고, 二城을 取ᄒᆞ다. 翌年에 百濟 와 靺鞨로 더부러 新羅를 伐ᄒᆞ야 三十二城을 取ᄒᆞᆫ ᄃᆡ 羅人이 唐에 援 을 乞ᄒᆞ니, 唐이 程名振, 蘇定方을 遣ᄒᆞ야 救ᄒᆞ니라. 寶藏王 十八年에 唐이 蘇定方 劉仁願 等을 遣ᄒᆞ야 新羅 金庾信 等과 兵을 合ᄒᆞ야 百 濟를 攻ᄒᆞ야 滅ᄒᆞ고 劉仁願이 泗沘城에 駐屯ᄒᆞ야 百濟諸城을 鎭守ᄒᆞ ᄂᆞᆫ지라. 王이 此를 憂懼ᄒᆞ야 蓋蘇文의게 防備홀 策을 問ᄒᆞᆫ ᄃᆡ 蓋蘇文 이 對日 彼新羅人이 恒常 唐國을 依賴ᄒᆞ야 隣國을 蠶食홀 野心으로 屢次 唐의 援兵을 借ᄒᆞ야 吾國을 侵犯ᄒᆞ더니, 맛참니 唐의 嚮導가 되 야 百濟를 滅ᄒᆞ얏스니, 是ᄂᆞᆫ 我大東民族으로 ᄒᆞ야곰 他族의 奴隸를 作홈이니, 此를 엇지 坐視ᄒᆞ리오 臣이 請컨디 一擧에 彼唐의 鎭守兵 을 擊却ᄒᆞ고, 新羅의 罪ᄂᆞᆫ 討ᄒᆞ야 百濟 故地를 收復홀지니라. 王日 彼 唐의 所憚者ᄂᆞᆫ 獨將軍一人이라. 將軍이 若國都를 離ᄒᆞ고 遠征ᄒᆞ면 唐 人이 반다시 其隙을 乘ᄒᆞ야 舟師로써 平壤을 襲ᄒᆞ리니 是를 不可不慮 라. 今에 新羅를 伐코져 홀진디 몬져 偏將을 遣ᄒᆞ야 漢北諸城을 攻取 홈이 可ᄒᆞ다 ᄒᆞ고, 因ᄒᆞ야 兵을 擧ᄒᆞ야 七重城(今積城)을 攻ᄒᆞ니, 縣令 匹夫가 拒戰ᄒᆞᆫ지 二旬에 麗軍이 乘風從火ᄒᆞ고 急攻ᄒᆞᆫ디 匹夫가 麾下 壯士로 더부러 戰死ᄒᆞ니 城이 遂陷이라. 麗人이 因ᄒᆞ야 諸城을 進取 코져 ᄒᆞ더니, 新羅가 唐에 告急ᄒᆞᆫ지라. 唐이 龐孝恭을 遣ᄒᆞ야 來侵ᄒᆞ 거늘 蓋蘇文이 長子男生으로 ᄒᆞ야곰 蛇水上에 出戰ᄒᆞ니, 唐兵이 大敗 ᄒᆞ야 死者ㅣ 萬人이오, 孝恭과 其子十三人이 皆死ᄒᆞ다.

第七章 唐將의 敗還

唐廷에셔 敗報를 接ᄒ고 大驚ᄒ야 建議를 開ᄒ고, 一次大擧ᄒ야 由來縮恥를 一雪코져 홀시 大將 任雅相 蘇定方 蕭嗣業 等을 遣ᄒ야 唐兵 及降胡合三十五軍이 水陸分道ᄒ야, 長驅大進으로 旌旗ᄂ 海를 蔽ᄒ고 鼓角은 山을 震ᄒ야 平壤에 直趣ᄒ니, 國人이 大震이라도 王이 羣臣을 會ᄒ야 策을 議홀시, 或이 獻議ᄒ야 曰 敵勢가 其盛ᄒ니, 使를 遣ᄒ야 和를 講홈이 可ᄒ다 ᄒ거늘, 蓋蘇文이 怒叱 曰 我高句麗ᄂ 建國以來로 他國과 戰홀줄만 知ᄒ고 和홀 줄은 不知ᄒ니라 ᄒ고, 乃釼을 仗ᄒ고 國中 人民의게 誓告ᄒ야 曰 我高句麗 國民은 祖先時代부터 武力으로 生活ᄒ 者라 昔者에 隋兵百萬이 薩水一戰에 生還者가 不過九百餘人이오, 唐軍三十萬이 安市大戰에 生還者가 僅千餘人이라. 故로 我高句麗 國民의 忠勇은 天下가 皆憚ᄒᄂ 바어늘, 엇지 今日에 大敵을 逢홈으로써 一毫라도 退縮홀 念이 有ᄒ리오 且 蓋蘇文이 在ᄒ니 敵衆이 唯盛ᄒ나 何所用之리오 汝等은 各其敵愾의 心을 奮ᄒ야 刀를 礪ᄒ고 弩를 張ᄒ야, 一로써 百을 當ᄒ고 十으로써 千을 敵ᄒ라 ᄒ니, 於是에 國民의 勇氣가 益奮ᄒ야 死를 冒ᄒ고 敵을 殺ᄒ기로 決心ᄒ더라. 乃堅壁淸野의 計를 行ᄒ야 人民으로 ᄒ야곰 粮草를 收ᄒ야 山谷에 入保케ᄒ고, 諸將으로 各路의 城守를 ○히 ᄒ니, 唐兵이 屢戰不利라. 雅相은 軍中에셔 死ᄒ고 粮食이 已盡ᄒ야 士卒이 飢疲라. 定方이 大懼ᄒ야 人으로 ᄒ야곰 海路를 從ᄒ야 新羅의게 告急ᄒ야 粮을 ○○ᄒ얏스나, 兵이 疲ᄒ야 戰키 不能홀지라. 乃雪夜를 乘ᄒ야 ○師로 海에 出ᄒ야 其國에 還ᄒ니, 自此로 唐人이 相戒ᄒ야 曰 蓋蘇文이 在ᄒ면 高句麗를 可히 圖치 못ᄒ리라 ᄒ더라.

第八章 泉蓋蘇文의 宗敎思想

以上 所述은 皆蓋蘇文의 戰略史라. 其行政手段이 如何흔 것은 史籍에 槪見흔 者ㅣ 無흔즉 後人이 推想키 不能이로다. 特別히 宗敎界에 就ᄒ야 一個事業이 有ᄒ니, 嘗曰 彼中土[114]는 三敎가 倂立ᄒ얏거늘, 吾國은 儒佛 二敎가 倂興ᄒᄂ 디, 道敎가 不立흔 것이 國의 缺典이 될 뿐더러 吾國은 始祖東明聖王에셔 仙敎를 創立ᄒ심으로 世世子孫에 此를 奉承ᄒ다가 儒佛이 渡來흔 後로 仙敎가 寢微ᄒ야 至今은 廢而不講홈에 至ᄒ얏스니 엇지 國敎를 維持ᄒᄂ 主義리오 ᄒ고, 道觀을 建築ᄒ며 道○을 廣求ᄒ고 道家者流를 延致ᄒ야 敎理를 講論케 ᄒ니, 國王이 暇日로 臨幸ᄒ야 其講을 聽ᄒ니라. 此로써 觀ᄒ면 蓋蘇文의 人格을 評ᄒᄂ 者ㅣ 다만 武將家라 稱ᄒ며, 다만 釰術家라 稱ᄒ며 殘暴好殺의 人이라 指示홈은 자못 眞面目이 아니로다. 彼數十個長刀身上에 猛氣英風이 凜凜 如雪ᄒ고, 閃閃如電흔 中에 宗敎 一線이 光彩를 特放ᄒ얏스니, 엇지 千古奇蹟이 아니리오

第九章 泉蓋蘇文의 考終

蓋蘇文이 寶藏王二十四年으로써 卒ᄒ니, 後人이 廟를 立ᄒ야 祀ᄒ고 其釰術은 演劇으로 相傳ᄒ야 至于今數千百年에 不絶ᄒ니라. 嗚呼라. 赫赫한 高句麗의 七百餘年 歷史가 蓋蘇文의 英魂과 갓치 萬古에 常存치 못ᄒ고, 乃蓋蘇文의 肉體로 더부러 地下에 況淪ᄒ얏도다. 蓋蘇文이 死흔 後에 更히 蓋蘇文이 無흔 故로 高句麗가 亡ᄒ얏더니, 又 何千數百年을 經過ᄒ도록 海東天地에 更히 蓋蘇文갓흔 英雄이 不作ᄒᄂ가. 悠悠昊天은 我民族의 情景을 眷顧矜憐치 아니 ᄒ지ᄂ뇨 今日에 至ᄒ야 我民族의 歷史로 ᄒ야곰 復活케 홀 者ᄂ 必英雄其人이라 ᄒ노라.

---

114) 중토(中土) : 중국.

結論

萬衆이 森羅ᄒ고 人類가 複雜ᄒ 中에 特別히 其類에 卓出ᄒ야 聖賢이 되며 仙人이 되며 佛祖가 되며 英雄이 되ᄂᆫ 者ᄂᆫ 皆獨立自主의 力이니라. 天下가 皆覇術을 尙ᄒ되 我ᄂᆫ 王道를 行ᄒ다 ᄒᆷ은 聖賢의 獨立自主오, 生則有死ᄂᆫ 人事의 必然이로더 我ᄂᆫ 長生不死의 道를 修ᄒ다 ᄒᆷ은 仙人의 獨立自主오, 天上天下惟我獨尊이라 ᄒᆷ은 佛祖의 獨立自主오, 以至一節[115]의 高尙者와 一藝[116]의 人ᄡ者도 쏘ᄒ 獨立自主의 精神이 아니면 不能ᄒᄂᆫ 것인더, 況英雄爲名者은 가장 腦力이 强勤ᄒ고 가장 腕力이 敏活ᄒ 者로써 萬一 獨立自主의 資格이 十分 完全치 못ᄒ면, 英雄으로 認定키 不可ᄒ니 長者를 隨ᄒ야 行步를 能히 ᄒᄂᆫ 者ᄂᆫ 穉者가 아니며, 丈夫를 從ᄒ야 去就를 以ᄒᄂᆫ 者ᄂᆫ 女子가 아닌가.

三國時代의 人物을 論ᄒ건더 金庾信은 國家主義를 持ᄒ 者오, 薛仁貴ᄂᆫ 個人主義를 持ᄒ 者인더, 金庾信은 曰 吾國은 地少兵寡ᄒ니 맛당히 大國이 援助를 借리라 ᄒ얏스며, 薛仁貴ᄂᆫ 曰 區區ᄒ 小國에셔 生於斯老於斯ᄒᄂᆫ 것보다 赫赫ᄒ 大國에 往投ᄒ야 功名을 立ᄒ리라 ᄒ얏스니, 彼가 皆其目的은 得達ᄒ얏스나, 獨立自主의 資格은 缺乏ᄒ 者라. 是故로 金庾信의 流弊ᄂᆫ 一種 依賴性을 傳授ᄒ야 事大苟安ᄒ고 自强을 不圖ᄒᄂᆫ 國民의 先祖가 되얏고, 薛仁貴ᄂᆫ 自己의 功名을 貪ᄒ야 祖國을 反噬[117]ᄒ얏스니, 是ᄂᆫ 賣國奴의 魁帥라. 更何是言이리오 至若 泉蓋蘇文은 個人主義에도 獨立自主者오, 國家主義에도 獨立自主者니, 此個資格으로 論ᄒ면 實로 倫比ᄒ 者ㅣ 無ᄒ도다. 或者ᄂᆫ 此에 對ᄒ여 曰 寡가 衆을 適지 못ᄒ고, 弱이 强을 適지 못ᄒᆷ은 勢의 必

---

115) 이지일절(以至一節) : 한 가지 절조로서 지극한 경지에 이름.
116) 일예(一藝) : 한 가지 기예.
117) 반서(反噬) : 배반.

然이라. 故로 曰 以小事大者는 畏天者니 畏天者는 保其國이라 ᄒ얏거늘, 泉蓋蘇文이 不度德 不量力ᄒ고 妄히 大國과 怨을 結ᄒ야 抵抗ᄒ다가, 畢竟은 其身이 沒ᄒ지 未幾에 其國이 드듸여 唐의게 滅ᄒ 바 되얏스니, 是를 엇지 智略이 優足ᄒ 英雄이라 謂ᄒ리오. 余 曰 否否라. 高句麗는 土地와 人民으로 言ᄒ면 唐을 適지 못ᄒᆯ지나, 其國의 精神으로 言ᄒ면 大武神王 以下로 歷代 君臣이 皆獨立精神으로 恒常大國의 地를 攻取ᄒ며 大國의 兵을 抵抗ᄒ던 國이라. 國運의 不幸으로 末葉에 至ᄒ야 泉男生 男建 等이 兄弟爭權ᄒ야 骨肉相殘으로 敵兵을 引入ᄒ야 七百餘年 宗社를 邱墟케 ᄒ지라. 萬一 男生 男建 等이 同心〇力ᄒ야 可乘의 隙이 無ᄒ면, 唐太宗의 天下兵力으로도 勝利를 不得ᄒ 高句麗를 八十老骨 李世勣이 烏得以滅ᄒ리오. 故로 高句麗는 大國을 抵抗ᄒᆷ으로써 亡ᄒᆷ이 아니오, 兄弟爭權으로써 亡ᄒ니라. 且 夫寡가 衆을 適지 못ᄒ고 弱이 强을 適지 못ᄒᆷ은 勢則然矣나 越王句踐은 五千殘卒로 十年生聚ᄒ고 十年敎訓ᄒ야 强兵의 仇를 報ᄒ얏고 金太祖 阿骨陀는 白頭山下에 一小部落으로 崛起ᄒ야 一擧에 遼를 滅ᄒ고 再擧에 北宋을 取ᄒ얏스니, 此로 觀ᄒ면 國의 勝敗存亡이 土地大小와 人民衆寡에 不在ᄒ고 其國人才 如何에 在ᄒ 것이니, 泉蓋蘇文의 大膽雄略으로 엇지 大小衆寡를 較計ᄒᆷ이 有ᄒ리오

大抵 泉蓋蘇文 歷史에 關ᄒ야 人倫道德으로 律ᄒ면 實로 不可隱諱118)ᄒᆯ 罪案이 有ᄒ니, 其獨立自主의 資格과 對外競爭의 膽畧은 吾邦 四千年에 다시 匹儔ᄒᆯ 者ㅣ 有ᄒᆫ가. 況吾儕가 今日 此境을 當ᄒ야 泉蓋蘇文갓ᄒᆫ 英雄의 一瞋一喝ᄒᆫ 舌聲氣와 一踊一躍ᄒᆫ 動力만 得ᄒ야도 如何한 效力이 有ᄒ깃는가. 覽者는 思之어다

泉蓋蘇文傳 終

---

118) 은휘(隱諱) : 꺼리어 숨김.

참고문헌

1. 기본자료

1) 자료편

『독립신문』, 『협성회회보』, 『매일신문』, 『황성신문』, 『제국신문』, 『대한매일신보』,
『대한민보』, 『한성신보』, 『소년 한반도』, 『소년』, 『야뢰』, 『청춘』, 『신문계』,
『공도』, 『학지광』, 『대동보』, 『한양보』, 『동인학보』.

『한국 개화기 학술서 총서』, 아세아문화사.

『신소설·번안소설』 1~10, 아세아문화사.

『역사·전기소설』 1~10, 아세아문화사.

『단재 신채호 전집』, 단재신채호기념사업회.

『백암 박은식 전집』 1~6, 동방미디어.

『박은식 전집』, 단국대 출판부.

『旬五志』.

『黃玹全集』 下 「甲午條」(1894) 12, 亞細亞文化社影印, 1978.

2) 작품편

「金翁傳」, 『時事叢報』, 1899.2.2~5.

「常平傳」, 『皇城新聞』, 1900.1.17.

「을지문덕」, 『그리스도신문』, 1901.8.22.

「길지」, 『그리스도신문』, 1901.9.5.

『神斷公案』 제4화 「金鳳本傳」, 1906.6.28~8.18.

『神斷公案』 제7화 「魚福孫傳」, 1906.10.10~12.31.

朴殷植, 「乙支文德傳」, 『西友』 2호, 1907.1.

張志淵, 「閔忠正公傳」, 『大韓自强會月報』 8호, 1907.2.

朴殷植, 「金庾信傳」, 『西友』 4~8호, 1907.3~7.

「鄭在洪君略傳」, 『皇城新聞』, 1907.7.4.

「姜邯贊」, 『西友』 11호, 1907.10.

「李舜臣」, 『西友』 14호, 1908.1.

「滄海力士黎君傳」, 『西友』 16호, 1908.3.

「夢見滄海力士」, 『皇城新聞』, 1908.3.29.

「乙支文德」, 『湖南學會月報』 1호, 1908.6.

「姜邯贊」, 『湖南學會月報』 2호, 1908.7.

「金庾信」, 『湖南學會月報』 2호, 1908.7.

「崔瑩」, 『湖南學會月報』 6호, 1908.11.

「吉再」, 『湖南學會月報』 7호, 1908.12.

錦頰山人, 「水軍第一偉人 李舜臣」, 『大韓每日申報』, 1908.5.2~8.18.

申采浩, 「乙支文德」, 廣學書鋪, 1908.5.30.

禹基善, 「姜邯贊傳」, 玄公廉 발행, 1908.7.15.

「鐵椎子傳」, 『皇城新聞』, 1908.10.8.

「閔忠正公小傳」, 『少年』 3호, 1909.1.

錦頰山人, 「東國巨傑 崔都統」, 『大韓每日申報』, 1909.12.5~1910.5.27.

「金容達小傳」, 『大韓民報』, 1910.3.13~3.18.

2. 국내 논저

姜東燁, 「許筠의 '傳'에 대한 考究」, 『韓國漢文學研究』 2집, 韓國漢文學會, 1977.

姜明官, 「漢文廢止論과 愛國啓蒙期의 國・漢文論爭」, 『韓國漢文學研究』 8집, 韓國
漢文學會, 1985.

姜玲珠, 「韓國近代歷史小說研究」, 서울대 박사논문, 1986.

고미숙, 『비평기계』, 소명출판, 2000.

곽정식, 「假傳의 올바른 이해를 위한 方法論 探索—林椿의 「孔方傳」을 중심으로」,
『국어교육』 92집, 한국국어교육연구회, 1996.

권보드래, 『한국 근대소설의 기원』, 소명출판, 2000.

權純肯, 「1910년대 活字本 古小說 研究」, 성균관대 박사논문, 1990.

권영민, 「개화 계몽 시대 서사 양식의 장르 분화」, 『한국문화』 17집, 서울대 한국문
화연구소, 1996.

金庚美, 「朝鮮後期 小說論 研究」, 이화여대 박사논문, 1994.

金均泰, 「『高麗史』列傳의 文學性과 限界」, 『선청어문』 16・17합집, 서울대 국어교
육과, 1988.

______, 「傳의 장르적 고찰」, 『우전신호열선생고희기념논문집』, 창작과비평사, 1983.

______, 「朝鮮後期 人物傳의 野譚趣向性 考察」, 『韓國漢文學研究』 12집, 韓國漢文

學會, 1989.

______, 「朝鮮後期 人物傳의 野談趣向性 硏究」, 『韓國漢文學硏究』 12집, 韓國漢文
學學會, 1989.

김동식, 「한국의 근대적 문학 개념 형성과정 연구」, 서울대 박사논문, 1999.

김명호, 「신선전에 대하여」, 『한국판소리고전문학연구』, 아세아문화사, 1983.

______, 「연암문학과 사기」, 『우전신호열선생고희기념논총』, 창작과비평사, 1983.

______, 「열하일기 연구」, 서울대 박사논문, 1989.

金相洪, 「近代 轉換期의 士大夫 文學論」, 『漢文學論集』 8호, 檀國漢文學會, 1990.

金烈圭, 「巫俗的 英雄考—金庾信傳을 中心으로 하여」, 『震檀學報』 43집, 震檀學會,
1977.

김영민, 「한국 근대소설 발생 과정 연구」, 『국어국문학』 127호, 국어국문학회, 2000.

______, 「한말의 '서사적 논설' 연구」, 『작가연구』 2호, 1996.

______, 『한국근대소설사』, 솔, 1997.

김용덕, 「文集所載傳의 일고찰」, 『한국학논집』 8집, 한양대 한국학연구소, 1985.

______, 「私傳의 史的 展開 樣相—高麗 末까지를 중심으로」, 『한양어문연구』 9집,
한양어문학회, 1991.

______, 「傳記小說의 통시적 고찰」, 『古小說史의 諸問題』, 집문당, 1993.

______, 『한국전기문학론』, 민족문화사, 1987.

金勇範, 「實存人物의 小說化過程 硏究」, 『한양어문연구』 9집, 한양어문학회, 1991.

김용직, 「개항기의 서구적 충격과 신문화의 수용」, 『한국근대문학의 사적 이해』, 삼
영사, 1977.

김윤식, 『근대한국문학연구』, 일지사, 1994.

______, 『한국근대문예비평사연구』, 일지사, 1986.

______, 『한국근대문학양식논고』, 아세아문화사, 1980.

______, 『한국문학의 근대성과 이데올로기 비판』, 서울대 출판부, 1987.

김인환, 「한국문학과 기술 이데올로기」, 『기억의 계단』, 민음사, 2001.

______, 『상상력과 원근법』, 문학과지성사, 1993.

______, 『한국문학이론의 연구』, 을유문화사, 1986.

김창룡, 「假傳과 墓誌銘」, 『東方學志』 82집, 연세대 國學硏究院, 1993.

김현양, 「'최치원'의 장르 성격 논의에 대한 비판적 검토」, 『민족문학사연구』 10호,
1997.

김혜숙, 「傳・書事(記事)・野談의 대비적 고찰」, 『한국판소리고전문학연구』, 아세아

문화사, 1983.

金興圭, 「韓國 漢文小說 調査·整理의 文化史的 意義」, 고려대 民族文化硏究院 國際學術會議, 2001.10.29~30.

______, 『朝鮮後期의 詩經論과 詩意識』, 고려대 민족문화연구소, 1982.

______, 『한국 고전문학과 비평의 성찰』, 고려대 출판부, 2002.

閔丙秀, 「兩班傳」, 『玩巖金鎭世先生回甲紀念論文集 : 韓國古典作品論』, 집문당, 1990.

閔玹基, 「소설 장르의 본질」, 『韓國學論集』 20집, 계명대 韓國學硏究所, 1993.

朴晙遠, 「朝鮮後期 傳의 事實受容樣相－燕岩·文無子·潭庭의 경우를 중심으로」, 『韓國漢文學硏究』 12집, 韓國漢文學會, 1989.

박희병, 「17세기 동아시아의 전란과 민중의 삶－김영철전의 분석」, 『한국근대문학사의 쟁점』, 창작과비평사, 1990.

______, 「야담과 한문단편 장르규정의 몇 가지 문제에 대하여」, 『韓國漢文學硏究』 8집, 韓國漢文學會, 1985.

______, 「異人說話와 神仙傳(I)－說話·野談·小說과 傳 장르의 관련양상의 해명을 위해」, 『韓國學報』 53호, 1988.

______, 「異人說話와 神仙傳(II)－說話·野談·小說과 傳 장르의 관련양상의 해명을 위해」, 『韓國學報』 55호, 1989.

______, 「朝鮮後期 '傳'의 小說的 性向 硏究」, 서울대 박사논문, 1991.

______, 「『靑邱野談』 연구」, 서울대 석사논문, 1981.

______, 「한국문학에 있어 '傳'과 '소설'의 관계양상」, 『韓國漢文學硏究』 12집, 韓國漢文學會, 1989.

설성경·김교봉, 『근대전환기소설연구』, 국학자료원, 1991.

______, 「19세기말~20세기초 『帝國新聞』의 '논설'연구－'서사적 논설'의 존재 양상과 그 위상에 대하여」, 『淵民學志』 8집, 淵民學會, 2000.

성기옥, 「傳의 장르적 검토」, 『울산어문논집』 1집, 울산대 국어국문학과, 1984.

소재영, 「傳의 근대적 성격」, 『근대문학의 형성과정』, 문학과지성사, 1983.

宋敏鎬, 『韓國開化期小說의 史的硏究』, 일지사, 1975.

宋河春, 『1920年代 韓國小說硏究』, 고려대 民族文化硏究所, 1985.

______, 『탐구로서의 소설독법』, 고려대 출판부, 1996.

沈載淑, 「근대계몽기 신작 고소설의 현실대응양상 연구」, 고려대 박사논문, 2000.

안병렬, 「朝鮮朝 假傳文學作品硏究－새 작품을 중심으로」, 『韓國漢文學硏究』 18집, 韓國漢文學會, 1995.

吳炳南, 『美學講義』, 서울대 미학과, 1990.

陸宰用, 「「朴文秀傳」의 현대소설·설화로의 변이 양상」, 『古小說硏究』 11집, 韓國
　　　古小說學會, 2001.

尹在敏, 「中人 '傳'의 계층적 성격」, 『韓國漢文學硏究』 12집, 韓國漢文學會, 1989.

＿＿＿, 「韓國 漢文小說의 類型論」, 고려대 民族文化硏究院 國際學術會議 발표문,
　　　2001.

윤주필, 「寓言小說의 양식사적 검토」, 『古小說硏究』 6집, 韓國古小說學會, 1998.

윤평중, 『포스트 모더니즘의 철학과 포스트 마르크스주의』, 서광사, 1992.

이경우, 『한국야담의 문학성 연구』, 국학자료원, 1997.

李基文, 「開化期의 國文使用에 관한 연구」, 『韓國文化』 5, 서울대 韓國文化硏究所,
　　　1984.

李東根, 「朝鮮後期 實存人物의 '私傳' 硏究」, 서울대 박사논문, 1989.

이보경, 『문(文)과 노벨(novel)의 결혼』, 문학과지성사, 2002.

李相鎭, 「閭巷人의 傳에 대하여－鄭來僑의 '傳' 작품의 分析」, 『漢文敎育硏究』 1호,
　　　1986.

李佑成·林熒澤, 『李朝漢文短篇集』(上), 일조각, 1973.

李寅浩, 「『史記』 성격에 대한 一考察」, 『中語中文學』 22집, 韓國中語中文學會,
　　　1998.

李鍾文, 「『高麗史』의 文學的 價値」, 『漢文敎育硏究』 10호, 1996.

이채연, 「조선후기 傳에 나타난 포로체험 모티프의 수용양상」, 『새국어교육』 52호,
　　　한국국어교육학회, 1996.

임형택, 「20세기 초 신·구학의 교체와 실학－근대계몽기에 대한 학술사적 인식」,
　　　『민족문학사연구』 9호, 1996.

＿＿＿, 「『三國史記·列傳』의 文學性－「金庾信傳」을 중심으로」, 『韓國漢文學硏
　　　究』 12집, 韓國漢文學會, 1989.

＿＿＿, 「야담의 근대적 변모」, 『韓國漢文學硏究』 19집, 韓國漢文學會, 1996.

＿＿＿, 「漢文短篇 形成過程에서의 講談師」, 『創作과 批評』 49호, 1978.

임화, 임규찬·한진일 편, 『신문학사』, 한길사, 1993.

張庚男, 「壬亂 實記文學과 傳의 관련양상」, 『古小說硏究』 6집, 韓國古小說學會,
　　　1998.

장효현, 「근대전환기 고전소설 수용의 역사성」, 『근대전환기의 언어와 문학』, 고려대
　　　민족문화연구소, 1991.

______, 「애국계몽기 창작 고소설의 한 양상-신자료의 소개를 중심으로」, 『정신문
　　　화연구』 13권 4호, 1990.

______, 「조선 후기의 小說論-필사본 소설의 序·跋을 중심으로」, 『어문논집』 33
　　　집, 고려대 국어국문학연구회, 1982.

장효현, 사재동 편, 「애국계몽기 고전장편소설의 역사현실 대응」, 『한국서사문학사
　　　의 연구』 V, 중앙문화사, 1995.

정부교, 「근대 야담의 전통 계승 양상과 의미」, 『야담문학연구의 현단계』 3(정명기
　　　편), 보고사, 2001.

정선태, 「개화기 신문 논설의 문학적 성격 연구-『미일신문』을 중심으로」, 『한국학
　　　보』 89집, 1997.

______, 「계몽의 담론-개화기 문학적 서사 담론의 정치적 리얼리즘에 관한 연구 시
　　　론」, 『외국문학』, 1997년 여름.

______, 『개화기 신문 논설의 서사 수용 양상』, 소명출판, 1999.

정정순, 「장르 개념을 활용한 쓰기 교육-'人物傳'에 관한 논의를 바탕으로」, 『선청
　　　어문』 28집, 서울대 국어교육과, 2000.

정출헌, 『고전소설사의 구도와 시각』, 소명출판, 1999.

정훈식, 「「金鳳本傳」의 구조와 서사적 전통」, 부산대 석사논문, 1997.

諸海星, 「『左傳』 敍事의 小說的 特徵에 관하여」, 『中國語文學』 37집, 嶺南中國語
　　　文學會, 2001.

조남현, 「개화기 소설의 생성과 전개」, 『소설과 사상』, 1995년 봄.

조동일, 『한국문학통사』 3, 지식산업사, 1984.

曹壽鶴, 「托傳小考」, 『人文研究』 4집, 영남대 인문과학연구소, 1983.

조연현, 「개화기문학 형성과정고」, 『한국신문학고』, 문화당, 1966.

趙泰英, 「『高麗史』列傳의 人物形像과 敍述樣相 研究」, 서울대 박사논문, 1991.

______, 「傳의 서술양식의 원리와 그 변동의 원리」, 『한국문화연구』 2집, 경기대 한
　　　국문화연구소, 1985.

朱明姬, 「'傳'의 樣式的 特徵과 小說로의 受容 樣相」, 서울대 박사논문, 1985.

______, 「傳의 연구 방법」, 『한국문학사의 쟁점』, 집문당, 1986.

차혜영, 「1930년대 『월간야담』과 『야담』의 자리」, 『상허학보』 8집, 상허학회, 2002.

최신호, 「傳記·傳奇·小說」, 『성심어문논집』 5집, 성심여대 국어국문학과, 1981.

최원식, 「『화성돈전』연구-애국계몽기의 조지 워싱턴 수용」, 『민족문학사연구』 18
　　　호, 2001.

______, 「제국주의와 토착자본」, 『한국근대소설사론』, 창작사, 1986.

______, 『우전신호열선생고희기념논총』, 창작과비평사, 1983.

崔昌錄, 「漢文學 장르의 根源硏究」, 『비교문학』 2집, 비교문학회, 1978.

한기형, 「신소설 형성의 양식적 기반-'단편서사물'과 신소설의 관계를 중심으로」,
    『민속분학사연구』 14호, 1999.

______, 『한국 근대소설사의 시각』, 소명출판, 1999.

洪一植, 『韓國開化期의 文學思想硏究』, 열화당, 1980.

3. 국외 논저

Andrew H. Plarks, ed., "Toward a Critical Theory of Chinese Narrative", *Chinese Narrative*,
    Prinston Univ. Press, 1977.

André Maurois, *Aspects of Biography*, London : Cambridge University Press, 1929.

C. T. Hsia, *The Classic Chinese Novel*, Columbia Univ. Press, 1968.

Harold Nicolson, *The Development of English Biography*, London : The Hogarth Press, 1947.

John A. Garraty, *The Nature of Biography*, New York : Alfred. A. Knopf, 1957.

M. Bermann, 윤호병 역, 『현대성의 경험』, 현대미학사, 1994.

Yu-kung Kao, "Lyric Vision in Chinese Narrative Tradition : A Reading of Hung-Lou Meng
    and Ju-Lin Wai-Shih", *Chinese Narrative*, ed. Andrew H. Plaks, New Jersey : Princeton
    University Press, 1977.

가라타니 고진, 박유하 역, 『일본근대문학의 기원』, 민음사, 1997.

루카치, 潘星完 역, 『小說의 理論』, 심설당, 1985.

미셸 푸코, 김성기 편, 「계몽이란 무엇인가」, 『모더니티란 무엇인가』, 민음사, 1994.

베네딕트 앤더슨, 윤형숙 역, 『상상의 공동체』, 나남출판, 2002.

우에노 치즈코, 이선이 역, 『내셔널리즘과 젠더』, 박종철출판사, 1999.